MARIA GEORG HOFMANN

DER AUFTRITT DES LINKSHÄNDIGEN DICHTERS ALEXANDER GALAJDA

Roman

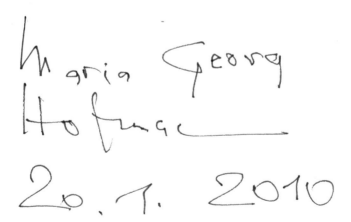

OTTO MÜLLER VERLAG

*Mein besonderer Dank
für wertvolle Mithilfe gilt
Mag. Brigitte Benedukt-Teubl und Elisabeth Pilshofer*

I. Ein Weihnachtsspaziergang

Der Schnee ist schön!
Er bedeckt unseren Hof in der Graf-Teleky-Straße: und das heißt: das schadhafte, herunterhängende Dach, den abbröckelnden Wandverputz, auch das Fenster, hinter dem Herr Gusmitsch, der Hausherr und Tabakladenbesitzer, stets unbeweglich, mit dem erschreckend versteinerten Gesicht des vom Schlag Getroffenen an seinen Stuhl angebunden sitzt. Vor ihm eine blecherne Weckeruhr: Tick-Tack-Tack-Tick: dieses Metronom des Zerfalls und des allzu langsam nahenden Todes höre ich auch durch das geschlossene Fenster Tag und Nacht, obwohl Herr Gusmitsch mit seiner Tochter Lenke nicht in der gleichen Linie unserer Hauswand, sondern in einer Einbuchtung des Hofes, im Hinterzimmer ihrer Wohnung, sein Leben fristet. Meine Eltern, Georgi und Dolores, tun so, als ob sie das ständige Schlagen des Metronoms nicht hörten. Auch begründen sie das Angebunden-Sein von Herrn Gusmitsch mit der lieblichen Fürsorge seiner Tochter, die nun allein den Tabakladen führen muß.
Lenke ist eine gute Tochter!
Lenke führt das Geschäft ihres Vaters!
Lenke pflegt und füttert ihren Vater!
Lenke hat auf vieles verzichtet,
– dies sagen sie geheimnisvoll –
damit sie ihren Vater nähren
und ernähren kann.
Auf vieles verzichtet.
Jawohl, jawohl, das kann man schon sagen.
Auf was hat sie verzichtet?
Auf die Freuden des Lebens. Sagt Georgi und grinst.
Auf eigene Kinder, sagt Dolores und schaut verlegen.
Herrn Gusmitsch' starres Gesicht..., wo habe ich so etwas schon gesehen...? Taufe, Erstkommunion, Hochzeit, allerlei Jubiläen..., der Photograph mahnt: „Bitte lächeln, lächeln bitte" und zündet das Magnesium an. Aufgerissene Augen, das Lächeln im Blitzlicht... erfroren zu blödem Grinsen... Unser Familienalbum.

Etwa zehn Tage vor Weihnachten, ich mochte zwischen vier und fünf gewesen sein, der Schnee, sehnlichst erwarteter Vorbote des Festes, war auch schon da, hat mir Georgi mitgeteilt, daß wir heute

unsere kranke Waschfrau, Frau Schramm, besuchen gehen werden. Dolores hat uns auf Georgis Drängen zwei Gläser Kompott mitgegeben. Dies nach einem ersten Zögern. Wieso reicht ein Glas nicht? Doch dann sagte sie plötzlich, daß sie diesmal leider nicht mit uns kommen kann, und gleichzeitig rückte sie mit dem zweiten Kompottglas heraus. Normalerweise gingen wir immer zu dritt: Vater, Mutter, Kind.
Immer zu dritt.
Wie es sich gehört.
An diesem Vorweihnachtstag habe ich nachgerätselt, warum Georgi diesmal Dolores erlaubt haben mochte, nicht mit uns zu kommen, wo es doch in seiner Macht stand, sowohl zwei oder mehrere Kompottgläser wie seine Gemahlin mitzunehmen: Kompott wie Gattin waren doch sein Eigentum. Ich erlebte doch täglich, wie er mit seiner lärmenden Fröhlichkeit die Nachmittagsspaziergänge erzwang, mit Fürsorglichkeit als Familienvater und Gatte begründend. „Ich muß euch etwas an die frische Luft mitnehmen", sagte er und steuerte dann meist in Richtung Révfalu, also Fährdorf, ein Vorort der Stadt, mit einzelnen Einfamilienhäusern der Kleinbürger zwischen bäuerlichen Anwesen. Über die Donau-Brücke erreichten wir jenen Punkt, wo Georgi, sozusagen am Brückenkopf Révfalu, an uns die Frage richtete:
„Wollt ihr zur LETZTEN KEUSCHE?"
– dies hieß rechts an der Böschung gehen –
„Oder zum ÄUSSEREN STEIN?"
– dies hieß links an der Böschung gehen –
„Oder geradeaus?"
– dies hieß eigentlich, das wußte ich, zum GARTEN EDEN –
Doch Garten Eden sprachen die Eltern nie aus, oder wenn, dann nur Georgi, verschämt, von Dolores gestisch stets zum Schweigen gebracht. – Auf meine immer drängenderen Fragen nach Garten Eden hatten sie dann irgendwie antworten müssen: Wir gingen in den Garten von Frau Petneki, spätere Schwiegermutter von meiner Tante Kathy. Georgi flüsterte mir gestreßt zu: „Das ist der Garten Eden. Frag aber jetzt nicht weiter." Frau Petneki war eine rüstige – hohe Schnürstiefel tragende – Obst- und Gemüsebäuerin, die dreimal in der Woche ihre Ware auf den Markt – jenen vor der Kirche der Benediktiner – trug. In ihrem mittelgroßen Garten mit vielen Obstbäumen, aber auch Kartoffelbeeten, mit Bienenhäuschen, auch vielen Blumen, die Dolores sich dort später gern einkaufte, stand ein

kleiner, hölzerner Pavillon, in recht heruntergekommenem Zustand. Nun blinzelte Georgi meine Mutter verschämt an. „Siebzehnter Juni, Babuschka, erinnerst du dich?" Dolores war aus vielen Gründen unwirsch: die Anrede paßte ihr nicht. Dann wollte ich gleich wissen, was da war, an jenem siebzehnten Juni. Doch die Eltern sahen sich nicht imstande, mir über meine Zeugung zu berichten. Diese fand übrigens einige Monate vor der offiziellen Hochzeit statt. „O Schande." – „Und sofort eingeschlagen", so meine Tanten im Chor. Damals total rätselhaft für mich. „Der Georgi war ein ausgehungerter Bursch von zweiundzwanzig Jahren. Ihr versteht, was ich meine", sagte Tante Rosa, die als Volksschullehrerin für alle psychologischen Fragen und – als zuerst verhinderte, weil stellungslose Lehrerin zwei Jahre in der staatlichen Säuglingspflege notgedrungen tätig Gewesene – auch für alle medizinischen Fragen zuständig schien. „Er ist förmlich über unsere arme Dolores hergefallen." Doch Tante Cho-Cho-San meinte, daß eine fünfundzwanzigjährige Frau soviel Hirn im Schädel haben muß, daß sie mit ihrem Bräutigam abends im Dunkeln in keinen Pavillon steigt. „In einen Pavillon steigen" war dann in unserer Familie der Code für Vor-der-Ehe-gefallen-Sein. „Auch wenn der Bräutigam ein Gentleman ist?" fragte die damals erst fünfzehnjährige „Tante" Eva provokant. Ihre Frage wurde verlegen, aber mit System überhört. Kathy meinte, daß meine Großmutter fest hatte beten müssen, damit Georgi meine Mutter „nicht in ihrer Schande sitzen läßt". Tante Rosa zog die „Konklusion", wie immer: „Alles ist gut gelaufen, die sind eine glückliche Familie: Vater, Mutter und ein sehr freches Kind." Warum frech, sinnierte ich nach. „Jawohl, frech: die Eltern beim Füttern vorwärtshetzen, wie ein Kutscher seine müden Gäule." – „Gyorsabban, gyorsabban", also schneller, schneller, soll ich einjährig ausgerufen haben, wenn das Karottengemüse – abwechselnd vom Vater links und von der Mutter rechts mit dem Löffel verabreicht – zögernd kam. Es war der zerstörte Rhythmus, was mich rabiat machte. Ihre Bewegungen waren nicht organisch aufeinander abgestimmt. Wie hätten sie es sein können? Ein anderer Beweis meiner Frechheit war, daß ich mir mit circa drei Jahren herausgenommen habe, mit der linken Hand zu zeichnen: Extravagant.

Am strategischen Brückenkopf Révfalu, nach der Zur-Auswahl-Stellung der Richtungen, fragte dann Georgi genüßlich, im Bewußtsein seiner Vormachtstellung als Alleinernährer und Familienvater:

„Seht ihr, was für einen großmütigen Vater ihr habt?" Er hat dies grinsend gesagt, und angesichts des trostlosen Gesichtes meiner Mutter wirkte sein Ton irgendwie unheimlich. Die Wahl traf fast immer ich, da Dolores aus der Gnade, unter den drei Wegen wählen zu dürfen, meist keinen Gebrauch machen wollte. – Als mir später aufging, daß diese Wahl keine Wahl ist, habe ich das Spazierengehen-Müssen standhaft verweigert. Anfangs, mit drei, vier, fünf Jahren, machte es mir noch Freude.
Heute also gingen wir zu zweit. Georgi und ich. Es war mir angenehmer so, weil weniger spannungsgeladen. Zugleich hatte ich ein schlechtes Gewissen über meine Freude, daß Dolores nicht mitkam, und stellte mir vor, daß sie sich „daheim allein" unglücklich fühlen würde. Da sie mir aber bei den erzwungenen gemeinsamen Spaziergängen ebenfalls unglücklich und irgendwie beleidigt vorkam, beruhigte ich mich damit, daß es egal sei, ob sie unterwegs mit uns oder daheim allein unglücklich ist.
Der Schnee ist schön. Er bedeckt auch das Plakat, welches an die Wand unseres Hofeinganges geheftet ist. Das Plakat stellt zwei Gestalten dar: Die eine ist ein „soignierter Herr" – würden meine Tanten sagen – mit Zylinderhut, mausgrauen Ledergamaschen und ebensolchen Handschuhen. Wohlhabend offensichtlich. Die andere Gestalt ist durch den schrägfallenden Schnee fast zur Gänze zugedeckt. Auch auf einer Drucksache konnte sich der Reiche den überdachten Platz sichern. Allerdings kenn' ich – aus schneelosen Tagen – den anderen, den Rotnasigen mit den ausgelatschten Schuhen (ohne Socken! Brrrr!), mit der zitternden Hand, die er bettelnd dem Reichen entgegenstreckt: dieser hält – angeekelt, wie sein Gesichtsausdruck es erkennen läßt und ebenso seine spitzen Finger – in distanzierter Höhe über der Bettlerhand eine Münze, ein Pengö-Stück – das wird bald in die Hand des Bettlers fallen. Ich habe immer auf diesen Moment gewartet, daß das Geldstück fällt: nicht, weil ich Mitleid mit dem Bettler gehabt hätte: er hat mich mit seiner demütigen Miene eher geärgert. Nein, ich wollte einfach sehen, daß das Stück fällt: so, wie im Kino die Bilder weitergehen. Das Plakat in dieser schwebenden Situation wie ein Filmriß. Der Bettler ähnelte meinem Onkel Lukas, beinamputierter Vollinvalide des Ersten Weltkrieges. Der Reiche glich dem Herrn Direktor Adler von der Nationalbank, der im Herrensalon meines Großvaters meine mit der linken Hand angefertigten Zeichnungen, laut Großvater, bewunderte: „Aus diesem Kind wird noch etwas, Sie werden sehen, Herr

Hartmann." Unten auf dem Plakat stand NATIONALBANK (ja eben: Herr Direktor Adler!) und noch einiges, was ich noch nicht lesen konnte. Doch Georgi wollte meine Bitte nach Vorlesen des Textes nicht erfüllen, ich sei noch zu klein, könne die Sache ohnehin nicht verstehen. Aber er sagte dann doch, wer trinkt, muß betteln gehen, und spuckte verächtlich aus. Dies war eine Bekräftigung seiner Aussage. Der andere Mann mit Zylinderhut hat Geld, weil er nicht getrunken hat. Ich fragte, ob man reich wird, wenn man nicht trinkt. Georgi wurde irgendwie nervös. Er trank nicht und rauchte nicht. Trotzdem kam es mir vor, daß wir eher arm waren. Die Wohnung, die wir im hinteren Teil des Hofes bewohnten, bestand nur aus zwei Räumen. Im ersten Raum, wohin man gleich eintrat, war die Küche, auf deren Tisch Georgi damals die Schreibmaschinen in Benzin badete – Standard-Service – oder sie reparierte. Kurz vor dem Mittagessen wurde dann aus dem Arbeitstisch des Vaters der Arbeitstisch der Mutter: Der Strudelteig wurde hier ausgezogen, Knetteig gewalkt. In der Küche gab es fließendes Wasser. Aus diesem Raum trat man in das Schlafzimmer. Hier befand sich ein eheliches Doppelbett, zwei Schränke, zwei Nachtkastln, ein Blumenbord und mein Schlafplatz zu Füßen der Eltern, quergestellt: eine „Chaiselongue" – wie meine Tanten sagten. Ein Plumpsklo befand sich draußen im Hof und war für alle Mieter da.

Diese ärmlichen Umstände haben mich aber kaum betrübt oder irgendwie beschäftigt. Ausgenommen die zufällige Nachbarschaft des kranken Herrn Gusmitsch, die sich aber auch in einem reichen Haus hätte ergeben können. Allerdings gab es da noch etwas: Georgi witzelte über den Kranken: er sagte: „Dorsch in Aspik", wenn wir beim Fenster vorbeigingen. Oder: „Schau dort nicht hin, Dorsch in Aspik", und er kicherte dabei. Hier erhob sich Dolores' übergeordnete Stimme, und die Zauberformel: „Georgi, das Kind" erklang: woraufhin Georgi beschämt grinsend den Mund hielt.

Heute trabten wir aber nur zu zweit, so riskierte Georgi die Sache mit dem Dorsch, was ich überhörte. Wir gingen von der Teleky-Straße, wo wir im Haus Nummer 56 wohnten, vorbei an der schmalen Seite und dem Haupttor der ebenfalls nach Graf Teleky benannten Kaserne. Aus dieser Kaserne, im Zentrum der Stadt, erklang täglich – auch Jahrzehnte noch nach dem Zusammenbruch der Monarchie – der habsburgische Zapfenstreich, der mit seinen melancholischen Schwingungen unsere Seelen in eine frühere Zeit versetzte, als wäre – vertreten durch unseren Admiral Horthy – der Kaiser Franz

Joseph im Geiste nach wie vor anwesend. Etwa wie Hamlets Vater, erklärte ich einmal meiner Tante Eva.

Die zwei Wachtposten, die im Haupttor standen, werde ich einige Jahre später – zwölfjährig – mit der Hilfe einer kleinen Flasche Rum zum Transportieren und Vergraben des Maschinen-Bestandes von Georgis Werkstatt anheuern – im Garten Eden der Frau Petneki –, womit ich dem monarchistischen Zapfenstreich angeblich (Vorwurf der Familie), jedenfalls ungewollt, knapp vor der Okkupation durch die Rote Armee, März 1945, ein Ende bereitete. Doch das ist eine andere Geschichte.

Während uns jetzt unser Weg zur Sankt-Stephan-Straße – die nach dem Krieg auf den Namen „Weg der Märtyrer" umgetauft wurde, da hier alle Verfolgten, die Wallenberg nicht durch Tauschgeschäft gegen Lastkraftwagen freikaufen konnte, nach Theresienstadt, Dachau und Auschwitz getrieben wurden, unter ihnen Doktor Lorand, mein geliebter Kinderarzt – führte, stellte ich mir vor, was Dolores jetzt tut, während wir mit großen Schritten im Schnee dahinstapfen. Sie liegt jetzt auf meiner „Chaiselongue" – war mir ein angenehmer Gedanke. Und liest diese blöden Romane – hätte Georgi sagen können. Sie träumt von Filmschauspielern, Offizieren, oder von spanischen Diplomaten, mit denen sie Georgi in ihren Tagträumen womöglich betrügt. Von solchen handeln die Romane, die sie nachmittags liest, bis Georgi, den Frevel unterbrechend, uns spazieren führt. Wenn Dolores dabei war, „führte" uns Georgi in der Tat. Warum nur trippelte Dolores so hilflos mit ihren „Damenschuhen"? Und selbst im Schnee. Und wo wir über einen Graben sprangen, mußte Georgi sie hinüberheben. Dabei fand ich, daß Dolores stärker und größer war als Georgi. Ich hatte lange den Verdacht, daß Dolores so etwas wie ein heimlicher General ist, der seinen Burschen aus einer Laune heraus Tyrann spielen läßt, bis er (sie) eines Tages alles aufdeckt und den Anmaßenden Mores lehrt... (Den „Dorsch in Aspik" hat sie ja auch verbieten können...) Doch meine Annahme wurde von niemandem geteilt. Die Tanten sagten: „Schade, daß Babuschka so starke Augenbrauen und einen männlichen Haaransatz hat. Sonst wäre sie wirklich...", und sie beschreiben dann ihre „Tip-Top-Figur" – „wirklich... schick... wirklich..." – „Und auch die Beine!" schrie Tante Kathy emphatisch immer wieder auf: „Ich finde, sie hat unter allen Geschwistern die schönsten Beine." – Womit sie alle anderen gezielt beleidigte.

So habe ich nachgedacht, warum Dolores' Beine eine Rolle spielen

und warum niemand von Georgis oder Onkel Bello Cios oder Gabilis Beinen redet. Auch fiel mir auf, daß die Damen Dekolleté tragen, während die Herren meist hochgeknöpfte Kragen mit Krawatte und selbstverständlich lange Hosen. Warum nur, warum? Gabili weihte mich in Geheimnisse ein: „Den Damen steckt man eine Maus in das Dekolleté. Wenn die Maus lebt, ist das Werbung. Der Mann zeigt sein Interesse an der Frau. Die Damen schreien dann neckisch auf, eigentlich aber sind sie geschmeichelt. Wenn die Maus tot ist, bedeutet das, daß er sie straft, weil sie ein Auge auf ihn geworfen… Aber das verstehst du noch nicht…" Die Herren wollen offenbar keine Maus, deswegen schützen sie sich mit Krawatten, war meine damalige Rätsellösung. Während dies alles durch meinen Kopf ging, trat ich mit Lust in den Schnee, der knirschte. Ich fühlte mich in meinem dicken, dunkelblauen sogenannten Boy-Mantel wohl. Damals störte es mich nicht, daß der Eindruck des Mantels eine Villa in Nádorváros, wo eher die Großbürger wohnten, als elterliches Domizil erahnen ließ, ja fast vorgetäuscht hatte. Solche Mäntel hatten nur Söhne von Rechtsanwälten, Ärzten, Professoren etc. etc. Der Mantel war übrigens – wie ich es heute sehe – eine nationalistische Nachahmung der Aufmachung unseres Reichsverwesers Admiral Horthy. Mit dem ungarischen Staatswappen auf den goldenen Knöpfen – vorne sechs und auf den Schulterstücken je einer, ebenso an den Ärmelaufschlägen – hat er sehr imposant ausgeschaut. Allerdings jetzt, mit vier, fünf Jahren, reichte er mir bis zum Knöchel, mit zehn Jahren, als die Front bei Stalingrad zusammenbrach und die Bewegung der Roten Armee ihre Richtung, Mitteleuropa im Visier, änderte, saß der Mantel am besten. Mit zwölf war er dann schon zu kurz, es war mir peinlich, daß er in den Schultern zu schmal war und die Knie frei ließ: immerhin durfte ich wegen dieser peinlichen Kürze meine Trainingshose als ständiges Kleidungsstück etablieren. Als der Krieg aus war, fand ich es schmerzlich, daß der Mantel abdanken mußte. „Die Zeiten ändern sich und die Mäntel in ihnen" – soll Tante Cho-Cho-Sans Verehrer „Franky-Boy" gesagt haben, den ich nicht kennengelernt habe, „er verduftete nach Amerika noch vor der Verlobung", sagten die Tanten. Wie auch immer: der Mantel war weg, die Hose behielt ich aber ein für allemal.
Nach der Sankt-Stephan-Straße bogen wir links ein, und mein Wunsch, in einem Textilgeschäft für Herrenmoden das dort weiß Gott warum ausgestellte Bild des Vitéz János, meines bewunderten Helden – er war ja tapferer Soldat, Dichter und Liebhaber, der mit

einer in den Teich geworfenen Rose seine tote Braut wiederauferstehen lassen konnte –, kurz besichtigen zu dürfen, wurde von Georgi mit Hinweis auf die früh eintretende Dunkelheit abgelehnt. Übrigens im gleichen Schaufenster, Vitéz János quasi gegenübergestellt, stand auch das Bild unseres Reichsverwesers, Admiral Horthy, ein Familienbild mit Gattin und zwei Söhnen: Familienväter waren im Gegensatz zu Dichtern und Liebhabern offenbar nicht in meinem Zukunftsprogramm: so nahm ich ihn, den Admiral, kaum wahr. Nur Petöfis Helden sah ich.

Über die „Fliegerbrücke" überquerten wir die Bahn und trabten jetzt auf der Fehérvári-Straße. Die Städtischen Schweinezüchtereien nahmen an der linken Straßenseite gut dreihundert Meter ein: Da die Fehérvári-Straße halbkreisförmig nach links bog, ergaben die kleinen Schweineblocks der Züchterei – ergänzt von der anderen, von hier aus nicht sichtbaren Seite – einen riesengroßen Kreis. Ich träumte von einer Theaterarena mit Ritterspielen, mit Darstellung unter anderem der Schlacht von Segesvár, wo Petöfi, den ich mit seiner Schöpfung, Vitéz János, problemlos gleichsetzte, kämpfte und nicht – wie im Leben – viehisch niedergemetzelt wurde, sondern siegte und die Arena, Schlachthof eigentlich, dann mit seinem Zauberstab in jenen Teich verwandelte, dessen „sanften Wellen" seine tote Braut entstieg. Es hat mich immer sehr gefreut, neben diesen ganz niedrig gebauten kleinen Häusern vorbeizugehen, die mir wie Kinderhäuser vorkamen, den Hof als Arena ahnend, die Häuschen als Parkett, ihre Dächer den Bewohnern als Logenplätze bei den Spielen anbietend, mit guter Rundsicht. Ich bedauerte nur, daß sie – von der Straße aus gesehen – ohne Fenster oder Türen waren; lediglich zwischen einer Einheit von etwa fünf bis zehn Kubussen war das längliche Haus quasi zu Ende. Das nächste stieß nicht ganz dicht an ihm an. Trotzdem sah man durch das einfache, niedrige Gittertor aus Holz nicht in den Hof hinein. Eine Schutzwand hat dies verhindert. Im Hintergrund dieser Häuserreihe, unsichtbar, befand sich, das wußte ich, das eigentliche Schlachthaus, das mir bei der Arena-Vorstellung störend vorkam, verwendbar nur, wenn man Königsdramen spielte. Von den sieben Veziren, und auch von den sagenhaften Reitern von Attila, dem Hunnenkönig, wußte ich ja. Das verband ich mit Sterbenmüssen im Kampf, Hinrichtung bei Fahnenflucht, also bei Untreue zum König. Sichtbar war eine kleine Fahne, mit der Abbildung von Wiener Schnitzeln darauf. Dies war angesichts der Ritterspiele unverständlich. Das genauere Wissen um den Schlachthof sickerte bröckchenweise zu mir durch. Einige bekannte Familien und Verwandte kauften hier günstig für eine Woche Fleisch ein. „Die lieben Tiere enden dort", sagte Gabili eines Tages. Er hat eine Maus aus unserem Keller totgedrückt und sie mir dann gezeigt, damit ich genauer weiß, was es mit dem Schlachten und Töten auf sich hat. Dies verband ich mit seinen Erklärungen über die Natur von Dekolleté und Krawatte und beschloß, wenn ich einmal groß sein werde, weder das eine noch das andere zu tragen. Oder: schlimmstenfalls eben die Krawatte. Gabili war der kleinste Bruder meiner Mutter, als siebtes Kind mit Wasserkopf geboren. Er galt als schwachsinnig. „Und das achte war dann eine Totgeburt", sagten die Tanten. Es entstand der Eindruck, daß die Zutaten immer schlechter wurden. Dolores, Cho-Cho-San, Rosa und Bello Cio waren noch stark und gesund, Kathy hatte „fast schon eine Hasenscharte", jedenfalls sprach sie kraftlos, lächerlich. Eva hatte zwar große Träume, doch „leider überhaupt keine Energie".

Georgi hat anscheinend keine Notiz von der Städtischen Schweinezüchterei genommen. Wir gingen weiter, und der Weg war lang und hörte schließlich auf, ein Weg zu sein, es war eine große Wiese, jetzt schneebedeckt, „Sonst schlammbedeckt", sagte Georgi, „das sind die TRIANON-GRÜNDE, weißt du?", und er fügte den Kampfruf hinzu: „nem nem soha" (no no never). Auf der Wiese standen große Barackenhäuser, vier oder fünf. „Da sind wir", sagte Georgi, und wir traten in das erste Haus ein. So etwas habe ich hier zum ersten Mal gesehen: Das Haus war durch einen grobgezimmerten mittleren Gang der Länge nach in zwei geteilt, rechts und links Boxen, deren Wände nicht bis zur Decke gingen. Georgi war zuerst mal ratlos, wie man hier jetzt die Frau Schramm suchen soll. Wen immer er fragte, niemand wußte Bescheid. Frau Schramm war erst vor einigen Tagen aus ihrer ordentlichen Wohnung delogiert worden und hier offenbar noch unbekannt. Am Rand der groben Holzwände konnte man den Fuß ansetzen, sich hinaufschwingen und einfach von oben in die einzelnen Kabinen hineinschauen. Georgi stieg gut fünf bis sechs Mal hinauf, schaute hinein, „Hier ist sie nicht", sagte er, dann sprang er wieder herunter und stieg wieder hinauf, zur nächsten Box.

Später, wenn ich an die unverständliche Szene, wie Georgi hinaufstieg, hineinschaute, als wären in den Boxen Pferde, Ziegen, Kühe oder irgendwelche Gegenstände, dachte, habe ich mich immer gewundert, daß von unten keinerlei Reaktion kam, irgendein Fluch oder eine Zurechtweisung, eine Empörung. Nein, Georgi schaute hinunter, die merkten es vielleicht nicht oder schauten wohl nur apathisch hinauf zu ihm, dachten, daß er eine Art Aufseher sei und senkten den Blick, aus Scham, wegen ihrer Armut, oder weil es „Unordnung" gab in ihrer Koje, weil die Kinder um das Essen zankten und weil die erwachsenen Männer besoffen waren, weil jemand jemanden schlug, meist war es ein Mann, der eine Frau schlug, oder eine Frau, die ein Kind schlug, oder ein größeres Kind, das ein kleineres Kind schlug, weil einer vielleicht seinem Drang nachgab und seine Frau oder irgendein anderes weibliches Wesen, das gerade da war, an die Wand drückte, während Kinder und Alte, mit ihm im gleichen Loch zusammengepfercht, das Zucken und Zappeln der beiden Körper stumm anstarrten.

In der neunten Box hat Georgi Frau Schramm gefunden. Wir gingen durch eine Art knirschende Kellertür in das Abteil hinein. Georgi wollte mir das eine Kompottglas in die Hand drücken, „damit das Kind das Weihnachtsgeschenk übergibt" – ich war aber nicht imstande, dieses Spiel mitzuspielen, wieder einmal habe ich die mir übertragene Rolle abgelehnt. So mußte Georgi die Fassade wahren und mit süßlich verzogenem Mund das Kompott übergeben. Auch er fühlte sich unbehaglich neben unserer Waschfrau, die mit ihren zahlreichen Kindern einfach auf dem Stroh saß, delogiert nach ihrer Brustoperation, die Folge eines Pferdebisses. „Exakt vor der Benediktiner-Kirche." – „Wo doch Frau Schramm so fromm war", sagten meine Tanten. „Aber sie mußte wissen", so Dolores, „daß man mit den Pferden nicht spaßen darf. Sie stehen da vor der Kirche, dem Grünmarkt gegenüber, einige beißen, wenn man sie irritiert." „Irritiert, Babuschka", warf meine Oma ein. „Die arme Schramm hat sich nur bekreuzigt vor der Kirche." Dolores blieb aber hart, zumal der Name Babuschka für eine Dreißigjährige wirklich nicht mehr oder noch nicht paßte. Meine Oma konnte sich aber nicht abgewöhnen, sie so zu nennen. Bei uns bedeutete Babuschka Babylein, unter den Russen lernten wir dann das gleiche Wort als Großmutter zu verstehen. Das ganze Bild war für mich wie im Kino: viele Details sehe ich heute noch, durch schnelle Schnittfolge vielleicht etwas erträglicher gemacht. Wir sind auch schnell, beinahe fluchtartig aus der Baracke weggekommen, fast weggelaufen. Der unmittelbar auslösende Grund zu unserem Ausreißen war, daß der mittlere Sohn der Frau Schramm nach dem zweiten Kompottglas griff, welches aber Georgi um keinen Preis aus der Hand gab. Es war ein Moment des Kräftemessens zwischen ihnen, vom Wehklagen unserer Waschfrau begleitet. Der

älteste Sohn zog seinen Bruder mit Gewalt zurück, das Kompottglas fiel auf den Boden, Georgi griff ihm nach; es war nicht zerbrochen, da der Boden mit Stroh bedeckt war. „Komm Georgi, wir gehen jetzt", rief er mir zu, sehr würdig. (Vor meiner Geburt hatte er überall verkündet, sein Nachfolger, Georg der Zweite, sei im Anmarsch.) Draußen putzte er die Strohhalme von unseren Mänteln ab. „Und was machen wir jetzt mit dem Kompott?" Es war mir rätselhaft, warum er nicht beide Gläser bei Frau Schramm gelassen hatte. Georgi tat so, als ob er meine Frage nicht gehört hätte. (Auf dem rechten Ohr hörte er nicht so gut, dieses kleine Gebrechen setzte er bei unangenehmen Fragen – und bald auch bei der Musterung – geschickt ein.) Wir trabten den gleichen Weg zurück, ich war recht verwirrt, ein körperliches Unwohlsein befiel mich, was ich aber nicht zeigen wollte. Allmählich aber kam die Erschütterung in Form eines starken Brechreizes zu ihrem Sieg. „Ich muß brechen", sagte ich schnell, und schon lag das Erbrochene im Schnee. Als gütige Hilfe, diese unappetitliche Schande zuzudecken, kamen neue Schneeflocken. Ich hielt die Hand gegen die Flocken und stülpte sie mir in den Mund. Georgi lobte mich, daß ich so auf meine Säuberlichkeit achte. Zähneputzen war daheim ein – zugegebenermaßen nützlicher – Teil der praktischen Erziehung. Nach einigen Schritten sinnierte er nach, was wir zu Mittag gegessen hätten, denn dieses oder jenes war vielleicht zu fett oder sonstwie für mich noch zu schwer verdaulich. Wir erreichten wieder die Städtische Schweinezüchterei, wo Georgi seltsam verlegen wurde. „Du bleibst jetzt hier", sagte er zuerst, dann aber – vielleicht wegen meines Unwohlseins vorhin, oder weil es langsam zu dunkeln begann – nahm er mich an der Hand und zog mich mit sich durch eine der wenigen Türen, welche die niedrige, aber lange und im großen gesehen rundförmige Häuserreihe von der Straßenseite aus unterbrochen haben. Dieses Türöffnen war übrigens etwas unheimlich, Georgi arbeitete dabei mit einem Draht, er spähte nach links und nach rechts, bevor er seinen „Schlüssel" ansetzte. Offenbar war hier etwas nicht in Ordnung. Georgi hat das Zuschließen von innen ebenso sorgfältig, spannungsgeladen, als leite er eine kriminelle Tat ein, bewerkstelligt, seinen ganzen technischen Sachverstand einsetzend.
Eine Vermutung, daß Georgi das hier jetzt nicht zum ersten Mal macht – weiß ich noch – kam mir mit Gewißheit in den Sinn. Wir schlängelten uns zwischen der Holztür und der Schutzwand, uns ganz klein machend, in den Hof durch. Es hat mich erwartungsvoll

erregt, daß wir jetzt die kleinen Schweinchen in ihren sauberen, kubusartigen Häuschen sehen werden, auf frischem Stroh. Ein behagliches Bild im Gegensatz zu dem Schock mit Frau Schramm auf den Trianon-Wiesen. Kinder und Schweinchen, auch andere Tiere, fühlen sich verwandt. Den ersten Kuß habe ich von einem drei Tage alten Kälbchen bekommen. Ich selbst war etwa zehn. Wir haben uns aufmerksam angeschaut, es trat langsam zu mir und leckte mir mit breiter Zunge über das Gesicht. Kleine Kubusse, Schweinehäuser, Kinderhäuser. Auch fiel mir etwas mit kleinen Schiffen ein: Eine Modell-Armada, die unsere Donau herunterschwamm. Nachgebaute Ozeandampfer, an deren beiden „Decks" links und rechts Kinder saßen in weißen Matrosenanzügen. Wir haben uns gegenseitig zugewunken: sie schrien deutsch etwas freundlich Klingendes, ich verstand sie nicht. Wasser, blau-weiße Schiffe, blonde Zehnjährige in Weiß. Es war eine Veranstaltung der Hitlerjugend.
Nun standen wir im Hof der Städtischen Schweinezüchterei. Der runde Hof, mit den kleinen Häusern umgeben, war von der Innenseite gesehen vielfältiger gegliedert als von außen. Zwischen den einzelnen Häuschen waren noch circa ein Meter breite Zwischenräume mit Futterbehältern ausgefüllt. Die Häuschen selbst hatten jeweils eine Gittertür und eine Luke als Fenster. Vielfältiges Grunzen, Quiecken und sonstige Lautkundgebungen Hunderter von Schweinen, Ferkeln, ruhig und gemütlich vor sich hinbrummende, fressende ebenso wie miteinander zankende. Öfters jaulte ein Tier schmerzlich auf, offenbar von einem Artgenossen gebissen. Menschen sahen wir nicht. Ich weiß noch, daß mich das beruhigt hat. Bei dem Aufschrei der Tiere wäre mir die Vorstellung unerträglich gewesen, daß sie vielleicht von einem Aufseher geschlagen werden könnten. „Wenn sie sich aber selbst beißen – selber schuld." Natürlich standen mir damals nur die beschränkten Denk-Kategorien meiner Umgebung zu Gebote, und weil unsere Familie arm war, haben sich meine Leute geschämt wegen der Enge ihrer Behausungen, haben keine gedanklichen Zusammenhänge herstellen können zwischen unüberwindlicher räumlicher Enge ihrer eigenen Wohnungen und der „Politik" des von ihnen abgöttisch verehrten Admiral Horthy. Auch wollten sie den Zusammenhang zwischen räumlicher Enge und dem Haß nicht wahrnehmen, welchen die hier gefangenen Tiere, wie woanders die in der Enge zusammengepferchten Menschen, aufeinander haben mußten. Sie zählten sich bereits zu jenen, die durch ihre Tüchtigkeit und materielle Entsagung bald zu denen gehören wer-

den, die größere Zimmer und weniger Kinder haben, nicht nur mit ihrer Hände Kraft arbeiten, sondern auch mit ihrem Hirn. Georgi also nicht nur als Mechaniker (obwohl er dabei durchaus sein Hirn einsetzen mußte), sondern auch als Geschäftsmann, einer, der dann Angestellte oder zumindest Lehrlinge „unter sich hat" und seine Frau ein Dienstmädchen.
Dolores indes sah sich bereits auf meiner Chaiselongue lesend unter den Palmen eines Parkes in Marokko, umgeben von eingeborenen Dienerinnen, die ihr mit ihren Fächern Linderung gegen die Hitze verschaffen. Der Park gehört zur Villa des königlich-spanischen Konsulates, wo ihr Gatte, Doktor Luis Maria Calparado, als Generalkonsul tätig ist. Aber wie konnte Dolores, meine Mutter, die Gattin des Generalkonsuls sein, wo doch Georgi mein Vater war? Georgi betrat indes eines der kleinen Häuser. „Warte hier auf mich, oder paß auf, komm herein, wenn du jemanden kommen siehst." „Einen Menschen?" fragte ich unwillkürlich. „Ja, was sonst." – „Aber hier wohnen nur Schweine", meinte ich, und es war mir total unverständlich, warum mir Georgi daraufhin eine Ohrfeige gab. Ich weinte nicht, sondern drehte ihm den Rücken zu. Vielleicht wollte mir Dolores mit dem Konsul Calparado einen würdigeren Vater verschaffen, der mir nicht grundlos, hysterisch Ohrfeigen austeilt, der mich nicht aus einer Zimmer-Kuchl-Wohnung zur delogierten Waschfrau führt mit zwei Kompottgläsern in der Hand. Umgekehrt, daß nämlich Georgi für mich eine würdigere Mutter erwählen könnte, kam mir damals noch nicht in den Sinn. In frühen Kindertagen hat sie mich täglich lange Minuten oder vielleicht Stunden angeschaut. Blick in Blick mit ihr lag ich da im Körbchen, welches sich durch meine Bewegungen rhythmisch wiegte, und dieser Rhythmus kam auch von ihr. Ich erinnere mich heute noch an den Pulsschlag ihres Herzens, wohl noch aus der Traumzeit, als ich in ihrem Leibe lag; am Anfang unserer Geschichte spürte ich, daß sie mich sehnlichst umfängt und ganz persönlich für sich wünscht. Nur mich allein. Unser Drama begann erst später, doch noch immer früh genug.
Allmählich nahm ich wahr, daß ich jetzt, nach meinem Abwenden von Georgi, dem Schlachthaus gegenüberstand. Nach der Erschütterung der Erlebnisse, dann der Freude, daß Georgi mich mit meinem-seinem Namen – vor unserer Waschfrau – ansprach – und dann das peinliche Sich-Übergeben und schließlich die unverständliche Ohrfeige – kam eine düstere Ahnung in mir auf: Daß Georgi

nur in besonderen Situationen, in denen er unbedingt der Stärkere ist, wie jetzt bei Frau Schramm, meinen richtigen Namen ausspricht. Daß in diesem Haus den Schweinchen das Leben genommen wird wie mir mein richtiger Name. Daß das Schauspiel eine Hetzjagd ist, geführt von sadistischen Gesellen mit blutigen Schürzen, von Henkersknechten, die laut grölend die lieben Tiere in diesen furchtbar großen Bau hineintreiben, und wenn diese nicht wollen, treten sie und schlagen sie sie zu den Öffnungen, und dort drin ist eine so große Hitze, daß die armen Schweine nach einigen panischen Fluchtversuchen dann doch hinfallen und ersticken. Und unten ist ein großer Rost, der gleich Schweinebraten aus ihnen macht, viele tote Schweine, viele Braten. Ein ganzer Berg von Braten und über ihm ein riesiges Schafott, das ständig heruntersaust und auf einen Schlag eine ganze Wagenladung Schweineschnitzel zurichtet, die durch den Schwung des Fallbeils mit Wucht auseinanderspritzt. Deswegen oben die Fahne. Alles klar.

Doch was hat Georgi hier zu suchen? Ist er etwa auch an dieser Schlächterei irgendwie beteiligt? Wieso kam er so geübt und verstohlen in diese Festung – Lager – Todeslager der lieben Tiere – hinein? Ist Georgi am Ende ein Mörder? Vielleicht will mir Dolores in der Person des königlich-spanischen Generalkonsuls wirklich einen würdigeren Vater verschaffen? Aber was war mit jener Großtante, die in der Tat in Marokko war? Wenngleich nur als Gattin eines Chauffeurs des Generalkonsuls? ... Oder war das mit dem Chauffeur nur eine Behauptung von Georgi, weil er der Familie von Dolores keine so große Ehre lassen wollte? Es mußte also nicht stimmen. Also vielleicht doch Generalkonsul oder irgendwas Ähnliches? Doch plötzlich kam mir ein in meiner Anwesenheit geflüstertes Detail in den Sinn, nämlich, daß diese zu großer Gattinnenehre gelangte Tante aus der mütterlichen Familie ihren kleinen Sohn durch einen Schlangenbiß verlor. Die Schlange soll von den „schwarzen Dienerinnen" auf den Knaben angesetzt gewesen sein, der binnen weniger Stunden qualvoll verstarb. Nein, dieses Schicksal wollte ich selbst unter den Palmen von Marokko nicht.

Der Schnee begann wieder zu fallen, dies beruhigte mich etwas. Ich schaute mich nach Georgi um, langsam und möglichst lautlos (der Schnee knirschte ja), habe ich mich auf die Türöffnung zubewegt, wo ich Georgi vermutet habe. Aus der Nähe schon konnte man – trotz Schweinequieken – ein leises Schluchzen vernehmen. Es war das kraftlose Schluchzen einer Frau. Die Frau war – wie ich verblüfft

und auch entsetzt feststellte – meine Tante Anna, die Gattin von Onkel Lukas, der im Ersten Weltkrieg beide Beine verloren hatte, vom Staat dafür einen Tabakladen bekam und der sein ganzes Geld immer wieder versoff, der seine ihm innigst zugetane Frau mit den Krücken schlug, weil sie ihm keine neue Flasche Rum holen wollte, die vor diesen Schlägen nicht auswich und nicht davonlief, denn sie wollte ihn, den Beinlosen, damit nicht in eine demütigende Lage bringen: der beim wilden Herumschlagen die Balance dann doch immer wieder verlor und hinfiel, woraufhin Tante Anna mit zerschlagenem Gesicht die Nachbarn zu Hilfe holen mußte, damit sie den Mann wieder auf die Beine, das heißt Prothesen, stellten. Kundschaften hatten sie in der letzten Zeit nicht mehr, die hätten helfen können, niemand stand mehr in ihrem Laden herum, und die Nachbarn wollten auch nicht mehr gerne kommen. Sie sagten Tante Anna, daß sie das b e s o f f e n e   S c h w e i n endlich mal auf dem Boden liegen lassen soll, statt ihm noch zu helfen, daß er sie dann weiterschlägt. Er soll sein verdammtes Leben zu Ende röcheln. Endlich, endlich zu Ende.
Jetzt stritten die beiden nicht mehr. In dem für Menschen zu niedrigen Raum, dessen Wände anläßlich der Einquartierung von Onkel Lukas sauber geweißelt worden waren, auf dem Boden lag auch sauberes Stroh, genau wie bei Frau Schramm, röchelte nun Onkel Lukas (wie gewünscht), sein Kopf im Schoß seiner leise schluchzenden Frau, sein zerstörtes Leben zu Ende. Zwei menschliche Geräusche, Todesklagen für eine weibliche und eine männliche Stimme vor dem Hintergrund des Riesenchorapparates der Schweine. Requiem.
Georgi konnte nur gebeugt stehen in der niedrigen Schweinekoje, wo der Horthy-Staat seinen dekorierten Kriegsinvaliden untergebracht hatte. Hilflos hielt er das Kompottglas in der ausgestreckten Hand. Hier griff nun niemand mehr nach der Weihnachtsgabe. So stellte Georgi das Glas vorsichtig in das Stroh, wie man auf den Gräbern einen sicheren Platz für die „Ewiges Licht" genannte Kerze sucht, damit diese nicht gleich umkippen und ihre schwache Flamme gleich verlöschen würde. Wir waren beide sehr verlegen und wie Diebe stahlen wir uns davon. Georgi schaute mich auf dem Rückweg an, und fast hätte er schon gesagt, daß ich daheim nichts erzählen soll. Aber er verstand, daß es überflüssig war, etwas zu sagen: ich werde ohnehin schweigen. Fein wäre es gewesen, hätte er sich ob seiner Hysterie mit der Ohrfeige entschuldigt, aber soweit

hat es bei ihm nicht gereicht. Ich war ja „nur" ein Kind. Andererseits hatte ich ihn in Gedanken als Schweinchenmörder verdächtigt. Wir waren also quitt.

Etwa 35 Jahre später, längst war Georgi tot, bat ich meine Tante Rosa, die Städtischen Schweinezüchtereien zu photographieren. Sie war verblüfft über diesen Wunsch und meinte, „Györ hat so viele schöne Plätze... die Bischofsburg, die Karmeliten, die Jesuiten-Kirche..." etc. Da habe ich ihr und Dolores die Sache mit Onkel Lukas' Ende in der Schweinebox erzählt. Dolores lachte ihr überlegenes Lachen, das immer schon unbegründet war, und behauptete hochmütig, einen Onkel Lukas und eine Tante Anna nie gekannt zu haben, und sie versuchte, die Geschichte als Produkt meiner überbordenden Phantasie hinzustellen. „In the family of my wonderful husband a thing like this does not exist", sagte sie in ihrer neuen Sprache, obwohl ihre Geschwister nichts davon verstehen konnten – sie war seit ihrer Flucht, 1956, Staatsbürgerin des Commonwealth'. Australien, Sydney.

II. Zapfenstreich und andere Signale

Alle Häuser, in denen ich ab meiner Fötus-Existenz gewohnt habe, lagen in einem relativ kleinen Umkreis um die Graf-Teleky-Kaserne herum – ähnlich wie in meinem Baukasten die kleinen Würfel um die bereits erbaute Kirche herumlagen. Aus dem Hof der Kaserne, unsichtbar für uns, erklang täglich der Zapfenstreich. Jawohl, auch ein Fötus hört gewisse Töne bereits im Mutterleib: das Pumpen des Herzens seiner Trägerin: ein Grundrhythmus, und, wenn er hellhörig ist, auch Töne von Musik: in der Nähe einer Kirche die Glocke und in der Nähe der Kaserne den Zapfenstreich – vorausgesetzt, daß das Wachsen und Gedeihen in dem mütterlichen Dunkel auf dem Gebiet der Monarchie stattfindet, oder in Ungarn, das nach 1918 noch bis Kriegsende „Monarchie spielte", eine eigenartige Monarchie ohne König, doch mit einem Marine-Admiral an ihrer Spitze, dies in einem Land ohne Meer.

In meiner Heimatstadt Györ war ich lange Zeit davon überzeugt, daß die Graf-Teleky-Kaserne nicht nur der geographische Mittelpunkt unserer Stadt sei und daß diese durch die Kaserne dargestellte physische, aber auch geistige Macht täglich in der Form der Trompetenmelodie des Zapfenstreichs aus dem Kasernenhof, also Zentrum des Zentrums, zu uns spräche: zu den Kindern, die ich im Kindergarten kennengelernt habe: zu Johann und Johanna, zu den Zwillingsgeschwistern Nyomarkai, zu den zwei Brüdern Skerlanitz, zu dem quirligen Povázsay, zu dem verwöhnten Diószeghy, zu Gertrude Mohavec, die gut zwei Köpfe größer war als wir anderen, zu Halász, der schon damals angeblich vorzüglich Violine spielte, wie zu den übrigen Kindern. Noch mehr aber sprach sie zu den erwachsenen Männern, wie zum Beispiel zu meinem Großvater, der an allen Fronten des Ersten Weltkrieges mitkämpfen „durfte" und jetzt zwar nicht invalide, wie väterlicherseits Onkel Lukas, doch „irgendwie in seinem Lebenswillen gebrochen" war (wie meine Tanten immer wieder vorwurfsvoll feststellten).

„Vater hört nie zu, wenn man mit ihm redet", sagten etwa Eva und Cho-Cho-San, zwei seiner aufmüpfigen Töchter. „Er wendet sich mitten im Satz ab, und weg ist er." Ich merkte aber, daß er aufblickte, wenn der Zapfenstreich erklang. Und so nahm ich an, daß zum Beispiel Herr Direktor Adler in der Nationalbank ebenso aufhorchen würde. Oder Großvaters Freunde aus dem Männergesangsverein, oder seine Kunden in seinem Herrenfriseursalon. Frau Schramm, unsere Waschfrau, goß das Laugwasser über dem Gully des schmalen Hofes endgültig aus: „Heute wird nicht mehr gewaschen". Herr Bittmann, der Schuster in der gleichen Straße, legte seine Werkzeuge akkurat beiseite. „Bis morgen also", sagte er zu ihnen. Frau Berta zog geräuschvoll das Rollo ihres Obst- und Gemüsegeschäftes herunter. Die Mütter riefen ihre Kinder zum Abendbrot: Bei den Salzers klang es angeblich besonders lustig: Zoti, Zoreh, Rüfke, Sarah, Jajkele! So soll „Framama" im Salzer-Haus ihre Kinder abends gerufen haben. Meine Tanten finden diese orthodoxjüdischen Namen selbst heute, nach mehreren Jahrzehnten, noch „lustig". Sie blicken sich in seltener Eintracht an. Es sind lange, komplizenhafte Blicke, und ich muß ständig damit rechnen, daß ein inneres Jucken bei der einen oder anderen in hämisches Kichern ausbrechen wird. Denn ich hörte einmal, vielleicht mit sechs, sieben Jahren, meine Tante Cho-Cho-San „Framama" rufen und den „ersten" Kreis der Geschwister, Eva, Stephan und Rosa (ja, sogar Rosa!), das Wort gleichsam chorisch wiederholen, woraufhin Stephan, den sie Bello Cio nannten, zu grölen begann, die obengenannten Tanten brachen

eben in das befürchtete Kichern aus, ein lange unterdrücktes, unanständiges Kichern, und sie warfen sich die Namen wie Bälle zu:
„Framama Hihihi!"
„Jajkele Hahaha!"
Und Kathy sah endlich ihre Chance und schrie: „Zoti, Zoreh!" Sie wurde in die Spottgemeinschaft bereitwillig aufgenommen: „Ja wirklich, Zoti, Zoreh!"
„Hihihi! Hahaha!"
Schließlich machte sich selbst „Wasserkopf-Gabili" bemerkbar: „Und Rüfke, und Rüfke!" schrie er und starrte die anderen dabei erwartungsvoll an. Sein Blick bettelte: nehmt mich, nehmt mich auf! Und in der Tat: sie nahmen ihn: Wie ein Orkan der Boshaftigkeit schrie und jaulte das Geschwister-Kollektiv: „Rüfke, ja Rüfke!"
„Hihihi! Hahaha!"
„Lustig" sagten sie und „lächerlich" meinten sie.

Das erste Musikstück, welches ich kennengelernt habe – wie gesagt noch aus dem Mutterleib auf die Trompetentöne lauschend – war also der monarchistische Zapfenstreich: Takarodó. Takarodó, ein Wort, das mit Takaró zu tun hat, welches mit Decke übersetzbar wäre, doch man denkt dabei an eine sehr grobe Soldatendecke: Pokróc müßte sie heißen. „Baka, gyere haza – Gefreiter kehr heim, zieh die Decke über dein...", ich wurde hier ratlos und fügte hinzu „über dein Sein." „Das wäre dann das Grab", meinte mein Großvater, mehr für sich. Er schaute mich prüfend an: ein irres Lächeln huschte dabei über sein Gesicht. Dann war dies weg, und er schaute mich weiter an, forschend. „Wieso kennst du den Krieg, Kind!?" Das sagte er eher zu sich. Dann haben wir lange geschwiegen. „Willst du nicht zeichnen?" fragte mich Großvater oft und gab mir dann mitgebrachte Bleistifte, obwohl ich daheim auch welche hatte. Aber seine Bleistifte waren – A. V. Faber-Castell – die weichsten. Georgi hat – aus Sparsamkeitsgründen (?) – immer nur harte Bleistifte gekauft: er dachte, es sei eine Extravaganz von mir, diese weichen Bleistifte, die man genußvoll mit ständig wechselndem Druck der Hand – der linken Hand! – auf dem Papier gleiten lassen konnte, zwischen ganz dick, ja tiefschwarz-brutal, bis Spinnennetz-dünn... Die Lust, mit weichen Bleistiften zu zeichnen, verbrauchte diese ja zu schnell. Dürftiges Papier und harte Bleistifte von Georgi, interessantes, rauhes Papier und gutgespitzte, weichste Bleistifte von Großvater. „Dafür hat er plötzlich Geld", ärgerte sich Georgi. „Womöglich ist

das auch aus dem wirklich knappen Haushaltsgeld eurer armen Mutter abgezwickt." Das war besonders komisch, da Georgi meine Oma nicht ausstehen konnte. „Jetzt auf einmal magst du meine Mutter", begehrte auch Dolores auf. Darauf folgte Georgis infantiles Schauspiel: Erst ein grinsendes Gesicht, sprachlos, grenzenloses Erstaunen vortäuschend, dann sein „Kikeriki"-Ruf, höhnisch. Kikeriki ging dann in „Hihihi" über. Dann platzte er heraus: „Die magst du als Tochter ja selber nicht." Das war eine ungeheuerliche Behauptung. Und traf zu. Und stellte damit Dolores als schlechte Tochter vor mir bloß. Die schlechte Tochter Dolores griff nun nach dem letzten Mittel: „Das Kind", erklang ihr Signal, wie ein Schuß. Woraufhin Georgi inne hielt. „Er ward verstummt" – hörte ich im Geiste den Chor der Tanten. Entwaffnet verschwand er in seine Werkstatt. War das bereits in der Czuczor-Gergely-Straße, wo wir zwischen 1938 und 1944 gewohnt haben?
Immer, wenn sie das Signal „Das Kind" losschickten, einmal Dolores, einmal Georgi, wurde es interessant für mich, denn da wir allesamt (meinen Großvater, den schwäbischen Bauernsohn, ausgenommen) nicht Deutsch konnten, mußten sie dann doch in der ungarischen Muttersprache weiterflüstern. Ich tat, als ob ich weiter nichts merkte, ich spielte auf dem Boden mit meinen Bausteinen, doch nahm ich jedes Wort, das sie sich zuflüsterten, auf. Einiges verstand ich zwar nicht, die Lücken füllten sich jedoch relativ schnell.
Anders war es, wenn ich mit Großvater zusammen war. Neben mir sitzend, scheinbar in sich hineinspintisierend, wußte er, das spürte ich, daß ich auch als Fünfjähriger kein dumpfes Wesen war: er schaute mit diskretem Blick ab und zu auf mein entstehendes „Werk", und es war ohne sein aktives Zutun, daß ich durch das Gemisch der ständig wiederholten Erzählungen meiner Großmutter und der Tanten über die dramatischen und gefahrvollen Ereignisse seiner Kriegsjahre, wahrscheinlich noch angereichert durch Frontbilder und später, mit sieben oder acht Jahren, durch Frontberichte alter Zeitungen, durch die Fox – tönende Wochenschau sowie durch alte Kriegsfilme, seine geschädigte Nachkriegsperson gefühlsmäßig immer stärker erfassend, meinen GROSSVATER IM KRIEG zum Thema meiner Zeichnungsserien wählte.
Er stahl sich 1915 aus der Schlacht von Przemysl weg. Er kam zu Fuß durch, bis Györ, stand plötzlich neben meiner Großmutter im Postamt, wo diese die Telephon-Schalttafel bediente, und sagte wie ganz nebenbei: „Der Krieg ist aus ... für mich." Großmutter war im

kleinen Kreis der Kolleginnen der unbeneidete Star der Telephonistinnen und durch ihre Telephon-Verbindungstätigkeit in der ganzen Stadt bekannt und sehr beliebt: nur so war es möglich, daß sie von ihrem Arbeitsplatz ungehindert aufstehen konnte, um ihren Mann am Arm zu packen und mit ihm in das nahe gelegene, unlängst als Lazarett eingerichtete Städtische Museum hinüberzuflüchten. „Deus videt et providet" stand über dem Eingang des prachtvollen Baues, gegenüber der Benediktiner-Kirche. Auch den Lazarettdirektor kannte sie: dieser nannte sie zwar „die liebe kleine Frau Hartmann", was sie als allein schuftende Mutter mit ständig wachsender Kinderschar nicht angemessen fand, aber hier ging es um das Leben ihres Mannes: ein Deserteur würde gleich an die Wand gestellt. Das wußte jeder. Mit ihrem energischen, aber immer noch liebenswürdigen Auftreten erreichte sie beim Wachtposten, daß der Lazarettdirektor sofort kam: Großmutter bat ihn um ein Gespräch, und ein Nebenraum mit Pritsche wurde aufgemacht: auf die Pritsche setzte sie ihren Mann, der sich sofort ausstreckte und, zu Tode erschöpft, in einen tiefen Schlaf, „Todesschlaf war es fast", sagte Großmutter, jedenfalls in einen Zustand des Nicht-mehr-Wissens-und-Wollens verfiel: seine Frau handelte jetzt für ihn. In der Tat: der Lazarettdirektor verstand sofort, was los war. Mit der Pritsche wurde mein Großvater unter die Schwerverwundeten geschoben. Der Direktor sagte seinen Soldaten, wahrscheinlich den Kern der Sache treffend: „Der Herr Hartmann da ist mehr verwundet als alle anderen, bei denen ein Bein oder ein Arm oder sonst was fehlt."
„Und er verlangte nichts von mir, meine lieben Kinder. Wirklich nicht das Geringste: er benahm sich wie ein Gentleman. Er salutierte vor mir, den üblichen albernen Handkuß ließ er weg, schlug die Sporen zusammen und sagte vor seinen Soldaten – auch Offiziere waren dabei – ‚Meine Hochachtung, Frau Hartmann', also nicht kleine Frau Hartmann, wie sonst. ‚Solch eine Gattin wie Sie eine sind, tapfer und aufopfernd, aufopfernd und tapfer, müßte jeder ungarische Soldat, vom General bis runter zum Gemeinsten, zum allerletzten Burschen, haben. Dann würden wir nämlich immer nur siegen k ö n n e n : es wäre gar nicht anders möglich.'" Die Geschichte ging also gut aus: Meiner Großmutter Geistesgegenwart rettete Großvater vor der Hinrichtung als Deserteur. So konnte er dann nach einigen Wochen der „Pflege" entlassen und auf das nächste Schlachtfeld geschickt werden.
Meine Themen waren also die „Flucht aus dem saumäßigen Ge-

metzel", Bild 1 bis 21, dann die 12 Schlachten am Isonzo, Bild 22 bis 34, dann Verdun, Bild 35 bis 39. Bei Verdun standen die Leute mit dem Gesicht zueinander: jeder ein Bajonett in der Hand, welches gerade in den Bauch des Gegenübers gestoßen wurde. Die Soldaten wurden angewiesen, nicht nur reinzustechen, sondern das Bajonett in den Gedärmen des Feindes umzudrehen. Wie ich dies darstellen soll, beschäftigte mich lange: für dieses Umdrehen fand ich keine Lösung. Die Phase des Ausholens, dann des Zustechens und dann des Eindringens gelang mir in der Darstellung ganz gut. Der aufrechte Gang des Körpers mußte übergehen in das Einknicken der Knie. Dann das Fallen. Dann das Liegen, wobei über die Körper des vorerst noch aufrechten „Paares" die Schritte der von hinten Drängenden traten. Den Stiefel auf dem Kopf des Kameraden der eigenen Reihe, stand nun das nächste feindselige Paar, zum Stechen bereit, gegeneinander. „Wieso kennst du den Krieg?" war die Frage – nur ein einziges Mal über die Lippen meines Großvaters gerutscht, doch in seinen Augen ewig.
Dolores und Georgi fanden das grauslich, was ich da zeichnete. „Dein Vater macht das Kind noch krank", so Georgi. Doch Dolores, die ihre Mutter nicht mögen konnte, liebte ihren Vater heiß: „Apa" – so nannte sie traditionsgemäß ihren Vater – „macht niemanden krank, sein Enkelkind schon gar nicht."
„Aber schau diese Zeichnungen an, Lorilein." Na ja, die Zeichnungen fand auch sie gräßlich.
„Wieso zeichnest du nicht so etwas wie ‚Tanzende Paare am Bach', die Mädchen mit Blumenkränzen im Haar, die Burschen in Husarenuniform?"
„So etwas habe ich noch nicht gesehen", verteidigte ich mich vorerst mal wirklich fahrlässig. Denn darauf folgte die Frage „Und den Krieg, den hast du vielleicht gesehen?" Jetzt mußte ich sagen „Ja. Ich habe den Krieg gesehen."
„Wieso das. Der Krieg ist soundsoviele Jahre vor deiner Geburt zu Ende gegangen", schalt Dolores. „33 minus 18", schrie Georgi aufgeregt. „Fünfzehn Jahre! Und du willst den Krieg gesehen haben! Lorilein, du kannst jetzt wählen" – wählen, wieder einmal! – „Entweder kommt dein verehrter Vater nicht mehr zu uns, oder…", da wurde er unsicher. Ich sagte: „Großvater hat mir nie vom Krieg erzählt, doch andere waren ja auch dort, die ich kenne." Georgi verstand und wandte sich ab. Er dachte offenbar an Onkel Lukas in der Schweinekoje und hielt den Mund. Er verschwand im Hof. Die

Fliegen mußten zittern. Er fing sie geschickt aus der Luft. Virtuos. Die Fliege zappelte zwischen seinem Daumen und Zeigefinger. Die Brandmauer unserer Wohnung gegenüber war mit wildem Weinlaub bewachsen; es gab viele Spinnennetzte zwischen den welken, staubigen Blättern. Georgi – jetzt Gott der Spinnen und Fliegen – suchte sich eine starke Spinne, die er nun zu beglücken gedachte: er warf die zappelnde Fliege in das Netz und genoß, wenn dann die Spinne auf das Opfer sprang und dessen Saft aussaugte. Sobald die Opferung vorbei war, ging Georgi beruhigt in seine Werkstatt zurück und arbeitete bis zum Mittagessen oder, wenn es Nachmittag war, bis zum täglichen Spaziergang um sechs Uhr, damit wir bis zum Erklingen des Zapfenstreichs wieder daheim sein konnten.

Großvater kam weiter zu uns, sogar abends, „um auf das Kind aufzupassen", eine Aufgabe, die eigentlich nur für die unverheirateten Schwestern der Ehefrau vorgesehen war. Er sprach weiterhin nicht vom Krieg, doch ich zeichnete den Krieg immerfort in tausend Szenen. Großvater nickte nach jedem Bild, das hieß dann für mich: Ja, so war es. Die Eltern haben den Kinderarzt Doktor Lorand beigezogen: er vermerkte nur, daß die Bewegungen der Gestalten auffallend treffend seien und bat um einige Blätter, um sie einem Fachmann zeigen zu können. Dieser, ein Zeichenprofessor, bestätigte ihn in seinem – wie er sagte – dilettantischen Urteil. Trotzdem war der Aufruhr in der breiteren Familie wegen der „krankhaften Brutalität der Zeichnungen" sehr groß: meine Tante Eva, die ich damals noch sehr liebte, wurde vorausgeschickt: sie fragte mich: „Glaubst du wirklich, daß ein ungarischer Soldat einfach auf den Kopf seines Kameraden steigt, während dieser gerade stirbt?" Ich sagte ihr: „Ja, bei Verdun schon." Das fand ich dann dumm von mir. Und weil ich zu Eva, die ja nur zehn oder elf Jahre älter war als ich, damals noch großes Vertrauen hatte, sagte ich ihr, daß es überall und immer so ist in der Schlacht, ob Verdun, Isonzo, Przemysl. Das ist eben der Krieg. Diese unbarmherzige Folgerung hat mich, während ich sie aussprach, selbst entsetzt: das blitzartige Erkennen einer Sache, die erschreckend war. Also wieder ein weiterer Schritt im Erfassen der Welt, unwiderruflich. „Aber Mori" – Eva nannte mich Mori. Diese Ausdehnung des barbarischen Verhaltens auf sämtliche Orte und alle Zeiten des Krieges, bezogen auf den idealisierten ungarischen Soldaten, verwirrte sie.

„Aber Mori, das denkst du doch selber nicht."

„Doch, alle Soldaten, überall, immer", verteidigte ich mein soeben

gewonnenes innerstes Wissen. Die Rollen waren für einen Moment vertauscht: sie war jetzt das kleine Kind, doch ich war mit meinem drückenden Wissen für einen Moment tausend Jahre alt. Das war meiner damals sonnigen, jungen Tante zuviel. Eva sagte: „Lassen wir das. Vom Krieg versteh' ich anscheinend zu wenig." Sie wechselte geschickt das Thema. Wie immer. „Aber wir wollen lieber wieder was lesen! Gut?" Damit konnte sie mich fangen, das wußte sie, und so erreichte sie mit leichter Hand, daß der Abend, bis hinein in die Nacht, harmonisch verlief.
Sie erzählte mir von Matthias Corvinus, der sich in einfacher, grauer Kleidung unter das Volk mischte und auf diese Weise eine Art Meinungsforschung betrieb. Das gefiel mir sehr. Ich träumte davon, am Hof von Matthias so etwas wie Kulturminister zu werden. Diese Träumereien von interessanten Existenzformen machten mich vergnügt: Die Welt stand offen für mich – so dachte ich. Zum Beispiel könnte ich im schlichten, doch hochwertigen grauen Gewand als Berater eines Corvinus irgendwo an irgendeinem Hof dienen. Oder beispielsweise im Dom, wo ich zur Zeit noch hinter der von Georgi ausgewählten Säule auf unserem Platz sitzen mußte, von wo man nichts sehen konnte, zwischen Vater und Mutter, wie es sich gehört, den Kopf einmal in Richtung Altar, dann in Richtung Chor nach oben streckend, endlich auf die Bank springend, laut mit dem dort oben wirkenden sogenannten Palestrina-Chor mitsingend (Preis: Ohrfeigen der Eltern, wie gewöhnlich ...), ja auch hier konnte ich wählen, ob ich später selber Domkapellmeister oben oder unten vor dem Altar der singende Priester sein werde: „Dominus, wo bist nun!" wollte ich dem schwächlichen alten Mann da vorne helfen, die Eltern hielten mir entsetzt den Mund zu, als feierten wir die Heilige Messe nicht gemeinsam, Priester, Volk und Chor, wie meine Oma und die anderen stets behaupteten. Jetzt können sie das noch mit mir machen. Das mit der Ohrfeige und so. Später aber wird es ganz anders..., und ich überlegte, wie ich dann die Funktion des Domkapellmeisters mit der des Priesters vereinigen könnte... Aus Evas Missale kannte ich viele Stellen des Messetextes. Die begeisterten mich: „Et resurrexit tertia die...", hier entfiel mir etwas..., was nachher folgte, wußte ich wieder: „Et ascendit in coelum, sedet ad dexteram patris", dann fehlte mir wieder etwas, doch das Ende wußte ich: „cum gloria judicare vivos et mortuos, cujus regni non erit finis". Evas Missale war mit Übersetzungen und Erklärungen vollgeschmiert.

Doch gerne wäre ich, neben Priester und Domkapellmeister, auch Tänzer in der Eisrevue gewesen: Mein Idol war Fred Astaire, obwohl ich ihn ausschließlich auf dem Parkett tanzen gesehen habe, und das im Film. Auf dem Eis – dachte ich – müßte er noch himmlischer tanzen können. Oder Film-Pianist, der unter der Leinwand sitzend zu den Filmbildern improvisiert. Zeit gab es für dieses Waswill-ich-werden-Spiel genug, da die Eltern nach dem Theaterbesuch noch in das Hotel Royal gingen. In jenes Restaurant, wo sie sich kurz vor meiner Zeugung im Garten Eden kennengelernt hatten. Wie ich später erfuhr, hatte diese folgenschwere Begegnung in dem Ballsaal, der an das Restaurant anschließt, stattgefunden. Es war der Ball der Gewerbetreibenden, betonten die Tanten immer wieder. Weil Großvater sie nirgends einführen konnte oder wollte, wo die „richtigen Leute" tanzten, und weil ihr einziger fescher Bruder, Bello Cio, das Gymnasium abgebrochen hatte und Straßenpolizist geworden war. „Wir konnten nur zwischen den Bällen der Gewerbetreibenden und jenen der Polizisten wählen", sagten die Tanten immer klagend, und ich erahnte die Fortsetzung: „Das ist der Grund, daß du keinen Gentleman zum Vater hast." Obwohl sie diesen Satz aus katholisch geprägter Ehrfurcht vor Ehe und Familie natürlich nicht aussprechen konnten. Das Flüstern allerdings kreiste, auch über dieses Thema, besonders dann, wenn das Signal „Das Kind" erklungen war. Und ich erwischte immer mehr an Information: die Lücken in der Kenntnis der Welt füllten sich. „Wo dieser Georgi doch das Pius-Gymnasium besucht hat. In Fünfkirchen."
„Aber nur die ersten vier Klassen."
„Weil Legastheniker" (das kam von Tante Rosa).
„Aber doch nachher die HTL, die Höhere Technische Lehranstalt, in Budapest" – hörte ich Tante Kathys kläglich jammernde Stimme.
„Fast Ingenieur" (sie dachte dabei an den Ingenieur-Ball).
„Aber nur fast", sagte Eva, und ich sehe heute noch das Zigarettenmundstück, welches sie wahrscheinlich von einem ihrer Verehrer bekommen hatte: sie inhalierte eine ihrer ersten Zigaretten und hüstelte vornehm vor sich hin.
„Jedenfalls", sagte Tante Cho-Cho-San, „könnte er irgendwo eine anständige Stellung annehmen."
Kathy wollte wissen, ob Georgi sich dort „Herr Ingenieur" titulieren lassen könnte. Die Meinungen darüber teilten sich fünfzig zu fünfzig.
„Also doch. Die Chance besteht", so Kathy.

„Und seine Familie; die arme Dolores und auch das Kind... Und auch wir..."
Ich aber konnte mir Georgi nur in seiner Werkstatt vorstellen und hörte nicht weiter zu.
Als Georgi mir später die sogenannte Tangoharmonika kaufte, bat er mich, darauf den Tango:
„Sie werden just die Meine sein,
die Meine sein, die Meine sein." zu spielen.
Das war der Tango, zu dem Dolores und Georgi zum ersten Mal miteinander getanzt hatten. Das wußte ich jetzt. Der Text ging wie folgt weiter:
„Goldener Ring wie immer auch
an Ihrem Finger blinkt,
verspottend Ihr Lachen
zu mir klingt.
Sie werden just die Meine sein,
die Meine sein, die Meine sein."
Ich wußte, was dies alles bedeutet: der Bewerber war leider kein Graf, kein hoher Offizier oder sonst was Wichtiges, also hatte er bei der umworbenen Dame von vornherein keine Chance. Da aber die Dame selbst – weil vielleicht Schneiderlehrling, wie meine Tante Kathy – im Leben keine Chance hatte, mußte sie dann auf den Verachteten zurückgreifen. – So wird es bei Georgi und Dolores ebenfalls gewesen sein, folgerte ich beim Tangospiel.

„Wie Apa" – sagten die Tanten immer wieder, auch meine Oma nannte ihren Mann Apa, Vater – „von Przemysl einfach abhaute! Obwohl er sicher nicht feige! Obwohl er niemals Deserteur!" Wenn Georgi dabei war, ließ er ein „Kikeriki" los: „Was denn sonst. Wenn ein Soldat abhaut, ist er sehr wohl ein Deserteur. Hier daheim haut er ja auch immer ab: die Wirtin vom ‚Kleinen Hahn'..." Hierauf folgte ein empörtes Durcheinander. Meine Oma übernahm dann das Wort: „Lieber Georgi, obwohl ich dich, als Ehemann meiner Tochter Dolores und Vater meines ersten und über alles geliebten Enkelkindes, sehr schätze, muß ich dir – wenn so etwas noch einmal vorkommt – die Tür weisen. Oder wolltest du, daß deine Frau über dich so etwas sagen läßt, ohne deine Ehre zu verteidigen?" Hier stellte sich beklemmende Stille ein. Meine Oma hat die Erwähnung des Wirtshauses „Zum Kleinen Hahn", und was damit vielleicht noch zusammenhing, ein für allemal untersagt und nicht nur für Georgi.

„Komm Lorilein, wir gehen", war die hilflose Reaktion von Georgi. Dolores stand in der Tat auf, und wir marschierten Georgi nach. In unserer ersten Wohnung in der Graf-Teleky-Straße mußten die Frösche zittern. In der Czuczor-Gergely-Straße die Fliegen.
In den Pfützen der ersteren, im Hof der Graf-Teleky-Straße Nr. 56, badeten sie, die Frösche. Auch in den Pfützen zwischen Böschung und der Donau, rechts am ersten der „Drei Wege", zur „letzten Keusche". Georgi betrachtete sie mit hintergründigem, nichts Gutes verheißendem Blick. Und wenn es die Jahreszeit erlaubte, fing er schnell Maikäfer aus der Luft. Er fing sie mit seinen geschickten Händen, ähnlich der blitzschnellen Reflexbewegung mancher Tiere. Der Maikäfer zappelte zwischen seinen Fingern – Daumen und Zeigefinger –, und weil er ihn am Flügel gepackt hielt, machte sich der Käfer selber kaputt mit seinem Gezappel. „Ich erlöse ihn jetzt", sagte Georgi grinsend und warf ihn in die Pfütze, ob diese in unserem Hof oder am Donauufer war. Dolores stand neben ihm, es war ihr peinlich, vor allem wegen der anderen Bewohner des Hauses: die Familie Milanowitsch mit ihren vier Kindern hat die Szene sicher beobachtet, vielleicht auch Herr Gusmitsch mit seinem unbewegten Gesicht, ebenso seine Tochter Lenke. Auch am Donauufer blieben die Leute stehen, sie schauten zu. Doch als ich Georgi sagte, daß das, was er da macht, eine Sauerei sei, war Dolores die erste, die mir eine runterhaute. „Ich werde es dir noch beibringen, wie ein Kind mit seinem Vater und Ernährer spricht!" Sie war an ihrer Empörung fast erstickt. „Von dem wir alles bekommen... Er gibt uns alles." Wie Gott, dachte ich in mir, doch, was die Eltern zu hören bekamen, war dies: „Georgi ist ein Mörder."
Dolores bekam so etwas wie asthmatische Anfälle, doch sie schlug mich erneut. Indes war Georgi – nach einem schnellen Schlag auf meinen Hinterkopf – doch offenbar so aufgegeilt, daß er sich nicht länger mit mir abgab, sondern nach weiteren Maikäfern suchte. Sein Vorhaben mußte nun dringend ausgeführt werden: ein ordentlicher Todesreigen seiner ersten Opfer, der Käfer, und durch sie der zweiten Opfer, der Frösche: Eine Technik der geschlossenen Anstalten: im KZ müssen die Gefangenen einander erwürgen, im Jugoslawienkrieg einander die Hoden abbeißen, in Nervenkliniken wie in Gefängnissen lassen angeblich manche Wärter unangenehme Patienten oder Insassen durch andere mit brennenden Zigaretten foltern. Georgi warf die bereits halbtoten Käfer gezielt in die Pfütze. Die Frösche warfen sich blindlings auf die geschoßartig vor

ihnen einschlagenden Käfer. Na klar. Sie schluckten die Käfer blitzschnell hiunter. „Wie dumm sie sind", freute sich Georgi, „sie verwechseln Maikäfer mit irgendeinem Futter." – „Komm, Georgi, wir gehen jetzt lieber", wollte nun Dolores ihrerseits das Gesetz des Handelns an sich reißen. Doch Georgi reagierte nicht einmal. Er starrte in die Pfütze, wo soeben der Todestanz der Frösche begann. „Sie haben die Käfer jetzt im Bauch! Der dumme Frosch, er kann ihn nicht ausko…, verzeih, Lorilein, noch ausschei…, Lorilein, verzeih, verdauen ist ja unmöglich. So muß er jetzt dran glauben. Der dort auch, der auch. Alle krepieren an ihrer Dummheit!"
Inzwischen steigerte sich das hoffnungslose Springen und Drehen, Hüpfen und sich Hin- und Herwenden der Frösche zum Veitstanz der Wahnsinnigen. Ich spürte etwas, es war unheimlich, daß in meinem Vater offensichtlich eine Gier aufstieg, die sein Gesicht in ein erschreckendes Grinsen verzog, keineswegs weniger bedrohlich als der „Dorsch in Aspik" des vom Schlag gerührten Herrn Gusmitsch, und – unverständlich für mich – daß er dabei hechelte und daß Dolores entsetzt auf seine Hose starrte, und da drinnen schien in der Tat etwas zu wachsen. Ich dachte an seinen Zollstock, den er gewöhnlich bei sich trug. Aber wieso drückt dieser jetzt ganz selbständig durch?
Die Frösche starben nach der Reihe. Ihr weißer Bauch wendete sich mit leichtem Kippen gegen den Himmel. Mit ausgestreckt erstarrten Beinchen wie trockene, leichte Blätter auf dem Wasserspiegel hin und her geschaukelt, wurden sie von Georgi noch eine Weile betrachtet. Allmählich war er entspannter, und wir durften weitergehen. „Schade, daß hier in der Nähe kein Lokal ist, ein kleines Bier täte jetzt gut."
Dolores schaute düster vor sich hin. Unterwegs vom Donauufer nach Haus kaufte Georgi dann eine große „Familienflasche", zwei Liter Bier, weil es so billiger war, von dem wir dann alle – immer sehr mäßig – zum Mittagessen oder zum Schmalzbrot ein wenig tranken. Der Rest war dann ganz ohne Schaum.
Doch werde ich langsam sehr traurig. Wieso habe ich bisher nur über die Schattenseiten Georgis berichtet? Der Krieg, die Fronten des Ersten und Zweiten Weltkrieges, die Vernichtungslager des Zweiten Weltkrieges und Georgis Folter an Fröschen, Maikäfern und Fliegen, irgendwie auch an Dolores, sein fachkundig genüßliches Abschlachten des lebend gekauften Federviehs, über den Gully unseres schmalen Hofes sich beugend, wo sonst Frau Schramm das Laugwasser zu

den Tönen des Zapfenstreichs ausgoß... Das Huhn, die Ente, die Gans zappelten wie der Frosch, dazu kamen noch ihre Todesschreie, fast wie bei einer Frau oder bei einem Kind, weil hoch gelegen. Ein Lustmörder, das war er, als er das Küchenmesser an ihrer Kehle ansetzte. Auch nach ihrem Ende zappelten die Tiere noch eine Zeit: ich mußte mich immer öfter erbrechen, und mein in Zeichnung gegossenes Grauen über die Fronterlebnisse meines Großvaters ging über in die Beobachtung dessen, was Georgi mit den Tieren machte. Es vermischte sich mit dem Bajonett in den Gedärmen des Gegenübers in Verdun, auch mit dem nächtlichen entsetzten Flüstern von Dolores: sie bat vielleicht um ihr Leben, darauf kam nur ein böses, unterdrücktes Lachen von Georgi. Dann ein merkwürdiges Quietschen, mechanisch. Dann kam das Hecheln, bereits vom Froschtümpel bekannt und auch von der Tötung der Gänse und Hühner. Alles das formte sich zu einem Bild und sagte etwas über das Grauenhafte, welches ich im Dunkeln der Nacht unseres Schlafzimmers immer öfter vernahm. Nach dem Hecheln und Quietschen folgte ein unterdrücktes Schluchzen von Dolores. Dann Stille, dann folgte darauf – eigentlich sehr bald – das gesunde Schnarchen von Georgi. „Also mein Ernährer lebt noch", stellte ich fest, denn so klar war mir der Ausgang des Zweikampfes nicht. Dolores war größer und stärker als der „Springinkerl" Georgi. Im Morgengrauen, als ein wenig trübes Licht in unser Schlafzimmer drang, erhob ich mich vorsichtig auf meiner Chaiselongue am Fuße des elterlichen Ehebettes: auch Dolores schien nicht tot zu sein, sie atmete. „Wie sie nebeneinander schlafen", dachte ich verblüfft. Und ob Dolores nicht irgendwie verletzt wäre, irgendwo unter der Bettdecke, an ihrem Leib. Und morgen werde ich sehen, daß sie nun ohne Arm oder ohne Bein ist wie der Maikäfer oder Onkel Lukas, wie ich diesen in der Schweinekoje gesehen hatte.
Doch, Dolores stand am nächsten Morgen auf... Wenngleich etwas später als wir. Georgi war in bester Form, er schrubbte mir den Rücken mit kaltem Wasser in der dunklen Küche. Über das Lavoir gebeugt, stand ich da in der Kälte. Eingeheizt hatte er auch bereits im „Sparherd", doch die Wärme ließ auf sich warten. Dolores taumelte aus dem Zimmer. Arme und Beine waren dran, aber ihr Gesicht sagte mir etwas von Zerstörung, unendlicher Einsamkeit und Trauer.
„Ich mache euch das Frühstück." Und dann kam ihr gräßlicher Kaffee, zu hell, um Kaffee sein zu können, und mit ekeligen Häutchen auf der Oberfläche.

„Ich möchte lieber Tee, Tee ist sauber."
"Tee gibt es nur abends, das weißt du."
„Aber es ekelt mich vor den Häutchen."
„Was deinem Vater gut genug ist, muß auch für dich gut sein." Die Antwort verblüffte mich nach dieser Nacht. Georgi grinste zufrieden vor sich hin. Auch ekelte es mich vor dem Berühren des Linoleumbezuges, der an den Tischecken seine Oberschicht langsam, quadratmillimeterweise verlor, und vor dem, was darunter war, undefinierbares Grau, schmutzig durch Speisereste und auch von dem nassen Fetzen, womit Dolores täglich öfters über unseren Küchentisch fuhr. Nun mußte ich mich wieder erbrechen. Wie peinlich wäre es ohne fließendes Wasser gewesen, wie grausam ohne Herrn Doktor Lorand, der den Eltern das geplante Zwangsfüttern verboten hatte, zählte ich mir die positiven Punkte meiner Existenz zusammen. Dagegen wurden die Eltern immer unzufriedener. Sie machten Vorwürfe: „Früher warst du so ein schönes, dickes Kind mit großen, schwarzen Augen, brauner Haut, immer lachend, so oft haben uns die Leute auf der Straße angesprochen: Was für ein schönes Kind! Und jetzt mager und bleich. Als ob wir dir nichts zum Essen geben würden. An deinen Schläfen schimmern die blauen Äderchen durch. Das tust du nur, um uns zu ärgern."
„Doch die Augen sind gleich geblieben", stellte Doktor Lorand fest. „In den Augen ist Zuversicht und Festigkeit. Das beruhigt mich. Lassen Sie das Kind mit dem Essen in Ruhe, aber ich muß auch darauf bestehen, daß es endlich in den Kindergarten darf." Zuhause zankten die Eltern, wer die Idee gehabt hatte, zu einem jüdischen Kinderarzt zu gehen. Dolores schob es auf Georgi, er auf Dolores. (Indes, der Arzt wohnte in unserer Nähe und sein Name klang französisch. Französisch galt bei uns als besonders vornehm.) Nun war es zu spät, ich ging gern zu Doktor Lorand, und meine Tante Rosa – in diesen Dingen kompetent – verbot ihrer Schwester Dolores, mich zu einem anderen Arzt zu zwingen. „Was magst du denn an diesem Doktor Lorand", wollte sie dann doch von mir wissen. Ich dachte nach. Längst wußte ich, daß man auswählen können muß, was man preisgibt. Nicht lügen, doch auch nicht alles sagen. Nicht alles, möglichst wenig. Am besten nichts. So sagte ich ihr: „Er will, daß ich in den Kindergarten gehe. Das will ich auch." – „Aha, wenn der Erwachsene zufällig die gleiche Meinung hat wie wir," so Tante Rosa mit ihrem „pädagogischen Zeigefinger" – wie ich diesen ihren aufgesetzten Ton später nannte. „Nicht zufällig..."

„Nicht zufällig? Was heißt das. Seid ihr immer gleicher Meinung?"
„Ja fast." Und dann fügte ich noch hinzu: „Wie mit Großvater."
Das war keine schlechte Strategie, dachte ich mir. Trotz seiner Wesensveränderung nach dem Krieg war Großvater die Autorität der Familie. Sohn eines steinreichen schwäbischen Großbauern in Perjámos, Südungarn. „Er hat so viel Geld mitbekommen... als Erbteil, stellt euch vor," – so sagte uns meine Oma immer wieder – „daß wir das schönste Lokal in der Baross-Straße haben mieten können."
„Und nicht nur das", schalteten sich Cho-Cho-San und Dolores ein, „Die Spiegeltische mit venezianischem Glas, aus Mahagoni-Holz, mit Messing-Griffen: bei Huber & Lehrner in Wien bestellt... Allein der Transport der Spiegeltische und dann noch die Wandverschalung... und die Vitrinen mit den schönen, teuren Töpfchen und Tiegelchen und all dem Zeug drin..." Gabili rief dazwischen: „Und auch die Majolica-Vase, das Geschenk von Onkel Marco Polo aus Gibraltar oder Marokko!" Großmutter ergänzte Gabilis Zwischenruf mit vorgetäuschter Bescheidenheit: „Mein Bruder war ja Schiffskapitän und in Spanien Gast des Königs – bis Kriegsende." – „Aber nur auf einem Handelsschiff", warf Georgi ein. Großmutter überging diesen Angriff. „Und arbeiten gehen hätte ich gar nicht müssen, so gut hat er verdient... vor dem Krieg..., doch ich wollte... Und wie schön er im Männergesangsverein gesungen..., aber auch als Solist in Györs Singspiel-Theater ‚Petite Paris', wo wir uns kennengelernt haben. Ich hatte damals auch noch eine ganz liebe Stimme..." Daß ich also Großvater mit Doktor Lorand verglich, erboste meine Tante Rosa sehr: „Du erwähnst deinen eigenen Großvater in einem Atemzug mit einem fremden, jüdischen Arzt."
„In unserer eigenen Familie haben wir ja keinen Arzt" – steigerte ich meine Strategie. Tante Rosa wollte das Gespräch schnell beenden: „Doktor Lorand hat dir die Impfung so in den Oberarm geknallt, daß du nie ein ärmelloses Kleid wirst tragen können."
„Er weiß, daß ich so ein Kleidchen nie werde tragen wollen." Der winzigkleine Kreis... Für mich war es eine soldatische Geheimauszeichnung, was ich freilich Tante Rosa nicht mitteilen konnte. Daher sagte ich etwas Ähnliches. „Die Offiziere im Turul-Sportsverein haben ganze Schmisse im Gesicht. Trotzdem gehen sie nicht mit Maske." Das war zuviel.
Rosa ließ mich stehen und rannte zu Dolores. Sie tuschelten aufgeregt. Ihr Flüstern war nicht unter Kontrolle, obwohl diesmal im Nebenraum, konnte ich jedes Wort hören. „Dein Kind hat Identi-

tätsstörungen." Dolores wollte nicht wissen, was das ist. Sie sagte: „Indentität?" und dachte offenbar an ein dentistisches Problem. Gut so... Wohl, weil meine Zähne windschief saßen. Doch Tante Rosa ließ nicht locker. „Nein, ich meine nicht das schiefe Gebiß, obwohl, ich find', es ist schon merkwürdig, daß ihr als Eltern die Zahnregulierung nicht durchgesetzt habt. Damals schon dachte ich: hier stimmt etwas nicht. Ein Mädchen reißt sich das Drahtgestell nicht aus dem Mund. Es will schön sein."
„Ja, eben", jammerte Dolores. „Und den teuren Regulator schmiß unser teures Kind von der Donaubrücke in das Wasser. Vorher kein einziges Wort! Es spielte sich in einem einzigen Augenblick ab, es gab keine... Vorwarnung, nichts, ‚Weg mit dem Käfig', haben wir gehört, und dann sahen wir etwas fliegen: das teure Zeug war einen Moment noch zu sehen, bei sehr hohem Wasserstand, und der Fluß war so schnell und voll mit Wirbeln! Georgi versuchte an das Ufer zu rennen und mit einem Zweig..., aber das Zeug sprang bereits bei dem Elevator, weißt du, noch einmal auf, und ich sagte ihm, meinem Mann, er soll jetzt nicht versuchen nachzuspringen, er bleibt mir noch drin... im Wasser, er ertrinkt wegen dem schrecklichen Kind und ich kann schauen, wo wir dann bleiben..."
Einen Moment habe ich der wohltuenden Erinnerung nachgesonnen: Meine Strategie..., mich erst nicht zu wehren, das beruhigt den Feind, innehalten, damit die Eltern und diese süßlich zwitschernde Zahntechnikerin denken, es sei alles o. k. Sie können das mit mir machen..., und auf dem Weg über die Donaubrücke, bald waren wir bei der Abzweigung, wo man ja „wählen durfte", links, rechts, geradeaus... Ich tat so, als ob mich das Wasser so interessierte, lockerte das Drahtgestell – das war vorher gut geübt –, dann war das gräßliche Ding heraußen, und ich warf es weg. Dumme, verblüffte Gesichter der Eltern... Ein kleiner Sieg.
Nun hörte ich die Debatte weiter. Tante Rosas Stimme sagte, daß es „davon käme". Davon? Wovon? Daß der Georgi nicht ganz richtig im Kopf, da seine Mutter und zwei seiner Tanten ebenfalls nicht...
„Aber Rosa, ich bitte dich, wie gut er arbeitet, der beste Mechaniker der Stadt."
„Ja, mit Maschinen. Doch mit Menschen... Katastrophe. Ein infantiler Sadist – denk daran, denk daran," (wieder der Zeigefinger, jetzt fast biblisch), „was du mir über euer Eheleben..., seitdem kann ich mich nicht..., kann ich mich nicht überwinden, an irgendeinen Mann in dieser Beziehung zu denken. Pfui Teufel."

Dolores war total erledigt: „Man kann wirklich niemandem nichts anvertrauen, nicht einmal seiner Lieblingsschwester, die du mir immer warst."
„Bitte, bitte," sagte Tante Rosa aufgeregt, „ich kann so tun, als ob ich ein Idiot, ein Analphabet, blind und taub wäre, nichts gelernt hätte. Aber daß das Kind seit eineinhalb Jahren diese nächtlichen Krämpfe hat und dabei euch wie auch die ganze Umwelt nicht wahrnimmt, trotzdem aber zu euch spricht und weint – was tagsüber bei Bewußtsein nie vorkommt –, unheimlich bei einem Kind, sagte ich dir immer. Dafür in der Nacht, zwanzig Minuten schreien und weinen und euch, die Eltern, bitten, daß ihr es ihm verzeihen müßt, wenn es euch nicht lieben kann. Nicht mehr."
„Naja, das Gewissen bewegt sich manchmal in einem Menschen, auch wenn er nur ein Kind ist."
„Das ist zuviel für ein Kind, das wird nicht nur so einfach von ihm erfunden, daß ein Kind so verzweifelt den Herrgott bittet, ihm andere Eltern zu geben oder aber die Eltern zu ändern und daß es ständig schlechtes Gewissen hat wegen..., weil es seine Eltern angeblich nicht mehr lieben kann. Das ist furchtbar." Dolores wurde aber ganz hart. „Eines sage ich dir, Rosa: Bevor du nicht selbst so ein furchtbar eigenwilliges, ich weiß nicht, vielleicht nicht böses, aber total un-lenk-ba-res Kind hast, darfst du mich nicht belehren."
Tante Rosa sagte plötzlich ganz verstockt: „Apa sagt, das Kind sei etwas ganz Besonderes."
„Ganz Besonderes, ja. ,Es kennt den Krieg', ja. Armer Vater. Danke schön..: Das war nicht mein Plan für mein Kind... Ich stehle einzeln diese furchtbaren Zeichnungen und vernichte sie. Vom Krieg, von unserem, von meinem eigenen Vater – muß ich leider sagen – kommen die nächtlichen Krämpfe. Nicht von uns."
„Also du vernichtest die Zeichnungen. So wie der Georgi den Kasperl, den unsere Evi für das Kind gemacht" – sie schnappte nach Luft – „aus Eifersucht im Sparherd verbrannt hat. Das hast du mir selber eingestanden!"
Was geht hier vor? Wieso vernichtest du die Zeichnungen? Wieso ist ein erwachsener Mann auf einen Kasperl so eifersüchtig, daß er ihn klammheimlich verbrennen muß? Aha... So war es. Und sie, Dolores, sagte mir, ich hätte, weil eben so unordentlich, meinen Kasperl im Garten einfach liegen gelassen, und der Kasperl, den Eva mir gemacht hat, wäre einfach in den Pfützen zer-gan-gen. Und ich war

untröstlich und suchte und suchte nach Fetzen, nach einem letzten Rest von meinem Kasperl, dessen schrecklichen Tod ich durch Fahrlässigkeit selbst verursacht... Wieso hat sie mich nicht rechtzeitig gewarnt: sie, die Mutter, oder jedenfalls die Frau, die meine Mutter hätte sein sollen.

Und ein teuflisches Szenario kam mir in den Sinn: was, wenn es etwa so gewesen wäre: mein Kasperl liegt irgendwo in Stücke gerissen, weil Georgi nicht das Feuer gewählt hat, und meines Kasperls einzelne Körperteile zergehen tatsächlich in der Pfütze. Und diese Gehilfin des Mörders wartet kühl ab, und als alles schon vorbei, aber ein letzter, identifizierbarer Rest noch da ist, holt sie mich mit ihrer falschen Flötenstimme, mit ihrer vorgetäuschten Zärtlichkeit zu dem letzten Rest des bereits aufgelösten Toten. Leichenschau... Und wenn ich dann zusammenbreche, „tröstet" sie mich. Doch Georgi hat ganze Arbeit geleistet: Mein Liebling, der Kasperl, so anders als die von den Eltern gekauften Puppen, wurde in unserem Küchenherd verbrannt. Ein sauberer Tod. Zumindest das. Doch an diesem Punkt fürchtete ich, daß ich weinen muß, daher ging ich in die entlegenste Ecke der Wohnung in meiner Trauer. Das wird die zweite Speisekammer gewesen sein mit ihren ekelig-nassen Wänden mit den nackten, langsam kriechenden, Schleimspuren hinterlassenden Schnecken darauf. Ich hätte weinen wollen, doch hier konnte ich mich nicht so weit loslassen. Erstarrt kehrte ich zurück.

Die Debatte war immer noch im Gange.

Einige Wortfetzen mit Namen, wie „Georgi, nicht gut für das Kind", erwischte ich, und daß schon vor der Geburt die Eltern über das Geschlecht des Ungeborenen gezankt hätten, unheimlich wäre das gewesen. Meist wollen die Frauen einen Buben und die Väter eine Tochter. Das sei normal, fügte Rosa noch unsinnig hinzu. Dann zankten Rosa und Dolores darüber, ob das wirklich wahr sei, ob nicht die Väter wohl immer einen Buben haben wollten, und ob nicht das das Normale sei. Normal zu sein, war halt das Wichtigste. Georgi war normal, als er einen Buben haben wollte, darauf bestand Dolores. Dann hörte ich plötzlich Dolores bockig sagen: „Am Ende ist normal, daß sowohl die Männer wie die Frauen einen Buben haben wollen... außer mir. Am Ende bin ich nicht normal."

Rosa überschrie sie: „Georg der Zweite, prahlte er im voraus, weil das Kind so vital im Mutterleib."

„Ja, getreten wurde ich von innen wie von außen..."

„Besprungen", Tante Rosa sprach das häßliche Wort aus. „So war es doch."
Dolores überging dies. „So kann ich keine weiteren Kinder mehr haben... Ich wünschte mir so sehr ein... unkompliziertes, normales Kind! Aber alles zerrissen hat diese schreckliche Geburt in mir."
„Wieso? Die Geburt war doch ganz leicht", sagte Rosa verblüfft. „Das Kind war groß, bereits mit Haaren, und hat keinen Mucks von sich gegeben. Ich, als Säuglingsschwester, kann es wohl bestätigen."
„Ja, Ihre Majestät hat vielleicht in meinem Bauch gebrüllt und mit Fußtritten sich den Weg freigemacht. Dann war sie heraußen, Ihre Majestät, sie hat sich umgeschaut im kleinen Kammerl, wo ich gebären mußte, im kleinen Zimmer bei den Eltern im Salzer-Haus, unterm Dach eines orthodoxen Juden! Ihre Majestät hat uns angeschaut, einen Augenblick – so schien es damals uns allen – dir auch –, dann hat sie die Augen müde zugemacht. Als ob sie bereits von uns genug gesehen hätte."
„Aber wie kann man nur so von einem Neugeborenen denken!" Dies war wirkliche Empörung von Tante Rosa. „Wie stellst du dir's vor, daß ein Kind, ein Baby in seinem ersten Augenblick denkt: das ist ein kleines Loch, das sind blöde Eltern. Ich versteh' dich nicht. Manchmal denk' ich daran, daß du selbst in Gottes Werk hineingepfuscht hast."
„Ich? Wieso?" Dolores erschrak. „Gleich in Gottes Werk. Nanana Rosa, schnapp nicht gleich über."
„Na ja, was du mir, und auch Therese..." (Sie nannte ihre Schwester nicht Cho-Cho-San, wie die anderen). „Wir haben darüber öfters gesprochen. Und ich freue mich, daß sie dabei war, sonst würde ich denken, daß ich spinne."
„Wobei dabei?" stellte sich Dolores unwissend.
„Na, als du uns erzähltest, daß du in diesem einen Punkt dem Georgi nicht nachgibst. In diesem einen Punkt."
„In was für einem Punkt."
„Naja, was du sagtest. Daß du bewirkt hättest, daß das Kind,"
„Was hab' ich bewirkt, das war ein auffallend gesundes, schönes Kind. Oder?"
„Du hast durch allerlei Beschwörungen und sogar mit Atemanhalten und obskuren Waschungen deines schwangeren Leibes, so, wie diese gewisse Zigeunerin dir empfohlen hat, und weiß Gott was noch..:"
„Was für eine Zigeunerin? Ich kenne keine."

„Na, diese Citta in der Öreg-Straße ist für mich eben eine Zigeunerin."
„Nur weil sie in der Nähe der Zigeuner-Wiese wohnt!"
„Nein, sie legt Karten, sagt die Zukunft voraus und gibt magische Ratschläge. Du hast Therese und mir gesagt, das mit den Beschwörungen und mit dem Atem-Anhalten in vorgeschriebenen Abständen, und du hättest dann von einem bestimmten Augenblick an gewußt, daß du damit eine Wende herbeigeführt hast und daß also in deinem Leib nun ein vom Männlichen in das Weibliche verwandeltes Wesen..."
„Daß du mit all deinen Ausbildungen, Lehrerin! Säuglingsschwester!, an so etwas denken kannst", drehte Dolores den Spieß um. „Ich freue mich oft, daß ich nur die Bürgerschule ... wirklich. Da bleibt eine Frau zumindest normal."
Hier entstand eine große Pause. Offenbar war Tante Rosa total verblüfft über diese Unverfrorenheit. „Das ist ein Frevel. Sag' ich dir. Unzulässig! Gesetzlos! Du hast damit ... das ist nicht weniger ... nein, das ist ein Bruch mit Gott!
Erst damit prahlen, daß du deinen Willen gegen den Mann auf dem Buckel deines Kindes durchgesetzt hast! Und jetzt alles ableugnen!"
„Ist es denn nicht mein Kind? Ist es nicht aus meinem Bauch gekrochen, egal, wie es reingekommen ist?"
„Es ist eben nicht egal!" schrie Tante Rosa. „Fast eine Vergewaltigung war das in diesem verdammten Pavillon da. Noch vor der Ehe bitte! Und so ging es dann auch weiter. Ohne jede Demut, die eine werdende Mutter haben müßte, ja, ich sage Demut und ich weiß, was ich damit sage, und ich denke nicht nur an die Kirche. Nein. Ein Kind ist mir etwas ... etwas Heiliges. Ja. Und was aus einer Zelle wird, Mann oder Frau, hat nur Gott zu bestimmen, nicht die Mutter. Und wenn du dein Kind sozusagen auf halbem Wege ... mit deinen Manipulationen ... kastriert hast!"
„Ich verbitte mir diesen Ton!" schrie Dolores. „Mir kannst du alles verbieten, aber rückgängig machen kannst du nichts. Das Kind spürt etwas. Es spürt, was ihm zusteht und was ihm genommen wurde. Apa sagt, ich wollte es nicht weitersagen, doch jetzt...", Apa sagt, das Kind sei ein Genie... Selbst so...", fügte sie plötzlich leise hinzu. Genie klang wie der Name einer Krankheit für mich... Vielleicht die Krämpfe in der Nacht?
„Hör auf, hör auf, das sind nur die Kriegsbilder."
„Apa hat aber mit anderen Leuten darüber gesprochen."

„Vielleicht auch mit Doktor Lorand?" so Dolores.
„Du wirst dich wundern, auch mit diesem. Für unseren Vater zählt nicht, ob jemand Jude oder was sonst, wenn er nur – wie sagt er – eine höhere Geistigkeit hat. Unter seinen Kundschaften sind einige Herren, die diesbezüglich etwas zählen." Es war mir zuviel, ich ging in den Hof, blickte auf Georgis Opfer, doch schienen mir Spinnen und Fliegen keine Lösung zu bieten. War ja kein richtiger Mann, wie Georgi. So kehrte ich sofort zurück. Was kann noch kommen?
„Ich jedenfalls", sagte Dolores eben, „wollte nicht, daß mein Sohn dann, so wie mein armer Vater, in den Krieg gezerrt wird und ich nichts dagegen unternehmen kann."
Der Krieg also – hielt ich fest, fast bereit, ihren Frevel zu verzeihen. Also neben Onkel Lukas und meinem Großvater bin ich auch Verwundeter, jedenfalls irgendwie Versehrter des Ersten Weltkrieges, von der Mutter im voraus amputiert, damit der Krieg mich nicht amputieren kann. Sofort aber sagte ich mir, daß es nicht der Krieg allein war. Nein. Sie wollte jemanden für sich, ihresgleichen, der mit ihr zuammen leidet. Leiden – wie sie – wollte ich aber nicht. Keine Leidensgemeinschaft mit Dolores. Nein. Alles, nur das nicht.

Am Nachmittag durfte ich zu den Großeltern, die nach Familie Salzers rechtzeitiger Übersiedlung nach Jerusalem in die Neue-Welt-Straße Nr. 19 hatten umziehen müssen. Das war das Haus eines assimilierten Zigeuners, der in Kaffeehäusern aufspielte. Eine gräßliche Wohnung, und damals merkte ich das schon, nicht so wie zu Anfang. „Nach dem orthodox-jüdischen Haus ins Zigeuner-Haus", spottete Georgi daheim. Ich betrat die sogenannte „Halle", einen mittleren Raum mit einem alten Eßtisch in der Mitte. Wenn man die Tischplatte wegschob, konnte man das „Tolnay-Welt-Lexikon" unter wüst sich wälzenden Gegenständen, alten Zeitungen, Brotkrümeln, Zwirn, Murmelkugeln etc., herausholen. Ein Medizin-Lexikon hatte hier niemand. Ich wollte wissen, was Genie ist – wovon Tante Rosa gesprochen hat –, welche Krankheit. Ich wußte nicht einmal, mit welchem Buchstaben das Wort beginnt. Der Aussprache nach suchte ich erst mit Zs, was so klingt wie das französische Wort Jour oder Journal. Vielleicht schreibt man es phonetisch... Es waren einige Blätter ausgerissen aus dem Lexikon. Darunter das Blatt mit Zs. So versuchte ich es mit J, weil ich das Wort Jour schon kannte. Hier war auch nichts. Klar. Wie ich auf G kam, weiß ich nicht. Nun endlich war das Wort da. Was stand dazu als Erklärung? „Genie:

Schöpferische Persönlichkeit, meist auf künstlerischem Gebiet." So. „Schöpferische Persönlichkeit", diese Worte habe ich öfter schon gehört, daß ich auf dem Wege dazu sei, wenngleich noch zu klein. Großvaters Freunde und Kundschaften befanden es zwischen Rasieren und Bartpflege. Nach dem Haarschneiden blieben die Herren zu einem kleinen Gespräch sitzen. Sie schätzten Großvaters Zurückhaltung wie auch seine „interessanten Ideen", die er – selten genug – auf die Oberfläche der Mitteilbarkeit dringen ließ. Es war jedem klar – nahm ich an –, daß Großvater viel mehr denkt, als er sagt: ein Zeichen von Klugheit. Dies brachte ihm großes Vertrauen ein: hiervon strahlte auf mich etwas ab. „Wird einmal eine schöpferische Persönlichkeit", das muß natürlich dann mit einem französischen Wort besiegelt werden: Genie. Alles Französische hatte in Györ ja unanfechtbare Geltung. Im Lexikon stand dann noch: „Das Phänomen Genie ist fast ausschließlich nur unter Männern zu finden. Ausnahme: Sappho. Doch wenn eine Frau Genie hat, hat sie kein normales Sexualleben und meist auffallend starken Haarwuchs an den Beinen und oft auch einen Bart." Also der Mann ist Genie und die Frau hat Genie, etwas davon, und weil das eigentlich nicht ganz o. k. ist, quasi als Strafe, wachsen ihr ein Bart und zu viele Haare am Bein, undsoweiter. Krank, wie ich es vermutet habe.
Ich hab' mit meinen damals circa neun Jahren nur kurz nachdenken müssen: das war ein stilles Gespräch mit Gott, jedenfalls ihn rief ich auf, mir Antwort zu geben. Also, gegen einen Bart werde ich nichts einzuwenden haben, wenn alles andere klappt. Unter „Sexualleben" konnte ich mir nicht viel vorstellen. War es am Ende das, was Georgi mit Dolores...
Gott schien mich zu fragen, ob ich bereit sei, den ganzen Preis zu zahlen. Der Bart ist nur ein Teil. Was ist der ganze Preis? Es wird vielfältig sein. Mannigfaltig. Auf Johann muß ich zum Beispiel verzichten. Johann ging mit mir ja in den Kindergarten, später in die Volksschule, er war weich und verträumt wie ein Mädchen. Niedriger Blutdruck, habe ich Jahrzehnte später vermutet. Nun ja, wenn es notwendig ist, verzichte ich auf Johann eben. Doch Johanna, fragte ich, auf sie könnte ich nicht verzichten.
Gott war mir wohlwollend: Er sagte mir: vorausgesetzt, daß Johanna mich ebenso liebt wie ich sie, wird sie mir unter gewissen Umständen folgen. Das war eine akzeptable Grundlage. Doch was heißt das: unter gewissen Umständen? Ich dachte, wenn ich was kann, wenn ich stark bin, schneller laufe, höher springe, was weiß ich. Wenn ich

ihr Blumen bringe und eigene Gedichte ihr vorlese. Wenn ich ihr auf dem Klavier vorspielen kann, so daß sie zerfließt. Wenn ich den Ersten Preis des städtischen Zeichenwettbewerbes gewinne. Etc.
Im Kindergarten beobachtete ich beide: Johann und Johanna, und ich sagte mir, ob er oder sie mich lieben würde, darauf würde es mir nicht ankommen.
Du mußt aber mit Schwierigkeiten rechnen, warnte mich Gott, doch er fügte gleich hinzu: Schau aber deine Eltern an: gibt es dort keine Schwierigkeiten? Willst du werden wie sie? Ein Mann wie Georgi, eine Frau wie Dolores? Nein, das will ich nicht, dessen bin ich sicher. Doch es gibt vernünftige Männer, ritterlich, klug. Auch weiche, gütige Frauen, die ihre Männer lieben, gute Mütter für ihre Kinder sind, wandte ich ein. Doch dann antwortete ich mir: Ja, vielleicht. Doch du, von der Mitte des Weges zurückgerissen, stehst seitdem da: eben in der Mitte. Unverrückbar. Eigentlich gibt es keine Wahl für dich, nicht links, nicht rechts, geradeaus: Garten Eden. Ein guter Platz für mich.
Auch an diesem Tag der vielfältigen und mannigfaltigen Informationen ging ich wie immer vor dem Zapfenstreich heim. Ich war erwartungsvoll aufgeregt, keineswegs niedergeschlagen. Doch mit den Eltern sprach ich von da an eigentlich nichts mehr. Danke, bitte, guten Morgen, Mahlzeit, gute Nacht, das war alles. Als Dolores ihre Hand unter meinen Kopf legen wollte (wie einst im Mai), drehte ich meinen Kopf weg. Ihre Hand faßte ich an, um sie behutsam von mir wegzuschieben.
Georgi merkte von allem gar nichts. Es war mir recht so. Ich ging aber oft in seine Werkstatt und schaute ihm beim Arbeiten zu. Wie hat Georgi in seiner Werkstatt glücklich, locker in seinem Stuhl sitzend, die kranken Maschinen angeschaut. Mit Liebe, wie ein großer Arzt.
Ihnen in die Augen schauend, den Blick wichtig nehmend, ihre Haut besehend und berührend, die Haltung des Körpers, die Füße, die Hände prüfend. Wie dieser Arzt sprach er mit ihnen, mit seinen kranken Maschinen, ganz leise. (Wie Doktor Lorand mit mir.)
„Und wo, meinst du, du selber, daß es dir fehlt. Und warum." Etwas gebrochen wohl, ein Rad. Eine Achse. Oder bloß falsch geölt, gar nicht geölt und trotzdem weitergezwungen, bis es knirschte und sich spannte und schließlich brach. Aufgebrochen durch übergroße Spannung. Er sah das innere Organ und dachte nach. Träumerisch war dieses Nachdenken. Ganz ruhig.

Ruhig wie nie sonst. Er stand dann auf, kein übertriebener Schwung, wie sonst, ganz vorsichtig tritt er zu ihm, zu dem Kranken, er schraubt irgendwo eine Platte ab: wie sinnvoll und geschickt die sonst grausame Hand hier fast zärtlich die kleinen Schrauben zu halten vermag, wie er den Schraubenzieher hält und die kleine Feile, wie er hineinguckt. Nein, das war's noch nicht, doch ein kleines Zeichen deutet auf die richtige Spur. Hm. Hm.
Er pfiff falsch, doch wieder schön vor sich ihn. Zuversicht. Er wußte das Geheimnis der Organismen, die er liebte. Warum liebte Georgi diese aus Metall gebauten Körper, fragte ich mich. Sie warteten ruhig, während er vor ihnen saß oder stand, um sie herumging, noch eine weitere Platte abnahm, hier ein leises Anklopfen, dort ein feiner Druck.
Nichts tat dem Kranken weh. Der Augenblick, in welchem Georgis Diagnose fiel, dauerte über dessen Zeitmaß. Dieses Gefühl kannte ich durch meine eigenen plötzlichen Erkenntnisse. Zeitlupe im Film: ein langsam vor sich hinfliegender, vergrößerter Augenblick: ein Erfassen alles Wissens und Ahnens über den Patienten, und das mischte sich zusammen: die Erleuchtung war das und Georgi, der grausige Tiermörder, Erzengel jetzt der kranken Schreibmaschinen, Rechenmaschinen, sogenannten „Nationalkassen". Und ich hab' nie erlebt, daß er hilflos vor einem seiner Patienten gestanden wäre. Er fand das Übel immer. Und pfiff dabei traumtänzerisch vor sich hin, und kein Triumph entstellte sein Gesicht. Ein feines Lächeln hatte jetzt dieser wohl kaputte Mann, mehr krank als seine Metallpatienten. Und als er schließlich wußte, was das Gebrechen war und fand die schlimme Stelle und holte mit feiner Chriurgenhand die geplatzte Leber oder die steingewordene Niere heraus, irgendein kleines Metallorgan, vielleicht ein Rad nur, dessen Zahn gebrochen, da setzte er sich wieder. Er sah in sich hinein und sah die kleinen, winzigkleinen Gegenstände, die in der hinteren Ecke seiner Werkstatt, ein Loch nur unter dem Treppenaufgang zur Kanzlei des Rechtsanwaltes Varga auf der Bell-Etage, einen Haufen bildeten, ein Haufen Dreck nur für die anderen. Doch ein Schatzhaufen für ihn: und er kannte persönlich alle: die Räder mit ihren Durchmessern, die kleinen Röhrchen, er wußte ihre Länge: er sah alles, was übereinander geschichtet, geworfen; mit zwei Fingern rührte er ein wenig herum: und der wüste Haufen gab heraus, was er suchte. Er suchte immer ruhig, denn in seinem Kopf hatte er sie alle, als er sie da hintat, sich gleichsam photographisch festgehalten. Er hielt das Rädchen

in der Hand. Kein Zappeln der Maikäfer verführte ihn zur gräßlichen Tat. Das Rädchen hielt er vor das Auge. Na sehen wir, sagte er sich, und ich wußte, daß er bereits sah: der Durchmesser paßt. Und so war es, und er setzte das Rad – oder was immer – an seine Stelle, er drückte auf die Taste, der Motor sprang an. Gut so, sagte er, und sorgsam deckte er mit der vielleicht vor Stunden abgenommenen Metallplatte die Wunde wieder zu. Er setzte sich dann hin, er guckte in die Luft, das war der Arztbericht: für sich selbst. Er wiegte seinen Kopf aus Verwunderung, wie vielfältig die Defekte sein können, wie manche Leute über die Vielfalt der Natur nachsinnen, ohne diese vielleicht wirklich erfassen zu können. Diese Maschinen waren doch einfacher, übersichtlicher.

Georgi hat seine Maschinen erfaßt, ihre Geheimnisse behielt er für sich. Es war ohnehin hoffnungslos, einem anderen mitzuteilen, was sich da soeben vollzog. Mir aber kam zu Bewußtsein, daß die harten Bleistifte nicht allein aus seiner ängstlichen Sparsamkeit kamen. Er dachte in Metall. Das Glück war Georgi in der Arbeit gewiß. Woanders hat es sich ihm versagt. Sein langsames, ruhiges Tun in der Werkstatt war zeitlich immer gut eingeteilt. Gegen sechs Uhr machte er zu, bereit für den Spaziergang, und rechtzeitig zum Zapfenstreich die Rückkehr.

Aber nicht nur die Werkstatt. Manchmal war Dolores' Küche der Ort von Georgis Zauberei. Einmal, vor einem ungeheuer wichtigen Ereignis, Tante Bundis Besuch, blieb die Torte nach dem Backen in der Blechform kleben. Nichts zu machen. Dolores rief, Georgi lief: auch er beklopfte die böse Blechform. Geschmeidig erst, dann fast brutal. Nichts half. Dolores weinte bereits – wie bei den nächtlichen Niederlagen, dachte ich. Doch, hier war Georgi zärtlich, nicht wie dort. Das Blech vielleicht? Schließlich entriß er der Form ihren Inhalt. Ein wüster Haufen Brösel lag auf der Tischplatte. Dolores schluchzte jetzt. Doch Georgi gab Befehle – ein Chriurg bei der Operation –: „Fettpapier her und warme Schokoladensauce und das Bügeleisen!"

„Das Bügeleisen?" – staunte Dolores.

„Tu, was ich dir sage!" so Georgi.

Und stauchte schon die Brösel so zusammen, daß sie ein Viereck ergaben. Mit seinem Zollstock, den er ja immer bei sich trug, maß er die Seiten ab, die wie immer so auch diesmal stimmten. Dann kam eine Schicht Schokoladensauce auf die quadratische Platte, dann noch eine Schicht Brösel und so weiter. Schließlich war die 20 x 20 cm

Platte auf 10 cm Höhe gewachsen. Mit Sauce übergossen. „Rund ist sie nicht, aber eine klare Form, ja.", und jetzt Fettpapier und auch das Bügeleisen, und er gab dem Rohbau den letzten Schliff. Glatt und genau war seine Torte, gerettet war der Gattin Hausfrauen-Ehre: Tante Bundi durfte kommen.

Auch ich verwendete Georgis Spiele der Möglichkeiten aus dem vorhandenen Material. Bei einer Suche in der Werkstatt, da Georgi ein Röhrchen mit einem winzigen Durchmesser nicht und nicht finden konnte, zeigte ich ihm in der Luft eine kleine pumpende Bewegung. „Der Zerstäuber", sagte er erstaunt und rannte schon in das Elternschlafzimmer, wo er Dolores' Parfumflacon das Röhrchen entwendete. Dies freilich hat ein bitteres Nachspiel gehabt. Dolores entdeckte das „Verbrechen" und wünschte sich über ein neues Flacon hinaus als Wiedergutmachung eine große Reise. Wohin? „Na, irgendwohin, wo es schön ist, mit dem Schiff! Und weit muß es sein!" Es klang wie: Teuer muß es sein!

Was dieser „Takarodó" bzw. Zapfenstreich eigentlich sei? ..., ich kann mich nicht erinnern, daß jemand gesagt hätte, was das ist. Sie nickten, wenn er erklang, horchten dann zu, ihre Seelen tauchten in eine Nebelwolke der Vergangenheit, rückwärtsgewandt, in des Hunnenkönigs Attila oder König Matthias' Zeit, und niemand hielt Attilas siegreiche Reiter, auf der Milchstraße bereits unsere Erde verlassend, vom Hof des Königs Matthias auseinander. Großzügig die Zeiten bald rückwärts, bald vorwärts überspringend, zu den märchenhaften Gestalten der ungarischen Geschichte, von Matthias zurück zum Heiligen Stephan, dann wieder in die andere Zeit-Richtung, zu dem sagenhaften protestantischen Fürsten Franz Rákóczi von Siebenbürgen, der in Rodostó – dieses Wort klingt mir magisch im Ohr, Rodostó am Marmarameer, zwischen Bosporus und Dardanellen...

Rodostó, Bosporus, Marmarameer, Dardanellen,
Bujdosó, wieder ein Wort wie Takarodó, Bujdosó war er, Franz Rákóczi, geworden, der gegen die Habsburger aufstand, aufständisch sein für seine Heimat, hieß es, und es hieß dann, sich aufopfern für seine Heimat, und weiter hieß es, flüchten müssen. Einer, der untertauchen muß, sich verstecken in den Bergen, der war ein Bujdosó, Flüchtender und Gejagter, er mußte schließlich in fremde Länder, um dort dann in Sehnsucht nach der Heimat sich zu verzehren: Sterben in Rodostó;

über Rákóczi gelangte man in Gedanken zum Nationaldichter Petöfi, der ja ebenso gegen die Habsburger „aufstand" …, in seinem Revolutionsgedicht von 1848 genauso wie ein Jahr später auf dem Schlachtfeld in Segesvár. Kurioserweise waren alle diese Habsburg-Rebellen in den monarchistischen Zapfenstreich gegen alle Vernunft, narkotisierend eingebunden. Noch am Ende dieser Reihe der Lichtgestalten stand der Reichsverweser Horthy, der schnurstracks aus dem Vorzimmer Kaiser Franz Josephs „zu uns kam", als wäre der Heilige Stephan selbst aus dem Himmel herabgestiegen oder würde Attila gar mit seinen sagenhaften Bogenschützen auf der Milchstraße endlich zurückkehren, um die Ungereimtheiten unserer Schicksale – etwa Trianon und seine Folgen – wieder zurechtzurücken, wie er es angeblich versprochen…

Die ungarische Geschichte ist halt wie ein Märchen, und diesem Märchen entsprach die kindische Hoffnung, durch einen Deus ex machina gerettet zu werden. Die tägliche Narkose, auch Balsamierung unserer Wunden durch die melancholischen Töne des Zapfenstreichs war die Botschaft aus einer uns wohlgesonnenen, besseren und für alle Fälle mächtigeren Welt, von einer übergeordneten Instanz, die einmal – wann endlich? – zu unserer Hilfe tätig werden würde und bis zu diesem ersehnten Zeitpunkt uns zumindest durch die ihr innewohnende Hoffnung tröstete: die Melodie drang täglich in unser Herz und sagte jedem etwas. Was sagte sie? Jedem das, was dieser zu hören wünschte.

Meiner Oma und dadurch ihren Kindern sagte sie: Wir Ungarn sind ein ritterliches Volk, die Vornehmheit unserer Natur nutzte man gegen uns aus: man hat uns schlecht behandelt, Ungerechtigkeit und Erniedrigung ist jetzt unsere Prüfung, doch der Gott der Ungarn wird… Was wird er? „Nun der, der erniedrigt worden ist, wird erhöht werden." (Chor der Tanten) Meinem Großvater – da war ich sicher – brachte er seine toten Gefährten zurück. Da ich durch meine Zeichnungen Chronist seiner Kriegserlebnisse wurde, stiegen in ihm die Namen der Gefallenen nach und nach auf.

„Wenn ich dir nur erzählen könnte, wie mein Freund Rados Feri aussah oder der Mihály Bor…" Ratlos schauten wir uns an: die Toten zu zeichnen? Das wäre eine kleine Auferstehung gewesen. Was verlangt Großvater von mir? Er wollte seine Toten haben. Kerle wie er, die dasselbe erlebt, die ihm nicht nachsichtig oder schnippisch, wie sogar seine Frau, meine Oma, und noch mehr seine Töchter,

außer Dolores..., die ihn verehrt hätten, dafür, daß er überhaupt am Leben geblieben ist.
Ölbilder hätten es sein sollen, minutiös nachgeahmt die Gesichter, Reliefe schon fast. So wie ich es viel später sah: In Ingelheim: kleine deutsche Stadt der Chemie, jedes Jahr eine große Ausstellung als Gegenleistung für die Luftverpestung. 1986: Thema Burgund. Die vier Burgunder Herzöge, für viel Geld aus allen Museen der Welt, diese Bilder, es schoß durch meinen Kopf: So hätte Großvater seine Kameraden porträtiert haben wollen, ganz realistisch, mit lebendigem Blick, der Mund des Mihály Bor vielleicht gerade in Bewegung, als würde er ihm etwa sagen: „Da bin ich, Hartmann, hast du dein Bein noch?", oder Rados Feri in Przemysl: „Du hast mir den Brotlaib geschnitten, weil meine Hand... Jetzt sitzt meine Prothese ganz gut, ich lernte Ta-Ta-Ta, Ta-Ta, um leben zu können." Was war das? War das Morsen oder was anderes – vergessen. Und er hätte sie um sich gehabt, Mihály Bor und Rados Feri und die anderen, deren Namen mir entfallen sind, weil die Namen der Gefallenen, die in solchen wüsten Mengen fallen, unserem Gedächtnis entfallen, wenn wir kein Bild, keine Schrift und sonstige Spuren von ihnen sorgsam aufheben.
Damals versuchte ich verzagt, den gefallenen Mihály Bor zu zeichnen. Wie soll ich ihn erfassen? Und dann mit Bleistift nur ... Ölbilder, Porträts konnte ich nicht... Das Resultat fand ich betrüblich. Großvater hat das Bild lange studiert... „Der Mihály ist es ja nicht, doch an irgend jemanden..." Wir sahen uns wieder an und wieder... Ich betrachtete mein Bild: darauf war ein kleiner Mann mit großem Kopf, Hakennase und mit einer Mantilla, wie Horthy sie immer wieder trug. „Das ist doch der Reichsverweser", Großvater lachte diesmal ganz ungehemmt auf, was ich sonst bei ihm nicht kannte. „Du darfst sein Admiralskäppi noch darauftun ..." Das tat ich dann gleich und nicht nur von oben, durch das Käppi, ich versorgte ihn auch von unten, indem ich einen weißen Schimmel unter sein Gesäß schob. Der Schimmel war unproportioniert groß. Plötzlich war Horthy ganz klein. Großvater fiel fast vom Stuhl. Dann zeichnete ich gleich einen zu großen Horthy mit einem zu kleinen Schimmel.
An diesem Abend entstand die sogenannte „Horthy-Serie". Höhepunkt: „Admiral Horthy in der Schweinekoje". Statt meiner Tante Anna stand seine Gattin, die Hohe Frau, da, von ihm abgewandt, die Arme hochmütig-beleidigt vor der Brust gekreuzt, mit dem rechten Stöckelschuh verärgert aufstampfend. Großvater schrie vergnügt:

„Der Stall war niedriger. Zeichne es noch einmal. Die Hohe Frau muß sich bücken!" Also zeichnete ich die Szene noch einmal. Großvater schrie, daß er diese Serie – mit der Hilfe des Journalisten Várkonyi – im Rathaus ausstellen lassen würde, jeder muß es sehen, jeder!
„Wie recht hatte dieser Várkonyi, dieser Journalist – er ist zwar ein Sozi – Sozialist, ja, das ist er, und selbst wenn er Kommunist...", so Großvater, „wie deine Oma ihn immer verdächtigt... – Der Künstler, der wahre Künstler, sagte er, der Várkonyi, der hat etwas mit..." Großvater dachte angestrengt nach: „hat etwas mit Macht und mit dem Gegensatz dazu, warte mal..."
„Ohnmacht", sagte ich voreilig.
„Mitnichten, mitnichten. Wie Gegensatz, jetzt weiß ich!" schrie er, „Gegenpart!! Nein! Widerpart!!" – „Der Macht?" fragte ich. Es klang nicht schlecht, doch verstanden habe ich es nicht ganz. Großvater aber freute sich sehr: „Ja, genau das sagte er, und das sind wir ja auch: du und ich: Der Widerpart der Macht."
Wie glücklich waren wir.
Wie haben wir gelacht.
Er sah schon die Horthy-Bilder im Rathaus hängen. Ein wichtiges Bild, der Admiral Horthy auf einem Schiff, dieses aber auf dem Trockenen, war das Schlußstück: vom Großvater thematisch vorgegeben. Ich war eher verwirrt. Für Großmutter wie für Georgi – sie waren sich darin in einer seltenen Allianz einig – waren die „Sozis" bereits Kommunisten und allesamt Kriminelle. Großmutter hatte viel vom „Kommün" erzählt: „Wißt ihr noch, meine lieben Kinder, wie unter dem Kommün im Eckhaus auf dem Graf-Széchenyi-Platz das Klavier der Familie Rosenfeld durchs Fenster geworfen wurde, nur weil er Polizeioberkommissär war! ...Flüchten mußte er vor dem Pöbel, und das Klavier wurde durchs Fenster, hau ruck, einfach auf den Markt geschleudert. Niemand wollte das Ganze ernst nehmen. Die Marktfrauen schauten erst zu. Als das Klavier dann runtersauste, sprangen sie zur Seite, aber ihre Gänse, Hühner, Enten wurden erschlagen. Das Klavier brach in Stücke, Kartoffeln, Rüben wurden vermischt mit einzelnen Tasten, ein Tomatenberg wurde von den Saiten durchbohrt, ein Klavierbein traf ein Ferkel, nein ein Schwein!, das mußte notgeschlachtet werden, die anderen zwei Klavierbeine kullerten quer über die Straße vor den Apotheker Fiala – sein Bruder ist ja Zeichenlehrer bei den Benediktinern –, der sich nichtsahnend auf einem Fahrrad näherte. Mit Beinbruch mußte er

ins Spital." Irgendwas soll auch mit dem Messingpedal gewesen sein. Was weiß ich. Vielleicht hat dieses jemanden verletzt, erschlagen, ein Loch in den Kopf vom Bischof vielleicht... Nein, vom Bischof nicht. Irgendeines Menschen Kopf halt. Und meine Oma weiter: „Bela Kuhn, Kuhn, oder Kohn, oder Cohn, gar mit C und der Kommün. Wie das Klavier fiel... Das war das Schrecklichste vom ganzen Krieg." – „Na dann", sagte Großvater und wandte sich ab. „Wenn das das Schrecklichste war." Und weg war er. Ich begann die Entfremdung zwischen den beiden zu begreifen... Allerdings der Plan, meine Bilder im Rathaus..., diese Vorstellung kam mir irgendwie unwahrscheinlich vor. Auch unbegreiflich, wenn ich meinen Großvater betrachtete. „Und wird auch Doktor Lorand helfen?"
„Ja, und wie."
„Und auch Herr Direktor Adler?"
„Ihm haben deine Bilder immer so gefallen!"
„Aber der Admiral..."
„Er mag ihn auch nicht. Und meine Freunde im Männergesangsverein, die mögen unseren Reichsverweser auch nicht." Er ahmte seine Kollegen im Männergesangsverein nach:
„Graf Teleky, Graf Andrássy, Graf Széchenyi, Graf Tatata, Graf Ratata, Graf Rititi, Graf Hühühü, Graf Kakaka."
Eine Flasche Wein stand diesmal auf dem Tisch, was sonst nicht vorkam. Er trank langsam die ganze Flasche aus. Gepflegt, im Weinglas. Ich war auch ohne Wein allmählich berauscht: Großvater und ich, wir heben die Welt aus ihren Angeln. Vielleicht. Wenn alle diese Herren wirklich helfen werden. „Mit Hilfe des Männergesangsvereins", fügte Großvater noch hinzu, „geht alles. Fast."
Ich hatte sie einmal bei der Silberhochzeit meiner Großeltern unter den Fenstern ihrer Wohnung in der Neue-Welt-Straße Nr. 19 eine vierstimmige Serenade singen hören.
„Sej haj Maiglöckchen du,
üppige Nelke
Majoran voll Knospen
wenn ich in deinen Garten dürfte,
wenn ich dort Gärtner sein dürfte,
erneuerte sich mein Herz."
Aber, meine Oma stand im linken Fenster, mein Großvater im rechten Fenster ihres Schlafzimmers. Oma bemühte sich, die Sänger anzulachen, mein Großvater aber schaute nur in sich hinein: wahr-

scheinlich in die Zeit, da sie beide das schönste Paar von Györ waren. Seine Therese, großflächig das blasse Gesicht, sinnlich die Lippen, grün-grau-blau die Augen, der Körper weich, üppig. Und er, der smarte Sohn des Großbauern von Perjámos, „klein und behende wie ein Türke, obwohl ein Schwabe nur" – Chor der Postfräuleins. Und was für ein Ansatz der Haare,
wie ein schwarzer Helm.
Großmutters Blond
Großvaters Schwarz
waren der ersten Kinder höchste Zier
Großmutters Blond
Großvaters Schwarz
lösten sich bei den Kindern, die erst später kamen, in Kaffeebraun auf. Haare, kaffeebraun und dünn.
Freilich, dazwischen lag der Krieg.
Gabili hatte nur noch eine Glatze.
Großvater mähte mir das Haupthaar jährlich zweimal, erst mit der großen Schere, dann mit dem kleinen Schur-Gerät, bis auf meinem Schädel die Haare pilzartig, auf drei Millimeter Länge geschoren waren, ab. Meine Haare müssen ja wie die seinen werden: stark, nicht liegend, sondern stehend wie die Ähren auf den Feldern seines Vaters. Er wollte ja auch der genetischen Schädigung durch meinen Erzeuger, Georgi, entgegensteuern. Georgi war mit dreißig bereits glatzköpfig, abgesehen von drei Büscheln, die links und rechts über seinen Ohren und in der Schädelmitte aus seinem Kopf ragten. „Wie ein Bajazzo", sagte einmal Tante Cho-Cho-San.
Indes die Musik, die Serenade..., die Kerle sangen still und doch wie ein Orkan. Inbrünstig. Wie in der Kirche. Wenn die uns helfen. Sie mochten Großvater sehr. „Und Herr Direktor Adler, der hat das viele Geld...", sinnierte ich.
„Ja, der Adler kann den Leuten das Maul schon stopfen", so Großvater, nicht heut' zum ersten Mal.
Wie waren wir kühne Träumer! Ankläger für Onkel Lukas und die anderen, auch für Frau Schramm, die vom Pferd gebissen... Wir waren bereit, den ungerechten Gott von seinem Thron zu stoßen. Ich dachte flüchtig daran, daß dann mein Großvater auf den Thron käme. Auf welchen Thron? Auf Gottes Thron? Auf des Reichsverwesers Thron? Auf alle Throne. Und ich male die Bilder: wie die Welt war und dann, wie die Welt werden soll!
Großvater schaute auf die Uhr und stand auf. Plötzlich war er ganz

nüchtern, fast niedergeschlagen. Er sammelte die „Horthy-Serie" zusammen. Die ausgeleerte Flasche verschwand in seinem Mantel. Das Weinglas wusch er säuberlich aus: für ihn trocknete ich aus eigenem Antrieb gerne ab. „Die Bilder kommen hinter den Frisierspiegel Nr. 5", sagte er. „Hier können sie nicht bleiben. Morgen kommt Várkonyi. Wir starten die Aktion gleich."
Großvater war weg. Erst nach einer Woche kam er wieder, und ich bin mir nicht klar, warum am dritten, vierten Tag nicht ich selbst in sein Geschäft gegangen bin. Wahrscheinlich hatte ich gespürt, daß da was schiefgegangen war. Als er dann endlich kam, war Großvater niedergeschlagen, doch er bemühte sich um Haltung.
„Ich muß dir eingestehen... Die Bilder tat ich erst nur hinter den Vorhang des kleinen Hinterraumes, nicht so wie ich's wollte, hinter den Spiegeltisch... Dort hätte sie deine Oma ... nicht. Deine Oma hat die ‚Horthy-Serie' entdeckt. Ja."
„Und?"
„Und. Mit mir furchtbar geschimpft und alles zerrissen und verheizt. Ja. An dem Tag wollte sie das Geschäft putzen. Diese Weiber" – entfuhr es ihm.
„Wie die Mutter so die Tochter", sagte ich zuerst total gefühllos. Dann kam Großvaters irres Lächeln. Diesmal schnürte es meine Kehle zu. Dann ging es rasch. Er gestand: „Auch mußte ich ihr versprechen, daß ich mit dir niemals mehr so etwas spiele."
„Spielen?" ich war empört. „Das waren meine besten Bilder! Das waren m e i n e Bilder!"
„Ja, ich weiß, aber Großmutter meint, ich müßte auf dich besser aufpassen, statt solche Sachen zu treiben... Wir müssen schauen, daß du auf die richtige Schule kommst. Pater Heckenast will dich bei den Benediktinern einschleusen ... und wenn du dort ... so etwas zeichnest ... das ist die beste Schule in Györ, übrigens in der schlechtesten könntest du auch nicht..., du darfst den Horthy nicht zeichnen..., da würde man dich sofort ... rausschmeißen und den Pater Heckenast obendrein..., das willst du doch nicht. Versprichst du mir also? Im Interesse deiner Zukunft." Und weil er wußte, was in mir vorging, sagte er noch – wie mir nun zum ersten Mal bei ihm vorkam – nicht ganz ehrlich: „Es ist nur eine Verschiebung. Verstehst du mich. Damit man dich nicht zu früh... Ich will nämlich, daß du später deine Horthy-Bilder oder Ähnliches ... später, wenn du einmal groß bist..., dann richtig." Dann richtig. Also jetzt noch nicht, aber später dann richtig. Und wieder huschte das irre Lächeln über

sein Gesicht. Jaja, Verdun und die Schande jetzt..., mir war alles klar.
Werde ich später dann können? – ich meinte es irgendwie nur rein technisch, jedenfalls nicht in der Dimension der Zeit und was mit der Zeit einhergeht, einhergehen kann: daß die Kinder, die den Reichsverweser auf einem Ziegenbock reitend zeichnen, später akademische Maler werden und sich die Haxen ausreißen, damit sie irgendeine Baronesse schmeichelhaft porträtieren dürfen oder in irgendeiner Schule als schlechtbezahlte Lehrer uninteressierte Bengel unterrichten müssen. Diese Erfahrung oder Beobachtung stand mir noch nicht zur Verfügung. Doch meinem Großvater offenbar schon. Und in seiner krankhaften Überbewertung meiner Fähigkeiten beantwortete er die von mir eigentlich nicht gestellte Frage mit seltenem Nachdruck: „Du wirst es können, ich weiß es und ich will es, und nun behüte dich Gott, mein Kind."
In großer Verwirrung ließ er mich zurück, und lange Zeit habe ich ihn dann nicht mehr zu Gesicht bekommen. Waren die Bilder vielleicht doch nicht so gut, fragte ich mich. Oder wollte Herr Várkonyi die Bilder eines Kindes nicht im Rathaus aufhängen lassen? Hatte Direktor Adler Angst um seine Stellung? ... Und der Männergesangsverein? ... Sie werden meinen Großvater ausgelacht haben. Die schönsingenden, braven Männer: der Schneider Grabitsch, der Bäcker Piko, der Weinhändler Pinter, sie waren für die Serenade gut, nicht für diesen Part der Macht wieder oder wider. Wie war bloß dieser Satz? ... Und ein Wort Georgis fiel mir ein: Die Journalisten ziehen den Schwanz ein, wenn es brenzlig wird: beides habe ich nicht ganz verstanden, doch die zwei Sachen paßten zusammen, schien mir...
Nach Tagen des Grübelns kam ich zu der Vermutung, daß Großvater womöglich schlechtes Gewissen hat und daß er sich auch schämt.
Wie wir uns im voraus schon gefreut haben!
Und wie haben wir in unserer Freude gelacht!
Waren wir zu kühne Träumer?
Es sieht so aus.
Und als Ankläger! Wie waren wir stark und gerecht.
Horthy in der Schweinekoje.
Doch, wer hörte auf unsere Anklage?
Niemand. Oma hat die aufrührerischen Bilder zerrissen und verbrannt. Wie die Mutter so die Tochter. Eben. Und Opa fügte sich in sein Schicksal. „In irgendeinem Sinn ist das alles sinnlos", ent-

schlüpfte ihm der unheimliche Satz. Am liebsten hätte er ihn in den Mund zurückgestülpt, das sah ich ihm an. Was war das? Hat er wirklich einen Hieb gekriegt im Krieg? Im Krieg kriegt man also einen Hieb? Und dann muß ich zu den Benediktinern e i n g e s c h l e u s t werden? Wieso eingeschleust? Ich muß brav sein. Mein Ehrenwort geben... Keine Horthy-Bilder mehr! Also was ist das: Wir müssen uns verstellen, verstecken, ja. Wir zusammen sind nicht diese Macht undsoweiter, was der Journalist Várkonyi behauptet hat, nur Ohnmacht. Wir sind nur zwei Versehrte des Ersten Weltkrieges: ein alter Mann und ein Kind. So waren wir voneinander enttäuscht: jedenfalls ich von ihm, und er wird wohl sich wirklich vor mir geschämt haben, und damit waren unsere langen Gespräche, die man in großem Schweigen aus der Tiefe der Seelen führt, unwiederbringlich zu Ende.

Georgi fiel die lange Abwesenheit meines Großvaters auf: „Deserteur ist Deserteur", sagte er fest zu Dolores, so, daß ich es hören mußte. (Die Sache mit der „Horthy-Serie" wird sich in der Familie herumgesprochen haben.) Dolores schwieg. Hm. Aber auch ich schwieg, und es fielen mir die Worte ein: „Und als der Hahn krähete..." Ich wurde einen Moment bös auf Großvater: warum hat er uns aufs Glatteis geführt und dann auch noch meine „Horthy-Serie" verschlampt: nicht hinter dem Spiegeltisch Nr. 5 versteckt, einfach nur hinter dem Vorhang. Fahrlässig. Damit meine Oma unseren, meinen Aufstand, die Bilder dort gleich findet. Naja, einen Liter hat er bei uns bereits ausgetrunken. Nachher eilte er womöglich in diese seine Stammkneipe – wie hieß sie doch? – „Zum Kleinen Hahn" – was Georgi immer schon behauptet hatte, doch wollte ich's ihm bisher nicht glauben. Schnell zum „Kleinen Hahn" nach dem ersten Liter und meine Bilder nur eben irgendwie hinter den Vorhang gestellt. Und während ich so grübelte, sang Georgi – scheinbar ohne Absicht – vor sich hin:

„Mit wem es bergab geht,
mit dem geht es bergab.
Geht es bergab mit ihm,
kommt er unten an,
er bleibt unten liegen.
Laß es mit ihm bergab gehn,
sonst wird's auch dir,
auch dir so ergehn."

Wieder sagte ich mir das mit dem Hahn, daß er jetzt abermals...

Und ich dachte: welcher Hahn kräht hier? Vielleicht jener auf dem Dach der nach ihm benannten Kneipe. Dieser sogenannte „Kleine Hahn" krähte jetzt abermals. Krähe Hahn von mir aus auch zum dritten Mal. Was hab' ich mit dir zu tun? Eine Woche später ließ Herr Direktor Adler meine Großmutter wissen, daß er mir ein richtiges Klavier schenken möchte. Niemand fragte sich, warum. Prompt kam dann ein Pianino an. Ein Pianino nur, allerdings eine sehr gute Marke, Lauberger & Gloss. Wie hat meine Oma triumphiert: „Ich bin so froh, daß die Zeit der schrecklichen Kriegszeichnungen, und was dann noch nachher kam, vorbei ist. Die Musik ist nicht so gefährlich, meine lieben Kinder!" Großvater und ich, wir waren also besiegt. Das Herumprobieren auf den Tasten war trotz meiner aufkeimenden Bedenken ein verführerisches Spiel. Nicht wie auf meinen früheren „Instrumenten", die Georgi mir im Spielzeuggeschäft gekauft hatte: Eine zu kleine Geige mit Draht statt Saiten. Ein rosa Klavier mit Blechxylophon drin und nur sieben Grundtönen, und schließlich die Ziehharmonika. Lauberger & Gloss klang schön und hatte alle Tasten. Doch ich suchte Pentaton-Melodien zusammen. „Brrr, das klingt wie Bartók", so die Eltern und Chor der Tanten.

„Warum spielst du nicht etwas Schönes: ‚Gebet der Jungfrau' oder ‚Schwarzer Sonntag'?" – „Die kenn' ich nicht." – „Nicht? Das ist nicht möglich. Täglich im Radio... Du könntest es nachspielen...", so Tante Kathy. „Du könntest sehr wohl uns die Freude machen, doch du willst nicht", so Dolores. Es war mir recht so: können, doch nicht wollen, ist allemal besser als wollen und nicht können. Wie mein armer Opa als Part der Widermacht, oder Wieder-Macht, oder wie das Ding immer hieß... Wehe dem Besiegten, wehe ihm im Krieg, tausendmal wehe ihm nachher im „Frieden".

Zum dritten Mal ließ ich den Hahn nicht mehr krähen. Die Kneipe hieß doch nur „Zum Kleinen Hahn". Ist es möglich, daß selbst ich meinen Großvater aufgegeben habe?

III. Fronleichnamsprozession

Was in Györ (Raab) Apa, Anya – Vater, Mutter – hieß, hieß in Pécs (Fünfkirchen) Apika, Anyika.

Wenn Neumann-Apika, der „andere" Großvater, auf Besuch kam, läutete er nicht, er stand unter unserem Schlafzimmerfenster und sagte leise: „Georgi? ... Georgi, bist du da?" Und es konnte Mitternacht oder Morgengrauen sein, Georgi wurde augenblicklich wach, er fuhr im Bett auf und flüsterte bedeutungsvoll: „Ha! Apika ist gekommen." Unwillig steigt Dolores aus dem Bett – ich seh' es heute noch –: „Georgi, du hast geträumt", doch in diesem Augenblick steht schon Neumann-Großvater am Fußende meiner Chaiselongue. Wie er dort hinkam, ist rätselhaft. Bereits im Vorzimmer ließ er sich, wie ich es dann später erfuhr, auf alle Viere nieder, und so, quasi als Hund oder noch mehr als eine große Spinne, auf wievielen Beinen auch immer, lief er geräuschlos um die Betten herum, um dann wie aus dem Nichts plötzlich aufzuschnellen. Das sollte wie im Kasperltheater sein: lustig (meinte Georgi nachher verlegen). Neumann-Apika starrt mich an, erwartungsvoll, mit gespanntem Gesicht und aufgerissenen Augen. Blöder Kerl, denk' ich mir, ich tu' dir den Gefallen nicht: Er hätte gerne gehabt, daß ich aufschreie.
Die nächtlichen Störungsaktionen waren immer kurz. So schnell Neumann-Apika gekommen war, verschwand er fast gleich wieder... Als Bahnhofsdirektor hatte er für alle Züge des Landes einen Erste-Klasse-Ausweis. Die Eltern konnten es bei mir nicht erreichen, daß ich zu ihm Großvater oder zumindest Opa sage: er war und blieb der Neumann-Apika für mich, was Georgi kränkte.

Apika, Vater von Georgi, Bahnhofsdirektor in Pécs, „soll einem armen Mann aus Tata seine Gattin ausgespannt" haben. „Er hat die Frau eines armen Bahnwärters, ja, eines schlichten Mannes und Familienvaters ... zumindest drei Kinder, wenn nicht mehr... – Ja! Alle drei Babies noch. Fast Babies alle drei! hatte dieser als armer Bahnwärter mit dem Luder... Der Bahnwärter, dessen lockeres Weib er, der Neumann-Apika, diesem schlichten Manne schlicht ausspannte. Schlicht. Weil er als Direktor gehen und kommen, kommen und gehen konnte, während der Bahnwärter angewurzelt an seinem Wärterplatz,
Tag und Nacht.
Oder fast Tag und Nacht.
Er nahm dem Bahnwärter die Frau, weil er Direktor und Erste Klasse, während der Bahnwärter gar keine Klasse ... Und die Kinder: drei Babies oder mehr? Nahm er sie mit? Ja, er nahm sie mit, armer Bahnwärter, ganz allein jetzt.

Herzloser Apika. Apika herzlos.
Nein, er wollte selber, selber wollte er dem Luder neue Kinder jetzt! Machen. Armer Bahnwärter mit drei Babies und ohne Frau jetzt! Herzloser Apika! Apika herzlos!
Sie waren eingesperrt, als er kam. Einen Topf Spinat hat das Luder hingestellt für sie: für ihre Kinder, für den Mann. Jawohl, nur ein Zufall... Die gütige Fügung Gottes, in der Gestalt der Nachbarin... der guten Nachbarin ist es zu danken, daß sie nicht alle im Spinat ertrunken sind... Die Kinder des Bahnwärters und von der Neumann-Anyika. Und der Bahnwärter selbst ertrunken in Tränen und Spinat. Herzloser Apika. Die Frau, die Nachbarin, brach die Tür auf, weil sie das Geschrei der Kinder nimmer ertragen konnte. Und so etwas nennt sich Mutter!" Wie auch immer: aus der Bahnwärterfrau wurde somit die Neumann-Anyika. „Die Putzfrau sagt jetzt Frau Direktor zu ihr."
„Neumann-Großvater konnte Anyika kirchlich nicht heiraten, weißt du, weil sie..., beide katholisch..., weil die Ehe bei uns ein Sakrament ist. Wer sich scheiden lassen will, muß aus unserer Kirche austreten", bemühte sich meine Großmutter, mir die Welt der Erwachsenen zu erklären.
„Unsere Kirche" – ich dachte dabei vorderhand an den Dom neben der Bischofsburg, auf dem Hügel, Domkapitel-Hügel genannt. Dort gingen wir, Vater, Mutter, Kind, allsonntäglich um elf Uhr dreißig zur Messe hin. Zum Hochamt. Dreizehn Uhr Mittagessen.
In den Dom, wo hinter der Säule Nummer drei vom Altar aus gerechnet, am linken Rand des Hauptschiffes – dies war unser Platz – Georgi den Zustand der Ehen in der Stadt allsonntäglich kontrollierte: „Schau, Lorilein, Inkey wieder ohne Frau und Kinder. Wenn die sich nicht bald scheiden lassen!" ... Allsonntäglich im Dom... überlegte auch ich, hinter der Säule Nummer drei links, wie ich es später anstellen soll, daß ich sowohl das Amt des vorne singenden Priesters („Gloria in excelsis Deo") wie jenes des auf dem Chor dirigierenden Domkapellmeisters („et in terra pax) in einer Person ausfüllen könnte... AUS DER KIRCHE AUSTRETEN... Das wäre gleichsam ein Sich-Ausschließen aus der Musik, die von oben, vom Chor her erklang, aus dem Theater, das unten, vor dem Altar stattfand.
Wandlung, Opferung, Erlösung – was weiß ich –, Bekehrung, Veränderung unseres eigenen Seins, von diesen Begriffen hörte ich unablässig in den Predigten, aber auch von meiner Großmutter, Tante Cho-Cho-San und Eva daheim. „Katharsis", brachte mir später mein

Mentor Pater Heckenast bei. Diese Momente des Dramas fand ich in jedem Kinofilm oder in jeder Operette und auch in den Theaterstücken, die ich in Győr sehen konnte. Nur hier in der Kirche war alles viel geheimnisvoller, spannender, interessanter. Die Wesensverwandtschaft spürte ich mit neun, zehn Jahren immer intensiver, doch darüber sprechen konnte ich erst nach dem Krieg. Die Hartmann-Familie war entsetzt. Rosa sprach von Nihilismus. Meine Großmutter aber stand zu mir: „Ich werde täglich für dich beten" – sagte sie vor dem familiären Tribunal. „Denn ich weiß, daß du in deinem Herzen gut bist. – Wo ist Apa?", wandte sie sich um. „Immer ist er weg, wenn man ihn brauchen...", da fiel ihr ein, daß mein Großvater tot war. Indes wußte ich nicht genau, warum die Leute über diesen Vergleich so aus der Fassung geraten waren. Wir hatten inzwischen die Bombardements erlebt, die Okkupation, wir mußten Auschwitz, Dresden, Stalingrad, Hiroshima zur Kenntnis nehmen – und nun diese Aufregung. Ich fand die Erwachsenen lächerlich.

Doch in den frühen Kinderjahren war der Lack noch nicht total ab. Und in der Kirche war alles vollkommen, und das beschäftigte mich zu dieser Zeit mehr als alles andere: Vorne zeigte der Bischof oder ein anderer hochrangiger geistlicher Herr Gott selbst, in der Gestalt der Hostie!!! – Die Erwachsenen sagten es so. War der geistliche Herr Gott selbst? Herr Gott ... rätselte ich mit drei, vier Jahren – Rundherum stand vor und während der Ereignisse der Wandlung die ganze kirchliche Hierarchie, freilich ohne den Heiligen Vater, der ja nicht überall zur gleichen Zeit sein konnte. Nicht? Warum eigentlich nicht? Die Hierarchie also, diese setzte ich irgendwie mit den Würdenträgern des Gerichtes gleich, die Jesus dann verurteilt haben... Wollte immer wissen, welcher da vorne der Pilatus..., welcher Kaiphas und die anderen...
In den Aufmärschen und Abzügen suchte ich ebenso die mir bekannten Gestalten: die zwölf Apostel, die Heiligen Drei Könige, auch die Mutter Gottes und Joseph. Doch bereits der geordnete Aufzug zum Hochamt in sich hat mich gewaltig fasziniert: Aus der Bischofsburg heraustretend, bewegte sich der Zug der Kleriker würdevoll – zwischen dem Spalier der Gläubigen (jeden Sonntag Festspieleröffnung in Győr!) – in den Dom hinüber. Die Ordnung des Aufzuges war einmalig. Niemand schien irgendeinen Befehl erteilen zu müssen (wie etwa bei militärischen Paraden). Die vorangehenden fünf bis sechs Buben in meinem Alter oder etwas älter, von denen ich

einige aus dem Kindergarten und der Übungsschule kannte, die Ministranten, läuteten ganz leise mit ihren Glöckchen, ein zartes Geklingel, das übrigens im Brausen der vier großen Glocken der beiden Türme total unterging. Im Gefolge seiner Priester drängte der größte Teil des soeben noch Spalier-bildenden Volkes in die Kirche hinein, um seinen gewohnten oder angestammten Platz dort einzunehmen, während oben auf der großen Orgel der Organist das Register „Plenum" zog und auf dem Pedal sich mächtig austobte. Orgelgetöse drinnen, vier große Glocken draußen, ein Klanggemisch wie bei der Entstehung der Welt: Und ich sah die Berge in die Meere stürzen, aus den Meeren die Flüsse und Bächlein entspringen, durch das aufblitzende Licht der explodierenden Meteore schlagartig beleuchtet; und die Wolken, die – wie im Vitéz János bei Petöfi – mit großer Geschwindigkeit nahten, schlugen wie noch glühende Meteoriten in den Boden und türmten sich übereinander als neue Berge ... Doch, im Gedränge ihres Einzuges schienen die anderen mein Erlebnis nicht zu teilen. Ich allein im Welttheater, Welttheater im Gewitter der entfesselten Klänge!

Wie sie alle total unbeeindruckt ihre Plätze sofort fanden..., die Priester vorne, in den Bänken das Volk! In der Graf-Teleky-Kaserne hätte dies alles nicht perfekter abgewickelt werden können: oder bei den militärischen Paraden allgemein, etwa vor dem Denkmal der Gefallenen des Ersten Weltkrieges. Mit zackigen Sporen, mit Schulterspangen, Troddeln und dekorierten Brüsten die höheren Offiziere: diese gingen voran. Jede nachfolgende Reihe etwas weniger dekoriert, ganz hinten kamen die gemeinen Soldaten, einige schon etwas älter, jeweils von einem milchgesichtigen jungen Offizier am Rand einer Truppe lauthals befehligt.

Hier in der Kirche sah man den Befehlenden nicht. Auch gefiel es mir sehr, daß die Gruppen in umgekehrter Reihenfolge aufgestellt waren: erst die kleinen Ministranten, dann die Novizen, dann die älteren Priester, hochrangige geistliche Herren, und ganz hinten der Bischof. Die Ministranten mußten erst an der Seite des Altarraumes in geschlossener Gruppe warten, bis ein Novize sie diskret holte und vor dem Altar aufstellte. Die Novizen bildeten beim Altar den größten, aber hintersten Halbkreis. Es gab viel Nachwuchs: in großer Runde stand der Novizenkreis: gekleidet in Schwarz und Weiß – sie schwenkten ihre goldenen Gefäße, aus welchen würzige Gerüche kamen: „Sie brachten dem Kind Weihrauch, Myrrhe und Gold"...
In der Kirche gab es ein fortgesetztes Weihnachtsfest für mich, wel-

ches nie zu Ende ging. Allenfalls durch das düstere Schauspiel der Passion im Frühling, um meinen Geburtstag herum, kurz unterbrochen: „Crucifixus etiam pro nobis"..., doch nach Golgatha kam die Auferstehung, „Christus resurrexit", dann kam noch „Veni, Sancte Spiritus" und noch ein sagenhaftes Fest mit Baldachinen, einer Prozession, die aus der Kirche in die Straßen führte: „Pange lingua", sangen die Priester..., und ich sang mit. Wieder läuteten die Ministranten, wieder stand das Volk Spalier an beiden Straßenseiten. Der Bischof, diesmal unter dem ersten Baldachin, hielt das Allerheiligste in die Höhe, er zeigte uns Gott in der Form der Hostie im heiligen, halbmondförmigen Behälter, vorne Glas, hinten eine sonnenförmige Goldplatte, mit Edelsteinen verziert: – Sonne, Mond und Sterne – Monstranz hieß das. Der Bischof selbst kniete sich nieder, wie alt er immer war. Eine kleine Gruppe von Novizen schwenkte um ihn herum die goldenen Gefäße mit Weihrauch. Und alle sangen. Das Allerheiligste liegt auf Knien, wir alle (sind) Bettler und König.
Hier schlich sich bei mir ein kleines großes Mißverständnis ein, entstanden durch die falsche Prosodie. Also Gott kniet vor uns Menschen, damit unser Leiden an den Ungerechtigkeiten des offenbar fehlgelaufenen göttlichen Planes aus der Welt getilgt werde: er bittet Frau Schramm wegen des Pferdebisses vor der Benediktiner-Kirche um Verzeihung, meinen Großvater wegen der fünf Jahre an der Front, wegen seiner dort erworbenen Krankheiten, auch Onkel Lukas, wegen seiner zwei fehlenden Beine. Undsoweiter. Doch die Erwachsenen verstanden meine Auslegung des Liedtextes nicht, sie meinten: „Wir Menschen, ob Bettler oder König, knien vor Gott. Es anders zu sehen, wäre ein Frevel..." Schade. Die Erwachsenen zerstörten die Wunder immer.
Bereits nach diesem Fest mit dem für mich weiterhin knienden Allerheiligsten begann dann die Vorbereitung auf Advent für mich, da ich damals dem Tod noch nicht begegnet war und die Feste am Anfang November nicht gemocht habe. „Requiem" verstand ich später allmählich mehr und mehr. Damals aber wartete ich fröhlich auf die Ankunft des Herrn: „Nun komm der Heiden Heiland", wie liebte (und liebe) ich dieses Lied, das ich zum ersten Mal in der Evangelischen Kirche gehört habe. Eigentlich verbotenerweise. Martin Luther! – von ihm wollte in der Familie niemand hören. Doch meine Großmutter verteidigte mich mit dem Argument: „Kirche ist Kirche. Und dann, meine lieben Kinder, wir dürfen nicht vergessen: unser Reichsverweser, der Admiral Horthy, stammt ja auch aus einer pro-

testantischen Familie..." Das wirkte immer. Inzwischen kannte ich selbst einige „Protestanten" persönlich: Meine Lehrerin in der Volksschule war ja die Tochter des früheren evangelischen Bischofs, die vier Kinder dessen Nachfolgers – meine Kameraden in der Musikschule. Und schließlich Gideon Petneki, der Gasableser und sagenhafte Autodidakt der Musik – diese führten mich in die Evangelische Kirche ein, wo ich mich bereits als Kind auf die Orgelbank setzen durfte. Gabriel, der älteste Sohn des Bischofs, war der Kirchenorganist... Nach dem bereits fünfzigjährigen Gideon Petneki wurde ich mit neun Jahren dann sein zweiter Stellvertreter.
Doch in den Dom, da ging ich mit den Eltern. Auch meine Tanten kamen hierher zur Messe, jede mit ihrem Zukünftigen – falls sie einen solchen bereits hatte. Hier fällt mir rückblickend auf, daß meine Großmutter fast ausschließlich zu den Karmeliten ging, mit ihr auch Gabili. Mein Großvater dagegen zu den Benediktinern, wo Pater Heckenast oft predigte. „Nicht einmal zur Messe können deine Eltern zusammen gehen", warf Georgi Dolores vor. Und in welche Kirche ging Bello Cio? Wir wußten es nicht. Meinen Onkel Bello Cio habe ich nie in einer Kirche gesehen, außer bei seiner Hochzeit. Die war im Dom. „Es mußte eine Hochzeit sein, daß unser Bruder wieder einmal eine Kirche betritt", munkelten die Tanten, und Kathy fügte hinzu. „Eine Doppelhochzeit gar ... mußte es sein." – „Arme Anya".
Selbst wenn ich nicht in der Kirche war, träumte ich oft vom Dom: Beim Einmarsch folgten also nach den Novizen die Höherrangigen, doch auch diese stellten sich ebenso ordentlich um den Altar herum auf: der zweite und dritte Kreis der Priester, immer älter die geistlichen Herren, immer farbiger die Gewänder; die alten geistlichen Herren bewunderte ich sehr, denn sie verbeugten sich noch öfter und tiefer als die Novizen, in Schwarz und Weiß, mit Gold, Weihrauch und Myrrhe. Und in der Mitte stand der Bischof, der seinen Stab erst einem noch älteren geistlichen Herren abgegeben hat, bevor er die Hostie in die Höhe hielt: „Das ist mein Leib..." Die Tanten begannen Blicke miteinander zu tauschen. „Gehen wir?" fragten diese Blicke. Meist war es dann Rosa, die mit ihrem strengen, doch diskreten Nicken sozusagen den Startschuß gab. – Später Cho-Cho-San, dann Eva. Kathy nie. – Es war verpönt, als erste „zum Gitter zu stürzen". Aus der entgegengesetzten Richtung, vom Altar, kamen die Priester mit goldenen Kelchen in der Hand. Von beiden Seiten schritten sie der Marmorbrüstung entgegen, meine Tanten unter anderen Damen, mit züchtig niedergeschlagenen Augen, zurückhal-

tendem Gang, als wenn sie nicht eigentlich ankommen wollten. Die Priester dagegen mit elegantem Schwung, Tänzer auf einer vornehmen Gesellschaft. Elegante, junge Herren mit etwas verdrehtem Oberkörper: die Kelche vornehm vor sich tragend. Kellner in großen Hotels beherrschen diesen elastischen Gang ebenfalls. Ein siegreiches Zuströmen zur Polonaise. Doch wie werden sie so, mit dem Kelch in der Hand, tanzen können? Dann kam ich zur Besinnung, daß sich in den Kelchen Christi Leib verbarg, den die Priester jetzt austeilen würden. Sie kamen zurück – die Tanten – nach der heiligen Speisung, „ganz vergeistigt, ganz blaß", flüsterten einige Gläubige. Ich dachte mir: Wie auf einem Laufsteg, wo die Mannequins... Dolores hörte ich einmal sagen: „Ich wünschte meinen Schwestern, vor allem Rosa, daß sie in der Kirche jemandem auffällt. Aber auch den anderen wünsche ich das." Sie mochte denken: „Was brauchen wir Gasableser oder Maurerpoliere in unserer Familie! Auch ich, wenn ich länger gewartet hätte... In der Kirche könnte auch ein Graf sich in Rosa, ja sogar in Kathy verlieben... In unser aristokratisches Wesen..., in Kathys züchtigen Gang..., in Rosas klassische Schönheit... Wir würden es verdienen... Hat nicht auch im berühmten Roman..., wie hieß er doch, vielleicht ‚Rouge et Noir'?, der Graf das Mädchen aus gutem Hause, doch verarmt..."
Doch Georgi, der übrigens nie zur Kommunion ging, zerstörte wie so oft Dolores' Träumereien: er zischte ihr ins Ohr: „Matzes". Nun wurde Dolores wütend: „Hör auf, Georgi, mit deinen albernen Witzen: die Leute denken noch am Ende: du bist Jude." – „Aber Lorilein, wieso sollte ich Jude sein, nur weil ich weiß, daß die Hostie aus demselben Teig ist, womit die jüdischen Damen ihren Nachmittagskaffee...", flüsterte er zurück. „Bei Frau Liechtenstein jeden Nachmittag ... sah ich, wie die älteren Damen Matzes schmatzten und beim Kaffeetratsch lustig schwatzten, und jetzt schreiten deine Damen Schwestern so hochehrwürdig, als dürften sie demnächst mit der Heiligsprechung rechnen, nur weil sie etwas Matzes ... zu sich ... genommen." Dolores bremste diese „unreifen Redereien" ab, doch, auch sie selbst ging nie zur Kommunion, was meiner Großmutter sehr weh tat. „Daran ist der Georgi schuld, er läßt sie nicht" – so die Tanten. „Was soll das heißen", so Eva: „Ist sie etwa seine Leibeigene?" Und Tante Cho-Cho-San sagte: „Das ist sie." Auch das war Theater, denn Eva wußte bereits, als sie die Frage stellte, welche Antwort kommen würde.
Wenn sich diese Art Gedanken und Erinnerungen mit den aktuellen

Beobachtungen der Ereignisse in der Kirche vermischten, versuchte ich diese Ablenkungen stets zu verscheuchen, um den abgerissenen Anschluß an die heilige Handlung am Altar wiederherzustellen. Hier in der Kirche vollzog sich alles wie nach einem uralten, unantastbaren Gesetz. Verglichen mit den militärischen Paraden – welchen ich ebenfalls begeistert beiwohnte, wo es nur ging, oder die ich in der „Fox, tönende Wochenschau" mit Aufregung anschaute – wo die Aktionen von ständigen Befehlsschreien begleitet waren, ging hier in der Kirche alles offenbar nach Gottes Plan selbst. Auch die Unterbrechungen schienen Teile des göttlichen Grundrisses zu sein, nicht durch Pfeifenton oder Trompetensalve, nicht mit Trommelgeräusch hervorgerufen wie dort, allein durch die zarten Glöckchentöne der Ministranten herbeigeführt: Das Innehalten, welches auf den Klang der kleinen Glöckchen folgte, die plötzlich entstandene totale Stille, bewirkte – schien mir – so etwas wie ein kollektives Entrückt-Sein der ganzen Gemeinde: der mächtige Dom war damals gesteckt voll, fällt mir jetzt sehr deutlich ein. Gesteckt voll.
An diesem Entstehen-Lassen der Stille wollte ich selbst bald teilnehmen. Neben Tobias oder dem kleinen, schläfrigen Neffen von Pater Heckenast würde ich stehen... Etwas besser aufpassen als diese könnte ich allemal. Doch einige Textstellen, die vom Gemeindevolk gesprochen werden durften, erschütterten mich, wie große Musik, und brachten meine Gedanken wieder zum lieben Gott zurück:
„Herr, ich bin nicht würdig,
daß Du eingehst unter mein Dach,
aber sprich nur ein Wort, ..."
Da betete ich inbrünstig mit den anderen. Wo sonst konnte ich Volk und Priester in einem sein als in der Kirche?
Paradiesischer Zustand der Kindheit: umfassendes Erlebnis der Gemeinschaft im fliegenden Wechsel der Funktionen. Die kleinen Glöckchen der Ministranten haben es mir nicht nur angetan. Nein. Allmählich, dachte ich, müßte jemand von den Erwachsenen merken, daß ich als angeblich außerordentlich musikalisches Kind – von den Erwachsenen als solches erkannt – nun in den Kreis der Ministranten gebeten werden müßte. Bewerben wollte ich mich nicht. Es kam mir vor, daß ich mit meinen Glöckchen die von mir so ersehnte und bewunderte Stille mit der ganzen Intensität meiner besonderen Seele wie mit einem Zauberstab erreichen könnte. Und das müßten die Erwachsenen wissen. So wartete ich anfangs ruhig auf die Einladung in den illustren Kreis der kleinen Glöckchenträger.

Daß mir unter ihnen ein Platz zustand, war mir selbstverständlich. Wie ich sie mir so betrachtete, hätte der eine oder andere ohnehin längst schon ausgetauscht werden müssen. Einzig Tibi Karda war wach und klug. Den kannte ich gut vom Vierhändig-Spielen auf dem Klavier. Er war der Sohn des Kolonialwarenhändlers Karda, bei dem wir vor Ostern die „Russli" gekauft haben. Doch Tibi war bereits fünfzehn. Wieso empfiehlt er mich nicht anstelle des kleinen, schläfrigen Heckenast-Neffen, den er fast an der Hand führen muß, als wäre dieser blind. Peppi Heckenast torkelte träge herum, stolperte über den dicken Rand des Altarteppichs – über den die uralten geistlichen Herren scheinbar mühelos hinwegschritten –, und Karda riß ihn im letzten Moment auf. Heckenast schien fast einzuschlafen, obwohl das Hochamt erst um elf Uhr dreißig begann. Karda mußte ihn zwicken, damit er sich rührte. Wie war das alles möglich? Warum? Einmal fragte ich Tibi Karda, wieso er sich mit dem kleinen, dicken Knödel so abmüht. „Ach weißt du. Sein Onkel ... das ganze Kloster kauft bei meinem Vater ein... Wir leben zu gut 20 Prozent von den Benediktinern... Die haben ein erhebliches Kontingent bei uns."
Es hätte keinen Sinn gehabt, bei Karda weiterzubohren. Doch, selbst wenn der tumbe Heckenast wegen seinem Onkel ewig vor dem Altar herumtorkeln durfte, gab es noch andere hier, die mit ihren unbeteiligten Blicken, mit schusseligen oder lahmen Bewegungen die heilige Handlung beleidigten. Tobias grinste in einem fort und brach manchmal in hysterisches Lachen aus: da er dieses unterdrücken mußte, verwandelte sich sein Lachen in ein lautes Husten und Bellen. Povázsay stand mit unbeteiligtem, leerem Gesicht da, während der von den Glöckchen herbeigeführten Stille. Hannes-Johannes hielt den Mund meist offen, er kratzte sich immerfort. Unmöglich. Herumstolpernde Maulwürfe, von den Novizen mit kleinen Stößen vorwärtsgeschubst, und nun, sie dürfen!, dachte ich zornig. Wieso sagt niemand etwas? Wieso sagt mein Großvater dem Pater Heckenast kein Wort... Wo er doch so felsenfest von mir überzeugt...? Soll der ganze großartige Zukunftstraum bereits beim Glöckchenläuten versagen?
Und eine warnende innere Stimme sagte mir: Was war mit den „Horthy-Bildern"? Das ist ja auch schiefgelaufen. Nun war ich meinem Großvater rückwirkend wegen der durch seine Fahrlässigkeit vereitelten Ausstellung wirklich böse und – einmal mißtrauisch geworden – wollte ich ihn endgültig überführen: Er muß mich durch seinen Freund Pater Heckenast als Ministrant einführen, kann er das

nicht, ist er wirklich so, wie meine Tanten es immer wieder andeuten: ein Versager, mit dem man nicht rechnen kann.
Mein Plan war nun, die Eltern zu bitten, statt in den Dom in die Kirche der Benediktiner zur Messe zu gehen. In seiner eigenen Kirche muß Pater Heckenast mich doch läuten lassen können, wenn er mich in das klostereigene Gymnasium – wie er versprach – einschleusen kann. Einschleusen. Warum einschleusen?
Die Eltern wollten meine Bitte mit dem „Kirchentausch", wie Georgi es nannte, nicht erfüllen. Stattdessen wollten sie mir – fatal – in einem Zuckerlgeschäft etwas kaufen. Es war zur Regel geworden, daß sie danebengriffen, wenn sie mich beschenken wollten: sie kannten mich ja nicht. Statt der von Dolores für mich gekauften Kleider trug ich ewig meine Trainingsanzüge. Statt mit Georgis Puppen, kalten Porzellanfiguren, spielte ich nur mehr mit meinem Teddy, nachdem Georgi meinen Kasperl umgebracht hatte. Jetzt wollten sie mir mein Begehren nach dem Ministranten-Amt mit Zucker abkaufen. In einer Meinl-Filiale fragten sie mich: „Welche Bonbons, du darfst dir alles wünschen." – „Wirklich alles?" fragte ich. „Ja, alles!" so die Eltern im Duett, und die Ladenfrau war entzückt: „Eine süße Familie, einfach süß!"
Einen Moment schien die wohlbekannte Figur des Arabers, die als Dekoration dem Eingang gegenüber hoch oben über allen Stellagen thronte, mir zuzuzwinkern.
„Den will ich haben", sagte ich. Die Eltern schnappten nach Luft. Die Ladenfrau stöhnte: „Die Kinder, die Kinder..." Da der Araber kniete und seine Hände mit irgendeiner Gabe anmutig vorstreckte, war mir klar, daß er einer der drei Könige an der Krippe, eben der König vom Morgenlande, sei (Arabien – Morgenland, Morgenland – Arabien). „Nur ihn will ich haben: Der ist der Arabische König an der Krippe Jesu." Doch er war als Dekoration nicht verkäuflich. Dann verhandelten die Eltern mit der Filialleiterin, wahrscheinlich wegen Weihnachtsbaumschmuck. Sie flüsterten ... „das Kind" ...
Inzwischen schaute ich mich im Laden um: Zuckerl, Zuckerl, Bonbons. Alles war langweilig und wertlos, bis ich zwei Glöckchen erblickte. Zwar waren sie nicht so wie die an dreiarmigen kleinen Gerüsten befestigten Ministranten-Glocken des Domkapitels, doch sie waren aus Messing, wie jene. Es gab nur zwei von ihnen. Das sind meine Glöckchen, dachte ich und nahm sie unversehens zu mir und senkte sie links und rechts in die Taschen meines dunkelblauen Boy-Mantels. Dann gingen wir. Es gab wieder Schnee, ich ging einige

Schritte vor den Eltern, um in den frischen Schnee treten zu können, nicht in die von ihnen bereits niedergetretenen Spuren. Wir gingen auf der Straße des inneren Raba-Ufers, diesmal also nicht die „Drei Wege". Ich kann nicht sagen, warum. Die Glöckchen links und rechts hielt ich in der Hand…, dann zog ich sie langsam heraus. Sie klingelten wie in der Kirche.
„Ha! Lorilein, was ist das?"
„Vielleicht ein Schlitten." Doch es kamen keine Schlitten.
„Bleiben wir einen Moment stehen." Stille. Wieder nichts.
„Es waren vielleicht die Engelchen, die um diese Zeit schon herumfliegen und schauen, ob die Kinder gut sind…", sagten sie mit süßlichem Gesicht.
„Wir gingen los und damit auch das Geläute." (erzählte Georgi später)
„Ha!" schrie jetzt Dolores auf. „Das muß in unserer Nähe sein." Ich rüttelte noch einmal an meinen Glocken. Vielleicht erfassen sie endlich die Lage. Sie erfaßten sie. Fast.
„Du!" stürzten sie auf mich: „Wo hast du die Glöckchen her!?!" – „Das Zuckerlgeschäft!", so der kluge Georgi. Sie schauten einander an und weinten: „Unser Kind stiehlt." Diesmal blieben sogar die sonst üblichen Ohrfeigen aus. Hektisch rannten wir – Vater, Mutter, Kind – zum Zuckerlladen zurück. Die Filialleiterin hatte das Rollo schon heruntergezogen. Sie war müde. „Wollen Sie, Herr Neumann, die Glöckchen nicht lieber behalten? Wir können später abrechnen." Doch ich sagte unvermittelt: „Nein. Danke. Keine Glöckchen." – „Jetzt soll man sich bei dir auskennen!" so Dolores. Jetzt bekam ich die vorhin ausgebliebene Ohrfeige. Mühsam zog die Filialleiterin das Rollo wieder auf. „Schade", sagte sie.
Im Dom, während also die anderen die Stille einläuten durften, spielte sich weiterhin alles Wunderbare ohne mich ab, während der Araber und meine Glöckchen im Zuckerlladen ihr Leben fristeten. Doch ich gab meinen Plan nicht auf und wartete schweigend auf eine Gelegenheit, ihn in die Tat umzusetzen. Karda war es schließlich doch, der die Ereignisse so lenkte…, jedenfalls die Gelegenheit geistesgegenwärtig erkannte, daß ich in die Reihe der Ministranten – wenn auch nur für einmal und gleichsam illegal – Aufnahme fand… Wir gingen weiter in den Dom, wo Pater Heckenast nicht der Hausherr war…, alles schien hoffnungslos, und es kam schon vor, daß ich den Prozessionen am Palmsonntag und zu Fronleichnam mit irgendwelchen Ausreden fernblieb. Doch, ich richtete es mir so ein, daß ich

aus den Fenstern meiner Großeltern den Aufzug sehen konnte. Als Spalier auf der Straße, nein, dort wollte ich nicht stehen. Es war Fronleichnam, als ich, diesmal mit meinen Großeltern zusammen, wieder einmal am Fenster stehend auf die Prozession wartete, während die übrige Familie auf der Straße stand. Der Zug bog um vier Uhr herum in die Neue-Welt-Straße ein. Der Bischof unter dem Baldachin, das Volk sang das Lied, das ich weiterhin, nunmehr absichtlich mißverständlich – aber so wie geschrieben – mitsang, vorne neun Ministranten. Neun sogar. Nach ihnen nur wenige Novizen, weihrauchschwenkend. Unter den Ministranten sah ich Povázsay mit einem Neuen: es war Szigethy. Sieh mal einer an! Dann marschierte die Besetzung wie üblich, darunter selbstverständlich der ewig grinsende Tobias, und als letzte Reihe der Glöckchenknaben Karda, rechts und links von ihm der Peppi Heckenast und der liebliche Hannes-Johannes mit dem stets offenen Mund. Heckenasts Tante oder Mutter (darüber rätselte die Stadt, seitdem Peppi als Kleinkind im Haus Pater Heckenasts aufgetaucht war) ging in einer Reihe mit ihrem Buben hinter dem Spalier der Zuschauer. So fanatische Eltern, die ihren Kindern ständig nachrennen, sah ich später oft bei Musikwettbewerben. Dort mußten aber die Kinder Geige spielen oder Cello. Das war etwas... Hier mußte Heckenast nur gerade stehen, dazwischen ein paar Schritte gehen – du lieber Gott! – und, wenn er einen Stoß von Karda bekam, sich niederknien. Ich konzentrierte meine Aufmerksamkeit auf Heckenast, und das tat ja auch Karada. Bei dem verträumten Hannes wird es schon gehen, wenn man kleine Fehlleistungen der Spätreaktion in Kauf nimmt. Allerdings merkte ich, daß er an seinem roten Ministrantengewand herumriß: „Dem Kerl ist zu heiß, er ist noch imstande, sich mitten in der Prozession auszuziehen", dachte ich entsetzt.
Die Knaben standen jetzt unter unserem Fenster... Der Zug blieb ja immer wieder stehen. Wenn ich eine Nuß runterwerfe, trifft sie auf Heckenasts runden Kopf oder auf Hannes, damit er sich anständig benimmt. Plötzlich wurde inmitten dieser Überlegungen meine Aufmerksamkeit durch ein sensationelles Ereignis in den Bann gezogen. Ich sah einen Springbrunnen gegen den Himmel aufsteigen. Ich dachte an die Springbrunnen um die Kathedrale von Pécs, die mich mit zwei Jahren sehr beeindruckt hatten. Die Springbrunnen waren meine bedeutendste Erinnerung der schöneren Art von diesem Pécs-Besuch. Nun stieg der Wasserstrahl unter unserem Fenster in die Höhe und spaltete sich in sechs kleinere Strahlen. Genauso wie in

Pécs. Ich dachte an ein Wunder oder an eine Erweiterung der Zeremonie-Ordnung, zumal der Bischof das Allerheiligste in diesem Moment in die Höhe hob. Doch, was war das? Karda stieß Johannes rüde aus der Reihe. Jemand schrie: „Gotterbarm, der wischelt vor dem Allerheiligsten!" Heckenasts Tante oder Mutter stürzte auf ihren armen Buben, denn sie konnte es sich nicht vorstellen, daß, wenn etwas Schreckliches passiert, nicht ihr Liebling die Quelle des Unglücks wäre. Klein-Heckenast schrie außer sich: „Ich bin es nicht, Mammi, der war es, er pischelt immer noch! Pfui!", und war unsagbar glücklich. „Nehmen Sie bitte, nehmen Sie den Kerl in Ihre Obhut", bat Karda Heckenasts Tante inständig und schob ihr Hannes unter, „Da, gehen Sie mit ihm zu den Hartmanns, die sind eine christliche Familie." Heckenasts Tante oder Mutter nahm den fremden Buben glücklich in Obhut: „So einen schönen Anzug. Na macht nichts. Komm, mein lieber Bub." Unterwegs das Ministrantengewand mit weißem Kragen und Manschetten endgültig über den Kopf, die Arme streifend, „Da passierte wie durch ein Wunder nichts", zog sie den nun bitter weinenden Buben mit sich aus der Reihe der Prozession, während die Novizen sich schützend vor den Bischof mit dem Allerheiligsten stellten. Die Menge teilte sich wie das Meer vor Moses, die Leute wichen zurück. Wie eine gute Amme schleppte Heckenasts Tante Hannes-Johannes die Treppe des Hauses Neue-Welt-Straße 19 hinauf. Auf der Wand entstanden im Nu interessante Spritzmuster. Auf dem linken Arm das Ministrantengewand, mit der rechten Hand Johannes' Hose aufknöpfend, fragte sie die im Treppenhaus zusammengelaufenen Nachbardamen süßlich: „Dürfen wir hier Lulu machen?" Die von ihr angesprochenen drei Damen Toth, Mutter und zwei Töchter, die eine Arbeitsgemeinschaft der „Horizontalen Zunft" bildeten, gaben dreistimmig girrend und gurrend ihre entzückte Zustimmung. Hannes schien ein Faß ohne Boden. Und damit sein Urin zumindest nicht weiter richtungslos frei herumspritze, hielt Heckenasts Tante nun seinen Zipfel in der Hand, so wie sie es sicher bei dem eigenen Kind immer noch machte. Das einzige Klo war freilich besetzt. Meine Großmutter erschien auf dem Flur mit der Majolica-Vase. Sie und Tante Heckenast trösteten Hannes. Endlich ward der peinliche Strahl in die richtige Richtung gezwungen und füllte das Geschenk Marco Polos aus Marokko oder Gibraltar.
Inzwischen war ein gehetzter Karda erschienen. „Ist das Gewand auch...?" – „Wie durch ein Wunder nicht." – „Na dann" und im

Handumdrehen stülpte Karda das „Messegewand" über meinen Kopf. „Hast deinen Trainingsanzug eh an. Paßt" und drückte mir die Glöckchen in die Hand. „Das ist der Hartmann Georgi", sagte er einem erstaunten Novizen. „Er macht es besser als alle die Trotteln hier."

Ich ging nun als Ministrant in der Prozession, wußte, daß meine Verwandten, die Eltern auch, an der linken und rechten Seite der Straße stehen und sich womöglich bekreuzigen, wenn sie mich sehen. Ich wollte durch ihre Reaktionen nicht gestört werden, heftete den Blick auf die Straße vor mir oder schaute in mich hinein, wie immer, wenn ich nicht gestört werden wollte. Mir wäre es am liebsten gewesen, wenn niemand mich erkennen würde, und ich nahm mir vor, daß ich mich daheim, n a c h h e r ebenfalls ausschweigen, nur meinen Lichtgestalten: Anna im Bootshaus, meiner Lehrerin in der Übungsschule, Doktor Lorand, meinem Kinderarzt, und eventuell – später – meinem Großvater darüber berichten werde: Allerdings erst dann, wenn ich meine Sache jetzt und hier gut gemacht habe und infolgedessen Karda und seine Obrigkeiten unter den geistlichen Herren mich endgültig in die Liste der Ministranten eingetragen haben würden... Erst dann...

Auch dachte ich an die Belohnung der Ministranten an großen Festtagen: sie durften etwa nach der Fronleichnamsprozession in den Turm der Bischofsburg hinaufsteigen und von dort auf die Stadt herunterschauen. Nur dieser Punkt der Stadt, der Turm der Bischofsburg, erlaubte einen Rundblick. Und ich liebte meine Vaterstadt und wollte sie einmal als Ganzes sehen, von oben: ihre interessanten alten Bauten und ihre Dächer und die vier Flüsse: die Kleine Donau, dann die Rába, die Rábca und die Marcal. Von oben würde ich die Donaubrücke sehen, vom Brückenkopf ausgehend die „Drei Wege", von denen der mittlere zum „Garten Eden" der Frau Petneki führt. Wende ich mich einige Grade nach links, das heißt nach Westen, kommt der in einem Spitz endende, inselartige Stadtteil „Neue Stadt" ins Blickfeld: An der Spitze das Sportschwimmbad, wo ich schwimmen gelernt habe. Hier treffen sich die Flüsse Kleine Donau und Rába. Einige hundert Meter weiter mündet das Flüßchen Rábca in die Kleine Donau. Zwischen Rába und Rábca – sah ich mir immer wieder auf dem Stadtplan an – war der vordere Teil der großen, birnenförmigen Halbinsel „Neue Stadt" – der weitere Verlauf dieser beiden Flüsse hatte keinen Platz mehr auf dem Stadtplan –, voller Geheimnisse und auch Verbote für mich: die Evangelische Kirche habe ich schon erwähnt. Doch diese lag am Rand der „Birne", am Ufer des Rába-Flusses. In der Mitte der Birne, wo sich beim Obst das Kerngehäuse befindet, war die sogenannte „Zigeuner-Wiese", für mich hieß sie „Arabia". Lehmhäuser, kubusartig gebaut, gleichsam aus dem Boden entnommen. Die Zigeuner wohnten hier, unter ihnen meine Kameraden in der Musikschule, bei denen die Geige als ein Körperteil aus der Schulter gewachsen schien. Mit nacktem Oberkörper und barfuß rannten sie zwischen ihren Häuschen, mit irgendeinem erbeuteten Gänse-Schenkel in der Hand. Ein alter Mann weihte mich hier in die Geheimnisse der Töpferscheibe ein: in seinem Lehmhaus nur einige Holzkisten, darauf seine Werke: schöngeformte Töpfe. Im Eck ein Bettgestell. Die Scheibe diente gleichsam als Tisch, wenn er gerade essen wollte. „Die Zigeuner stehlen das Federvieh der Nachbarschaft", sagte man. Ente und Gans wurden mitsamt Federn, dies erlebte ich selbst, mit Lehm bezogen und in dieser Lehmschale über dem Lagerfeuer gebraten. Sie wußten, wieviel Zeit es brauchte, bis im Lehmbezug das Fleisch „gar" wurde. Ein starker Zigeuner hob dann das zum Gefäß gewordene Lehmwerk vom Feuer weg, warf es zu Boden, die Scherben fielen vom Federvieh, ob Ente oder Gans, an den Scherben klebten die Federn, und der Braten war glatt, rotbraun und knusprig. „Auch die Bäume fällen sie ungesetzlich." Ja. So war es. Einen dickeren Stamm, den man in Meter- oder einreihalb-Meter-Stücke schnitt und dann das Rundstück in der Mitte noch der Länge nach durch, schabten die Zigeuner mit ihren gebogenen Äxten zu Wannen: die größeren Wannen zum Waschen, die kleineren für Brotteig. Es kam mir vor, daß in „Arabia" alles sehr farbig war: Lehmfarbe, ganz hell bis ganz dunkel, je nachdem, ob bereits ausgetrocknet oder ausgebrannt oder noch naß, wie der Boden, der Lehmboden voller Pfützen, den die Stadtverwaltung ihnen zur Verfügung gestellt hatte. In den meist offenen Türen der Lehmhütten sah ich Perlenvorhänge. Oft beiseite geschoben: die Zigeunerinnen standen in der Tür, gewöhnlich mit einem Baby an der Brust und auch sonst mit drei, vier, fünf Kleinkindern umgeben, die sich an den bunten Röcken ihrer Mütter festhielten. Die jungen Mütter indes schnatterten und zwitscherten miteinander, denn die nächste Hütte war nur einige Schritte entfernt und in der nächsten Tür stand die nächste Zigeunerin mit Baby und Kleinkindern. Sie sahen sorglos aus, obwohl sie es eigentlich nicht sein konnten. Ihre Männer stahlen das Holz und das Vieh (Ferkel und Sau wurden ebenso gestohlen und dann mit Lehm beschmiert gebraten wie Enten

und Gänse). Ihre Kinder tanzten über ihren Köpfen und hatten kaum Platz in ihren winzigkleinen Hütten auf dem Lehmboden. Aber sie knüpften Teppiche, manche konnten auch weben. Das Innere der Häuser war sehr behaglich: bunt und warm. Ich wollte herunterschauen und die kleinen Lichter der Zigeuner-Wiese zählen: das hieße dann für mich soundsoviele Lagerfeuer: das Abendessen der ganzen Siedlung wird zubereitet.
Schließlich wollte ich von oben feststellen, ob die Neustadt durch einen Kanal oder vielleicht durch einen Linksverlauf der Rábca oder Rechtsverlauf der Rába wirklich zu einer birnenförmigen Insel abgerundet wird. So wäre die Neustadt eine Insel. Oder aber ob der Abstand der beiden erwähnten Flüsse immer größer wird. Die Neustadt wäre dann eine Halbinsel. Der Rába-Fluß selbst spaltet sich durch eine kleine Insel in zwei Flußbette – so konnte ich es auf dem Stadtplan sehen –, kurz bevor er sich in die größere Donau ergießt. Diese Teilung ergibt die kleine Insel „Rado", mit der Altstadt und mit der Neustadt mit je einer Brücke verbunden. Eine dritte, ganz kleine Fußgängerbrücke führt von der Spitze der Insel Rado zu der Spitze der Halbinsel, oder großen Insel Neustadt, und damit gleich zum Eingangstor des Sportschwimmbades. Ich dachte mir, von oben werde ich sehen, wo man noch weitere kleine Inseln durch Spaltung unserer vier Flüsse planen könnte, wo noch einen Kanal, etwa zur Abrundung der „Birne", falls die Natur dies nicht getan hatte. Es kam mir leicht vor, Rábca und Rába hinter der Zigeuner-Wiese miteinander zu verbinden. Über den Kanal zumindest drei Brücken, Stege für die Bootsfahrer: ja, ich bin jetzt Ministrant, aber ich muß später nicht unbedingt Priester werden, ich könnte auch Architekt, noch besser Stadtplaner sein, und dann mache ich aus Győr eine berühmte Wasserstadt, wie Venedig. Fast.
Von der Insel Rado aus sich weiter nach links wendend, wäre es nicht unmöglich gewesen, nun im Süden der Stadt auch den Fluß Marcal zu sehen, der dem Rába-Fluß zustrebt ... ja, bei guten Sichtverhältnissen wäre es nicht unmöglich, auch den Marcal zu sehen. Ob die Flüsse alle ihre eigene Farbe haben? Die Donau fast silbern, die Rába grün, fast dunkelgrün, die Rábca blaugrün? Marcal dunkelblau? Ja vielleicht. Und warum? Das muß ich dann Pater Heckenast fragen, und er wird mich zu einem anderen Benediktiner-Professor verweisen, weil er sich nur für die Dichtung zuständig fühlt... Zum Zeichenprofessor Fiala vielleicht, oder zu jemandem, der Physik oder Naturkunde unterrichtet...

Weiter nach Süden wollte ich nicht schauen, denn da waren das Krankenhaus und der Friedhof. Lieber würde ich mich zurückdrehen und von der Hauptbrücke der „Drei Wege" ausgehend rechts, also Richtung Nordost schauen, so könnte ich über die Donau weit über die Stelle der „Letzten Keusche" hinaussehen, wo ich einmal mit Eva die kleinen Schiffe nahen gesehen hatte... Die Ozeandampfer in verkleinerter Form, weiß, an beiden Seiten des Decks saßen ja die kleinen blonden Buben in weißen Marineuniformen. Als sie merkten, daß sie einer größeren Stadt näherkamen, standen sie auf Kommando einheitlich auf: rechte Hand salutierend am Schild ihrer Kappen, linke Hand an der Hosennaht. Niemand wackelte. Die Spazierenden am Donauufer (wo Georgi im Frühling immer die Frösche mit Maikäfern fütterte) winkten den kleinen Marinesoldaten freundlich zu. Doch diese durften offenbar nicht zurückwinken. Sie standen in tadelloser Haltung wie erstarrt auf ihrem Schiffsdeck. Ich wurde „spazieren geführt" von Eva, und Frau Petneki kam uns entgegen, und sie war außer sich vor Begeisterung. „Diese Haltung, diese Disziplin: das sind die Buben der Hitler-Jugend. Aus Passau kommen sie, aus Regensburg, aus Wien. Jedenfalls aus Deutschland. Aus dem Reich..." Verwirrend waren die Erinnerungen mitten in der Fronleichnamsprozession. Wir haben längst den Neue-Welt-Platz hinter uns gelassen, wie auch die Graf-Teleky-Straße, wo wir früher gewohnt hatten, wir schritten an der schmalen Fassade der Graf-Teleky-Kaserne vorbei, wir erreichten die Heilige-Stephan-(Szent-Istvan-)Straße, bogen dann rechts in die Czuczor-Gergely-Straße ein, wo wir jetzt wohnten, überquerten die Graf-Andrássy-Straße (wo ich im Haus des Herrn Salzer...). Wir erreichten den Graf-Széchenyi-Platz, wo wöchentlich dreimal der Markt abgehalten wurde. Vor der Mariensäule dieses Platzes wurde ausgiebig Station gemacht.

Von oben aus dem Bischofsturm würde ich mich noch weiter nach rechts drehen, also nach Osten, geradeaus nach dem Kompaß (das mit dem Kompaß hat mir Georgi beigebracht), so würde ich auch die Fehérvari-Straße mit den Städtischen Schweinezüchtereien sehen können, in der gleichen Achse, aber näher zur Burg, meine Volksschule, wo ich mit der linken Hand schreiben und statt häkeln und ähnlichem kleine Häusermodelle bauen durfte. Schließlich würde ich selbst die schmale Neue-Welt-Straße, wo mein siegreicher Gang vor dem Baldachin als Ministrant begonnen hatte, sehen können. Die ganze Stadt also und alles Wichtige drin.

Ich bemerkte, daß wir auf Rosen traten, die uns kleine Mädchen und Jungfrauen streuten, die züchtig aus dem Spalier vortretend ihre – das wußte ich – für diesen Zweck der Prozessionen extra angeschafften weißen Körbchen vor unseren Tritten leerten, und wir, die Ministranten, würdigten sie nicht eines Blickes, ähnlich den kleinen weißen Marineoffizieren der Hitler-Jugend. Während des langen Betens vor der Mariensäule fragte ich mich besorgt, ob wir wohl noch bei guten Lichtverhältnissen zu unserer Rundsicht auf dem Bischofsturm kommen werden. Vom Westen zogen Wolken auf: es wäre zu dumm, wenn ein Gewitter... Im Gewitter lassen sie uns womöglich nicht rauf. Doch dann überkam mich große Scham: Du wolltest unbedingt als Ministrant... und jetzt denkst du nur noch an die Turm-Aussicht... So wandte ich mich meiner Aufgabe wieder zu und läutete mit meinen Glöckchen selig, wenn es darauf ankam.

Vom Graf-Széchenyi-Platz mit der Mariensäule führte unser Weg durch die Kazinczy-Straße links zu der Domkapitel-Straße: hier noch eine Station vor der Brücke auf die kleine Insel Rado, links von uns Kirche und Kloster der Karmeliten, wo meine Großmutter immer zur Messe ging, mit Gabili, der hier als kleiner, dienender Frater aufgenommen werden wollte, doch keine Aufnahme fand, keine Aufnahme finden durfte, weil er ja krank war. („Ist das die christliche Nächstenliebe, die sie immer predigen?" rebellierten sogar meine sonst kritiklos katholischen Tanten.) Doch die Karmeliten taten dann etwas Wesentliches und Endgültiges für meine Oma, indem sie ihren Mann in der Krypta unter der Karmeliten-Kirche zur letzten Ruh betten durfte, wohin sie selbst ihm dann viel später folgte und wo sie dann ihre Kinder und Schwiegerkinder um sich versammelte: erst Baric, – Bello Cio war ja im Krieg..., dann die weiteren Schwiegersöhne: ja sogar Georgi kam in einer Urne aus Sydney unter die Obhut seiner wenig geliebten Schwiegermutter...; doch jetzt leben sie alle noch und starren mich womöglich verärgert oder erschrocken an: Ich breche für sie, für die Unwissenden, irgendein Naturgesetz hier, oder? Nur, ich weiß nicht welches, in welches Fach fällt dieses Wissen, welches mir offenbar noch fehlt, ähnlich wie das Wissen über die Gründe der Verschiedenheit der Farben der Flüsse, doch Pater Heckenast kann ich hier erst gar nicht fragen... oder?

Endlich gingen wir bergauf die Domkapitel-Straße. Hier fielen sogar aus den Fenstern der rechten Häuserreihe Rosenblätter auf unseren Kopf, ja ich müßte lieber Haupt sagen, in diesem Falle. So viele

Rosen! Von der rechten Straßenseite aus, aber auch aus den Fenstern. Und auch an der linken Straßenseite standen sie, die Rosenblätterwerfenden Mädchen und Damen, obwohl sich an dieser Seite der Straße keine Häuser, nur die Stallungen des Domkapitels befanden. Woher so viele Menschen? Doch die Häuser, ja die gehörten dem Domkapitel: auf diesem Hügel gehörte ihnen alles. Wer hier wohnen durfte, war dankbar ... In den Fenstern Kerzen, Fahnen mit Christi Leib-Motiven, und es kam mir vor, daß die einzelnen hier wohnenden Familien ihre ganze Verwandtschaft für diesen Tag versammelt hatten, und alle streuten Rosen, vom Klein-Mädchen bis zur Urgroßmutter. Doch nur die Frauen. Männer nicht. Überhaupt: die Männer standen auf der Domkapitel-Straße hinter ihren Frauen und Kindern, und während diese mit Inbrunst laut beteten und sangen, sah ich auf den Männergesichtern Verlegenheit, ja sogar Scham, wenn ich vorsichtig zur Seite schielte. Gerade daß sie sich vor dem Allerheiligsten niederknieten. Wenn der Baldachin bei ihnen vorbeigezogen war, standen sie schnell auf und einige putzten ihre Hosen ab, die beim kurzen Knien staubig geworden waren...
Am Ende der Prozession: Zwischen Kircheneingang und Bischofsburgeingang noch eine letzte Station. Spalier, Blumen, Gesang. Dann kehrten wir endlich ein. Nicht in die Kirche selbst, sondern in die Bischofsburg. Tibi Karda wurde sehr belobigt, daß er so schnell Abhilfe hatte schaffen können. „Wie heißt der neue Bub, Karda, wir tragen ihn anstelle dieses ... dieses, na wie heißt er, der feuchte Knabe?, na egal ... in die Ministrantenliste ein." Karda sagte aber, daß ich nur auf Besuch in Györ weile..., aus Budapest ... Leider. Und daß ich der kleine Cousin meiner kleinen – ebenso begabten – Cousine sei. „So? Ei ei. Schade. Hartmann jetzt oder Neumann?" – „Wenn er eh nur auf Besuch ... Egal." – „Doch, schade." Und ein älterer geistlicher Herr – Karda sagte später, es war ein Vikar – wollte mich vorsehen für das Priesterseminar. „Ich bitte dich inständig, hau jetzt hier ab", bat mich Karda, indem er mir das Ministrantengewand wieder abnahm. „Du wärst hier der beste Mann", „Mann" sagte er ganz routiniert, „doch, leider, es geht nicht. Du weißt eh, warum." – „Und der Bischofsturm?" fragte ich entsetzt. „Ich hab' doch alles richtig gemacht." – „Ja, ja, ja", sagte Karda. „Nun, dann will ich aber auch auf den Turm wie die anderen." (Diese waren inzwischen – der örtlichen Verhältnisse kundig – durch den Zwischenflur zur Treppe gerannt und trampelten lärmend aufwärts.) „Auf den Turm kannst du nicht." – „Warum?" – „Herrgottnoch-

einmal, du hast kein Zipfi. Ich kann nichts dafür, frag deine Eltern. Oder?" Er sprach etwas aus, was ich in der Verästelung aller Folgen immer schon geahnt hatte, doch nicht endgültig wissen wollte. „Bist mir jetzt bös?" – „Nein, ich geh' schon." – „Immerhin konntest einmal…" – „Einmal ist keinmal."
Eine große Kälte erfaßte mich, kein Schmerz. Es war wie der Todstell-Reflex der Tiere. Ich kam aus der Bischofsburg, sah den Eingang des Domes an: Diese Kirche wird untergehen, dachte ich ohne Emotion.
Die Zipfi sollen für sich allein…
Alle für sich predigen, für sich auf der Bühne stehen, der Zuschauerraum soll vor Leere gähnen.
Ich stand auf dem Bischofshügel und überlegte, welche Richtung ich nun nehmen sollte. Plötzlich sah ich den Kopf Tante Rosas – weil sie die Größte in der Familie war – ruckweise wie aus einer Versenkung auftauchen. Bei dem nächsten Schritt dann Georgis und Dolores' Kopf, dann erschienen Tante Cho-Cho-San, Kathy und meine Großmutter. Als letzter Gabili. Mein Großvater und Eva waren nicht da, Bello Cio ohnehin nicht. Nun standen sie auf dem Hügel. Jetzt waren sie wieder größer als ich. Wie im Leben. Sie machten halt:
Eine zusammengerottete Gruppe
aufgerissene Augen
fuchtelnde Hände
verzerrte Münder
doch ich hörte nichts.
Wie hinter einer dicken Glasscheibe
– oder später im Fernsehen, wenn der Ton ausfiel …
Dann schaltete sich der Ton unvermittelt ein:
Aber, Aber, ja richtig, richtig
Aber, Aber, so etwas darf nicht
darf nicht soetwas nocheinmal
nocheinmal vorkommen
vorkommen einSkandal
Einskandal Andal Andal
Dal Dal Aaal L
„L wie ‚Lulu'", sagte ich.
„Was ist, was ist."
„Das habe ich immer befürchtet", nahm ich Tante Rosas Stimme als Solo aus dem Klanggewirr heraus wahr. (Die denkt, daß ich narrisch geworden… Na warte.)

„Lu-Lu. Wie geht's dem Hannes jetzt?" – weil ich ihn mochte, hätte ich ihm und mir diese Gemeinheit unbedingt erspart ... unter anderen Umständen.
„Wem? Wem? Wem?" stellten sich die Erwachsenen blöd.
„Na, dem Hannes. Wie geht's ihm jetzt? Pißt er noch?"
Einstimmiger Aufschrei: Kakophonie. Wie wenn jemand sich mit dem Hintern auf die Orgeltastatur setzt. Ich hielt mir die Ohren zu, und in dieser Haltung ging ich an ihnen vorbei, links herunter vom Hügel des Domkapitels, neben dem von zwei Engeln in die Höhe gehaltenen Schrein, auf dem das Lamm Gottes zu sehen war (bin ich Opferlamm oder Engel? huschte durch meinen Kopf. Nein, Opferlamm wollte ich nicht sein). Bevor ich die Donaubrücke „Drei Wege" betreten hätte, bog ich links ab. Unter den Burgmauern des Domkapitels, unter dem Priesterseminar, am Donauufer gab es mehrere Bootshäuser, das fünfte gehörte den „Handwerkern und Gewerbetreibenden der Stadt Györ". Hier waren Georgi und Gideon Petneki Mitglieder. Ich suchte den alten Herrn Kugler, den Bootsmeister, und seine Tochter Anna. Sie zogen auf der Förderbahn ein Motorboot auf der sanften Böschung in das Bootshaus herauf. Herr Kugler bediente das Rad, das das Boot durch zwei starke Metallseile einzog. Anna hielt das Boot, damit es nicht kippe. Es war nicht ganz richtig, das Boot nur von der einen Seite aus zu stützen. Ich ging also zu der anderen Seite und half, so die Balance zu halten. Nachher hob mich Anna auf und küßte mich ab, wie sonst auch. Ich war für sie ein Kind, sieben, acht Jahre, zart, eher klein. Ein Kind nur, sagte ich mir, doch warte, bis ich groß bin. Das war ein Appell, den ich mit Gebärden und Blicken an sie richtete. Sie war eine starke, große, schöne Frau. Manchmal nahm sie mich auf den Buckel, ich durfte mich an ihren dicken, blonden Haaren festhalten ... Als sie mich abgesetzt hatte, schaute sie mich aufmerksam an: „Heute bist du nicht wie sonst."
„Nein."
„Ist was geschehen?"
„Ja."
„Sehr schlimm?"
„Nnnä. Später." Ich konnte sicher sein, daß sie mich nicht ausfragen würde, nur was ich selber sage ... Im Bootshaus nahm sie mich auf den Schoß und wiegte mich. „Die Erwachsenen sind so blöd", brachte ich zur Information hervor. Eine sehr ungenaue Information, das wußte ich.

„Oft, nicht immer", sagte Anna, sie wiegte mich weiter und sang etwas vor sich hin, ein lieblicher Singsang ohne Worte oder mit nur wenigen Worten, etwas mit Cherubim und Seraphim, und daß das Kind der himmlische Wind – oder umgekehrt... Ihr Vater setzte sich zu uns, zündete seine Pfeife an und schwieg. Die Donau war erst silbern, dann blausilbern, dann zogen die Wolken sich endgültig zusammen, der Himmel war jetzt dunkelgrau, wie auch die Donau selbst. Die ersten Blitze schlugen in der Ferne ein, doch sie kamen immer näher. Herr Kugler sagte: „Das war jetzt die Burg." Wie im Krieg, dachte ich mir. Doch ich sagte nichts. Auch die anderen schwiegen. Anna wiegte mich weiter, und ihr warmer Körper sprach zu mir:
Es wird vergehen.
Es wird vergehen.
Inzwischen begann es furios zu regnen. Aus dem Regen wurde Hagel. Wir saßen eine Weile noch unter dem Dach des Bootshauses, wohl um zu sehen, ob noch Boote kämen... Doch die, die noch auf dem Wasser waren, haben sich offenbar woanders in ein Haus geflüchtet. Wir zogen uns zurück in das Bootshaus. In der Kammer hat Anna einige Holzbänke zusammengeschoben: ein karges Bett für den Vater an der einen Wand, an der anderen ein karges Bett für uns. Decken waren da, große, grobe Decken: „Takaró, Takarodó", Zapfenstreich, kam mir in den Sinn: „Baka, gyere haza – Gefreiter kehr heim, zieh die Decke über dein ... über dein ... Sein."
Herr Kugler sah uns an.
„Wie ihr da liegt, ihr beiden." – „Cherubim, Seraphim", sang Anna.
„Du weißt, Anna, neben einem Erzengel zu liegen ist gefährlich für eine Menschen-Frau, sie ist dann verloren für die gewöhnlichen Männer." Herr Kugler war von Beruf erst Lebensmittelkaufmann, dann Buchdrucker, ein belesener Sozialist und Gewerkschaftler. Jetzt war er über siebzig und arbeitete noch im Bootshaus, das alles wußte ich von Anna selbst. „Jo ist kein gewöhnlicher Mann, Vater", antwortete Anna ruhig.
„Doch ein Mann, kein Erzengel."
„Stimmt, Erzengel ist er nicht. Doch ein lieber, kluger, auch schöner Mann."
Hm. Wer war dieser Jo? Doch mehr als Jos Person beschäftigte mich die Sache mit dem Erzengel. Und wenn ich ein erwachsener Erzengel bin, sagte ich mir, werde ich Anna aus der Fabrik holen, holen, ja erlösen, indem ich sie heirate. Wir bleiben hier im Bootshaus, lassen

die Boote aufs Wasser und holen sie wieder rauf, wenn die Klubmitglieder wieder heimkehren... Ich helfe Anna, und sie wiegt mich und singt dabei. Ich schenk' den Turm den Ministranten, den Turm und den Dom dazu. Ich war selig eingeschlafen. Am nächsten Tag früh mußte Anna in die Fabrik, ich mußte heim und nachher dann in die Schule, wohin ich ja sehr gerne ging.
Die Eltern waren total außer sich, daß ich über die Nacht ... und morgens erst heim ... und nichts sagen. „Wo warst du, wo warst du, wo warst du?"
„Laßt mich in Ruh. Ich muß in die Schule."
„Und der Tobias, oben auf dem Turm ... der arme Junge."
„Vielleicht vom Blitz erschlagen?" fragte ich und dachte gar nicht an die Möglichkeit, daß der ständig kichernde Tobias oder irgend einer der Ministranten vom Blitz getroffen hätte werden können. Doch er wurde..., „und jetzt im Spital ..., und er kämpft um sein junges Leben..., aber fast keine Hoffnung... Und der schmächtige Povázsay ist in Ohnmacht gefallen..., immer schon schwach am Herzen..., und Heckenast ist die Treppe runtergekullert, weil er ausgerutscht war, und er hat sich an Szigethy festhalten wollen, ihn aber nur mitgerissen. Der mitgerissene Szigethy hat sich dabei die Zähne ausgeschlagen... Jedem ist was Schlimmes passiert, nur ihr beiden..." – „Wer?"
„Na du und der kleine Hannes" – „sein Lulu rettete ihn", kam aus einer Ecke: also war Tante Kathy die ganze Nacht bei uns gewesen. „Ja und der Tibi Karda erlitt einen epileptischen Anfall. Den ersten seines Lebens."
„Kann ich dafür?" Ihr Schweigen sagte, daß ich für das alles könne, weil ich die göttliche Ordnung...
„Ich jedenfalls habe gut geschlafen." Und ohne den schrecklichen Frühstückskaffee, nur mit dem Butterbrot in der Hand, wollte ich meinen Weg in Richtung Schule antreten. Dolores aber sagte: „Wenn es nicht unser Kind wäre, meinte ich, es sei echte Satansbrut."
„Versündige dich nicht, Schwester", bekreuzigte sich Tante Kathy. Georgi wollte auch etwas sagen: „Lorilein, du kennst den Spruch: Ein Mensch, der stiehlt, der lügt ja auch." Doch Dolores und Tante Rosa (war auch Tante Rosa dabei?) protestierten: „Was heißt hier stehlen? Die Glöckchen vom Meinl, das war was anderes." Cho-Cho-San und Eva sagten (waren sie auch dabei?): „So ein Unsinn, Georgi, so ein Unsinn." Und Kathy sagte: „Das war die Sehnsucht..." Aber sie ließen sie nicht weiterreden. Georgi überschrie

sie alle: „Schluß jetzt! Gehen wir, daß du nicht zu spät in die Schule kommst", sagte er wie jeden Tag. Denn er hat mich jeden Tag zur Schule begleitet und mich pünktlich von der Schule abgeholt. Einzelkind, bürgerliches.

IV. Einen anderen Himmel

Der kürzeste Weg von unserer Wohnung in der Czuczor-Gergely-Straße zur Schule führte durch die Schweidel-Gasse, deren linke Seite der Seitenflügel der Graf-Teleky-Kaserne vollständig einnahm. Die Fenster, sowohl die der Kaserne wie die der gegenüber krumm und kümmerlich stehenden, ärmlichen Häuser, die einander stützen mußten – so kam es mir vor –, um nicht einzeln einzustürzen..., waren einander so nah, daß man etwa mit Hilfe eines Besenstiels ein Körbchen mit Nachrichten, oder mit Geschenken, oder mit beidem, in das gegenüberliegende Fenster gleiten lassen konnte. Georgi sagte daheim öfters, daß einige Damen auf diese Weise „Delikatessen", das heißt die besten Bissen der häuslichen Küche, die naturgemäß dem Gatten zustünden: Knochenmark zum Beispiel oder die Fettschicht am Rindfleisch... mit Pfeffer bestreut auf Röstbrot mit Lucullus-Tomaten... ja, das alles dem Gatten weggestohlen, in die Kaserne beförderten. Sie bekamen dann auf dem Rückweg – über den Besenstiel – Liebesbilletts dafür. „Die Soldaten schauen in die Häuser hinein, die Hausfrauen in die Kaserne. Das kann nicht gut enden", sagte Georgi. „Wieso grad die Hausfrauen, die haben doch etwas zu tun... tagsüber", begehrte Dolores auf.
„Soldaten-Schauen" spielte in Georgis Phantasie eine große, furchterregende Rolle. Vielleicht, weil Dolores immer die Filme schauen will, wo dieser Jávor Pál als Offizier..., dachte ich mir. Die schmalen, hohen Fenster der Kaserne waren mit Gittern versehen. Vertikal aus starkem Stahl, horizontal schien mir die Verbindung aus billigem Material. „Draht", sagte Georgi verächtlich. „Die vertikalen Linien ergeben exakt einen Abstand von zwanzig Zentimetern", sagte mir Karda, „so daß ein Soldat da nie und nimmer durchschlüpfen könnte." Wohl aber ein Körbchen, etwa mit „Russli" – führte ich Georgis Behauptung in Gedanken weiter... Wieso hat Karda den Abstand zwischen den Stäben so genau abgemessen? ... Wieso dachte ich an Russli?

Nun ging ich mit Georgi zur Schule, sah diese länglichen Fenster rechts, links die der kleinen, schäbigen Häuser der Schweidel-Gasse. Das zweite Haus war Eigentum von Herrn Karda. Hier wohnte er mit seiner üppigen, rothaarigen Gattin und mit Tibi, der später seine Kolonialwarenhandlung auf dem Graf-Széchenyi-Platz dann übernehmen würde. Weitere Kinder waren nicht vorhanden. Ich erblickte Frau Karda flüchtig im Schlafzimmer-Fenster im ersten Stock, sie trug einen roten Morgenmantel und zog die Vorhänge zusammen, als wir vorbeigingen.
Wir erreichten die Graf-Teleky-Straße im Laufmarsch etwa in fünf Minuten. Die Teleky-Straße überquerend, bogen wir in die Varga-Gasse ein, die Fortsetzung der Schweidel-Gasse und – wenn überhaupt möglich – noch schäbiger als diese. Varga heißt Schuhmacher: hier wohnten einmal alle (?) Schuhmacher der Stadt. Oder jedenfalls viele. Herr Bittmann aber hatte seine Schusterwerkstatt in unserer Straße. Inzwischen wohnten hier die Bäcker, wie mir schien. Meister Piko, Gabilis Arbeitgeber für einige Wochen, von dem er mitten in der Nacht weggerannt..., Meister Zinober und auch unser Bäcker, er hieß ausgerechnet Varga – Laci hieß sein Sohn. Wir frotzelten ihn, daß nach seinem Vater bereits eine Straße benannt wäre. Die Varga-Gasse nahmen wir in drei Minuten, dann gelangten wir auf den dreieckigen Neue-Welt-Platz, aus dem sich auch die Neue-Welt-Straße öffnete, wo ja meine Großeltern wohnten. An der Ecke der Neue-Welt-Straße 23 schlüpften wir durch einen Engpaß, der nicht einmal einen Namen hatte, da waren wir schon im Graf-Batthányi-Park, hier jetzt diagonal durch, und wir erreichten in unserem Laufschritt die Kiss-János-Straße, die Hauptfront unserer Schule mit dem Direktoreneingang, wir bogen rechts ein, denn hier in der Franz-Liszt-Straße war der Schülereingang. Georgi sah mir immer nach, wenn ich die breite Treppe – zwölf Stufen – raufrannte, als ob er sich hätte ängstigen müssen, daß ich vielleicht irgendwie im letzten Moment abhauen würde. Ein ganz lächerlicher Verdacht, denn am wohlsten fühlte ich mich in meiner Schulklasse unter der Obhut meiner Lehrerin.
Doch heute konnte ich mich wirklich nicht entschließen, weiter auf die nächste Etage zu rennen, wo unsere Klasse war. Vom ersten Flur aus rannte ich stattdessen in den Keller hinunter. Im Schutzraum hatten wir bereits Luftschutzübungen gemacht. In diesem Kellertrakt wartete ich etwa zehn Minuten. Die Angst der Alarm-Übungen erfüllte mich wieder..., dann rannte ich durch den Garten der Schule

und entschlüpfte durch den Haupt- oder Direktoreneingang auf die Kiss-János-Straße. Ich habe mir unterwegs die neuen Informationen über den Blitzschlag auf dem Bischofsturm und seine verheerenden Folgen für die Ministrantentruppe – so nannte ich sie jetzt – durch den Kopf gehen lassen. Der blitzgetroffene Tobias, der herzkranke Povázsay, Szigethy mit den ausgeschlagenen Zähnen gingen in unsere Klasse, ebenso Hannes-Johannes... mit seiner Schande... Ich wollte an dem Ganzen, was jetzt kommen würde oder zu erwarten war, nicht teilnehmen..., vorhin bereits, als wir die Graf-Teleky-Straße überquert hatten, war mir die Idee gekommen, daß ich heute lieber zu Doktor Lorand gehen sollte, der seine Ordination und Wohnung an der Ecke der Graf-Teleky- und Heiligen-Stephan-Straße hatte. Da es noch früh war, mußte ich nicht warten. Doktor Lorand hat meine Mandeln angeschaut, die waren wieder einmal angeschwollen. „Halsweh habe ich auch." Doktor Lorand stellte fest, daß ich Fieber haben müsse. „Und deinen Freund, den Karda, hat im Bischofsturm ein Epi-Anfall erwischt. Und den Tobias ein Blitzschlag." Doktor Lorand war unser Schularzt: er kannte uns alle. „Er ist leider in der Nacht gestorben. Freu dich, daß du nicht in den Turm durftest." Das muß er von Karda wissen, dachte ich mir. „Naja, wie man es nimmt. Möchten Sie, nur weil Sie...", jetzt wußte ich nicht, wie ich mich ausdrücken sollte.

„Naja, maskulin – feminin..., weißt du, diese uralten Herren deiner Kirche werden in einigen Jahren verschwinden... Der Krieg, der jetzt auch auf uns zumarschiert, ist etwas Schreckliches, doch verändert auch manches. Unser Reichsverweser ... wird immer älter..., er wird weggefegt. Hm... Auch geistliche Herren werden... äh, euer Paps" (er sagte Paps), „du wirst schon sehen: wenn unsere Bewegung siegt... Also das Volk kann so blöd nicht sein, daß es noch Jahrzehnte in euren Dom... wie die Schafe, doch mit schlechten Hirten... unter diesen Umständen... Du kannst dann, vorausgesetzt, daß du willst, hahaha, selber Priester werden..., wenn du nicht, wie ich eher annehme, einen anderen Beruf... Hm? Bleibe einige Tage daheim. Zwar habt ihr keine Sonne in eurer verdammten Wohnung..., ich habe deinem Vater oft schon gesagt, eine helle, sonnige Wohnung. Nna. Vielleicht nützt das einmal. Heute bist du also krank, was meinst du, Mittwoch nächste Woche?"

„Wann wird der Tobias begraben?" Er fragte mich mit dem Blick: Warum?

„Ich will nicht zum Begräbnis...", sagte ich ihm. „Ich habe mich etwas aufgeregt..., nachdem, nachdem ich auf den Turm nicht rauf durfte, und als dann die Familie, so sechs, sieben Personen als Gruppe..., auf mich zukam..., und sie grimassierten und fuchtelten, und erst hörte ich nichts, nur das ungute Geräusch – von innen – wie früher vor den..."

„Vor den nächtlichen Angst-Anfällen. Das hast du aber erstaunlich gut hingekriegt..."

„Ja, ich habe mich trainiert, daß ich aufwache, wenn das Geräusch kommt. Das wissen Sie ja. Aber Epi war das nicht?" wollte ich mich absichern.

„Nein. Epi nicht. Nun, und jetzt? Was hast du jetzt gemacht?"

„Nichts... ich weiß nicht: plötzlich hörte ich sie dann wieder schreien und das Geräusch war weg. Das von innen. Dann bin ich weggelaufen, damit es nicht wieder kommt."

„Wohin?"

„Zur Donau: das Wasser, der Fluß, beruhigt mich immer, und dann waren da Herr Kugler im Bootshaus, Sie wissen, und Anna, seine Tochter vor allem."

„Anna ist eine tolle Frau", sagte Doktor Lorand. Das verstand ich jetzt nicht, und jetzt fragte ich ihn mit dem Blick.

„Ich dachte, das weißt du: wir sind Sozialisten: Anna, ihr Vater, ihr Freund, und ich selber auch."

„Ihr Freund?"

„Ja, der Joshi. Wir sind alle zusammen ... in der Bewegung." Das sagte er mit Stolz.

„Doch, das darfst du niemandem sagen. Ehrenwort?" fügte er hinzu.

„Ja, Ehrenwort."

„Später kannst du zu uns kommen: wenn schon die römisch-katholische Kirche dich nicht haben will..." Mir fiel aber hier ein, daß Doktor Lorand Jude war: wie stellt er sich das alles vor. Ich wußte – 1941 –, was los war in Deutschland, in Österreich, in Polen... (Großvaters und Georgis Kundschaften waren zum Teil BBC-Hörer: die grausigen Informationen krochen durch und erreichten mich im Flüsterton.)

„Du meinst, ich bin ein ... Jude und werde ... nicht sehr viel tun können?"

„Ja, ich fürchte."

„Du und die Kuglers, ihr versteckt mich im Bootshaus", versuchte er zu spaßen.

„Nein, ich werde mir einen Bart wachsen lassen und einen ... ande-

81

ren Paß habe ich bereits, meine Kinder sind in der Schweiz, und von meiner Frau habe ich mich vor zwei Jahren scheiden lassen, damit sie nicht ... behelligt wird."
„Und sie tat das wirklich?"
„Ja. Ich bat sie darum. Es ist besser so."
„Unbegreiflich", entschlüpfte es mir. „Oder will sie, Ihre Frau, Sie verstecken?"
„Vielleicht...", doch Doktor Lorand schaute unsicher. „Meine Frau ist nicht so ... wie Anna... Sie ist etwas verwöhnt..." – er blickte auf das silberumrahmte Bild einer vornehmen Dame – „weißt du, aus zu reichem Haus. Nicht gerade tatkräftig. Sie ist jetzt bei ihrer Mutter. Ich rufe sie immer wieder an, besuche sie, wenn es geht. Nna? Jetzt weißt du alles von mir. Ich bin ein älterer Herr, sozusagen, und bespreche mein Leben mit einem Kind."
„Die Erwachsenen sind zu blöd. Mit denen kann man nichts ... besprechen."
„Ja, ungefähr ... so ist es."
In diesem Moment öffnete sich die Türe. Ohne Klopfen. Aus der Wohnung trat eine wunderschöne junge Frau in die Ordination. Sie trug ein Tablett mit Frühstücksgeschirr darauf. Kaisersemmeln, Butter, Honig, englische Marmelade, Tee in einer durchsichtigen Glaskaraffe. Es gab zwei Tassen, das merkte ich. Hinter der Frau drängte sich ein kleiner Bub in Doktor Lorands Ordination. Zigeunerbub! schoß mir durch den Kopf. Doktor Lorand sagte etwas verlegen: „Das ist Zoila. Vielleicht wird sie mich verstecken." Zoila lächelte ihn und dann auch mich an. Das Kind indessen rannte zu Doktor Lorand, er küßte es flüchtig und schob es zu seiner Mutter. Familienidyll.
Zoila zog sich schweigend mit dem Kind in die Wohnung zurück. Sie war barfuß, ihre Schritte hörte man nicht. Sie trug das kunterbunte Gewand der Zigeunerinnen. Doktor Lorand und ich schauten ihr nach.
„Tausendundeine Nacht", sagte ich.
„Ja. Schwarze Haare, grüne Augen. Sie wohnt jetzt hier mit ihrem Kind, damit ich nicht ganz verhungere, weißt du?"
„Ist alles klar",doch irgendwie war ich sehr verlegen: (Die Familie erzählte immer schon boshafte Geschichten über Doktor Lorands ungeordnetes Privatleben. War der Bub am Ende gar sein Sohn?)
„Geh, sonst ist das Fieber weg und du mußt aufs Begräbnis des armen Tobias." Er schrieb mir ein Rezept. Damit ging ich heim. Mir

sei schlecht geworden in der Schule. Bereits auf dem Flur ... vor unserem Klassenzimmer. Eva und Gabili haben mich besucht, und meine Großmutter. Großvater hätte auch kommen können..., doch er war wieder einmal verschwunden. Dann wünschte ich, daß Anna käme, das war aber unmöglich. Die Zigeunerin Zoila hätte ich auch gerne wiedergesehen. Mit ihrem Buben? Nein. Lieber allein. So im „Krankenstand" habe ich viel nachgedacht und faßte einige Entschlüsse: In den Dom gehe ich noch eine Weile..., damit niemand etwas merkt. So oft wie möglich spiele ich Orgel in der Evangelischen Kirche. Später werde ich zu der „Bewegung" gehen mit Doktor Lorand und mit Anna... Wer ist Joshi? ... und ich überlegte mir jetzt, ob Zoila, die Schöne aus Tausendundeiner Nacht ebenfalls mit in die „Bewegung" kommen würde.
Karda habe ich daheim besucht. Er war in elendem Zustand, irgendwie vermindert. „So eine Scheiße, du liegst da, du schreist wie ein Idiot, zappelst auf dem Boden herum. Scheiße! Scheiße! Scheiße! Jetzt werden die Leute sagen, daß ich vom Teufel besessen... Ich kenn' das schon..." Herr Karda war im Geschäft. Frau Karda trug ihren roten Morgenmantel, obwohl es bereits vier Uhr nachmittags war. Sie schien unruhig, blickte ständig durch das Fenster. „Wartet deine Mutter auf jemanden?" – Karda sagte, daß sie wohl immer auf jemanden warte, doch weder er noch sein Vater wüßten, auf wen.
Als ich wegging, begegnete ich im Haustor einem jüngeren Monsignore, den ich in der Bischofsburg letztes Mal flüchtig gesehen hatte. Wir blickten uns im Tor des Karda-Hauses einen Augenblick an. – Was will dieser jetzt von Karda, nach dessen Epi-Anfall? ... Zwei Stunden später ist Karda bei mir... Er sitzt an meinem Bettrand, selbst kränker als ich, und will mich anwerben. Als Ministrant Georgi Hartmann aus Budapest. „Ja, warum nicht, du hast deinen Besuch hier verlängert. Du, die haben dich gemerkt, der Monsignore ist ganz hartnäckig. Ich muß eine neue Truppe aufstellen ... bis Sonntag. ‚Nun, da der Anfall glücklich vorbei' – ‚glücklich vorbei', sagt mir der Gauner."
„Wie, haben auch die Domherren ein ‚erhebliches Kontingent' bei deinem Vater?"
„Ja, gut dreißig Prozent." Ich mußte lachen. „Beliefert ihr auch die Karmeliten vielleicht? Dein Alter bringt seine Russli durch dich an. Das ist Ausbeutung Minderjähriger, sage ich dir. Karda! Scheiß auf das Ganze: Benediktiner, Domherren, vielleicht auch die Karmeliten.

Was gibt es noch?" Karda schwieg einen Moment düster. (Später fragte ich mich, ob er bereits damals schon an die neue Dauerkundschaft gedacht hatte: die Hakenkreuzler.) „Wir brauchen das Geld. Das verstehst du nicht. Also, du kommst dann am Sonntag."
„Niemals. Sag dem Monsignore, ich bin die kleine Cousine meines ebenso begabten kleinen Cousins. Das genügt dann schon."
„Bist du stur."
„Ja. Ich bin auch hartnäckig, wie dein Monsignore."
„Und ich steh' in der Mitte zwischen euch beiden Sturen." Weil ich mich aber Karda – wie immer seine wohlgemeinte Aktion auch verlaufen war – verpflichtet fühlte und ihn jetzt wegen seiner Lage sehr bedauerte, gab ich ihm eine lange Liste von meinen Kollegen aus der Musikschule: ich mischte auch einige Zigeunerbuben dazu. Nna.
The Show must go on.
Am Sonntag beim Hochamt habe ich dann die neue Garde flüchtig angeschaut, die Ministranten..., dieses Kapitel war für mich abgeschlossen. Nachher begann ich das Volk einzelweise zu betrachten, ob Doktor Lorands Prophezeiung bezüglich der baldigen Fortschrittlichkeit unserer Kirche realistisch wäre. Ich tat eigentlich das, was Georgi immer tat: Leute beobachten. Freilich aus einem anderen Ausgangspunkt heraus. Dieses Herumschauen in der Kirche, das mir bisher fremd war, ermöglichte mir die stumme Begegnung mit dem „Vergelts-Gott-Lappi": Denn selbst der Kasperl tauchte im Dom auf, genauso wie Neumann-Apika, der stets am Bettende aus dem Nichts... War es ein Zufall, daß ausgerechnet Georgi ihn, diesen namenlosen Diener der Kirche, der während der Zeremonie die Kollekte einsammeln mußte, „Vergelts-Gott-Lappi" nannte? Diesen Kauz, der, in ein schwarzes „Mamelucken-Käppi" (Georgi) gekleidet, daher unsichtbar in der Menge, „wie eine Nadel im Heuschober" (Frau Petneki), zumal er auf seinem Kopf eine Art schwarzen Sack, Räubermütze mit Helmklappe, trug, in der Kirche herumkletterte – vielleicht auf allen Vieren, wie Neumann-Apika daheim..., der zwischen Bänken turnte, zwischen Hosenbeinen und Röcken durchkrabbelte, auf Säulen kletterte und von einer Erhöhung wie ein Heuschreck zwischen die Leute sprang: er landete tief auf dem Boden, die Gläubigen machten ihm verlegen Platz, und dann schnellte er auf, exakt wie Neumann-Apika, seinen mit lila Troddeln versehenen Spendensack unter die Nase eines beliebigen Familienvaters haltend – das Geld war ja bei den Männern –, während er seine

Visier-Klappe aufriß und seinem verdatterten Opfer ins Gesicht grinste. Es gibt kein Entrinnen, sagte sein triumphierender Blick: Her mit der Spende! Der so Angegrinste mußte seine Groschen für Bier nach der Messe hergeben. Hatte er gar nichts bei sich, riß er einen Knopf seines Sakkos ab, um irgendetwas in den Spendensack zu werfen: Hauptsache war, daß es scheppterte. Das geschah aber nur im äußersten Notfall und muß wochenlanges Geschimpfe der jeweiligen Gattin nach sich gezogen haben. Der Kobold sagte dann, ob Knopf oder Pengö: „Göts Gott", zog seine Visier-Klappe herunter und verschwand, um zwischen und unter den Bänken blitzschnell dahinkrabbelnd, nun woanders aus dem Boden zu schießen.
Es kam einmal sogar vor, daß der Vergelts-Gott-Lappi sich vom linken Seitenchor aus auf den hintersten der drei großen Luster des Hauptschiffes warf, die dicke Schnur wie eine Schaukel benützend oben auf dem Hauptchor landete und den Domkapellmeister wie den ganzen nach Palestrina benannten Chor mit seinem diabolischen Auftritt zum erstarrten Schweigen und in der Folge zum blitzschnellen, gemeinsamen Spenden zwang. Unten vernahm man freilich nur das plötzliche Verstummen. Ja! So muß die Pause sein, dieses stumme, spannungsvolle Klingen: die schönste Pause, die ich je gehört habe. Schade, daß ich von Tante Cho-Cho-San, die ja im Palestrina-Chor mitsang, über die Hintergründe der wunderbaren Pause aufgeklärt werden mußte: es war also nur ein Betriebsunfall im Ablauf der Musik, ausgelöst durch das dreiste Auftreten des Vergelts-Gott-Lappi. Eva aber, der ich dies erzählte, lachte nicht wie früher mit. Mit etwas überlegenem Blick sagte sie flüchtig: „Hast du vielleicht geträumt, Mori?" Und ich sagte ihr lustlos: „Geträumt? Kann schon sein... Oder es war womöglich der Neumann-Apika." Jetzt wußte sie nicht, ob ich mit ihr vielleicht nur mehr meinen Spaß treibe.
„Wenn aus dem Dom das Glockengeläute zu uns dringt, ist es so wie aus der Graf-Teleky-Kaserne der Zapfenstreich", sagte ich dann noch. Eva war befremdet. Sie holte aus einem feinen Etui, das ich bis dahin noch nicht gesehen hatte, eine elegante, mir ebenfalls noch unbekannte Zigarettenspitze, steckte eine Camel hinein und zündete sie mit einem kleinen, ebenfalls dazupassenden Damenfeuerzeug an (ich nannte so etwas „Damen-Zünder"). Die fremden Gegenstände: Spitze, Etui wie Feuerzeug waren aus Silber und bildeten sozusagen ein Set. Auf dem Etui war eine Gravierung. Ich wollte die Gravierung nicht lesen und wandte den Kopf ab. Eva merkte dies. „Nur zu, du kannst es ruhig lesen." Es stand etwas auf französisch auf dem

Etui. „Ich kann nicht Französisch." – „Ich auch nicht", gab diesmal Eva ehrlich zu. „Doch die Namen kannst du lesen. Auch das Datum." In der Tat: das Datum war 1910. Der Ort Pula. Es war ein Geschenk an Marco Polo von seiner vornehmen Frau Adelaide Almeida. Eigentlich hieß Marco Polo Franz. Onkel Franz war auf der Akademie in Fiume in Ausbildung gewesen..., an der Akademie, dort, wo auch Admiral Horthy ausgebildet wurde... Als einziger unter den Geschwistern meiner Großmutter kam er zu dieser familiären Förderung, während die anderen Brüder und Schwestern dahindarbten und später Tagelöhner und Kellnerinnen oder Hausfrauen wurden, ging mir das Licht auf. „Das war der Lieblingsbruder unserer Mutter", fügte Eva noch hinzu. „Jaja, der Siegreiche wird geliebt ... von den Besiegten."

„Ich versteh' dich nicht", sagte Eva kalt. „Jedenfalls bekam ich diese Sachen aus der Erbschaft, und jetzt sind alle böse auf mich."

Die Gegenstände waren wirklich schön. Sie kamen in meinen Augen aus einer anderen Welt..., edles Material und edle Formen... Der Text übrigens war ganz einfach. Eva übersetzte ihn schließlich: „Pour mon mari, Marco. Pula 1910. Miette-Aimée."

„Wieso heißt Onkel Franz eigentlich Marco Polo?"

„Tante Miette nannte ihn so. Nach diesem berühmten Eroberer Amerikas – oder war das Columbus? Egal. Tante Miette stammt aus einer reichen Familie aus dem Elsaß."

„Und deshalb hat sie ihren Mann anders nennen dürfen...?" Eva wurde ärgerlich: „Sie fand, daß Franz Fritz nicht so gut klingt. Sie selber hieß ebenfalls ursprünglich anders: Adelaide Almeida..."

„Das klingt wie Arme Ida."

„AL-ME-I-DA! Und man sagt, daß sie sich so geliebt hätten: Beide sind in Almeria, Spanien, begraben..."

„Almeida, Almeria, Arme Ida, Almeida, Almeria, Arme Ida!"

„Hör auf! Unser Onkel war sehr fesch. Tante Miette-Aimée hat sich in ihn verliebt. Sie war mit ihrem Vater zu einem Gabelfrühstück zu Admiral Horthy geladen... Unser Onkel war um Horthy herum als junger Offizier. ‚Diesen oder keinen', soll Tante Miette gesagt haben. Und ihr Vater lud dann unseren Onkel in den Elsaß ein..., zu Besuch freilich..., zuerst. Es war eine gute Ehe: drei Kinder... Onkel Franz starb dem Meer und der Schiffahrt nach... Du weißt, nach Trianon... Wir hatten ja kein Meer mehr."

„Kein Meer mehr, kein Meer mehr", wiederholte ich respektlos.

„Das ist nicht zum Lachen!"

„Und Tante Bien-Aimée, oder wie sie heißt, starb dann wahrscheinlich ihrem Mann nach!" erriet ich.
„Nicht Bien-Aimée: Miette-Aimée. Ja, sie starb."
„Und was heißt das: Miette-Aimée?"
„Miette heißt etwas Kleines: Kleinchen."
„Tante Kleinchen ... aus reichem Haus im Elsaß – fast Frankreich! Hat einen Doppelnamen und legt sich noch einmal einen Doppelnamen zu, und auch ihren Gatten tauft sie um ... und schenkt ihm..."
„Laß bitte Tante Aimée in Ruh, ich habe sie sehr gemocht. Sie war etwas extravagant, das warf man ihr immer vor. Aber sie war sehr, sehr charmant und hatte einen exzellenten Geschmack." Eva zeigte auf ihr Set. „Die Sachen sind übrigens extra gefertigt... Altsilber."
„Und wieso Damen-Feuerzeug?"
„Ja, weil sie allein nur rauchte. Ein Marineoffizier raucht nicht, sagte unser Onkel."
Also der Damen-Zünder ... und ich dachte an das Meeresufer in Almeria...
Nach dem Tod des Gatten, er stirbt dem Meer nach,
sie stirbt ihm nach. Arme Ida in Almeria.
Witwenverbrennung mit dem Damen-Zünder.
„Ihre drei Kinder sind jetzt in Budapest. Ila, Ela und Klein-Marco" – unterbrach Eva meine Fabulierereien – „Ila hat mir die Sachen überbracht." – Unter Palmen in Marokko, der spanische Konsul Luiz Maria Valparaiso, oder wie er hieß... „Ich glaube, er war Graf ... aus alter Familie...", doch er sprach nicht davon", so Dolores einmal später. „Und seine Frau, die jüngere Schwester von Onkel Marco Polo, der sie auf dem Schiff mitnahm und die dann ihren kleinen Sohn durch Schlangenbiß – die Beduinen, ihr wißt, setzten die Schlange an, in mörderischer Absicht, ihr wißt: der Knabe starb, die Frau wurde wahnsinnig ... ihr wißt." Wir wußten. „Auch Onkel Marco Polo starb, als wir das Meer verloren haben. Trianon..." – „Ja." – „Und seine Frau starb bald nach ihm. Die sind in Spanien begraben. Ihr wißt." Ja, wir wußten. In Almeria.
Es war mir klar, daß auch Eva auf eine solche Chance wartete: Doch durch wen, durch wen soll sie ihren Marco Polo oder Konsul Valparadiso kennenlernen. Wenn Vater und Bruder untauglich sind...
Doch, Eva war in Verfolgung ihres Zieles zäh. Und es war dann just Ila, eben die älteste Tochter Onkel Marco Polos, die sie in Budapest mit ihrem späteren Mann zusammenbrachte: es verlief viel weniger glänzend, als im Falle der Tante Bien-Aimée. Ohne Admiral Horthy

und Gabelfrühstück. Doktor Horvath wohnte im gleichen Haus, exakt unter Ila hatte er eine „Garconniere". „In der Übergangssituation" ... nach seiner Scheidung. Damals kam uns Garconniere als etwas besonders Elegantes vor, nebenbei gesagt. Nicht ein Loch mit Klo im Bad und Küchenschrank im Flur. Es mußte etwas Elegantes sein, denn Doktor Horvath war als Verwaltungsjurist nicht nur höherer Beamter des Innenministeriums, er war auch einziger Sohn des Ersten Richters des Landes, unter Horthy. Die Familie hatte ein sogenanntes „ritterliches" Gut und das sogenannte „Hundsleder", also den Adelsbrief. „Das alles hat also Eva erreicht, eigentlich genauso wie die auf dem Schiff mitgenommene Schwester Onkel Marco Polos", so Gabili. Eva ließ sich an der Uni immatrikulieren. Sie studierte also in Budapest. Das war ihre Strategie (so Georgi). Oder eben: sie studierte nicht (so Kathy bitter). Doch sie studierte scheinbar und mußte also in Budapest wohnen, und sie wohnte bei Tante Ila, und Ilas Garconniere war auch nur eine Garconniere. So lud Ila den „unversorgten" Doktor Horvath öfters zu sich zum Tee ein. Und Eva dauerte er in seiner Unversorgtheit so sehr, daß sie sich bei ihm eines Tages einstellte: mit Kübel und Besen. Dies war klug. Nicht ein unerlaubter Liebesakt, sondern der Großputz ist der Gründer bürgerlicher Ehen. Eva kam mit ihrem Verlobten, Doktor Horvath, gutaussehend, aus alter Adelsfamilie, glücklich heim. Georgi meinte: „Dafür war die ganze Studiererei" ... und Kathy, die Eva aus ihrem kleinen Verdienst unterstützte, verlangte jetzt ihren „Index" – so hieß das Studienbuch – zu sehen: „Keine einzige Prüfung in drei Jahren", hörte man sie dreißig Jahre hindurch klagen..., sie fühlte sich persönlich betrogen.
Meine Oma war stolz und fast glücklich. Ganz glücklich hätte sie sein können, wenn ihr wohlgeratener Schwiegersohn nicht erst nach einer Scheidung... „So könnt ihr niemals kirchlich heiraten!" wehklagte sie: „Ihr seid ausgeschlossen aus allen Sakramenten: ihr lebt ja in einer wilden Ehe! aus der Beichte, aus der Kommunion..."
„Aus Beichte nicht!" schrie Gabili.
„Und wenn sie nun beichtet, daß sie in wilder Ehe lebt", so Kathy, „kann sie sich glatt wieder scheiden lassen ... staatlich..." Man war betreten.
„Meine arme Tochter ohne die Heilige Kommunion", meine Oma weinte. Doch Eva und ihr Bräutigam sahen da einen Weg. Ein Cousin im Vatikan, ein Jesuit in höherer Position, wird Doktor Horvaths Wege ebnen zur gültigen Ehe: die erste Ehe war keine – obwohl eine

Tochter aus ihr entstammte. Dennoch. Die Frau wurde mit sechzehn auf Geheiß ihres Vaters mit Doktor Horvath verheiratet. „Die Ehe wird a n n u l l i e r t werden. Das verspreche ich Ihnen, Frau Mutter. Auf mein Ehrenwort."
„Er hätte ‚ritterliches Ehrenwort' sagen dürfen, doch er ist sehr bescheiden", erklärte Evy.
„Vornehm", sagte meine Oma.
Nun aber datierte Evas Glück und Eheschließung mit dem Jahre 1948, also nach dem Krieg und „nach der ganzen politischen Umwälzung", das heißt nach der sogenannten „Fusion" der Parteien. Und damit war es eben kein Glück. Leider. Doktor Horvath wurde ein Jahr später als Volksfeind aus dem Ministerium geworfen: Er fand eines Tages ein neues Türschild mit einem anderen Namen auf der Tür seiner Abteilung im Innenministerium. Er wußte, was das hieß. Er drehte sich um, keine Regung im Gesicht, verließ er das Gebäude: unauffällig, als ob er eben irgendwohin müßte... Er wollte nicht ... in einem Keller der AVO (Stasi in Ungarn) totgetreten werden. Fünfundvierzig Jahre alt, mußte er in einer Firma arbeiten, die Aufzüge reparierte. „Also Lifte! Ein Jurist!" klagte die Familie. Eva und ihr Mann haben in der Garconniere zehn Jahre lang mit drei Kindern, die bald kamen, in höchster Not vegetiert. Erst 1953, nach Stalins Tod, bekamen sie eine größere Wohnung, die allerdings auf andere Weise Evas Verhängnis wurde ... doch dies wäre jetzt ein zu langer Blick in die Zukunft. Jedenfalls schien mir Tante Cho-Cho-Sans Bemerkung richtig, die sagte: „Unsere arme Eva hätte den Doktor Horvath unter Horthy nie bekommen..., erst mußte für die alles flötengehen... Die Aristokraten hätten sie normalerweise", sie sagte normalerweise, „nie in ihre illustre Familie aufgenommen, um mal von den bei uns fehlenden Vermögenswerten zu schweigen."
Doch war jetzt unsere Familie mit einem Juristen aus der Aristokratie mariagemäßig verbandelt. An der anderen Seite wog desto belastender die skandalös-kuriose Verbindung meiner Neumann-Großeltern auf der Waage. Denn Neumann-Apika durfte Neumann-Anyika nicht heiraten..., und wenn dies alles gewesen wäre. „Staatlich auch nicht, wegen ihrer durch den Amtsarzt festgestellten ‚Geschäftsunfähigkeit'", erklärte Rosa. Die Mitglieder der Familie Hartmann witzelten über diese „Geschäftsunfähigkeit" der Neumann-Anyika. Denn „sie war in mancher Hinsicht zu sehr geschäftsfähig". Gabili und Kathy sagten immer wieder „geschlechtsfähig" und taten so, als wäre dies nur ein Versprecher. Dann lachten sie

albern, und Kathy sagte affektiert: „Pardon. Das wollte ich nicht."
Gabili indes konnte sein krampfhaftes Lachen nicht mehr stoppen, was die anderen sehr irritierte. Wenn Georgi bei einem solchen Lachkrampf, aus welchem Anlaß immer, dabei war, zählte er die Minuten. Wenn es endlich zu Ende war, sagte er kalt und vorwurfsvoll: „Sechs Minuten und fünfunddreißig Sekunden": Georgis Uhr hatte auch Sekundenzeiger. Rosa schlug später zurück: „Die Mutter des Georgi ist leider schwachsinnig." (Die Capulets und die Montagues, die Hartmanns gegen die Neumanns, und umgekehrt.) „Arme Dolores", so die Tanten.
Cho-Cho-San schaute mich unheilschwanger, wortlos an. Ich dachte an meine früheren nächtlichen Krämpfe. Doch diese waren überstanden. Kannst du noch so schauen, blöde Kuh, dachte ich. Und Epi war das längst nicht. Rosa sagte dann noch, daß Apika offenbar hypersexuell und Anyika nymphomanisch sei, und sie blickte bedeutungsvoll in die Runde. Eva aber brach mit hellstimmiger Empörung aus: „Jawohl, hypersexuell. Wie auch sein Herr Sohn. Den hat man nicht nur wegen der alten Sprachen ..., den hat man wegen krankhafter Onanie aus dem Pius-Gymnasium entfernt. Ich habe verläßliche Quellen ... verläßliche... Ein naher Freund der Familie meines Bräutigams..., ihr wißt, ein Cousin von ihm ist im Vatikan... als", hier sagte sie etwas, was niemand verstand, „Mitglied des Consiliums, was weiß ich... Also dieser Freund des Freundes von diesem Cousin im Vatikan ... ist, war dort Professor..., beide hochgebildete Jesuiten..., und er also in Fünfkirchen ... als Erzieher... Mußte die Aufsicht über die Schüler... Am Nachmittag immer: auf und ab auf dem Flur und dann, zur Kontrolle, die kleinen Fenster an den Studierstuben aufreißen." – „Wie im Gefängnis", sagte Bello Cio.
„Naja, man muß nicht unbedingt im Gymnasium der Jesuiten, wenn man nicht mit seinem Hirn, sondern, naja, ständig mit einem anderen Organ ... beschäftigt ist. Unser lieber Schwager wurde mit vierzehn Jahren sogar medizinisch behandelt."
„Wie?" schrie Bello Cio unwillkürlich auf.
„Naja. Was weiß ich. Sedierende Mittel wahrscheinlich", sagte Eva, die ihr Altsilber-Rauch-Ensemble vor sich auf den Tisch hingelegt hatte und ihre überlegenen Kreise aus der Camel-Zigarette gegen Bello Cio pustete.
Ich verstand plötzlich, warum Georgi bei uns zuhause vom Hof ins Zimmer spähte, mit häßlich-gespanntem Gesicht. Und daß er bei unseren Spaziergängen oft, zu oft, plötzlich auf den Steinunterbau

der Gartenzäune sprang, um in die beleuchteten Zimmer zu schauen und mit geheimnisvollem, befriedigtem Gesicht wieder zurückzuspringen, als wenn er festgestellt hätte: in den Familien, in den Häusern eins nach dem anderen, wo man hinsehen kann, wird Unrechtes getan: überall wird nur onaniert.

Auf Evas Offenbarung über die Gründe von Georgis Rausschmiß aus dem Fünfkirchener Jesuiten-Gymnasium („Pius") folgte betretene Stille. Rosa wollte objektiv abschließen: „Jedenfalls können wir behaupten, daß ... allfällige gesundheitliche Schwierigkeiten nicht aus unserer Familie..." – „Ja, wir Hartmanns sind gesund!" sprudelte es aus Kathy mit lächerlicher Fistelstimme heraus. Doch sie sah Gabili an, der wieder einmal in ein tonloses, ohnmächtiges Lachen geraten war, und verstummte.

Als wir eines Tages – im Jahr 1940 muß es gewesen sein, ich war bereits in der von Doktor Lorand vorgeschlagenen Volksschule –, von einem Spaziergang „Drei Wege" heimkehrend, auf der anderen Seite der Donaubrücke meinen feschen Onkel Bello Cio erblickten, gab Georgi Dolores voreilig einen Stoß, wie sonst im Dom hinter der Säule: „Schau deinen Bruder! Eingehängt mit..." Doch Georgi sprach nicht weiter, vielmehr blieb sein Mund entsetzt offen. „Wer ist diese Vogelscheuche?" zischte Dolores. Wie die Hartmann-Familie langsam erfuhr, war die mit Bello Cio eingehängt gehende „dürre Frauensperson" – meine spätere Tante Gagi – „eigentlich die Cousine von Georgi, aber er hat sie bisher vor uns versteckt." – „Verständlicherweise", fügte Cho-Cho-San hinzu, und Eva sagte prophetisch: „Ich bin neugierig, was sich alles noch herausstellen wird und welche Gruselgestalten noch auftauchen werden." Und Tante Rosa verlor einen Moment die Selbstkontrolle: „Ich hab' Dolores vor dem Neumann-Georgi immer gewarnt. Lieber noch etwas warten, als das."

„Gagi ist eigentlich die Tochter der lasterhaften Biri, die außer der Geburt selbst nichts mehr für ihr Kind getan hat. Sie legte das Baby in die Hände ihrer barmherzigen Schwester Elisabeth", betonte Bello Cio immerfort, um das Mitgefühl für seine künftige Braut zu wecken. „Was? In die Hände! Auf ihre Türschwelle, und weg war sie!" so Tante Kathy. „Sie hätte das Kind nicht mehr loswerden können, ohne straffällig zu werden", so Tante Rosa. „Und dieses Luder Biri ist die Schwester nicht nur der guten Elisabeth, Gagis Dada, sondern ebenso die Schwester von der schrecklichen Mame und der

nicht weniger schrecklichen Neumann-Anyika", so Tante Cho-Cho-San. „Nicht genug, daß aus unserem einzigen herzeigbaren Bruder nichts wurde, bringt er uns auch noch eine Spottgestalt in die Familie! Wie ein Fluch ist das: die Hartmanns nun doppelt mit den Neumanns zu verbandeln." Und Kathy sprach aus: „Es geht hier wirklich nicht mit rechten Dingen zu: Unsere fesche Schwester Dolores mit dem Springinkerl Georgi, unser, unser schöner Bello Cio…" Kathy mußte weinen „mit dieser, dieser…, deren Tant', die Mame, ist auch eine Hexe…"
Ich wollte wissen, woher der Name Gagi kommt, so fragte ich einmal Bello Cio unter vier Augen. Bello Cio erzählte – um auch in mir einen Verbündeten zu gewinnen –, daß Frau Günther, Tante Elisabeth also, dem wohl kranken Kind „wegen dem Scheißen, weißt du, immerfort, ich sollte es anders sagen, also gacken…, keine Vorwürfe machte. Sie sagte dem Baby nur liebevoll: ‚Du Baba, du machst deiner Dada so viel Gaga', und das Kind antwortete, wie es konnte: ‚Dada! Gaga!' Dabei zeigte es einmal auf Dada, und bei Gaga zeigte es auf sich selbst. So hieß sie am Ende Gagi. Günther-Gagi."
„Und das Beste am Ganzen ist", setzte Eva eines Tages an, doch Rosa würgte sie ab: „Nicht der arme Kooperator, der dieser Gagi jährlich die Heiligenbilder brachte, das lass' ich nicht sagen!" Kathy schrie dazwischen: „Ein Pfarrer ist also ihr Vater! Heilige Maria Mutter Gottes!" – „Nein", sagten Rosa und Eva auf einmal im Duett, wenngleich aus verschiedenen Gründen. Sie blickten sich nach ihrem Ausruf verwirrt an. „Nicht der Pfarrer", sagten sie noch zusammen. Dann holte Rosa Luft, da sie sehr erregt war. Dies nützte Eva aus: „Sondern der Neumann-Apika höchstpersönlich." – „Waaaas?!" Starrten alle Eva an. In dieser entsetzten Stille sagte ich dann: „Oder beide: der Kooperator und Neumann-Apika. Gagi hat zwei Väter." Diese Behauptung habe ich noch in himmlisch-naiver Unkenntnis biologischer Möglichkeiten aufgestellt, es war eine spielerische Kombination, entsprach vielleicht dem Wunsch nach der ausgleichenden Gerechtigkeit: „Wenn Gagi schon keine Mutter, also richtige Mutter…, wird sie vielleicht dafür zwei Väter haben, denn der liebe Gott ist ja gerecht." Eva bekam einen Lachanfall, Rosa blickte mich mißtrauisch an und sagte etwas vom „Nihilismus der Jesuiten", was das Schlimmste sei…, ich verstand diesmal nichts. Auch Cho-Cho-San war verärgert und versuchte „auf ihre weibliche Art", also charmant-unlogisch, ihre Mißbilligung auszudrücken: „Also weißt du, über deinen Neumann-Großvater so etwas zu sagen,

das ist ein starkes Stück!", doch Tante Kathy hat mich ganz erweicht, mit Tränen in den Augen angeblickt: „Der kindliche Gottesglaube ist das. Nicht wahr, Anya", wandte sie sich hilfesuchend an meine Oma. „Die Kinder mit ihren unschuldigen Seelen glauben an Gottes Gerechtigkeit, wie wir Erwachsene glauben sollten!" Meine Oma fand diese Lösung annehmbar. Ich war ihr erstes Enkelkind und daher liebte sie mich mit der oft animalischen Liebe vieler Großmütter. Außerdem achtete sie mich wegen meiner vom Großvater, ihrem Mann, vorausgesagten glänzenden Zukunft. „Es könnte etwas daran sein", mochte sie denken. Auch Marco Polo mochte sie sehr, dieser galt als Schiffskapitän bei uns ja als was Besonderes. So erlebte Tante Kathy mit ihrer Auslegung meiner fahrlässig hingeworfenen Worte große Bestätigung.

Allerdings wurde meine spielerische Idee der doppelten Vaterschaft allmählich von den Tatsachen eingeholt, indem aufkam, daß noch ein dritter Mann, ein gewisser Inkey, der mit einer schwarzen Augenbinde auftrat und angeblich Garagenbesitzer und Aktionär war, ab und zu mal Spielzeug: Puppen und Puppenstube dem unehelich geborenen Mädchen geschenkt hatte. Was hatte das zu bedeuten? Nichts Gutes. Fanden alle. All das erfuhr die Hartmann-Familie stückweise von Bello Cio, der mal die eine, mal die andere Schwester in sein Vertrauen zog, bis alle alles wußten. Ich schlug aus einer plötzlichen Eingebung heraus meiner Tante Gagi, die inzwischen bei uns wohnte, „damit Dolores ein Dienstmädchen hat", behauptete Eva, „damit die arme Braut meines Bruders ein Zuhause hat", behauptete Dolores, und die ich inzwischen sehr liebgewonnen hatte, vor, daß sie demnächst der Hartmann-Familie sagen solle: ihr richtiger Vater sei der Vergelts-Gott-Lappi, der ihr die ganzen Gelder, die Kollekte, die Pengö und die Knöpfe, welche er den staatlich wie kirchlich, kirchlich wie staatlich gesegneten und geförderten Familienvätern abknöpfte, ihr also und der guten Tant' Elisabeth pflichtschuldigst jeden Sonntag abend hingetragen habe. Und damit stand die Welt eigentlich auf dem Kopf, denn so gut wie der Lappi konnten die kirchlich und staatlich anerkannten Familienväter ihre Familien nicht versorgen. Doch Gagi fragte plötzlich: „Wieso waren wir dann so bettelarm, wenn der Vergelts-Gott-Lappi...", sie lachte fast wie Gabili jetzt...

„Vergelts-Lappika, Neumann-Apika, Neumann-Apika, Vergelts-Lappika", spielte ich mit den Worten. „Du sagst ihnen, du sagst ihnen, daß ihr, Tante Elisabeth und du, nur zum Schein arm gewe-

sen... In einem Schrein, in einem Schrein habt ihr die Schätze gesammelt ... es ward ein großer Schatz am Ende..."
„Ja", sagte Gagi: „Damit mein Schicksal sich", – „damit dein Schicksal sich zum Guten wende, ja." – „Endlich werden deine Tanten verstehen, wieso ihr Bruder mich..."
„Ja, wegen dem Schatz, den der Lappi aus ihren Taschen hat im Dom, mit Gottes Hilfe, rausgekitzelt, rausgekratzt...", beendete ich das Märchen nach dem Muster von Vitéz János. Darüber lachten wir, meine Tante Gagi und ich, unbändig und lang, wie ich früher nur mit Eva hatte lachen können, als sie mir noch Petöfi vorlas. „Die Märchen bleiben Märchen, sie werden selten zur Wirklichkeit...", sagte dann Gagi ernüchtert. „Und einen richtigen Namen...?" Tante Gagi blickte mich verständnislos an. „Hast du nicht?..." meinte ich. „Die Tante Elisabeth..."
„Sie wollte mich immer taufen lassen, doch sie starb dann bald."
„Und die Nonnen? Wo du dann hinkamst..." – „Wirklich!" – „Die haben dich auch nicht taufen lassen?" Meine Tante Gagi wurde rot. Das war Schamröte für die Unterlassungen der Welt.
„Niemand hat dort daran gedacht...", sinnierte sie nach. „Ich befinde mich also...", sie mußte weinen „im Zustand der Ursünde... Du siehst, mir steht kein Glück zu, so kann ich Istvan unmöglich..." Und sie weinte bitterlich. Mich aber packte eine mächtige Wut. Daß die einen nicht einmal einen Namen haben, während die anderen – ich dachte an die verstorbene Tante Adelaide-Almeria, Bien-Aimée, Miette auch noch, Onkel Marco Polo und an den wahrscheinlich-Grafen Calpardio-Valparaiso unter Palmen von Pula-Almeria oder Gibraltar, und ich schrie mit der armen Gagi wie ein Kutscher: „Und du wirst ihn heiraten, den Bello Cio, jawohl! Ob getauft oder nicht, und wenn es dem lieben Gott so nicht paßt, suchen wir für dich einen anderen Himmel!"

V. Ciao Bella

„Du Baba, machst deiner Dada soviel Gaga."
... Gagi, ein Name für Waisenkinder, für „Trianon-Waisen". Alles Opfer des sogenannten „Trianon-Vertrages".
Eine „Trianon-Waise" nannten die Tanten auch die unverhofft aufge-

tauchte Schwägerin unter sich. „Total unlogisch", urteilte Georgi. „Alles, was in eurer Familie schiefgeht, führt ihr auf Trianon zurück. Bei euch ist alles eine Staatsaffäre. Hartmann-Trianon." Er spannte seinen Daumen der rechten Hand und zeigte erregt mit jedem dazugenommenen Finger gegen den Himmel. Er saß beim Tisch auf einem der Thonet-Stühle meiner Großmutter. „Daß das Haus in der Neue-Welt-Straße fast zusammenbricht: Trianon ist schuld. Ja, weil Apa das ganze Geld in die Staatsanleihe gesteckt hat. Aha. Ein reicher, ein ehemals reicher schwäbischer Bauernsohn und Staatsanleihen. Naiv wie ein Kind. So rutscht einem die schönste Erbschaft aus der Hand. Bei euch heißt es immer: Fast hätten wir schon das Eckhaus erworben ... doch nur fast ... also wieder: Trianon. Fast wäre eure Schwester Lehrerin geworden, jetzt ist sie bei den Staatlichen Säuglingsheimen, wieder Trianon ... Gabili wäre fast bei den Karmeliten untergekommen, aber ... und selbst hier, Trianon, Trianon, Trianon."
Die fünf Finger der rechten Hand ragten nun zum Himmel ... Er nahm jetzt den Daumen der linken Hand hinzu: „Wenn euer Bruder in der Schule durchfällt: Trianon. Wenn euer Onkel in Almeria stirbt, Trianon, Trianon. Wenn eure Schwester vom Domkapellmeister sitzengelassen wird: Trianon. Wenn sie in der Folge, in der Folge einen serbischen Maurerpolier heiraten muß: Trianon. Wenn Kathy demnächst einen ältlichen und protestantischen Gasableser ehelichen wird: Trianon."
Jetzt hatte er keinen freien Finger mehr. Er sprang auf, dann setzte er sich rittlings auf den Thonet-Stuhl. Bei Steigerungen schrie er nicht, auch jetzt flüsterte er, aber eindringlich: wie eindringlich flüsterte Georgi. „Wenn mein verehrter Schwiegervater zu oft ins Gasthaus ‚Kleiner Hahn' ... Trianon..." Und nun sang Georgi eines seiner symbolträchtigen Liedchen, die stets eine moralische Weisheit zum Thema hatten:
„Am Abhang,
am Abhang,
wenn du ins Rutschen,
wenn du ins Rutschen,
fängt niemand auf
dich la-la-la-la,
Am Abhang,
wenn ins Rutschen
du kommst."

Gagis Dada, Tante Elisabeth, Frau Günther also, war gut und arm. „Gut und arm", sagte mir meine Tante Gagi, als ob die zwei Eigenschaften zusammen gehörten, sich gegenseitig bedingen würden. Keine heiteren Aussichten, ich wollte sie nicht gelten lassen. Dada war außer gut und arm auch noch verwitwet, alt und krank. Zum Heizen reichte es nicht. Ziegelsteine wurden in der Nachbarschaft im Backofen aufgewärmt, dann in Lappen gepackt ins Bett gelegt, damit die Witwe und das armselige Kind nicht erfrieren. Als die alte Frau auch noch bettlägerig wurde, kam Günther Gagi in die Obhut der Nonnen. Diese hatten gut dreißig bis vierzig junge Mädchen „in Erziehung".

„Wir mußten um fünf Uhr zur Messe, mit nüchternem Magen wegen der Kommunion. Die Kirche war kalt. Einige sind immer wieder in Ohnmacht gefallen. Die Ehrwürdige Mutter hoffte ständig, daß diese ohnmächtig gewordenen Kinder durch das Erlebnis Christi Empfang zu einer seelischen Erschütterung gekommen wären, deren äußeres Zeichen eben die Ohnmacht war. Sie fragte immer nach dieser von ihr erwarteten ‚seelischen Erschütterung' und drängte uns fast, daß diese bei uns endlich einträte. Aber wir Mädchen kicherten nur. Einige sagten zwar: ‚Der Hunger, der Hunger, die Kälte, die Kälte'. Das waren rebellische Klänge... Doch weil die Kirche dunkel war und die Ehrwürdige Mutter bereits etwas schwerhörig, kam nie heraus, wer diese enttäuschenden Worte... Ehrwürdige Mutter war jedenfalls erbost über unsere..., was sagte sie immer, unwürdige Wesen, glaub' ich...
‚Nur Fleisch seid ihr,
nur Fleisch,
wo ist eure Seele,
euer Geist?'
Meine Freundin, die Beate, du kennst sie ja, hat mit der Ehrwürdigen Mutter allmählich direkt Mitleid gehabt. Einmal schlug sie mir vor, daß wir am nächsten Tag bei der Kommunion in Ohnmacht fallen und nachher dann sagen sollen, daß uns die Mutter Gottes erschienen ist... Ich wollte lieber Christus, wie er als bereits Gestorbener vom Kreuz abgenommen wird..., weil ich mir das so schrecklich vorstellte, daß ich darin eine Hoffnung sah, wirklich in Ohnmacht fallen zu können, statt lügen und schauspielern zu müssen... Dann konnte ich die Einbildung doch nicht so stark steigern. Jedenfalls gelang es mir nicht, in Ohnmacht zu fallen. Beate aber fiel hin: neben mir einfach auf den harten Boden. Es machte ein furchtbares Ge-

räusch..., der Aufprall. Obwohl sie aus dem Stand ... nach hinten ... mit dem Hinterkopf auf dem Steinboden so aufschlug, passierte Beate eigentlich nichts..., sehen konnte man zumindest nichts. Ich konnte nicht verstehen, wieso: den Kopf so anzuschlagen ... Jedenfalls gab es einen großen Aufruhr bei den Nonnen: Beate wurde ins Zimmer der Ehrwürdigen Mutter gebracht, mit Bouillon-Suppe und Kompott aufgepäppelt, und die Ehrwürdige Mutter hat sie dann im Beisein dreier Schwestern ausgefragt. Und Beate hat offenbar sehr befriedigende Antworten gegeben. ‚Sie war sehr blaß‘, erzählte die Ehrwürdige Mutter uns begeistert, ja richtig befriedigt. Aber das ist hier unpassend..., ‚Die Beseelte‘ – so nannte sie Beate – konnte anfangs nur zusammenhanglos stottern: ‚O Wunden, o Wunden, Wunden Christi, vom Kreuz gehoben, die schweren Nägel durchbohren mir das Herz, mir das Herz, seiner Hände‘ – und ähnliches Durcheinander, und die Ehrwürdige Mutter strahlte, und als Beates Freundin mußte ich an diesem Tag keine Raupen füttern,"
„Raupen füttern", schreckte ich auf.
„Ja warte, das kommt noch", so Gagi. „Ja, keine Raupen füttern, weil Beate beim Verhör zu meinen Gunsten log, daß ich allweil Christi Wunden seh', besonders abends, und daher im Bett weine. Es war mir peinlich! Doch so kriegte ich auch das bessere Essen: Beate und ich durften bei dem Aufsichtstisch neben der Aufsichtsnonne Platz nehmen, weil..., ich weiß gar nicht, warum..."
„Na, weil die Ehrwürdige Mutter endlich bekam, was sie wollte", erklärte ich meiner Tante Gagi. Bello Cio und ich erklärten Gagi ständig etwas, und sie zweifelte unsere Klugheit nie an. „Das kann schon sein", sagte sie diesmal zum Beispiel. „Daran habe ich – siehst du – gar nicht gedacht... Aber peinlich war es uns schon ... die Bevorzugung beim Nonnentisch. Ich sagte Beate, daß sie auf den Kopf gefallen ist, mit ihren Lügereien über meine Visionen und daß ich jeden Abend weine, und dabei war sie in der Tat auf den Kopf gefallen. Komisch, nicht?"
„Und, gab es nachher keine Nachahmungen?" fragte ich mißtrauisch, und im Ohr klang mir Georgis Stimme. Gagi blinzelte mich verlegen an: „Du meinst, daß Beate ... nur so tat?"
„Na ja ... wäre doch nicht unmöglich... Gab es denn keine Nachahmungen?" – „Ja doch: die Jakli Teri fiel gleich am übernächsten Tag in Ohnmacht und erzählte – dumm wie sie war – Wort für Wort die Vision Beates. Da war dann die Ehrwürdige Mutter sehr niedergeschlagen, und auch wir mußten bald zurück vom Nonnentisch zu

den Zöglingen und aßen weiterhin das Schweinefutter wie bisher."
Schweinefutter, ja! Auch hier bei uns ... in die Familie aufgenommen „als Braut meines Bruders" (Dolores), befreite mich Gagi heimlich von dem ekelhaften Milchkaffee oder vom Tomatenkraut: reines Schweinefutter in meinen Augen. Besonders, weil Dolores an den Tellern sparte: Nach Tomatensuppe schaufelte sie etwa Spinat in denselben Suppenteller. Weiß, rot, grün. Tricolor. Nem nem soha: no no never. Trianon auch hier? Nein: sie mochte nicht abwaschen. Das war es. Gagi hat so viel gehungert in ihren jungen Jahren, daß sie unser nunmehr Vier-Kopf-Menue hätte mühelos allein in sich hineinschlingen können – egal in welchem Teller –, ohne ein Gramm zuzunehmen. „Die Frau unseres feschen Bruders Istvan ist wie ein Bügelbrett", jammerten die Tanten, „ihre Haare dürr, und sie stehen wie ein Besen, ihre Brust flach, ihre Beine wie Stecken. Ein Spott auf das ganze weibliche Geschlecht. Ein Spott."
Während sie meine Reste aß, erzählte sie mir über die düstere, kalte Morgenmesse, die Morgengrauenmesse, das karge Frühstück im Eßsaal der Zöglinge, noch schlechter der Kaffee als bei uns und das Brot ohne Butter. Trockenes Brot, oft schimmelig. Nach dieser Erbauung und Labung ging es zu den Raupen. Die Zöglinge mußten Futter für die Seidenraupen sammeln. Über die Vorgänge waren sie von den Nonnen nicht aufgeklärt: sie sahen dann die dicken, wurmartigen Dinger, die die mühsam gesammelten Blätter im Nu geräuschvoll in sich hineinfraßen. Die Armut ist irgendwie immer ekelhaft, dachte ich. Wenn sie nur karg und sauber wäre, wäre sie schön, vielleicht auch heiter. Aber nein: ekelhaft muß sie sein und düster.
Nach den Raupen kam das Mittagessen, dann das Beten, dann die Schule, dann wieder irgendwas mit den Raupen, Behälter-Säubern oder so.
„Mit vierzehn war unsere Erziehung dann fertig und wir mußten sehen, wohin."
„Mit vierzehn!" staunte ich, das Bürgerkind, das Kleinbürgerkind.
„Ja. Mit vierzehn."
Zusammen mit Beate nahm sie ein kleines Zimmer in der Öreg-(Alte) Straße. Beate hatte zumindest einen Bruder. Gagi wollte auch Verwandte haben. Sie fand auch Mame, eine weitere Schwester ihrer Rabenmutter, die immer noch nicht aufgetaucht war. „Und meine gute Dada im Grab" – so Gagi, und sie weinte ein bißchen. Nur ganz kurz.

„Mame oder Mamme?" wollte ich wissen. „Mame. Oh, darauf hat sie großen Wert gelegt. Mit zwei M wäre es jiddisch. Nein. Und überhaupt: sie war nie Mutter. Sie wollte Frau Veronika heißen. So angesprochen werden. Diesen Gefallen erwies ihr aber niemand. Sie war die Mame. Nicht die Veronika mit dem Tuch. Du weißt, mit Christi Gesicht... Nein! Mame war eine schlechte Frau. Ihr Mann hieß Schindler. ‚Ein Schindler schindet und schändet', sagte Mame immer. Und dann machte sie eine komische Bewegung: wegputzen. Viele munkelten, daß sie ihren Mann, den Schindler, mit dem Gift der Maiglöckchen ums Eck gebracht habe." Ich dachte an das Maiglöckchenlied meiner Großeltern und erschauderte.
Doch Gagi schien abgebrühter zu sein: sie erzählte munter weiter: „Mame hielt Kostgänger, weil sie gut kochen und backen konnte. So sechs Männer täglich zum Mittag- und Abendessen. Einen davon wählte sie sich stets als Liebhaber aus, mit diesem schlief sie – oder wie man das in diesem Falle sagen müßte – Tag und Nacht. Mame hatte nämlich eine weiße Leber. Deine Tante Rosa nennt es irgendwie anders: Rosa hat ja Lehrerin studiert. Also, wie gesagt, Tag und Nacht... Bis dieser, ihr Erwählter also, körperlich..., und auch so, am Sand war. Diese Opfer der Mame vernachlässigten dann ihre Arbeit. So wie der starke Fleischhauer Gawlicek. Als er dann arbeitslos und verarmt dastand, fand er seinen Koffer vor Mames Tür. Drin in der Wohnung aber lag schon der Neue, Pestark hieß er, ein stiernackiger Fuhrmann, in Mames Bett. Er wieherte schadenfroh über Gawliceks Mißgeschick. Mame kam kurz in die Küche: die Wohnungseingangstür war eine Doppeltür, wie auch bei euch hier. Außen eine Holztür mit einer schmalen Oberlichte. Diese Außentür war tagsüber offen. Die Innentür war ab Fensterhöhe verglast. Gawlicek also klopfte und pumperte an der Tür, Pestark bereits unter der Daunendecke... So um sechs Uhr nachmittags schon. Der fluchende Fleischhauer draußen, Mame in ihrer Küche drinnen, im Schlafrock. Sie hat häßlich gekichert, als der Gawlicek draußen jammerte, tobte und weinte: ‚Aber Mammutschka, war Gawlicek nicht gut? War Gawlicek nicht stark? Hat er nicht alles...' und er zählte auf, was er Mame gekauft und gezahlt hat, und den Ring, und die Krokatsch'... was weiß ich. Dann hat sie sich plötzlich umgewendet, hob ihren Schlafrock, worunter sie nichts weiter trug, und sie zeigte ihren dicken A... du weißt doch, was ich meine, also ihr nackertes Hinterteil dem ausgesetzten Liebhaber. Gawlicek rannte wehklagend ohne seinen Koffer davon. Er hängte sich im Häuschen

im Hof auf... Nach Schindler das zweite Todesopfer, kann man sagen...
Und der dumme Pestark, der in Mames Armen im Bett den Gawlicek ausgelacht, ausgelacht und verspottet hat, ahnte nicht, daß einige Monate später auch er, Pestark, dasselbe Schicksal erleiden wird. Denn nach Pestark kam Ferdi Plecha, ein Gendarm, nach Plecha kam dann Broksch, ein Schweinehirt, der sich als Erfinder ausgab. Nach Broksch der Edi Kotgorski, der gab sich als Journalist aus. Und noch viele kamen, als letzten sah ich einen betrunkenen Poldi bei ihr, soll gar Lehrer für Italienisch gewesen sein, von Coggia, oder wie der Ort heißt, was weiß ich, aber ich ging dann – nachdem ich deinen Onkel kennengelernt hatte – ging ich zu Mame nicht mehr hin. Auch Beate fand Mames Sachen, was wir so mitbekommen haben von ihren Schweinereien, unerträglich, und wir sagten uns, daß die Speisereste, die sie uns gab, nicht so viel wert sind... Wegen dieser Skandale mit den Kostgängern mußte Mame oft ihre Zimmer-Kuchl-Wohnung wechseln. Nach dem Auszug und der Wohnungsübergabe, wenn die Wand schon weißgekalkt war, schlich sie zurück, sie trug einen Kübel mit Teer und malte damit klammheimlich Riesenkreuze auf die weiße Wand, damit der Folgemieter keine große Freude... Oft tanzte sie – bei Neumond – im Hof und sang und murmelte unheimliches Zeug vor sich hin. Ich glaube, sie ist eine Hexe. Sie wollte uns, Beate und mich, auf dem Corso an den Mann bringen."
„Wie denn?"
„Na, stell dir vor: Wir gehen zu dritt: Mame in der Mitte, Beate rechts, ich links. Und wenn ein junger Mann uns entgegenkam, stieß sie uns einfach auf den Mann drauf. Die an der rechten Seite haben sich gefreut, weil Beate ja so hübsch war. Ich fiel einmal auf einen Kahlköpfigen, der ein Fahrrad neben sich schob. Er war so überrascht, daß er die Balance verlor: Wir drei, der Mann, das Fahrrad und ich, lagen auf dem Pflaster, die Beine des Mannes verfangen mit meinen Beinen, und auch die Speichen des Rades: meine Tasche verfing sich in ihnen. Mame lachte fürchterlich. Beate hat uns auseinander geklaubt. Beschämend war das. Brrr. Das Gummiventil schaute plötzlich aus dem geplatzten Reifen heraus ... fast unanständig... ‚Na servus', sagte der Mann. Dann putzte er sich ab und stellte sich vor: ‚Mayer'. Ich war so verwirrt, daß ich keine Antwort geben konnte. Da sagte er, dieser Mayer: ‚Na dann, schöner Abend heute Abend.'

Auch mit deinem Vater wollte mich Mame – stell dir vor – verkrüppeln." – Sie merkte gar nicht, daß sie statt „verkuppeln" „verkrüppeln" gesagt hatte. „Mit Georgi?"
„Ja, mit ihm, weil er anfangs auch bei ihr zu Tisch kam, weil sie wirklich sauber kochte. Aber als Mame mit der Kuppelei anfing, ging er. Das wäre ja von vornherein ein Blödsinn gewesen. Georg" – sie nannte ihn nicht Georgi – „war bereits mit deiner Mutter verlobt. Außerdem waren wir Cousins."
„Was?"
„Ja, Georg und ich. Durch seine Mutter."
„Anyika?"
„Ja, Anyika ist Schwester von Mame, aber auch von meiner leiblichen Rabenmutter und auch von Dada, die freilich als erste sterben mußte. Bis zum Ball, wo ich dann meinen künftigen Mann kennengelernt habe, hatte ich nur Pech im Leben. Nur Pech. Dein Vater hat mich in der Büchsenfabrik untergebracht, weil er ja mein Cousin ist, und als ich mit deinem Onkel mütterlicherseits, also mit Istvan" – sie sagte nicht Bello Cio, auch nicht Stephan – „ging, hat mich deine Mutter bei euch aufgenommen. Da war ich schon Istvans Verlobte und irgendwie fast schon Familienmitglied. Obwohl deine Tanten mich nicht haben wollten als Schwägerin. Ich war ihnen nicht vornehm genug. Ein Fabrikmädchen ..."
Hm ... auch die Anna Kugler ist ein Fabrikmädchen. Ganz blond, ganz weiß, ganz blau..., sie hob mich auf, von ihren Schultern aus sah ich die Menge singen ..., inbrünstiger noch, als die Leute in der Kirche sangen:... Die Internationaaaale ... erkämpft das Menschenrecht... Neben Anna stand ihr Vater, Herr Kugler vom Bootshaus der Gewerbetreibenden, und ihr Bräutigam, der Joshi. Alle waren so glücklich, sangen aus Leibeskräften, ich sang auch mit. Anna küßte mich nach der „Internationalen" ab.
„Kennst du das Lied", fragte ich meine Tante Gagi, „Die Internationale?" – „Was?" Tante Gagi war diesmal erschrocken. „Kennst du das?" starrte sie mich an. „Ich schon" – „Und wer...?" – „O niemand... Irgendwo gehört. Vielleicht im Radio." – „In unserem Horthy-Radio! Nie! Woher kennst du das Lied! Das ist gefährlich." – „Na ja. Ich kenne viele Lieder." – „Aber gerade dieses! Man wird eingesperrt. Dein Vater wird abgeholt, wenn du es irgendwo singst." – „Ich singe es nicht. Ich kenne es nur." In Gedanken sah ich die Gendarmen mit ihrem Gewehr am Rücken, im Gürtel das Bajonett, Hahnenfeder in den Helm gesteckt. „Unsere Guardia Civil", hatte

einmal Herr Doktor Lorand gesagt. Doch darüber wollte ich nicht sprechen. Wem man was sagen durfte, worüber man schweigen mußte, verstand ich bald. Als ich aus meinen versunkenen Grübeleien auftauchte, hörte ich meine Tante Gagi sagen: „Dein Vater hat mir streng verboten, daß ich mit meinem Verlobten von unseren Familienverhältnissen rede, aber es war schon zu spät. Istvan wußte alles, weil ich nicht wollte, daß er irgendeine Schande – was in unserer Familie leider häufig vorkam – erst hinterher erfährt."
Brav brav, Tante Gagi, brav. Mit ihrem Istvan, meinem Onkel Bello Cio, und sie fühlt sich wie die Gottesmutter bei der Verkündigung: „Denn Großes hat er an mir getan..." Geärgert habe ich mich, fast wie unlängst wegen der fehlenden Taufe. „Na, und du? Woher kennst du das Lied, die ‚Internationale'?" Gagi wurde rot: „Mich hat einer einzufangen versucht. Ja. Irgendjemand von der Gewerkschaft war das. Ein noch ziemlich junger Mann. Er sagte, ich gehörte dorthin, ich sollte für mein Leben kämpfen." – „Und du?" – „Was hältst du eigentlich von mir? Ich und die Gewerkschaft! Würde dein Vater etwa Gewerkschaftsmitglied werden, klammheimlich in der Nacht Plakate kleben, sich von den Gendarmen wie ein Einbrecher mit Handschellen abschleppen lassen? Du! Die spaßen nicht. Ich hörte Geschichten... aus der Fabrik. Die Männer kamen wie Krüppel zurück... und schwiegen..., die Frauen wurden von den Gendarmen ... um ihre Ehre gebracht..., wie soll ich das jetzt beschreiben..., geschändet..., jedenfalls Schande... Bitte reg mich nicht auf. Jedenfalls, ich hab' vor seiner Nase die Türe zugeschlagen. ‚Für mich kämpft mein künftiger Mann', sagte ich ihm, und daß er sich aus dem Staub machen soll, bevor ich..."
„Du wolltest ihn anzeigen?"
„Der Kerl wollte, daß ich mitmarschier' und die ‚Internationale', also dieses Lied da, mitsinge, und er wollte mich, mich und Beate, mit einem Gedicht erweichen. Das Gedicht ... war ... zugegeben..."
„Schön?"
„Ja. Es stand auf einem Blatt, das wir unter der Türspalte fanden. Beate und ich."
„Daß unsre Kinder nicht unwissend bleiben und unsre Alten nicht mehr betteln gehn", sagte ich die paar hängengebliebenen Zeilen, die mich vor einigen Wochen sehr beeindruckt hatten. Annas Vater war ja früher Drucker. Ich half ihnen bei dem Herstellen von Broschüren, eines meiner Horthy-Bilder wollte ich auch beisteuern, doch Anna meinte, es sei gefährlich... Meine Familie erkenne die Bilder.

Joshi und Herr Kugler hatten einen Probedruck gemacht. „Nein, das Kind kommt mir da nicht herein." – „Ach was", sagte Joshi, „allenfalls der Vater, allenfalls." Georgi vor der „Guardia Civil"? Das wollte dann auch ich nicht.
Tante Gagis Stimme klang wie von weit her: „Das kennst du auch?" „Ich kenne viele Gedichte... Dieses ist von József Attila", log ich. „Der verrückte kommunistische Dichter?... Aha. Siehst du? Ich will nicht so werden wie er. Ich will – mit Istvan – eine christliche Familie gründen und unser ganz kleines persönliches Glück. Verstehst du? Sonst nichts. Wir sind kleine Leut', laßt uns also unser kleines Leben, unser kleines..." Hier mußte sie aufstoßen. Zu viel Tomatenkraut... etwas zu viel gegessen. Na ja.
„Ja? Können wir denn, so wie wir sind, keinen Platz auf dieser Erde ... haben... Auch ohne diese, diese ..."
„Bewegung", sagte ich.
„Ja. Ohne diese ‚Internationale'. Kaum, daß ich gestern getauft, soll ich morgen..."
„Du kommunistisch?!" Christlich und kommunistisch paßt doch gut zusammen, sagte Joshi immer. Anna war religiös, er war Atheist und stolz darauf. „Doch in der ‚Internationalen' treffen sich unsere Seelen dann wieder."
Doch Tante Gagi war echt aufgebracht. „Weißt du, so was kommt mir nicht in Frage. Und Istvan, er ist doch Polizist – er würde mir sowas mit der ‚Internationalen' nie erlauben." Sie stand auf und sagte feierlich: „Lieber der Tod als sowas." Ich sehe sie immer noch in der damaligen Verteidigungspose ihres Glücks. „Ja für dich und Bello Cio... Und weißt du, was Bello Cio eigentlich heißt?" rührte sich in mir der kleine Teufel. Tante Gagi antwortete: „Ja, es heißt schönes Auge, sagte Rosa."
„Bell'occhio. Und weißt du auch, wie das Lied des italienischen Widerstandes, der Resistenza, heißt? – Ciao Bella." Mein ursprünglich lebenslustiger Großvater hatte mir folgendes anvertraut:
„ V o r h e r sagten wir ... den Frauen: ‚Bell'occhio', daß sie nämlich schöne Augen hätten. Viele hatten wirklich schöne... N a c h h e r : ‚Ciao Bella'. Das war dann der Abschied." Was heißt vorher und nachher, wollte ich ihn fragen, doch ich hielt inne.
Meine Tante Gagi hielt nicht inne:
„Was heißt hier vorher und nachher?"
„Tagsüber der Regen, der auf sie fiel, in der Nacht der Frost im Gewand."

„Arme Anya" – sagte Tante Gagi.
Armer Großvater am Isonzo in den nassen Klamotten. Und weil sie mich nicht verstehen wollte, begrüßte ich Tante Gagi mit „Ciao Bella", ob sie gerade kam, ob sie gerade ging.

Dolores sah ich in meinem Leben zum ersten Mal lachen nach Georgis Tod. (Die große Brücke von Sydney.) Sie erzählte mir: „Wie dein Vater in Sydney gegen die Mitgliedschaft ... – dort war jeder Arbeitnehmer Gewerkschaftsmitglied, das war dort die Norm. Nein, er wollte es mir nicht glauben und seinen Kollegen auch nicht. Er stieß sie alle vor den Kopf: ‚I'm no communist', sagte er immerfort. Ich war schon ganz verzweifelt, weil gutmütige Leute, seine Kollegen, schließlich mich anrufen mußten: ‚Bitte, Mrs. Neumann, setzen Sie Ihrem Husband den Kopf zurecht.' Dann fand ich einen Trick: ich zahlte für ihn ein und schrieb seinen Namen darunter: Neumann. Siehst du, wie gut es ist, daß die Frau den Namen des Mannes trägt. So blieb ich mit meiner Unterschrift absolut korrekt. Ich mußte auf ihn aufpassen, wie auf ein störrisches Kind, was die politische und finanzielle Seite betraf."
In ihrem achten Lebensjahrzehnt war Dolores unheimlich selbstbewußt.

VI. Der Auftritt des linkshändischen Dichters Alexander Galajda

Gagi hat ihr Schicksal, welches Bello Cio hieß, offenbar vom ersten Augenblick an fest in der Hand gehabt. Der Weg dazu war streng vorgezeichnet: sie und ihre Freundin Beate hatten sich vorgenommen, „absolut anständig zu bleiben" und so auf den Richtigen zu warten – „wie Eva mit Kübel und Besen", fällt mir dazu ein. „Beate war wirklich schön: dunkelhaarig, weißt du, sie sah damals aus wie das Schneewittchen im Walt-Disney-Film. Weiß und rot und süß, und arbeitete in der Konservenfabrik. Auch sie hatte dein Vater, Georg, untergebracht. Überall, wo er die Maschinen reparierte, war er sehr angesehen. Mich brachte er ja in der Büchsenfabrik, Beate in der Konservenfabrik unter. Renatus, Beates Bruder, hatte keine Verbindungen, weißt du." Das Geld in der Kirche, welches der

Lappi ..., die Verbindungen, alles haben sie: die Familienväter, dachte ich mir. Man muß also Familienvater werden.
„Wir waren bettelarm, hatten nur ein schmales Eisenbett, aber wir hielten zusammen und fühlten uns stark", setzte Tante Gagi weiter fort. „Beates Bruder, Renatus, war beim Zoll. Er wurde eines Tages zum Polizistenball eingeladen als Hilfs-Parkettänzer – weißt du, so heißen die jungen Männer, die dann mit den Damen tanzen müssen, die gerade keinen Tänzer ... Die Mitglieder des Ballkomitees dirigieren sie herum. Ablöse bei dem einen Kollegen, der schon zu lange mit einer Tänzerin ... sich abquält oder sich langweilt, was weiß ich, oder weil die Frau oder das Mädchen nicht gut tanzen kann oder unhübsch ist. Renatus, Zolldeklarant und Hilfs-Parkettänzer wurde vom Komitee des Polizistenballes eingeladen, mit Verpflichtung sozusagen, dafür bekam er soundsoviele Flaschen Limonade gratis. Der Ball fand im Hotel Royal statt ... Wo sich schon deine Eltern kennengelernt haben ..." – „Nebbich", rutschte mir aus. „Woher du diese jüdischen Worte nimmst, möchte ich wissen." – „Herr Salzer und Frau Liechtenstein" (bei letzterer hatte Georgi in Untermiete gewohnt, während seiner Ausbildung an der HTL in Budapest ...) „Die beiden kennst du persönlich gar nicht." Und sie kam wieder auf meinen Kinderarzt, „Doch dieser sagte nie nebbich. Framama sagte nebbich", sagte ich, weil ich wußte, über Framama wird Gagi lachen, richtig, sie lachte und vergaß mein „Nebbich".
„Renatus wollte seine schöne Schwester, Beate, auf den Ball mitnehmen, da er noch kein Mädchen hatte ... Beate wollte ohne mich nicht auf den Ball. Also gingen wir zu dritt. Dein Vater half uns hier auch: er war schon wochenlang vorher zum Tanzen-Üben zu uns gekommen, euer Grammophon habt ihr uns ausgeliehen." Aha. Deswegen war unser Grammophon plötzlich in der Reparatur. Ich hatte bemerkt, daß Georgi Dolores seit einiger Zeit öfters ausweicht, sie manchmal belügt. Er ist nicht mehr so herrisch wie früher. Auch in der Nacht ... die Geräusche werden stiller ..., nur selten Auseinandersetzungen ..., diese im weichen Flüsterton ... Auch weint Dolores nicht mehr. „Doch im Tanzen war ich sehr schwach, ich kam nicht weiter als bis zum Foxtrott. Da mußte man nur vorwärts und rückwärts jeweils vier Schritte machen. Wir tanzten zum Lied der ‚kleinen neugierigen Ente'. Beate war viel begabter, sie konnte Walzer rechts und links und auch Tango. Aber ich war ihr nicht neidig. Ich schaute ihr gerne zu."

Ich hab' mir Gagis Geschichte auch später noch lebhaft vorstellen können: Mein Onkel Bello Cio sah damals wie Johnny Travolta in „Saturday Night Fever" aus. Er war im Ballkomitee. Beates Bruder sprach mit ihm, daß er seine schöne Schwester mitnehmen wolle und dazu leider deren katastrophal unattraktive Freundin mit dem fatalen Namen Gagi mitnehmen müsse und diese nur Foxtrott tanzen könne, und er wollte vorsorgen, daß er nicht allein mit diesem dürren Fabrikmädchen den Abend durchtanzen müsse. „Laß sie von den anderen Kerlen auffordern, Bello Cio, ich bitte dich inständig." – „In Ordnung", sagte Bello Cio, „ich tanze mit der Dürren kurz, mit deiner schönen Schwester lang, du übernimmst die Häßliche, und ich schicke Ablöse, oder?" Der Bruder war fürs erste beruhigt..., doch ihn plagte auch noch eine weitere Sorge: er warnte seine Schwester vor Bello Cio, der sich daraus einen Sport mache, die Ehemänner der Stadt mit Hörnern zu versehen. Besonderes Interesse hatte er an Frauen von erfolgreichen Männern, die ehemals das Benediktiner-Gymnasium absolviert hatten, wo er bereits aus der sechsten Klasse geflogen war. „Jeder tut das, womit er ohne Anstrengung überragende Leistungen erbringen kann, sei es nur von zweifelhaftem Wert", sagte Beates tugendhafter Bruder. „Und diesem Bello Cio geht es nicht einmal um die Frauen selbst. Er kann ganz unheimlich lachen, wenn er den Gehörnten ins Gerede bringt, ohne seinen Namen zu nennen/ Jeder weiß aber, wen er meint. Ihr seid nicht unmittelbar in der Gefahrenzone, aber dennoch..." Die Mädchen waren gespannt, den diabolischen, verdorbenen Bello Cio kennenzulernen, zugleich aber haben sie sich fest vorgenommen, daß sie unter keinen Umständen auf seine Leporello-Liste kommen werden. Renatus war ja Abiturient, wenn auch nicht des Benediktiner-Gymnasiums, sondern nur der Realschule, aber auch so warf er mit Begriffen und Worten herum, welche die Mädchen total verwirrten. Auf die Leporello-Liste zu kommen, das war so etwas wie auf die schiefe Bahn zu geraten. Renatus lachte die ob der Verderbtheit einiger Männer schaudernden Mädchen aus und sprach von einem Stück mit dem Titel: „‚Hoffnung, Mörder der Frauen, oder Mörder, Hoffnung der Frauen', wie gefällt es euch besser? Das ist jetzt ein Stück von einem Maler Koschka oder so. In Mode jetzt, weil großer Skandal..."
Der Ball begann wie geplant, Bello Cio forderte erst Gagi auf und er wurde – wie besprochen – mitten im Tanz von Renatus abgelöst, dann forderte Bello Cio Beate auf. Renatus führte Gagi bald zu

einem Tisch, da beim Tango trotz Absprache keine Ablöse kam. Er bestellte zwei Limonaden und wartete auf den Foxtrott. Das Orchester spielte endlich: „Die kleine neugierige Ente". Selbst bei diesem eingeübten Foxtrott soll Gagi rührend ungeschickt getanzt haben, erzählten die Augenzeugen noch Jahrzehnte danach – auch Georgi und Dolores ... waren sie dabei? Dann gingen Renatus und Gagi wieder zum Tisch und schauten den Tanzenden zu: Währenddessen legte Bello Cio mit Beate bereits den dritten Tango aufs Parkett. Auf das Ablöse-Versprechen an Renatus hat er total vergessen... Auch im weiteren Verlauf des Balles, wo Bello Cio nicht nur das fescheste Mannsbild, sondern auch ein wesentlicher Funktionär des Komitees war, kamen die vorgeplanten Ereignisse anders, als er und Renatus es abgemacht hatten. Nach dem fünften Tango mit der anfangs eingeschüchterten, allmählich aber immer mehr auftauenden Beate, kam es langsam zum verschämten Augenaufschlag seitens des Mädchens, so daß Bello Cio bereits die Chancen einer schnellen Eroberung hinter der Garderobe überlegte, obwohl Beate keine Gattin eines der bereits erwähnten erfolgreichen Männer war. Doch Bello Cio stellte sich seinen nächsten Seriensieg auf diesem Ball exakt mit Beate als Aperitif vor: So gefiel ihm das Mädchen: wahrlich ein Luxus, nicht nach seinem bisherigen Perfekten-System-der-Rache (PSR) vorzugehen. Nach Beate allerdings..., da wären noch einige Schmachtende da gewesen, die ja gar nicht auf den Polizistenball gehörten... Sie müssen ihrem Anwalt-Gatten etwas vorgelogen haben. Ihrem Professor-Gatten, ihrem Offizier-Gatten. Das waren die kleinen, süßen Verräterinnen, durch welche er die Gatten in den Abgrund zu stürzen gewohnt war. „Die Achillesferse eines erfolgreichen Mannes ist seine Frau. Leicht zugänglich, durch alle möglichen Zugänge, Unterführungen, dunkle, unterirdische Tunnel und Pfade, leicht einzunehmende Bastei", sang Bello Cio leise, scheinbar diskret vor sich hin. Oder:
„Die Dunkle, die Heiße,
oder die sanfte Weiße,
sie ist bereit,
ta-ta-ta, ta-ta-ta.
Die Rote, die Geile,
die eine wie die andere,
die andere wie die eine.
Die Stuten, die Hasen,
ta-ta-ta, ta-ta-ta."

Bello Cio zählte etwa fünf solche zu allem Bereite und kam so allmählich zu dem Zustand des inneren Strahlens, das er so gut kannte und liebte: das Strahlen des Vorher. Er sagte fast nichts, er fixierte jetzt nur seine Tänzerin und seine erste Auserwählte dieses Abends: Beate. Mit frech-lachendem Blick, der im Saal umherschwebte. Über die Köpfe der Fortsetzung gewissermaßen. Indes schielte Beate immer öfter auf Bello Cios sich kräuselnden Mund. Er tanzte vorzüglich, sehr galant, er gab gekonnt den jungen Schultern einen geheimnisvollen Druck, wie ein Zeichen. Beate verspürte ihn und erschauerte bereits. Doch war der sanfte Druck schnell wieder weg, und sie dachte beschämt, daß dies vielleicht nur eine Einbildung gewesen sei. Bello Cio, über ihren Kopf hinwegschauend, drehte sie hin und her, dann tanzte er um sie herum, Bello Cio ganz allein. Es war ein Balztanz, gerichtet an viele Frauen: Beate, seine Vorzeig-Tänzerin, dann die bekannten Damen, die nur seinetwegen hier waren, und dann allgemein: Der ganzen Weiblichkeit wollte und mußte Bello Cio den Kopf verdrehen. Morgen ist auch ein Tag. Nachschub-Werben gehörte auch zu seinem PSR. Obwohl er mit den Fingern einen elektrisierenden Kontakt mit Beates Hand oder Schulter oder Taille hielt, oder mit nur einem ihrer beiden Finger, was das Aufregendste war (Gabili meinte: „Wie die Finger von Gottvater und Sohn in der Sixtinischen Kapelle", war Gabili also auch dabei?), während er sie, als wäre Beate das Zentrum eines Kreises, extatisch umtanzte, war einer im Saal, der diesen Kreis nicht für geschlossen hielt. Mitten in der selbstverliebten Darbietung Bello Cios trat ein schüchterner, unscheinbarer Mann vor Beate: er verbeugte sich tief vor ihr, dann wiederholte er die gleiche Verbeugung vage in Richtung von Bello Cio. Beate blickte verwirrt auf eine ältliche Glatze eines noch relativ jungen Mannes, der krank auf sie wirkte. Er stellte sich vor. Sein Name klang fremdländisch. Alexander und dann etwas mit G beginnend. Dreisilbig. Und schon griff er um Beates Taille und tanzte mit ihr stolpernd weg. „Was wollen Sie?" fragte Beate schwach, doch es war zu spät. „Wie der Tod selbst tanzte er mit ihr weg", berichtete später Tante Gagi, und Bello Cio blickte verdutzt und winkte Beate lächerlich hilflos nach, als wäre sie in ein tosendes Wasser gefallen, wo jeder Rettungsversuch nur noch hoffungslos erscheinen mußte.

Als ich diese Berichte hörte, fiel mir eine Begebenheit nebelhaft ein, zu mir gedrungen durch den Flüsterchor der Familie, und ich sah das Damalige dann klar vor mir, nämlich meinen Onkel Bello Cio, sechzehnjährig, nach dem endgültigen Rausschmiß aus der Schule, auf dem Speicher sitzend, eingekeilt in einen alten eisernen Waschtisch, nachdem er sich mit dem Rum-Vorrat der Familie hatte vollaufen lassen. Dort soll ihn Gabili gefunden und gerettet haben vor dem Selbstmord. Bello Cio wollte ursprünglich mit dem Waschtisch das Speicherfenster durchbrechen und sich in die Tiefe stürzen. Doch Gabili lief zu ihm wie ein Hündchen, er stieß ihn mit seinem Kopf zärtlich an, er wimmerte und jaulte leise, während er ihn umkreiste, er umarmte ihn vorsichtig, denn Bello Cio war immer eher abweisend, ja grob zu ihm. Jetzt aber bettete der Schöne seinen Kopf in den Schoß des Krüppels und dieser weinte vor Freude, daß er einmal angenommen wurde, während Bello Cio über die Schande schluchzte. Als meine Großmutter endlich ihren verschwundenen Sohn fand, saß dieser auf dem Boden mit seinem kleinen, debilen Bruder. Sie wiegten sich zusammengeklammert und skandierten lallend vor sich hin: „Gabi, Gabi, Gabili, Bello, Bello, Bello-Cio".

„Auf den Gabi lass' ich nichts sagen: er hat Bello Cios Leben gerettet", sagte dann Kathy immerfort.

„Wie er sich so lächerlich tief vor Beate und Bello Cio verbeugte. Es sah so aus, als ob er beide zum Tanzen aufforderte: Bello Cio und Beate", hör' ich Dolores und Georgi sagen (sie müssen demnach in der Tat dabeigewesen sein). Bello Cio (Travolta) vierundzwanzig, Beate (Schneewittchen) neunzehn Jahre alt und der Fremde zumindest fünfunddreißig, „Was ja nichts bedeuten würde bei einem fröhlichen, stattlichen Mann, aber dieser war so gar nicht fröhlich, er sah bedrückt, ja sogar unterernährt aus, unausgeschlafen. Seine schwankenden Bewegungen beim Tanzen nachher, auch sein hohlwangiges Gesicht mit roten Fieberflecken und seine allzu wenigen, dünnen, ausgetrockneten Haare, die zudem nur an den Seiten noch wuchsen..." – „Tonsur", sagte Gabili (der von einem Leben im Kloster träumte: die Karmeliten wären sein Ziel gewesen. Hier wollte er Kartoffel schälen und den Hof fegen).

„Wie ein ältlicher Gasableser", so Kathy, naserümpfend.

„Hm. Wenn nicht der Musiker, so sein Bruder", vermerkte Georgi prophetisch. Indes hatte Beate an dem Mann, Gesicht gegen Gesicht, nicht mehr die Glatze, sondern nur mehr die Augen gesehen. Die Augen waren schön. Diese Augen blitzen nicht frech mit kaltem Graublau auf sie herab, wie vorhin Bello Cios Augen, diese waren hellbraun, fast golden und schienen Beate inständig zu bitten. „Und weil sie immer ein zu gutes Herz hatte, du weißt, auch die Sache mit der Ehrwürdigen Mutter, wo sie extra für sie in Ohnmacht fiel", so meinte Tante Gagi. Durch lange dunkle Wimpern beschattet, die Augenbrauen schmal, „wie bei einer Frau", sagten die Tanten verlegen. „Und melancholisch", so Beate. „Es war ihm nicht zu widerstehen." Sein Mund war klein, schmallippig und rot, und der Bartwuchs fehlte vollständig. Es war der Mund eines Kindes: wenn er sprach, sah man kleine, weiße Zähne. „Er hat noch Milchzähne", schrie Beate immerfort auf, „Und so kleine Hände, wie ein Kind", und sie weinte verstört.

„Tanz nicht, tanz nicht, Schneewittchen schwarz und rot.
Der Hohlwangige stolpert, stolpert mit dir in das Grab:
Er ist der bartlose Tod", sang ich später vor mich hin. Doch Gabili belauschte mich und sang mein Liedchen immer wieder leider laut, auch in der Anwesenheit von Gagi und Beate. – „Aber was ist er?" wollte Gagi wissen. „Naja, er hat eine kleine, winzigkleine Stellung in der Nationalbank, wo er mit der rechten Hund schreiben muß, was ihm echt weh tut. Sonst, in der Nacht, schreibt er Dramen, diese allerdings mit der linken Hand, da er ja eigentlich Linkshänder ist. Er wurde gegen seinen Willen ... um-ge-polt." – „Was?" – „Ja, um-ge-polt, umerzogen ... mit Schlägen – vom Vater, auch vom Lehrer, sogar von mehreren Tanten..., deswegen mußte er flüchten ... nach Györ." – „Ausgerechnet nach Györ ... wegen Linkshändigkeit?" Doch Beate berief sich auf mich, damals bereits in der Obhut der besten Lehrerin, so, als wären in Györ alle Schulen und alle Lehrkräfte ein Eldorado für Linkshänder gewesen ... Györ ein Paradies für Abweichler ... Jaja, ich durfte in der Schule sogar ganz öffentlich mit der linken Hand schreiben. Ein Glückspilz ... Gagi korrigierte Beates Behauptung mit dem Glückspilz: „Das ist nicht so, Beate. Dieses Kind hätte kein Lehrer umpolen können oder wie das heißt." Und sie erzählte meinen Husarenstreich mit dem Zahnregulator. „Auch die Urinflasche, die wegen der Krämpfe...", aber hier brach sie plötzlich ab, darüber durfte sie ja nicht reden. „Jedenfalls wäre da eine Untersuchung geplant gewesen, eine von der Schule vorgesehene Routinesache", und sie lachte sehr, indem sie erzählte, wie ich unterwegs zum Spital neben Dolores trottete – mit meiner Urinflasche – und bei einem Straßengully auf einmal das Gitter hob – und die Flasche war weg. Dolores konnte nur noch umkehren. Tante Gagi war zu mir immer absolut treu – soweit ich es beurteilen kann. Auch über die „Internationale" hat sie niemandem was gesagt. Beates Tänzer jedenfalls war kein Glückspilz, er wurde ja daheim

und in der Schule ob seiner Linkshändigkeit geschlagen. „Deshalb sind seine Hände so klein geblieben. Kleiner noch als meine Hände", sagte Beate, und sie mußte wieder weinen. „Die Nationalbank, das ist richtig", meinte Gagi. „Die Dramen, was ist das?" Das wußte Beate damals selbst nicht, nur, daß er diese mit der linken Hand schrieb. „Daß es mir nicht am Ende die ‚Hoffnung, Frauen der Mörder' ist, von der dein Bruder erzählte ...", sorgte sich Gagi. „Na, und wann holt er dich ab? Und wohin?" Er hatte sie in die Lelotzky-Konditorei eingeladen, wo Beate noch nie „drinnen war". Nachher hatten sie zwei Karten zum Kinofilm: „Der Blaue Vogel", den Beate ebenfalls nicht kannte. „Aber der Blaue Vogel bedeutet Glück", versicherte ihr der linkshändige Dichter.
Gagi war eine gute Freundin und deswegen sorgte sie sich um Beate. In der Tiefe ihrer Seele fand sie es sogar unverständlich, daß der schöne Istvan, Bello Cio, nicht die schöne Beate nach Hause begleitet hatte, sondern sie, die häßliche Gagi. Auch grübelte Gagi über den Namen des Fremden – Galajda hieß er – sehr lange nach. „Vielleicht ein Pole." – „Aber er spricht ohne Akzent", verteidigte sich Beate. „Alexander heißt Sándor. Und der Sándor Petöfi war auch ein Dichter." – „Jaja. Hat auch kläglich geendet", stöhnte Gagi. „Aber er ist auch in der Bank; dort war Petöfi wohl nicht", verteidigte sich Beate weiter. „Du mußt nur höllisch aufpassen, daß er auch in der Bank bleibt", warnte Gagi düster. „Wohin sonst sollte er gehen" – und Beate weinte erneut – „mit seinen kleinen rechten und linken Händen." – „Also weißt du, wenn mir der fesche Hartmann so den Hof macht, wie er dir den Hof gemacht hat, dann lasse ich diesen, diesen – wackligen Dichter ..., verzeih mir, nicht an mich heran." Doch das war, da sie nun mit dem feschen Hartmann selber ging, widersinnig. Sie blickten sich verblüfft an und brachen in ein nicht enden wollendes Lachen aus.

VII. Als Bello Cio tanzte

Was nun die Geschichte des schön-feschen Hartmann und der mickrig-häßlichen Günther Gagi betrifft, kann ich aufgrund der zahlreichen Berichte durch Familienmitglieder und Bekannte wie folgt rekonstruieren:

Nachdem Bello Cio der am Arm Galajdas davonschwindenden Beate nachgewinkt hatte, begann er einen großen, erst langsam anlaufenden, doch stufenlos sich steigernden, immer wilder werdenden Tanz – Bello Cio allein, mit Bewegungen voller Anmut, Bewegungen, die seine Polizisten-Männlichkeit ihm bisher nie erlaubt hatte. War der Kreis um Beate herum vorhin noch eine kleine eingehaltene Bahn innerhalb des gebohnerten Viereckes, beschrieb Bello Cio jetzt mit seinen trunkenen Kaskaden einen großen Kreis am Rand des Tanzparketts, um alle Tanzenden herum – Quadrat im Kreis, Kreis im Quadrat (Georgi?). Und obwohl er nicht gehetzt schien, war sein Vorwärtskommen doch traumhaft schnell, als tanzte er nicht auf Holz – jetzt auf ungebohnertem, weil außerhalb des Tanzparketts – mit seinen schmalen Lackschuhen, sondern auf dem Eis. Allein mit Schlittschuhen kann man diese mühelose Schnelligkeit erreichen. Bello Cio verzierte sein Solo auch mit kräftigen Sprüngen, er drehte sich in Hockestellung und schnellte auf, er wiegte sich versunken langsam wie in Trance und sprang unvermittelt über zwei Tische, die er nur mit drei Fingern der einen Hand berührte, ohne die darauf stehenden Sektgläser umzustoßen, was heißt das: überhaupt ins Schwanken zu bringen. Dann – es brach ein lautes Bravo-Rufen und Klatschen aus, das er nicht zu bemerken schien – begann er einen Tango vor sich hin zu summen, da das Salonorchester allmählich verstummt war und nur mehr ihm zuschaute, auch tanzte oder stand niemand mehr auf dem Parkett, so daß er jetzt das Viereck für sich allein hatte.

„Bello Cio eroberte das Parkett, indem er um es herumtanzte" – bemerkte Georgi mit seinem ausgeprägten Sinn für Geometrie. „Quadrat im Kreis, Kreis im Quadrat." (Georgi war dabei. Ab jetzt keine Zweifel.) Bello Cio also summte diesen Tango, ganz entrückt, „wie in der Kirche vor dem Altar" – berichtete Kathy, die diesmal von allen empört zurechtgewiesen wurde. Doch sie bestand darauf: „Ja, wie vor dem Altar: er tanzte nicht für ein Weib, er tanzte für Gott."

„So ist es ihr erträglicher", sagte Georgi, „Sie ist in den eigenen Bruder verliebt."

„Georgi, das ist kein Thema", befand Dolores, selbstbewußter geworden, vielleicht angesichts der neuen Erkenntnisse um Apika und Anyika. Und Georgi schwieg folgsam.

Also summte Bello Cio seinen Tango, und man hatte den Eindruck, daß er eine imaginäre Frauengestalt in den Armen trägt, zu der er mit

dem zärtlichsten Blick, fast demütig, zu sprechen, halb zu singen, schien:
Madame, heute träumte ich wieder von Ihnen,
Madame, verzeihen Sie mir,
doch es darf keine Sünde sein,
wenn ich träume von Ihnen. Und wär' es eine Sünde,
Madame, verzeihen Sie mir.
Zwar benützte er den seichten Text eines zur damaligen Zeit modischen Tangos, doch aus dem billigen Stoff schien er etwas Edles gewinnen zu können..., wie Rumpelstilzchen aus dem Stroh Gold gewann.
„Es ist keine Gier, keine Gier" – flüsterte er, „mein Herz nahmen Sie mir." Gehauchter Gesang in der entrückten Stille des Tanzsaales. Wie nach dem Geklingel der Ministranten ... Stille, Entrückung. Wie während des Hochamtes im Dom, so bei dem Polizistenball in diesem gemieteten Saal des Hotel Royal... „Unser' tägliche Entrückung gib uns heute." „Ja direkt erschütternd war das", so später Tante Gagi. „Reizend", stöhnten einige Damen. Nach diesem seinem reizenden Gesang steuerte er, Bello Cio, zur Verblüffung aller Anwesenden, steuerte er mit seinem Tango, der kein Tango mehr war – denn im richtigen Tango schmeißt der Tänzer seine Partnerin zu Boden, und sie muß tot sein, nach diesem Tango, so will es das Gesetz – indes Bello Cios imaginäre Tänzerin erhöht ... („denn er hat seine elende Magd erhoben, und ihr Herz freuet sich"), so kam also nach seiner Huldigung an die Frau – die er bisher verachtet –, also nach seiner Verwandlung, der nun verwandelte Bello Cio zu dem Tisch, wo Gagi mit Renatus bei einer Limo saß, und Bello Cio verbeugte sich tief vor dem dürren Fabrikmädchen, auch vor Renatus, exakt wie vorhin Galajda vor Beate und ihm, und die traumwandlerische Situation unterbrechend, schrie er – als Komiteemitglied – zu dem Salonorchester: „Was ist, was ist, meine Herren! Foxtrott! ‚Die kleine neugierige Ente', wenn ich bitten darf." fügte er noch recht zackig hinzu. Und er tanzte mit Gagi die ganze Nacht.
Meine Gagi Tante sagte später, daß sie sich damals nur eines vorstellen konnte: dieser schöne, fesche, verdorbene Hartmann kann sie nur verspotten, im Ballsaal des Hotel Royal, verspotten vor den Gästen, sie, Günther Gagi, aber nicht nur sie, sondern alle anderen Frauen auch. Denn, daß er ihnen das dürre Fabrikmädchen vorzog, war ein Schlag ins Gesicht der anderen, und daß infolgedessen die ganze Auszeichnung im Ballsaal, die übermäßige Beachtung der Häßlichen

durch den Schönen nur in einer Gemeinheit würde enden können, „und ich fürchtete mich sehr."
„Und wohin darf ich Sie jetzt nach Hause begleiten?" fragte der Schöne, der nun wahrscheinlich selbst nicht verstand, wieso er sich soviel Mühe mit diesem armen Fabrikmädchen antat. „Ach, das ist ein Ausflug. Sie müssen mich nicht nach Hause begleiten, ich gehe auch sonst immer alleine."
„Aber ich darf doch?" fragte Bello Cio. „Ich möchte heute Ihr Schutzengel sein." Und er wanderte neben ihr und stellte ihr behutsam seine Fragen: wie sie lebt, was sie arbeitet, und er blitzte nicht mehr spöttisch mit seinen frechen Augen auf sie herab. Und sie beantwortete alle die Fragen und sagte ihm noch mehr. Sie gestand – fast feierlich werden ihre Geständnisse gewesen sein, schätze ich (eine Beichte der Sünden, die nicht sie begangen) –, daß sie Waisenkind sei, unehelich!!!, Vater unbekannt, Mutter verschwunden... Wie es bei den Nonnen war, die Raupenfütterung und Beates Visionen. Sie berichtete pflichtschuldigst auch von ihrer guten Tante Dada, doch auch von ihrer schlechten Tante Mame, die sie mit ihrem Cousin hatte verheiraten wollen.
Den Namen Mame hatte Bello Cio schon von seinen Geschwistern öfter gehört. Er stutzte „Die kleine dicke Hexe? Ich glaube, ich kenne sie vom Sehen. Einige Amtshandlungen, mehr darf ich nicht sagen. Doch mir ist wichtig, daß Sie wissen, daß ich nur dienstlich... Sie wohnt in der..." Er nannte die Straße, wo Mame wohnte. „Und Ihr Cousin heißt..." und er nannte Georgi mit vollem Namen. „Woher wissen Sie das alles?" war Gagi von der Weisheit des schönen und jetzt auch sogar gütigen Polizisten tief beeindruckt. „Naja, ich weiß alles", lachte Bello Cio nun selbstironisch, ein neuerworbenes Gefühl für ihn, er war verlegen dabei..., dann aber sagte er einfach: „Georgi Neumann, das ist doch der Mann meiner ältesten Schwester." Und weil sie bereits vor Gagis Türe standen, lehnte er sich an die Hauswand und wartete, daß sie die Türe von selbst aufsperren würde. Gagi aber bedankte sich artig für den schönen Abend, für den Tanz und für die Begleitung. In Bello Cios Augen blitzte der altgewohnte siegreiche Blick auf: „Was? Meinen Sie wirklich, daß ich jetzt mir nix dir nix mich umdrehe und...", rutschte er einen Moment in seine alte Rolle zurück.
„Ja, ich bitte Sie darum", so Gagi.
„Aber Sie lieben mich!" kam es Bello Cio unbeherrscht über die Lippen.

Und Gagi sagte schlicht: „Ja."
„Na dann?" da war wieder das gewohnte freche Lachen. „Geben Sie mir den Schlüssel, ich sperre auf." Er griff schon nach dem Schlüssel, denn er war gewohnt, geheimen Wünschen der meist verheirateten Damen die letzte Hürde der Scham und der Bedenken mit einem burschikosen Tätlich-Werden überwinden zu helfen, wonach er dann als „schlimmer Kerl" neckisch gescholten zu werden pflegte. Hier aber stand das häßliche Mädchen wie eine Statue: „Schöner Schutzengel, muß ich sagen!" sie wurde zornig. „Ich dachte, daß Sie, daß Sie zumindest ein Gentleman sind. Ihre älteste Schwester..., die ja die Gattin meines Cousins ist..., würde sich wundern, wie ihr Bruder..., wie ihr Bruder mit einem armen Mädchen umspringt..., das ein Waisenkind ist..., umspringt. Gemein ist das. Wenn ich Sie jetzt hereinlasse, ist mein Ruf dahin. Vielleicht bin ich dann auch schwanger. Ich habe bisher sauber gelebt und will einmal eine christliche Ehe mit einem anständigen Mann gründen und Kinder haben. Wenn ich jetzt falle, hebt niemand mich auf, und ich bin auf Ihrer Lepra-Liste, und in der guten Hoffnung der Frauen, daß der Mörder sie nachher nimmer heiratet..." Sie sprach wirres Zeug, das wußte sie, und was so ernst gemeint und feierlich von ihr vorgetragen, wurde damit auf einmal lächerlich, „er denkt vielleicht, daß ich nicht richtig im Kopf, verrückt, wie Mame, wie Neumann-Anyika, wie meine Mu... – und das will er ausnützen jetzt", und es brach ein Schluchzen aus ihr heraus. „Gehen Sie, gehen Sie. Sie haben mich ... verliebt gemacht ... und was Sie immer machen, mit den verheirateten Frauen..., das will ich nicht, Sie haben mich jetzt schon ... nur unglücklich..., wie Sie auch alle anderen nur unglücklich..."
Bello Cio wurde blaß. Er salutierte und verbeugte sich. „Noch tiefer als Galajda vor Beate", erzählte Tante Gagi mir. „Und wurde plötzlich sehr ernst. Er verfiel direkt in eine melancholische Stimmung."
„Ich bitte Sie, mir zu verzeihen ... Ja? Und mir zu erlauben, daß ich Sie, am Wochenende, wenn Sie wünschen mit Ihrer Freundin zusammen...", und er nannte ein gutbürgerliches Lokal (wieder war es die Lelotzky-Konditorei), in welches er sie einladen wollte. Gagi willigte ein und verschwand im Haus. Das heißt im Zimmer mit Direkteingang. Sie rief: „Beate! Beate!" Doch, das Bett war leer. Sie war verwirrt und sie dachte, das alles sei nur ein Traum gewesen oder gar Einbildung: Vision, da sie wahrscheinlich nicht richtig im Kopf sei..., und sie war völlig überrascht, als Bello Cio am Samstag nachmittag – mit einem Rosenstrauß! – wirklich ankam.

Die rührende Love-Story von Bello Cio und Gagi, die mit Bello Cios großem Tanz und der darauffolgenden „Bekehrung" begann, stand im Gegensatz zu Galajdas und Beates Geschichte. Beate – beruhigt durch das kindliche Wesen des Herrn, mit dem sie ebenfalls die ganze Nacht durchtanzt hatte, gerührt durch seine Milchzähne, seinen bartlosen Mund – ging auf dessen naiven Vorschlag ein, ihn in seiner Wohnung zu besuchen, „Ja, noch in dieser Nacht, damit ich Ihnen zeigen kann, wo ich wohne, und in der Nacht ... die Dramen, meine Dramen, jetzt nur handschriftlich, doch vielleicht... Also: Almos, Elöd, Ont, Kont, Tass, Tuba, Töhötöm. Die Sieben Vezire. Jeder hat sein eigenes Schauspiel, was Schauspiel? Festspiel! Weihespiel! in der Geschichte der Landeseroberung Ungarns. Ich als gebürtiger Pole muß es machen!"

„Ja, wirklich." Beate dachte, daß sie einem edlen Menschen, der tagsüber in der Nationalbank mit der Rechten seiner Hände schuftet, in der Nacht die Ur-Geschichte der Nation, Gründung der Heimat mit der Linken..., ach, Takarodò, Zapfenstreich, Nem nem soha, no no never, Attila auf der Milchstraße ... sowie Admiral Horthy auf seinem „weißen" Schimmel (ein Schimmel kann ja nur weiß sein, würde Georgi sagen), ruhig in die Wohnung folgen könne. Beate fiel auch noch der Hymnus ein:
Schicksal, das du sie (die Heimat) lang schon quältest,
bring ihm (unserem Land) gute Jahre jetzt;
dieses Volk verbüßte wahrlich
was war, was wird, bereits.
So einer ist wahrlich nicht „Mörder, Hoffnung der Frauen..."
Sie ging mit ihm in die Burtschellergasse, wo er einsam wohnte...
Beate, ganz Mutter jetzt, begleitete ihren Sohn in seine armselige Bude, um nach dem Rechten zu sehen... Sie wärmte seine Milch auf... Sie aßen Biskuits dazu. Ja, wie ein Kind. Es war kaum möglich, die Milch aufzuwärmen..., zu kochen auf dem sogenannten „Thermofor". Ein elendiger Spirituskocher war Alexander Galajdas Herd. Sein Magen war auch nicht in Ordnung. Seine Lunge noch weniger. Beate machte ihm das Bett und wollte sich mit einem Gute-Nacht-Kuß verabschieden, wie von einem kleinen Sohn. Sie wollte, sie wollte. Ach, aber ach...
„So. Und jetzt bist du schwanger", sagte Gagi.
„Aber wir heiraten. Er muß nur seine Papiere ... aus Lemberg..."
„Lemberg! Jude ist er auch..." Diese Kombination war Tante Gagi geläufig, denn in der Hartmann-Familie gingen Flüster-Nachrichten

um, daß Neuman-Apika einen Apika hatte, dessen Apika aus Lemberg stammte. „Und in Lemberg ist jeder zweite Apika ein orthodox-jüdischer Apika", so sagte das dann Gabili. Er, Gabili, hat mich, solange Herr Salzer noch in der Graf-Andrássy-Straße wohnte, täglich zu dem Holzhäuschen geführt, in welchem Herr Salzer inbrünstig seine Hebräischen Betgesänge sang. Inzwischen war Herr Salzer, der seine vier Söhne, einen nach dem anderen, in die Rabbiner-Schule nach Jerusalem geschickt hatte, glücklich samt Gattin und vier Töchtern in Jerusalem angekommen.
„Willst du leicht einen Juden heiraten!" stampfte Gagi auf.
„Einen Juden? Wieso? Ich will Alexander Galajda heiraten. Er ist doch katholisch."
„Aus Lemberg, katholisch ... ja! Da sind alle katholischen Galajdas in Wirklichkeit Juden. Übergetretene sind das."
Die Freundinnen verkrachten sich ernsthaft. Doch, Beate war offenbar wirklich schwanger. Jedenfalls war ihre Monatsblutung ausgeblieben: was konnte dies anderes bedeuten. Und wenn es schon einmal so war, galt selbst ein übergetretener Ehemann viel, jedenfalls mehr als kein Ehemann. Und schließlich gab Gagi zu, daß auch in Lemberg nun nicht alle Juden sind: „Es gibt einige wenige Christen auch. – ,Wie Nadeln im Heuschober'", übernahm sie die Redeweise Frau Petnekis. Und der arme Galajda mit seinen kleinen Händen wird eine dieser ganz wenigen christlichen Nadeln sein. Er kann schon dadurch kein Jude sein, weil er sich in der Bank zu schwer tut. Juden tun sich in der Bank nicht schwer. Die sind dort die Direktoren.
Alle Bankiers sind Juden. Alle Dichter aber sind was? Katholisch oder evangelisch. Das Wort „arisch" kannten die Mädchen nicht. Sie sagten „Christen" wie viele damals, doch es war klar, daß dabei niemand nur die Religion gemeint hat.
Wie auch immer, Gagi ließ ihre Freundin aus den Zeiten der gemeinsamen Not nicht fallen. Durch ihren „christlichen" Bräutigam, Bello Cio, der bei der Polizei schnell vorrückte, ließ sie nachprüfen, ob der „Traumtänzer Galajda" seine Papiere endlich zusammen habe, ob er seine Anträge gestellt, etc. Eigentlich liefen die Vorbereitungen der zwei Eheschließungen: Gagi–Bello Cio, Beate–Galajda parallel. Galajda sprach dann aus, daß bei diesem Stand der Dinge eine Doppelhochzeit das Richtige wäre. Nach unsicherem Zögern Bello Cios, der damit, wenn auch nur für die Dauer der Zeremonie, seiner Braut noch ein zweites Fabrikmädchen und dann einen Dramatiker

aus Lemberg gewissermaßen hinzufügen, dies alles der Familie und dem Kollegenkreis verständlich machen mußte – nach diesem verständlichen Zögern also..., was soll ich sagen: meine Tante Gagi übte enormen Druck auf meinen Onkel Bello Cio aus: er gab schließlich nach. „Und mit diesem Nachgeben tat er den ersten Schritt in Richtung Abgrund", sagte Kathy: „Ein Mann, der seiner Frau immer nachgibt, ist praktisch verloren", fiel ihr Urteil. Mit der Unterstützung der Familie organisierte Gagi also zusammen mit ihrer eigenen auch für ihre Freundin eine katholische Hochzeit. „Und niemandem, in diesem Fall nicht einmal Istvan, verriet ich den vorehelichen Sündenfall meiner Freundin." Ich wollte wissen: „Was ist mit dem ehelichen Sündenfall, wenn es einmal schon einen vorehelichen gibt?"

Zum Teil wissend, zum Teil unwissend, tat jeder etwas dazu, daß diese Doppelhochzeit stattfand, selbst die Natur half etwas zu Beates Glück, indem sie auf das Kind warten ließ... Bereits zehn Monate waren schon vergangen..., seit dem Polizistenball, seit dem ersten Besuch Beates bei Galajda, und weil Beate so schlank war, sah man an ihrem Leib nichts, schier gar nichts... Darüber freute sich Tante Gagi sehr. „Es gibt doch einen lieben Gott für die Armen", sagte sie zu Beate öfters. Und die Freundinnen beteten Rosenkränze der Dankbarkeit... Jedenfalls war Beates Ehre gerettet. Gagi schaffte es in der Tat, daß aus dem, was auf dem Polizistenball begonnen hatte, mit der Unterstützung der Familie eine Doppelhochzeit wurde.

VIII. Die Doppelhochzeit

Mit der Unterstützung der Hartmann-Familie..., „denn die Neumann-Familie, wo sie herstammt, konnte man wegen Anyika und Mame erst gar nicht einladen", sagten Eva, Kathy und Cho-Cho-San. Tante Rosa war nicht zugegen: endlich in ihrem Beruf als Lehrerin untergekommen, nachdem sie zuerst sechs Jahre als Säuglingsschwester hatte arbeiten müssen, unterrichtete sie nun mit fanatischem Einsatz in einem weit entfernten Kaff..., von wo sie erst im letzten Moment zur Hochzeit kam.

Mit der Unterstützung der Familie... Nun ja, hier muß man unterscheiden zwischen denen, die von vornherein gerne geholfen haben und jenen, die sich nur zögernd und widerwillig in das Unvermeidbare schickten, und schließlich den wenigen, welche eine solche Mesalliance niemals akzeptieren wollten. Eine solche Mesalliance, wie sie nun zwischen dem unehelich geborenen Fabrikmädchen Gagi, das zudem auch noch häßlich war, dessen „familiärer" Hintergrund zu üblen Vermutungen Anlaß bot (Mame etwa, aber auch Anyika und nicht zuletzt die leibliche Mutter selbst, von den möglichen Vätern erst zu schweigen...), zwischen diesem armseligen weiblichen Wesen und Istvan (Stephan) Hartmann, genannt Bello Cio, der ja schön war und einmal auf dem Polizistenball im Hotel Royal wie ein Märchenprinz getanzt hatte...

Nun, es wäre schön gewesen, wenn hier weitere Großartigkeiten hätten aufgezählt werden können: Etwa: Er habe das Gymnasium der Benediktiner mit Auszeichnung..., nachher Jus in kürzestmöglicher Zeit..., eigentlich in der Nacht..., denn tagsüber habe er seinem an den Fronten des Ersten Weltkrieges schwer geschädigten Vater in dessen Herrenfriseurgeschäft die ganze Arbeit abgenommen..., auch sei er hier seinem künftigen Schwiegervater begegnet, der den gutaussehenden jungen Mann, seine Bescheidenheit, aber auch seine Energie und seinen Ehrgeiz... Ach, warum nur, warum hat Bello Cio die Hoffnungen seiner Schwestern nicht erfüllt, indem er als Anwalt oder Richter oder Staatsanwalt „gute Leute" ins Haus geführt und dadurch die Familie würdig komplettiert hätte.

„Ach siehe nur! Die Orthodoxen" – hier meinte man Herrn Salzer und seine Familie – „haben in allem zusammengehalten: einer nach dem anderen die Söhne – auch der vierte, Jajkele, ist inzwischen Rabbiner, und die Töchter mit ihren jeweils drei Perücken, macht zusammen zwölf Perücken, sind inzwischen die Gattinnen der Freunde ihrer Brüder: Am Tisch von Herrn Salzer und Framama in Jerusalem sitzen jetzt acht fertige Rabbiner und die vier Töchter, und dazu kommen noch die reichen Gattinnen der Rabbiner-Söhne, diese mit je vier Perücken, das macht sechzehn, also acht Rabbiner, acht Rebbeleben, zwölf plus sechzehn Perücken, und acht mal drei Enkelkinder, macht zusammen vierundzwanzig Enkelkinder plus achtzehn Erwachsene..." – „So viel Glück!" schrie Kathy, „Woher das kommt! Vielleicht doch aus dem ständigen Beten des Herrn Salzer?" – Ja, die Hebräischen Gesänge, dachte ich mir, die ihr so verspottet habt. Allein mir haben sie gefallen..., wegen meiner Liebe zu den Hebräischen Gesängen hieß es, ich sei aufsässig.

„Aber auch die Familie Nyári!" (Sommer) wehklagte Kathy weiter.

„Wieso kann ein Zigeuner ein Haus kaufen? Auch wenn es ein furchtbares Haus ist. Neue-Welt-Straße 19, nie werde ich's vergessen. Aber selbst hier sind wir nur Mieter, obwohl Apa den ganzen Krieg mitgemacht. Währenddessen Herr Nyári? Was machte Herr Nyári im Krieg?" – „Er spielte im Royal auf", sagte Großvater ganz still. „Mit ihm spielte der große Sohn und der Bruder seiner Frau und der Verehrer und spätere Gatte seiner Tochter", zählte Kathy wieder alles auf. „Weil die Zigeuner zusammenhalten, fast wie die Juden. Jetzt ist der große Nyári-Sohn auf der Musikakademie: der Zigeunersohn wird Musikprofessor, genauso, genauso wie der Eugen Petneki, mein künftiger Schwager. Wie ist das möglich, Apa?? Ich wußte nicht, daß Zigeuner studieren dürfen. Und der Nyári-Sohn geht mit einer normalen christlichen Lehrerin, und sie werden heiraten und haben jetzt schon an der Musikschule ausgeholfen. Und der Eugen heiratet eine Zeichenlehrerin aus vornehmem Haus!" – „Na Kathylein, die Familie Petneki ist weder jüdisch noch sind sie Zigeuner." Aber Kathy tobte: „Das nicht. Aber meine zukünftige Schwiegermutter war eine Zeit evangelisch." – „Das ist unser Reichsverweser Horthy auch." – „Und sie trägt ihre Gemüse und ihre Perlhühner wöchentlich zweimal auf den Markt!" – „Was hast du, Kathylein", griff hier Großmutter ein: „Ehrliche Arbeit ist keine Schande." Eva sagte aber, daß die Familie mit Neumann Georgi sehr belastet wurde, mit Gagi dann endgültig ruiniert wird. Sie, Eva, muß allein schauen, wie sie ihre Zukunft trotz alledem... Und indem sie um ihre Zukunft fürchtete, blickte sie in die Vergangenheit, vor dem Krieg, da sie noch nicht lebte, in die Zeit, wo Großvater den Ersten Salon in der Stadt hatte..., eine Goldgrube..., und fast schon das Eckhaus gekauft hätte...
Sie schaute beschwörend auf das altsilberne „Set" der verstorbenen Miette-Aimée, dachte an den Onkel Marco Polo, der neben Admiral Horthy... und Schiffskapitän... „Doch Evylein, bitte vergiß nicht, daß unser Onkel zwar Schiffskapitän war, doch nur auf einem Handelsschiff", so Kathy. „Ja, Eva, das weißt du doch." So auch Cho-Cho-San. „Auch er ist aus der sechsten Klasse des Benediktiner-Gymnasiums gefallen, weil er nicht lernte, und außerdem frech war er auch noch." – „Na, weil man ihn sekkierte." – „Ein künftiger Schiffskapitän verliert daraufhin doch nicht die Contenance." – „Doch der Professor fragte ihn ironisch: ‚Na Fritz, Ablativ oder Dativ?' oder ‚Das soll jetzt der Fritz beantworten: Gerundium oder Gerundivum?' Nach der zehnten Frage – von denen er übrigens

neun nicht beantworten konnte – stand er trotzig auf: ‚Soll der Herr Professor selber beantworten', und Franzi packte seine Sachen, denn er wußte, was jetzt folgen wird: Er hat sich selber rausgeschmissen sozusagen." So Cho-Cho-San. „Macht nichts", sagte Eva schnippisch. „Er wurde Schiffskapitän, auf was für einem Schiff immer..., und kein Straßenpolizist." Die Gefühle waren jedenfalls aufgewühlt: das sah ich als Kind schon. Wenn jemand in die Familie hineinheiratet, wird er, wird sie, abgewogen. Meist wird er, wird sie für zu leicht befunden. Die Familie fühlt sich durch für zu leicht befundene neue Mitglieder geschwächt. Wie wenn eine Armee Kranke oder Invalide in ihre Reihen aufnehmen müßte.

Tante Gagi war ein Hammer, aber ich verstand jetzt, daß auch Georgi, mein Vater, ein Hammer gewesen sein mußte. „Hätte Dolores in der Wäscherei Opitz nicht so viele Demütigungen schlucken müssen, hätte sie den Neumann Georgi nie..." Dolores wurde von den ehemaligen Schulkameradinnen aus der Bürgerschule nicht gegrüßt... Sie kamen mit den Hemden ihrer Gatten und sagten ihr... „Grüß Gott Fräulein, da sind die Seidenhemden meines Gatten, Rechtsanwalt Soundso, Professor Soundso..." Das war also der Grund, daß Dolores meinen Vater genommen hat. Armer Georgi, arme Dolores, arme Tante Kathy mit ihrem Gideon Petneki, arme Tante Cho-Cho-San mit ihrem Baric, arm, alle arm. Und merken diese nicht, diese Neumann Georgis, diese Gideon Petnekis, daß die Frauen sie nur aus Not nehmen? Was wollen sie mit einer Frau, die sie nicht mit Haut und Haaren und mit der Bejahung jeder ihrer Zellen haben will: wenn sie ihn nicht wie eine gute Mutter an ihrer Brust saugen läßt, wenn sie ihn nicht glücklich in ihren Schoß aufnimmt.

Auch meine Tante Cho-Cho-San machte mich diesbezüglich mißtrauisch: Wenn kein Domkapellmeister, dann eben der serbische Baumeister. Und später dachte ich oft an die Tante, die eigentlich als Diva auf der Bühne, jedenfalls als Madame Butterfly auftreten wollte und die himmlische Musik Palestrinas nur als eine Zwischenlösung... Palestrinas Missa Papae Marcelli, ein schwacher Ersatz für Puccinis Cho-Cho-San!! Die – für mich überdies noch widerwärtige – Japanerin, dummes Geschöpf, die wegen eines US-Lackaffen Heimat und Religion verrät..., sich selbst entwurzelt..., konnte sie denn nicht lesen?, meine Tante Cho-Cho-San, das Textbuch, meine ich. Den Inhalt hätte sie kapieren können. Musik lesen konnte sie, die Hochmütige, jedenfalls nicht. Die komplexen Muster hat der Domkapellmeister jedem und jeder dieser musikalisch ungebildeten und un-ausgebildeten doch eitlen Quasi-Sängern und -Sängerinnen einzeln beibringen müssen. Nach der ersten Aufführung der Missa Papae Marcelli fiel er ins Bett und weinte. Weder die Damen noch die Herren seines Chores haben Gefallen an Palestrinas Musik gefunden: Verzweifelt schrie er bei der Generalprobe: „Aber meine Herrschaften, merken Sie nicht? Der Raum singt! Der Raum singt! Unser Dom singt durch ihre Kehlen, durch ihre schönen Stimmen..." Sie schauten ihn verständnislos an: „Der Raum singt – was für ein Blödsinn." Mißtrauische Blicke sagten: „Er verspottet uns, weil wir den Ton nicht richtig halten können und vor lauter Zählen nicht wissen, wo wir sind." Andere meinten, er sei narrisch geworden, sie gaben sich während der Probe Stöße und flüsterten einander ins Ohr: „Der Raum singt" und brachen dann – fünfzigjährige Schneidermeister oder Hausfrauen – in prustendes Gekicher aus. „Und Sie, Fräulein Hartmann", sagte der entnervte Domkapellmeister mit zitternder Stimme, „Sie wollen mir auch nicht helfen, daß beim Sanctus der Alt nicht so zögerlich..., sondern bestimmt..." – „Sie sagten aber, diskret." – „Ja, es gibt auch eine Kategorie in der Musik, die ja all dies in einem ist: bestimmt und diskret, niemals aber zögerlich." – „Wenn Sie mich zögerlich finden..." – „In der Musik, ja", war des Musikers unschuldige Antwort. Doch daraufhin brach der ganze Chor in ein Lachen, in ein Brüllen, ja ein Wiehern aus. Die Lage meiner Tante war mit einem Schlag unerträglich. Jeder wußte, daß sie auf eine Heirat mit dem Domkapellmeister hoffte..., und jetzt diese unbeabsichtigte Bloßstellung. Sie wählte nun den „Abgang mit Verachtung". „Ich akzeptiere, daß Sie mich als Chorsängerin nicht brauchen können, also geh' ich. Adieu!" Sie zwang sich durch die Reihen der anderen Sängerinnen, mit ihren Stöckelschuhen auf den hohlen Brettern des Chorgerüstes lautes Klappern auslösend, welches unten im Kirchenraum auf dem Steinboden seine Fortsetzung fand, als wäre sie im Hinuntergehen von der Pauke auf die kleine Trommel umgestiegen, bis sie das große Tor aufmachte und hinter sich zuschlug: dies war dann der abschließende Beckenschlag. – So erzählte es mir später Gideon Petneki, wahrscheinlich der einzige Sänger im Chor, der aus Wissensdurst und Begeisterung für Palestrina mitsang.

Georgi dagegen, der sich durch seine Tanzlektionen gewissermaßen als Ehestifter betrachten durfte, gehörte zu den Förderern der Doppelhochzeit. Ebenso oder fast so meine Hartmann-Großeltern, die

ihr Sträuben gegen Gagi vielleicht auch aus Müdigkeit aufgegeben hatten. „Apa interessiert die Welt eigentlich fast nicht mehr", diagnostizierte Cho-Cho-San. Großmutter allein..., sie flüchtete sich zur christlichen Nächstenliebe: „Diese arme Gagi..., wenn sie meinen Sohn wirklich von Herzen liebt..." Etwas später folgte Dolores, vielleicht war das ein Reflex: da sie Gagi „bei uns aufgenommen hatte" – und damit „Gnädige Frau mit Hausangestellter" geworden war. Jetzt konnte sie ihre „Untergebene" fördern. Ihren Bruder, Bello Cio, hatte sie nie richtig gemocht, und sie freute sich vielleicht, daß dieser eine so häßliche Frau bekam. Gabili mochte sie auch nicht, und jetzt hetzte sie ihn unter dem Vorwand der wichtigen Ereignisse in der Stadt herum: Gabili mußte die zu spät geschriebenen Einladungen persönlich austragen, woraus viele Mißverständnisse, Verwirrungen und Beleidigungen entstanden.
Auch Kathy half schließlich, gebrochenen Herzens zwar, doch einigermaßen stolz, denn auch sie würde bald zu den Mädchen gehören, die in die höhere Kaste der „verheirateten Frauen aufsteigen" – wenngleich ihr Bräutigam, Gideon Petneki, für sie nur ein ziegenbockartiger Junggeselle oder eher Altgeselle, und Gasableser war (zu seinen musikalischen Fähigkeiten hatte sie ja keinen Zugang). Kathy hat sich vorgenommen – vertraute sie Eva an – daß sie Petneki nur im dunklen Zimmer „daranläßt", und damit sie das alles ertragen kann, wird sie an Benjamin (das war ein Jus-Student) oder an Eugen (dieser war Musikstudent und des Gasablesers jüngerer Bruder) denken. Nur nicht in dieser verrotteten Bude in der Neue-Welt-Straße weiter wohnen müssen, noch dazu auf dem gleichen Flur mit „zwei zweifelhaften ‚Damen' und deren Mutter"...
Und nur kein Schneiderlehrling mehr sein – denn als Schneiderlehrling mußte sie den Damen die Kleider durch die Straßen tragen, so auch zu der Frau Pattantyus, der Kathy „Gnädige Frau" sagen mußte, wie auch allen anderen Damen. Hochnäsig waren sie, die Gattinnen wohlhabender Herren, also auch Frau Pattantyus, die Mutter des Jus-Studenten und Schönlings Benjamin.
Kathy hatte öfters Furunkel auf der Nase und „beide Hände mit Complets und Costumes beladen, Costumes und Complets auf den Bügeln in der Hand, der Wind weht, die Kutschen und Autos fahren durch die Pfützen: unbarmherzig war das: sie spritzten schadenfroh in die Richtung der Costumes und Complets der Frau Pattantyus, und ich mußte immer in Deckung gehen, wegspringen... Unbarmherzig war das..., auch von Anya..., sie hätte mich bei der Frau

Matus krank melden können, aber nein. Anya war sehr hart." Eva sagte etwas amüsiert: „Auch Frau Matus ist unbarmherzig... Auch sie hätte dir nie wegen eines Furunkels..." – „Aber auf der Nase, Evylein! Bin ich denn keine Frau, nur weil ich Schneiderlehrling bin?" – „Ob auf der Nase oder sonstwo." – „Wäre es dein Hinterteilchen, Kathylein, hättest du nicht sitzen können, das ist beim Nähen noch viel schlimmer", mischte sich Gabili in salbungsvollem Ton ein. „Gabili, daß du immer dort sein mußt, wo die Großen sind!" schrie Kathy, und Eva sagte: „Sei nicht albern, Gabili ist kein Kind mehr." Und etwas böse fügte sie hinzu: „Vergiß es nicht: Unser Gabili hat deinen Bello Cio vorm S.M. gerettet." Sie sagte S.M. Dies fand Kathy hochtrabend. Und dann, „Was heißt das ‚mein Bello Cio'? Er ist nur ein Bruder von mir, wie von euch allen." Eva lächelte ihr spöttisch ins Gesicht, was Kathy absolut nicht vertragen konnte. „Ihr alle seid unbarmherzig, Apa, Anya und du auch, und Bello Cio wird bereuen, daß er diese Kacke genommen hat!" – „Kacke, Kathylein! Wie sprichst du von unserer Schwägerin?" – „Gagi heißt sie, nicht? Sie selbst sagt das. Und daß die Frau Günther, ihre gute Tante Elisabeth, sie so nannte. Gaga, Gagi, weil sie so viel geschiss..." Gabili sagte wieder gütig, wobei er die Hände zusammengefaltet hielt und mit dem Oberkörper wie vor einem Altar kleine Verbeugungen machte (Dominus vobiscum): „Sie war mutterlos, Waise, ausgesetzt und krank. Versündige dich nicht, Kathylein." „Auch du, am Ende wirst mich auch du noch belehren! Was Katzbuckelst du allweil mit gefalteten Händen! Geh, geh zu den Karmeliten: vielleicht nehmen sie dich endlich als Zammkehrer, als Diener!" – „Dienenden Bruder, Kathylein. Wir alle sind Diener Gottes", so Gabili, seit er sich als Karmelit in spe sah, wurde er immer salbungsvoller. „Daß ich diese ganze verdammte Familie nicht mehr sehen muß", brach es aus Kathy heraus, „dafür bin ich meinem Bräutigam dankbar." Eva zündete aus dem Set Tante Miette-Aimées etwas affektiert eine Zigarette an: Sie zog den Rauch tief ein, dann ließ sie ihn in langsamen Kreisen wieder heraus, und diese Kreise zogen in Richtung Kathy, wie langsam schwebende, kleine, tödliche Geschosse (Kriegsbilder in Zeitlupe der Fox, tönendenden Wochenschau). „Dann aber darfst du nicht dabei..., ich meine, das wäre im Grunde ein Ehebruch..., an den Benjamin Pattantyus oder an den jungen Petneki denken..., auch an einen Dritten nicht..." Kathy stürzte aus der Wohnung, und weil sie nicht wußte, wohin, flüchtete sie in das einzige Klo, welches vom Flur, wie ein angehängter

Käfig, über den kleinen Hof hing. Das war das Häusl für die Hartmann Familie und weitere zwei Familien, insgesamt 9 + 8 + 5, also 22 Personen, ständige Bewohner der oberen Etage des Hauses der Neuen-Welt-Straße 19. An Feiertagen, wo sich auch noch Familienbesuch in den winzigen Räumlichkeiten drängte, kam es gut auf das Doppelte. Zu Weihnachten waren einmal mehr als fünfzig Leute auf der Etage. „Bei Anya kann man nicht aufs Klo gehen", sagte Georgi immer, und das war ein Pfeil in Richtung der Hartmanns. „Außerdem:" – hier flüsterte er – „die Familie Toth ist keine Familie: kein Vater, dafür eine Puffmutter! Und ihre zwei Mädeln sind horizontale Arbeiterinnen."
Für die Doppelhochzeit von Bello Cio & Gagi und Beate & Galajda tat sich Gideon Petneki dadurch hervor, daß er den alten, zerfallenen Pavillon im Garten seiner Mutter für diesen Anlaß auf neuen Glanz brachte. Nach dem Pavillon mußte er ja auch die Schweineställe in der Tiefe des Gartens richten, da er sah, daß dort alles im argen war, den Drahtverhau für die Hühner und die berühmten Perlhühner mußte er schließlich auch mit neuem Drahtgeflecht bespannen und einen extra Käfig für Karli, Frau Petnekis Hahn, bauen. „Also: wenn man hier einmal anfängt, gibt es kein Ende... Karlis Wohnung wird dann das Muttertagsgeschenk sein", tröstete er sich.
Indes, Frau Petneki bewunderte sein Werk nicht den Leistungen gemäß. Sie war der Meinung, „daß das Mannsvolk allweil etwas herumwerkeln muß" und ärgerte Gideon mit ihren Befürchtungen um den Gemüse- und Blumengarten. „Daß mir niemand in die Beete trampelt, oder im Übermut, nach einigen Gläschen, vielleicht die Blumen abzupflücken beginnt, oder gar hinter den Pavillon pinkeln geht." Aber Gideon behauptete, daß angesichts der Art und Lebenshaltung der Hartmann-Familie an solche Schweinereien zu denken total unberechtigt sei: „So etwas machen nur die Proleten, Mama... Du sagst nichts zu dem neuen Etablissement für deinen Karli, Mama...", sagte Gideon gereizt. (Karli hatte auch sein katholischer Stiefvater, ein Gendarm, geheißen, Karli Mager, der auf seinen leiblichen Vater Gedeon gefolgt war: der erste Mann, Gedeon Wurzinger, war bei den Gaswerken angestellt gewesen. Nach ihm hieß im Gartenreich der Mutter kein Hahn, kein Hund, kein Baum.) Der Garten und auch die zwei Söhne erbten den Namen Petneki von Frau Petnekis Vater, ein Umstand, der die Existenz der zwei Ehemänner zu annullieren schien. „Als wären wir uneheliche geborene Söhne", stöhnten die Brüder. „Meinen Vater brachte sie mit den

Perlhühnern um, mit deren furchtbarem Geschrei", sagte Gideon öfters zu seinem jüngeren Bruder Eugen. „Deinen Vater mit dem Hahn. Zu dem redete sie immer so liebevoll: ‚Komm, Karlilein! Du mein süßer Burli, du mein Liebling', sagte sie dem Hahn, immer wenn der Mann, dein Vater, dabei war, und gab dem Vieh einen Kuß, was dem Hahn eher unangenehm war. Du weißt noch Eugen? Damals begann unser Brunnen auszutrocknen..." (Der trockene Brunnen belastete Gideon sehr: er wollte immer versuchen, tiefer zu graben, um auf Wasser zu stoßen, doch Frau Petneki verspottete seine Bemühungen, so grub er nur, wenn sie nicht daheim war. Allerdings immer erfolglos.)

„Inzwischen ist das Vieh lange tot", so Eugen. „Ja, der schon. Aber einen neuen Hahn mußte sie dann gleich wieder haben, und dann als dieser einging, undsoweiter." – „Ist das ihr fünfter Hahn?" – „Nein, der sechste, und alle hießen Karli. Und dann...", setzte Gideon an: „die Schnürstiefel!" – „Die sie immer trägt!" sagten jetzt beide zusammen. „Das war ein Affront gegen meinen Vater", so Eugen. „Ja, auch gegen meinen Vater", so Gideon. „Ja, Affront. Gegen die Männer überhaupt", schloß Eugen. „Ja, sie war nicht bereit...", so tastend Gideon, „hm, sexy zu sein... Was meinst du?" – „Ja, sexy. Nein."

Den ganzen Monat April und die erste halbe Maiwoche opferte Gideon also jede freie Stunde für den Pavillon im Garten Eden (nicht zu vergessen den hinter dem Pavillon befindlichen Schweinestall und die Hühnerboxen, die aber für die Hochzeit eigentlich nicht in Betracht gezogen wurden). Hier sollte – im wunderschönen Monat Mai, am vierten, weil es gerade ein Samstag war – die Hochzeitsfeier stattfinden, das heißt im Garten, und falls es regnen sollte, eben im Pavillon: „Dann rücken wir halt etwas zusammen. Meine verehrte Schwiegermutter in spe hat noch weniger Platz." Gideon als ältlicher und evangelischer Bewerber der „einzig bescheidenen Hartmann-Tochter" – wie er seiner Mutter immer beteuerte – sammelte seine Meriten. Sein katholischer Bruder Eugen – „Frau Petneki, weißt du, hatte zwei Ehemänner nacheinander", klärte mich Gabili auf, „Der erste war evangelisch. Da mußte Frau Petneki konvertieren. Weißt du, was das ist? Also, sie wurde vorübergehend evangelisch. Aus dieser Ehe entsprang Gideon. Dann starb der Evangelische und der zweite Ehemann war dann wieder katholisch: so durfte Frau Petneki in ihre Kirche zurückkehren. Eugen wurde dann wieder ‚katholisch getauft'." – Dieser Eugen also spielte auf der Orgel des Domes bei

der Trauung. Tante Cho-Cho-Sans früheren „Seelenfreund" – wie meine Oma die Beziehung bezeichnete –, der sich dann doch nicht scheiden ließ, den Domkapellmeister, mußte man geschickt umgehen. Eugen konnte das. Dafür spielte er an unbedeutenderen Sonntagen „für Gottes Lohn" als Vertretung des Domkapellmeisters. Cho-Cho-Sans lebenslustiger neuerworbener Bräutigam, der Baumeister Fülöp Baric, mit dem kleinen Mangel der serbischen Abstammung, organisierte die Hochzeitskutschen..." und bezahlte die Quittung stillschweigend", betonte Tante Cho-Cho-San auch noch dreißig Jahre später, da der Baumeister selbst, aber auch Bello Cio und wahrscheinlich auch Galajda inzwischen tot und begraben ... (insofern man im „russischen Winter", wo Bello Cio, insofern man in Warschau, wo Galajda zuletzt gesehen ... in dieser Zeit überhaupt begraben wurde). Aber jetzt ist noch kein Tod, jetzt ist Hochzeit: Am Ende hat fast jeder etwas zur Gestaltung der Doppelhochzeit beigetragen. Es war ein Sieg vor allem für Gagi. Als Bello Cios Gattin m u ß t e n sie sie einfach akzeptieren und mit ihr zusammen Beate und Galajda.
Am Hochzeitstag hielten fünf weiße Kutschen vor dem Dom und rollten dann von dort, herunter vom Káptalan-Domb, also Domkapitel-Hügel, über die Donau-Brücke („Drei Wege") zu dem Garten Eden der Frau Petneki.
Die erste Kutsche des Doppelpaares mit vier Pferden, die zweite Kutsche, darin die Hartmann-Großeltern sowie Tante Cho-Cho-San mit dem Baumeister, ebenfalls mit vier Pferden und auch die dritte Kutsche mit vier Pferden wegen Frau Petneki, der Gastgeberin. Neben ihr ihre Schwester, eine vital aussehende, dicke Nonne. Ihnen gegenüber saß Gabili, der vierte Platz war für einen gewissen Lörinz vorgesehen. Der Baumeister, der ja die ganze Fahrt arrangierte, hatte in seinem Büro einen perfekten Sitzplan gezeichnet, welchen die jeweiligen Gäste eine Woche vor der Hochzeit per Post zugeschickt bekommen hatten. Frau Petneki war entsetzt, als sie ihre eigene Kutschenbesetzung sah, mit Lörinz als Viertem ihr gegenüber sitzend und suchte Ausreden, warum sie nicht bei der Hochzeit dabei sein könne. Ihr Sohn Gideon warf ihr aber vor, daß sie damit die ganze Hartmann-Familie vor den Kopf stoßen und ihn, den ohnehin benachteiligten evangelischen Sohn in seiner Werbung um Kathy hindern würde. Jammernd zählte er seine Arbeitsstunden am Pavillon auf: „Der ganze April und vier Tage im Mai, und alles für die Katz." So saß nun Frau Petneki wie auf Nadeln auf der Kirchen-

bank, sie drehte den Kopf ständig hin und her, „ob Lörinz die Visage hat, hier zu erscheinen". Dann gab sie das Herumspähen auf und zog den Kopf wie eine Schildkröte ganz ein. Während die anderen denken mochten, daß sie inbrünstig für das Doppelglück des Doppelpaares bete, flüsterte sie immerfort: „Vater, laß diesen Kelch an mir vorübergehen." Lörinz war ihr Neffe, ein stadtbekannter Narr, der mit seiner Geige regelmäßig auf Betteltour ging.
Die vierte Kutsche, mit Georgi und Dolores besetzt, dazu Tante Rosa und der Bruder Beates, Renatus, und die fünfte Kutsche, besetzt mit Eva und Eugen, dem Petneki-Bruder, sowie Kathy mit ihrem Bräutigam, dem Gasableser Gideon, diese zwei letzten Kutschen allerdings nur mit zwei Pferden. Mich, als vorläufig einziges Enkelkind der Familie, hat man bei den Brautpaaren plaziert. Ich saß zwischen dem Dramatiker Galajda und Beate, vielleicht weil sie klein und schlank waren, oder damit ich meinem als Bräutigam aufgeputzten Onkel Bello Cio und meiner Tante Gagi gegenübersitze. Galajda hat sich mit beiden Händen am Ledersitz abgestützt. Ich auch. Meine linke Faust neben seiner rechten Faust. Seine Faust war nicht größer als meine, die kantig und braun war, fast wie ein Hammer, neben Galajdas weißer und weicher Faust. Galajda betrachtete unsere Fäuste: seine rechte und meine linke: Daraufhin schauten Gagi und Bello Cio auf unsere Hände. Die neben mir rechts sitzende Beate beugte sich vor: sie wollte auch sehen, wohin ihre Freundin und Bello Cio starrten. „Das Kind hat größere Hände als du, Alexander!" weinte sie auf. „Größere nicht", sagte Galajda. „Ihr müßt eure Plätze austauschen", sagte Bello Cio. „Jeder Linkshänder hat eine größere linke Hand als rechte. So ist das dann umgekehrt." – „Ach, was hilft das", winkte Galajda etwas resigniert ab. „Ich komme schon irgendwie mit meinen Händen zurecht. Jedenfalls, kleiner Freund, rate ich dir..." – „Was?" fragte Gagi, da Galajda nicht weitersprach. „Ja, was?" fragte jetzt Beate ebenfalls. „Was weiß ich", so Galajda. „Werde kein Dramatiker, vielleicht ist das ein guter Rat." – „Das jedenfalls", nickten Gagi und Bello Cio und lachten herzlich. „Absurde Idee, Alexander", so Beate. „Ein Kind."
Das Wetter war schön, der große, lange Tisch im Garten zwischen den Obstbäumen, den Gemüse- und Blumenbeeten von Frau Petneki war reichlich gedeckt. Die Schwester von ihr, jene Nonne, die ich dort zum ersten und zum letzten Mal sah, spendierte den Wein. Diese Tatsache hat mich lange beschäftigt. Ob sie den Wein hat mitgehen lassen? fragte ich mich. Und wenn ja, wie hat sie das bewerk-

stelligt? Georgi trank nicht, doch er war trunken in der Nähe jenes Pavillons, wo er Dolores zum ersten Mal... Gegen den Protest Dolores' sang er sein Lieblings-Lied für gute, berührende Tage:
„Kinder, wir sollen uns lieben,
die Liebe ist halt unser größtes Glück.
Die Mütter ihre Kinder,
das Kind seine Eltern,
auch wenn diese schon alt.
Das Leben zieht vorüber,
vor uns ist nur das Grab.
Wir sollen einander lieben,
denn um jede Stund' ist schad!"
Dolores zog ein saures Gesicht und sie schämte sich wegen Georgis falschem Gesang und überhaupt..., doch die anderen hörten aufmerksam zu, sie waren echt gerührt. Kathy und auch meine Großmutter hatten Tränen in den Augen. Die frischgetrauten Gattinnen ohnehin. Die Nonne wollte den Refrain wiederholen, und so kam es, daß das Liedchen von Georgi zumindest dreimal nacheinander gesungen wurde. In der darauf folgenden Pause, da noch einige ihre Schnupftücher benutzten, sah Eugen seinen Bruder Gideon auffordernd an, und dieser stand nun zum Erstaunen aller bereitwillig auf, intonierte mit seinem markigen Baß einen Ton und sagte: „Das ist das G-klein." Und Eugen ließ es gelten und sang auf das G-klein seines Bruders einen anderen Ton, es mußte ein B sein (nach Jahren habe ich das denkwürdige Stück in Gideons Schrift kennengelernt). „,Als es Abend ward': Geistliches Konzert von Heinrich Schütz", sagte Gideon, er zwinkerte seinem Bruder zu, warum, verstand ich damals nicht, und die zwei Brüder verbeugten sich bescheiden. Die Tafelgesellschaft sah, daß nun ein Duett folgen würde. Einige tuschelten ratlos: „Wieso, der Eugen ist doch der Musikstudent" oder „Jetzt will der Gasableser den Ton angeben und Eugen folgt ihm". Man kannte sich hier nicht aus... Und als bereits die kleine Terz der Brüder in der Luft vibrierte, sagte der Baumeister etwas herrisch: „Wieder ein Kirchengsangl! Wirklich, im Dom hatten wir genug..., entschuldigen Sie, gnädige Frau", dies war an Frau Petneki gerichtet, deren Söhne ja singen wollten. Deswegen war der Fauxpas des Baumeisters doppelt und dreifach taktlos. „Ich bin ja keine Gnädige Frau", sagte Frau Petneki selbstbewußt. „Der Herr Ingenieur" (und diesen unverdienten Titel des Fülöp Baric betonte sie bewußt) „weiß, daß ich mein Gemüse auf den Markt trage..." Die

Brüder setzten sich mit undurchsichtigen Gesichtern. „Fülöp verbot den Petneki-Brüdern das Singen in ihrem eigenen Haus... Nur weil er die Kutschen bezahlt hat...", sagte Eva nachher naserümpfend. Hier bei dem Hochzeitstisch blickte sie ihre Schwester Cho-Cho-San mit einem ironisch wissenden Blick an: dies bedeutete unter den Schwestern: „Dein Bräutigam ist am Ende halt auch kein Gentleman." Tante Cho-Cho-San hielt Evas Blick herausfordernd stand: sie lächelte überlegen, und das hieß: „Wir werden sehen, Evylein, wie dein Zukünftiger sein wird. Wir werden sehen." Dann flüsterte Cho-Cho-San ins Ohr ihrer Mutter: „Anya, das wäre aber etwas Evangelisches gewesen. Heinrich Schütz durften wir im Dom nie singen, obwohl der ... also der Domkapellmeister immer sagte, es sei eine herrliche Musik, nur eben nicht für eine katholische Kirche." Großmutter war gerührt, daß ihre Lieblingstochter das Fiasko mit dem Domkapellmeister offenbar gut überwunden hatte. Sie tätschelte ihre Hand. Zugleich war sie auf ihren Schwiegesohn in spe böse, wegen seines rüden Zwischenrufs. Sie wollte die Hausleute entschädigen und setzte an: „Ich möchte aber doch bitten..." In diesem Moment kam von außen Hilfe. „Wo ist Apa?" fragte Dolores, gleich darauf erklang vor dem Garten eine leise, mehrstimmige Intonation.
„Der Gesangsverein!!" fuhr meine Großmutter zusammen und dachte an ihre eigene, glückliche Hochzeit, doch auch an ihre Silberne Hochzeit, nach dem Krieg, wo sie beide, Großvater und sie, jeder für sich aus einem anderen Fenster auf die Singenden heruntergeblickt hatten... Das Lied über das Maiglöckchen erklang nun wieder. Samtene Männerstimmen flüsterten sehnsüchtig vom Maiglöckchen, das sich nun langsam öffnet und seinen Duft, der einen trunken macht, verströmt, und kamen dann auf das goldhaarige Mädchen, welches auf sie warten sollte.
„Wenn sie auf mich warten würde,
sänge ich ein Lied, ein Lied, verliebt, verliebt,
Sej haj Maiglöckchen du,
üppige Nelke,
Majoran voll Knospen,
wenn ich in deinen Garten dürfte,
wenn ich dort zarten Nektar schlürfte,
verginge aller Schmerz,
erneuerte sich mein Herz.
Wenn ich in deinem Garten,
wenn ich dort als Gärtner könnte walten,"

„Schalten und walten", sang Fülöp Baric, und die Damen sagten streng: „Psst." Georgi flüsterte Dolores ins Ohr, doch alle hörten es: „Der Baric ist allerhöchstens Maurerpolier."
„Mein Herz würde sich erneuern,
mein Herz würde sich erneuern."
Wie schön leuchteten die Kerzen, welche Gabili unbemerkt aufgestellt hatte („Sind das leicht die Kerzen von den Karmeliten?" fragte Georgi), wie still und geheimnisvoll klang der vierstimmige Männergesang, wie glücklich waren die Paare! Nach ihrer Darbietung wurden die Herren zum Tisch gebeten, der vergrößert werden mußte. Hier tat sich Georgi dadurch hervor, daß er die Türplatte des Pavillons aus den Angeln hob: Schon lief Gideon mit zwei Arbeitsböcken. Frau Petneki schrie leise auf: „Paßt auf meine Karotten auf!", auch war sie in Sorge, ob ihr Vorrat reichen würde, doch mein Großvater – „er ist wirklich ein Herr", sagten alle anerkennend – stellte einige feine Flaschen auf den Tisch: insgesamt zwölf – „Wie die zwölf Apostel!" schrie Gabili begeistert – und die Nonne zauberte Fladen dazu – „wie bei Kanaan!" schrie Gabili jetzt schon fast gellend. Und meine Großmutter berechnete den Preis des Weines und betete still vor sich hin, mit unter dem Tisch gefalteten Händen. Doch Bello Cio und Galajda wurden aufgefordert, die Flaschen aufzumachen. („Wie fein ist Apa, daß er das den jungen Ehemännern überläßt.") Und Eugen bot sich an einzuschenken, und Renatus assistierte ihm. „Lauter feine junge Herren", entfuhr es Cho-Cho-San allzu begeistert, Baumeister Baric schaute sauer drein, und schnell wollte Cho-Cho-San den Schaden beheben: „Hilf, mein Lieber", beugte sie sich zu ihrem Bräutigam „den grünen Kerlen, damit sie nicht alles durcheinander bringen. Die Reihenfolge und so ... da ist dein Takt und Organisationstalent nötig. Frag jeden ganz lieb, was ein jeder trinken möchte." Und Fülöp fragte jeden ganz lieb, und zwar nach der richtigen Rangordnung. „Erst darf ich Mutter und Vater fragen, weiß oder rot, und zugleich Frau Petneki, unsere Gastgeberin, und zugleich die Ehrwürdige Schwester..." – „Ehrwürdige Mutter", flüsterte Gagi Beate zu, und die zwei frischgetrauten Gattinnen kicherten unbändig, was sehr unpassend war. Fülöp fragte dann die Kichernden, an deren Stelle dann gleich die Ehemänner die Bestellung aufgaben: „In diesem Fall lieber Sodawasser, bitte", und Gideon Petneki sprang schon mit dem Sodawasser, während Eugen Petneki und Renatus mit dem Baumeister geschickt und taktvoll zusammenarbeiteten. „Jeder Gast wurde von hinten bedient, niemand

fuchtelte vor den Gesichtern, nichts wurde danebengeschüttet", schwärmten die Familienmitglieder noch Jahre danach. Mein Großvater fragte Fülöp, ob er bei seinen Kollegen vom Männergesangsverein selber einschenken dürfe – „Daß er den Fülöp fragt! Apa ist der feinste Mensch von der Welt" –, und Fülöp war einverstanden. Und als alle wieder saßen, bat nun Großmutter mit Nachdruck um das Duett der Petneki-Brüder, die sich erst etwas zierten – vor einer solchen Konkurrenz, sagten sie, doch Gideon Petneki intonierte einen Ton – „Er gibt den Ton an, paß nur auf!" sagte die vorhin aufmerksam gewordene Tante Kathy elektrisiert, „Er hat absolutes Gehör, obwohl nur sein kleiner Bruder, der Eugen, Musik studieren durfte." – „Psst, die singen schon." – Eva behauptete später, daß sich Kathy in diesem Augenblick ein ganz klein bißchen in ihren Zukünftigen verliebt hätte, „nur, weil er den Ton angab".
„Und als es Abend ward,
teilete Jesus das Brot
und sagte seinen Jüngern:
Wahrlich, wahrlich, noch heute Nacht..." und auf das Wort „heute Nacht" kam eine wilde Koloratur erst vom Baß des Gasablesers mit großer Schneid, doch auch mit religiöser Inbrunst begeistert hingelegt. Ihm folgte mit seiner zarten, mittleren Stimme Eugen. Die beeindruckende Naturstimme seines Bruders machte er mit großem musikalischen Können wett. Dann sangen sie die schwierige Koloraturstelle im Terzgang und sie kamen zum Schluß des Duettes, welches in einen Satz von Eugen mündete: „Bin ich es, Rabbi?" Dies sang er meisterhaft mit hoher Falsettstimme.
Später habe ich das Stück überall gesucht und fand es nicht. So wandte ich mich an die Brüder Petneki. „Das war Gideons Komposition", sagte Eugen zu meiner Verblüffung. „Er kann die Kompositionsarten der Alten Meister nachgestalten. Er ist ein sagenhafter Autodidakt. Schade, daß Mutter ihn nicht studieren hat lassen."
Der Männergesangsverein spendete großen Beifall, doch Fülöp und Georgi meinten, das sei ein Passionsgesang gewesen und passe nicht zur Hochzeit. Doch Galajda bestand auf dieser Musik, und dann sangen die Brüder „Christus resurget". „Einmal protestantisch, einmal katholisch. Gut so" – sagte mein Großvater. Dann lass' ich auch meine Hebräischen Gesänge los, dachte ich mir. Schließlich bin ich im Salzer-Haus auf die Welt gekommen. Doch aus der Tiefe des Gartens erklang ein merkwürdig jammerndes Lied: „Eltörött a hegedüm nem akar szólalni"

Alle drehten sich in Richtung dieses Gesanges. In der Öffnung des Pavillons stand ein Mann mit einer Geige in der linken Hand, die er – samt Bogen – an seine dürren Rippen drückte. Zugleich bog er seinen Kopf nach rechts, als wenn er zu jemandem spräche, der kleiner ist als er. Auch seine Blicke richteten sich nach unten: auf einen unbestimmten Punkt auf dem Boden. Jedenfalls nahm er mit keinem seiner Zuhörer Blickkontakt auf. Mit seiner rechten Hand schlug er immerfort auf sein rechtes Ohr, damit ein übertrieben qualvolles Vibrato der Stimme erzeugend, als wenn er jemanden mit dem dadurch entstandenen Gejammer verspotten wollte. Wen? Am Ende sich selbst? Er sang s t a t t seiner Geige. „Seine Rechte hat eine Repetition darauf! Erstaunlich!" vermerkte Eugen leise. Sein Bruder sagte stöhnend, „Ja". Frau Petneki flüsterte vor sich hin: „Womit hab' ich das verdient, lieber Gott?" – „Das ist der Lörinz", sagte Georgi, obwohl es irgendwie jeder wußte. Lörinz war der hochmusikalische Sohn einer Schwester der Frau Petneki..., ich fragte mich, welcher Schwester? Ihre Schwester ist die Schwester Nonne, die Ehrwürdige... „Die Mutter vom armen Lörinz starb bei dessen Geburt", sagte Frau Petneki laut und vernehmlich. Doch Kathy schrie entsetzt auf: „Dieser Kerl, dieser Kerl hat seine Mutter..." – „Psst Psst, Kathylein", erschrak Gideon, ihr künftiger Gatte. „Laß mich, Gideon Petneki", so Kathy „Er hat seine Mutter umgebracht, und das werde ich mir nie bieten lassen. Ein Sohn, der mich tötet, den schau' ich nachher nicht an. Kannst du Gift darauf nehmen."
Lörinz aber, als hörte er von dem ganzen Ausbruch nicht das Geringste, setzte seine Darbietung fort, welche eigentlich jeder schon kannte, weil dies die einzige Nummer seines Repertoires war. Jeder in der Hochzeitsgesellschaft war erleichtert, daß damit Kathys peinlicher Auftritt gleichsam überspielt wurde. Die zwei Petneki-Brüder hielten sie links und rechts in Schach, um gegebenenfalls einen erneuten Ausbruch zu verhindern. Hier Lörinz' Lied, also ein Lied von seiner Geige, die angeblich zerbrochen war, die er als Person (mit dem Namen Rosi oder Joshi) klagend ansprach:
„Zerbrochen ist mein' Fiedel,
sie redt nimmer mit mir...
Was fehlt, was fehlt nur dir?
Rosi, Rosi – oder eben: Joshi, Joshi,
redtst du nimmer mit mir."
Als ich den Text und die Melodie nach etlichen Jahrzehnten rekonstruierte, kam ich noch auf die zwei abschließenden Zeilen, die nach

der vorher überzeugend ausgeführten Klage plötzlich mit einem unmotiviert erscheinenden Optimismus auftrumpften:
„Mein' Fiedel werd' ich bald schon reparieren.
Also sprich nun endlich,
meine rubin(farbene) Blume!"
Was war das? War nun die Geige, wie in den ersten Zeilen angesprochen, selbst eine Person, sein Freund Joshi oder seine Geliebte Rosi, und wurde dann in der sechsten Zeile diese Person, ob Mann oder Frau, mit einer beispiellosen Fahrlässigkeit in das Reich der reparablen Gegenstände hinuntergestoßen? Es wäre hoffnungslos gewesen, Lörinz selbst nach dem verborgenen Sinn dieses Rätsels zu befragen – er war, das sah man ihm an, ein „Kranker", ein Verrückter, ein Heiliger, ein bis auf die Knochen ausgehungertes, sicherlich auch vollkommen isoliertes Wesen –, da er außer jenem seit Jahrzehnten vorgetragenen Lied die Sprache nicht mehr gebrauchte, ja, der Sprache wahrscheinlich nicht mehr mächtig war.
Meine Verblüffung über Lörinz' Gesang hat mich so gefangen gehalten, daß ich erst später merkte, wie Galajda ihn – stehend – anstarrte. Er war ganz blaß, und er murmelte in einem fort vor sich hin: „Das ist Theater! Jetzt kapier' ich, Gott..., dieser Mann da: das ist Theater! Alles andere, was ich bisher..., nichts, nichts, nichts!" Und Galajda weinte aus Erschütterung. Er stolperte in Richtung des Pavillons und rief: „Lörinz! Lörinz!"
Indes verbeugte sich Lörinz und verschwand geisterhaft, so, wie er gekommen war, „Wahrscheinlich über den Zaun...", rätselten einige, „Durch die Türe, wie jeder ordentliche Mensch, käme der wohl nie", so Georgi. Und mein Großvater sagte: „Es gibt so viele ordentliche Menschen: laßt diesen einen Unordentlichen." Ich stand hinter ihm auf einem Stuhl, um Lörinz besser zu sehen. Für diesen seinen Satz habe ich ihn von hinten umarmt. Er legte seinen Kopf neben den meinen: wir hatten uns versöhnt. Er flüsterte mir etwas zu, was ich nicht sofort verstand. „Die Horthy-Bilder", sagte er dann deutlicher „mußt mir halt verzeihen." – „Ja", konnte ich nur sagen. „Machst später, wenn du größer bist." – „Ja."
Galajda aber torkelte über Blumen- und Gemüsebeete auf Lörinz' Spuren. Tante Gagi und Beate mit Hilfe Bello Cios holten den Verwirrten zurück, der in einem fort wie im Fieber sprach: „Jetzt habe ich verstanden. Jetzt verstehe ich wirklich. D a s ist Theater." – „Lauter Narren", ließ sich der Baumeister vernehmen. Andere rätselten, ob man Lörinz hätte etwas geben sollen. Doch Großmutter

rettete wieder einmal die Situation. „Lörinz hat uns ein Geschenk gemacht. Genauso wie die beiden Herren hier", sie zeigte auf die Petneki-Brüder, „und wie die Herren vom Gesangsverein ‚Alte Heimat', die Herren Kollegen meines lieben Mannes. Geschenke nimmt man dankend an. Danke, Lörinz", fügte sie hinzu. „Der ist schon über alle Berge", sagte Baric laut. „Aber Georgi hat auch etwas sehr Schönes gesungen", sagte Gagi mit neu erworbenem Selbstbewußtsein, und in der Tat wollten alle plötzlich Georgis Lied noch einmal hören – dies war auch die ausdrückliche Bitte der Nonne –, denn die Auftritte der exaltierten Gestalten, des Bettlers und des Dichters, hatten die Tischgesellschaft in große Verlegenheit gestürzt. Alle schienen Georgis Lied zu kennen, sie behaupteten, daß Georgi es ihnen so gut beigebracht, und auch die Sänger des Männergesangsvereins behaupteten es, obwohl sie am Anfang gar nicht da gewesen waren. Und Fülöp Baric sagte: „Zur Ehre des jungvermählten Weibes. Georgi, diese Bitte muß unbedingt erfüllt werden." Und es brach aus ihnen aus, das Lied über die Liebe, obwohl es hier so züchtig nur um die Mutterliebe zum Kind und die Kindesliebe zu den Eltern, den alten, ging, und von der Zeit, die vorüber eilt, und vom Grab schließlich, das uns alle aufnehmen wird. „Heute, bald, oder später, einige viel später, aber alle", sagte Galajda in seiner fortdauernden Überspanntheit. Man hatte ihn auf seinen Platz niedergedrückt, jetzt sprang er wieder auf: „Meine Damen und Herren: betrachten sie mich als einen Toten. Jedenfalls, Sie sind für mich alle…", er schaute die Gesellschaft mit aufgerissenen Augen an. Er drehte sich in alle Richtungen und sah jedem ins Gesicht. „Wir alle sind to…" Beate und Gagi aber hielten ihm den Mund zu. „Sie und Sie und Sie und wir alle…", konnte man trotz der handgreiflichen Bemühungen der beiden Gattinnen deutlich hören. Gabili lachte wieder einmal krankhaft, und Cho-Cho-San fand, daß Galajda nicht hätte trinken dürfen.
Großvater wollte die Lage retten. Er rief seinen Kollegen zu: „Gaudeamus igitur, los, meine Herren!" Und die Herren sangen mit gewollter Fröhlichkeit, doch, mittendrin, gewahr werdend, wie das Lied enden wird, sangen sie immer dünner:
„post jucundam juventutem
post molestam senectutem
nos habebit humus, nos habebit humus"
„Also aus dem Grab kommen wir heute scheinbar nimmer heraus", sagte Eugen leise. Zum Glück waren die Kutschen wieder da. (Der

Baumeister hat nicht nur die Hinfahrt, sondern auch die Rückfahrt organisiert.) Allerdings waren es jetzt nur vier Kutschen, da Frau Petneki ja hier wohnte, ebenso ihre zwei Söhne, und mit Lörinz hat man für den Rückweg ohnehin nicht gerechnet (womöglich bereits auch für den Hinweg nicht. Der für ihn reservierte Platz war also nur eine scheinheilige Geste, oder gar versteckte Boshaftigkeit von Fülöp Baric gewesen? Auch von der ihn beratenden Cho-Cho-San?). Während des Durcheinanders der sich auflösenden Gesellschaft sagte plötzlich Georgi: „Ha! Kinder horcht!" Ich dachte, Neumann-Apika sei gekommen. Alle blieben mitten in ihrer Bewegung erstarrt stehen. So etwas habe ich später in Pompei gesehen. Das war die Lava..., doch diesmal hat uns ein einsamer Geigenton erstarren lassen. Alle horchten. Die Melodie flog frei gegen den Himmel. Der schönste Geigenton, den ich je gehört habe. Ohne überflüssiges Vibrato: ganz das Gegenteil des verspotteten, sich verspottenden Gejaules vorhin von Lörinz. Ja Lörinz? Ich spähte gespannt in die Dunkelheit, woher der himmlische Ton käme. Und die unsichtbare Geige, was spielte sie? Sie spielte just die „Internationale". Und schon schrie die Nonne: „Jesus! Die Internationale!" Sie bekreuzigte sich. „Die Internationale!" riefen mehrere gellend in höchster Erregung. „Ha, wer spielt da?" rief Georgi dem unsichtbaren Spieler zu. „Aufhören, aufhören!" so die Herren des Männergesangsvereines. „Das ist der Lörinz!" schrie plötzlich Kathy auf. Ihre Stimme war jetzt wie die eines Perlhuhnes, sie fügte sich also bereits in das Reich ihrer zukünftigen Schwiegermutter ein.

„Aber, aber", so Großvater und Großmutter zusammen: „Lörinz spielt auf seiner Geige nie." Einige der jüngeren Herren kletterten auf die Obstbäume, einer schrie: „Da steht er! Da, über dem Scheunendach!" – „Wer?" – „Was?" – „Jetzt über der Schweinekoje", schrie der Gasableser. „Sakra Kruzifix! Das fehlt uns noch! Die ‚Internationale' in unserem ehrlichen Garten!" Eine richtige Hetzjagd begann, währenddessen der schönste Geigenton über dem in Verwüstung befindlichen Garten Eden schwebte. Im Dunkeln stolperten die Damen und Herren über Frau Petnekis Beete und rannten sich gegenseitig nieder. Einmal erschien der Geiger auf dem Hausdach, doch bis drei Männer die Leiter fanden und aufs Dach kletterten, kam der Geigenton wieder von ganz woanders. Bello Cio suchte Lörinz – denn wer sonst hatte noch eine Geige mit? – in der Schweinekoje: die großen dicken Tiere brachen mit Lust aus ihrem Drahtgefängnis aus, sie stürzten in den Garten und rissen manche

Delikatesse aus Frau Petnekis Gemüsebeeten heraus, doch stiegen sie auch über Personen, die vorhin gestolpert waren und sich noch nicht wieder hatten aufrappeln können. Die Hochzeitsgäste – unter die Schweine geraten – quietschten ähnlich wie die Tiere, die vor ihnen vermutlich genau das gleiche Entsetzen empfanden wie umgekehrt. Nach den Schweinen schwärmten mit erschrockenem Gegacker die berühmten Perlühner aus: war es doch Schlafenszeit, wo man sie störte. „Jesus Maria!" schrien einige auf, „Maria Jesus!"
„Ach was, wir überschreien den Bettler!" so Baumeister Baric. „Los meine Herren, auch die Damen: ‚Die Fahne hoch, die Reihen dicht geschlossen', los, los!" Doch Frau Petneki baute sich vor Baric auf: „‚SA marschiert mit festem, sich'rem Schritt' in meinem Garten!? Niemals. Das erlaube ich nicht!" – „Jetzt sind die Gendarmen da!" schrie Gabili, und die „Internationale" hörte und hörte nicht auf. Der Hahn flatterte über den Hochzeitstisch. „Jesus Maria! Maria Jesus! Was war das?" Man hörte einen Schuß: in dem infernalischen Durcheinander hatte ich mich unter den Tisch zurückgezogen. Plötzlich tröpfelte es vom Tisch herunter: die Kerzen der Karmeliter brannten hell, so konnte ich meine Hand ins Licht halten: meine Finger waren blutig. Wer hat wen angeschossen? Ich tauchte für einen Moment auf: auf dem Tisch lag Karli, Frau Petnekis Hahn. Und nun schrie sie auch schon mit gellender Stimme: „Mein Karli, mein Karli!" und warf sich auf das tote Tier. „Was ist los, wer ist Karli?" fragten einige Gäste, und Gabili sagte wie ein Priester beim Begräbnis: „Sie beweint ihren Gatten jetzt. Wir sind aus der Erde, wir gehen in die Erde." – „Blödsinn", ärgerte sich der Baumeister, „Das ist nur ein Federvieh." Kathy sagte: „Karli ist Schwiegermutters Hahn gewesen, Fülöp, ich muß hier um Respekt bitten." Draußen murmelten Männerstimmen. Die Frauen rotteten sich vor dem Haus zusammen. Meine Großmutter sagte: „Apa spricht mit den Gendarmen." Tante Gagi fügte hinzu: „Und auch mein Mann, Istvan." Georgi wollte den „Internationalisten" unbedingt fangen, er ging zum Brunnen, denn es schien ihm, daß dieser sich dort versteckt hätte. Er hob den Holzdeckel vom Betonring des ausgetrockneten Brunnens. „Wer würde sich dort verstecken, Georgi?" pfiff ihn Dolores zurück, und Georgi deckte den Brunnen wieder zu. Jemand rief: „Hier, hier muß er sein!", und die Meute rannte hinter den Pavillon. Ich nahm den Deckel wieder vom Brunnen: schon drückte mir Lörinz seine Geige in die Hand. Einen Moment hielt ich das Instrument samt Bogen. Lörinz kannte den Brunnen offenbar: mit

sehnigen Fingern und geschickt schräggesetzten Füßen war er im Nu unten. Ich reichte ihm die Geige und den Bogen. „Ich weiß, daß du deine Mutter nicht umgebracht hast, Lörinz. Die dicke Nonne... mit den Fladen und dem Wein..." Er grinste mich freundlich an: Im Streifen des einen Augenblick auf uns fallenden Lichtes sah ich, daß er schöne, grüne Augen hatte. Der Lichtstreifen bewegte sich weiter, es war eine Handlampe der Gendarmen. Sie sahen nur mich. „Lörinz hat mich angeblickt!" hätte ich fast laut ausgesprochen: doch, ich war bereits ein hundertjähriges Kind. So habe ich nur den Deckel über den Brunnen geschoben. Frau Petneki schrie jetzt wegen ihrer Tulpen und Nelken: Die Gendarmen standen immer noch vor dem Garten. Lörinz spielte im Moment nicht. „Ha! Jetzt ist Stille. Er hat sich aus dem Staub gemacht. Na Gott sei Dank", bekreuzigten sich die Frauen. Jetzt sprach auch Frau Petneki mit den Gendarmen, die ihren katholischen Mann gut gekannt hatten: „Sie wissen doch, daß bei uns ... ausgeschlossen! Alles rechtschaffene Leut', die bei uns ...", und sie kredenzte Schnaps, was die Gendarmen nicht hätten annehmen dürfen, den sie aber doch tranken. Dann verzogen sie sich, nachdem sie den „Heldentod" des Hahnes Karli sehr bedauert hatten.
Die Herren des Männergesangsvereins verabschiedeten sich fluchtartig, zum Teil verschwanden sie einfach. Der Baumeister trieb die Gäste in die Kutschen. Ich schob den Deckel etwas beiseite, damit Lörinz sich beim Herausklettern nicht so viel quälen müsse. Noch einmal trafen sich unsere Blicke. Dolores rief mich und schalt mich zugleich: „Was suchst du beim Brunnen? Dein Vater hat doch alles durchsucht!" – „Die Internationale erkämpft des Menschen Recht", sang ich. Auch für Lörinz. „Was! Woher kennst du das, so etwas!" Die Eltern waren mit den Ohrfeigen gleich an der Stelle. „Hast du am Ende die Geige gespielt" – schrie Georgi entsetzt. Das fand ich so komisch, daß ich aus vollem Hals lachen mußte. Dies brachte mir weitere Ohrfeigen ein. Die Eltern zerrten mich dabei zu den Kutschen, die jetzt auch nicht mehr in der richtigen Reihenfolge standen. Ich stieg in die letzte Kutsche ein, die auf der Hinfahrt noch die zweite gewesen war. Mein Großvater saß drin, er schien ganz gleichgültig, was den erlebten Tumult betrifft. Dann kam Großmutter mit der Nonne und Gabili. Die Kutschen fuhren endlich langsam los. Gabili sagte unvermittelt: „Der spielt wieder. Ha! Die ‚Internationale'." Großmutter und die Nonne, die nebeneinander saßen, zuckten zusammen. „Gabriel, du halluzinierst jetzt", sagte meine Großmutter, und die Nonne stimmte ihr zu. Da die Kutsche

im schmalen Gäßchen nur langsam die Kurve nehmen konnte, stieg Großvater ohne Mühe aus dem Vierspänner: „Ich muß noch zu meinen Sangesbrüdern. Ich komme nicht zu spät, Mutter", sagte er wie immer zu seiner Frau. Und zu mir flüsterte er vertraulich: „Komm morgen früh ins Geschäft, wir müssen wieder einmal deinen Pelz stutzen." An seinen Augen sah ich, daß er – wie auch ich – den Geigenton wieder hörte.
Großmutter schaute ihm nach, dachte an den Krieg, wo er fünf Jahre lang gewesen war, seine wirre Heimkehr aus Przemysl, wonach er fast hingerichtet worden wäre, dann an die Krankheiten und Verletzungen, die er nach Hause getragen hatte. Sie sah ihn im Hanfbad mitten in der Küche, mit einer Decke auf dem Kopf und dem ganzen Körper: wegen seines Rheumatismus', den er sich beim Isonzo geholt hatte. „Tagsüber kam der Regen von oben, in der Nacht froren wir in unserem nassen Gewand." Er war mißbraucht worden..., da draußen im Krieg..., ihre einzige Liebe, der einzige Mann, „den sie kannte", und sie sagte uns plötzlich: „Alles in allem hätte ich nie einen anderen Mann jemals kennenlernen wollen." Wir nickten alle, und selbst Gabili spürte, daß er jetzt schweigen sollte.
Der Lörinz spielt jetzt im Brunnen, dachte ich anerkennend. Und wieder fühlte ich mich auf den Schultern von Anna, mich an ihrer flachsblonden Mähne haltend, neben ihr Herr Kugler, ihr Vater, der früher Drucker war und jetzt in der Pension Bootsmann ist. Er arbeitet immer: er ist gesund und fröhlich. „Ein richtiger Roter", flüsterte sie mir zu. Und Joshi ist auch ein richtiger Gewerkschafter, meinten die Gendarmen, und sie nahmen den fröhlichen Joshi mit, und Anna hörte nichts mehr von ihm: „Ich fürchte, der wird gefoltert", sagte sie mir im Bootshaus, und sie drückte mich an sich. Ich dachte, daß jetzt ich für sie sorgen müsse, da Joshi nicht da ist oder nicht mehr da, vielleicht. Sie mochte meine Regung spüren, denn sie sagte mir: „Bis er kommt, der Joshi, bist du halt mein einziger Freund." – „Ja", sagte ich. „Ja? Was ja?" fragte Großmutter. „Du bist eingeschlafen..."
Die Kutsche erreichte den Neue-Welt-Platz, die vier Pferde machten ein gespenstisches Xylophonspiel mit ihren sechzehn Hufen auf den Katzensteinen. Die Schwester Frau Petnekis sagte: „Ja, sie haben ein gutes Leben gehabt, einen feinen, stillen Mann und so viele gutgeratene Kinder." Und Gabili sprang diesmal als erster aus der Kutsche und hielt seinen helfenden Arm seiner Mutter entgegen. „Sehen Sie", sagte die Nonne, die noch weiter fahren mußte, „Auch Gabili ist ein

vollendeter Kavalier." Nach dieser übergroßen Harmonie, die ich jetzt kaum ertragen konnte, rollte die Kutsche weiter, aus der ich im letzten Moment, einem Impuls folgend, schnell hinaussprang. Die Nonne schrie auf, denn sie hätte mich bei den Eltern abliefern müssen, aber der Kutscher war offenbar müde – er hörte sie nicht. Ich stand auf dem Neue-Welt-Platz, war allein, und es war mir recht so. Die Kutsche war weg, ich hörte den großen Schlüssel in Großmutters Haustor sich knarrend umdrehen. Das war das Aufmachen, dann kam das Zuschlagen des Tores und wieder das Knarren des Zudrehens.
Endlich allein, dachte ich, und daß ich heute abend mit Anna zusammen gewesen war und mich mit meinem Großvater ausgesöhnt hatte und daß ich Lörinz spielen hörte und daß er mich zweimal angeblickt hatte. Über der kleinen Häuserreihe, wo der Bäcker Piko sein Haus hatte, erschien langsam ein heller Streifen am Himmel: „Christ ist erstanden", sang ich vor mich hin, und als ich das komplexe, schöne Duett, welches die Brüder gesungen hatten, nicht weiter wußte, sprang ich auf die siegreichen Hebräischen Gesänge des Herrn Salzer über, schließlich auf ein Lied, das Joshi immer sang; etwas mit „Roter Vogel" und mit fliegen und etwas mit Sieg – offenbar Sieg der „Bewegung". „O wunderbarer Morgen" – das war der Schluß.
Es gibt dann eine genaue Erinnerung, sicher nicht von jenem Mai, sondern vom September des Jahres 1939, daß ich in der Tat zum Großvater kam, um meine „Bürste" trimmen zu lassen. Außer mir war niemand im Geschäft … ich meine, als Kundschaft. Großvater setzte die winzigkleine mechanische Schere an meinem Hinterkopf an und sagte wie immer: „Zack zack zack zack." Das Kindergerät hat er extra für mich gekauft … Plötzlich hörte mein Großvater mittendrin auf. Er wurde kalkweiß, „Hör nur." Er zeigte auf die kleinen Gegenstände in den zwei Vitrinen an der Wand. Diese zitterten kaum merklich. „Erschreck nicht, wenn …" In diesem Moment heulte eine Sirene auf, dann eine zweite. „Probealarm", sagte er und ließ sich neben mir in einen Gastsessel nieder, was er sonst nie tat. Allmählich heulten alle Sirenen der Stadt. Da es noch keine Generalschaltung gab, kam ihr wellenförmiges Geheule mit winzigkleinen, unorganischen Verschiebungen zum Einsatz – wie bei einem sehr schlechten Chor –, die einzelnen Wellen schnitten einander, es war wie ein hysterischer Tobsuchtsanfall. Uns beiden ist zur gleichen Zeit schlecht geworden: ich brachte ein Glas Wasser für ihn, er eines für mich. Dann saßen wir in unseren Gastsesseln, jeder ein Glas Wasser in der Hand.

„Ist wieder Krieg, Großvater?"
„Jedenfalls die Deutschen sind in Polen eingefallen."
„Der Hitler?"
„Ja ... nicht er persönlich, er schickt die Leute vor ..."
„Und die sterben jetzt, wie ..."
„Ja, wie auf deinen Bildern."
„Und Galajda?"
Darauf kam keine Antwort.
„Soll ich Doktor Lorand holen?"
„Ein Kinderarzt gegen ...", er sprach nicht weiter. Er war seit dem Krieg herzkrank.
„Und wenn Hitler in Polen jetzt ..., was hilft das Geheule bei uns?"
„Die probieren die Sirenen nur aus."
„Für alle Fälle?"
„Ja, für alle Fälle."
Langsam ging es ihm besser: er erklärte mir, wie er so früh schon auf die Sirene aufmerksam geworden ist: „Weißt du: jemand drückt auf den Knopf, dieser Druck setzt den Motor in Bewegung: ich merkte, daß die kleinen Gegenstände im Glasschrank, diese hier, zu tanzen und zittern beginnen ... Das kommt von der Resonanz. Erst nach fünfundzwanzig Sekunden dieser ... kleinen Geräusche ... können die Sirenen aufheulen. Also man ist gewarnt, man wird nicht so einfach unvermittelt überfallen ..."

Gut zu wissen, dachte ich, und von nun an wartete ich in einem fort, das heißt Tag und Nacht, auf den kleinen Totentanz der winzigkleinen Gegenstände, der dem großen Totentanz stets vorangeht. Das waren vom September 1939 bis zum Kriegsende 68 Monate mal 30 – also circa 2.040 Tage und Nächte. Grob gerechnet.

IX. Das Brot der Dichter

Beate hielt es für selbstverständlich, daß sie einen Abendkurs in Maschinschreiben besuchen müsse, um ihren Dichter-Gemahl bei dessen großer, für die ganze Nation wichtigen Arbeit tatkräftig unterstützen zu können. Durch Gagi kam sie zu Georgi, um ihrem Mann

eine Schreibmaschine zu besorgen, doch Georgi wollte in dieser Angelegenheit mit dem Mann selber sprechen. „Was ist das für ein Kerl, der seine Frau vorschickt." Einer Frau gab Georgi keine Schreibmaschine, allenfalls die Firmenkarte der Privatschule für Maschinschreiben „Maderspach". Dort klopfte Beate an drei Abenden in der Woche, brav, nach der Konservenfabrik. Galajdas Anteil an den Belastungen des Alltages war das Einkaufen: es gab immer Milch und Biskuits. Oder gar nichts, wenn er aufs Einkaufen vergaß oder wenn er aus dem Haushaltsgeld lieber eine antiquarische Rarität über die Urgeschichte Ungarns erstand ... Er besaß eine kleine Bibliothek ... „Eigentlich, gemessen an seinen Verhältnissen, war das eine große Bibliothek", stellte Georgi später einmal fest. „Und da sitzt er, zwischen seinen Büchern, und die handeln nicht nur von der Urgeschichte Ungarns ...; alles Mögliche und Unmögliche kauft er z'amm: über Bienen und Ameisen, über die Gesetze der Geometrie, dann Märchenbücher noch und noch. Ein Spinner! Ob er das alles jemals wirklich liest?!!"
Einmal war es endlich soweit, daß der stets zögernde Galajda selbst zu Georgi kam und sein Anliegen vortrug. Allerdings hätte er es viel viel lieber gehabt, wenn Beate ihm „dieses praktische Geschäft" abgenommen hätte. „Du sagst ihm einfach, eine Underwood, und daß wir Ratenzahlung bevorzugen, und die Geschichte hat sich." – „Und ich soll die Maschin' dann allein nach Hause schleppen?" empörte sich Beate, vielleicht zum ersten Mal. „Ach was", hier stampfte Galajda verärgert auf. „Das Geschäft soll die Ware bei mir abliefern. Das gehört zum Service." Doch bei Georgi selbst war er dann nicht mehr so selbstsicher. „Eine Underwood", sagte er zaghaft, wäre sein Traum. Er will mehrere Kopien anfertigen ... lassen ... durch seine Gattin. Bisher hat er alles mit der Hand kopiert, und die Manuskripte kamen nicht zurück. Weder Antwort, ob gut oder schlecht, noch Manuskript. Sein erstes Stück mit dem Titel „Ein Mißverständnis" sei auf diese Weise verloren gegangen. Er hatte sein letztes Exemplar weggeschickt und ... nichts. „Das darf nicht noch einmal passieren." Herr Neumann versteht es sicher.
Georgi betrachtete ihn als seine Spinnen, das heißt, viel mehr noch als seine Frösche, Fliegen oder Maikäfer. „Und sagen Sie, Herr Galajda! Ein solches Gerät kostet ja etwas ... Sie arbeiten doch in der Nationalbank. Welche Abteilung?"
Galajda rollte seine Augen: „Fragen Sie mich nicht, bitte. Wenn Sie wüßten, welche Niederungen: eine geistlose Tätigkeit."

„Ach", so Georgi. „Mein Schwiegervater ist mit dem Direktor, Herrn Adler, recht gut befreundet. Vielleicht, wenn er ein gutes Wort für Sie, Herr Galajda, von meiner Cousine, Frau Hartmann, also von Bello Cio, seiner Gattin... ich meine, sie sagte mir, daß Sie bald Familienvater..." Daraufhin wurde Galajda rot und senkte den Kopf. „Ich fürchte mich schon ein wenig vor dieser Rolle, sag' ich ehrlich. Die Kinder schreien oft, und man muß sie auch oft trockenlegen." – „Schön, daß Sie so mitfühlen mit Ihrer Gattin: aber sie daheim hat nun diese Aufgabe eben."
„Ach nein, das würde ich machen, damit sie weiter in der Stelle, in ihrer Stelle bleiben kann: in der Konservenfabrik." Georgi schaute ihn so überrascht an, als hätte er die ganze Story noch nie gehört. „Und Sie wollen wirklich die schwere Last allein auf Ihre Gattin abwälzen, Herr Galajda. Hör' ich richtig."
„Oh ja", flüsterte kindisch der Dichter seine Geheimnisse aus: „Ich sah sie am Ball und wußte, daß sie eine gute Frau ist... Denn, ich sah sie vorher schon." Hier blinzelte er schelmisch. „Oft stand ich in meinem Fenster, als sie unterwegs zu ihrer Fabrik über die Straßenkreuzung hetzte. Ich wußte, daß sie niemanden, außer ihren Bruder, diesen kleinen Zoll-Menschen hinter sich hat..., eine Frau mit Hintergrund und Ansprüchen kam nicht in Frage für mich. Denn ich muß schreiben, mein Herr! Mir ist egal wie und was mich in diese günstige Lage versetzt. Ich muß."
„Sie müssen. Was müssen Sie?"
„Meine Stücke. Sie wissen nicht, was das ist! Du schreibst einen Satz, vielleicht eine Behauptung, diese schiebst du in den Mund von X, und eine Replik folgt darauf von Y. Die Personen, welche du wie Gott erschaffen..."
„Wie Gott seine Geschöpfe", warf Georgi ein, er war über Galajdas Naivität verblüfft, das merkte ich aus meiner Ecke. Galajda aber verwechselte dies mit Bewunderung. „Ja", begeisterte er sich. „Genau, sie stehen da und warten, daß du ihnen einhauchst, die Seele. Und was ihre Seele ist, bestimmst du! Also ich: Alexander Galajda! Die ganze Welt kannst du erschaffen. Darüber geht gar nichts."
„Wie Gott der Schöpfer, fühlt sich also der Dichter", sagte Georgi merkwürdig leise.
„Ja", so Galajda töricht. „Und ich, wissen Sie, ich kann etwas anderes gar nicht machen. Ich hab' nichts gelernt, und auch keine natürliche praktische Begabung hab' ich mitbekommen, ja! Es geht so weit mit mir, daß ich einmal eine ganze Hühnerfarm hab' unabsicht-

lich eingehen lassen. Irgendwie in der falschen Reihenfolge die Sachen getan, was weiß ich. Niemand glaubte es mir, sie sagten, ich hätte die Hühner umgebracht, weil sie zu laut gackerten."
„Und? Sie mußten alles bezahlen?"
„Hätte ich wohl. Bin abgehauen. Ich könnte Ihnen, Herr Neumann, Hunderte von solchen und ähnlichen Geschichten erzählen, die meine Unfähigkeit im Praktischen belegen. Nur die Dramen! Ich bin nichts, wenn ich nicht schreibe."
Es entstand eine Stille. Georgis Kopf war mittlerweile rot angelaufen. Galajda merkte jedoch keine Signale. „Sie schreiben, wenn meine Cousine es recht verstand, historische Dramen über die sieben Vezire."
„Ja: Almos, Elöd, Ont, Kont, Tass, Tuba, Töhötöm. Sieben große Dramen."
„Hm... So etwas kann nur das Nationaltheater aufführen", stellte Georgi trocken fest.
„Sie meinen, daß meine Stücke dort hingehören?"
„Ich meine, wenn Ihre Stücke jemals irgendwo aufgeführt werden können, diese mit den sieben Veziren, das kann nur das Nationaltheater sein. Sie wollen aus der Nationalbank in das Nationaltheater überwechseln. Das ist ein Sprung."
„Ein Sprung", echote Galajda in naiver Begeisterung, da jemand ihn zu verstehen schien.
„Allerdings ohne Netz", sagte Georgi.
Galajda war verwirrt, er wartete stumm, dann sagte er unvermittelt:
„Und die Underwood?"
Georgi lächelte ironisch, dann nannte er den Preis.
Galajda schnappte nach Luft. „Und in Monatsraten?"
„Unerreichbar für Sie, wenn nur die Frau verdient."
„Und eine Adler oder eine Mercedes?" gab es Galajda immer eingeschüchterter.
„Und eine Royal oder eine Remington", spottete Georgi Galajda nach. Dann hob er den Zeigefinger, den er nach links und rechts bewegte: Die Bewegung war selbst Galajda verständlich: Nichts da.
„Hier, sehen Sie, die Erika, die geb' ich Ihnen, auf Raten, pro Monat 10 Pengö."
„Monatlich 10", murmelte Galajda.
„Jeweils am Ersten bitte. Dies ist ein altes Modell, sonst könnte ich ihnen nicht so weit entgegenkommen."
Dolores mußte einen kleinen Vertragstext schreiben. Beide Männer

unterzeichneten. „Galajda, Sie lesen den Text, den Sie unterschreiben, nie?" herrschte Georgi den Dichter an.
„Doch, doch: Sie sagten 10."
„Doch wie oft! Ich hätte im Text auch fünf Jahre, also 5 x 12 Monate schreiben können, wieviel würde dann Ihre Maschine kosten? Na? 5 x 120, das ist?"
„Ach, Herr Neumann, ich vertraue Ihnen voll und ganz", hauchte Galajda mit einem fast weiblichen Augenaufschlag.
„Kerl", schrie ihn Georgi an, „Sie sind zu faul, um den Endbetrag auszurechnen!"
„Ach, ich bin müde, Herr Neumann, müde. Das kennen Sie nicht. Tagsüber die Bank... mit der rechten Hand, in der Nacht mit der linken dann..."
„Die Dramen", sagte Georgi. „Na servus."
Galajda nahm die Erika, und schon im ersten Monat konnte er die Rate nicht zahlen. Doch er kam, pünktlich am Ersten. Mit seinen naiven Kinderaugen schaute er Georgi verzweifelt an: „Noch keine Antwort auf Almos", sagte er. „Na und?" – „Da keine Antwort, auch kein Geld, leider."
„Galajda, stellen Sie sich nicht dümmer als Sie ohnehin sind. Was soll das heißen. Ob Sie über Almos, Elöd etc., oder von mir aus über die Mamelucken schreiben, das ist Ihre Sache. Gottlob bin ich nicht Ihr Verleger. Sie haben einen Vertrag unterschrieben, daß Sie die monatlichen Zahlungen leisten. Da ist nicht drin, was Sie schreiben und was Sie dafür bekommen und ob Sie etwas dafür bekommen."
„Ein Vertrag? Was für ein Vertrag?" staunte Galajda aufreizend. Georgi hielt ihm die Vertragskopie unter die Nase. Galajda starrte das Papier an. „Was ist das?"
„Na jedenfalls Ihre Unterschrift."
„Wirklich...", so Galajda verblüfft. „Wissen sie, Herr Neumann, ich habe dieses Papier... wahrscheinlich ganz verbannt... aus meinem Kopf."
„Weil Sie ein Dichter sind."
„Wahrscheinlich, ja." Er schloß einen Moment die schönen Augen mit den langen Wimpern. Georgi sah ihn angewidert an. Galajda aber spürte nichts.
Diesmal konnte ich Georgis Gefühle verstehen: Während der vier Jahre seiner HTL-Ausbildung in Budapest hatte er ein kleines Loch mit seinem Freund, Benci Barla, geteilt (Notgemeinschaft wie Gagi und Beate). Zusammen hatten sie wöchentlich ein 70-Deka-Stück

Speck, brüderlich aufgeteilt in 5-Deka-Scheiben. Jeder kaufte sich so viel Brot dazu, wie er sich leisten konnte. Speck war Substanz, Brot war „Strecken".

„Ich werde meine Frau nach dem Papier fragen, und im nächsten Monat bringe ich dann 2 x 15 Pengö ... wenn Sie's erlauben."
„Jetzt auch noch großprotzig! 2 x 10."
„Wirklich ..."
„2 x 10", sagte Georgi leise, wie zu einem Kranken. „Wie's im Vertrag steht."
„Ach, nur 10, ja wirklich", staunte Galajda. Doch unvermittelt schlug der Dichter einen quasi fröhlichen Ton an: „Übrigens hätte ich eine gute Nachricht für Sie", sagte er zu Georgi.
Ich war verblüfft. Was kann das schon für eine Nachricht sein? nahm ich bereits Georgis skeptische Denkweise an. „Und das wäre", so Georgi.
„Da meine Gattin noch immer nicht niedergekommen ist,"
„Ja wirklich ... Wieso das? Sie haben das Kind bereits ... wann erwartet?" Georgi zählte an seinen Fingern die Monate. „Sie sagten, das Kind müßte exakt ein Jahr nach Ihrer Hochzeit ... oder ich hab da was mißverstanden ..." Galajda zuckte unbekümmert mit den Schultern. „Es kam nicht. Es will nicht kommen. Kann ich dafür? Jedenfalls haben uns gute Freunde..., also meine Frau beginnt jetzt eine Optikerlehre. Viel feiner als die Konservenfabrik."
„Und als Lehrling verdient sie jetzt noch weniger ."
„Ich weiß nicht", faselte Galajda unwissend. „Ihr Chef bezahlt ihr jetzt schon – ich meine am Monatsende dann – die Gage für eine ausgelernte Kraft."
„So. Die Gage."
„Ja, das Geld, wir Künstler sagen ja immer Gage."
„Aber die Optikerin, die künftige..."
„Ist auch Künstlerin ... eigentlich. Jedenfalls sagte mir Herr Inkey: ,Herr Galajda, ich gratuliere Ihnen, Ihre Gattin ist eine Künstlerin', und schwärmte über ihre feinen Hände."
„Aha, der Inkey", sagte Georgi. „Über ihre feinen Hände. Aha ..." Er wurde ganz düster. Galajda dagegen war vergnügt oder er tat so, und wollte gehen, als wäre mit der von ihm vorgebrachten „erfreulichen Nachricht" alles erledigt. „Galajda, ich fürchte, Sie stoßen Ihre arme Gattin in den Abgrund, in den Dreck!"
„Meinen Sie, Herr Neumann, doch ich finde, Optikerin zu sein ist sauberer als in der Konservenfabrik."

„Kerl, sind Sie denn wirklich so blöd oder tun Sie nur so", zischte ihm Georgi ins Gesicht. Ich dachte: jetzt kommt der vernichtende Schlag. Georgi hat die Zeit genüßlich hingezogen, sein Opfer aufs Glatteis geführt. Es war ein Katz-und-Maus-Spiel, und ich mußte immer dabei sein, offenbar als Zeuge, damit Georgi jemanden hat, dem er die moralische Verderbtheit seines Opfers Punkt für Punkt vorführt, damit er einen Verteidiger hat, nachdem er die Maus gefressen... Und jetzt sagt dieser Galajda diese Sache mit Inkey. Inkey... was war das mit Inkey und Beate... und Optikerlehrling...?
Daß Dolores öfter an Georgis Tür gelauscht hat, quasi als Überwachung, damit er mit der Kundschaft nicht allzusehr herumspringt, wußte ich. „Wenn er nicht so gut wäre als Mechaniker, hätten wir keine Kundschaft mehr..., alle beleidigt er irgendwie", beklagte sich Dolores bei Rosa. So wird sie jetzt auch als Wache hinter der Türe gestanden sein, und sie befand offenbar, daß Georgi es mit dem „armen verrückten Galajda" diesmal zu weit treiben würde. Eigentlich wollte sie nicht, daß Georgi etwas Bestimmtes über Inkey in seinem Verhältnis zu der jungen Frau Galajda sagt, das spürte ich. So trat sie nun in die Werkstatt. Ihr Erscheinen hat sowohl bei Georgi wie bei Galajda Verwirrung gestiftet, die der Letztere dazu nutzte, daß er sich aus Georgis Werkstatt stahl. „Du kannst deinem Bruder mitteilen, daß die Freundin seiner Gattin eine Hure ist", schrie Georgi. Jetzt schrie er. Vielleicht, weil Dolores' Eintreten ihn am Dolchstoß gehindert hatte.
Jahre vergingen, Galajda kam stets am ersten des Monats: er berichtete, welche seiner Dramen fertig und daß keine Antwort, doch Frau Beate wurde in kurzen Abständen immer wieder Mutter. Inzwischen hatten sie vier Kinder. „Wenigstens das." – „Aber alle nur Mädchen", fügten Georgi und die Familie hinzu, obwohl meine Oma ebenfalls fünf Töchter und nur zwei Söhne hatte, und von den zwei Söhnen war der eine Gabili. Der andere... na..., Straßenpolizist.
Einmal, wir hatten auf dem Széchenyi-Platz bei dem Kolonialwarenhändler Karda „Russli" im Glas, auf dem Markt Vogerlsalat und mehr Eier als sonst eingekauft – es war also vor Ostern –, kam Galajda wieder: tragischer Blick in den schönen Augen: „Almos fertig, Herr Neumann, Elöd fertig, Ont, Kont, Tass, Tuba fertig, Töhötöm tippt gerade meine Frau."
„Na und?"
„Nichts! Gar nichts. Niemand antwortet."
„Das ist schon ein alter Hut", sagte Georgi.

„Doch jetzt, nachdem die sieben Dramen fertig, beginnt die Frau zu meutern."
„Jetzt erst."
„Aber Herr Neumann, Sie müssen verstehen, ich bin ein Dramatiker, ein dramatischer Dichter! Sie kennen das nicht. Dieses Warten voller Zweifel auf Gnade; daß die Idee, die in unserem Herzen schlummert, selbsttätig ausbricht. Wie ein Vulkan: die Form, die Fabel, ich meine, das Märchen, wenn Sie verstehen, was ich sagen will: die Handlung. Diese wird getragen..." Georgi griff ein: „von den Figuren, ja. Almos, Elöd undsoweiter." Galajda verzerrte schmerzlich das Gesicht. „Sie glauben wohl, Herr Neumann, daß ich mit den sieben Veziren allein auskomme!"
„Nicht?" grinste Georgi nunmehr boshaft.
„Herrgott hilf mir! Da hätten wir sieben Monologe, weiter nichts. Hätten wir sieben Monologe."
„Wir", spottete Georgi, doch Galajda war zu sehr bei seiner Sache, um Georgis Spott zu merken. Außer seinen Stücken hatte er allenfalls noch die Underwood im Visier.
„Ein einziger Vezir könnte da vielleicht einen Monolog sprechen, ein visionärer Vezir, der dann eigentlich mit sich spricht. Aber alle können sie nicht mit sich sprechen, das müssen Sie einsehen. Das wäre ein Narrenhaus."
„Hm", meinte Georgi. „Vielleicht waren die Vezire Narren: an diesem Platz hier zwischen Duna und Tisza" (Donau und Theiß) „sich niederzulassen: unglückselige Idee, da müssen sie in der Tat Narren gewesen sein. Wenn sie bis zur Westküste vorgedrungen wären, wo Holland ist oder Norddeutschland... Der Hamburger Hafen, Danzig, Rotterdam. Das ist Leben!" Doch Galajda interessierte sich offenbar wenig für die handelsmäßig günstige oder ungünstige Lage Ungarns. Es fällt mir jetzt auf, daß der kleine HTL-Ingenieur Georgi damals die Rolle des Nationaldichters übernahm. Er wollte eine günstigere geographische Lage für seine Heimat – oft habe ich von ihm das Zauberwort „Pan-Europa" gehört (habe ich deswegen für den „Beitritt" gestimmt?) –, während der Nationaldichter Galajda der Schreibmaschine Underwood verfallen schien und allen politischen Gedanken fern. Er ging traumwandlerisch auf die Underwood zu und drückte plötzlich alle Tasten herunter. Die Arme mit den Buchstaben am Ende ragten in verschiedenen Winkeln in die Luft: es waren vergeblich hilfesuchende Glieder, aus einem Grab in die Höhe gereckt. Wie erfroren, im letzten Krampf. „Lassen Sie die Under-

wood, Galajda!" zischte Georgi jetzt seinerseits höchst erregt, doch ganz still. Galajda indessen hörte ihn nicht, er übersah seine Erregung, wie er bisher alle anderen Zeichen übersehen hatte. „Ich habe Ihren Wink verstanden! Ihren genialen dramaturgischen Wink, Herr Neumann: Sie wollen, daß ich sieben Monologe schreibe."
„Nein, nein, Galajda. Ich will nichts, absolut nichts."
Doch Galajda war jetzt in Fahrt: „Stück eins: Almos spricht mit sich, freilich im Traum, und im Traum kommen die wichtigsten Gestalten seines Lebens zurück: gespielt von Elöd, Ont, Kont, Tass, Tuba, Töhötöm. Und wenn dann, im zweiten Stück, Elöd träumt, umgeben ihn Almos, Ont, Kont, Tass, Tuba, Töhötöm. Haha.
Das erste Drama ist also A+B, C, D, E, F, G
dann B+A, C, D, E, F, G
dann C+A, B, D, E, F, G
undsoweiter.
Ich schreibe alles um, nach Ihrem System, Herr Neumann! Sie werden mein Co-Autor: geben Sie mir doch die Underwood."
„Galajda, Sie sind krank."
„Ja, das bin ich. Krank, jawohl. Jeder Dichter ist krank. Ein Gesunder würde Pferde züchten, Getreidegroßhändler werden oder wie Sie, Herr Neumann, Ingenieur, Geschäftsmann, was weiß ich, praktische, gewinnbringende Tätigkeiten in den Niederungen des Lebens. Ein Biber, ein Maulwurf, der sein Loch unter der Erde baut, mit Lebensmittelvorrat und Fluchtweg. Ich schätze das... für das gemeine Volk..., ja, was sollen sie sonst tun, welches Ziel haben? Ein sicheres Loch für ihre Brut, damit ihre Art nicht ausstirbt, das ist ihr Leben. Der Dichter aber, der Dichter aber, er errichtet..."
„Was errichtet er?" fragte Georgi kaum hörbar.
„Ein Monument...", flüsterte ich teuflisch aus dem dunklen Eck der Werkstatt.
„Ja, ein Monument!" schrie Galajda, der gar nicht wahrnahm, daß ein anderer seine Gedanken ausgesprochen hatte. „Das Leben ist nur ein schmutziger Tümpel. Wir, die Dichter allein, fliegen, fliegen, wir stoßen uns ab von der Oberfläche des Tümpels: wie die Schmetterlinge gegen den Himmel, wir opfern uns für das Licht und müssen sehr bald sterben. Doch wir leben dann ewig durch unsere Werke. Und dieses ewige Leben, woran sie, meine Frau – durch mich – , auch teilhaben könnte, schmeißt sie einfach hin. Indem sie mir die Gefolgschaft... versagt..."
„Frau Beate? Sie opfert doch alles für Sie!"

„Pah, was opfert sie schon. Sie, Sie können sich nicht vorstellen!...
Die Jünger, Sie wissen, im Garten Gethsemane, während Christus
vor Zweifeln und Angst fast umkam... So auch sie, mein Weib, wie
die Jünger in Gethsemane! E i n g e s c h l a f e n ! Schlicht einge-
schlafen, vornüber gebeugt auf die von Ihnen stammende, billige
Schreibmaschine Erika."
„Und Sie denken, über die Underwood würde sie nicht...? Sie ist
total erschöpft, Ihre arme Gattin."
„Ich will einen solchen Jünger nicht. Weiber sind... für die geistige
Arbeit..., sie tippt nur und... sie denkt nicht mit..., ungeeignet. Sie,
Herr Neumann, sind mein Mitarbeiter! Mein Dramaturg, mein...
Seien sie mein Mäzen, ich meine eh nur die Underwood, seien Sie
mein Jünger. Mein Petrus, auf den ich mein Reich... Ich brauche
einen Mann mit dem ich reden kann!"
Georgi wurde nun ganz rot, er drehte Galajda zu sich und blickte
ihm von oben in die Augen. Sie waren jetzt wie zwei Tangotänzer,
wobei Galajda die Rolle der Frau zugeteilt bekam. Und was ich im
„Tolnay-Welt-Lexikon" gelesen habe, nämlich, daß der Mann beim
Tango den Rücken der Frau bricht und den gebrochenen Körper
dann auf den Boden wirft, sie wegwirft – stand dann noch im
Lexikon –, stellte sich jetzt fast ein. Allerdings wurden Galajdas
Augen ohne Handgreiflichkeiten von Georgi beängstigend starr,
während er leidende Grunzellaute ausstieß. Er versuchte – trotz
Georgis Gegendruck – einige starre Schritte in Richtung Underwood
zu tun, dann fiel er auf den Boden: die Beine zuckten, vor dem
Mund war Schaum. „Genauso wie beim Lörinz", sagte Georgi unberührt. Er wußte die Nummer der Rettung auswendig. Meine Oma in
der Telefon-Verbindungszentrale mußte sie nicht suchen. „Bitte
Anya, eine Kundschaft ist bei uns von der Rettung abzuholen. Sagen
Sie bitte denen nur: schwerer epileptischer Anfall." Die Rettung kam
in einigen Minuten: Galajda wurde auf einer Tragbare hinausbeför-
dert.
Einige Wochen nach Galajdas Anfall, Georgi beim Einkaufen auf
dem Markt vor der Kirche der Benediktiner: er frotzelt die Bäuerin,
daß die Weichseln und Kirschen wurmstichig seien. Die Bäuerin ist
in ihrer Ehre gekränkt und bietet ihm an, vor dem Kauf eine Kirsche
aufzumachen. „Blind", sagt Georgi. „Binden Sie mir die Augen zu."
Stattdessen wendet er sich ab und greift blindlings in den Korb. Er
macht die Kirsche auf: drinnen dreht sich schamlos ein dicker Wurm.
„Na seh'n Sie." Die Bäuerin ist außer sich. Plötzlich sagt Georgi zu

Dolores: „Die Kinder des Galajda ... sind alle von Inkey" und streckt die aufgebrochene Kirsche mit dem Wurm als Corpus delicti seiner Gattin unter die Nase. „Wetten wir?" Dolores wollte aber nicht wetten.
Allmählich hörte ich öfters durch meine Tanten, daß Galajda seine Raten weiterhin nicht zahlen konnte und daß seine Gattin als „Optikerlehrling" in die „schmutzigen Hände von Inkey" fiel. Daß man bei den später zügig nacheinander erfolgten Schwangerschaften nicht wissen konnte oder eben sehr wohl wußte, wer eigentlich der Vater war, daß die „junge Frau Beate", sowohl im Optikergeschäft wie im Haushalt ihres Mannes, so auch in den „Extradiensten bei Inkey", wie die Tanten sich ausdrückten, ganz abgemagert war, fahrig wurde, herumlog und ständig Beruhigungspillen nahm.
Es kam mir vor, daß die ganze Welt etwas über Frau Beate erfahren hatte, etwas Schändliches, etwas, was sie mit Herrn Inkey tat, oder was Inkey mit ihr tat, und daß dafür Galajda, der Dichter, die Schuld trug, weil er aus der Nationalbank ... den Sprung versucht, so Georgi – den Sprung ohne Netz. Das Nationaltheater spielte ungerührt Katona Józsefs Bánk Ban aus dem vorigen Jahrhundert weiter, obwohl die junge Gattin Galajdas sämtliche Manuskripte auf der „Erika" ...
„Hättest du ihm nicht eine bessere Maschine geben können, lieber Georgi", so meine Großmutter. „Eine Underwood diesem, diesem Arbeitsscheuen, diesem Drückeberger, diesem Schwindler! Als er mit seinem Blödsinn, sieben Vezire, 7 x 300 Seiten, Anya!, als er damit fertig war, das heißt seine Frau damit fertig war, wollte er das Ganze von vorne ... beginnen ... nach einem anderen System ... Nein!"
Niemand konnte etwas verstehen, doch während Georgi gestikulierend Galajdas Sündenregister vortrug, hörte man ein immer stärker werdendes Schluchzen ... Gagis Verzweiflung entlud sich heftig: „Beate sagt, daß ...", lange haben wir nicht verstanden, „daß Inkey, dieser Schuft, die Augenbinde runternimmt bei dem ...", sie schluchzte weiter, „damit sie noch mehr Angst hat. Noch mehr Angst, wie erstarrt ..., und daß sie sich nicht rühren kann." Georgi wurde bei diesen Details verlegen. „Wie immer ... das ..., aber der Galajda. Ich sage immer: ein Mann, der seine Frau und Familie nicht ernähren kann, der ist nichts. Der ist ein Verbrecher."
Dann kam ein schwüler Tag. An diesem Tag flüsterten nicht nur die Tanten, auch alle anderen Leute, die wir kannten, daß sich nämlich ein bedauerlicher Unfall ereignet habe. Frau Beate sei aus irgendei-

nem Fenster gefallen. Gefallen, gesprungen oder gestoßen worden. Nein, gesprungen. „Aus dem Elevator", also aus dem Getreidesilo am Donauufer, berichtete Gabili, merkwürdig unbeteiligt. „Jaj Gabi, hör auf, hör auf", schrie Tante Kathy. „Wieso, Kathylein. Ich habe sichere Quellen. Der Feuerwehrwachtmeister Schej mit seinen Söhnen hat den Elevator wie jeden Montag kontrollieren müssen: ihr wißt, das große Feuer voriges Jahr…, wo das Getreide dann futsch war, und der Oberwachtmeister sich fast tödlich versengte." – „Da war er noch einfacher Feuerwehrmann", warf Kathy unsinnig ein. „Ja", so Gabili, „und dann versengte er sich bei dem Großbrand, und seine Haut ist jetzt wie die einer Kröte, grau und rot, aber dafür wurde er befördert. Und dieser fand Frau Beate – verzeih Gagilein, sie ist deine Freundin –, offenbar wollte sie ins Wasser springen, doch sie schätzte den Abstand falsch ein und so prallte sie auf dem…, also sie schlug auf dem Steinboden auf. Wie durch ein Wunder blieb sie am Leben, doch mit gebrochenen Knochen trug man sie weg auf einer Bahre. Wie ein blutender Beutel war das…, und sie wird mit Gips und allerlei Streckgeräten jahrelang…" – „Hör auf, Gabili!" befahlen meine Tanten, doch Gabili war in Fahrt. „Sie wird lange in Gips…, und nachher wird sie hinken, wenn überhaupt das linke Bein und die eine Hand, die rechte, man wird noch sehen, und der Kopf… hat auch Schaden genommen, beim Aufprall." Gabili war erregt und er beugte seinen Oberkörper in ständig schaukelnder Bewegung, während seine Hände, zusammengefaltet, mitschaukelten, als würde er beten. „Sie wird hinken!" schrie Tante Cho-Cho-San entsetzt auf. „Ja", nickte Gabili bedeutsam. „Bei einer Frau ist das kein Spaß." – „Wie wird sie sich wehgetan haben", krümmte sich Gagi. „Ja sehr. Dabei hätte sie nur, sagte der Wachtmeister, von der Brücke springen sollen. Ins Wasser. Da wäre sie jetzt wirklich tot, wie sie es schließlich wollte." Meine Oma bekreuzigte sich. Nach ihr auch Kathy und Gagi. Sie murmelten ein Gebet, wie vor einem Grab. Nach diesem betrüblichen Fall war Georgi fest entschlossen, Galajdas Vertrag zu kündigen. Der eingeschriebene Brief, den Dolores tippen mußte, kam aber ungeöffnet zurück. Adressat unbekannt, stand auf der Rückseite. Es war inzwischen ohnehin ein fiktiver Vertrag. Die Tanten munkelten, daß Georgi sich den Verlust von 10 Pengö monatlich als Gaudi leiste: damit er den Dichter regelmäßig demütigen könne. Fiktiv oder nicht, Vertrag ist Vertrag. Georgi erstattete Anzeige bei Gericht. Doch auch das Gericht fand Galajda nicht.

„Niemals will ich Dramatiker werden", entfuhr es mir. Durch diese Ereignisse war ich offenbar zu Tode erschrocken. Georgi blickte verwundert auf: „Das habe ich ja nie angenommen: du bist doch", er schaute mich von oben, aber mit großer Neugierde an, „du bist doch so etwas, wie dieser Mozart war ... Mit seinem virtuosen Klavierspiel verdiente der Kerl ein Vermögen. Nur darfst du so ein blödes Stück wie er nicht schreiben, womit er alle verärgerte. Etwas mit Hochzeit und einem aufmüpfigen Friseur! Ja. Ich weiß das alles. Ich hab' mich da informiert, bevor du mit deinem Klavier angefangen hast." (Tolnay-Welt-Lexikon!?) „Diese, diese Galajdas müssen die Leute bis zum Äußersten reizen: aus einem Friseur, der heiratet, könnte man doch ein so nettes Stück machen..., wie die Ehe von deinen Großeltern! Das ist doch nicht schwer! Besser ist aber für alle Fälle, wenn man schlicht Klavier spielt." Es wurde mir kalt vor Angst. Was erwartet Georgi, was erwarten diese Leute von mir. Mozart! „Nein, gewiß nicht", versuchte ich Georgi zu sagen. Er sah mich mißtrauisch an: „Du willst nicht, was?" Es war hoffnungslos. „Nein. So wie der Mozart ist niemand." – „Niemand?" fragte Georgi und mürrisch verzog er seinen Mund. „Du wolltest uns nie eine Freude machen. Das ist's." fügte schließlich Dolores hinzu.

Später, wenn Georgi über Galajda erzählte, fabulierte er alles Mögliche und Unmögliche um die Gestalt des Dichters zusammen. „Seine Frau bis zum Gehtnichtmehr ausgenützt, ließ er auch noch seine zwölf Kinder durch diesen, also mit der schwarzen Augenklappe... zeugen, und das mit den Kindern war auch nur Berechnung! Da kein Theater je auf seine Stücke geantwortet, wollte er eine Stagione aus seinen Kindern machen."
„Wie die Zirkusleute", sagte Dolores diesmal unterstützend.
„Almos, Elöd, Ont, Kont, Tass, Tuba, Töhötöm!" zählte Gabili die sieben Vezire, das heißt, Galajdas Dramen auf.
„Ja, das alles mußte die Arme tippen. Die Beate. Und jedes Jahr ein Kind."
„Zwölf Kinder für sieben Vezire", rechnete Gabili nach. „Wieso?"
„Weil die Kinder... nur neun Monate... manchmal acht... und dann das nächste... doch, alles umsonst", Georgi lachte ohnmächtig, so daß er den Satz nicht beenden konnte.
„Wieso umsonst? Was ist mit den Kindern, Georgi", herrschte ihn Dolores plötzlich an (Ende der Unterstützung des Gatten). Das Echo kam von ihren zwei Schwestern, Rosa und Cho-Cho-San.

Georgi erstickte fast an seinem Lachen, wobei ihm alle Fröhlichkeiten aus dem Gesicht verschwand, wie weggeblasen.
„Sie wurden alle, wurden alle, nur Mädchen!"
„Wieso ‚nur'?" so Dolores. Meine Oma echote in seltener Allianz: „Wieso ‚nur'?" Doch Georgi lachte weiter, fast wie sonst nur Gabili, und mit weiteren Erstickungsanfällen kämpfend, sagte er: „Aber Anya bitte, ... hahaha, stellen Sie sich vor: die siiiieben Vezire. Almos, Elöd, und alle Mädchen."
Und nun lachten sie alle. Es war ja für sie wirklich sehr komisch. Hihihi-hahaha und sagten die Namen der Vezire: „Almos spielt bei uns die Evy", schrie Gabili.
„Elöd die Cho-Cho-San", konterte Kathy. „Und du Ont oder Kont", „Und du hältst den Mund", sagte Cho-Cho-San selbstbewußt.
Doch schrie jetzt Gabili: „Bei uns ist Kathy Ont, Tass, Tuba sind die Schwägerinnen Gagi und Beate, bleibt Töhötöm." Er schielte heimtückisch nach Dolores, doch vor ihr hatte er Angst. So zeigte er auf Dolores und gleich danach duckte er sich unter die Tischplatte, und die anderen sahen dorthin, wo er hinzeigte und begannen furchtbar zu lachen, erst unterdrückt, dann brach es aus ihnen heraus. Cho-Cho-San schrie: „Töhötöm, ja Töhötöm. Sie hat mir beim Zwetschkeneinkochen den Löffel ins Gesicht geschleudert, hier ist die Wunde, hier, und hier!" Aha, dachte ich, deswegen das dicke Make up.
Doch Rosa sagte: „Genug! Dolores mußte Anya vertreten, Anya mußte Apa vertreten. Apa war im Krieg. So bekam jeder seine Wunde. Jeder in anderer Form. Du mit den Zwetschken. Nachher wir alle: die Niederlage im Krieg. Kein Sieg! Trianon. Trianon."
Trianon vereinte sie dann wieder. Der Dichter Galajda war vergessen.

X. Nach(t)Stücke

Na, und wie ging es weiter mit den zwei Paaren?
Was wurde aus Bello Cio und Gagi?
Was aus Beate und Galajda?
Nun, aus Beate wurde – nach dem Sprung – eine Invalide. Der rechte Fuß kürzer, sie hinkte auffällig, der linke Arm kürzer, diesen konnte sie nur bis zur halben Höhe heben. Aus war es mit dem

Optikerlehrling... Galajda war – als er von dem Sturz seiner Gattin hörte – getürmt. Niemand mehr hat ihn gesehen. Wohin er ging? Doch nicht nach Polen, jetzt, wo dort der Krieg... Doch meine Oma behauptete felsenfest, daß er heimgegangen sei. „So oder so", murmelte Großvater.
Bello Cio und Gagi schienen am Anfang das Glück gepachtet zu haben. Gagi betete Bello Cio an, dieser ließ sich mit einem nachsichtigen Lächeln lieben. So die Tanten, und dann „besorgte er es ihr so, daß sie nicht mehr wußte, wie es ihr geschah." Gagi wähnte einen der Götter aus meinen von Pater Heckenast ausgeliehenen Büchern zum Gatten zu haben. Sie sah Jupiter als Stier abgebildet und stellte viele Fragen. „Ja, Jupiter kann seine Gestalt ändern", wußte ich zu berichten, und Gagi nickte zufrieden. Und da sie ihren Gatten, wenn dieser „über sie kam..." von unten stets exaltiert anblickte, war der früher von seinen Schwestern so tief verachtete Bello Cio zufrieden und begann seinerseits auf Meinung und Rat seiner Gattin zu hören. Und, merkwürdig: auch diese wollte ihn nicht mehr als Straßenpolizist sehen. Er bewarb sich in Gönyü – das war eine winzigkleine Ortschaft, circa 10 km von Györ entfernt – bei der Wasserpolizei. Doch war er dann viel fort, und zum Offiziersrang konnte er es auch hier nicht bringen. So pflanzte Gagi ihm den Gedanken ein, daß er zu gut für den Polizeidienst sei: Abendmatura, nachher Jus-Studium, war Gagis und bald auch Bello Cios Plan..., besonders unter dem Aspekt, daß er binnen eines Jahres Vater eines Sohnes geworden war. Den Namen Hartmann trug also jetzt jemand weiter, ein Sohn, und so gaben sie ihm den Namen Istvan, wie mein Großvater bereits hieß. Georgi sagte nichts, schien auf den Erben nicht neidig zu sein. Im Gegenteil, wieder war er es, der durch seine Tätigkeit des zauberischen Reparierens und Heilens von hoffnungslos kaputten Nationalkassen, Remingtons, Royals, Underwoods (!), Adlers, und sonstigen Schreib- und Rechenmaschinen, beide, Mann und Frau, unterbrachte. Diesmal beim Meinl. In der Hauptfiliale der Baross-Straße den Mann, im Lager die Frau. – Bello Cio durfte gleich unter dem Araber stehen, den ich einst als einen der Könige vom Morgenlande... Neben Bello Cios Polizeidienst wären sowohl die Maturaschule wie später die Reisereien nach Budapest „auf die juristische Fakultät", wie Kathy es stolz sagte, unmöglich gewesen. Ungarn stand aber bereits im Krieg, und nach der ersten Teilprüfung, die Bello Cio mit „sehr gut" bestanden hatte, kam der Einrückungsbefehl. Istvan, Stephan, Bello Cio küßte seine Frau, seine Mutter, seinen Sohn..., mein

Großvater war außer Reichweite, und weg war er. Zwei Karten aus Rußland, dann nichts mehr. Gagi starrte auf das Papier der juristischen Fakultät, auf den Namen ihres Mannes und auf „sehr gut". Und pflegte ihren aus unerklärlichen Gründen stets schreienden Sohn. Doch sie war zu dem „Schrei-Bündel" nicht so zärtlich, wie weiland die Tante Elisabeth zu ihr.
Georgi war es dann, der beim Istvan Stephan Hartmann junior die Wurmstichigkeit entdeckte. „Er kann doch nicht gerade..., schau Gagi! Wenn er einen Bogen machen will, geht der Strahl immer rechts. Im Kindergarten werden sie ihn Schrägpiß nennen. Paß nur auf." Rosa bestand dann auf einer ärztlichen Untersuchung, welche dann auch stattfand und welche dann ergab, daß bei Gagis und Bello Cios Sohn ein Descensus der Hoden bestehe. Das eine Stück befand sich sogar noch im Bauchraum des Knaben. Als Konsequenz dieser Komplikationen ergab sich nun ein Penis in Schräglage. Die Schulkameraden und Beates Töchter nannten ihn inzwischen wirklich „Schrägpiß". „Mein ist die Rache", sprachen die Tanten, wenn sie zusammenkamen, und daß es nie mit rechten Dingen zwischen den beiden hergegangen sei, daß der blinde Ehrgeiz von Gagi ihren Bruder Bello Cio zur Juristerei getrieben habe, und sie merkten nicht, daß sie früher dasselbe von ihm erwartet hatten... Jetzt lobten sie die Polizei: „wo er in Sicherheit war, von dort hätte man ihn nie und nimmer auf die Schlachtfelder nach Rußland geschickt..."
Und der Erbe? Irgendjemand hat auf Gagis Tür geschrieben: „Istvan Hartmann jun. Sohn dem berümten Belotschio mus im siezen pießen" Wer war das? Krakelige Schrift, abenteuerliche Orthographie. Weiße Kreide. Gagi wischte den Text ab, am nächsten Tag fand sie ihn wieder.
Aber das Leben geht – nicht wahr? – immer weiter. Auch in Schräglage einzelner Organe. Gagis Sohn wurde käsig, dick, und mit achtzehn landete er bei der AVO (Stasi), nicht als Opfer, sondern als „Mitarbeiter". Gagi rückte beim Meinl an die Stelle ihres in Rußland verschollenen Mannes nach und holte ihre Freundin Beate in das Lager an ihre Stelle. Die Freundinnen waren wieder zusammen. Sie wohnten in ihrer alten Wohnung, das heißt Zimmer, in der Öreg-Straße, Ujváros, mit dem direkten Eingang von der Straße. Gagi mit ihrem Sohn, Beate immerhin mit drei Töchtern... Entweder hatte sie niemals zwölf – wie einst Georgi behauptet – oder waren sie, wo waren sie denn? ... Nein, Beate hätte ihre Kinder unter keinen Umständen weggegeben.

Es ist noch zu berichten, daß Inkey 1945 wieder auftauchte. Seine Frau und seine Kinder waren in einem Konzentrationslager umgekommen. Inkey, der sich noch Ende 1944 von seiner halbjüdischen Frau hatte scheiden lassen, war allein untergetaucht – und jetzt war er wieder da. Er hielt um die Hand von Beate an. Diese willigte ein: „Meine Töchter brauchen einen Vater." Das „neue System" nach der sogenannten Fusion der Parteien (große Fische fressen die kleineren Fische), wobei dann eine einzige Partei übrigblieb: die kommunistische – sollen Anna und Herr Kugler und Joshi unter Horthy dafür gekämpft haben? – das „neue System" also brachte Inkey, dem ehemaligen Aktionär und Garagenbesitzer, allerdings kein Glück. Eines Nachts holten ihn AVO-Leute ab. Im Keller des Innenministeriums in Budapest wurde er zusammengetreten. Der Kopfschuß war dann nur noch ein Gnadenakt (spätere Information von Istvan Hartmann junior). Denn Gagis und Bello Cios Sohn und Statthalter der Hartmann-Familie war ja bereits an der „richtigen Seite" – und er rückte zum AVO-Unteroffizier auf. Von der Hartmann-Familie sprach niemand mehr mit Gagi: erst die Schräglage, dann das.
„Ein Istvan Hartmann bei der AVO!" Meine Großmutter weinte hierüber fast noch mehr als über das Verschwinden ihres Sohnes in Rußland. Indessen wartete Gagi ewig auf ihren Ehemann. Er würde dann alles richten. Noch fünfzehn Jahre später hoffte sie auf Gefangenschaft, von wo man noch einmal zurückkehren könnte. Beate aber wartete nicht auf Galajda, so sagte sie Gagi immer: „Nach zehn, fünfzehn Jahren ist dein Bello Cio ein ganz anderer Mann." Und ihre Töchter, alle in der Mittelschule der Volksrepublik, belehrten die zwei Frauen überheblich: „Der Mensch ... in sieben Jahren ... tauschen sich bei ihm alle Zellen, alle Bestandteile aus, Tante Gagi. Stell dir mal ein Auto vor. Erst tauscht man die Räder, dann die eine Achse, dann den Motor aus. Dann die andere Achse, schließlich die Karosserie, und du kannst nur noch die alte Hupe vielleicht retten." – „Das ist herzlos", meinten Gagi und Beate, und Gagi sprach einige Tage nicht mit den drei Mädchen. Zu Beate aber sagte sie: „Doch die Zellen, sie erneuern sich wieder. Ich spüre, daß Bello Cio lebt" – „Ja, in deinem Herzen. Ewig", sagte Beate begütigend. „Und er lebt so, wie du ihn am Anfang gesehen hast ...", fügte sie noch hinzu ..., und was sie nicht mehr aussprach, aber sicher dachte, war, daß Gagi nicht wisse, was sie damit habe, daß sie die Erinnerung der nicht ganz zwei glücklichen Jahre mit ihrem Bello Cio, Bello Cio in all seinem Glanz, ewig mit sich tragen könne.

Sie selbst wollte ihren Dichter mit den rechten und linken Händen nicht wiedersehen, und in ihrem manchmal wirren Kopf vermischten sich die beiden Gatten-Gestalten zu einer teuflischen Einheit. Galajda war der unfaßbare Teil, Inkey der zu sehr faßbare, doch beide haben ihr nur Belastungen und Nachteile gebracht. Als kapitalistisches Element hat Inkey auch noch ihren Töchtern geschadet: die durften nach der Mittelschule nicht auf die Uni, sondern mußten in die Konservenfabrik – nein, in die „Staatliche Automobil-Bestandteile-Herstellung Györ" ans Fließband. Den WAHNSINNIGEN und den KRIMINELLEN nannten Gagi und Beate Galajda und Inkey nur noch. „Und ich war immer sicher, daß der Wahnsinnige nur mogelt und daß er die Sache mit den sieben Veziren nur vorschiebt, damit er keine ehrliche Arbeit...", so Gagi. „Und der Kriminelle war eh nur eine Notlösung, eine einzige dunkle Wolke in deinem Leben. Im ‚neuen System' hat er nicht einmal materiell funktioniert."
„Er wurde eliminiert", stellte Beate trocken fest.
„Ja. Keine Puppenstuben für deine Töchter ... Sei froh, daß du die beiden los bist."
„Bin ich auch. Keinen von ihnen will ich wiedersehen. Keinen."
Ich aber bin dem Dichter Galajda wiederbegegnet (und gewissermaßen Inkey auch). In einer österreichischen Stadt gab das „Teatr Nowy aus Posen" ein Gastspiel, knapp vor dem Zusammenbruch des sogenannten „neuen Systems", das inzwischen uralt und brüchig geworden war. Sommer 1987. Schon das Plakat hat mich beeindruckt – es wurde ein Szenenfoto dafür verwendet.
Das Stück hieß:
„Das Gebet des Kranken vor der Nacht"
– ein Nachtstück –
von Alexander Galajda
Vom Text verstand ich nichts. Sie sprachen ja polnisch. Aber es kam mir so vor, daß ich bald den Krieg, bald die Doppelhochzeit in Frau Petnekis Garten sehe. Jedenfalls konnte ich nicht nur Lörinz mit seiner futterallosen Geige, mit den repetierenden Schlägen sein jammervolles Lied singen hören, das nur eine Todesklage gewesen sein konnte, um nachher die „Internationale" über den Dächern himmlisch erklingen zu lassen. Ich sah auch die ganze Hochzeitsgesellschaft, die damals da war im Garten, doch die Hochzeit verwandelte sich nach der Ermordung des Hahnes Karli in Krieg: Alle Männer wurden auf einmal hingerichtet, das geschah im Nu. Durch eine

Maschinenpistole. Auch der ganze Männergesangsverein lag tot da. Nur Gabili, weil er kleiner als die anderen..., konnte sich verstecken – „hic et nunc et semper" – schrie er auf der Bühne. Gabili war im Leben schon klein, vielleicht 140 cm, hier spielte ihn ein winzigkleiner Zwerg, allerdings mit auffallend schönem Kopf, der wie vom Richard Wagner abgeschnitten schien. Der Schauspieler hieß Monsieur Bell, konnte man im Programmheft lesen.

Plötzlich waren aber die Toten wieder lebendig und feierten die Doppelhochzeit weiter, und so wie uns damals Galajda in seiner Vision vorausgesagt hatte, ließ er alle Familienmitglieder – fast alle – auch noch einzeln sterben. Und was unheimlich war und mich sehr aufregte, jeden auf die Art, wie dieser in der Tat dann gestorben ist: So Georgi auf der Brücke von Sydney, Eva in einem Bett eines Nervensanatoriums in Budapest, von Tante Rosa als Zusatzpflegerin betreut, da sie infolge eines zu spät behandelten Gehirn-Ödems fast nur noch aus einzelnen Fetzen zu bestehen schien... Wie mein Kasperl im Wasser der Pfützen in der von Dolores suggerierten Vorstellung meines vierjährigen Ichs. Die Pfütze, der Teich, wo Vitéz János die Rose..., doch Eva war nicht meine Braut, und selbst wenn sie..., ich hätte keine wundertätige Rose, die sie mir wieder auferstehen läßt: so versuche ich über sie zu berichten... Auch eine Auferstehung... Eva, mit einer imaginären Zigarette in der Hand, die Bewegungen des Rauchens nachahmend, „Es war unheimlich! So unheimlich", weinte Rosa. „daß ich schnell runtergerannt war, um Zigaretten zu kaufen, damit ich ihr etwas in die Hand stecken konnte. Sonst wäre ich verrückt geworden...

‚Zappeln die Hände,
zappeln die Beine,
zehn fillér' (Groschen),

sang Eva dann plötzlich ... auf sich bezogen. Herzzerreißend. Weißt du, was das ist?" Und plötzlich wußte ich es. Ja, auf dem Neue-Welt-Platz, wo die „Bekecs" (die kurzen Bauernmäntel) und billige Bekleidungsstücke verkauft wurden, aufgestellte Marktbottegas einmal in der Woche, und am Ende der Marktreihe stand der Vigez, halb Bettler, halb Zirkusmann, der seine Holzkasperl verkaufte, und diese Holzkasperl mit durchdringender Stimme halb singend halb schreiend mit dem Gstanzel angeboten hat:

„Zappeln die Hände,
zappeln die Beine,
zehn fillér!"

Die mit Gummibändern zusammengehaltenen Kasperl konnten durch Ziehen an den Bändern in Bewegung gesetzt werden, und je willkürlicher man am Gummizug riß, desto größer waren die Verrenkungen des armen Holzkasperls. Eva sechzehn, ich fünf, schauten den Vigez mit seinen Kasperln: Eva lachte immer, ich war aber schon damals total verstört, traurig. Arme Eva. Wenn die Krankenschwester ihr etwas geben wollte, Flasche oder Spritze, sagte sie „No, no. S'il vous plait" – als wenn sie nur noch Französisch könnte. „Der alte Spleen", sagte in mir etwas. Aussprechen wollte ich es aber nicht.

Nach der Aufführung des Galajda-Stückes habe ich mit der Frau Direktor und mit dem Herrn Direktor des Nowy Teatr sprechen können. Sie sahen aus wie Masowjewsky und Ruth Maria Kubitschek, letztere in der Fernsehserie „Kir Royal". Ich wunderte mich. Hat Masowjewsky nichts Wichtigeres zu tun? Übrigens waren beide Kettenraucher, und der Veranstalter traktierte sie mit Sekt. Ja, Galajda überlebte den Krieg, ja, ja, im Programmheft waren seine Daten: 1903 Lemberg – 1969 Posen. Ja, er wurde ein später Schüler von Tadeusz Kantor, am Ende mit diesem Stück, dank der Frau Direktor Izabella Gribinskaja und dem Herrn Direktor, also doch nicht Masowjewsky, vielmehr hieß der Mann nur Andree..., war das ein Familienname oder Vorname?, mit dem „Gebet des Kranken vor der Nacht", dessen Premiere er leider nicht mehr erleben konnte...
„Nur noch siebzehn Jahre hätte er warten müssen." – „Wirklich."
Ich rechnete nach: Galajda, sechsundsechzig Jahre, müßte nur noch siebzehn Jahre warten. Wirklich.
Madame Izabella fand (Andree nannte sie jetzt Madame), daß es ein schöner Sieg gewesen wäre..., auch mit achtzig Jahren. „Dreiundachtzig."
„Na dann eben dreiundachtzig. Aber wenn man nicht warten kann... Ja, ja, er hatte es eben zu früh aufgegeben. Er könnte jetzt mit uns herumfahren, eventuell sogar mitspielen. Stattdessen hat er sich mit dem Entwurf seiner Grabinschrift in den letzten Jahren beschäftigt. ‚NON OMNIS MORIAR' war schließlich sein endgültiger Wunsch."
Ich wollte wissen, wie Galajada sich durch die Jahre gebracht habe. Madame Izabella und Monsieur Andree (Izabella nannte ihn jetzt mir gegenüber Monsieur Andree) zuckten unwissend die Achseln, „Gelegenheitsarbeiten ... Garderobiere war er unter anderem..." – „Was?" und ich stellte mir Galajda im Frauenkittel gekleidet vor...,

nur damit er überleben ... „dann fuhr er die Gäste eines Hotels mit Eselgespann herum. Das war in Lemberg. Bei Tadeusz Kantor war er schon was Besseres ... Schreibarbeiten ... eine Art Sekretär oder Regieassistent oder so etwas. Privatstunden in Ungarisch, Deutsch und Italienisch hat er gegeben. Na jedenfalls schade, daß er das ‚Gebet eines Kranken vor der Nacht' nicht mehr..." War doch jenes Gebet wahrscheinlich seines in seiner Krankheit vor der Nacht..., dachte ich mir.
„Wirklich, wirklich, Kantor hat aus ihm etwas gemacht", hörte ich Madame Izabellas Flötenstimme. „Er wird langsam international bekannt! Nicht wahr, Andree?" – „Izabella hat das Stück aus dem Wust gezogen...", verbeugte sich der Direktor mit einem Handkuß vor seiner Kollegin. „Ja, Izabella? Du sagtest: das ist es!", und Izabella euphorisch, während sie sich mit ihrem üppigen Leib auf Monsieur Andree lehnte – Monsieur Andree, der magere Kettenraucher, ist dabei fast umgefallen –: „Da war eine Rolle für Monsieur Bell drin! Monsieur Bell ist unser Zwerg. Wissen Sie. – Ach Andree, halte mich! – Man wollte ihn uns schon abwerben! Dieser Herr Tabori, der für so etwas eine Vorliebe hat. Auch dieser andere, der solche Perversionen liebt. Andree, wie heißt er doch...?" – „Zadek", gab Andree den Namen geflissentlich an. Der Veranstalter des österreichischen Gastspiels kam mit weiterem Sekt. In seinem schmutzigen schwarzen Leiberl grinste er satanisch dem feierlich gekleideten Direktoren-Paar in das Gesicht. „Monsieur Bell, der spielt den Gabili?" fragte ich, um etwas zu sagen. „Richtig, richtig. Sie scheinen das Stück sofort erfa..." – „Und wenn nicht dieser Monsieur Bell...", ich wollte wissen, ob Galajda einzig wegen Gabilis Zwergwuchses endlich zu Autorenehren gekommen war. Aber sie verstand mich nicht. „Ach, es gibt so viele Stücke von Alexander Galajda! Alles unaufgeführt! Wir bereiten das nächste Stück von ihm, wie heißt es doch, Andree?" (Madame Izabella hatte inzwischen auch meinen Sekt ausgetrunken) „‚Der letzte Tango' oder nein! ‚Der Tanz Bello Cios vor seiner Hochzeit', ebenfalls ein Nachtspiel", so der Herr Direktor, der mit großer Anstrengung ihrer beider Körper vor dem endgültigen Sturz hin und her balancierte und dabei sichtlich am Ende seiner Kräfte war. Frau Izabella sagte, daß ihr auffiel, Galajda hätte ausschließlich Nachtstücke geschrieben ... „Wissen Sie, das ergibt eine Einheit in seinem Œuvre ... Das zeugt von hoher Qualität."
Ich wollte sagen: Naja, weil er tagsüber in der Nationalbank und in der Nacht dann..., doch ich schwieg lieber ... Im Nachlaß habe man

die beiden Manuskripte gefunden, diese zwei und noch viel mehr. Einundzwanzig, mit der problematischen Dreiecksgeschichte zusammen..., ja, wo eine Frau von zwei Männern ausgebeutet wird. „Von einem, der ständig Bilder malt, die er aber nicht verkaufen kann. Und von dem anderen, ja wie soll man sagen ... sexuell. Hilf Andree. Jedenfalls erotisch", meinte Izabella. Doch Andree bestand auf der Bezeichnung sexuell: „Wo hätten sie dann ihre zahllosen Kinder hergenommen, Izabella, mit tiefen Blicken allein..." – „Dann eben sexuell. Ja und dieser Mann hatte eine Augenklappe, und wenn er weinte, holte er aus der Augenbinde Goldmünzen. Und diese riß der Maler zu sich und kaufte Farbe und Leinen und Staffelei und Rahmen, was weiß ich. Zum Essen gab es immer nur Biskuits. Was ist das für ein Symbol, was meinen Sie?"
„Milch gab es nicht dazu?" lenkte ich ab.
„O doch, o doch! Wieso wissen Sie das? Milch und Biskuits. Doch die Ausbeutung der Frau ist kein Thema. Passé." sagte Madame Izabella. „Diese Probleme hat unsere sozialistische Gesellschaft in Polen gelöst. Dieses Stück stellen wir zurück. Es gibt so viele andere. Ich wollte nur wissen, was das Biskuit hier tiefenpsychologisch bedeutet."
„Vielleicht leitet dieses Stück zur Mutter-Sohn Komödie über?" so Andree. „Eine Frau, die ihren Sohn am Schluß durch den Fleischwolf dreht! Eine komische Tragödie nennt Galajda das."
„Nein! Das kommt nicht in Frage. In unserem sozialistischen Staat drehen die Mütter ihre Söhne nicht durch den Fleischwolf!"
„Was sind noch die weiteren Titel?" begehrte ich zu wissen.
„Na ja, da gibt es ein phantastisches Märchen von einer italienischen Zirkusfamilie, die immer mehr Kinder kriegt, das hat etwas mit der Übervölkerung der Welt zu tun. Unpopuläres Thema. Doch dann gibt es eine lyrische Komödie für sieben Personen: wie heißt die Komödie, Andree? ‚Die Suchtkranken?' Nein: ‚Die Süchtigen': das ist viel umfassender so. Es handelt von der Liebe, die perdu ist. Ein lustiges trauriges Stück mit einem Engel drin.
Dann eine Trilogie von einem ‚Froschkönig', den die Frauen nicht in Frieden lassen und so, und ein ‚Hürdenlauf', wo der Sieger am Schluß kollabiert und stirbt, und als Kadaver lassen die anderen ihn regieren; und dann ‚Die drei Weisen und der Knecht'. Hochpolitisch, hat mit Atomwirtschaft etwas zu tun, nicht Andree? Am Ende keine Schmetterlinge mehr. Traurig.
Dann ein Einpersonenstück mit ‚Paracelsus', der sich stets verwan-

delt. Sieben Rollen muß der Schauspieler spielen: auch die eigene Freundin und die Mutter.
Dann ein Zwölfpersonenstück, wo alle sich einbilden, daß sie irgendwohin reisen. Doch alle zwölf kommen woanders an.
Dann ein autobiographisches Stück: ‚Puschkins Braut'. Ja, wo der Dichter ein schönes junges Mädchen heiratet oder eigentlich umgekehrt. Das Mädchen will den Ersten Dichter des Landes heiraten. Nachher läßt sie ihn nicht schreiben. Er muß sie ständig auf den Ball begleiten. Auf den Ball bei Hof. Der Dichter will nicht auf den Ball. Als Strafe für diese Vernachlässigung gibt sich Frau Puschkin dem Zaren hin ... als eine seiner Mätressen ... Puschkin muß sich mit einem Höfling duellieren. Er wird angeschossen ... am Unterleib ... Seine Frau merkt nichts. Er stirbt ..., schrecklich. Den Puschkin wird Monsieur Bell wieder darstellen. Er kriegt hohe Absätze ..."
„Haben Sie vielleicht auch ‚Die Sieben Vezire' gefunden?" wollte ich wissen. Sie blickten mich verwundert an. Auch mißtrauisch. Was für sieben Vezire? Nein. Von so etwas wußten sie nicht. Ich werde Beate schreiben ..., dachte ich. Hoffentlich lebt sie noch. Ja richtig: Beate, wo ist Beate im soeben gesehenen Stück gewesen? Und erschrocken dachte ich an eine grob-bemalte Puppe, die mit einem alten Strizzi mit schwarzer Augenklappe ein obszönes Couplet gesungen und getanzt hat. Mitten in ihrem Couplet schoß jemand auf Inkey, das war der Sohn von Bello Cio, ja! Und er war in AVO-Uniform. Inkey ließ Beate aus seiner Umklammerung nicht heraus: So fielen sie zusammen in die Versenkung.
Ich habe in Györ bei meiner Tante Gagi angerufen: Beate lebte noch. Nun wollte ich über die „Sieben Vezire" wissen. Beate könnte vielleicht Tantiemen ... als ehemalige ... Gattin, doch Gagi sagte mir verärgert, daß sie beide das Glumpert von dem verrückten Galajda verheizt hätten. „Weißt du, wie arm wir waren, und Istvan noch immer an der Front ... die Mädchen am Fließband ... und alle schwanger oder mit Babies. Wir wärmten Ziegelsteine auf, die wir ins Bett ..." Ach wieder. Die Ziegelsteine.
Ich konnte also der Frau und dem Herrn Direktor keine guten Nachrichten am nächsten Tag bringen. Auch war Frau Izabella nach der gestrigen Euphorie und der Unmenge von Sekt „unpäßlich". Die Leichenfledderer, dachte ich mir – des toten Dichters Werke aufführen, niemandem Tantieme zahlen müssen: Toter Dichter, guter Dichter. „Doch durch unsere Arbeit", sagte Monsieur Andree, auch stellvertretend für seine Co-Direktorin, stolz, „wird A. Galajda ewig

leben – jedenfalls länger als ich", flüsterte er vor sich hin, aschgrau im Gesicht. Sein körperlicher Zustand wirkte besorgniserregend.
„,Das Gebet des Kranken vor der Nacht' wurde bisher zehn Mal in Österreich, dreißig Mal in Deutschland, sieben Mal in Holland, sieben Mal in Belgien, zwanzig Mal in England, insgesamt vierundsiebzig Mal gespielt." – „Zweiunddreißig Mal in Deutschland, Andree!" rief Madame Izabella überraschend vital aus dem Nebenzimmer der Gastwohnung, in der die Direktoren untergebracht waren.
Ich reiste noch mit der Gruppe nach St. Pölten, Amstetten, Linz und Wien, denn ich wollte sehen, ob ich mich irgendwie übersehen oder ob Galajda mich in eine andere Gestalt verwandelt hatte. Nichts. Alle waren auf der Bühne, nur ich nicht..., allerdings Galajda selbst auch nicht. Uns beide hat er nicht abgebildet...
Als ich mich von der Gruppe verabschiedete, wußte ich nicht, daß Gorbatschows Schritte bereits so weit die Brösel des Systems losgetreten hatten. Auch standen Gyula Horn und Alois Mock mit ihren Scheren noch nicht am Eisernen Vorhang. Nicht einmal die traumtänzerische Hochzeit eines chinesischen Studentenpaares am Platz des Himmlischen Friedens war am Horizont des Kranken mit seinem Gebet vor der Nacht zu sehen... Galajda hat leider nicht in politischen Dimensionen gedacht...
1989, bei der Vorbereitung des nächsten Galajda-Stückes „Der letzte Tanz Bello Cios vor der Hochzeit" – ein Nachtstück – mußte das Teatr Nowy schließen. Nach der Wende (der wievielten Wende?) wurde Frau Gribinskaja mitsamt Herrn Andree Kulturminister/in (wie soll man das in einer solchen Situation ausdrücken?), und bald darauf wurden sie beide abgesetzt. Nach ihrer Absetzung haben sie auf meine Briefe nicht mehr geantwortet. Ihre Nachfolger im Ministerium wußten von einem polnischen Dramatiker namens Alexander Galajda und seinen Nachtstücken nicht. Sie boten mir aber andere Stücke anderer polnischer Dramatiker an. Sie hätten einige aufstrebende, junge, die lustige, zum Teil parodistische Stücke auf das endlich gefallene alte System... (welches alte System jetzt?) ... auf die errungene Freiheit... (die Freiheit der Marktwirtschaft?). Sie vermuteten oder hofften, mit einer westlichen Theateragentur Kontakt bekommen zu haben..., auch die dramatische Literatur muß sich an die veränderten sozialen Wirklichkeiten anpassen, an die Marktwirtschaft eben, schrieben sie. Brav. Brav. Ich befürchte, daß ich darauf einen ironischen Brief geschrieben habe: daß der Dichter sich keinem System anpassen darf und daß die sehr verehrten Damen und Herren

im Ministerium jetzt nur fortsetzen, was die Diktatur vorher jahrzehntelang praktiziert hat... Daß es eine Schande ist, daß das Nowy Teatr geschlossen werden mußte und daß man in Polen wieder nicht weiß, wer Alexander Galajda ist. I s t , nicht w a r , denn die großen Dichter sterben zwar tausendmal, doch sie leben ewig. Das war ich Galajda schuldig.
Eine Antwort bekam ich freilich nicht.

XI. Kinderlieder

Galajdas Stück „Das Gebet des Kranken vor der Nacht oder Die Doppelhochzeit" und die damit verbundene Neubelebung meines Kontaktes mit Tante Gagi und Beate bewirkten, daß ich Gagi noch im Oktober 1987 für eine Woche eingeladen habe. Sie ist mit dem Bus von Györ nach Wien gefahren. Dort holte ich sie ab. An der Ecke der Ringstraße und Mariahilferstraße, wo die Busse ankommen, kannte ich ein bürgerliches Restaurant – Holicek & Ritter... Von hier aus wollte ich mit ihr zusammen noch einen Sprung machen zu „meinen Bruegels", bis wir den Orient-Expreß besteigen, um weiter nach Salzburg zu fahren. Gagi kannte ja die Bilder aus meinen Büchern als Drucke. Wie wird sie schauen, wenn sie erst die Originalbilder sieht! – dachte ich mir. Und das Bild vom einbrechenden Winterabend, noch einige Wochen vor Weihnachten... Die Männer, die zwar Jäger waren, doch gejagt werden muß immer wieder, schon zum Schutze des Wildes..., jedenfalls waren das brave Väter, die ihre Beute nach Hause trugen. Die gute Frau hat dann etwas daraus gemacht: zum Selchen in den Ofen gehängt, Fleisch für viele kommende Wochen, auch der Weihnachtsbraten war schon dabei... Die gute, kluge Frau verwaltet die Schätze, die ihr Mann nach Hause trägt... Derweil die sorglosen Kinder noch einen letzten Kreis auf dem Eisplatz drehen..., ihre Schlittschuhe montieren die Vernünftigeren bereits ab. In der Küche der Mutter brennt das gelbe Licht, das Zeichen: Kinder, kommt heim, bald gibt es etwas Gutes zum Essen. („Zoti, Zoreh, Rüfke, Sarah, Jajkele" ... doch nein, nicht hier in der flämischen Winterlandschaft...) Alle glücklichen Kinder hören abends den Ruf der Mutter.
Gagi begrüßte mich mit den Worten: „Nun also bist wie immer, die

Haare stehen zu Berge, und solche Jeans, wie du trägst, tragen bei uns nur die Hooligans."
„War die Reise zu mühsam, Gagi?"
„Mühsam. Ja. Du sprichst nicht mehr richtig Ungarisch."
„Das denke ich doch nicht, Gagi."
„Sag Tante Gagi zu mir: Ich bin schließlich immer noch die Frau deines Onkels."
„Du hast recht, Tante Gagi. Gehen wir jetzt da herüber, ich habe für uns einen Tisch reserviert."
„Nicht nötig. Ich hab' Apfelstrudel mitgebracht. Früher mochtest du Apfelstrudel. Auch Topfenstrudel..., auch Buchteln habe ich mitgebracht. Istvan sagt immer, man soll so viel Essen mitbringen wie möglich, wenn man auf Besuch geht zu Verwandten. Auch Kolbasz und Salami habe ich mitgebracht..., hat ein Vermögen gekostet... Die eine Woche, die ich bei dir ... können wir damit überbrücken. Ich will dir nicht zur Last fallen, finanziell. Sonst ohnehin. Rosa sagte mir, daß du, voriges Jahr, als deine Mutter bei dir war – aus Sydney – und Rosa selbst aus Györ und Gabriel auch und Kathy aus ... wie heißt die Stadt?"
„Klagenfurt."
„Ja, Klagenfurt. Du hattest keine Zeit für sie: sie mußten allweil miteinander reden... Ja, dieses Klagenfurt, dort war ich auch noch nicht... Ja. Früher wohnte sie – mit ihrem zweiten Mann – in Melbourne." Sie blickte kurz in meine Richtung, doch sie sah durch mich hindurch. Dann sagte sie: „Von Melbourne ging ihr zweiter Mann dann nach Pakistan für zwei Jahre – um diese Textilfabrik dort einzurichten. Nachdem der erste Mann ... Brrr. Das war ein Schicksal! Jetzt haben sie in Australien drei Eigentumswohnungen. Daß gerade die Kathy so reich sein wird, hätten wir alle nicht gedacht. Kannst du in deinen Jeans überhaupt in ein Restaurant...?" Fast hätte ich nein gesagt, denn Tante Gagis kuriose Koffer wurden jetzt aus dem Bauch des Busses gehievt. Herrgottsakra, was schleppt die alles mit, als bliebe sie ein ganzes Jahr oder ewig. Nun, es war gut, daß ich das Restaurant früher oft besucht hatte...: acht Folgen der mäßig aufregenden Fernsehproduktion „Pater Brown", ja. Wir drehten in der Nähe hier. Der Besitzer schickte einen Burschen herüber, Hikmet, er war damals Kabelhilfe noch nach seiner ersten Landung in Wien aus Antalia... „Als freier Mitarbeiter ... Dank schön. Dann werde ich lieber Kellner." Er sprach fließend Deutsch und fluchte leise vor sich hin, als er – bepackt mit Tante Gagis Koffern und

Sackerln (auf ungarisch Szatyor) und Tüten – über die Straße watete. Er verstaute das Zeug irgendwo in der Garderobe, was Gagi sehr beunruhigt hat: „Unter unserem Tisch hätten wir die Sachen mühelos unterbringen können", meinte sie. Die Speisekarte versetzte sie in einen Erregungszustand. Sie schrie mich an. Wirklich, sie hat mich angeschrien: „Was? 148 Schilling für ein Menue mit Nudelsuppe, Wienerschnitzel, Salat und Nachspeise! Nein, das ist eine Sünde, wenn ich die Summe mit acht multipliziere..., das macht eintausend und...", sie nahm einen Bierdeckel und begann mit einem Bleistiftstummel zu rechnen.
„Mit acht doch nicht, Tante Gagi."
„Oja acht, auf dem Schwarzmarkt. Tausendeinhundertvierundachtzig" hielt sie den vollgeschmierten Bierdeckel vor meine Nase. Sie schaute mich pfiffig an. „Jawohl auf dem Schwarzmarkt. Mein Sohn kann das ... Beates Töchter können das inzwischen ebenfalls... Mit acht. Wenn ich unsere zwei Menues hier nehme, also das macht...", jetzt rechnete sie wieder, „das mit zweitausenddreihundertachtundsechzig. Das ist der Betrag, den Eva nach ihrem Mann als Rente bekommt! Ich noch weniger nach Istvan. Und Beate gar nichts, nach dem Schuft Galajda! Und der andere Mann, Inkey, war doch ein Kapitalist, und die Töchter mußten in die Konservenfabrik. Ich selbst zähle Toto-Zettel aus. Zubrot nennt sich das. Jetzt weißt du alles."
Tante Gagi wollte nur ein Glas Milch bestellen. Doch als die Schnitzel da waren, auf einer gemeinsamen Metallplatte serviert, nicht gleich jedem auf seinen Teller geklatscht, wie für die laufende Kundschaft – bravo Herr Holicek, bravo Frau Ritter, bravo Hikmet –, ebenso der Salat in einer großen Schüssel, woraus jeder sich nehmen konnte, aß sie alles auf, samt Salat. „Silber", schrie Gagi, doch damit hat sie das Lokal total überschätzt. Das Geschirr war aus solidem Edelstahl. Ab und zu fragte sie mich: „Und du ißt kaum was" oder „Und du ißt gar nichts". Und ich dachte an die Zeiten meiner Anorexie, da sie mich von den für mich ekelerregenden Massen von Speisen gütig befreit hatte, aber auf meine dankbare Andeutung reagierte sie nicht freundlich. „Daß ich alles, was deine arme Mutter dir..., das habe ich sicher nicht getan, deine Mutter war eine der wenigen Personen, die gut zu mir waren. Dir etwas wegzuessen, wäre ein Verrat gewesen ... Lori gegenüber!!!" (Lori sagte sie) „Was sie dir zugeteilt hat, mußtest du essen, und ich war da, um zu schauen, daß du nicht mogelst. Den Kaffee nicht in die Blumentöpfe, und so. Ein feines Früchtchen warst du, kann ich dir sagen."

„Wieso, Tante Gagi, damals hast du es anders gesehen!"
„Ich? Wie hätte ich? Du träumst."
Mit den Getränken war es auch nicht leicht.
„Istvan sagt immer, eine Frau soll in der Öffentlichkeit keinen Wein trinken."
„Und Bier?" Ich sah ihr an, daß sie gerne Bier trinken würde, ein Lächeln, das erste heute, huschte über ihr tumbgewordenes Gesicht, zugleich schamhaft unterdrückt. Dann wieder alles leer.
„In Gottes Namen, zwei Bier bitte."
„Ich sehe aber, daß du lieber Wein...", sagte sie mir. „Doch Bier ist billiger! Weißt du noch, wie Georg, dein Vater, die große Zwei-Liter-Familienflasche nach Hause trug?"
„Ja. Und er pfiff dabei den Triumphmarsch aus der ,Aida'. Jede Familienflasche ein Sieg."
„Und aus der Koestlin-Fabrik die Wafferl."
„Und einmal hat er mir eine Geige gekauft."
„Wirklich!"
„Ja, auch das noch. Nur: die Geige hatte Drähte statt Saiten. Nachher dann ein rosafarbenes Kinderklavier."
„Verwöhnt hat man dich, das ist schon wahr."
„Das Ding war nicht nur rosafarben, unverzeihlich das, es hatte nur ein xylophonartiges Etwas drinnen, Blech, Blech, Blech. Nicht einmal Holzxylophon, und nur die sieben Grundtöne C, D, E, F, G, A, H und die Oktave C darauf..., und Georgi war dann enttäuscht, daß ich damit ,Stille Nacht' nicht hinkriegen konnte. Dazu wären aber noch weitere drei Töne, D, E, F, nötig gewesen."
„Meinst du nicht", fragte sie mich jetzt fast pfäffisch, den Ton meiner Tanten nachahmend, mit denen sie doch kaum Kontakt hatte...,
„daß es nicht allein die drei Töne, sondern dein guter Wille... Zumal dein Vater erst voriges Jahr gestorben..."
(Drei Töne zusätzlich für Georgi, der auf der Brücke von Sydney starb.)
„Natürlich, was auf dem Instrument nicht vorhanden, kann man ja dazupfeifen. Nur..."
„Nur?"
„So gesehen kann man das Ganze auch pfeifen."
„Jaja. Du mußt alles auf die Spitze treiben. Von Pietät keine Spur."
Mir brummte schon der Kopf vom Bier, auch war ich betreten wegen Gagis traurigem Zustand – sie schrie ja in einem fort –, wegen ihrer traurigen Verhältnisse daheim, die meine Tanten mir verheimlicht

hatten: „Deine geliebte Tante Gagi braucht wirklich nichts. Rente nach Istvan, und ihr großer Sohn ..." – betreten auch wegen Georgis Tod auf der Brücke von Sydney.
„Istvan hat mir verboten, dich in Unkosten zu stürzen."
„Nun, ich arbeite hier seit dem Jahr 59 in einem fort, auf verschiedenen Gebieten. Wenn ich kein Geld für zwei Wienerschnitzel habe, dann bin ich ein Depp, verstehst du?"
„Deine Mutter fürchtete immer, daß du mit deiner Extravaganz nie einen Groschen wirst verdienen können", sagte sie trocken mit ihrem abgewendeten Blick. Sie hatte insofern recht..., nun ja, in Györ hätte ich wirklich nicht... Aber hier...
„Hier ist es so leicht, daß du auch..."
„Genauso ist es, Tante Gagi."
„Aber...", sie schaute mich jetzt zum ersten Mal direkt, doch etwas heimtückisch an: „Aber Klavierkünstler bist du nicht geworden. Oder?"
„Nein, Tante Gagi, Klavierkünstler, nein."
„Wäre zu schwierig gewesen. Wie?"
„Ja. Zu schwierig."
„Hab ich immer gedacht. Und die Bilder?"
„Auch zu schwierig", sagte ich stur.
„Für mich ist alles zu schwierig."
Das registrierte sie nun mit Genugtuung. „Weil du immer so verwöhnt warst." Sie wollte wissen, wieviel mein Jeansanzug, wieviel meine „Urschuhe", mein Pullover, meine Brille, meine Uhr gekostet haben. „Und dein Kreuz?" Daß ich kein Kreuz, sondern einen sogenannten „Djed-Pfeiler" – das ägyptische Auferstehungssymbol auf meinem Ketterl trug, beunruhigte sie sehr.
„Wo kauft man so etwas?"
„Ein Geschenk."
„Deine Uhr ist auch ein Geschenk, dein Siegelring ebenfalls, so ist es leicht."
„Ja, im Westen kriegt man alles geschenkt, Tante Gagi."
„Also doch", sagte sie, „so ist es leicht. Aber", dann wandte sie sich – jedoch wieder blicklos – zu mir, sie schob ihr Gesicht so in meine Nähe, daß ich reflexartig zurückweichen mußte. „Lügst du mich nicht an? Istvan sagt, daß du im Fabulieren ganz groß bist. Schau, wie viele Autos", fügte sie dann gleich hinzu.
„Und was ist das, was sie auf dem Dach tragen?"
„Death-Box", sagte ich, „Pompes funèbres."

„Was? Sprich bitte ungarisch. Deutsch verstehe ich nicht, wie du wissen müßtest. Hartmann Großvaters Blut fließt nicht in meinen Adern. Istvan ja ... und die Schwestern. Kathy spricht ja angeblich sehr gut Deutsch."
„Aber nicht wegen Großvater, sondern weil sie nunmehr zwölf Jahre in Klagenfurt..."
„Also, was ist diese Daddy-Box?" fragte sie streng.
„Death ... Das ist Tod, Box hier Koporsó (Sarg). Du siehst, fast alle sorgen vor: Es gibt ganz schmale, für die, die einzeln..., dann doppelte für Liebespaare."
„Auch für Ehepaare dann", warf Gagi energisch dazwischen.
„Ja, und dann Familienpackung."
„Soll das ein Witz sein, soll das ein Witz sein jetzt!"
„Witz? wieso: jeder PKW ein Kondukt. Sollte die ganze Familie bei einem Unfug, pardon Ausflug, verunglücken..."
Gagi schaute mich forschend an: „Du hältst mich zum Narren, ja? Genauso wie mit diesem Galajda."
Ich sagte ihr, daß das nächste Stück, welches das Nowy Teatr spielen wollte, „Als Bello Cio das letzte Mal tanzte" hieß. „Was!? Mein Mann! Und wieso ,Als Bello Cio zum letzten Mal...' Vielleicht, weil er mich gehei... Na! Dankeschön, wenn einem nichts einfällt, nimmt man einfach einen wirklichen Menschen dran. Meinen Mann! Soll so jemand ein Dichter sein? Er kann doch nichts selber erfinden. Erst hat er Beate ausgebeutet, dann meinen Mann, uns alle, sage ich dir! Merkst du das denn nicht, wo wir doch alle auf der Bühne standen, wie du selber erzähltest! Schon nach deinem ersten Telephongespräch konnte ich nicht schlafen! Beate auch nicht! Der Galajda! Der will unsere Hochzeit verspotten..., die ich so schwer zusammengebracht habe..., gegen den Willen deiner Tanten..., und ich stellte mich auf den Kopf, daß Beate, noch bevor das Kind... Doch das Kind kam gar nicht, war auch ein Schwindel! Wieso hat er uns alle in den Krieg, in den Abgrund gestürzt? So im Leben wie mitten auf der Bühne. Mein Mann, Istvan, in Rußland. Doch er lebt... und spielt mit uns... Kasperltheater. Eine Schande ist das!"
„Aber keineswegs, das Stück war wunderschön. Wie im Traum."
„So. Wunderschön. So? Und was hat er mit dir angestellt?"
„Mit mir?"
„Na ja, auf der Bühne."
„Nichts. Er hat mich nicht eingebaut..., ich war ja noch ein Kind..., übrigens..., sich selbst hat er ebenfalls herausgehalten."

„So! Ihr beide also nicht! Nicht zum Kasperl gemacht."
Hier hat mich meine Tante Gagi wirklich bös angeschaut (haßerfüllt, müßte ich sagen): „Ihr steckt unter einer Decke. Du hast dich seeeeehr verändert... Auch Istvan wird dich nicht mehr erkennen, wenn er endlich heim... Ihr beide, Galajda und du, habt uns nur benützt. Wir waren euch nur..., na wie heißt das, in der Wirtschaft – Beates Töchter lernen das: Rohmaterial. Rohmaterial. Ja. Dieses nehmt ihr, und dann habt ihr was, was ihr verspotten könnt, und dann lacht ihr euch kaputt über uns und ihr übertrefft euch mit Lügereien, weil unsere schlichten Schicksale euch nicht ausreichen. Fabulieren! Sagte Istvan immer. Ich habe mir das Wort sehr genau gemerkt! Sogar aufgeschrieben! Er sagte, daß du bereits im Kindergarten, wohin dich dieser jüdische Kinderarzt..., wie hieß er doch?"
„Doktor Lorand."
„Ja, dieser Lorand. Er wollte es, und du bist so glücklich hingegangen, erzählten mir deine Eltern, gar nicht geweint hast du, und ihnen gesagt, vor dem Tor des Bisinger-Ovi" – verfiel Gagi in eine Kindersprache, Ovoda heißt Kindergarten, eigentlich Hort, Krippe wäre also die richtige Übersetzung. Und man machte dann daraus Ovi. „Gottes Sohn, OWI lacht", fiel mir die schlechte Prosodie des Weihnachtsliedes „Stille Nacht" ein. OWI lacht. Und ich soll durch das Tor des Kindergartens gegangen sein, nachdem ich den Eltern gesagt hätte, daß es überflüssig sei, mich weiter zu begleiten.
„Du hast sie einfach heimgeschickt", schrie Gagi vorwurfsvoll anklagend. Die Gäste des Speisesaals schienen diese Anklage verstanden zu haben, und sie sahen mich scheel an: So, so. Nicht geweint im Tor, die Eltern weggeschickt... Lieber allein gegangen. So, so. „Andere, normale Kinder weinen", fuhr Gagi fort, „wenn sie in den Kindergarten müssen und klammern sich verzweifelt an die Hand ihrer Eltern. Sie wollen lieber wieder heim mit ihnen. Dagegen du... keck vor dich hin gepfiffen, dieses Lied mit dem kleinen Gardeoffizier, der so stolz vor sich hinsang:
‚Geh, wenn du gehen mußt,
Gottes Segen mit dir.'"
„Daß ich gepfiffen habe, ist mir nicht bewußt", wollte ich mich zaghaft verteidigen.
„Doch, doch! Du hast immer gepfiffen. Gesungen oder gepfiffen. Wir haben uns so geniert." (Wir? Spricht Dolores aus ihrem Munde?)
„Und im Kindergarten, es war wirklich ein großer Garten mit

Lattenzaun, steuertest du gleich auf die zwei Kindertanten zu, die schon sehr alt waren, und auf ihren noch älteren Bruder und hast dich verbeugt – verbeugt wie der Galajda."
„Mein Gott, das Verbeugen ist doch nicht dem armen Galajda vorbehalten, oder?"
„Aber du hast auch noch die Hacken zusammengeschlagen, wie Istvan."
„Herrje, Tante Gagi, Sporen zusammenschlagen, Bello Cio hat das auch nicht für sich gepachtet. Das haben wir im Kino täglich gesehen."
„Du warst aber kein Offizier."
„Bello Cio auch nicht."
„Du meinst, er war ein einfacher Polizist. Du wirfst es ihm vor, jetzt haben wir es."
„Herrje, Tante Gagi, wenn es so weitergeht... Er ist seit 45..., jedenfalls verschwunden. Heuer, 1987, sind das 42 Jahre: wollen wir jetzt darüber debattieren, daß er ursprünglich Polizist..."
„Aha, du meinst auch, ich bin schuld, daß er einrücken mußte."
„Ach was."
„Was heißt das jetzt. Ich, Günther Gagi, habe ihn dazu gekriegt, daß er etwas aus sich macht, ich war ehrgeizig, ich habe seinen ruhigen Posten als Polizist... ruiniert..., ich, ich, ich..." Mit ihrer knochigen Hand schlug sie bei jedem „ICH" auf ihre flache Brust, und es dröhnte, als wäre dieser Brustkorb ein großer, leerer Blechbehälter.
„Hör auf, Tante Gagi."
„Hätte er es selbst nicht gewollt?"
„Doch: wenn er es selbst nicht so gewollt hätte, hätte er es nicht getan, Tante Gagi."
„So meinst du also! Ich habe also keinen Einfluß auf ihn gehabt. Und ich sage dir: ohne mich, ohne mich, würde er noch heute an der Ecke des Széchenyi-Platzes stehen und mit dem Arm...", und sie sprang auf und zeigte, wie ihr Mann mit ausgestrecktem Arm den Verkehr an der Ecke des Marktplatzes dirigiert hatte. „Zack! Zack! Zack!" schrie sie zu jeder Bewegung, und sie drehte sich mechanisch-ruckartig um die eigene Achse, wie die Schießbudenfiguren, und holzartig waren die Bewegungen ihrer Arme, die sie wie eine Marionette steif ausstreckte und dann geräuschvoll fallen ließ.
„Die Arme, sie hat offenbar einen Hieb", haben Eva und Cho-Cho-San seit Jahren schon geschrieben. In der Tat: Gagi schien sich ein Wahnsystem zusammengestrickt zu haben: Istvan sagt, Istvan meint, Istvan meinte immer schon. Dagegen sprach sie über den vor circa

zwei Jahren erfolgten Tod ihres Sohnes Istvan Hartmann junior fast unberührt. „Ja, er hat dann in den frühzeitigen Ruhestand treten müssen. Hodenkrebs, der ihm vorgezeichnet war – sagten die Ärzte –, dein Vater hat ja die Schräglage als erster aufgedeckt. Er merkte sofort, wenn etwas nicht stimmte, das war wahrscheinlich mit seinem Beruf verbunden: ihr seid, weil er so geschickt war und alle Fehler sofort merkte, bald wohlhabender geworden..., von der Czuczor-Gergely-Straße, wo ich als Braut von Istvan bei euch wohnte..., jedenfalls bald darauf in das nagelneue Haus der Waggon-Werke gezogen, große Wohnung mit zwei großen Zimmern, nein, eine Halle, also ein drittes Zimmer, Bad, Küche, extra Klo, Balkon. Zentralheizung. Dolores sagte mir: das steht ihr zu. Aus dem Rattenloch gleich in das teuerste Haus zu ziehen."
„So ist sie, ja", bemerkte ich. Als Kind wußte ich immer, wieviel Miete wir zahlten: Die Czuczor-Gergely-Straße, mickrige Wohnung mit einer winzigkleinen Werkstatt, kostete 50 Pengö. Die Großwohnung in der Munkácsy-Straße gleich fünfmal so viel. 250 Pengö.
„Ja, Lori" – so nannte sie jetzt Dolores, vorhin war das also kein Versprecher, was mich irgendwie peinlich berührte, „ja, Lori sagte mir, das steht ihr zu, endlich nach zehn Jahren die schöne Wohnung, und weißt du, was sie mir dazu sagte:
,Ich bin ihm seine Mätresse, seine Putzfrau
und die Mutter seines Kindes.
Also ich kann mir etwas wünschen'." Und Gagi kicherte boshaft. „Georgi kam ins Schwitzen." (Georgi sagte sie jetzt) „Die teure Wohnung, die Kroko-Tasch', die sie sich wünschte, die Complets und Costumes aus reiner Seide... Nnna, dachte ich, armer Georgi, kannst du dir diese Frau überhaupt leisten? Und er muckte gar nicht auf und weißt du warum?: weil er ihr ja nicht vorher alles gestanden, wie ich meinem Mann. Lori sagte immer, daß die Neumanns alle irgendwie verrückt sind. Neumann-Apika, um von Neumann-Anyika ganz zu schweigen. Und daß der Bruder vom Neumann-Apika, Onkel Eugen, der Großkapitalist und heimliche Fußballspieler, und seine Cousins, die sich schon Newman nennen: der eine mit dem Nobelpreis, für was?"
„Physik."
„Ja, Onkel Newman-Deller. Das ist der, der die Atombombe auf Japan runtergeschmissen! Und sein Bruder Edward, was hat er gleich angestellt? Und ein weiterer Bruder ist ertrunken ... unter dubiosen Umständen ... und der Ertrunkene hat einen Sohn, der eigentlich

Ewald heißen sollte, er selbst nennt sich aber Boris. Verrückt! Total verrückt! Deller kommt von Teller, sagte mir dein Vater noch vor seinem Tode, und Teller heißt auf Ungarisch Suppenschüssel."
Mir fiel ein, daß Georgi sie einmal in uralten Zeiten mit dem boshaften Auftrag losgeschickt hatte, Pepita-Nähseide zu besorgen. „Pepita", und Gagi verlangte dieses nichtexistierende Ding in allen Kurzwarengeschäften der Stadt. Ich sah Tante Gagi in Györ herumrennen: sie wurde überall ausgelacht.
„So nennt sich niemand gern", drang ihre Stimme wieder zu mir. „Oder würdest du dich gerne Suppenschüssel nennen, wie? Und du lebst und Istvan ist gestorben", brach es aus ihr aus. Welcher Istvan jetzt, fragte ich mich, doch ich hielt inne.
„Mein Sohn war zehn Jahre jünger als du."
„Tante Gagi, es tut mir wirklich leid: ich kann doch nicht für jemanden quasi als Tausch sterben."
„Würdest du auch nicht tun! Würdest du auch nicht tun! Warst immer schon sehr egoistisch."
„Nunja."
„Na siehst du. Istvan aber ließ jemanden allein, das bedenkst du nicht." (Welcher Istvan jetzt?)
„Man läßt immer jemanden allein, Tante Gagi."
„Du nicht! Du nicht! Oder hast du vielleicht Kinder?!" Sie lachte häßlich auf.
„Nicht nur Kinder kann man allein lassen, Tante Gagi."
„Nein, nein, nicht nur." Ihr Blick verlor sich wieder, sie stand auf.
„Wo kann man hier austreten?" Dieser Ausdruck hat mich immer verblüfft. Hikmet begleitete sie zur Damentoilette. Er sammelte das Geschirr zusammen. „Die Tante ist ... ein bißchen krank ... nicht? Schwieriger Besuch."
„Naja." Ich nützte die Zeit, bezahlte gleich und bat Hikmet, mir zwei Platzkarten zu reservieren Wien–Salzburg, Nichtraucher, Fenstersitze wenn möglich, Erste Klasse. Erste Klasse in der Angst, daß sie sonst Zuhörer finden würde, die all das, was sie in ihrer Muttersprache – die ja auch meine Muttersprache ist – verstehen, mit ihr ins Gespräch kommen würden und mich dann zur Beteiligung an diesen Gesprächen nötigen wollten..., ein Alptraum.
„Wenn meine Tante zurückkommt, soll sie noch Kuchen essen, ich kauf' schnell Zeitungen, ja?"
„Ich versteh'", so Hikmet, doch Gagi war schon wieder zurück. Sie teilte mir und Hikmet und dem ganzen Speisesaal mit, daß sie nach

ihrer Blasenoperation immer nur ganz kurze Zeit brauche – für das „kleine Geschäft", das aber recht oft. Dagegen für das „große Geschäft" …
„Wo ist meine Lederimitation aus Italien, die mir meine Schwägerin Rosa…", schrie sie den armen Hikmet an. Hikmet hielt sich tapfer. Er lachte nicht.
„Alle Ihre Koffer, gnädige Frau, habe ich in der Garderobe verstaut."
„Was? Was sagt der Türke? Wieso kann er nicht Ungarisch?"
Oje, jetzt mußte ich nicht nur übersetzen, sondern erklären, warum Hikmet nicht Ungarisch kann. Hikmet seinerseits verstand so viel, daß Gagi ihn geringschätzig Türke genannt hatte. Er zog seine Augenbrauen nervös hoch. Auch wurde er rot, aber er hielt sich. Nun schrie Tante Gagi: „Der Türke hat alle meine Koffer gestohlen!"
„Der Türke, der Türke", so Hikmet „der Türke stiehlt die ranzigen Koffer, der Türke tut alles Böse, er lügt nicht nur, er stiehlt auch… Jaja, und er schlitzt auch die Kehle auf…"
„Lieber Hikmet, bringen Sie bitte sämtliches Glumpert der Frau her und stellen es unter den Tisch, damit sie selber alles bewachen kann."
„Bitte gnä' Frau", verbeugte sich Hikmet nun sehr ironisch vor Tante Gagi, und er trug einzeln die Koffer und die sonstigen kuriosen Taschen zu ihren Füßen, wodurch sie wie eingemauert praktisch bewegungsunfähig wurde. „Und wenn ich wieder austreten muß?" schrie sie vorwurfsvoll.
„Ich gnädige Frau über die Koffer heben. Türken sprechen so, nicht? Ich heben, ich nehmen, ich tragen. Paßt? Hier! Ihr Szatyor!" brachte Hikmet das letzte und unansehnlichste Stück. Szatyor, das entsprechende ungarische Wort für die in der Regel jammervoll aussehende Einkaufstasche, in der meist die schnell erbeutete Ware getragen wurde: ob die von Wiener Kleinbürgern in Ödenburg kiloweise gehamsterte Butter oder Damendessous oder gar Weihnachtsbäume, oder umgekehrt, von Ungarn, meist in der Mariahilferstraße zusammengekaufter Ramsch … Szatyor! Ein vernichtendes Wort.
„Der Türke spricht doch perfekt Ungarisch."
„Nein, er kann nur die wichtigsten Worte. Noch aus der Zeit der Türkenkriege, Mohács, weißt du, Tante Gagi, als die Muselmanen uns besetzt hielten." – das hätte ich jetzt nicht sagen dürfen, ist klar. (Ich bin nicht besser als Georgi.)
„Ja, die waren schlimmer als die Russen, muß ich sagen", und plötzlich sang sie das Lied, welches die Kinder hunderte Jahre nach der Türkenbelagerung noch immer im Kindergarten sangen:

„Flieg Marienkäfer flieg,
Die Türken kommen, bringen den Krieg." Usw.
Freilich war der Text dieses Kinderliedes die Beschreibung einer Folter. Dies als Kinderlied, quasi an einen lieblichen kleinen Marienkäfer gerichtet... So verniedlicht brachten sie uns alles näher. Nah und fern zugleich schienen uns die Schrecklichkeiten der Welt und sie währten ewig. Hier in diesem bürgerlichen Restaurant in Wien, wo die zweite oder dritte Generation der Gastarbeiter nichts von der ehemaligen türkischen Besatzungszeit Ungarns zu wissen schien, war Gagis mit scheppernder Stimme vorgetragendes Lied ein kleiner Eklat, Steigerung ihres bisherigen erschreckenden Betragens, eine kleine mimisch-gestische Darbietung, für viele nur Lärmbelästigung... Den Inhalt werden nur wenige verstanden haben oder niemand. Es schienen zufälligerweise keine ungarischen Gäste im Restaurant sich aufgehalten zu haben oder sie tarnten sich verständlicherweise. Irgendwie war ich jetzt am Rande meiner Belastbarkeit angekommen:
„Tante Gagi, darf ich einige Zeitungen kaufen? Ich komme gleich."
„Ich komme gleich. Das hör' ich gern. Istvan... Und auch von dir, als deine gute Mutter, die dich einmal bat, von Garai Zucker zu holen..."
„Ja. Ich war circa dreieinhalb."
„Nur über die Straße gehen und bei Garai sagen, ein Kilo Zucker für meine Mutter..., das konnte man aber nicht erwarten... von dir."
(Spricht Dolores aus ihrem Munde?)
Ich sah jetzt auf der Ladentür von Garai den Zuckerhut abgebildet: ich wurde ungehalten, wie damals, weil ich schon damals wußte, daß das, was mir gefällt, nicht zu kaufen ist: daß ich den Zuckerhut nicht bekommen werde, nur etwas in einer braunen Tüte.
Tante Gagis Stimme drang zu mir: „Du bist jedenfalls gegangen und sagtest: ‚Ich komme gleich.' Und stundenlang kamst du nicht, und deine armen Eltern und deine armen Großeltern und Istvan und mit ihm selbstverständlich auch ich... Wir alle sind in den Straßen herumgerannt und haben jeden gefragt, ob man dich gesehen..., und niemand und nichts."
Doch Eva fand mich und gleich nachher war mein Großvater auch da. Ich, versunken in der Betrachtung des Bildes Vitéz János. Vitéz János auf seinem weißen Pferd, wohl vor der Schlacht von Segesvár, wo der Dichter gegen zwei Armeen, die habsburgische und die russische, heroisch kämpfend den Heldentod fand. „Vor dem Petöfi-Bild in der Heiligen-Stephan-Straße fanden wir dich." Doch Tante

Gagi war zu dieser Zeit noch gar nicht bei uns. (Spricht Dolores aus ihr?) „So weit darf ein Kind nie gehen. Wenn die Mutter es nur zum Geschäft schräg vis-á-vis zum Zuckerholen schickt." (Ja, Dolores spricht.) Zum Schicken war ich wahrscheinlich schon damals nicht geeignet – dachte ich mir. Doch diese Sündenliste von meiner Tante Gagi, die mit der Verweigerung des Zuckerkaufens begann, hat in mir ganz scharfe Bilder der Erinnerung ausgelöst: ich sah Vitéz János im Schaufenster des Herrenmode-Geschäftes, neben ihm erst Admiral Horthy, später Szálasi, dann der Stalinist Mátyás Rákosi, dann Kádár, dann – aber da war ich bereits weg. Doch Petöfi blieb, auch als das Herrenmode-Geschäft sich in eine Münzen-Wäscherei verwandelte, weiß ich aus den Briefen meiner Tanten.
Gagi schien mir nun alles vorzuwerfen, wofür sie mich als Kind geliebt hatte. Verstehe ich sie richtig? Sie spricht jetzt wie Dolores zu mir. Was ist geschehen? „Das ist geschehen", sagte sie und riß einen abgegriffenen Briefumschlag aus ihrer Tasche. Sie legte vier Bilder nebeneinander: „Das ist mein Sohn, Istvan, fünf Jahre vor seinem Tod, als Major." Ein formlos dicker Mann mit drei Härchen über seiner Glatze. Kein Blick, keine Konturen des Gesichtes, keine Augenbrauen, ein winzigkleiner Mund („Wie ein Hühnerpopo", sagte Georgi immer auf diesen nefflichen Mund. „Paßt zu der Schräglage", fügte er stets hinzu). Das andere Bild zeigte ein dicklich bäuerliches Mädchen. „Seine Gattin", so Tante Gagi. „Hier die zwei Kinder von ihnen. Wir sind Großeltern geworden, stell dir vor." Von dieser Sensation wußte ich allerdings seit mehr als zehn Jahren. Da ich annehmen durfte, meine Tante verwendet die Mehrzahl niemals allein für sich, war es also wieder Bello Cio, der mit ihr zusammen Großeltern geworden ist. So etwas dürfte man mit einem Toten nicht machen, dachte ich mir: die Biologie verspottet einen. Das ist aus dem Tanz des Bello Cio geworden. „Hartmann Istvan der Fünfte", sagte sie. Auf dem Bild war ein mädchenhaft aussehender junger Mann zu sehen. „Schön wie ein Schauspieler", schrieben die Tanten, „doch er ist faul, lernt nichts und hat bereits mit achtzehn eine unmögliche Freundin, nur 145 cm groß, Friseurlehrling und ‚Taxifahrerin'. Letzteres leider als Gast. So fährt sie als Lehrling in den Friseurladen mit dem Taxi und läßt sich auch von dort abholen." Dies bestätigte Tante Gagi auch: „Die fährt nur mit dem Taxi herum, wir wollen nicht, daß Istvan sie heiratet."
Fünf Istvane. Ich hätte gerne gewußt, ob der schwäbische Bauer in Perjámos, der Ur-Istvan, Stephan eigentlich, mit der Brautwahl sei-

nes Sohnes, meines Großvaters, vor vier Generationen einverstanden war. Einen Moment sah ich ihn: meinen Urgroßvater, den schwäbischen Großbauern in Perjámos. Er saß am oberen Ende der breiten langen Tafel: ich durfte neben ihm sitzen, nicht ganz zwei Jahre alt. Links und rechts an der Tafel seine Söhne und Schwiegertöchter (erklärte man mir später) – auch Georgi und Dolores saßen da und dann die Knechte und die Mägde. Seine Söhne hatten den Blick auf ihre Teller geheftet, schauten auf den Vater nicht auf. Daran kann ich mich noch erinnern. Die Knechte und die Frauen ohnehin nicht. Ich als Kleinkind musterte ihn unbefangen. Er gefiel mir: stahlblaue Augen, gutgeformtes, kantiges Gesicht: Mein Urgroßvater war meinem geliebten Großvater ähnlich. Nur kam er mir härter und jünger als dieser vor. „Na, meine Herren", sagte er plötzlich, „wenn es jemandem hier nicht so recht gefällt oder wenn er die Arbeit nicht so liebt wie ich" – es gab eine Totenstille, wie in der Kirche nach dem Erklingen der Glöckchen. (Habe ich die Glöckchen wegen dieser Stille an der Tafel meines Urgroßvaters später so bedeutsam gemerkt?) Er soll dann auch noch gesagt haben, daß er „diesem wachen Kind sein Reich vererben wird, wenn die Söhne nicht spuren. Er kann ja auf den rechten Nachfolger ruhig siebzehn Jahre warten." Dolores habe ich noch Jahre danach Georgi schelten gehört, weil er mich als „Georg den Zweiten" meinem Großvater vorgestellt hat. Damals haben wir Perjámos in Nacht und Nebel verlassen. Dolores wollte es nicht darauf ankommen lassen, daß sich die Wahrheit herausstellt. Welche Wahrheit? Immer dieselbe Wahrheit.
Inzwischen zog Gagi ein weiteres Bild aus dem Briefumschlag: „Und das war seine Geliebte", diesen Satz muß sie öfters wiederholt haben. „Was ist? Woran denkst du", fragte sie ungeduldig. Und sie gab mir mit ihrem Ellbogen einen Stoß. „Und das war seine Geliebte! Hast du je so eine schöne Frau gesehen?" schrie sie mich triumphierend an. Auf dem Bild sah ich eine als Zigeunerin aufgeputzte, recht ordinäre Frauensperson. Das ist also die Bardame, über die sich die ganze Familie so aufgeregt hatte.
„Schöner als seine Frau, gib zu", herrschte mich Tante Gagi wieder an.
„Hm... ich kann so schnell nicht..."
„Nicht? Ich dachte aber..." Ich wollte nicht wissen, was sie dachte.
„Carmen und Michaela", sagte ich, obwohl ich wußte, daß ich Carmen hiermit Unrecht tat. Aber das Ganze war ohnehin nur Spott. Der dicke, formlose Mann mit dem Hühnerpopo, um den diese zwei Weiber zankten..., kurios, lächerlich.

„Don José also", sagte ich meiner Tante.
„Ja. Beide wollten ihn haben. Der Bauerntrampel hatte die ganze Hartmann-Familie hinter sich, so haben wir dann den kürzeren gezogen. Obwohl ich schon das Hochzeitskleid für Esmeralda..."
„Esmeralda hieß sie?"
„Künstlername. Du müßtest das verstehen. Du lebst auch unter solchen Leuten, oder?" – „Na na Tante Gagi, mit solchen Damen..., weißt du..."
„Naja, mein Sohn war eben Major. Das wirkt. Ich weiß, er spielte nicht auf der Orgel oder auf dem Pianino die Lieder nach wie du, auch keine Bilder gemalt, aber," – hier sah sie mich sehr herausfordernd an, „du bist schließlich auch nicht Klavierkünstler geworden, und die Kritiken, die du uns über deine sonstigen Sachen geschickt hast, versteht in der Familie niemand. Mein Sohn aber ist..."
„ A V O -Major", sprach ich es jetzt aus.
„Das behaupten nur deine Tanten... Er war ein ganz normaler Major. Wie jeder. War. Du vergißt, daß er vor zwei Jahren... Hodenkrebs. Wir alle haben mit ihm gelitten. Und weißt du, als es soweit war, am vorletzten Tag..., ich dachte, ich werde prompt verrückt. Mein Sohn, ein Major, ein Atheist. Und deine Tante Rosa kommt mit einem Priester, und mein armer Sohn muß das alles über sich ergehen lassen. Und Rosa hat mich angeschrien: sie sagte, daß ich schon genug in ihrer Familie Schlimmes ausgerichtet, und sie läßt nicht zu, daß ein Istvan-Hartmann, selbst wenn er ein AVO-Gauner – so sagte sie – AVO-Gauner gewesen, sterben soll wie ein Hund. – Damit meinte sie ohne die Sakramente. Auch seine große Liebe, sie haben sie angezeigt, daß sie eine öffentliche... H... Weißt du, was das ist...?"
„War sie denn eine Prostituierte, Tante Gagi?"
„Niemals, Nie. So etwas wäre doch bei uns, in der V o l k s - d e m o k r a t i e erst gar nicht möglich."

Da ich gewissermaßen „abgehauen" war, mit schlechtem Gewissen... Du willst nicht neben der armen Frau sitzen, die ihre schrecklichen Taschen um sich sammelt, unberechenbar ihre kuriosen Weisheiten verkündet, böse Lieder singt, weil du immer flüchtest, vor dem Unglück, der Krankheit der anderen. Was ist zwischen dir und Galajda noch für ein Unterschied? Warum treibst du deine blöden Späße mit Death-Box und Türkenbelagerung, ist deine Reizbarkeit so unbezwingbar geworden? Mußt du der armen Frau sagen, daß man im Westen alles geschenkt bekommt? „Auch dein Haus, wie ich hörte:

ja, wenn es so leicht geht, daß man hier Häuser geschenkt bekommt, die man nur ein bißchen renovieren muß, und Istvan könnte selber renovieren, und er würde nicht von den Eltern noch Geld dafür..."
Oje, wie leicht ist alles hier in unserer real existierenden Warengesellschaft; wie unvorstellbar leicht, Tante Gagi. Das Kleingedruckte des Kreditvertrages hat mir allerdings eine chronische Schlaflosigkeit eingebracht... So hadere ich mit mir, mit ihr, und mitten auf dem Zebrastreifen verfolgt mich ihr scheppernder Gesang:
Flieg, Marienkäfer, flieg,
die Türken kommen,
bringen den Krieg.
Flieh, Katalinka, flieh,
die Türken kommen
in Salzwasser dich kochen
wirst aus'm Wasser genommen
legt man dich unters Rad...
nachher knallt man dich
knallt man dich ab.

Flieg, Maikäfer, flieg,
der böse Georgi kommt, fängt dich, wirft dich in den Teich,
der Kröten Magen ist dir erst weich,
auch die Gummizelle ist weich dem Eingesperrten,
will er aber an die Luft?...
Na, anrennen an die Wand!
hinein mit dem Kopf,
reiß dir ein Loch.
Die Totenkäfige,
ihr armen Frösche,
euch wiegt das Wasser
wie tote Mütter: Riesenkinder im Leib.
Herr Ärmeli, Handelsvertreter, fand seine Frau hinter einem Tümpel, der Kopf durch eine Granate abgetrennt, achtzig Meter weiter im Feld. „Zumindest wurde sie von den Russen nicht geschändet", tröstete sich Herr Ärmeli. Das hätte ich nicht überlebt.
Unters Rad geriet die schöne Wally, unter die vier Räder eines russischen Jeeps. Das war in der Arany-János-Straße. Auf dem Gehsteig: Sie wollten sie niederfahren. Sie grölten dabei. Vier junge russische Soldaten. Nach der ersten Woche der Raub- und Vergewaltigungsfreigabe durften sie nun nicht mehr massenficken. Die sogenannten

„Elitetruppen" sind eingerückt. Weitere Ausschreitungen gegen die Zivilbevölkerung wurden nunmehr bestraft. Die Soldaten waren bös. Nach dem ganzen Befreiungskrieg soll diese eine Woche alles gewesen sein. Wally mußte daran glauben: sie entging der Massenorgie, weil ihr Mann, Ingenieur B., sie gut versteckt hatte – sagten meine Tanten. Jetzt ging sie einkaufen, Brot und Pferdewurst. Wally. Sie ging einkaufen, als wäre nichts geschehen.
Feinsliebchen,
was willst du jetzt einkaufen gehn?
Die Russen kaufen jetzt ein,
hörst du sie nicht gröln, jaulen, krähn?
Umsonst drückt Wally sich an die Wand.
Sie wird von der Stoßstange umgestoßen.
Und auf und ab
auf und ab
bügeln über ihre armen Knochen die vier Doppelräder, Knochen wie Mehl jetzt.
Als Soldat muß man so geschickt mit dem Jeep fahren,
so akkurat, daß alle Räder über Wally auf und ab bügeln,
auf und ab tanzen,
bis alle Knochen zermalmt.
Die Burschen lachen, sie schreien „Unfall! Unfall!"
und spritzen glücklich mit dem Ejaculat,
sehen wir, sehen wir, wer noch einkaufen mag gehn
und schön und jung ist und läßt vor unserer Nase
die Busen hüpfen, die Hüften wiegn.
Sollte sie nicht mehr zur Verfügung stehn zum Massenfick,
zertreten wir sie mit uns'rem Jeep.
Hoppla, ein kleiner Unfall. Kann einmal geschehn.
O, werde ich je dein Leiden, zehn Tage Sterben, die hundertmal gebrochenen Knochen, je vergessen? Nein, schöne Wally, nie vergess' ich dich. Ja, und das siedendheiße Wasser, in welchem die AVO, nein, Gestapo, nein, noch früher, die Gendarmen waren auch nicht zu fein, die Horthy-Gendarmen, „unsere Guardia Civil", mit ihm, Joshi, „Eierkochen spielten?" Damit er nicht mit fröhlicher Stimme die „Internationale" und vom Roten Vogel singen könne und von seinem „wunderbaren Morgen".
Roter Joshi, fröhlicher Freund, nun hinkendes Wrack,
nein, das siedende Wasser, vergess' ich nie.
Und die Stöcke,

die unter Hahnenfedern am Gendarmenhelm,
die Stöcke, die die Eier zum Rührei schlagen,
Roter Terror
Weißer Terror
Stahlgrauer Terror der Hitler-Schergen
Auf der Graf-Teleky-Straße rannte laut schluchzend Doktor Lorand, tat, als erkenne er mich nicht. Die grauharten Nazis mit den Gewehrkolben schlagen auf ihn ein, er stolpert; Christus, dessen einmalige Pein wir so oft gefeiert, dessen Passion wir jährlich beweint, war dir wirklich mehr zugemutet worden als Wally, Joshi, Anna, Doktor Lorand, Zoila, auch Gideon und vielen vielen anderen, für die man keine Passionslieder singt, nach denen niemand tausend Jahre weint?
Warum wollte er mich nicht erkennen, Doktor Lenard? Mit der linken Hand schob er mich sogar weiter, durch die Luft, ich war noch nicht bei ihm angelangt. Weiter, weiter! Schrien die Nazischergen, und ich renne in das Haus. Zoilas Kind pickte an der Wand der Ordination, die Gehirnmasse lief langsam runter, wie Joghurt, Zoila selbst, mit ausgeschlagenen Zähnen und blutendem Schoß, angebunden an einem medizinischen Gerät, angebunden auch die schlanken Beine. Gespreizt: die deutschen Käfer haben noch Zeit gehabt. Und angebunden haben sie auch ihn, Doktor Lorand, damit er beiwohnt bei der Zerstörung der schönen Zigeunerin: deutscher Soldat kann ja schießen nicht nur mit dem Gewehr, die Frauen so, die Männer so. Und wenn Lorand schrie und sich befreien wollte, haut der Deutsche ihm ins Gesicht mit dem Kolben oder Zoila in den Mund. Ach wie anders, Zoila, habe ich mir unsere Umarmung vorgestellt, als ich dich von deinen Fesseln endlich befreit und dich in ein anderes Zimmer schleppte, obwohl dein armes zerschundenes Wesen dein Kind an der Wand kaum noch gemerkt hätte. Und als der Kinderleichnam runter rutschte, der Rest vom Schädel schlug auf dem Boden auf, rannte ich wieder weg. Rannte ich, Zoila, jetzt zu „deinen Leuten". War ich wirklich so dumm, daß ich dachte, die Brüder und dein Vater, deine ganze Sippschaft: Zigeuner-Wiese, Arabia, ewig fällt mir diese Wiese mit dem Lehmboden ein: o ja, sie holen dich, der Vater und die Brüder. Mit düsterem Gesicht packten sie dich zusammen in einen Sack, das Blut tröpfelte (im Athener Restaurant habe ich an dich gedacht). Ich mußte lange rätseln, wo dein arabisch Volk die Steine fand. Den armen, wunden, gedemütigten Rest, das einst du warst, hatten sie Lust, mit Steinen zu bewerfen. Der Lehm-

boden saugte dich ein, das Rot deines Blutes paßte zu der Farbe des Bodens. Du störtest nicht mehr. Habib, dein Bruder und mein Geiger-Freund, brachte dein schmales Armband mir und die Geschichte deines Endes. Krieg im Krieg, grausames Arabia. Tausendundeine Nacht füllen die Bilder meine Träume, meine Alpträume, führen zurück zu dir.
Weißer Terror, Schwarzer Terror Arabiens,
Stahlgrauer Terror der Hitler-Schergen
Roter Terror, wir werden ihn noch besser kennenlernen.
Und Anna rannte aus des sicheren Spitals sicherem Keller, wo sie versteckt; sie wollte nicht glauben, daß die Soldaten der Roten Armee, die uns befreiten ..., sich an verdienten Genossinnen vergreifen werden.
Ach Anna, geh nicht mit roten Rosen zu den Soldaten.
Du bist eine Frau, bist kein Mensch für die, Beutefleisch nur.
Doch Anna, Anna, hörte nicht auf mich im Hof unseres Versteckes im Militärspital, wo schon mein Großvater mitten im Ersten Weltkrieg überlebte, aus Gnade ... eingeschmuggelt zu denen, die sterben oder amputiert werden.
„Jetzt haben wir inzwischen den Zweiten Weltkrieg", sagst mir töricht und willst nicht hören, was im Hof sich abspielt, und „da steht der Bischof", sagst du, der eigentlich wegen der sterbenden Soldaten hergekommen, „da kann nichts passieren." Der Bischof, der nicht ansehen konnte die Massenvergewaltigung – im Hof eines Militärspitals –, Anna, das ist auch dann nicht so schön, ei gar nicht schön, in der Tat, wenn die Werkzeuge aus der Roten Armee Hosen ragen: wenn der Soldat sein Glied statt Waffe, o Anna, versteh mich, törichtes Weib, „Das kann nicht sein", sagt sie, „du bist ein Kind noch." Ein Kind? Ich glaub', das kann jetzt hier nicht stimmen: ich sehe alle Vergewaltigungen der Geschichte jetzt, die der Kriege, jene hinter idyllischen Wänden, Georgis Hecheln geht in das Grölen der Roten Armee über. Mann ist Mann. Im Mann hockt stets der „Soldat", der dann, wenn du dich rührst, Anna, auf dich schießen wird, jedenfalls immer schießen kann. So oder so. „Du bist ein Kind noch", und rennt die Treppe hinauf, obwohl sie hören muß das entsetzlich gellende Schreien weiblicher Kehlen, die lachten noch soeben, und viehisch Grölen, männlich, die feixten noch soeben. Dann ein schwaches Wort ... war das der Bischof? Ja. – Er spricht lateinisch, Herrgottje zu den besoffenen Kirgisen. „Apage Satanas!" Die werden jetzt beeindruckt ihre Schlitze schließen... Stattdessen

eine Salve, und dies traf dann auch sie. Meine Anna. Joshis und meine. Daß du neben dem Bischof zum Sterben kommst, fast, meine große Freundin der proletarischen Revolution, hätten wir alle nicht gedacht. In ihrem Blutrausch haben die Ficker ihre erniedrigten Opfer auch gleich umgebracht und auf den Leichnam des Bischofs geworfen ... Benutztes Zeug. So ist es niemandem aufgefallen – auf dem Hof –, daß wir dich, mit deinem Lungenschuß, mit letzter Kraft zurückgezerrt... Und ich saß an manchem Abend am Bettrand den ganzen Frühling und durch den halben Sommer – dein Vater hat dich mütterlich gepflegt – bis in den August und nur die Augen waren uns zum Sprechen erhalten geblieben. Und du fragtest, erwachsene Frau – wieso die Welt so, warum die Soldaten der Roten Armee, auf die Joshi und du so lange gewartet...? Du starbst an dem Tag, an dem die US-Navy die A-Bombe auf Hiroshima warf, also muß das der 6. August 1945 gewesen sein.

Und der Karda wurde bald aufgehängt, weil er als Hakenkreuzler einige, viele Zivilisten zu der Donau gedrängt. Sie winselten, sie seien Christen und zeigten ihre wirklich nicht gefälschten Pässe, als ob das wirklich das Recht auf Leben oder auf Tod begründet hätte. Und Karda sagte: „Pässe? Pässe? Haha! Pässe, das hab' ich gern. Alles gefälscht." Und seine Mutter nannte er „Gnä' Frau" und „Rote Hur'", weil sie seinen Vater in der Öffentlichkeit, außen stehend auf der Kasernenwand, zwischen den Gitterstäben der schmalen Fenster mit polnischen Offizieren brünstig betrog. Karda als junger Hakenkreuzler hat seine Mutter, nebst den Erwähnten, mit oder ohne Paß, am Donauufer, vor „unserem" Bootshaus hingerichtet. Davor noch – mit seiner brüderlichen Hand – so dacht' ich mir – unwissend –, zerrte er geheimnisvoll auf den Bischofsturm mich, mich, den geschaßten Ministranten: er wollte Gerechtigkeit walten lassen, Karda: „Die Pfaffen sind fort! Du kannst jetzt deine Stadt von oben sehen": doch was ich jetzt sah, war nur ein Trümmerfeld ... Die Flüsse waren schmutzig, waren rot, und statt der schmalen Boote trieben – das sah ich – Tote in meiner Donau, vom schnellen Fluß hin und hergerissen. Sie stoßen – ungewollt und höchst unwillig – aufeinander zu, verfangen sich an herausragenden Trümmern, die Nazis haben unsere Brücken am letzten Tag ihrer Herrschaft noch in die Luft gesprengt – oder waren die Brücken gerade noch da, als ich vom Turm geschaut? Jedenfalls nach mehr als zehn Bombenangriffen war Györ nicht mehr zu kennen: das war Dresden, Berlin, Essen, Wienerneustadt – übereinander geblendete Filme –: nach dem Luftkrieg sind alle Städte gleich. Wie ich noch schau, reißt Karda seinen allzu großen Soldatenmantel auf: in seinem Gürtel Batterien fürs Maschinengewehr... „Na! Du siehst, es klappt, was ich anpack'! Es klappt immer! Also: du kannst mir assistieren. Wir gehen jeden Tag ‚Leute wegputzen': Da unten ... vor dem Booshaus." Ich rannte weg und Karda mir nach auf der Wendeltreppe der Bischofsburg. Hinter mir. Ein Wunder, daß er mir nicht von hinten in den Schädel geschossen: in den Hinterkopf ... Wo er das so gewohnt war ... und jetzt so erregt.

Diese vielen Toten traten aus dem schrecklichen Kinderlied der Tante Gagi, die nichts dabei gedacht..., wie auch die Kindergärtnerinnen unseres Bisinger-Kinderhortes sowie sämtliche andere Kindergärtnerinnen sämtlicher Kinderhorte des Landes nicht daran gedacht haben, was sie uns Kindern vorgesungen, törichtes Zeug, was wir ihnen nachgesungen, doch jetzt war der Sinn da.

Das Kunsthistorische gerade erreicht, suchte ich die Nebenräumlichkeiten: ich mußte mich erbrechen. Total erledigt wollte ich zu „meinem Bild" flüchten, und wie einer, der es nicht versteht, wo links, wo rechts, renne ich in eine Glastür des Flurs. Nur nicht noch einmal brechen müssen, nein, stattdessen Nasenbluten. Die „Winterlandschaft", stets ersehnter Hort, find' ich heute nicht. „Excuse moi", sagte eine Stimme, eine Stimme, Baß. „Sie suchen was. Vielleicht kann ich... Pardon. Ich heiße Jacques Bell", sagt er auf französisch und reicht mir ein Paket Tempotaschentücher. Er nimmt mein blutgetränktes Tuch, läßt es verschwinden. Er kennt sich hier aus.

Der Mann ist klein. Nein. Also, klein bin ich eigentlich selbst, wenn nur 190 und darüber groß sein soll. Ich bin 162 und eher schmächtig. Wie groß wird Monsieur Bell sein? Vielleicht 120 Zentimeter. Sehr schöne Augen, grau. Ist er am Ende aus dem „Gebet des Kranken vor der Nacht"? Er sagt mir, daß er aus Polen kommend die Zeit zwischen den Zügen immer im Kunsthistorischen verbringt. Meist bei den Flamen. So folge ich ihm einfach; aus doppeltem Grund. Während er in der Nische bei dem traurigen alten Rembrandt und dem Portrait seines Sohnes steht, labe ich mich an meiner „Winterlandschaft", und Tante Gagi mit ihrem Lied – paar hundert Meter weiter im bürgerlichen Restaurant Holicek & Ritter – kommt mir vor wie ein böser Traum..., daß das alles auf einmal möglich..., der Krieg, und daß sie alle, die Toten mich vom Restaurant zum Bruegel so herübergeleitet, während meine arme Tante das Kinderlied, das von den Türken und jetzt vielleicht auch das andere,

jenes vom allgemeinen Abrichten zu meiner endgültigen Belehrung inzwischen zum besten gibt:
„Wenn das Kind gut (brav) ist, folgsam, folgsam,
stellt es sich mit (seinen) Kameraden im Kreis auf,
und alle tun so:"
Woraufhin die Kindergartentante irgendeine meist alberne Bewegung vormachte: in der Annahme, daß Kinder Albernheiten lustig finden. Nachher mußten wir Kinder der Reihe nach irgendetwas vormachen: hier verweigerte ich mich, würde man heute sagen. Doch meine Verweigerung wurde mir geflissentlich übersehen, da ich in der Lage war, selbsterfundene Märchen zu erzählen, die dadurch, daß ich selbst den Schluß nicht wußte, interessanter waren als die Wiederholungen der bereits hundertmal gehörten Märchen. So konnten sich die alten, zermürbten Kindertanten ausruhen. Meine Auflehnung gegen das „Abrichte-Lied" fand allerdings Nachahmer. Auf das Ausruhn folgte Ärger... Povázsay begann plötzlich, als die Reihe an ihm war, mit der linken Hand in der Luft zu zeichnen. Das Spiel wurde daraufhin abgebrochen. Nächstes Mal kam Schej auf die Idee, seinen Hosenschlitz aufzumachen und in den Kreis zu urinieren, die kleine Fahne, die die Kreismitte markierte, zum Ziel nehmend. Da er traf, klatschten die anderen. Er schrie dazu: „Heil Hitler!" Ob dies nun Huldigung, Spott, ziellose Albernheit...? Es war unklar. Jedenfalls wurde Schej aus dem Kindergarten entfernt. Banos wollte Schej nachahmen, und es fiel ihm dazu nur ein, bei dem nächsten Spiel auf den Sandboden zu gacken. Er war ja recht einfallslos. Außerdem schwerfällig. Während Schej seinen Strahl verblüffend schnell..., war Banos mit seinem nackten Arsch bar jeder Überraschung..., wie er da hockt mit blödem Blick und läßt paar Würstchen fallen. Doch Banos wurde nicht aus dem Kindergarten entfernt, weil das Wirtshaus seines Vaters als die Hochburg der Hakenkreuzler galt, Herr Banos selbst als heimlicher „Gruppenleiter". Jeder hatte Angst vor ihm.
Etwa sechs Jahre später, nach dem Krieg, stellte mich Banos im ehemaligen Graf-Batthányi-Park:
„Willst mich jetzt nimmer kennen?"
„Doch, du bist der Banos."
(Wahrscheinlich blickte ich unwillkürlich in die Richtung seines väterlichen Wirtshauses. Ein längliches, ebenerdiges Haus mit Eingangstor in der Mitte. Es war ein U-förmiger Bau, und die Frontseite und die zwei Flügelseiten haben einen großen Gastgarten umfangen.

Die vierte Seite war leider die Rückwand eines größeren, fremden Hauses, dessen Frontseite sich auf eine parallel verlaufende Straße (Arpad-Weg) öffnete: aus Herrn Banos Plan, dieses Haus ebenfalls zu erwerben, war nichts geworden: dauerte die Hakenkreuzler-Herrschaft offiziell doch nur kaum sechseinhalb Monate, zwischen Mitte Oktober 1944 bis Kriegsende, also April 1945. Außerdem war der Besitzer des begehrten Hauses kein Jude...) „Der Krieg ist aus, heute nun der letzte Probealarm, und dann Schluß", sagte Banos. Ich spürte, daß er etwas Eingelerntes vorsagt: wahrscheinlich von seinem Vater eingebleut.
„Der Krieg ist aus", sagte er noch einmal.
„Das hat inzwischen jeder gemerkt."
„Jetzt muß man alles vergessen."
„Vergessen ist fremd für mich. Ich hebe mir alles auf."
Darauf gab es keine Antwort.
„Mein Vater", setzt Banos weiter an, „mein Vater ist Wirt."
„Das hat man auch schon immer gewußt."
„Ein Wirt kann seine Gäste nicht..." – hier dachte Banos nach – „nach P a r t e i e n b u c h auswählen." Er sagte Parteienbuch, das fand ich sehr komisch.
„Und wer sitzt jetzt bei ihm?" wollte ich wissen. Und weil in seinem vorgekauten Text da keine Antwort vorgesehen war, sagte Banos naiv: „Die Leut' von der Kleinlandwirtepartei."
„Klar, Und nachher?" Wieder verstand mich Banos nicht: „Was weiß ich, was nachher drankommt. Mein Vater schenkt gutes Bier aus, das ist unser Brot."
„Das sollst du jedem sagen, was?" Bevor Banos hätte antworten können, tat sich das Tor des Wirtshauses auf: es war ein heißer Augusttag um drei Uhr herum: heraus trat Herr Karda... Das hat mich verblüfft.
„Er zapft jetzt Bier bei euch?"
„Ja. Er zapft Bier. Soll er sich aufhängen vielleicht?"
„Nein, soll er nicht. Sein Sohn ... das reicht."
„Ja. Das sagt mein Vater auch."
„Ja. Er soll zapfen und ausschenken."
„Ja. Ja ausschenken. Und weißt du, wem er ausschenkt? Weißt du wem?"
Herr Karda war gleich in die Straße vor dem Gasthof nach links eingebogen. Er hat uns kaum beachtet. Wir waren ja Kinder, elfjährige, zwölfjährige gerade.

„Doch weißt du, wem Herr Karda das Bier...?" drängte Banos mich.
„Naja, der ‚Kleinwirte-Partei', oder wie die heißen. Du sagtests ja schon."
„Doch ein bestimmter Mensch, ich meine, den du gut kennst, sitzt auch ständig da."
„Wer denn?"
„Dein Opa!" platzte Banos heraus. „Er hockt seit Mai Tag und Nacht bei uns." Herrgottsakra, das fehlte mir noch: mein Großvater war in den letzten Jahren immer öfter verschwunden und seit meinem Geburtstag März 1944 war er kaum mehr heimgekommen. Ängstlich ging ich auf das Wirtshaus zu. Banos hat nicht gelogen. Großvater saß am Ende eines langen Wirtshaustisches: einen halbgeleerten Bierkrug vor sich. Ich bin durch den Raum gegangen.
Das war nicht ‚Banos' Wirtshaussaal,
das war ein heller Bauernhof
und rundherum das breite Feld,
golden Weizen-Meer, Annas Haar.
Es war einmal in Südungarn
ein schwäbisch Dorf.
Seins Vaters Reich
sprach dieser mir zu einst, als ich zweijährig war, sein Reich.
Ich bin Besitzer, Patriarch,
der da sitzt: mein verlorener Sohn, geschlagen, windelweich.
Ich wate, ich wate durch die Zeit
wie einst Christus durch die Kornfelder,
abgebildet über den Ehebetten meiner Großeltern:
das Haus wie das Bild waren nicht zu retten.
Irgendwie kam ich bei ihm an in diesem Wirtshaussaal. Meine Stiefel – den Russen gestohlen, aus Virtus – donnern auf den Dielen, breitbeinig brutal. „Willst dich nicht setzen?" Ich denk', ich setze mich, oder?
Aus war der Weizen-Meer-Traum.
Und nun stand ich neben ihm im fremden Raum. „Ist Großmutter böse?"
„Ja schon. Etwas. Sie versteht nimmer, nichts."
„Ich bin ein feiger Hund", sagt er, Großvater. Und ich merke, ich nick'.
„Sie wußten nicht, ob Sie noch leben. Wo waren Sie denn die ganze Zeit?" (Ich hab' ihm „Sie" gesagt. Früher hab' ich ihn nie so direkt angesprochen).

„Wo...", er hat vor sich hinsinniert. „Hab' keine Ahnung. Immer woanders. Ich wollte nicht..." – er sah mich nicht an – „dabeisein, wenn diese Horde meine Frau, meine Töchter..., auch bei der Weruschka war ich nicht dabei." Hier begann er zu schluchzen. (Weruschka, war das vielleicht die fesche Wirtin vom Gasthof „Kleiner Hahn"?)
„Die besoffenen Soldaten, und sie allein."
Ich wurde milder. „Gegen eine Armee können Sie nicht an."
„Ja, so habe ich alle im Stich gelassen." Er schluchzte hemmungslos. Daß seine Frau und seine Töchter in Györ, Eva, Rosa, Dolores, unversehrt geblieben sind, wußte er schon. Er hat die Ruine in der Neue-Welt-Straße gesehen, er wußte, daß wir jetzt in der leeren Wohnung Doktor Lorands hausten.
Mein Großvater wollte mir nicht sofort folgen: „Nur wenn deine Großmutter mich heimholt."
Ich rannte nach Haus. Großmutter war zur Kirche gegangen. Ich rannte zu den Karmeliten, und dort war sie wirklich: doch sie betete so inbrünstig, daß ich sie nicht stören konnte. (Und die Zeit verflog.) Ihr Sohn Bello Cio „noch in Rußland", ihr kleiner Sohn Gabili (!) im letzten Moment noch weiß Gott warum als Soldat nach Dänemark..., von ihm war schon eine Karte gekommen..., doch was mit Cho-Cho-San war, wußte niemand. Komm Großmutter, komm, daß du ihn heimholst, dein Mann wartet auf dich. Und sie hört nicht und die Zeit verfliegt.
Draußen heulten die Sirenen auf. Wir wußten zwar von diesem letzten Probealarm, doch das hysterische Geheul hat bei mir wieder die gleichen Angstgefühle ausgelöst wie während des Krieges. Mein Herz klopfte ungesund. Großmutter muß dieses Herzklopfen erkannt haben: sie wandte sich um: endlich nahm sie mich wahr. Sofort wollte sie mich umarmen und beruhigen: „Der Krieg ist doch aus, du mußt keine Angst mehr haben... Die Flugzeuge kommen nicht mehr..." Doch ich wollte aus der Kirche, ich zog sie hinter mir her. „Großvater ist da: er sitzt bei Banos, er wartet auf Sie: von sich aus wird er nicht kommen."
„Bei Banos!? Bei dem Hakenkreuzler-Banos?! Dein Großvater! Was sagst du da?"
„Bitte kommen Sie. Er will, daß Sie ihn heimholen."
„Er ist kein Kind mehr", so Großmutter hart. Doch sie kam mit, wir traten aus der Kirche: Drei Treppenstufen, in der zu aufdringlich sengenden Nachmittagssonne: Nach der Dunkelheit fast blind.

Kaum haben wir gemerkt, daß eine kleine Gruppe auf dem Gehsteig stand, einige knieten sich nieder und machten sich an einer liegenden Gestalt zu schaffen. Ein Arzt kam. Die Sirene röchelte sich zu Ende. Ich wußte plötzlich, daß mein Großvater es war, der da auf dem glühenden Asphalt lag.
„Herzschlag", sagte der Arzt den Herumstehenden. „Wer ist dieser alte Mann?"
„Das ist mein Großvater! Istvan Hartmann! Geboren in Perjámos, Südungarn. Dekorierter Held des Ersten Weltkrieges."
„Was ist, was ist", schnappte meine Großmutter nach Luft. Die Leute kannten sie. Sie haben ihr Platz gemacht. Jemand holte den Pfarrer, nachdem der Arzt nichts mehr zu tun hatte. Großmutter schloß die aufgerissenen Augen ihres Gatten. Ich rannte, um die anderen zu holen. In Wirklichkeit rannte ich vor dem Toten weg. Nachher erfuhr ich, daß der Karmelit mit seinen Gehilfen, den „Kleinen Brüdern", in deren Reihe mein Onkel Gabili „aus gesundheitlichen Gründen" nicht aufgenommen worden war (Gabili, der für den Militärdienst der letzten Stunde doch für gesund befunden wurde), der Karmelit also ließ eine Tragbahre holen, und unter dem Eindruck der besonderen Tragik – wie er sich ausdrückte – versprach er der Familie meiner Großmutter in der unter der Karmeliten-Kirche befindlichen Krypta eine Grabstelle in der Wand. Damit wurde er, mein Großvater, der erste Bewohner hier. Großmutter ließ gleich ihren eigenen Namen in die Marmorplatte mit eingravieren. Auch ihr Geburtsdatum und einen Strich und dann 19.. noch dazu.
„Meine Kinder müssen dann die zwei Zahlen hinzufügen lassen, wann der liebe Gott mich zu sich berufen wird."
Hier sammelte sie dann, die am 6. Oktober 1961 Heimgegangene, alle ihre Kinder und Schwiegerkinder in der kleinen Kammer neben sich und ihrem Gatten ein. Erst den starken Baric im Februar 1961 – den die Rumänen auf dem Flur eines Krankenhauses elendig umkommen ließen. Er galt doch als ungarischer Besatzer aus der Horthy-Zeit – das war noch vor Großmutters eigenem Tod. Dann folgten Kathys zweiter Mann 1982, dann Evas Mann, Doktor Imre Horvath 1984, dann Georgi, gestorben auf der Brücke von Sydney 10. Jänner 1986. Obwohl er die Großmutter nicht geliebt und wohl sie ihn auch nicht, brachte Dolores seine Asche zu ihrer Familie: auch ein Sieg, einen Toten ungefragt oder gar gegen dessen Willen in eine feindselige Umgebung zu betten. Oder war auch diesbezüglich der Krieg endlich aus…? Nun mußte der Grabschacht erweitert

werden: die beiden „Ausländerinnen", Dolores und Kathy, haben die Kosten übernommen und die Marmortafel neu schreiben lassen.
Diesmal scheinen alle Kinder auf: die lebendigen und die toten (auch der vermißte Bello Cio). Bei den noch Lebenden steht der Name und das Geburtsdatum wohl, doch 19.. nicht mehr, denn es ist wahrscheinlich, daß einige das Jahrtausend überdauern werden...
Als die meisten Männer dieser Generation – außer Gabili – alle schon im Grab, stellte sich eine Pause ein: im Sterben. Doch dann starb Evy ihren qualvollen, langen Tod, der in der Nacht begann, ich ahnte nichts, als wir die Trois Leçons de Ténèbres von François Couperin hier aufgeführt – Französisch war ja ihre Lieblingssprache –: und sie starb in einem fort bis 7. Juni 1993.
Tante Gagi allerdings fand in der illustren Grabstätte keinen Platz (obwohl auch ihr Sohn, Istvan Hartmann der Vierte, mit der Berufsbezeichnung Major der ungarischen Armee in Ruhestand, seinen Platz bereits in relativ jungen Jahren hier fand). Der aus Dolores, Rosa und Kathy bestehende Familienrat hat Tante Gagi hierfür für unwürdig befunden. Der Krieg hört also doch nie auf.
„Niemand von uns ist bereit, neben ihr zu liegen", sagten die drei Schwestern. Eva und Gabili wurden nicht gefragt. Die nächste Generation, wozu ich (Bello Citos Sohn war ja bereits tot), Evas Söhne und Tochter gehören, wurde ebenfalls nicht gefragt: ich wurde erst zehn Tage nach dem Begräbnis Tante Gagis benachrichtigt. Hätte ich am Ende durchgesetzt, daß die unwürdige und offenbar verrückt gewordene Schwägerin neben meinen Tanten und Onkeln liegt? Und wenn Tante Gagi, dann vielleicht gar ihre Freundin Beate, die ihr wie eine Schwester war, und dann vielleicht der Dichter Galajda, der alle in den Abgrund gestürzt, und als Zugabe noch – dachte ich mir – später einmal vielleicht gar Monsieur Bell, ein Zwerg und Artist. Und wenn sie wüßten, was alles Bell noch war!
Ich höre ihre vorwurfsvollen Toten-Stimmen aus ihrem Nobel-Grab, welches die vornehmste Wohnung ihres irdischen Daseins wurde.
„Nicht einmal hier,
nicht einmal in unserem Grab
läßt du uns ruhen
in anständiger Gesellschaft,
wir Schwestern mit unseren Gatten,
unseren Kindern, wie es sich gehört.
Nur du, nur du hast
unsere Ordnung immer gestört."

Und Georgis Stimme sagt: „Galajda war immer ein Bowli." (= jiddisch, hoffentlich schreibe ich das Wort richtig)
Und Kathy sagt: „Ein Dramatiker und ein Zwerg, das wird mit Schwulitäten etwas zu tun haben. Du bringst nur Schande über uns, mit diesem Monsieur Bell."
Doch lassen wir das Grab.
Jetzt muß ich über Monsieur Bell berichten:

XII. Monsieur Bell, Artist

Monsieur Bell kommt und nimmt Platz auf meinem Zweisitzer, der „Winterlandschaft" gegenüber. (Die Kirche der Karmeliten samt Krypta verflüchtigt sich.) Heißt er tatsächlich Monsieur Bell? ... Jetzt müßte ich ordentlich Französisch sprechen. Das kann ich nicht. Denn nach den ersten Sätzen kommen die zweiten und dritten, die man dann nicht mehr so locker zusammenbasteln kann. Und dann ist nichts peinlicher als der erste Satz. Man fängt nicht an, wenn man nicht bis zum Ende... Monsieur Bell aber hilft mir. Er klappt die kleine Aktentasche auf, die er mit sich trägt. Es ist eine besonders schöne kleine Aktentasche mit feinem Metallverschluß. Neben dieser schönen, offenbar neuerworbenen Tasche trägt er noch eine andere, eine ebenso schöne, doch sehr alte Arzttasche. Er sei Artist. Artist oder Arzt? Artist, sagt er mir, deutlich. Artist... Und im „Gebet des Kranken vor der Nacht" ..., er nimmt das Programmheft aus seiner Tasche. Dieses Programmheft kenne ich ja bereits. In der schönen Tasche seien übrigens Galajdas Manuskripte. Sonstige „Bagage" habe er vorgeschickt. Und die Arzttasche? denk' ich mir. Ein Artist muß vielleicht so seine wichtigsten Utensilien immer bei sich haben: Perücken, falsche Bärte und Schminke, was weiß ich...
Jawohl, in diesem Stück von Galajda spielt er den Gabili. Zum letzten Mal. Heute. In Wels. „Herrgottsakra, und ich fahre mit meiner Tante Gagi..."
„Gagi?" blickte er mich an, gar nicht erstaunt. „Gattin von Bello Cio, nicht wahr?"
„Ja. Hat Ihnen Galajda...?"
„Erzählt? Ja viel. Alexander..." (er nannte ihn Alexander) „erzählte

mir von ... der ganzen Familie, ja, über die ganze Hartmann-Familie, so scheint mir. Lebt denn Beate noch?"
„Ja. Sie hat, törichtes Weib, DIE SIEBEN VEZIRE verbrannt."
„Verbrannt! Cela ne fait rien. Es gibt eine viel bessere Fassung. Alors, und Sie sind das Kind?" Und er zeigte mit seinem rechten Zeigefinger auf mich. „L'enfant." Er nickte. Für ihn war das keine Frage mehr. „Galajda war links-rechtshändig. Ja. In der Nacht die Dramen mit der linken. Sie sind auch linkshändig oder links-rechtshändig. Wir müssen holen jetzt Ihre Tante." Er ging meinetwegen auf die deutsche Sprache über. „Ich nehme an, Orient-Expreß. Die Tante will so. Alle wollen es so. Die von dem Osten. Nehmen sie nicht... Intercity? No. Nur Orientexpreß ist gut. Nämlich dort wird man sicherer ausgerauben. – Das war jetzt ein Fehler, wie? Sie müssen wissen, ich, Monsieur Bell, habe aufgrund meiner französisch-polnischen Muttersprachen, Vater Franzose", hier hob er die neue Aktentasche hoch, „– aus Paris. Mutter Polin", hier die alte Arzttasche, „– Alte Erbenschaft – Sprachreflexe in beiden: über den Eisernen Vorhang... wie sagt man? schalte ich das Polnische aus: hier verstehen wenige Polnisch. Fanzösisch ist ab Wien vorteilhafter: Mein Deutsch und das Ungarisch von Galajda, was ich lernte von ihm, sind ganz gut. Anfangs mache ich aber immer komische Fehler, doch, Hauptsache, man versteht... Diese Reisenden, diese... die Polen ausgerauben von Russen, die Ungarn von Rumänen, alle von Bulgaren undsoweiter. Vielleicht wollen sie das so. Diese Leute, sie überflüssig reisen... Oder will die Tante unsere Vorstellung... besichtigen?"
„Nein. Sie will davon nichts wissen."
„Auch gut. Alexander ist das egal." Doch er war beleidigt. Klar. Dennoch konnte ich Monsieur Bell nur mit Mühe daran hindern, daß er mit mir kommt und Tante Gagi gleich im Restaurant begrüßt. So folgte er uns diskret in gebührendem Abstand. Doch Tante Gagi merkte ihn gleich und zeigte auf ihn über hundert Köpfe: „Siehst du den Zwerg dort", schrie sie auf. Ich hoffte nur, daß Monsieur Bell zumindest ihr eigentümlich scheppernd ausgestoßenes Ungarisch nicht versteht. Plötzlich ließ sie von Bell ab und verdächtigte mich, daß ich hätte abhauen wollen. (Ja, einfach länger sitzen bleiben vor dem Bild und dann mit einem anderen Zug – nicht wie besprochen – vielleicht gar nicht nach Haus), und wie sie finden soll dann mein Haus..., und meine Leute kennt sie auch nicht... Das hätte ich mit ihr vorgehabt ... (wie wahr, woher weiß sie das?). Dann wieder:

193

„Siehst du den Zwerg dort? Wieso schaut er immer zu uns rüber? Er folgt uns." Daraufhin sagte ich – leider: „Er v e r folgt uns."
„Und der Türke? Der ist auf und davon!!! Mein ganzes Hab und Gut" und sie wollte nicht wahrhaben, daß Hikmet alles bereits im Zugabteil verstaut, und als er ausstieg, schrie sie, daß der Türke alles versaut, weil jetzt oben und unten alles vollgestopft, aber im falschen Abteil! „Ich bin doch nicht verrückt. Istvan hat mir die Karte schon bezahlt. Zweite Klasse, wie er auch immer fährt. Wir sind keine Protzer." Jetzt sang sie auf dem Perron:
„Gummiradli Gummiradli
otthon nincs mit ragni"
Gummiradli hieß eine Kutsche, Einspänner, eine frühere Form der Taxis, nehm' ich an. „Daheim ist nichts zu kauen" (weil man soviel Gummiradli gefahren ...) Sie zeigte mir eine verjährte Karte der Donaudampfschiffahrtsgesellschaft aus dem Jahr 1941. „Herrje, wenn es so weitergeht, steige ich in Wels aus." – „Wieso, wieso? Was ist in Wels?" (Habe ich am Ende laut gedacht?) „Schau, der Zwerg. Jetzt ist er auch hier. Jetzt kannst du nicht mehr sagen, daß er uns nicht verfolgt!"
Monsieur Bell blieb erst auf dem Flur stehen, dann zündete er sich offenbar eine Zigarre an, ich sah nur den Rauch in kunstvollen Kreisen aufsteigen, ihn selbst sah ich nicht. So klein war er. Gagi nahm den vorbestellten Fensterplatz nicht ein, sie saß neben der Tür und observierte Bell auf dem Flur. „Jetzt sitzt er hier vor uns, auf dem Klappsitz, er raucht Zigarre. Havanna wie dein Großvater. Solange Onkel Lukas und der Tabakladen noch lebten. ‚Von Tante Anna holt er die Havanna', spottete Georgi. Jetzt drückt er die Zigarre aus! Er verfolgt uns und du tust nichts. Wo ist der Schaffner? Ich verlange den Schaffner! Ruf ihn sofort." (Ich hoffte sehr, daß keine weiteren Personen in das Abteil kommen.)
„Was soll der Schaffner tun, Tante Gagi? Auf dem Flur kann er rauchen. Übrigens: das ist ein berühmter Mann."
„Was?"
„Ja, ein Artist. Er fährt in der ganzen Welt herum."
„Du kennst ihn." – zeigte Tante Gagi verdächtigend auf mich. „Artist! Was ist das? Er hat doch eine Doktortasche mit!"
„Ja, er ist auch ein Kurpfuscher", ritt mich der Teufel, doch dies habe ich zumindest nicht ungarisch gesagt.
„Was sagst du? Wie lange kennst du ..."
„Gerade jetzt ... kennengelernt."

„Alles Lug und Trug. Das ist am Ende der Mann, der in der ganzen Welt unsere Hochzeit verspottet!"
„Er gibt den Gabili."
„Dann zieh' ich die Notbremse."
Monsieur Bell schob die Tür zu einer kleinen Spalte auf. Damit lenkte er Tante Gagi von ihrem Vorhaben mit der Notbremse vorerst ab.
„Excuse moi, sont toutes les places occupées?"
„Was will er? Okkupation", schrie Tante Gagi zu meiner Verblüffung, „no no no no", was Monsieur Bell so verstand, daß nicht alle Plätze besetzt sind. Und „Dann darf ich zu Ihnen", sagte er jetzt deutsch. Und dann saß er schon und legte seine zwei Taschen links und rechts auf den Sitz. „Auch Alexander Galajda fährt jetzt mit uns", sagte er. Ich versuchte zu übersetzen, was möglich war.
„Was!! der Galajda! Wo?" schrie Tante Gagi auf. Monsieur Bell zeigte auf seine französische Tasche, die rechts neben ihm auf dem Sitz lag.
„Jetzt soll der Galajda in der Tasche des Zwerges gar sein! Denkt der, daß ich narrisch bin?"
„Folie vraiment. Très folie", murmelte Bell traurig vor sich hin.
„Was sagt er, was hat er gesagt?"
„Daß er Galajda gut gekannt."
„Wieso, du lügst, Galajda ist doch tot."
„Jetzt ja. Doch erst seit achtzehn Jahren."
„Daß er weiter leben durfte, während ich..."
„Du lebst doch ja auch, Tante Gagi."
„Ohne Istvan ist das kein Leben", sagte sie plötzlich düster.
„Istvan, das ist Bello Cio?", blitzte mich Bell jetzt an.
„Kann er Ungarisch?"
„Ja, bißchen", sagte Bell. „Galajda. Nun ja eben, er kam mitten im Krieg und er mußte aus etwas leben. Ich lernte bei ihm Deutsch und Ungarisch, ja. Bei seiner Mutter fand er ein Dach, sonst gar nichts. Und bei der Mutter wohnte ich als Untermieter. Artist ... bis dahin ... Im Zirkus ... Aber im Krieg, kein Zirkus. Und da sagte Galajda, daß der Krieg auch sein Gutes hätte und daß Jacques Bell nicht mehr im Zirkus auftreten dürfe, und er zeigte mir die paar Stück, die er mit sich gebracht hatte, aus Györ. Die Sieben Vezire, neue Fassung. Was er nach dem Auftritt dieses Lörinz, der dann auf dem Dach die ‚Internationale' so fabelhaft ... auf seiner Geige ... was ist aus ihm geworden?"
„Was will hier dieser Bell, der Zwerg! Uns verspotten? Mit dem Lörinz haben wir nichts, aber gar nichts..."

„Lörinz erfror ... im letzten Winter des Krieges. Er brach ein ins kleine Zimmer", hör' ich mich sagen, „von einem Bootshaus" (wo ich nach der Fronleichnamsprozession ...)
„Er war so ausgehungert, porös wie von Termiten ausgehöhltes Holz ...", so sagte Anna. „Es war ein kleiner Hügel auf der Bank, trocken wie Pulver. Wenn nicht die Geige ... unversehrt daneben ..., hätte man nicht gewußt, was der Haufen von Staub ..."
„Herr Kugler sagte mir, daß er das Skelett zuerst entfernt hatte", berichtete ich, „bevor er seiner Tochter die Anweisung gab, den Rest von Lörinz ..., den sie dann liebevoll zusammenkehrte und zum Fluß, der Kleinen Donau, trug (exakt wo später Karda seine Mutter hingerichtet hatte) und in das Wasser streute. Sie dachte nicht, daß ein Skelett ... auch noch vorhanden sein müßte ... Nein, Anna wollte nicht alles wissen."
„Aha", nickte Bell wissend.
„Wie bei der Roten Armee auch nicht." Aber das dachte ich nur, wahrscheinlich sprach ich es nicht aus, denn Monsieur Bell stellte hierzu keine Fragen.
„Von wem sprecht ihr jetzt?" so Tante Gagi mißtraurisch. Dann plötzlich: „Istvan hat an der Front perfekt Russisch gelernt. Und nachher in der Gefangenschaft Englisch. Unter Horthy wäre er jetzt weiß Gott was."
„Horthy! Mon Dieu!" Bell sandte seine Augensterne im Abteil herum. „Sie ist wirklich ... na ja. Jedenfalls war das schön", wollte er seinen Bericht fortsetzen: „die Arbeit mit Alexander. Die Mutter kochte etwas, ich hatte ersparrtes Geld. Wie die Leute mit Lebensangst, die immer sparen. Auch ist mir mit meiner mißlungenen Statur ein exzessives Leben wohl versagt. Ich lebte immer ... im Traum. Die Frau war ... unerreichbar ..., denn mit Geld nur ..., nein. Das ist zu traurig. So lebten wir, der Dichter und sein ... na ja, ich war sein kritischer Mitarbeiter, sein Dramaturg. Auch hatte ich in meinem Leben sehr viel, wirklich, zusammengelesen. Auf meiner Underwood hab' ich nebst meiner Korrespondenz mit den Agenturen seine Sachen ebenfalls erledigt. Galajda war froh." Dies trug Monsieur Bell in einem merkwürdigen Ton vor. Als hätte er es bereits zu oft erzählt, als würde ihn die Sache selbst langweilen. Er trug dies alles irgendwie in einer Art spöttischen Sing-Sangs vor. Mir schien es, daß er sich selbst verspottete.
Der gute Bell
der sparsame Bell

der kluge Bell
der brave Bell
der weise Bell
mit seinem Schicksal abgefunden
der leicht über
seine Verkrüppelung
mit allzu weicher Stimme ...
die Augen niedergeschlagen
zwischen seinen schönen Taschen
polnisch und französisch
ganz symmetrisch sitzt er da
und hebt sich ab und zu kurz auf mit seinen starken Fäusten.
„Underwood!" schrie Gagi indessen auf: „Underwood, das war sein Traum! Georgi verweigerte ihm seine Underwood, nur eine Erika ..."
Bell fuhr mechanisch fort: „Ich hab' so starke Hände:" dabei stemmte er sich wieder einmal so circa 5 Zentimeter über den Sitz, „ich klopfte schnell hinein, was er mit seinen beiden schwachen Händen, nein, in Polen schrieb Galajda eigentlich nur mehr mit seiner Linken ... In Polen, im Krieg, in unserem ruhigen ...", hier unterbrach er sich. Warum? „Einundzwanzig registrierte Stücke, daneben einige theoretische Arbeiten. Letztere gemeinsam mit mir. Über Realismus, Utopie und Traum im Theater. Jene Stücke, die Galajda schrieb, gehören zu der dritten Art, deswegen wollte sie der Staat in keinem Theater aufführen lassen ... Bis Tadeusz Kantor und noch einige begannen, Empfehlungen zu schreiben. Wenn es mit rechten Dingen zugeht, müßte er, was heißt das! – bereits jetzt zählt Galajda zu den führenden Dramatikern des Jahrhunderts. Das weiß ich." Ich merkte nun, daß Monsieur Bell unbedingt über Galajda reden wollte; er hätte sich nicht abbremsen können. Obwohl er jetzt noch um einen objektiven Ton bemüht war, sprach er etwas zu schnell: Klar, Galajdas Werke waren ihm enorm wichtig. Dann war sein eigener Anteil an diesem Werk ebenfalls sehr wichtig. Aber ein Weiteres war ihm vielleicht noch wichtiger. Was war das?
„Hörst du, Tante Gagi! Zu den führenden Dramatikern des Jahrhunderts!" griff ich Bells Behauptungen auf. Doch, wie alles, was ich mit Tante Gagi heute versuchte, ging auch das daneben.
„Welches Jahrhundert? Das ungarische Drama von Madách ist – das weiß auch ich – im vorigen Jahrhundert geschrieben worden! ‚Die Tragödie des Menschen', heißt das. Madách 1823–1864. Alle drei

Töchter von Beate lernten diese Sachen. Für die Katz'. Wegen Inkey sind sie mit oder ohne Madách in der Konservenfabrik gelandet. Auch mein Sohn lernte diese Sachen. Er ist allerdings Major, damals noch... Mir kann man nicht erzählen, daß Galajda ein Madách ist. Madách! Nationaldrama, Nationaltheater!" tat sie ihr Wissen kund.
„Hättest du zum Beispiel die Daten von Madách auswendig?"
„Nein."
Dann sah sie pfiffig vor sich hin. „Schon Georgi sagte: Galajda, das ist ein Bowli. Na also. Frag nun den ... den kleinen Herrn da, wie das ist, daß wir allesamt verspottet worden sind von seinem feinen Freund, nur Galajda selbst und du nicht. Frag ihn nur!"
Ich mußte gar nicht übersetzen: Monsieur Bell hat mit der ihm eigenen Technik der Beobachtung der Mimik, der Gestik, mit seinem Wissen über die Hintergrundgeschichte und seiner verhältnismäßig brauchbaren Kenntnis der ungarischen Sprache Tante Gagis neuesten Angriff im wesentlichen verstanden, wie chaotisch sie immer sprach.
„Da sind die Striche schuld."
„Strich!" schrie Tante Gagi entsetzt.
„Die Striche von Madame Izabella und Monsieur Andree. Das ist eben der Grund oder einer der Gründe, warum ich das Nowy Teatr verlassen werde."
„Die Direktoren Madame Izabella und Monsieur Andree?"
„Ja, die beiden ... haben aus der ‚Hochzeit' alles gestrichen, was, wie sie sagten, unspielbar war. Und unspielbar war alles, was mit Galajda und mit dir zu tun hatte", sagte er mir plötzlich in der Du-Form. Gagi wollte wissen, was los ist, und ich sagte ihr, daß Galajda und ich aus dem Stück gestrichen worden sind durch die Direktion.
„Weil ihr immer was Extravagantes macht", befand Tante Gagi, und Monieur Bell mußte sehr lachen, und er meinte, daß die Frau in irgendeinem Sinn schon recht habe, und sie denke genauso, wie die Frau Direktor. Nun wollte ich endlich wissen, was mit Galajda und mir war, was unbedingt gestrichen werden mußte.
„Nun, in diesem Stück versuchte Galajda ein Spiel im Spiel einzubringen und das, um seine, u n s e r e Theorie über die psychisch-physische Beschaffenheit der Dichter darzustellen. Er stellte zwei Gestalten, zwei Wesen auf die Bühne, das eine schien ein Femininum, das andere ein Masculinum zu sein, aber die schienen nur so, bald merktest du, daß du einem fundamentalen Irrtum, einem MISS-VERSTÄNDNIS erlegen bist, indem du so dachtest. Denn das scheinbar als Mann erscheinende war in Blick, Bewegung, Tun und

Denken e i g e n t l i c h eine Frau, wie umgekehrt das scheinbar als Frau erscheinende war in Blick, Bewegung, Tun und Denken e i g e n t l i c h ein Mann, und jeder begehrte seine naturgemäße Ergänzung, der als Frau Scheinende, aber als Mann Seiende begehrte nun als seine natürliche Ergänzung die Frau, damit sie zusammen eine ganzer Mensch sein können und umgekehrt genauso. Doch die Umwelt, die nur, Sie wissen das genau, die nur das so oder so Scheinende sieht, erblickt im Begehren eines solchen Menschen einen Frevel, weil sie, die Umwelt, aus dem Irrtum, aus dem Mißverständnis ausgeht. Die Nummer eins ist im OEUVRE von Galajda ein Stück mit dem Titel MISSVERSTÄNDNIS. Das ist kein Zufall."
„Dieses Stück ist leider verlorengegangen", warf ich ein.
„Ja, Sie wissen es auch. Ich suche nach diesem Manuskript, denn ich will ein vollständiges OEUVRE hinterlassen..., ich meine: als Verwalter der Werke meines verstorbenen Freundes. Die Tante ist jetzt ganz erschrocken", sagte mir Monsieur Bell. „Ich meine nicht etwa Hermaphroditismus, Gnädige Frau" – wandte er sich etwas aggressiv zu Tante Gagi. Die ihrerseits schwieg verbissen. „Galajda meinte, die Schöpfung sah die Mischformen der Transidentiät, die ja mit Transsexualität einhergeht, zur größeren Verständigung der beiden Geschlechter vor. Sehen Sie", sprach er zu meiner Tante jetzt gütig, „ein transsexueller Mann, der eigentlich seelisch eine Frau ist, würde zum Beispiel an Vergewaltigungen nie teilnehmen wollen, aber auch die andere Seite: eine transsexuelle Frau, die ja eigentlich ein Mann ist, bringt viel Positives mit sich: mehr Wissen über uns, kann doch sein/ihr Leben nur als eine Studie betrachtet werden, eine Studie darüber, was die Umwelt einer Frau zumuten will. Die ‚normale' Frau leistet keinen Widerstand. Sie läßt die Zumutungen der Welt als naturgegebenes Gesetz gelten. Damit macht sie einen großen Fehler..., den Fehler der Versäumnis... Sie unterläßt das Wichtigste und statt ihre Aufgabe: Die Rebellion gegen die Verhältnisse durchzuziehen zu erfüllen, wird sie Mutter. Damit perpetuiert sie die zu bekämpfende Condition female. Sie verstehen?"
Da sich Gagi nicht rührte und zuzuhören schien, fuhr Jacques Bell in seinen Überlegungen fort: „Und nun sagte er, Galajda, daß der richtige Dichter ein Wesen mit Transidentität sein muß, eine seelische Doppelwesenheit, verursacht durch einen schmerzlichen Bruch durch sein körperliches Sein und Schein."
„Ja, der Dichter hat einen Bruch", sagte Tante Gagi, „Zum Beispiel der Galajda, der fällt dann in den Abgrund und dorthin reißt er alle mit."

„Ja freilich", sagte Bell erfreut, „weil die Welt ebenfalls brüchig ist."
„Bruch zu Bruch", sagte Tante Gagi.
„Doch in den Abgründen sieht er dann, der Dichter, wie die Dinge wirklich sind." Jetzt wandte er sich zu mir: „Große Persönlichkeiten als Beispiele sind da! Ja, wie übrigens nach meiner bescheidenen Theorie etwa Heinrich von Kleist, der ebenfalls transsexuell gewesen sein dürfte, diese These hat Galajda von mir übernommen, und er gestand mir, daß er sich selbst über seine eigene Transidentität erst durch jenes Kind klargeworden ist, welches einen männlichen und einen weiblichen Namen hatte, und welches bei der Hochzeit den schizophrenen Bettler, Lörinz, dem er, Galajda, die wahre Sicht des Theaters zu verdanken hatte... Und was ist diese wahre Sicht!" schrie Monsieur Bell leidenschaftlich auf, dann aber sagte er ganz leise und dezidiert, indem er mich mit seinen Augen fast durchbohrte: „,Der Dichter'..., sagte er, ,soll die Realität nicht einfach abbilden..., sie auch nicht darstellen, wie sie, die Realität, sein sollte. Er soll sie zeigen, wie wir sie im Traum'... Verstehst du?" duzte er mich wieder. „Wie wir sie im Traum erleben. Jenes Kind hat diesen Lörinz also in einem trockenen Brunnen versteckt, obwohl verschiedene aufgebrachte Erwachsene den Brunnen davor eben visitiert hatten. Und daß der Lörinz wissen mußte, daß das Kind ihn retten würde. Und diese zauberische Rettung: es spielte sich in einem Augenblick ab – hat Galajdas Interesse auf das Kind gelenkt, das übrigens geradeso links- und rechtshändig war wie er; beider, Galajdas und des Kindes Hand, ja ihre Fäuste, lagen übrigens einmal, eine kurze Zeit, während der Hochzeitsfahrt, nebeneinander: darauf kam Alexander immer wieder zurück: ,Das war kein Zufall', sagte er, und weiter, daß Lörinz in diesem Augenblick sein Leben in die Hand dieses Kindes legte, war keine Kopflosigkeit von ihm. Das wußte Galajda sehr wohl. Kein Zweifel also. Ein anderes Kind – ein normales – hätte vielleicht aufgeschrien, ihn absichtlich oder unabsichtlich verraten, oder den Brunnen nicht erst durch das Wegschieben des Deckels freigemacht, um ihn nachher, nach dem Hinuntersteigen des Lörinz, allerdings bis auf eine kleine Spalte, was das Wiederheraussteigen erst möglich machte, wieder zuzuschieben. Und Galajda stellte also die These auf, daß dieses Kind weder ein normaler Bub noch ein normales Mädchen sein konnte, weil nur jene, die in der Mitte balancieren und eigentlich einem dritten Geschlecht zugehören, so eine Sache fachmännisch hinter sich bringen, weil sie eben geübt sind, immer gegen den Mob – in diesem Fall die Tischgesellschaft – aufzutreten,

zur Rettung der eigenen Existenz, wozu als Grundlage die ständige unerbittliche Wahrnehmung der Tatsachen notwendig ist. Das prägt ihr Denken und Handeln, womit sie dann, wenn sie längere Zeit durchhalten, eine große Virtuosität in der traumhaft-sicheren Sicht der Weltrealität erlangen, die scheinbar unpräzise ist, in Wirklichkeit aber umfassender als die eindimensionale Sicht der ‚Normalen'. Dies verhilft ihnen dazu, die Gefahr schneller zu wittern, ob diese Gefahr ihnen persönlich oder anderen ähnlich geprägten Wesen droht.
Und Galajda meinte, daß er bei seiner Hochzeit durch Lörinz das Wesen seiner Kunst, durch jenes Kind aber das Wesen des Künstlers erfaßt habe und damit vor allem sein eigenes Wesen, welches er immer zu vergewaltigen im Begriff war. Die Dummheit, ja Perversität seines Zieles – so sagte er nämlich, eine Ehe zu schließen und eine Familie zu gründen, damit er sich endlich normal fühlen würde –, ist ihm gerade bei seiner eigenen Hochzeit bis zur Lächerlichkeit entlarvt worden. Nun war aber nichts mehr rückgängig zu machen: und er weinte die ganze Nacht durch über den Frevel, den er an Beate damit begangen habe, denn er wußte, daß er sie eigentlich nicht lieben kann, daß er ihr daher keine Kinder wird zeugen können, denn mit abgewendetem Gesicht und Zähneknirschen wollte er die eheliche Zeugung nicht vollziehen. – Seine Kinder waren seine Stücke", fügte Monsieur Bell noch hinzu.
„Und diese zeugte er mit Ihnen", lachte Tante Gagi höhnisch auf, und ich bin gewahr geworden, daß Monsieur Bell das alles auf ungarisch gesprochen hatte und in seine Ausführungen so viel Emotion, ja Sprengkraft hat einfließen lassen, wie es ihm selbst vielleicht gar nicht recht war.
Das alles, wenn nicht Tante Gagi direkt, so doch in ihrer Anwesenheit zu erzählen, mußte meiner armen Tante teils unverständlich, teils mißverständlich, jedenfalls verwirrend und beängstigend gewesen sein. Sie teilte mir mit, daß sie bei der nächsten Station aussteigen und gleich zurückfahren werde.
„Jetzt kommt Wels. Ich muß auch, wenn ich die Vorstellung noch...", sagte Monsieur Bell, doch hier irrte er sich, der sonst fast Unbeirrbare. Wir hatten Wels bereits hinter uns gelassen. (Hier muß ich einfügen, der Orient-Expreß fuhr vor dem neuen Austro-Takt, wenn ich mich nicht irre, um 14.20 Uhr in Wien ab und kam um 18 Uhr herum in Salzburg an.) „Steigen Sie in Attnang-Puchheim aus", sagte der Schaffner. „Naja, mit Taxi komme ich noch rechtzeitig zur Schminke etc. an...", doch er rührte sich nicht. Monsieur Bell saß

nur wie gelähmt, dann sagte er erregt: „Nein. Sie sollen schauen, was sie ohne mich machen. Zehn Jahre hab' ich gekämpft, daß sie Galajda aufführen. Hätte er ein einziges seiner Stücke jemals sehen können, hätte er länger gelebt. Sie haben ihm sein Leben genommen: Und damit nicht genug!
Siebzehn Jahre nach dem Tod erst, und weil ich in Hamburg, Berlin und Paris Erfolge feierte... Mit anderen Stücken. Sie wollten m i c h haben. Und warum? Weil ich ein Zwerg bin. Der Dichter tot, der Darsteller ein Zwerg. Das war für sie die günstige Konstellation. Daß ich nun einige Sprachen recht ordentlich spreche, daß meine Stimme auch im Piano den größten Raum füllt, daß ich als Akrobat ausgebildet bin, und also damit zusammen die vollkommene Ware, die vollkommene Ware bin! Daß sie an mir gleich auch noch den Krüppel verkaufen können. So. Und also alles das habe ich geboten, damit das Theater Galajda, dieses Stück zuerst, aufführt. Mitten drin hieß es dann, daß man Szenen streichen muß. Madame Izabella ist nicht besonders klug, und Monsieur Andree, wenn ein ganz bißchen klüger, dann ist er ein Monstrum an Feigheit. Weil sein Vater und bereits sein Großvater Altphilologen waren ... berühmte ..., galt er, Andree, lange als Volksfeind... Während Izabella eher von unten aufstieg... Anfangs eine gefürchtete Kader-Mieze..., angeblich ursprünglich Diseuse... Andree wagt Izabella nicht nein zu sagen, ob es um ein Stück von Galajda oder ein Stück aus sich selbst, ich meine, als Objekt der Madame, ich meine, in natura, sozusagen..., geht. Fleischlich", fügte er noch sicherheitshalber hinzu. „Und ich konnte nichts mehr tun, ich hab' das Stück ohne die wichtigsten Szenen Galajdas spielen müssen. Und jetzt werden die beiden frech. Einmal nachgegeben, immer nachgegeben! Da das ‚Gebet' so ein Erfolg ist, streichen sie mir Honig um den Bart. Jetzt heißt es nun: alles aufführen! Alles! Ob da noch einmal eine Rolle für mich möglich ist. Wurscht. Das nächste Stück, bereits mit meinem N a m e n, mit meinem Namen, bitteschön, plakatiert: in Österreich, in Deutschland, in Holland, Belgien, England. Überall dort, wo das ‚Gebet' bisher lief, und noch hundert weitere Vorstellungen dazu. Eine Japan-Tournee und eine China-Tournee ist soweit in Planung, daß sie deswegen eine USA-Tournee absagen mußten. Im Frühjahr 1989 werden wir in Peking, auf dem Platz des Himmlischen Friedens, Tien-an-men, sowohl die Doppelhochzeit wie das nächste Stück non-stop geben. Die Massen werden schichtweise ausgetauscht. Die Zuschauermassen. Wir Schauspieler stemmen durch... Viele sagen, verschiedene Gast-

spiele verschiedener Theater ersetzen am Tien-an-men die berühmte Pekinger Oper, die in der Kulturrevolution hingemacht wurde! Statt ‚Lebe wohl, meine Konkubine', ein Kulturschatz aus dem 14. Jahrhundert, kommt etwa nun unser ‚Als Bello Cio zum letzten Mal tanzte' und die ‚Hochzeit', der ‚Tanz' und die ‚Hochzeit' ... fast dasselbe, nicht? Nein, das will ich nicht. Obwohl...," Monsieur Bell blickte tief in sich hinein. „Jaja richtig. Was Bello Cio mit seinen Beinen... Das ist es! Ich tanze auf meinen Händen und auf meinen Armen mit meinen kurzen Beinen gen Himmel! Und wo er sich einmal auf die Hände verlegte, spring ich auf die Beine, auf einem stabilen Marmortisch, da sieht man mich. Dann weiter das Tanzen auf den Händen. Das ist die Lösung! Auch die Pekinger Oper ist eine manieristische Angelegenheit, und ich als Bello Cio würde eine ebenso manieristische Lösung bringen, und das ist in einem glücklichen Fall der T r a u m . Der Traum, Frau Hartmann, freuen sie sich!" Monsieur Bell schlug sich auf die Stirn. „Es ist ihm, Alexander, nämlich klargeworden, daß die s i e b e n V e z i r e eigentlich durch sieben Mädchen dargestellt werden müßten, und er fragte darüber Kantor und mich, und wir stimmten ihm zu: er schlug sich auf die Stirn, wie ich soeben, und meinte: er müsse in Györ anrufen, ob Beate und Inkey inzwischen schon vielleicht weitere Töchter hätten. Oder, weil diese dann als Artistinnen kaum ausgebildet sind, nehmen wir sieben kleine Rumäninnen, empfahl ich ihm. Ja, das ist die Idee! Sie werden auf 150 Zentimeter gezüchtet und streng trainiert. Wenn also er, der Meister, diese Realisation akzeptierte, würde er sicher, wenn er noch lebte, auch meine Besetzung als Bello Cio..., denn ich könnte in meinem Tanz die liebende Seele eines Mannes..., und wenn der Pöbel sich daran ergötzt, daß ich einige Zentimeter kleiner..., wissen Sie, Hauptsache, daß sie kommen: die Duse wurde..., wissen Sie das? Die Duse verlor in späteren Jahren ein Bein und sie mußte auf der Bühne eine Wendeltreppe mit ihrer Beinprothese herunterkommen, während sie einen schwierigen Monolog sprach, und also während dieser Arie verfängt sich dann ihr kompliziertes Kleid..., lang natürlich und selbst ohne Beinamputierung gefährlich... Aber so! Mit Prothese erst! Die Leute wetteten darauf, ob sie abstürzt. Das Theater war total überfüllt, auf der Straße standen noch Leute und warteten ab..., ob sie nun stürzt oder nicht... Weil das eigentliche Ende offen war! Sie können mir sagen, beim Fußball ist es auch so. Man weiß nicht, wie es ausgeht. Im Zirkus ist es auch so. Fällt er vom Trapez? Das ist eine tierische Spannung, ich weiß es.

Es ist eigentlich zu verachten. Wenn du aber diese animalische Spannung nützt, einspannst für dich, wie etwa eine Wolke, einen Teppich, worauf du dich aufschwingst, dann beginnt dieses Etwas, dieser Teppich, unter dir zu fliegen. Und so wie die Duse – die übrigens nicht stürzte – verwendest du diese ursprüngliche Kraft zum Tragen einer wichtigeren Botschaft. Der Traum kommt zustande: Der zuerst noch blutrünstige Mob träumt mit dir, und jene, die vorhin noch einen Fleck am Boden hatten sehen wollen, freuen sich jetzt, weil du ihnen den Traum geschenkt hast, den sie sonst nicht hätten, ohne dich nicht hätten, den sie nur durch deine magische Vermittlung erleben können. Nun erleben sie ihn durch dich, das ist so wie in der Kirche, du verwandelst die Seelen der Zuschauer, auch wenn diese Verwandlung und Erhöhung kurz wäre... Nachher kommt die normale Scheiße, das weiß ich. Aber vielleicht kommen sie öfter und öfter... Wenn ich als Krüppel auf den Händen für Alexander tanze, wird der Platz des Himmlischen Friedens gesteckt voll! Große Fernsehschirme auf der Straße übertragen das Spiel für jene, die keinen Platz mehr..., die ganze Stadt wird lahmgelegt. Und bei jedem meiner Sprünge brüllt die Menge, die ganze chinesische Menschheit, was sag' ich! Die ganze Menschheit! Durch Satelliten-TV. Alles möglich, ja auch in anderen Erdteilen, Ländern, Städten, in den Dörfern, überall! Bei jedem meiner Sprünge auf der Hand schreien sie auf, wie beim Elfmeter, wenn dieser in eine unberechenbare Ecke schießt, unaufhaltsam. Und während des ganzen Spieles, wird Galajda, Alexander Galajda, der Dichter wie früher Mao oder Hitler, Stalin, was weiß ich, eingeblendet. Noch größer als ich. Alle Stellen, wo früher Maos Bild prangte, sind für den Dichter reserviert – Stunde des Sieges! –, die der Dichter allerdings nicht erlebt!"
Monsieur Bell hat sich sehr erregt. Ich auch. Unsere Gründe waren sehr verwandt. So entging es uns, daß Tante Gagi stumm vor sich hin schluchzend ihre Pakete vorkramte. Jene, die unter den Bänken waren, schob sie auf dem Boden vor sich her. Die anderen wollte sie einfach herunterreißen, egal, ob das Ding ihr auf den Kopf fallen würde. Monsieur Bell sprang auf den Sitz, hielt sich mit dem einen Arm, während er mit dem anderen Arm den schweren Koffer langsam herunterreichte, als wäre dieser federleicht. Doch Tante Gagi, statt ihn zu bewundern, hat ihr Gesicht von Monsieur Bell mit Verachtung abgewendet. Damit hat sie Monsieur Bells Erregung noch weiter gesteigert. Er mußte wieder auf die Bank steigen, damit seine Kopfhöhe Tante Gagis Kopfhöhe erreichte.

„Frau Hartmann, ich sehe schon, daß ich Sie mit meinen lächerlich kurzen Beinen und mit der Idee, Ihren Mann darzustellen, bis zum Äußersten reize: Stellen Sie sich aber vor, bis hierher" – und da zeigte er die Stelle, ab der Onkel Lukas' Oberschenkel amputiert waren (was Gagi und mir bekannt, Bell aber unbekannt sein mußte) – „bis hierher also bin ich nicht anders als Ihr Mann, Bello Cio, war! Würden Sie ihn, wenn er als Verwundeter, als Amputierter bitte, zurückkehrte, wegen der achtzig Zentimeter wegschicken?"

Tante Gagi war total überfordert, Monsieur Bell aber nicht weniger. Er packte meine ohnehin verwirrte Tante an den Schultern, und mit seiner rechten Hand hielt er ihren Unterkiefer fest, damit sie den Kopf nicht wieder von ihm abwenden könne. Ich dachte erschrocken, daß Tante Gagi wahrscheinlich eine Prothese trug (jedenfalls hatte ich einem Familienmitglied eine Prothese finanzieren müssen, war sie das gewesen?), ich hatte eine Vorstellung, daß durch Bells Druck dieses falsche Gebiß jetzt herausspringen wird und hatte große Angst. Bell zitterte am ganzen Körper und sprach in die toten Augen meiner armen Tante. „Zurück, zurück", schluchzte Tante Gagi, „Keine Minute mehr mit euch, ihr, die meinen göttlichen Mann durch einen, durch einen, durch einen..."

„Zwerg" sagte Monsieur Bell plötzlich mit fahler Stimme, scheinbar ganz ruhig. Kalt... „Ich bin ein gefestigter Mann, Fau Hartmann. Vierundfünfzig Jahre und immer schon – vom Anfang an – ein Zwerg gewesen... Also weiß ich, was ich scheine, doch weiß ich auch, wer ich bin, und es ist möglich, daß ich im Traum..." – er schluckte hier –, „war ich vielleicht der himmlische Liebhaber einiger Frauen", hier wurde er ganz still, er zerrte sein Gesicht zu einer lächelnden Grimasse, drehte die Augen mit schrecklicher Selbstverspottung gegen den Himmel und sagte mit verstellt süßlicher Stimme: „Die ihrerseits in ihrer Seele m i c h geliebt."

Tante Gagi schaute Monsieur Bell mit Zweifel und mit Neugier ins Gesicht. „Was!? Eine Frau, Sie?"

„Eine Frau, mich, ja. Mehrere. Und innig. Im Traum..."

Zerbrochenes Gefäß, meine arme Tante Gagi. Sicher hätte sie das alles als sie zu uns kam, mit vierundzwanzig Jahren, in Györ, verstanden. Es wurde mir schlecht. Ich fühlte mich für Bell beleidigt...

„Doch nicht nur im Traum, Bell! Was soll das, Sie sind ein prima Kerl. Sie haben einen wunderschönen Blick, Bell. Man verliebt sich durch die Augen, Bell, nicht durch die Haxen. Sie haben Haare auf'm Kopf, sie haben einen schönen, sinnlichen Mund, Bell, kein

Hühnerpopo … ach … wie manche …, haben starke Arme, schöne, starke Hände, Sie haben ein großes Gefühl vor allem, das sich durch Blick und Stimme, auch durch die Bewegung, jedem mitteilt … Dies muß auch meine Tante sehen, wie jeder andere. Gagi, sei froh, wenn er den Bello Cio spielt, und entschuldige dich bei Monsieur Bell, aber sofort. Hat Monsieur Bell mit seinem besonderen Wesen die Liebe der Frauen nicht viel mehr verdient als die Tausenden langbeinigen Tölpel?"

Doch, solches zu fragen, war nicht mehr möglich. Tante Gagi – auch ein Opfer des Krieges, wo ihr Mann geblieben, Opfer auch des anderen Krieges der zerstörerischen dummen Arbeit, war nicht mehr da: ihr Körper war noch da, dem ehemaligen Körper nicht unähnlich, auch die Stimme war, wenn sie einmal nicht schreien mußte, der alten Stimme nicht unähnlich, aber, nun ja, sie schrie meist. Und ihr Blick, der war anders. Der huschte nur über uns hinweg und spähte in der Ferne nach etwas, nach einer Bewegung eines Körpers, der sich lösen aus einem Klumpen von Liegenden oder aus einem Versteck vorsichtig herausklettern würde, der auf dem Speicher vielleicht, in einem kaputten Waschtisch versteckt … Doch es rührte sich niemand mehr. So war der Blick, so oft zum Fang hingeworfen, immer leer zurückgekommen, selbst leer geworden, und hinter ihrem armen, leeren Blick war auch ihr schlichter, guter Geist in einem Grauschleier erstickt. Eigentlich war sie nicht mehr.

So hat es mich zwar sehr traurig gemacht, daß sie gleich von Attnang-Puchheim zurückfuhr, ohne mit uns weiter ein Wort zu wechseln, aber die baldige Nachricht ihres Todes hat mich eher erleichtert. Doch als Eva starb, während wir hier Francois Couperin spielten und sangen … Ja, Eva war schon länger Witwe: ich hatte eine Premiere in Graz und heimgekehrt fand ich ihre Post: Doktor Horvath war tot. Unfall. Jetzt blieb sie mit ihren zwei großen Söhnen allein, die aber helfen ihr …, schrieb sie sehr stolz. Die Tochter verheiratet in Paris. Die zwei Söhne haben beide so einen großen, runden Kopf. Das fiel mir ein dazu: nicht viel. Die Söhne, Attila und Csaba, wurden fast Zeugen bei der Hochzeit ihrer Eltern. Denn der Jesuit im Vatikan hat die Annulierung der ersten Ehe von Evas Gatten wirklich vorangetrieben, vorangetrieben im Vatikan, wirklich. „Zwanzig, einundzwanzig Jahre, Rosa, meinst du wirklich …?" Was sollte Rosa meinen – daß daraus noch etwas wird? Georgi vermerkte nur, daß das viele Geld, welches Eva und ihr Mann in den Vatikan zu dem Cousin geschmuggelt, vielleicht gar nicht so richtig verwendet …

„Wer weiß, was dieser Jesuit ... damit dort treibt ..., mit eurer armen Schwester Geld. Der Jesuit ..." Und als nach fünfundzwanzig Jahren mit den zwei Söhnen Eva und ihr Mann endlich vor den Altar traten – „Daß das Anya nicht mehr erleben konnte!" stöhnten alle, die noch am Leben waren –, gingen sie dann zur Beichte, zur Kommunion jetzt endlich? Nein, sie gingen nicht ... Doch arm waren sie und ausgemergelt. „Hat sich ausgezahlt, alles hinschicken ... für die Heiligen Sakramente." Der „Staat" war nach Stalins Tod milder ..., wie gesagt. Sie saßen jetzt in einer schönen Wohnung ... in einem Ringstraßenparadies ..., fast schon wieder standesgemäß, doch einige Jahre zu spät. Auf dem Magistrat unterschrieben sie den Vertrag und zahlten etwa dreißigtausend Forint – was sie nicht hatten – auf Kredit: Es kam ihnen horribel vor, der Preis. Und Doktor Horvath, ein Jurist, dachte nicht nach, ob dies alles rechtens ist; verstaatlicht waren die Ringstraßenpalais ... alle. Was ja eigentlich, ja eigentlich ein Diebstahl ist ... Nach der Wende kam auch des ehemaligen Besitzers Sohn oder Tochter, Enkeltochter, Gott weiß, wer das ist, zurück. Und Eva begann einen Prozeß, jetzt eigentlich – fast könnte man sagen – als ehemalige Begünstigte des verfluchten kommunistischen Systems. „Was!? Sie meinen, Sie wären im Recht? Haha! Weil Sie einmal dreißigtausend bezahlt?" Und sie, die Erbin, oder der Erbe, jedenfalls diese Person aus Miami, verlangte dreißigtausend als Miete, für einen Monat. Eva hatte zehntausend Rente ..., doch sie schrieb sehr stolz, ihre zwei Söhne, jetzt, wo wieder alles in Ordnung ist, werden bald alles zurückbekommen. Was? Ja, so wie in Prag beim Havel-Gespons ..., wie heißt es? Schwarzenbach oder Schwarzenberg? Ja, Karl ..., also von Antall ward erwartet die Wiederherstellung der alten Ordnung. Ritterliche Güter zurück oder gar neu verteilt, während das Land am Ende des Jahrtausends doch unsagbar verschuldet ist.

„Der Westen tilgt das", sagte Attila. „Es wird erlassen", sagte Csaba. Und wir werden endlich Großgrundbesitzer, dachte Eva, schade, daß mein Mann nicht mehr ist. Wenn er Großgrundbesitzer ..., so auch ich. Minister werden könnte er auch daneben. Wir werden ... nicht Tennis spielen mehr, Golf spielen werden wir eben. Und sie rauchte sechzig Camel täglich daneben. Und beide Söhne sagten: „Und dann, und dann, eine Monarchie mit Otto, wäre auch nicht schlecht. Habsburg, Zapfenstreich, Antall ist jetzt der Übergang." Doch Eva bekam eine Aufforderung nach der anderen, mußte ständig zu Gericht. Die Söhne hatten Frauen und Kinder, sie hofften und hofften,

und Eva aß nicht, und bald war sie im Spital unter fünfundzwanzig
ähnlich Kranken, und weil sie kaum wußte, wo sie war, was mit ihr
ist, mußte ihr merkwürdig vorkommen, daß Rosa neben ihrem
Krankenbett sitzt. Doch sie verweigerte den Blick: Sie wollte Rosa in
ihrem Elend nicht sehen. In ihrem Elend, so dachte ich, als ich täglich mit Tante Rosa telephonierte.
Und ich find' jetzt eine kleine Notiz, datiert am Tag, da Eva starb:
Es kann sein, daß der Kranke..., daß es einem im Spital so dreckig
geht, daß er, der Kranke, in der Schande seiner Zersetzung, im
Versagen seiner Organe, in seiner sukzessiven stofflichen Auflösung,
von innen her, daß er – oder hier eben sie – lieber allein möchte sein,
als rüstig gekämmt, gefüttert, gesäubert..., lieber allein..., ja zu der
Wand hätte sie sich vielleicht gewandt, doch rechts und links gewendet keine Wand sie fand. Einmal hörte sie eine andere Kranke „Oh
du Fröhliche" singen. Da hat sie plötzlich gelacht..., nachher
geschluchzt. Auf Fragen gab sie Rosa, der älteren, ewig starken
Schwester, keine Antwort... Sie wollte sie nicht sehen. Niemanden
wollte sie sehen ... in ihrer Pein..., sie war zu stolz. Im Elend ihres
Sterbens wollte sie das Schauspiel des Grauens ihrer Auflösung nicht
bieten. Sie wußte offenbar, daß jeder sich am liebsten davonstehlen
würde... Die Söhne kamen erst nach ihrem Tod, mit Verspätung ins
Spital... Und ich? Ich kam überhaupt nicht. „Für dich wäre es eine
Auslandsreise gewesen. Doch die Söhne, im gleichen Land! Ihre
Mutter! Dann starb auch Ministerpräsident Antall, und Gyula Horn,
dieser Kommunist! – der kam zurück! Und daß das ungarische Volk
ihn hätte gewählt, das wird uns nur erzählt!"

Oh Tod, wie warst du bisher mir so fern
– trotz allem, was im Krieg... –
Es ist, als stürbe mein kleines Schwesterlein.

XIII. Jacques Bell erzählt

Jacques Bell aber fuhr mit mir nach Salzburg, und ich erwog, mit
ihm bis Paris weiterzufahren, um über Galajda viel, möglichst alles
zu erfahren. Total verrückt: während ich in Salzburg mit meiner Tante
zusammen erwartet werde, würde ich anrufen müssen, daß sich alles

ändert und daß ich jetzt mit Bell nach Paris fahre. Während ich über das Für und Wider dieser Idee nachdenke, lehnt sich Monsieur Bell erschöpft an den roten Plüsch seines Sitzes. Er nimmt jetzt den Platz meiner Tante Gagi ein, das heißt, nein: ich darf jetzt in der Fahrtrichtung sitzen: er meint, wenn man Nasenbluten hatte, soll man Fahrtrichtung fahren. Dies nehme ich gerne an. Fahren ist Bilder-Schauen für mich: Bilder, die sich bewegen: Kino. Nach einer langen Zeit der Erholung, sagt er mir, jetzt ganz ruhig:
„Sie haben recht. Es ist eine Schande. Dieses unwürdige Lügen ... Schluß damit. Jawohl. Nicht nur im Traum, im Leben ..., haben mich wunderschöne Frauen ... manchmal ... mit ihrer Liebe beschenkt: eine rothaarige Kinderfrau hat mich – als sie schwanger war – zwischen ihre Beine gezwickt: ich mit vier Jahren mußte sie anschauen: stundenlang. Meine Eltern haben sie daraufhin weggeschickt ... ihr offenbar gekündigt..., sie wollte nur, daß mein Blick in die Augen ihres Sohnes übergehe – geistige Zeugung irgendwie – und daß ich durch die Augen ihres künftigen Sohnes sie ihr ganzes Leben lang anschaue; der Blick, ja, das ist es. Und das Lächeln, der Mund: die Mutter Alexanders ... war etwas älter als ich, siebzehn Jahre..., erst wollte ich nur ihr Zimmer. Was halt so eine arme Frau vermietet ... Doch, sie gab mir was zum Essen..., und sie aß selber mit und lächelte und erzählte von ihm, von ihrem Sohn, und als es einmal kalt war, bitterkalt, so daß wir in unseren Betten mit den Zähnen eine merkwürdige Zittermusik von Bett zu Bett..., fragte ich, ob ich sie wärmen soll. Nur so, wie ein Sohn halt die Mutter wärmt, wenn er schon kein anderes Heizmaterial nach Hause schaffen kann. Rundherum war alles Schnee und Eis. Sie legte mich auf ihren weichen Körper, sie wiegte mich, sie sang, ein fremdes Lied, vom Jesuskind, und daß dieses seine Ruh genießen soll, und ich genoß, nicht nur die Ruh..., bei ihr war alles zusammen: die Freigebigkeit, die schenkende Freude. Alles..." – Monsieur Bell machte eine alles umfassende Bewegung mit seinen Armen – „Langsam lieben ... wie im Traum. Wenn ich in der Nacht aufwachte..., ich weiß nicht, wie ich's sagen soll: sie fand nichts dabei, wenn ich sie – um sie nicht ganz zu wecken – so in ihrer Lage beließ, sie nicht umdrehte. Alle Himmelsrichtungen waren frei für mich. Wir atmeten zusammen, schliefen halb dabei. Wie im Traum. Ich, meinen Kopf gebettet auf üppige Schultern, fast wie Brüste: als hätte sie doppelt so viel davon ... Wie im Traum.
Als dann er plötzlich kam, der Sohn..., waren wir verlegen zuerst.

Die Frau machte mein Bett in der Küche, in ihrem Zimmer das Bett für den Sohn. Alexander aber ..., der Dichter ..., er spürte bald, und er bat, lieber allein in der Küche ..., damit er in der Nacht ungestört arbeiten könne ... Langsam kehrte die alte Ordnung zurück. Er merkte unsere Liebe ... unser Glück."
Ich konnte mein Lachen an diesem Punkt, weil es sich halt so poetisch reimte, kaum unterdrücken. In meiner Not bekam ich einen Hustenanfall: Bell blickte mich mit den Augen eines Arztes an. „Sie husten ganz schön, und mittags in Wien das Nasenbluten ...", aber er ging darüber nach kurzem Zögern hinweg.
„Also, Sie wissen selbst, wie diese Dinge sind", sagte er, seinen elegischen Ton absichtlich unterbrechend. Was ist jetzt? Hat er mein Lachen doch gemerkt? „Entweder wird man Feind oder Freund in einer solchen Situation ... Wir wurden Freunde ... und dann noch mehr ... Der Winter war kalt. Im kleinen Zimmer haben wir alle Betten und Sofas zusammengestellt, zusammengeschoben. Ich lag in der Mitte ..., und wie man sich im Traum hin und her wendet, war ich bald in der Mutter, bald öffnete ein Raum sich an der Sohnesseite ..., da es im Halbschlaf, ohne daß ich's merkte, geschah, sah ich erst etwas später im Morgengrauen, daß ein Gesicht, ein anderes, erstaunt, zugleich entzückt, sich über seine magere Sohnes-Schulter zu mir drehte: Alexander mit gebrochenen Augen stammelte: ‚Erst weiß ich ...' ‚Was?', fragte ich leise, doch er war verstummt, und mein unstillbarer Hunger wucherte weiter in ihm, bis er zart zitterte und wie ein Mädchen stöhnte und vor Glück weinte. Da drehte mich die Frau von der anderen Seite zu sich, sie küßte mir die Augen, und ich ließ träge zu, daß ihre Hand mich, das heißt: mein Glied zu ihren Räumen leite ..., und lag ich in ihrem Mund und reckte mich in die Wunde, die mir Alexander einst, beata mater, mir, einem nichterahnten Günstling über die hundert Jahre unserer Entbehrung (meiner und der von Alexander) schenkte, Alexander ..., ich fühlte, ich fühlte in mir sein wachgewordenes Glied langsam wie eine träge Schlange, die den Weg allzugut von den Urzeiten aus bereits, allzugut kannte. So war ich Mann und Frau in einem zur gleichen Zeit. Drei glückliche Stöhnen waren zu hören, es verbanden sich Mutter und Sohn durch mich, ohne sich zu berühren. So überreich erfahren was die Liebe ist ..., hat nicht er nur, hab erst auch ich."
Herrje, jetzt wieder das Reimen. Wo ich doch so froh über sein außergewöhnliches Erlebnis, ... muß er mich in meiner schönen Anteilnahme stören?

Der Zug ist jäh mitten auf der Strecke stehengeblieben: in verschiedenen Sprachen wurde durchgesagt, daß vor uns ein anderer Zug auf einen nächsten draufgefahren ist.
„Zu viele Züge auf der Strecke,
zu viele Autos auf den Straßen,
zu viele Menschen" – stöhnte Monsieur Bell. Ich gab ihm recht.
„Na dann ... haben wir Zeit ..., vielleicht interessiert Sie das", setzte Bell zum nächsten Kapitel seiner Konfessionen an: „Wie ich durch einen Berufsunfall zu Galajdas Mutter kam ..., ich bin nämlich einmal wirklich abgestürzt ..., mit meinen ohnehin unzulänglichen Beinen war das kein Spaß..." Hier hat er seine kleine Übung, sich kraft der Arme etwas über den Sitz zu heben, während er die Beine wie in einem Tretboot bewegte, wiederholt.
„Ja, ich lag lang im Spital. Nachher hätte ich Heilwasser – Unterwassertherapie – drei Monate bekommen müssen. Das berühmte Heilbad ... im Krieg ... Ich hab' bezweifelt, daß das Bad noch in Betrieb, und überhaupt..., vielleicht zerschossen, abgebrannt, wie vieles andere. Doch, der Jahrhundertwende-Bau stand zu meiner Verblüffung da, er sah zwar rundherum etwas verwahrlost – offenbar außer Betrieb – aus. Daß mitten im Krieg keine Badegäste kommen, war klar. Eine nicht mehr junge, doch keineswegs alte Frau betreute das Bad. Erst sagte sie mir, daß das Heilbad geschlossen sei, weil im Krieg niemand käme. Ich erzählte ihr dennoch mein großes Problem: daß ich vom Trapez gefallen, etcetera, meine ohnehin zu kurzen und belasteten Beine verletzt habe und daß ich ohne tägliches Kurbaden niemals wieder gesunde Füße ... und daß das dann das Aus meiner Profession, als Artist, bedeuten würde... Daraufhin sagte sie, daß sie einen einzigen Sohn habe, und dieser sei ebenfalls Künstler. Sie bot mir ein Zimmer in ihrer ‚Dienstwohnung' an, das heißt: eine Pritsche in ihrer Küche. Sie selbst wohnte im inneren Zimmer: Schlafzimmer und ‚Salon' in einem: jedenfalls gab es außer ihrem Bett noch zwei Sofas, und es gab einen kleinen hübschen Kachelofen und kuschelige Lehnstühle." Das war doch..., dachte ich, war das jetzt jene Frau, die vorhin schon mit ihren üppigen Schultern...? Bell gestattete aber keine Zwischenfragen.
„Die Türe stand meist offen zwischen den beiden Räumen. In der Küche wärmt der Herd. Baden, Waschen und so ... ist in der ‚Heilquelle' möglich... Nun war mein Reich sozusagen..., also das Fleckchen, über das ich verfügte, diese Pritsche in der Ecke ihrer Küche...

Auf die Frage nach dem ‚Heilbad', wie sie den ganzen Koplex nannte, gab sie mir vorerst keine richtige Antwort. Baden könne man nicht jeden Tag, heute zum Beispiel nicht, doch es gibt heute ein gutes Essen: ich wartete ab. Sie nahm eine Miete für den Monat an. Es war der 1. November... Ich sah ihr beim Kochen zu: sie hantierte sehr fröhlich herum: es war mir sofort klar, daß diese Frau sehr gut kochen kann. Die Gerüche stiegen auf von kleinen Kräuterbüscheln, welche sie in ihrer Küche gut geordnet hatte: Majoran, Thymian, Maggikraut..., davon zupfte sie genüßlich etwas ab. Aha, einen kleinen Garten hat sie sich angelegt gleich vor ihrem Küchenfenster... Beim Essen war die Küchenstube bereits halbdunkel. Ich legte einen meiner Schätze auf den Tisch: Im polnischen Nationalzirkus wurde unser Salär durch Zuwendungen in Naturalien aufgebessert. Wir bekamen immer das, was zufällig im Überfluß da war. Einmal waren das Damenschuhe, auch für die Herren, denn sie hatten vielleicht Gattinnen oder sonstigen weiblichen Anhang. Einmal waren es mehrere Kilo Margarine, oder etwa ein Sack Braunkohle, aus dem Bruderstaat DDR geliefert, egal ob der Beglückte daheim einen Ofen besaß oder aber in einer der mit Zentralheizung versehenen Wohnungen wohnte, wie zum Beispiel auch ich, – und zuletzt Räucherspitzchen..."
Bell brach in ein für mich etwas erschreckendes Lachen aus. Lacht er jetzt oder weint er? Nach dem merkwürdigen Lachen dachte Bell kurz nach: mit pfiffigem Gesicht fragte er mich jetzt: „Wie stellen Sie sich das vor? Ich, mit einem Sack Braunkohle unterwegs..., wobei der Sack größer..., haben Sie sich das vorgestellt???"
Bell war jetzt fast inquisitorisch: mit seinem knochigen, großen Mittelfinger der rechten Hand zeigte er bedrohlich auf mich: „Oder haben Sie sich das n i c h t vorgestellt?"
„Doch, doch", stotterte ich etwas hilflos.
„Na, und wie ist Ihre Version, wenn ich fragen darf?" Bell verzog verächtlich den Mund. Ich mußte also eine Version erfinden, verdammt noch einmal, wer erzählt hier: Bell. Oder? Dann soll er ja auch seine Version selber...
„Ich hab' den Sack an meiner Arbeitsstelle selbst versteckt."
„Ja, kann ich mir denken: irgendjemand, der Inspizient..., oder Quatsch, der Riese" – wo ein Zwerg ist, dort ist auch ein Riese – dachte ich mir, „Ja, der Riese hat Ihnen den Sack geschleppt." Bell schaute mich durchdringend an und wurde fast melancholisch.
„Der Inspizient war das. Wir haben keinen Riesen. Sie meinen...", er

machte eine wegwerfende Bewegung mit seiner bisher so bedrohlichen Hand.
„Also, da ich noch von der Kohle, der Margarine und von den Damenschuhen Reserven hatte, tauschte ich diese gegen die Räucherspitzen-Kontingente der Kollegen aus, denn diese konnten die kleinen Pyramiden gar nicht schätzen. Mir dagegen verschönerten und erleichterten sie das Leben auf geheimnisvolle, vielfältige Art. Nun, die Bademeisterin erlaubte mir, die kleine Spitze anzuzünden: diese gab ein sich stets veränderndes, kleines Licht und sandte aromatische Düfte aus, die mit den Kräuterdüften der Küche gut harmonierten. Wir schauten zu, wie der winzigkleine Vulkan, wie die Frau mein Spitzchen nannte, mitten auf unserem Tisch immer wieder rot aufglühte, dann aber in sich zusammenzufallen schien... Endgültig, noch nicht endgültig... Noch ein Aufflackern: es war ein Spiel mit Leben und Tod: wir dachten jeden Moment, daß das letzte Aufflackern nun soeben stattfinde, es kommt wohl nichts mehr, da wurde plötzlich noch ein Eckchen unerwartet wieder rot. ‚Er glüht noch‘, freute sie sich, die schöne Bademeisterin. Beim Essen und beim Licht meines Glühspitzchens wurde mir bewußt, daß sie ein weiches, weißes Gesicht mit sinnlichem Mund hatte: die Haare waren semmelfarben, was ich sonst nicht mag: bei ihr sah ich sie honigfarben. Die Augen waren wunderbar: fast Gold. Honiggold. Die Hände merkwürdig klein. Fast wie bei einem Kind. Beim Tisch, wo ich ja sitzend, sozusagen nur mit meinem Kopf und Oberkörper repräsentiert war, fühlte ich mich wohl. Ein Wandspiegel, oben schräg angebracht, hat uns uns gezeigt. Uns uns. Wir waren ein schönes Paar, mein' ich. So schön, wie aus diesem schrägen Winkel..., der Mann und die Frau, die wir selber waren..., einen Moment zwei Züge auf dem freien Gleis aus irgendeinem Grunde stehengeblieben..., wie wir jetzt, soeben, und wenn aus der Gegenrichtung ein zweiter Zug käme und neben uns abbremsen würde und stehenbliebe... – kennen Sie das? Ein Paar in einem Fenster... sie stehen. Ein Bild. Sie und die beiden Fremden stehen voneinander nur ganz, ganz wenig entfernt. Dann bewegt sich einer der Züge, und Sie merken, daß das fremde Paar – in Wirklichkeit Sie mit Ihrer Liebsten – Ihr Spiegelbild war." Ach Bell, reime nicht. Bell aber hetzte weiter in seiner Erzählung: „Also, wie aus diesem schrägen Winkel, und dann nur mit Kopf und Oberkörper, so schön – allenfalls bedauere ich, daß ich meinen Bart aus der ‚Hochzeit‘ nicht anhatte –, so schön hatte ich mich noch nie gesehen: mir gegenüber die Frau, zwischen

uns die kleine Pyramide. Ich schielte immer nach oben. Sie wollte ebenfalls immer in den Spiegel über uns blicken: als Grund gab sie unseren kleinen Räuchervulkan an... Nur eine Störung gab es: ich hätte allmählich gerne den Abort kennengelernt..., doch, wissen Sie, ich habe eine sehr gute Erziehung: bei uns daheim sprach man über solche Dinge nicht und alles, was die Entfernung der unwürdigen Reste aus unserem Körper betrifft, wurde äußerst diskret abgewickelt. Ich stellte mir diese kleinen und größeren Geschäfte als Übergangsphase unserer Entwicklung vor, denn weder meine Mutter – eine polnische Gräfin – noch mein Vater – ein französischer Offizier –, schienen je die sanitären Einrichtungen unseres Hauses in Anspruch zu nehmen. Ich dachte lange, daß diese Unzulänglichkeiten auch bei mir langsam aufhören werden, wie, das war mir nicht klar, durch irgendeine Metamorphose des Körpers; eine geheime Erwartung, die übrigens auch auf das spätere Nachwachsen meiner Beine ausgedehnt war... Nun ja."
Monsieur Bell bimmelte mit seinen winzigkurzen Beinen, um zu zeigen, daß er heute über diesen Dingen stehe.
Bells kindliche Metamorphosen-Erwartung hat in meinem Inneren einen allzu bekannten Akkord erklingen lassen, doch hatte ich keine Lust, jetzt darüber zu sprechen. Außerdem: auch bei ernsthaftem Wollen hätte ich ihn nur mit Gott weiß welchen Energien zur Wahrnehmung unserer geheimen Parallelen zwingen können..., so ließ ich ihn weiterreden.
„Die Hoffnung hält uns eine Weile hin, und das ist eine Gnade: denn inzwischen wächst zwar unser Bein mitnichten nach, doch unser Geist erweitert sich: So findet die Metamorphose durchaus statt, nur eben auf einer anderen Ebene. Heute würde ich meine Beine nicht wachsen lassen wollen. Nein. So wie ich bin, mit dieser abstrusen Unproportioniertheit, wenn Sie so wollen, bin ich der Jacques Bell, der den Bello Cio jetzt eben auf seinen Händen und Armen tanzen wird... Doch, kehren wir zu der schönen Badefrau zurück. Als der kleine Vulkan endgültig erloschen war, stand sie auf, sie wollte das Geschirr abwaschen, zugleich zeigte sie mir die Toiletten der Badeanstalt. Höchste Zeit. Nun waren da zwei große Räume, mit Marmor ausgelegt. Bei den Herren waren nur diese Muscheln an der Wand, gleich zwölf nebeneinander. Ich hätte sie mir auswählen können, doch um ein Schamerl zu bitten..., stellen Sie sich das vor! Immer wieder dasselbe Problem, wo du hingehst. Theater, Restaurants, Clubs, Bahnhöfe – die Schule konnte ich noch durch

Privatunterricht umgehen, doch später... In der Damentoilette fand ich immer wieder die Lösung..., freilich um den Preis, daß ich klammheimlich dort hineinschlüpfen mußte..., das Rausschleichen ist dann die nächste Klippe." Hier begann Bell wieder unbändig zu lachen, wie bei Braunkohle, Margarine, Damenschuh...
„Und nun jetzt: wie die richtige Türe aufmachen, während die Bademeisterin noch auf dem Flur steht... Doch, sie schien das Problem erfaßt zu haben: ‚Da jetzt keine Gäste da sind, muß ich Ihnen die Damenseite empfehlen. Mangels Besuch ist die Herrenseite vielleicht etwas staubig...', und sie kehrte in die Küche zurück... Die Duschen waren dann wieder an der Herrenseite... Sie gab mir feine Tücher... Doch endlich wollte ich das Heilwasser sehen. Wir sind früher..., das heißt", verbesserte er sich: „meine Eltern sind früher viel herumgefahren: ich kannte Bilder von den berühmten Bädern bei Baden bei Wien, auch von jenen der oberen Adria..., Baden-Baden, Marienbad in Böhmen und Ostende ganz hoch im Norden, und anderen. Mit ihren schönen Kacheln, eleganten Haltegriffen aus Messing, Marmor-Springbrunnen, haben mich diese Bäder immer bezaubert. Also wollte ich unbedingt sehen, wie ‚unser Bassin' hier gestaltet ist. Fragen traute ich mich aus Gründen, die ich selbst nicht kannte, nicht. Es schien einige Tage so, daß die Bademeisterin mit Pritsche und Tisch in der Küche, mit den zahlreichen Toiletten und Duschen, nur für uns beide, meinen Platz abgesteckt hätte. Zum Kleinholzmachen habe ich mich sofort gemeldet, auch zum Kartoffelholen aus dem kleinen Keller, der sich nicht unter unserem Haus, sondern als eine Hütte neben der Badeanstalt, halb in die Erde versenkt, mit Stroh überdacht, sehr primitiv zusammengezimmert, etwas entfernt von unserem Haus hinter dem Garten der Bademeisterin befand. Sie sehen, ich sagte hier schon ‚unser Haus'. Und so war es auch. Ein weiteres kleines Häuschen stand ebenfalls da – dies aus Ziegelsteinen gebaut und für Brotbacken gedacht."
„Ja, ich kenne diese Häuschen, in Ungarn gibt es sie auch! Auf dem Gut, wo ich wegen der ununterbrochenen Bombenangriffe auf Györ..."
„So?" blickte Monsieur Bell auf. Aber er wollte weitererzählen: „Nun habe ich bemerkt, daß die Frau ab und zu verschwindet, und weil sonst nichts in der Nähe war, gab sie mir mit ihrem Verschwinden Rätsel auf: ich dachte schon an einen versteckten Liebhaber..., vielleicht im Kartoffelkeller? Lächerlich... Nun, es blieb mir nichts mehr übrig, als sie mir im Heilwasserbad vorzustellen, welches sie offenbar allein genießen wollte. Vielleicht badet sie

nackt..., was ja richtig wäre..., dies verwirrte meine ohnehin schon in Bewegung geratene Phantasie. Als sie einmal etwas Aufwendigeres kochte, wollte ich die Zeit nützen, um wenigstens einen Blick durch die hohen Fenster der angrenzenden Herrentoilette in das eigentliche Bad zu werfen. Drei Tage brauchte ich, um meine geheimen Vorbereitungen von ihr unbemerkt treffen zu können. Eine Leiter mußte aus der Damentoilette durch den Korridor getragen werden – es war eine weißlackierte, schwere, kalte Stahlleiter, die Sorte, die man ‚ausziehen' kann, diese lautlos, also nur in Strümpfen zu tragen..., und der Boden war bitterkalt... brrrr... Nun stand die Leiter unter jenem Fenster, von dem aus ich mir den Durchblick berechnet hatte. Doch die Leiter war innen verrostet, um keinen Preis auseinanderzuziehen! Das blöde Stück, so schwer es war, war es zu kurz. Also mußte sie auf etwas aufgebaut werden, etwa auf eine Kiste, um die fehlenden 80 Zentimeter noch hinzuzubekommen. Woher die Kiste nehmen? Doch schließlich fand ich eine Kiste im Schlafzimmer, diese trug ich hin, stellte die Leiter darauf, ich mußte alles auch absichern, denn wenn die Leiter ausrutscht und ich samt ihr runtersause, wäre ein Krach und ein schwerer Unfall unvermeidlich gewesen..."

Mir fiel ein, daß ich etwas ganz Ähnliches als Kleinkind erlebt hatte: Wie ich einmal in Georgis kurzer Mittagspause, da er im Schlafzimmer einzunicken pflegte, meinen langgehegten Plan ausführen mußte: ich wollte in den greifbaren Besitz meines eigenen Baukastens gelangen. Diesen hatte Georgi im „kleinen Zimmer", wo Tante Gagi wohnte, auf den hohen Kleiderschrank gestellt. Unter „Spielen" verstand er, daß er, Georgi, die Musterbauten aus dem beigelegten Heft nachbaute, ich durfte die einzelnen Steine zureichen. Denkste. Also, jetzt schläft er, jetzt ist die Stunde meiner Tat: Georgis Gesetz mußte gebrochen werden: Den Eßtisch zum Schrank geschleppt (schwer war er, und es mußte ohne Geräusche geschehen). Dann mußte auf den Tisch noch ein Stuhl, weil ich ja als fünf-, sechsjähriges Kind noch kleiner vielleicht als Monsieur Bell war. Dann stand ich auf dem Stuhl, der wackelte. Ich mußte ihn mit Zeitungunterschieben absichern. Dann stand ich erneut auf dem Stuhl und erreichte gerade meinen Kasten mit den zwei Mittelfingern: ich zog den Kasten gewissermaßen über meinen Kopf, jedenfalls die Hälfte des Kastens. Er hätte mir auf den Kopf fallen können. Fiel aber nicht. Dann mußte ich mit beiden Händen in die Mitte des Kastens zurückfahren und so diesen herunterheben auf den Stuhl, auf welchem ich selber stand. Es war nicht leicht, die Balance nicht zu verlieren... Es blieb nur übrig, mit den Füßen so weit an den Stuhlrand zu gehen, daß zwischen den Füßen Platz für den Bausteinkasten war. Dann setzte ich mich auf den Kasten, so war das Runterkommen abgesichert. Den Kasten dann auf den Tisch heben, Stuhl runter, dann Kasten auf den Stuhl, dann Eßtisch vors Fenster, wo er immer stand, und Bausteinkasten auf den Tisch, endlich Kasten aufmachen, die Bausteine lautlos am Rand des Tisches aufreihen und endlich den im Kopf mehrere Wochen getragenen eigenen Bauplan ausführen. Es klappte alles, mein Plan war umgesetzt, und jetzt trat Georgi schlaftrunken ins Zimmer, wo ich meinen Tempel gegen sein Verbot gerade errichtet hatte. Georgi, ein wütender Demiurg jetzt, warf einen Blick auf meinen Bau, er zerstörte ihn, ohne ihn näher anzuschauen. Er schrie vor Wut und schlug mich. Doch Bell dies zu erzählen, wäre jetzt unmöglich gewesen, so behielt ich es für mich.

„Heute find' ich es bemerkenswert, daß die Bademeisterin so tat, als wenn sie nichts merken würde...", sagte Bell. „Ich hatte meine Strategie, aber sie die ihre ebenfalls. Sie merkte alles, doch auch sie war neugierig. Ich meinerseits auf das Bassin, sie – auf Monsieur Bell, also auf mich. Endlich erreiche ich die letzte Sprosse, halte mich an der Oberlichte fest: Das Heilquellenbad war nicht allzu groß, doch mit sprudelndem, frischen Wasser mit Dampfwolke darüber: also war es einigermaßen warm, soviel konnte ich bereits aus meiner Warte feststellen. Doch, unten in der Ecke lag etwas auf dem Boden des Bassins. Das erschreckte mich. Außerdem mußte ich einsehen, daß ich ohne meine Brille zu kurzsichtig war. Ich mache die Kletterei runter, alles auf meinen Socken nur, hole mit scheinheiligen Argumenten meine Brille, klettere wieder rauf: schaue hin: nichts. Also, das war zuviel, hab' ich halluziniert oder treibt sie ihren Spaß mit mir, indem sie einmal etwas auf den Boden legt, um es dann wegzunehmen? Jetzt war ich entschlossen, komme was wolle, in den Bade-Raum einzudringen: zumindest wollte ich das Fenster aufkriegen, damit ich – auf der Fensterbank sitzend – nicht nur die zwei gegenüberliegenden Ecken des Bassins einsehen kann. Das Fenster kriegte ich schnell auf, da ich sehr starke Hände habe: es war ein Fenster, das man normalerweise nicht öffnete. Man mußte Schrauben locker machen, alles mit bloßer Hand... nun ja. Endlich mache ich das Ding auf und weiß nicht, wohin es tun. Jetzt also wieder runter, diesmal mit der verdammten Oberlichte. Dann zurück, ich sitze auf

dem schmalen Sims, suche den lebenden (oder toten?) Schatten, der in sich gekrümmt oder gewickelt oder wie auch immer in der Ecke für mich vorhin ohne Brille unscharf sichtbar gewesen... In dem Moment sehe ich eine Schlange durch das Bassin schießen. Das Tier hat mich erschreckt. Ich mag nur Pelztiere: Bären, Affen, Panther, vor allem Katzen, wenn es sein muß Hunde. Vögel am Himmel, doch nicht zum Anfassen. Schlangen mit ihrer glitschigen Oberfläche lösen bei mir Angst aus. Lösten. Muß ich sagen. Oder jedenfalls dieses eine Tier – es war ein Aal – wurde dann zur Ausnahme. Es war auch ganz was Besonderes. Auf einer hellgrünen Grundfarbe trug er schwarz-goldene Muster, die mir wie Drachen vorkamen. Die Drachen waren in der Länge in zwei Reihen auf der Haut des Schlangentieres aufgereiht, wie zwei Armeen vor dem Angriff. Jeder Drache mit zwei goldenen Augen sah in zwei goldene Augen seines Gegenübers. Der Kopf des Aales selbst war rundlich, das Maul reichte tief bis hinter die Augen. Länge über zwei Meter.
Ich wollte von meiner Entdeckung der Frau nichts sagen. Sie tat auch so, als sei sie blind und taub gewesen. Da es beim Essen immer dunkler wurde (ich merkte, daß sie ihr Kochen meinetwegen wieder hinausgezögert hatte), tat ich meinen kleinen Sonderbeitrag, die Räucherspitze, auf den Tisch und fragte sie – wie immer –, ob ich's anzünden darf. Sie lächelte nur. Nachher holte ich Kleinholz und machte in ihrem Schlafzimmer warm. Sie meinte, daß sie in ihrem Zimmer die Kiste eigentlich nicht brauche, gelegentlich sollten wir diese auf den Flur hinaustragen."
„Hm. Die Frau kam Ihnen sehr entgegen. Sie hat sich in Sie verliebt..., kommt mir vor."
Monsieur Bell nickte. „Ja. Sie gestand mir..., daß ein Gefühl vom ersten ‚Räucherspitzchen' an dagewesen sei, sie wußte nicht gleich, wie es zu werten und so. Schließlich hatte sie dann auch ihren Salvatore noch...", sagte Monsieur Bell.
„Hieß der Aal so?" blitzte mir durch den Kopf. Das war nun vorschnell.
„Ja. Er hieß so", bestätigte Bell ohne Umstände. „Sie hatte mit ihm... eine innige Beziehung."
„Sie badeten zusammen" – versuchte ich kümmerlich dem Wertverlust, den ich nun zu ahnen begann, entgegenzuarbeiten: Monsieur Bell erobert eine Bademeisterin, die bis dahin mit einem Tier verkehrte... Er könnte meinen, daß ich denke, daß diese als Sodomie bezeichnete Beziehung für mich die Frau entwertet und

damit die Eroberung derselben Frau ebenfalls. Doch heute war Monsieur Bell in der Stimmung auf „Teufel komm heraus" und trieb seine Bekenntnisse zielstrebig voran.
„Sie schlief mit ihrem Salvatore – so nannte sie ihn. Salvatore... schön. Ich habe die beiden beim Baden beobachtet; es schien so, daß ich etwas belausche, was ich nicht sehen durfte, doch sie richtete es absichtlich so ein, daß ich wieder auf meinen Fenstersims kletterte, während sie dort unten erschien: sie stieg langsam ins Wasser, über die vorgesehene Treppe. Majestätisch. Eine Königin. Salvatore rührte sich und kam ebenfalls langsam auf sie zu. In diesem Zueinander von Frau und Tier war etwas Feierliches, Mystisches. Jetzt stand sie im Wasser: nur der Kopf ragte heraus. Salvatore lag auf der Wasseroberfläche: sie küßten sich. Lange. Dann tauchte Salvatore in die Tiefe des Bassins, doch er kam bald wieder herauf, und nun verschwand er in ihrem Schoß. Doch dieser erste Besuch dort war ganz kurz. Dann kam er, Salvatore, raus, schwamm einen Kreis um sie, die jetzt auf dem Rücken lag, rutschte über ihre Brüste und über ihren Bauch und ging dann wieder zwischen ihre Beine, die sich jetzt weit spreizten: Salvatore hinein, und er verschwand jetzt fast ganz. Ich dachte einen Moment, daß er nun aus ihrem Mund rauskommen würde: er war länger als die Frau. Doch dann merkte ich, daß ihr Bauch dicker wurde, und ich stellte mir vor, daß da drinnen Salvatore wie wild herumtanze, sich winde, sich drehe, wie sie sich ja auch wand und drehte. Dann griff sie nach einer der Haltestangen, die an den zwei kürzeren Seiten des Bassins angebracht waren, mit der einen Hand sich an dieser Messingstange haltend, zog sie sich ihren Liebhaber endlich aus dem Leib. Salvatore war etwas ungehalten, doch weil die ihm tausend Küßchen auf das Maul gab, besänftigte sie den wildgewordenen Kerl. ‚Genug für heute Salvatore. Morgen ist auch ein Tag.' Für mich war die Sache nur schwer zu ertragen. Ich zitterte am ganzen Leib. Isa (sie hieß auch Isabella, wie die Fau Direktor) vermerkte, daß sie mich sehr blaß finde. Ich fieberte wirklich..., seit die rothaarige Kinderfrau..."
„Therese", sagte ich unwillkürlich.
„Meine Kinderfrau?" begehrte Bell auf. „Wie wollen Sie das wissen? Sie hieß... sie hieß...", doch Bell wußte nicht mehr, wie seine Rothaarige geheißen hatte.
„Also nur mit vier Jahren, seither habe ich in der Wirklichkeit keine nähere Berührung... mit solchen Dingen... gehabt", sagte Bell kaum hörbar.

„Sie legte ihre Hand auf meine Wange, meine Stirn. ‚So eine schöne Stirn. Sie sind krank, Jacques.' Und sie befand, daß ich an jenem Abend – um dem Ausbruch einer Lungenentzündung vorbeugen zu können – in ihrem Zimmer schlafen muß. Daraus wurde dann ihr Bett."
Das war in der ersten Version bereits ohne Salvatore so. Oder bin ich so verwirrt, daß ich aus zwei Liebesabenteuern von Monsieur Bell eines mache? Wie auch immer.
„Und Salvatore?" wollte ich wissen. Nun durfte ich das Weitere erfahren, Monsieur Bell war ohnehin nicht zu bremsen, es brach in ihm alles auf: „Sie haben erraten: Isa, Isa war nicht die Frau, die Salvatore einfach links liegen lassen würde: Aus dem Bett gingen wir ja oft...", er dachte kurz nach: „Alexander, und all das, was ich vorhin erzählte..., also Alexander war ja auch bereits da. Wir gingen bald täglich, schon aus gesundheitlichen Gründen, ins Bad. Zu dritt. Es war ja heilsames Wasser. Heilsam... Und nun Salvatore dazu."
„Er war ja bereits drin", sage ich dumm.
„Ja drin bereits" – so Bell. „Wenn man bedenkt, daß die sinnliche Verbindung durch mich in der Mitte die Vergünstigungen ja nicht gleichmäßig zu verteilen vermochte, da ich sozusagen von beiden Seiten beglückt, während die Außenpartien unserer ‚Menage à trois' nur einseitigen Genuß haben konnten, bot sich als unvollkommene Lösung ein Wechsel der Reihenfolge der Personen an, wo in der Mitte eben Galajda meine Rolle als Missing link hätte einnehmen müssen, doch die Mutter wich da immer aus. Jedenfalls lange... Und diese Unvollkommenheit erst ergab die Einbindung Salvatores in unseren Kreis... im Wasser. Ich in der Mitte wie immer, gehalten nur durch mein Verbindungsglied in Isas Schoß und von der anderen Seite von Galajdas traumwandlerisch, wie aus der Ewigkeit geübtem Organ. Mutter und Sohn hielten sich je mit einer Hand an der Stange, damit auch mich. Nun aber kam der verwirrte Salvatore einmal an den Sohn von hinten an, statt an der Mutter: Alexander schrie auf, doch Salvatore wird selbst infolge seines Irrtums vorsichtiger nun vorgedrungen sein... und sein langer Körper blieb draußen, er umfing uns. ‚Mich, mich sucht er', sagte Isa erregt und brachte uns alle in Gefahr, indem sie die Hand, sie von der Halterung loslassend, dafür verwendete, daß sie Salvatores anderes Ende bei sich eingeführt – vorn oder hinten – wo sich noch ein unbesetzter Eingang fand... So besann ich mich auf meine starken Hände und rettete uns alle vorm vorzeitigen Ertrinken..."

Wieso vorzeitig? hätte ich gerne gefragt. Ich wagte aber nicht, Bell zu stören.
„Salvatore war es, der fortan unsere Ordnung bestimmte: wo er gerade hinging, begann der glückliche Reigen, die anderen, wir Menschen, schickten uns an, uns als Glied dieses herzlichen Quartetts organisch auszufüllen: so kam es dann zum letzten Bruch... Gesetzesbruch, sozusagen. So fiel die letzte Schranke. Ich wollte jetzt in ihn, Alexander, hinein, nur um ihn zu seiner Mutter zu stoßen: Wenn das beider Sehnsucht nun einmal war, sollen sie sich endlich haben..., ich war gewissermaßen auf beide eifersüchtig. Und nun schubste ich ihn vorwärts wie ein wilder Motor: dem Mutterschoß zu. Ein greller Schrei: und nun war es geschehen: obwohl sie eine Frau, doch eben seine Mutter: mit ihr und nur mit ihr (‚Du bist gebenedeit unter allen Frauen') konnte Alexander verkehren. Ich hinter ihm mit meinem starken Bolzen, während meine Hand die herumirrende Schnauze Salvatores fand, die ich dann, mehr aus Trotz, bald auf den rechten Weg in meinen Kanal führte.
Das war allerdings unser letztes Mal. Die Mutter hat die Einigung mit dem Sohn nicht verkraftet. Wir holten ihren leblosen Leib aus dem Wasser: ihr brach das Herz... sozusagen. Ob aus der übergroßen Freude oder aus Gram, daß sie so lange gewartet... Nun. Tamerlan starb bekanntlich, als er das Meer erblickte. Zwischen Kartoffelkeller und Backofen wurde sie dann zur Ruhe gebettet. Nachdem alle Wiederbelebungsversuche ohne Erfolg... Der Sohn wollte den Herzstillstand tagelang nicht zur Kenntnis nehmen: er hörte ihr Herz noch schlagen, wo ich bereits die ersten Zeichen der Auflösung ihres Organismus'... hm, Sie verstehen, wahrzunehmen glaubte. Aus ihrer Kiste wurde nun ihr Sarg. Wir zwei Artisten hoben aus das Grab und sangen unsere Lieder..., insofern Alexander nicht Lörinz' Lied sang. Nach dem Begräbnis von Alexanders Mutter waren plötzlich die Soldaten da."
„Die Deutschen oder die Russen?" wollte ich wissen. Bell aber riß beide Hände in die Höhe, sie zeigten mir an – lebende Schranken –, daß ich mich nicht vor die Lokomotive seiner Erzählung stellen soll. „Soldaten, braun oder rot. Was weiß ich. Jedenfalls fingen sie Salvatore und töteten ihn und sie sagten uns, Alexander und mir, daß wir vor unserer Hinrichtung" (Wieso Hinrichtung? dachte ich, aber ich fragte nichts mehr) „daß wir vor unserer Hinrichtung je eine Scheibe von ihm bekommen würden – als Henkersmahl.
Es ist uns gelungen, in Nacht und Nebel zu entfliehen. Wir gingen

nach Posen zum Theater, Galajda hatte im Bad ja eigentlich sein Lebenswerk mit meiner Hilfe beendet. Von nun an waren wir nur noch Brüder, Freunde und ein Arbeitsgespann, wie ich anfangs schon…
Galajda verfiel allerdings nach seinem einzigen Erlebnis mit einer Frau, ja mit d e r F r a u überhaupt (seine Ehe war ja nichts), und dies mit der eigenen Mutter, dem religiösen Wahn. Dies bewirkte einen letzten Schaffensschub: die späteren Stücke sind daher ausnahmslos mystisch."

Der Zug kam in Salzburg an. Durch Lärm, Schreie des Bahnhofs wurde die Magie der Erzählung jäh unterbrochen.
Monsieur Bell schüttelte sich wie ein Hund, er reichte mir männlich-distanziert seine schöne starke Hand. Ich paßte auf, daß unsere Verabschiedung noch im Sitzen vor sich ging, da wir sitzend ungefähr gleich groß waren.
Hier bestätigten wir noch einmal unsere gemeinsame Absicht, das verlorene Manuskript, Galajdas Opus I, zu suchen und im jeweils glücklichen Falle den anderen sofort über den Fund in Kenntnis zu setzen.
Als ich noch einmal zum Zug zurückblickte, stand ein kleiner Herr mit schwarzem Zylinderhut, mit Bart im Fenster. Genauso wie ich im Schauspiel des Nowy Teatr den Darsteller des Gabili gesehen hatte. „Monsieur Bell!" rief ich dem Herrn mit Bart zu: er reagierte aber auf meinen Ruf nicht. „Monsieur Bell, sind Sie es oder sind Sie es nicht", wollte ich wissen, doch der Orient-Expreß hat sich langsam in Gang gesetzt. Dann dachte ich, daß der „richtige Bell" nach mir ausgestiegen sei und suchte ihn auf dem Salzburger Hauptbahnhof überall. Viele auffallend kleine Männer in schwarzen, kaftanartigen Mänteln eilten in verschiedene Richtungen: ich schaute ihnen ins Gesicht: einige blickten verwundert zurück. Allerdings so ein ganz kleiner, wie Monsieur Bell, war keiner darunter.
Ich verlasse den Bahnhof und gehe zur Taxihaltestelle: Da steht er leibhaftig vor mir, Monsieur Jacques Bell, Artist, wenngleich mit einem Bart, den ich an ihm bisher nicht kannte. (Wie ist es möglich, ich hab' ihn doch mit dem Orient-Expreß weiterfahren gesehen, dort allerdings bereits mit Bart. Kam der Zug zurück? War das nur ein Rangieren?… weiß der Teufel.) „Bell!" entfährt es mir, doch er, Monsieur Jacques Bell, Artist, schaut unberührt durch mich hindurch. Er verhandelt weiter mit dem Taxichauffeur… Der ist zwei

Meter groß. Bell reicht ihm bis zum Nabel. Ich höre etwas von einem Fixpreis bis Wels, den er zur Hälfte im voraus bezahlen will. „Ich kann die Vorstellung nicht… ich bin ein Künstler, ein Artist, nicht platzen lassen." Die Tür wird zugeschlagen, das Taxi fährt los. Bell auf dem Rücksitz kramt in seiner Arzttasche. Aha, die Maske… Vielleicht, daß er noch einmal zurückschaut, noch einmal winkt… Doch nicht. „Cela ne fait rien", sage ich jetzt, statt ihm. Mach's gut, Monsieur Bell.

Daheim wundert man sich, daß ich ohne Tante Gagi komme. Ich stürze mich auf die Bibliothek und suche aus der zwölfbändigen Ausgabe von „Brehms Tierleben" die Beschreibung der Aale heraus. Gut noch, daß ich die Abnahme des ganzen zwölfbändigen Werkes nicht verweigert hatte: ursprünglich wollte ich nur den ersten Band mit den Affen. Doch an einem 23. Dezember lief mir der Buchhändler, Herr Pepper, bis zur Mitte der Staatsbrücke nach und knöpfte mir mein letztes Weihnachtsgeld ab: widerwillig nahm ich damals den Band mit den Fischen (wem soll ich ihn schenken?) an. Jetzt versank ich ins Studium der Aale. Danke, Herr Pepper!
Das von Bell beschriebene Tier fand ich nicht unter den Schlangen, wie er's angegeben, sondern unter den Fischen. In Zoologie bin ich ein Depp. Man kann mir da alles erzählen. Salvatore war mit seinem Drachenmuster als Photo genau abgebildet im Band 10, Seite 170. Über die Artzugehörigkeit hinaus, war der optisch genau beschriebene Aal eine Muräne mit doppelreihigem Gebiß, sehr giftig. Diese Tatsache hat mich sehr nachdenklich gemacht. Ich hätte Monsieur Bell jetzt gerne einige praktische Fragen gestellt. Doch er war ja nicht mehr da. Nun suche ich den Tintenfisch und ahne bereits, daß dieser vielleicht eigentlich zu den Schlangen… nein, der Tintenfisch zu den Weichtieren zu zählen ist. Weiß der Teufel, wie diese Verwirrungen mich zu der Idee geführt haben, Galajdas Opus I „Ein Mißverständnis" selber zu schreiben und dies auf einer alten Erika abzutippen und Monsieur Bell zuzuschicken, als angebliches Ergebnis meiner umfangreichen Suche und Nachforschungen in Györ.

XIV. Bei den Reichen oder
Meine Èducation Sentimentale

Hannes Johannes
Johanna Hanna
Hannes Johannes
Johanna Hanna
Ach Gänseblümchen,
sag es mir,
Hannes Johannes,
zwei Blättchen noch,
Hanna?
Hab ich Hannes geliebt, weil er weich wie ein Mädchen, weil er stets zu träumen schien, stets langsam, unentschlossen ...?

In einem Teich mit Seerosen schwammen die Kinder;
die Köpfe nur sah man, sie lachten: ihr Mund ...
Hannes Johannes
Johanna Hanna
ihr großer, lächelnder Mund,
die Zähne blitzten ...
Der kleine Springbrunnen
mitten im Teich ...
Johannas Eltern waren ja reich ...
Wieso sah ich Hannes immer in einem Springbrunnen?
Das Wasser zerstob auf den Köpfen;
die nassen Haare waren gleich,
die Augen blinzelten,
die Hände platschten,
„Parlez vous Francais?" fragte Hanna.
„Un peu", lachte Johannes.
Hannes-Johannes war der Sohn eines in Györ namhaften Architekten. Er wurde in Sochi am Schwarzen Meer geboren, weil der Vater drei Jahre in der Sowjetunion „geholfen hat, dort den Sozialismus aufzubauen". Die Mutter eine schöne Jüdin. Rotblonde Haare, wiegender Gang. Lasziv. Johanna wohnte in einer Villa, die fast schon ein Palazzo war. Ihr Vater habe eine englische Gattin „heimgeführt aus Cambridge", wo er bei John Maynard Keynes studierte, hieß es.
Die zwei Kinderköpfe

Hannes Johannes
Johanna Hanna
Neun Jahre alt beide, wie auch ich.
Juni 1942, knapp vor Schulschluß. Von meinem Onkel Bello Cio hatte ich eine russische Kindermütze bekommen – völlig unpassend im Sommer –, geschickt durch einen Kameraden. Dann keine weiteren Lebenszeichen mehr ... Von Galajda ohnehin nie.
Über uns zogen die Bombengeschwader.
Später in Cambridge habe ich ihren Weg graphisch dargestellt gesehen, in der American Camatery. Ihr Stützpunkt war Brindisi oder Bari. Royal-Air-Force. US-Navy. Die Atmosphäre zitterte durch die Motoren der Flotten: große Körper in der Luft schlagen Wellen wie die großen Schiffe im Ozean.
Die „Liberatoren" flogen in unermeßlichen Höhen, silbern glitzerten sie, silberne Schiffe im Meer, ein Sommer mit silbernen Schiffen über dem Teich im Garten der Villa mit großer Terrasse, von steinernen Balustraden umfaßt, efeubewachsen. Silberstreifen fielen herunter auf unsere Schule, auf unsere Straßen, aus dem Himmel. Wir Kinder dachten, es ist dafür zu früh, wir meinten, daß Weihnachten noch nicht so nahe ist. Die Großen sagten: Kondensstreifen, nicht berühren, gefährlich. Silberstreifen fand das Dienstmädchen auf der Außentreppe der Villa. Sie hatte dann Brandwunden an den Fingern: der Juni war in diesem Jahr zu heiß. In Lidice verbrannten in der Kirche wohl an diesem Tag ..., die Ausstrahlung dieses Feuers ..., vielleicht spürten wir sie: wir Kinder: sie verbrannten dort drin, in einer Kirche, wo sie hineingetrieben ..., soundsoviele, Kinder, Frauen, Alte, immer diese drei Gruppen. Den Männern gönnten die Nazis je eine Patrone.
Hier bei uns n o c h so etwas wie Frieden. Trotz Silberstreifen auf den Treppen der Villa, die Treppen symmetrisch angeordnet; edler Stein, kein Beton, auch nicht Holz, nein. „Wie ein echter Palladio", flüsterten die Mütter, die ihre Kinder – kleine Gäste des „Jours", diesmal Kindergeburtstag: Johanna wurde neun – abholen kamen, sie saßen dann im Garten und machten „Konversation". Die Väter kamen später, das war dann das Wirkliche und Endgültige: das Auftauchen der Väter sagte uns Kindern: das Fest ist aus. Sie taten so, die Väter, als ob sie nicht beeindruckt, nicht eingeschüchtert von dem noblen, diskreten Pomp, der strengen Architektur des Hauses wären. Manche taten so, als ob sie wüßten, daß dieses Haus hier

nicht eigentlich rechtens erworben worden wäre, daß noch Schulden, untilgbare ... Hm. Hm. Georgi kam nie herein, obwohl immer hereingebeten ...: Vor dem Tor mußte ich nach vereinbarter Zeit auf ihn warten. Georgi sagte: „Die kleine Johanna ist lieb. Ihr Vater aber ...", da schwieg er.
„Der Vater, Doktor Gerewitz, gehört zum mittleren Adel" – so wußte Eva prompt – „und ist im Kreis der Berater um den Reichsverweser ..." – behauptete sie von ihren Freunden zu wissen ... Berater des Admirals, Finanzberater ... Hm. Als Keynes-Schüler bestens geeignet ... Doch jemand sagte Georgi, Keynes selbst habe an der Börse spekuliert, denn als unbezahlter Fellow in Cambridge, mußte auch er aus etwas leben ... Und daß seine Schüler, also Herr Doktor Gerewitz etwa ..., ja das war es, das Börsespiel in London, davon lebten sie also. Davon die „Palladio-Villa" ...
Es paßt zu einem Adeligen eigentlich nicht ... ein Börsenspekulant ... „Und Gott weiß, welche Schiebereien noch ...", murmelte Georgi. Ja, daß er immer unterwegs, das merkte man. Wo er aber wirklich ...? Georgi sah Johannas Vater auch noch als „Spion oder ähnliches". Auch über eine Dame Almássy, respektive über deren Ehegespons, wußte er Schreckliches zu berichten. Diese Dame hat ihre Tochter gerne hierher begleitet – obwohl sie bedeutend älter als Johanna und die sonstigen Kinder hier ..., Maya hieß sie und war schon Maturantin. Der Gatte eben, der als Offizier und Kartenspieler, was für Georgi fast schon das gleiche war,
solche Schulden
ja solche Schulden
in einer einzigen Nacht
daß er sich eine Kugel
durch den Schädel jagte, jagen mußte,
tot war er morgens
solche Schulden hätte er gemacht
in einer einzigen Nacht.
Noch heute hör' ich Georgis Stimme und als Kind träumte ich lange immer wieder, daß ich selbst diese Schulden ..., schweißgebadet wachte ich auf, neunjährig mit den Kartenschulden, den Revolver, der vor mir lag, wollte ich nicht anrühren, schon früh geübt hab' ich das rechtzeitige Aufwachen ...
Und die Gattin des Offiziers mit der Tochter Maya, ganz verarmt, da das große weiße Miethaus, an der Ecke der Czuczor-Gergely- und Arpad-Straße unter den Hammer kam. Ihre Erbschaft, nicht aus des

Offiziers Verdienst ..., ja das Dach über dem Kopf seiner Familie hat er verspielt am Kartentisch ..., dieser Offizier. Er lächelte überlegen-charmant, wie Jávor Pál, der Traumheld der ungarischen Filmproduktion zwischen 1933 und circa 1940. In fast allen diesen Filmen spielte Jávor den eleganten Liebhaber, meist in der Offiziersuniform eines Husaren oder im Kostüm eines Kavalleristen. Nach Leslie Howard Georgis größter Rivale von der Leinwand herunter. Georgi mußte die Karten kaufen und neben seiner aufgewühlten Gattin sitzen, um am Ende der Vorstellung die Mäntel bei der Garderobe ...
Doch die Witwe nun, Frau Almássy, schien mir weiterhin reich ..., wohnte im selben Haus ..., ihre Tochter nahm Reitunterricht ..., und das Deutsche Fräulein und das Französische Fräulein ..., und auch Englisch sprach sie perfekt, bestätigte ihr Johannas Vater immer von neuem, Herr Doktor Gerewitz, wenn er überhaupt da war, und küßte ihr die Hand, um sich dann schnell abwenden zu können. Verwirrt, zerstreut ging er davon: ich merkte, daß er sie, Maya, uneingestanden liebte. Ich liebte Maya auch: doch ich war für sie zu klein, so sah ich es, Doktor Gerewitz zu alt und Familienvater halt. Trotzdem drehte sich Maya, achtzehn Jahre alt, mit sehnendem Blick nach ihm, dem sich ständig fluchtartig Entfernenden, um. „Wie die Blume nach der Sonne", höre ich jetzt noch Dolores' mißbilligende Bermerkung. Er muß nach seiner Gattin mit der Migräne schauen ..., dachte ich. Sie lag fast immer im verdunkelten Zimmer, soll sehr vermögend sein. Information von Tante Kathy.
Wie das zugeht, bei den Reichen, wollte ich herausfinden jetzt, bei den erwachsenen Reichen. Bei den Kindern merkte ich keinen Unterschied, außer daß Johanna öfter Französisch sprach als nötig. Das heißt: nötig war es eigentlich nie. Wir waren bereits im Kindergarten zusammen, in der Volksschulzeit verlor ich sie, weil sie in Lausanne, weiß Gott warum, im Internat war. Vielleicht, damit sie diesen komischen Akzent in unserer Muttersprache haben konnte. Die erwachsenen Damen und Herren fanden es „süß", wie sie sprach oder vielmehr lispelte, und daraus, daß sie diesen lieblich-komischen Akzent hatte, folgerte man, daß sie ja „perfekt Französisch" konnte. In ihrem Fall stimmte es sogar: sie war ein großes Sprachtalent.
Nun ist sie wieder hier. Warum? Wir stoßen in der Tanzschule wieder aufeinander. Zum Kindergarten kam ich durch Doktor Lorand und in meine besondere, weil nach der Montessori-Methode geführ-

te Volksschule ebenfalls. Zur Tanzschule durch die einzige Freundin von Dolores, Frau Ferdös, die ihrerseits mit Frau Rendessy, der Tanzschul-Chefin, befreundet war. Georgi hat inzwischen besser verdient, die Eltern dachten an eine große, sonnige Wohnung. Dolores dachte an das neue große Haus, welches Johannes' Vater im Auftrag der Waggon-Werke als Chefarchitekt baute: Wir gingen immer wieder hin, die Baustelle zu sehen, den Grund, die späteren Keller, konnte man schon deutlich erkennen ... Auch an Feiertagen und abends, solange es hell war, haben viele Arbeiter unter Zeitdruck geschuftet.
In der Tanzschule ...
Dort ging es nicht um Gesellschaftstänze, sondern um szenische „Creationen" der verhinderten Tänzerin, Frau Rendessy.
Verhindert, wieso verhindert?
„Ja, weil sie geheiratet hat, ihren Mann, den Herrn Rendessy, damit sie ihre kleine Tochter Lyvia bekommen konnte" – so versuchte mir Frau Ferdös die Sachlage zu erklären. Frau Ferdös verkaufte Bilder unbekannter Maler von Györ, obwohl als Gattin eines Postangestellten aufs Geldverdienen angeblich „nicht angewiesen". Dolores verkaufte sie ein „Pastellbild in Lila": „Lesende Dame" war der Titel, dann ein Ölbild „Bauernidylle" mit Rosa- und Türkis-Farben, das mich an den Eisbecher mit Erdbeer- und Pistazieneis übergossen mit Doppelportion Schlagsahne erinnerte, und schließlich das Ölbild „Flieder", hier herrschte wieder die Farbe Lila. Diese drei Bilder und noch circa fünf Porzellan-Nippes mußte später meine Tante Rosa, 1961 bei ihrem Besuch in Sydney, Dolores „hinschmuggeln", die Bilder freilich ohne die üppigen goldenen Rahmen.
An Frau Rendessy verkaufte Frau Ferdös ein Ölbild mit dem Titel: „Mein lieber Schwan". Der Ehemann von Frau Rendessy, „ein schöner, großer, germanischer Mann", soll eifersüchtig auf das Tanzen gewesen sein. Nach Lyvias Geburt war Frau Rendessy lange krank, und weil Frau Ferdös ebenfalls krank war, nach der Geburt ihres Sohnes Gabriel, haben sie sich im Krankenhaus, beide lagen auf „Klasse" – nur zwei Betten – kennengelernt. Daraus wurde eine Freundschaft.
„Und dann ging die Ehe in die Brüche, doch Herr Rendessy mußte brennen. Lichterloh." – „Er hat ihr ein Vermögen hinterlassen. Großzügig", sagte Dolores. Was stimmt nun? „Das eine schließt das andere nicht aus", sagte Kathy praktisch. „Die Tanzlehrerin hat dann aus dem besagten Vermögen ihre Tanzschule, Kindertanzschule, im

Hotel Royal gegründet." Doch nachdem der Gatte weg war, entbrannte sie in einer unlöschbaren Liebe zu demselben. Sie verglich ihn mit Lohengrin, den sie nicht rechtzeitig erkannt. Mit der Zeit setzte sich bei ihr die Überzeugung fest, daß ihr Gatte nicht nur Lohengrin ähnelte, sondern wirklich der leibhaftige Lohengrin sei. Sie selbst nannte sich von nun an Elsa.
Weil sie ihr ehemaliges Talent mit Inbrunst in ihre tanzpädagogische Aktivität hinüberretten zu können schien, hatte ihre Kindertanzschule einen guten Namen. Wir gingen zweimal in der Woche. Andere Gruppen ebenso. Frau Rendessy war eine überschlanke, brünette, quirlige Dame. Sie benützte beim Tanzunterricht eine Holzrassel, um uns, wenn wir noch ohne Musik übten, den Takt zu geben. Außerdem stampfte sie regelmäßig mit ihrem rechten Stöckelschuh auf dem Parkettboden auf, so daß der – meist zu hohe – Absatz abbrach. Ich muß hier eingestehen, daß ich auf diesen Moment mit Spannung wartete: war doch das Kullern des abgebrochenen Stöckels auf dem Parkettboden sehr lustig. Auch mußte dann die Tanzmeisterin auf dem einen Fuß hüpfend im Hinterzimmer zwecks Schuh-Tausches verschwinden. Dabei brach dann der zu sehr belastete andere Stöckel ebenfalls ab: es war eine vorausberechenbare Steigerung der komischen Szene. Warum geht sie nicht einfach barfuß oder halt in ihren Seidenstrümpfen, in das Hinterzimmer, fragte ich mich. Warum nur, warum?
Frau Rendessy hatte einen Klavierspieler: Pimpi hieß er. Nicht boshaft, eher nur töricht sagte sie jedem, daß Pimpi eine Kreuzung zwischen einem Neger und einem Affen sei. Dabei hat es Pimpi aus der Karibik hierher verschlagen. Pimpi war schon über vierzig, doch er war jugendlich schlank auf gutproportionierte Art. Die Haare trug er nicht am Kopf, sondern an den Händen, am Arm, am Hals und an der Brust: dichte schwarze Haare. Er hatte stets ein offenes Hemd ohne Krawatte an, und die Hemdsärmel stülpte er sich beim Spiel auf. Einmal kam er sogar im Leiberl und mit kurzen Hosen, da sahen wir, daß auch seine Beine stark behaart waren: Frau Rendessy und die Eltern und Tanten waren entsetzt. Pimpi mußte nach Hause, um sich ordentlich anzuziehen. Dieser Vorfall eröffnete mir ungeahnte Möglichkeiten: ich mußte jetzt Pimpi am Pianino vertreten. Mit den tanzenden Kindern wollte ich mich ohnehin nicht vermengen, da hier die männliche Seite blau, die andere Seite rosa gekleidet war. Die Form war gleich: eine Art Tunika, wie die römischen Knaben sie in der Antike trugen. Bis jetzt hatte ich nur an den neutralen Übungen,

Vortraining genannt, teilgenommen, wobei die Aufstellung nicht nach Buben und Mädchen ging. Meinen weißen Trainingsanzug übersah Frau Rendessy dabei beflissentlich. Sie war schließlich Geschäftsfrau.
Infolge des kleinen Skandals um Pimpis Hose, durfte ich von nun an am zweiten Pianino neben Pimpi immer wieder mitspielen. Erst lachte er nur gutmütig, dann ließ er mich gern gewähren. Da das zweite Instrument nicht ordentlich gestimmt war, haben wir unsere karibischen Rhythmen in schriller Dissonanz zum besten gegeben: Pimpi gefiel es und er mußte immer auflachen. Seine guttural gefärbten Lachsalven bereicherten unsere Musik. Er schrie mir seine schrägen Akkorde zu, die ich zum Teil von Gideon Petneki aus den Werken J. S. Bachs auf der Orgel der Evangelischen Kirche gelernt hatte: „Major Quintsext! Jetzt halbvermindert! Jetzt None!" Wie klein, wie groß war die Welt der Musik!
Die Buben der Tanzgruppe, der kleine Heckenast (hier auch noch, Himmeldonnerwetter), ebenso Johannes-Hannes-Hans Urban stolperten ungeschickt auf dem Parkett. Hannes wurde immer wieder schlecht, mit weißem Gesicht saß er dann am Rand des Tanzsaales, wo Marmortische, Thonetstühle, Kanapees und kleine Stützschamerl, gedacht für die kranken Füße älterer Begleitpersonen, aufgestellt waren. Auch Johanna saß oft da, auch sie mit weißem Gesicht, doch mit strahlendem Lächeln, während Hannes eher mürrisch, bestenfalls gleichgültig-mild vor sich hinschauend, mit geöffnetem Mund – ein Kälbchen – sich an den Weichteilen traumtrunken kratzend neben ihr saß. Sie wirkten wie Geschwister. Beide mit schwachem Kreislauf – denke ich heute –, Johanna jedoch mit wachem Geist. Hannes benutzte eines der Schamerl als Fußstütze!, was Johanna nie getan hätte. Der kleine Heckenast setzte sich gleich darauf, wahrscheinlich wollte er eigentlich unsichtbar werden. Seine Mutter oder Tante riß ihn immer wieder auf, er mußte dann auf einem kargen Thonet-Stuhl sitzen. „Wenn du dich schon partout nicht bewegen willst!" – „Müde bin ich, Mama", gähnte der kleine Heckenast. Schließlich saßen die drei Heckenaste auf strengen Thonet-Stühlen: Pater Heckenast, der Bub in der Mitte und die Mutter oder Tante an der anderen Seite. Wieso Mutter oder Tante, sollte es nicht vielmehr Vater oder Onkel heißen? Ich spielte mit sämtlichen Varianten: ist sie die Mutter, kann, aber muß nicht Pater Heckenast der Vater sein. Umgekehrt: ist er der Vater, könnte die Schwester die Mutterstelle angenommen haben . . ., doch wer war dann die richtige Mutter?

Ich kannte den Pater, wie jeder in Györ – von der Straße einfach. Oder weil er immer wieder vor dem Altar der Benediktiner-Kirche die Messe zelebrierte. Er war der Stellvertreter des Abtes. Jetzt schaute er oft zu mir herüber. Pater Heckenast mußte mich auch kennen – sicher weil er mich mit meinem Großvater öfters gesehen hatte –, mein Großvater hat mich ihm aber nie vorgestellt. Warum eigentlich nicht? Wo er ihm doch meine Zeichnungen zeigte und an meinem Schicksal mit ihm bastelte: etwa das „Einschleusen" in das Benediktiner-Gymnasium, wo mein Onkel Bello Cio nicht eingeschleust werden mußte, ebenso Onkel Franz, genannt Marco Polo, nicht. Die mußten nicht „eingeschleust werden", warum ich? Doch Bello Cio und Franz flogen mit sechzehn heraus. Wenn ich einmal drin bin, bleibe ich gewiß ..., nahm ich mir vor.
In der Pause kam Pater Heckenast zu mir und sagte: „Ich kenne dich durch deine Bilder. Ich bin der Pater Heckenast." Und er sagte etwas vom „Grundrhythmus – ein Geschenk der Götter –, der den Menschen mit dem Kosmos verbindet." Diesen hätte ich, das habe er aufgrund der Zeichnungen immer schon gesehen und jetzt höre er es in meinem Spiel ebenfalls. Pimpi, der unbeachtet und resigniert lächelnd neben uns saß, übersah er total.
Ein Mann über vierzig, der in einer Tanzschule klimpert, behaart wie ein Aff', und der Pimpi heißt.
Warum, Pimpi, warum bist du nach Györ gekommen, wo deine Spezialbegabung niemand merkt? Wenn Rhythmus Geschenk der Götter ist, bist du nicht weniger „kosmisch" als ich. In den Staaten, wo Fred Astaire tanzte, bei Stummfilmen der großen Meister Buster Keaton, Charlie Chaplin und Stan und Olly hättest du groß werden können als Kino-Pianist. Ein Star. Auch noch in den Bars von New Orleans. Ich kannte alle Stummfilme, die nach Györ kamen: alle Vorstellungen habe ich mir angeschaut. So wollte ich mit Pimpi darüber sprechen, er aber kannte nichts. Unverständlich.
„Ich arbeiten müssen für Familie. Dein Vater reich" – sagte er mir. „Georgi ist alles andere als reich." Ich mußte lachen. „Wieso du lachen, hier kommen nur Kinder von Reichen. Viel Geld Chefin nehmen von Eltern." Hm. Wer hat für mich gezahlt, wenn es so teuer sein soll? „Das ist eine Investition für deinen Vater", klärte mich Tante Kathy auf: „Er kriegt dann den Generalservice für die Schule: So war es bereits im Kindergarten. Und die Eltern deiner Kameraden wollen euch ebenfalls helfen: Herr Architekt Urban brachte Georgi in die Waggon-Fabrik, Herr Direktor Adler in die

Nationalbank, und der Nazi-Unteroffizier Ladich, der Papa vom kleinen Felix, in das Militärkrankenhaus, wo er Verwalter ist." – „Pater Heckenast zu den Benediktinern?" wollte ich wissen. Das aber war nicht der Fall. „Noch nicht", sagte Tante Kathy und lächelte mit hintergründigem Blick. „Doch der Garagenbesitzer Inkey hat ihn bald einmal eingeladen, als seine Kinder in die Volksschule kamen: weil du sie so geschickt beruhigen konntest." Die wollten nicht in die Schule. Sie weinten. „Ich sagte ihnen nur, daß die Lehrerin sehr gut ist, das es in der Schule schöner ist als daheim." Hier hüstelte Tante Kathy verlegen, und ich bekam keine weiteren Informationen. „Wenn ich Gideon schon heiraten muß, will ich sofort ein Kind... Ein Kind bringt dich mit anderen Menschen in Kontakt..., auch Hunde, die man spazieren führt... Sie bellen sich gegenseitig an, die Besitzer lernen sich dabei kennen. Kinder und Hunde...", murmelte Tante Kathy ihren Lebensplan vor sich hin.
Jetzt, in der Tanzschule, lud mich Pater Heckenast zu sich und zu seiner Schwester und zu ihrem Peppi für den nächsten Samstag ein. Sie hatten in der Graf-Teleky-Straße, zehn Häuser weiter von unserer früheren Wohnung, ein schönes, geräumiges Bürgerhaus mit großem Garten. Hier wuchsen mehrere uralte Bäume, Platane, Lindenbaum und Nußbaum. „Ich werde euch, dir und Peppi, was Schönes vorlesen, meine Schwester macht einen guten Kuchen." Peppi gähnte an der Hand seiner Mutter oder Tante und beim Wort „vorlesen" verzog er den Mund. Er wandte sich mit dem Kopf zu ihrem Bauch und murmelte in diesen Bauch jetzt hinein: „Wieder dieser Odysseus." Pater Heckenast beherrschte seine Verärgerung, er blinzelte verlegen und versuchte zu lächeln. „Zu zweit wird es schon gehen, mein lieber Sohn." War das nun so allgemein gesprochen, oder war Peppi denn wirklich sein Sohn? Pater Heckenast wurde noch verlegener, zugleich auch traurig. Diese zwei Erwachsenen kamen mir sympathisch vor, und aus irgendeinem Grund hatte ich großes Mitgefühl mit ihnen.
Nach der Pause probte unsere Meisterin mit Lyvia, ihrer Tochter, ein kleines Duett mit Diószeghy als Partner. Die anderen Kinder bildeten den „Chor". Doch Diózeghy bewegte sich wie ein Stock und merkte sich die einfachsten Figuren nicht. Mit Diplomatie versuchte nun unsere Choreographin, die in Minderzahl vorhandenen Buben einen nach dem anderen auszuprobieren. Schej Robi würde es können, dachte ich, aber er darf hier nicht mittun: sechs Geschwister daheim und der Vater nur Feuerwehrmann. Frau Rendessy war nach

dem fünften Buben der Verzweiflung nahe – an der Wand saßen noch Hannes-Johannes, verlegen lächelnd, mit weißem Gesicht, das sagte: „Wenn ihr mich zwingt, fall' ich in Ohnmacht", und Heckenast, der bereits weinte. Die Chefin kam ratsuchend zu Pimpi. Sie flüsterte offenbar, daß mit den Buben nichts zu machen sei, doch das sah man ohnehin. Pimpi lachte guttural. „Kein Rhythmus bei den kleinen Herren, Chefin, da ist nicht machen."
„Nichts zu machen", spöttelte Johanna laut und blickte Frau Rendessy mitten ins Gesicht.
„Ach austauschen, Frau Chefin, die Kleider: rosa auf blau, hier, mein klein Kollege", sagte Pimpi auf mich zeigend, „wird das glänzend machen können", beendete Johanna den Satz. „Ja, er hat recht, er hat recht", jauchzte sie auf. „Er hat recht", meinte auch Johannes-Hannes, da er dadurch von der drohenden Tortur verschont wurde – er war der vorletzte Bub, der an die Reihe gekommen wäre. „Sag du das auch", stieß er den weinenden Heckenast an, „sonst müssen wir dran."
„Aber du wolltest bisher nie richtig tanzen, nur die Übungen in deinem Anzug und dann husch husch zum Klavier!" wandte sich die Meisterin zu mir. Pimpi half mir: „Lassen Sie Garderobe, Chefin, dann alles perfekt." Er grinste mit schneeweißen Zähnen. Die Chefin gab nach, ich durfte in meinem weißen Zeug einen „Probegalopp" machen.
Während des ewigen Wiederholens mit bisher fünf untauglichen Tänzern, habe ich mir die Figuren leicht merken können, die waren ohnehin ganz einfach: nun durfte ich neben Lyvia als ihr Kavalier tanzen, und weil es auf Anhieb ging, wurden wir das Traumpaar der Tanzschule Rendessy. Allerdings zählte ich mir im Geiste einige größere Buben vor, die, wie ich von den ständigen „Jours" wußte, glänzende Tänzer waren. Zwei, drei kannte ich..., doch, sie waren viel größer als wir: fast ausgewachsene Männer, würde Tante Kathy sagen. Außerdem – durch die Filme – bin ich Schüler von Fred Astaire, sagte ich mir, um nicht nur unter lauter Deppen der Sieger sein zu müssen.
Traumpaar der Tanzschule Rendessy & Co. (Wer der Co war, wußte ich nicht. Doch Tante Kathy erklärte mir, daß eine Frau allein kein Unternehmen „– ja nicht einmal eine Kindertanzschule – führen kann, darum muß sie einen Mann hinter sich haben. Das ist also der Co." Hier war es Herr Inkey, als stiller Mitinhaber, wie ich später erfuhr.)

Von nun an durfte ich in meinem eigenen Zeug proben, und für die Aufführung bekam ich die blaue „Tunika", wie die anderen Buben auch. Nun war ich in der Tanzschule in der von mir erwünschten Doppelfunktion, und dies hat vielen imponiert: den Erwachsenen und natürlich vor allem den Mädchen. Die Buben waren ratlos, zurückhaltend bis feindselig. Diószeghy trat mir ins Schienbein, wie ein aggressiver Fußballer. Ich sprang ihm auf die Zehen. Wir beide taten so, als wären sowohl der Angriff wie die Abwehr Zufälle gewesen, und sagten einander kühl: „Pardon". Diószeghy hinkte nachher zwei Wochen lang. Er wurde später Advokat.
Eines Tages spielte ein Trichtergrammophon in der Tanzschule. Pimpi, zur Untätigkeit degradiert, spitzte verzaubert die Ohren. „Jussi Björling!" flüsterte er mir zu. Eine betörende Tenorstimme sang:
„Mein lieber Schwan!
Ach, diese letzte traur'ge Fahrt,
wie gern hätt ich sie dir erspart!
In einem Jahr, wenn deine Zeit
im Dienst zu Ende sollte geh'n,
dann, durch des Grales Macht befreit,
wollt' ich dich anders wiederseh'n!"
Dieser Gesang hat mich tief beeindruckt und mit großer Traurigkeit erfüllt. Pimpi legte die Platte immer von neuem bei der Stelle auf, wo die A-Dur Akkorde den Abschiedsgesang Lohengrins einführen. Die Platte hatte an dieser Stelle bald ein Loch. Wie ich erfuhr, sollte bei unserer Schlußveranstaltung dieses Abschiedslied des Lohengrin aufgeführt werden. Als Krönung unserer Darbietungen. Ein großer, blonder Knabe wurde gesucht, der auf einem mit vier Rädern versehenen Brett, auf dem ein Schwanenkopf montiert sein würde, stehen und den Mund zu Jussi Björlings Gesang synchron bewegen sollte. Pimpi mußte die Grammophonplatte präparieren, so daß die Musik an der richtigen Stelle anfängt, dann aber das Brett — versteckt hinter einer Bordüre, die das Wasser darstellen sollte – unsichtbar und langsam mit einer Schnur hinter ein Paravent ziehen.
Johanna hat sofort zu intervenieren begonnen, daß nur ich den Lohengrin spielen könne. Doch ich sagte ihr, daß mir die Sache zu traurig vorkommt. Groß und blond bin ich auch nicht. So stellte man den dicken Felix Ladich, den Sohn des Nazi-Unteroffiziers, auf das Brett, der für einen Lohengrin-Darsteller leider zu übergewichtig, formlos war, sich aber im Besitz einer wirklich goldblonden, lockigen Haartracht befand. Dafür sollte ich das Paravent mit der

Aufschrift „Gral" versehen. Und es freute mich, daß nicht ich, sondern der Sohn des Ehepaars Ladich auf dem Brett stand beziehungsweise wackelte und komische Mundbewegungen zu Jussi Björlings Gesang machen mußte.
Johanna saß neben mir bei der Generalprobe, einige von den eifrigeren Eltern waren auch schon dabei, sie saß also neben mir und flüsterte mir ins Ohr: „Ich sehe dort gar nicht erst hin: du bist mein Lohengrin, amore mio." O Johanna, kennst du das Stück denn nicht? Mit den Fragen, die Elsa an ihren Gatten nicht hätte stellen dürfen, aber aufgehetzt von bösen Leuten trotz Vereinbarung und Schwur doch stellt. Und dann ist alles aus. Er muß zurück zum Gral. Vorzeitig.
Johanna versicherte mir, das sie die überflüssigen Fragen nie stellen würde, so hätte sie ewig ihren Lohengrin. Sie kannte das alles aus Bayreuth. Ich aus einem Klavierauszug Eugen Petnekis. Die Zauberflöte hatte sie mit fünf Jahren bei den Salzburger Festspielen kennengelernt. Doch sie leitete aus diesen Tatsachen keine Überlegenheitsansprüche ab, jedenfalls mir gegenüber nicht, und damals. Weiß Gott, was später… Im Gegenteil, sie sagte bescheiden: „Ich sah das alles vom Zuschauerraum aus, wie jeder, der gerade eine Karte hatte. Du aber kannst die Akkorde spielen… fis-moll, A-Dur, vor Lohengrins Gesang…, und dann bei dieser traurigen Stelle: ‚wollt ich dich anders wiedersehen' plötzlich F-Dur. Hier muß ich immer erschauern", fügte Hanna noch hinzu. Während wir uns über das zauberische Märchen unterhielten, traten technische Probleme auf: Jenes Brett, welches Pimpi als ein mit Schwanenkopf aus Sperrholz versehenes Boot des Lohengrin präpariert hatte, hing in der Mitte durch. Ladich war einfach zu schwer. Da die kleinen Räder einen zu geringen Durchmesser hatten, scheuerte das Brett den Parkettboden, die Schnur riß immer wieder, mitten im Gesang. Ein Skandal drohte. Da trat Georgi diskret als Retter in der Not zu Frau Rendessy. Sie flüsterten. Frau Rendessy nickte dabei öfters eifrig mit dem Kopf. Dann klapperte sie mit ihrer Rassel.
„Meine Damen und Herren, einen Moment Geduld bitte: in der Generalprobe darf so etwas passieren. Doch Herr Ingenieur Neumann wird…" Georgi wurde auf einmal mit Ingenieur-Titel angesprochen, wie Tante Kathy dies immer schon gewünscht hatte…
„Ja, bitte, meine Damen und Herren", sagte jetzt Georgi, „Ich bräuchte einen von den kleinen Schamerln. Wenn jemand von Ihnen auf seine Fußstütze verzichten wollte oder könnte. Ich sah – mit

Verlaub – das technische Problem gestern schon und brachte daher etwas größere Räder mit", hier breitete er die Arme wie ein Priester bei „Ite, missa est" oder bei den „Oremus"-Rufen aus, nicht weniger war er zugleich ein Zauberkünstler, der marktschreierisch seine harmlosen Gegenstände vorzeigt, „Simsalabim-bam-bum", aus denen unter seiner Zauberkraft ein neues Wesen entstehen oder zumindest aus dem Hut, der Schachtel, steigen wird, und in jeder seiner Hände hielt er je zwei rote Räder mit Gummirand.

„Mein Kinderwagerl hat er auseinandermontiert", flüsterte ich Hanna zu. „Idiot!" quittierte sie. „Das war dein Wagen, nicht sein Wagen. Und was hat er in dem komischen Segelsack?" – „Keine Ahnung. Werkzeuge vielleicht."

Inzwischen tat sich etwas: Pater Heckenast, der mit seiner Schwester einen mit Brokat bezogenen Schemel teilte, riß das gute Stück unter ihren vier Füßen weg und steuerte damit zu Georgi: „Hier, bitte, Herr Ingenieur." Also er nennt ihn auch so. Und Georgi verschwand mit seinem Sack und mit dem Schamerl dort, wo Frau Rendessy nach dem häufigen Malheur mit ihren Stöckelschuhen normalerweise zu verschwinden pflegte. Dem herausspringenden Vogelkopf einer Kuckucksuhr ähnlich, erschien dennoch noch einmal sein Kopf in der Wandspalte. Er flüsterte geheimnisvoll, dennoch für sehr viele hörbar: „Und auch der Schwan, auch der Schwan muß anders werden." Dann verschwand er, und wir hörten ein leises Bohrgeräusch, einige diskrete Hammerschläge, und dann trat Georgi, wie aus einer Versenkung, zu unserer Meisterin, er überreichte ihr das brokatbezogene Schamerl mit vier roten Rädern und mit dem von ihm selbst heimlich vorbereiteten echten Schwanenkopf mit langem weißem Hals. Irgendwie war das Gesamtgebilde mit dem ausgestopften Hals des armen Schwanentieres erschreckend. Wie es sich später herausstellte, hatte Georgi sich hierbei an den Tierpräparator Hellewein wenden müssen. Im ersten Moment blitzten mir die von Georgi über dem Gully unseres Hofes in der Czuczor-Gergely-Straße durchgeschnittenen Enten- und Gänsehälse durch den Kopf. Doch nicht nur ich, sondern auch das ganze Generalprobenpublikum hielt betreten den Atem an. Die Spannung wurde zuerst durch Pimpis entsetztes Flüstern: „O my goodness" gebrochen, darauf folgte Hannas aus dem Schreck hervorsprudelndes – ich muß leider zugeben: hysterisch aufbrechendes – Lachen. Dies ungute Lachen griff auf uns Kinder über, aber auch auf die Erwachsenen. Es wurde daraus ein fürchterliches Gekicher, Gejohle, unmenschliches Gewieher. Peppis Mutter

und Tante Kathy übertrafen sich in einem Perlhühner-Duett. Einige Väter knöpften das Jackett auf und gaben tiefe Grunzellaute von sich. Und während dieses noch im Gange war, drehte Hanna meinen Kopf zu sich, und ich sah, daß sie weinte. „Entschuldige, entschuldige, entschuldige, Mino. Das hätte ich nicht..., das ist doch dein Vater. Ach, was für ein Unglück, daß du einen Trottel zum Vater hast, entschuldige, entschuldige!" Und in mir keimte sicher eine tiefe Wut, daß sie nicht nur gelacht, sondern jetzt auch noch darüber sprechen muß. „Ach, Hanna, für unsere Eltern können wir nun einmal nicht. Du bist ja auch gesegnet mit deiner Mutter, ständig im dunklen Zimmer, und der Vater, der was weiß ich welche Geschäfte...", und Hanna sagte, „Ja, im dunklen Zimmer, wenn sie überhaupt da wäre, und wenn mein Vater diese Maya heiratet, bring' ich mich um." Ein Abgrund tat sich auf. Ich besann mich, daß ich Hannas Mutter noch nie gesehen hatte. „Sie ist nie da, sie ist immer nur in der Anstalt, Mino, ich habe keine Mutter."
Georgi stand im Lachgewitter, ohnmächtig, rot vor Empörung, er verstand die Welt nicht. „Da ist überhaupt nichts zu lachen! Die Räder verschwinden ja unter der Abdeckung! Unter der Bordüre sozusagen! Und ich habe auch eine Dahtschnur mitgebracht, daß es nicht reißen k a n n, und wenn selbst der Feldmarschall Hermann Göring als Lohengrin auf dem Wagerl stehen würde!!" Nun war aber der Keim des Entsetzens und der aus der Peinlichkeit geborenen Lächerlichkeit einmal gelegt. Es kitzelte weiter. So haben wir Kinder, aber auch die Erwachsenen ihr Lachen nur noch mit Mühe zu unterdrücken vermocht, und es drohte ständig wieder aufzubrechen. Bei Hanna und bei mir war das ein nervöses, trauriges Lachen. Unwillig trat der „kleine Felix", unser übermästeter Schulkamerad, auf das oben gepolsterte Schamerl, vor ihm der Schwanenhals: ein übergroßer Penis. Er wollte diesem den Rücken kehren. Doch auch darüber lachte das unbarmherzige Generalprobenpuplikum. Er fiel fast hinunter. Seine dürre, ängstliche Mutter stand blaß an der Wand. „Felix, bleib bitte ruhig! Stehst du sicher da!?" Sie wandte sich zum Publikum: „Er darf nicht fallen, Sie wissen ja, daß er als Kleinkind ständig im Gips wegen seiner verdrehten Hüften... Sie sind ja auch alle Väter und Mütter, wie ich..." – „Ich stehe gut, Mama!" schrie Felix, obwohl er wackelte: die Höhe des Schwanenschiffes war etwas größer jetzt als Pimpis Brett, und auch die Polsterung störte ihn offenbar.
„Wenn er so krank ist, wozu kommt er in die Tanzschule", ver-

merkte Johanna logisch. Sie wußte, ich fürchte, sie wußte es von mir, daß der „kleine Felix" jeden Tag seine mit dicker Butterschicht und 20 Dekagramm Salami belegten Brote nebst einem Liter Kakao auf der Bank ausbreitete und die ärmeren Kinder frotzelte:
„Würdest du gerne wollen,
doch auch wenn du gerne wollen würdest,
ich wüßte nicht, warum ich dir davon etwas abgeben sollte.
Nur eine Übung für Konjugation, ihr wißt", fügte er hinzu.
Szigethy, der uneheliche Sohn einer Waschfrau (Frau Schramm?), zeigte mir während der Religionsstunde sein Taschenmesser: „Siehst du es? Dieses werde ich jetzt dem Schwein Ladich in den Bauch rammen!" Aber er tat es gottlob nicht. „Und die Fressalien werden im Militärspital gestohlen, wo sein Vater Verwalter... Eine Sauerei ist das: Ladich frißt die Sachen, die für die verwundeten Soldaten sind!" Darin waren alle Kinder in der Schule einig. Niemand bat den „kleinen Felix", wie seine Mutter ihn ständig nannte, um seine Brote, obwohl vielen der Magen knurrte.
„Die Kunst schlägt zurück: dieser Lohengrin hier, und gestern Lidice... Diese Tanzschule ist nichts für unseren Sohn", sagte Architekt Urban vor sich hin, eben mehr sich selbst als seiner Gattin: Architekt Urban hörte regelmäßig die BBC – das wußte ich von Hannes-Johannes. Er nahm die Arbeit für fünf Architekten an – jüdische Freunde, die quasi in „Untermiete" unter seinem Namen gearbeitet haben. Im Herbst 1944, nach Beendigung des Riesenbaus der „Mietshaus-Waggon- und Brücken-Werke", wurde er in seiner Wohnung abends um neun Uhr herausgeläutet. Fünf halbwüchsige Hakenkreuzler. Einer fragte ihn nach seinem Namen. Er antwortete: „Urban, Sie wissen's eh." Einer der Kerle schoß ihn mit dem Maschinengewehr aus ein Meter Entfernung auf seiner Türschwelle nieder. Sein Sohn Johannes war zu dieser Zeit in Sicherheit im Benediktiner-Kloster Pannonhalma. Dorthin flüchtete dann auch Hannes' Mutter und wurde von den Patres mit dem Sohn zusammen versteckt und gerettet.
Doch zurück zur Tanzschule.
„Der dicke Ladich, übermästet, fährt auf einem Damenrad, kriegt Klavierstunden..., auch privat, diese Tanzstunden, obwohl völlig ungeeignet. Und jetzt gleich als Lohengrin, Hermann-Lohengrin-Göring", flüsterte jemand allzu hörbar: kleine Glimmfeuer des untergründigen Lachens flackerten auf. Was soll ich sagen? Die Generalprobe war keine Vorbereitung der ohnehin problematischen

Krönungsnummer unseres Abschlußabends, sondern die Vorbereitung eines Sturzes. Am Abschlußabend dann: Die Schnur riß wirklich nicht, das Schamerl-Wagerl funktionierte prächtig, nur Felix verlor die Balance und fiel, und ein Lachorkan überdeckte Jussi Björlings betörenden Gesang. Hannes-Johannes stand mit weißem Gesicht eng zwischen seinem Vater und seiner schönen Mutter: Er war erschrocken. Da das Lachen auch mich entsetzte, waren wir vielleicht in diesem Augenblick einander ganz nah. Nie dagewesene, nie wiederkehrende Nähe. „Kommst du dann zu Gerewitz' zu dem Jour?" fragte er mich verlegen. Wir waren zu der Familie Johannas zu ihrem neunten Geburtstag eingeladen. Die Reichen unserer Stadt sagten dazu „Jour".
„Ja, ich komme."
Nach dem ominösen Lohengrin-Abend war Georgi mehrere Tage verstört, absolut schweigsam. Auch Dolores schwieg düster. Ungefähr am dritten oder vierten Abend blickte Georgi aber beim Abendessen von seinem Schinken mit Kren auf und sagte: „Jetzt weiß ich es." – „Was weißt du?" fragte Dolores. „Johannas Vater hat das Erbhaus der Frau Almássy abgekauft, erworben. Die Damen dürfen drinnen wohnen bleiben, und er zahlt ihnen noch eine Miete." Er blickte Dolores bedeutungsvoll an. „Verstehst du mich? Er hat jetzt das Haus und trotzdem zahlt er den Besitzerinnen Miete." – „Was du alles wissen willst, Georgi", knurrte Dolores. Und hier erklang der Schlachtruf „Das Kind". Doch ich hörte noch, wie Evy ihre Version der Dinge vortrug. „Da die Damen das Haus sehr schnell veräußern mußten...", – „Jawohl das wird der Gerewitz schamlos ausgenutzt haben", so Georgi. „Nein, nein, das meine ich nicht. Aber es ist möglich, daß kein zahlungsfähiger Käufer da war und..." – „Ja, und er, dieser Gerewitz, kaufte unterm Preis, und etwas von seinem übermäßigen Gewinn ‚schenkt' er den Damen monatlich... Und die sind dann zu einer weißgottwelchen Dankbarkeit, hm, verpflichtet." – „Du setzt immer das Schlimmste voraus, Georgi." – „Ja. Und das Schlimmste tritt auch immer ein."
„Jedenfalls wäre mir lieber, wenn die Schnur gerissen wäre, als diese Sache... mit dem Tier", sagte Dolores, um das Gespräch zu einem Ende zu bringen.

Hier beim „Jour" hätte ich auf dem Klavier „Solveigs Lied" und „Frühlingsrauschen" vorspielen müssen. „Wieder einmal diese Schmachtfetzen", flüsterte ich Hanna zu. „Ich kann einige Stücke,

Inventionen von J.S...., doch die Erwachsenen stöhnen dann."
„"Immer dieser Bach', das kennen wir schon", stimmte mir Johanna zu. „Frühlingsrauschen" konnte ich wegen seiner zu schwierigen Kaskaden einfach nicht, so improvisierte ich etwas. „Was war das?" fragten die Erwachsenen, denen mein Stück gefiel. „Das war Waldesrauschen, Wasserrauschen, heißer Sommer", fabulierte ich frech. Sommer haben wir. Sommer ist jetzt. Zu „Solveigs Lied" wußte ich die Akkorde nicht: ich mogelte etwas zu der Melodie – mit schlechtem Gewissen. Doch die Erwachsenen fanden es großartig. (Denen kann man ja alles auftischen, dachte ich.)
Nachher gab es Tombola. Noch vor dem Kakao und Kuchen durften wir die Preise anschauen. Hannes betrachtete den Hauptpreis: es war eine kleine Flöte. Rückblickend habe ich den Verdacht, die Flöte war aus Blech. Grün lackiert, rot umrahmt die Löcher. Hübsch anzusehen... Doch der Klang? „Wenn ich doch die kleine Flöte gewinnen könnte" – sagte Hannes träumerisch. Die „Tombola" war nicht ganz das, was diese Gattung sonst ist: Es gab keine Zettelchen, die man zog, der Zufall spielte also keine Rolle. Es war im Grunde ein Wettbewerb. Sándor Laci, ein größerer Bub, bereits Schüler des Benediktiner-Gymnasiums, Student der Militärakademie in spe, weswegen wir ihn alle „General" nannten, hat diese leistungsbezogene Umformung der Tombola einer Freundin der Familie Johannas, Frau Inkey, Gattin des Garagenbesitzers und Fau Rendessys Co, vorgeschlagen. Diese hat ihn in ihrer unendlichen Weichheit gewähren lassen, Frau Inkey mußte heute den abwesenden Vater Gerewitz und die wie stets im dunklen Zimmer an Migräne leidende Frau Gerewitz – so die offizielle Version – vertreten. Frau Inkey wohnte in der Nachbarschaft. Ihr Mann war ungebeten mit ihr mitgekommen und saß zeitungslesend im Nebenzimmer.
Nun mußten wir um die Wette laufen und rechnen: da Hans die Flöte unbedingt haben wollte und nach meiner Erfahrung aus der Schule sowohl im Laufen wie im Rechnen seinem Wesen nach extrem langsam war, bildete ich mir ein, für ihn gewinnen zu müssen, als eine Art Peter Pan oder so –, daher habe ich mich sehr zusammengerissen, und dies war nicht unbedingt in jedem Punkt leicht für mich. Zwar konnte ich die geometrischen Formen, die Räume sofort erfassen. Doch die rein technische Rechnerei beherrschte ich nur durchschnittlich. So ging alles blitzschnell, wenn ich die Frage in Flächen und Räumen vor mir sah. Wenn es mechanisch gehen mußte, war ich totaler Durchschnitt, also nach meiner

Beurteilung ein Depp. Doch diesmal war die Frage „leicht zu sehen" – so nannte ich das – Schätzung des Kubikmetermaßes des Raumes, wo wir uns befanden. Wie mit meinen Bauklötzen legte ich in der Phantasie mit meinen Kubussen den Boden einmal aus, in 1 Meter Höhe: dann noch einmal, also in 2 Meter Höhe jetzt, dann war noch eine Schicht offen. Hannes-Johannes kam mit einem Metermaß und schrie – als Architektensohn: „Die Plafondhöhe ist 290!" Also mußte ich von der obersten Schicht von jedem Kubus eine nur 10 cm hohe Schachtel abziehen. Im Nu war meine Schätzung fertig. Gezeichnet und mit Zahlen beziffert gab ich sie Sándor ab. Er pfiff anerkennend durch die Zähne. Hans begann zu rechnen und schwitzte etwas dabei. Zu mechanisch, dachte ich mir: er spürt den Raum nicht. ... Keine kosmische Verbindung mit dem Raum. Süß, wie er sich müht, die Zunge zwischen den Lippen.

Auch die anderen haben nur brav gemessen, multipliziert und addiert, keiner hat den Raum gezeichnet... Die Wette mit dem Raum habe ich nun leicht gewonnen. Dann kam das Laufen: dort habe ich mich nicht so leicht ausgesehen. Einige Burschen waren größer als ich, Thomas Halász galt als sehr sportlich... Vielleicht, wenn wir die täglichen Spaziergänge ohne Dolores, im Laufschritt...?

Doch merkte ich, daß diese reichen Kinder fast alle keinen Ehrgeiz hatten. Sie waren ohnehin was. Nur der Thomas wollte einmal als großer Sportler – doch hier, zu meinem Glück, vielleicht, daß er zu viel gegessen oder daß er die Zähigkeit meines Körpers unterschätzte, gleichwie, als die Spielpistole den Start angekündigt, richtete er noch etwas an seinem Schuh. „Los Thomas! Fummel nicht an dem Schuh!" Sándor als General war wütend. Thomas riß jetzt – vom Geschrei des „Generals" schusselig geworden, an seinem Schuhband: jetzt war der Knoten auf: mit nachfliegenden Schuhbändern, auf die er dann selber trat, verhedderte er sich und fiel. „Nun! Steh auf, weiter!" so unser General. Doch Thomas gab nun auf. Er hatte Schürfwunden an den Knien. „Was für ein Soldat!" Und Thomas sagte: „So was Blödes wie Soldat will ich nie werden." So also habe ich auch im Laufen gewonnen, wenngleich nur durch günstigen Zufall, und schnitt in beiden Disziplinen als bester ab. Frau Inkey überreichte mir die Flöte.

„Wie die Königin der Nacht dem kleinen Tamino", stöhnte Frau Almássy, jene mit dem Gatten, der die Spielschulden... Sie war wieder mit ihrer großen Tochter hier. Ihre Bemerkung kam mir komisch vor: Frau Inkey als Königin der Nacht! – wohl eine Furie, während

Frau Inkey eine mütterlich-milde Dame war. Doch niemand lachte außer mir. Aber mein Lachen war unhöflich und mußte unterdrückt werden: ich dachte an den toten Tobias und begann zu husten. Hustend und bellend verschwand ich im Nebenzimmer, wo Herr Inkey das Kindermädchen des Hauses gerade belästigte. Das Mädchen flüchtete, Herr Inkey tat so, als ob nichts gewesen wäre. Doch verärgert war er in hohem Maße: er schlug geräuschvoll mit seinen Zeitungen herum. Ich ging in ein drittes Zimmer und fand dort Hannes-Johannes, allein vor dem Aquarium stehend. Ein größerer Fisch schien von innen die Glaswand zu küssen. Hannes drückte an der gleichen Stelle, von außen, seinen Mund auf das Glas. Ich rührte mich nicht, doch er drehte sich verschämt um. (Heute stör' ich anscheinend alle.) Ich wollte weitergehen. Doch Hans sagte freundlich: „Ich gratuliere" und reichte mir seine liebliche Hand. Ich war verlegen. Wie mach' ich das jetzt?
„Du wolltest die Flöte."
„Du bist schneller gewesen."
„Aber die Flöte habe ich nur für dich gewinnen wollen."
Hans wurde tiefrot. „Weil du meinst, ich selber kann nicht... so schnell... wie du..."
„Ist ja egal, wer... Kannst du es nicht annehmen, von mir?"
„Egal? Mitnichten. Wer sie gewonnen hat, der hat sie."
Eine Szene stieg vor mir auf. Es war womöglich nach meiner Mandeloperation. Drei Wochen hatte ich gefehlt und bei den mechanischen Rechnereien verstand ich daher etwas nicht. Ich bat Hannes um Hilfe: bereitwillig beugte er sich über mich und diktierte mir die Zahlen: Hannes, der große Meister.
„Und das noch und da noch und das noch. Jetzt sind wir fertig, mein Morilein,
meine kleine Morilein..."
Diesen rhythmisch gesprochenen Reim wiederholte er trunken, in seinem schönen neuen Anzug – mit langen Hosen – wie ein Gummiball dazu springend. Ja, er w a r jetzt ein Gummiball. Er selbst. Mir war das Ganze peinlich. Also muß ich nur dümmer sein als er: etwas nicht verstehen, wenngleich nur durch die Abwesenheit wegen der Krankheit... So geht das also... und wie er wie ein Ball hüpft. Aufgegeilt geradezu, würde ich heute sagen. Dieses Hüpfen kam mir obszön vor und stieß mich ab. Sein Springbrunnen im Fronleichnamszug kam mir durch Gott weiß welche Gedankenverbindung in den Sinn.

Doch jetzt hüpfte er nicht. Hans war jetzt bewegungslos, ein schwerer Stein. Er schüttelte den Kopf. „Nein. Das kann ich nicht annehmen. Du hast gewonnen, also das ist deine Flöte. Danke."
„Schade", sagte ich hilflos, das zurückgewiesene Geschenk in der Hand.
„Adieu", sagte Hans aus einer merkwürdigen Eingebung heraus.
„Adieu", sagte auch ich.
In dem Moment rührte sich etwas in der Tiefe des Aquariums: blauschwarze Tinte vedunkelte das Wasser. Hannes' Lieblingsfisch, den er vorhin geküßt hatte, war nicht mehr zu sehen. „Das war der Tintenfisch. Wir haben ihn gestört", sagte er. „Also Adieu." Hans hat verlegen gewunken und ging ins nächste Zimmer, doch Johanna kam aus der anderen Richtung und suchte mich, besorgt wegen meines Hustens. Sie trug mir eine Tasse Tee nach. Johanna wußte, daß ich keinen Kakao, auch keine Ovomaltine trinke, so hatte sie Frau Inkey gebeten, mir Tee machen zu dürfen.
„Hier, mein Prinz", sagte sie, während sie mir die Tasse reichte. Ich sah sie an. Sie schlug die Augen nieder. Ich trank den Tee und dachte: sie liebt mich.
„Ich danke dir, Pamina."
Sie errötete lieblich.
„Freut dich die Flöte, Tamino?"
„Ja. Sie freut mich, wenn ich sie dir schenken darf."
„Mir schenken?"
„Die Flöte..., wollte ich nur für dich gewinnen, Pamina..."
„Nur für mich, ach", entfuhr es ihrem kindlichen Mund, der groß und weich war, wie der Mund der Fische im Aquarium hinter uns und wie Hannes' Mund. Sie nahm die Flöte. Ihr glückliches, stilles Lächeln...
Als bald die anderen kamen, die uns suchten, nahm sie Blumen aus den Stein-Vasen und zupfte Efeu-Blätter von der Hauswand und von der Balustrade. Mir fiel wieder die Fronleichnamsprozession ein, wo wir als Ministranten mit Blumen beworfen worden waren...
„Dem Prinzen Tamino bekränzen wir das Haar."
Die Mädchen haben mit Freude mitgetan. Die Buben standen düster im Hintergrund. Ich paßte heimlich auf, wer mir jetzt ins Schienbein treten würde. Die Erwachsenen fanden das alles lieblich, und als ich an diesem Tag statt von Georgi von Architekt Urban abgeholt wurde, trennten wir uns, Johanna und ich, mit Schmerz.
„Au revoir, mein Prinz", sagte sie mir vor allen.

„Au revoir, ma vie", flüsterte sie ins Ohr mir.
Ich beschloß, Französich zu lernen.
An diesem Tag war alles anders als sonst. Daß mich jemand anderer als Georgi abholte, war bis jetzt nicht vorgekommen. Daß das jetzt Herr Architekt Urban höchstpersönlich tat, kam mir wie eine Auszeichnung vor.
„Pater Heckenast und dein Großvater baten mich, dich vor den Benediktinern abzusetzen", sagte er mir. „Pater Heckenast wartet auf dich im Tor." Er sagte und fragte sonst nichts. Hannes und ich saßen also im Fond, vorne die Eltern von Hannes. „Mach's gut", sagte Architekt Urban dann doch, „Du sollst hier aufgenommen werden. Große Ehre, ich gratuliere dir."
„Was?" schnappte seine Gattin nach Luft. „Ein Mädchen?"
„Das ist kein Mädchen, Maman", hörte ich Hannes' Stimme, sie klang vorwurfsvoll. Das Auto brauste davon.
Pater Heckenast stand mit angestrengt kurzsichtigen Augen im Tor des Benediktiner-Gymnasiums. Er war nervös, und daß er stark schielte, ist mir jetzt zur vollen Gewißheit geworden. Auch seine Schwester schielt, ging mir durch den Kopf. „Nun bist du da." Er führte mich durch einen düsteren Flur zu einer Tür: „Das ist die Direktion... Ich stelle dich jetzt unserem Abt, Direktor Ladurner, vor. Alles ist jetzt sehr wichtig... Du wirst schon...", er brach ab und klopfte. „Herein!" hörten wir eine energische Stimme.
Ich stand im Direktionszimmer des Benediktiner-Gymnasiums vor dem Schreibtisch des Direktors. Direktor Ladurner war groß, hager, der Gegensatz des kleinen, rundlichen Pater Heckenast. Seine Augen waren so tief in seinem knochigen Gesicht versunken, daß ich erst dachte, er sei blind. Ich konnte mich ausschließlich nach seiner Mimik und nach seinen Bewegungen orientieren. Hauptsächlich nach den Bewegungen seiner knochigen, großen Hände mit arthritischen Knoten an den Knorpelstellen. Das Kloster wird kalt sein, dachte ich. Die wehen Hände hielt er jetzt geschlossen, wie zum Gebet gerichtet.
„Laudetur Jesus Christus", grüßte ich und verbeugte mich leicht.
„Amen. Setz dich."
Ich saß jetzt und kam mir zu klein vor. Da er bereits stand, schien er unerträglich groß für mich. Von oben schaute er auf mich herunter.
„Darf ich lieber stehen", bat ich ihn. Ich wußte nicht, wie man ihn ansprechen soll: Herr Abt kam mir komisch vor, Herr Direktor zu wenig, Exzellenz zu viel, Monsignore war vielleicht falsch. „Dann

steh halt", sagte er streng. „Mein hochgeschätzter Freund und Stellvertreter, Pater Heckenast, bat mich, dich zu prüfen. Hm. Wie kommst du auf die Idee, hier bei uns lernen zu wollen?"
Pater Heckenast räusperte sich. „Verzeih mir, verehrter Freund, nicht das Kind selbst, i c h kam auf diese Idee."
„Najanaja, das wissen wir, doch du willst schließlich auch, oder ?" wandte er sich zu mir.
„Ja, ich will. Das heißt, ich möchte", sagte ich sehr höflich, doch fest. Mir imponierten in den Filmen nur jene Helden, die formal höflich, dabei distanziert kühl und niemals devot waren. Ihre Verbeugung galt dem Amt, der hierarchischen Ordnung, nicht unbedingt der Person. Doch wenn eimal der Respekt vor dem Amt und die Verehrung für die Person in Deckung miteinander kamen, war dies das Eigentliche. Aber diesen Direktor kannte ich noch nicht.
„Ja, ich will", hallte meine Stimme zurück, ich fühlte mich wie bei einer Probe, vor der Aufnahme in einen Orden, in die Tafelrunde König Arturs, was weiß ich... Es ist wahrscheinlich, daß ich mich bei diesem „Ja, ich will" diskret verbeugte. Der Widerhall meiner eigenen Worte ging mir durchs Mark: ich wußte jetzt: ich w i l l wirklich.
„Hm. Ja. Und warum?" fragte der Abt leise.
Hier riß Pater Heckenast eine Mappe hervor und legte einige meiner Zeichnungen auf den Tisch – von den Frontbildern, nichts mit Horthy. Pater Heckenast sprach wieder vom Grundrhythmus, den nur wenige haben, und der Verbindung mit dem Kosmos... Und daß er mir Odysseus vorgelesen – nein nein, nicht sofort in griechischer Sprache, doch ich sei erst neun Jahre alt, nächstes Jahr zehn, voriges acht. Er war ganz verwirrt. Seine Pupillen rutschten beiderseitig in die innere Ecke, eng bei seiner Nasenwurzel. In der Schule hätte ich den Aufsatzwettbewerb „über den Markt und eine Waschfrau...", hier unterbrach er sich, „bei dem städtischen Zeichenwettbewerb bisher drei Mal den Ersten Preis gewonnen." Ich unterdrückte mit Anstrengung meinen keimenden Einwand, daß die Waschfrau, Frau Schramm, sich vor der Benediktiner-Kirche (!) bekreuzigend und dabei von einem Pferd... etc. nicht beim Aufsatz- sondern bei dem Zeichenwettbewerb..., und es gab überhaupt nur zwei Zeichenwettbewerbe, an denen ich teilgenommen..., ab sieben ist es erst überhaupt möglich...
In Grammatik gäbe es kein unlösbares Problem, gleich wie schwer der Text sei, „und auch auf dem Klavier... respektive Orgel...", fuhr Pater Heckenast fort. Direktor Ladurner murmelte etwas von

Verblendung... „Dein pädagogischer Eros, lieber Freund, überschreitet gefährlich die Grenzen."
„Welche Grenzen?" fragte Pater Heckenast naiv.
„Ach", der Direktor deutete an, daß er jetzt in meiner Anwesenheit unmöglich sprechen könne.
„Was willst du vom... vom Leben?" herrschte er mich überfallartig an. Zugleich war ihm diese Frage peinlich. Das spürte ich.
„Eine große Aufgabe", sprach der Adjutant aus mir, der Adjutant, der mich im Film „Das unbesiegbare Bataillon", sehr beeindruckt hatte.
„Eine Aufgabe? Was für eine?"
„Wohin mich...", ich zögerte jetzt, denn laut Text hätte ich sagen sollen: der Kaiser..., der lebte ja nicht mehr..., und Admiral Horthy wollte ich nicht sagen. „Wohin mich... meine Heimat", und weil ich wußte, daß Kirchenmänner oft nach Rom oder als Missionare sogar auf fremde Erdteile geschickt werden, fügte ich noch hinzu: „in der Welt, wo ich nützlich werden kann, nach meinen bescheidenen Möglichkeiten..."
„Na?" blitzte Pater Heckenast den Direktor an, und er sagte in lateinischer Sprache etwas, was ich noch nicht verstehen konnte.
„Nana, unter unseren Abiturienten wissen schon einige, wissen schon einige...", sagte der Direktor.
„Und weil der gütige Pater Heckenast dir sagte", wandte der Abt sich wieder zu mir, „unsere Schule alleine sei in der Lage, die Schüler vorzubereiten für die Aufgabe, die auf sie alle wartet..." Ich nickte wortlos. „Auf e u c h a l l e wartet, willst du gut ausgerüstet werden... Ja? Das sagte er mir. Dein Mentor." Ich merkte den Unterschied zwischen „sie" – die anderen also – und „euch". Da war ich mit drin.
„Ja. So ist es." sagte ich ermutigt.
„Doch du bist... du bist... ein Mädchen. Was für eine Aufgabe willst du, und wenn du eine willst, warum bist du ein Mädchen?"
Das fand ich unmenschlich. Dies machte mich dem Abt gegenüber irgendwie überlegen. „Gott wird schon wissen, was er mit mir vorhat", hörte ich meine feste Stimme widerhallen, wie vorhin bei „ich will".
Der Direktor blieb eine Weile still. Dann fragte er Pater Heckenast und mich: „Darf ich annehmen, daß die Antworten nicht vorexerziert worden sind."
„Ja", sagte Pater Heckenast fest. Ich sagte nichts, doch sah ich den

Direktor mit geradem Blick an. Es wäre ein Fehler gewesen, das, was Pater Heckenast bereits beantwortet hatte, mit meinem Leichtgewicht bekräftigen zu wollen. Wir standen wortlos im Direktionszimmer. Es wurde langsam dunkel. Direktor Ladurner stöhnte müde, auch etwas hilflos. Plötzlich wandte er sich mit einem Ruck zu Pater Heckenast.
„Und was machen wir mit... mit den Toiletten?"
„Was?" stotterte Pater Heckenast.
Irgendwie hatte ich mit einer solchen Frage gerechnet, als letztes Argument: wird doch so viel – ja alles – aufgrund der Lage, in welcher man uriniert, entschieden.
„Wenn ich etwas sagen darf", warf ich ein.
„Ja sag!" herrschte mich der Direktor an.
„Ich muß nur dreimal am Tag. Morgens vor dem Frühstück, um 15 Uhr nach dem Mittagessen und am Abend. Doktor Lorand hat mir diese Ordnung anerzogen."
„Was?"
„Doktor Lorand ist der Kinderarzt. Ich kenne ihn. Ausgezeichneter Mann."
„Ein Jude, wie ich hörte," hier blitzten ein einziges Mal die Augen des Direktors auf. „Bist du auch jüdisch?" herrschte er eher Pater Heckenast als mich an. Pater Heckenast blickte seinem Abt entsetzt ins Gesicht: „Nicht jüdisch, dafür schwäbisch, aber, mein lieber Freund, bisher war so etwas bei uns nie ein Problem." Der Abt schaute geheimnisvoll in sich hinein: „Den du in dein Haus in Frieden aufnimmst, mußt du in Krieg und Verfolgung schützen. So muß ich als Abt dieses Hauses sowie unseres Haupthauses in Pannonhalma fragen, wie stark wir da sind, wie viele von Gottes verfolgten Schafen wir, wenn es darauf ankommt, wirklich tragen können. Kein guter Hirt, der unter seiner Last zusammenbricht und damit seine ganze Herde der Gefahr preisgibt."
Pater Heckenast nickte mit niedergeschlagenen Augen. Ich fand den Abt mit einem Schlag ein wenig sympathischer. Doch etwas bohrte in mir.
„Darf ich was sagen?" fragte ich.
„Bitte sehr, sag schon."
„Schwäbisch schon, nach meinem Großvater Hartmann, doch Neumann-Apika... sein Großvater stammt aus Lemberg. Sie müssen das wissen." Meine Stimme war jetzt – so erinnere ich mich – etwas herausfordernd.

„Die väterliche Seite, vielleicht, ein Sechzehntel oder Zweiunddreißigstel", ergänzte Pater Heckenast beschwichtigend.
Der Abt sah mich interessiert an. „Selbst wenn du hundert Prozent jüdisches Blut hättest, würde es b e i   m i r gar nichts ausmachen. Merk dir das."
„Das ist gut so", entschlüpfte es mir. Dies war nun nicht protokollwürdig. Der Abt zog die Augenbrauen hoch, doch dann knüpfte er das Gespräch bei dem vorhin abgerissenen Faden an. „Doktor Lorand also...", sprach er jetzt wieder in einem quasi Alltagston wie am Anfang. „Vielleicht könnte er mir etwas Ähnliches anerziehen... Hahahaha... Ich und meine arme alte Mutter, wir wären wirklich sehr dankbar... Du bist aufgenommen! Raus mit euch... ich muß jetzt selbst. Ich muß." Und er verließ das Direktionszimmer eilends durch eine Hintertür.
Wie betäubt stand ich auf dem Flur des Benediktiner-Gymnasiums. Wo war Pater Heckenast? Ich weiß nicht. Doch da kam Pater Ladurner, der Direktor, wieder. So schnell? staunte ich, kaum habe ich Zeit gehabt, mich zu verbeugen. „Laudetur Jesus Christus, Herr Direktor", grüßte ich. Die eilende Gestalt drehte das Gesicht zu mir. Es war nicht Direktor Ladurner, doch ihm ganz ähnlich..., jedoch eine Frau..., dachte ich verblüfft. „In aeternum. Amen, mein Kind", grüßte mich Ladurners Mutter – ich erfuhr es bald von Pater Heckenast – zurück. Sie hatte schelmische Augen. Ich war verwirrt...
Nun war ich aufgenommen.
Obwohl es Abend war, rannte ich zur „Palladio-Villa" zurück. Ich wollte meinen Sieg Johanna mitteilen. Doch das Dienstmädchen, das nachmittags von Herrn Inkey belästigt worden war, sagte abweisend, daß die Familie kurz vorher nach Budapest abgefahren sei.
„Jetzt am Abend?"
„Jetzt am Abend. Geh heim. Gute Nacht." Trampel, dachte ich mir. Dafür, daß ich Inkeys Begrapschen unterbrochen habe, könntest du etwas freundlicher sein.
Dann war Johanna in Budapest erkrankt – angeblich, und daß sie nicht schrieb, verstand ich nicht. Auch an meinem Geburtstag, 17. März, hat sie sich nicht gemeldet. Dies schmerzte mich sehr. Da ich bei Eugen Petneki die Lieder Schuberts kennengelernt hatte und unter der Nummer 33 (unser gemeinsames Geburtsjahr) das Lied nach Klopstocks Gedicht mich vollends bezauberte, schickte ich ihr mit dem Datum ihres Geburtstages diesen Text, abgeschrieben mit

der „linken" Hand (nahe dem Herzen, wie Johanna einmal sagte).
„Im Frühlingsschatten fand ich sie; da band ich sie mit Rosenbändern:
sie fühlt' es nicht und schlummerte.
Ich sah sie an; mein Leben hing mit diesem Blick an ihrem Leben;
ich fühlt' es wohl und wußt es nicht.
Doch lispelt' ich ihr sprachlos zu und rauschte mit den Rosenbändern:
da wachte sie vom Schlummer auf. Sie sah mich an;
ihr Leben hing mit diesem Blick an meinem Leben,
und um uns ward Elysium."
Anna war für mich die „Internationale", ein für allemal, Johanna „Das Rosenband". Hannes-Johannes aber verschwand allmählich in der blauen Wolke des Tintenfisches. Zwar dachte ich noch an ihn, mehr im Traum als im Wachen, aber diese Träume wären für ihn – das wußte ich inzwischen schon – eher unangenehm. Er war das hilflose Wesen, das ich stets retten mußte. Einmal trug ich ihn gar auf dem Buckel gegen seinen Willen, er strampelte mit seinen Füßen in der Luft – auch schwer war er –, das war zu viel für mich, wohl auch unerträglich für uns beide.
Ich warf ihn ab: „Übermästeter Kerl! Lauf denn auf deinen eigenen Haxen…" Seine Spuren zeichnen keine Musik in meiner Erinnerung. Allenfalls optisch: eine grünlackierte Blechflöte mit hübschen roten Öffnungen. Doch ohne Ton.

Hannes-Johannes sah ich zum letzten Mal 1956 im Sommer. Auch mein letzter Sommer in Györ vor der Flucht während des Aufstandes. Wir spazierten, jeder stolz nach seiner Abschlußprüfung – er war Militäringenieur geworden –, auf dem Damm neben dem kleinen Fluß Rábca. Hannes war nicht größer als ich, also nur 162 cm. Doch recht füllig. Sein Haupthaar war ihm bei den Anstrengungen in der Militärakademie abhanden gekommen. Doch mit den tonsurartigen Haar-Resten war er immer noch ein schöner junger Mann, objektiv gesehen. Aus dem belanglosen Gespräch, welches wir führten, blieb mir nur ein Satz in der Erinnerung: irgendwas von seinen zwei Kollegen, zugleich Freunden, mit denen er – eine Art Triumvirat – dies und das tat, weiß nicht mehr was, doch, „ich bin freilich der Dux unter uns dreien", sagte er. „Caesar also?" fragte ich ihn. Er nickte sehr ernsthaft. Meine „éducation sentimentale" war richtig, stellte ich fest. Erleichtert verabschiedeten wir uns voneinander.

Zu diesem Bericht gehört noch ein wichtiger Traum, den ich hier nachtragen muß: Den Garten unserer Tanzmeisterin habe ich sehr geliebt, und ich benützte ihn als imaginären Schauplatz meiner Tagträume. Tagträume lenkt man ja selbst. Die Okkupation des Gartens in meiner Phantasie muß sich einmal gerächt haben.
Der Garten war total verwildert, groß, unübersichtlich. Ich spielte hier oft mit Lyvia. Wäre nicht Lyvia, sondern Johanna die Tochter Frau Rendessys gewesen, würde ich mein damaliges Leben am liebsten dort verbracht haben. Lyvia war „hübsch und pikant, trotz ihres Zahnregulators" – wie die erwachsenen Damen sagten, und ein wenig kokett. So etwas gefiel mir nie... Bei ihren Auftritten, wo sie bereits „schön sein" mußte, legte sie die Zahnspange ab. Dafür verachtete ich sie ein bißchen. Doch es freute mich nicht, wenn Hanna sie „la bagatelle" nannte, was wohl so etwas wie „Flittchen" heißen sollte.
Nun, im besagten Traum befand ich mich mit vielen anderen Kindern zusammen in der Wohnung von Frau Rendessy. Offenbar war eine Art Kinder–„Jour" im Gange. Alle veranstalteten diese „Jours". Die Wohnung war angenehm und warm, ein übergroßes Fenster oder eine Glaswand ließ auf den geliebten Garten blicken, doch diesmal sah man nur Schnee und Eis vor sich. Den Schnee hat jemand in kleine Berge, spitze Hügel, ca 1,5 Meter hoch, zusammengeschaufelt. Man konnte Versteck spielen in den Gängen dazwischen. Die Mädchen schauten durch das Fenster, die Buben bestiegen die Hügel. Jeder Bub ein König: Diószeghy, der kleine Heckenast, Hannes-Johannes, Povázsay, mein Klassenkamerad aus der Übungsschule auch er, wie Hannes und Felix, und der kleine Bruder von Sándor, dem „General", sowie Gabriel Ferdös, Sohn von Dolores' und Frau Rendessys Freundin. Es sagte mir etwas, daß ich jetzt auch rausgehen muß, raus in die Kälte, um den siebten Hügel zu besteigen, egal, ob es mich frieren würde. So ging ich hinaus, und alle Buben drehten sich auf das Geräusch der knarrenden Balkontür zu mir. Zwölf mißtrauische Augen. Die wollten jetzt um die Wette pissen, zuckte mir durch den Kopf. Die wenigen Schritte auf der Balkontreppe runter zum hartgefrorenen Boden fühle ich manchmal heute noch. Damals war ich gewachsen und in meinen Schuhen gab es keinen Luftraum mehr. Die sonst so starken Füße zogen sich zu schmerzenden, tauben Klumpen zusammen. Es war Januar, klirrend, unbarmherzig – Weihnachten, verbrauchte Wärme, schmerzlich vorbei –, der Boden hart und bucklig: die sechs „Könige" müssen oft

ausgerutscht sein, ihr Gewand war voll Schnee und Schmutz. „Und du wirst nicht ausrutschen, mein Prinz!" rief Hanna mir nach aus der warmen Stube. Nein, nein, ich muß aufrechten Ganges sogar den Aufstieg auf den siebten Hügel schaffen, nicht etwa auf allen Vieren... wie die anderen... Aufrechten Ganges! Was ist das schon. Flügel! Ja, die Engel haben Flügel.
Elegant von oben landen. Von oben landen, elegant.
Das ist es, was Hanna jetzt von mir verlangt!
Indessen ich am schmerzlich eisigen Boden stand.
Und Diózeghys Augen blitzten in die Runde, und er bückte sich, und obwohl er fast weinte, weil seine Hände ihn durch die Kälte schmerzten, knetete er ein Schneegeschoß – das gilt jetzt mir, dachte ich –, was heißt Schnee, mehr Eis war das und hart. Ihm taten es die anderen nach, sogar der tolpatschige kleine Heckenast auf dem Schneehügel sitzend wie auch der verweichlichte Hannes-Johannes. Den „kleinen Felix" sah ich nirgends. Vielleicht mußte er – auf Geheiß seiner Mutter – mit den Mädchen in der warmen Stube bleiben.
Den ersten Wurf parierte ich durch den vor das Gesicht gehaltenen Arm, einige Geschosse waren so ohne Schwung geworfen, daß sie bei mir ankommend bereits kraftlos zerfielen. Doch der kleine Felix schrie erbost aus dem Zimmer: „Auch hier noch, auch hier noch, deinetwegen mußte ich..." – „Als Lohengrin vom Schamerl fallen", ergänzte ich. Ja wo ist er denn? Der Wurf kam von vorn, die Stimme von hinten. „Ja", schrie Heckenast, den ich zumindest sehen konnte. Sein Wurf zerplatzte vor meinen Füßen auf dem harten Eisboden. So kurz war er. „Auch ich nur deinetwegen!" – „Odysseus! Trottel du!" schrie ich zurück, „Und du wetztest deinen dicken Hintern auf der Bank!" Hannes-Johannes traf mit einem Schlachtruf „Fronleichnam!" meine russische Pelzmütze, ich konnte sie noch zurechtrücken, doch Povázsay traf dann meine Hand, obwohl ich mit ihm weder bei der Fronleichnamsprozession noch in der Tanzschule jemals einen Zusammenstoß gehabt hatte. Hordengeist! Dachte ich halb blind und erschrocken. Die Hand tat mir verdammt weh, und die Mütze war weg. Ich befahl mir den geordneten Rückzug. Und dann vernahm ich Tobias' Stimme: „Deinetwegen, nur deinetwegen, weil du nicht auf dem Bischofsturm!" – „So ein Unsinn", sagte ich noch. Aber dann wußte ich plötzlich, daß es nicht möglich, daß Tobias tot war. „Du bist schon tot, Tobias, sorry, du bist tot, tot, tot." Der nächste Wurf kam gezielt von Diószeghy, das

mußte so sein. Der traf mich am linken Jochbein, Blut floß herunter. Und ohne Mütze auf den Hinterkopf, wie Georgis Schläge einst, noch ein starkes Geschoß. Ich weiß noch, daß ich dachte: was ist das jetzt, sechsmal haben sie schon... jeder einmal... einer zweimal, oder sind etwa andere auch noch da. Viele andere. Dann fiel ich offenbar hin.
Ich wachte im Kinderzimmer Lyvias auf. Aus ihrem Bett blickte ich auf einen Kinderzahnregulator, welcher sich auf ihrem Nachttisch befand. Verwirrt dachte ich daran, daß ich das Ding doch längst schon in die Donau geworfen hatte, doch dann beugte sich Johanna in Lyvias Zimmer über mich. „Schmeißt den verdammten Zahnregulator weg", sagte ich zu ihr, was sie freilich nicht verstehen konnte. „Einer gegen sex!" flüsterte sie. Ich dachte, wieso sagte sie jetzt dieses Wort. „Sechs", versuchte ich sie zu verbessern. „Ja, sex." Naja, Lausanne...
„Du bist mein Held." Jaja.
„Trotzdem gehört der Regulator in die Donau. Einmal habe ich ihn eh schon hineingeschmissen."
„Du hast Fieber", sagte Hanna besorgt. „Eine Gehirnerschütterung, hat Doktor Lorand festgestellt." Sie ließ Lyvias Zahnregulator irgendwo verschwinden.
„Gut so. In den Fluß damit. Verdammtes Zeug. In die Donau."
Ich fühlte mit den Fingern einen Verband am linken Jochbein. „Hoffentlich sitzt der Schmiß", versuchte ich zu scherzen.
„O ja, gerade richtig. Wirst schon sehen. Kein Held ohne Schmiß. Ja, die haben dir einen Gefallen getan." Plötzlich weinte Johanna auf: „Ich hatte Angst, ich hatte so große Angst..., daß dein Auge!"
Nun ja, das Auge hätte es auch treffen können: ich sah mich schon mit einer schwarzen Augenklappe wie Herr Inkey und begann selber zu weinen: die Geschichte war doch nicht ganz ohne. Nervlich und so.
„Wunden trägst du, mein Geliebter", sang Johanna leise vor sich hin. Es klang wie ein religiöses Lied. Da ist doch Jesus gemeint, erschrak ich, doch wiederum: „Geliebter". Hm. Wahre Liebe ist wahrscheinlich religiös.
Dann trat Pater Heckenast in den Raum. Er war sehr betrübt. „Die Kerle, alle, zittern jetzt im Keller, ihre Väter besprechen sich, welche Strafe..." Mir fiel ein, was der Held in einer solchen Situation sagen muß. Irgendwie..., daß die Meute, die feig und infam, sechs gegen einen, etc.... sollen bei Wasser und Brot, Arbeit und Gebet, sich

besinnen und nachher von Pater Heckenast – auf meine Bitte – die Absolution erhalten.
„Meinst du", blinzelte Pater Heckenast unsicher.
„Wie ritterlich du bist", lispelte Johanna.
„Ja, die Absolution von Ihnen…", sagte ich, „nachdem sie alle bereut, Pater Heckenast!" Dann fiel mir etwas ein: „Sie könnten, wenn Sie wollten, vorschlagen, daß die feigen Pinkel die Szene sechsmal wiederholen müssen, und zwar so, daß jedesmal ein anderer, da unten, an meiner Stelle beschossen wird… von der ganzen Meute. So würden sie es vielleicht verstehen."
„Doch nein", sagte Hanna schnell, „auch so würden sie es nie verstehen. Du bist der Andere. Die sind unter sich… die gleichen."
Hanna hatte eben tiefgründige Einsichten. „Stimmt", sah ich ein. Wir blickten uns lange nachdenklich an. Pater Heckenast guckte verständnislos. Er war jetzt das Kind. Ein fast törichtes, neben uns „alten Kindern". „Also, das mit den Wiederholungen streichen wir, ja. Dann also die erste Version. Das ist gut so", stotterte mein geliebter Mentor. „Das ist christlich. Das ist benediktinisch. Das ist wirklich… ora et labora. Ich erteile ihnen also…" und er schob sich rundlich aus dem Zimmer.
Ich war nachher einige Wochen krank. Doktor Lorand behandelte auch meinen Schmiß. Er wußte, daß ich nichts gegen einen Schmiß hatte. „Er sitzt gut. Eben wie ein Schmiß", bestätigte mir auch mein Großvater. Als Frontsoldat mußte er es ja wissen… Dolores und die Tanten jammerten: „Wie bringst du es fertig, selbst in der Tanzschule sowas abzubekommen!" Und Kathy meinte: „Normale Mädchen finden dort ihren Zukünftigen. Wenn ich je solche Chancen im Leben gehabt hätte…", und sie zählte die Familien auf, deren Söhne bei Frau Rendessy herumstolperten.

„Da die schmale Wunde heute noch zu sehen ist", vermerkte Boris, mein großer Freund, etwas später…, er dachte nach. „Es war ein Traum mit Folgen. Sagen wir so."
„Ja, sagen wir so."

NACHSTÜCK

Boris kam auf diese Narbe immer wieder zurück. So etwa auch 1974, als ich ihn einmal in Cambridge besuchte. Damals war er schon zuckerkrank und in Frühpension.

„Der Schmiß. Nun ja, ich bin damals sicher ausgerutscht und mit der linken Gesichtshälfte auf etwas Hartes gefallen, auf die Kante einer Stiegen-Stufe vielleicht. Stiegen-Stufe, ja, eben. Selber schuld."
„Und", bohrte er weiter, „was ist aus deinen kleinen Freundinnen von damals geworden. Diese Tanz-Tochter mit der Zahnspange, hübsch und kokett, ja? Lyvia hieß sie oder Lydia?"
„Ach, ihre Mutter verliebte sich in einen germanisch aussehenden Ami-Soldaten. Dieser hat dann Lyvia geheiratet. Aber daheim in Pennsylvanien,"
„Ja, da sind viele Deutsche", sagte Boris.
„Dort war er kein Pilot mehr, sondern Staubsaugervertreter."
„Bumm."
„Ja. Sie haben inzwischen acht Kinder, und der Mann trinkt, und Lydia, nein Lyvia, will zurück nach Ungarn."
„Harte Bandage", sagte Boris.
Lyvia oder Lydia jetzt? Ich wußte nicht. „La bagatelle", so nannte sie... jemand.
„Und die andere Kleine, die so schön Französisch sprach..., die liebtest du."
„Ja. Hanna. Ihr Vater hat sie im letzten Moment, vor dem Einmarsch der Deutschen am 19. März 1944, in die Schweiz und nachher nach Kanada, Quebec, mitgenommen... Seine Frau war nervenkrank, er ließ sich scheiden. Sie ging dann in Ungarn irgendwie unter."
„Euthanasie?" blickte mich Boris an. Nun ja, unter Szálasi-Hitler, Rákosi-Stalin... Einerlei. „Unwertes Leben", beendete Boris das Thema.
„Doktor Gerewitz, Hannas Vater, heiratete gleich in der Schweiz eine ganz junge Dame namens Maya, die nur neun Jahre älter als meine Hanna war... Das ging nicht gut. Für Hanna war übrigens ein Ehemann bestimmt. Sehr reich. Sie fuhr mit ihrem Wagen am Hochzeitstag gegen einen Baum."
„Geh, so eine unheimliche Geschichte. Das Mädchen mit dem Lohengrin. Es klingt, als ob..."
„Nun ja, sie eröffnete die Reihe der hochgezüchteten, empfindlichen, überempfindlichen, kleinen, großen Geliebten, denen die Realität... nur selten zusagt."
„Ühüm. Wem sagt schon die Realität zu?" fragte Boris eher sich selbst als mich.

XV. Neumann-Apika liegt im Sterben

Eines Tages hieß es, daß Ungarn einen Teil von Siebenbürgen, das wir ja durch „Trianon" verloren hatten, zurückbekommen würde. Auch einen Teil von dem ebenfalls verlorenen Südungarn und einen kleinen Teil von der Slowakei. Tante Cho-Cho-San und Baric gingen nach Cluj/Klausenburg/Kolozsvár, weil Baric dort ein gutes Angebot erhalten hatte. Tante Rosa wurde in einem kleinen Dorf von Nordungarn, Rimócz, als Probelehrerin, dann aber in einem kleinen Dörfchen in den Karpaten endlich endgültig als Lehrerin eingesetzt. Niemand hatte sie gewarnt, daß die Bevölkerung dort zu 90% Russisch spricht. Sie begann ahnungslos in ungarischer Sprache zu unterrichten: Ihre Schüler verstanden sie nicht. Sie wollten sie ja auch nicht verstehen. Die „neue Sprache" wurde ihnen ja von einem Tag auf den anderen aufgezwungen. Tante Rosa also lernte in der Nacht die fremde Sprache („weißrussisch", nannte sie sie), in der sie am nächsten Tag unterrichten mußte. „Was einen nicht umbringt, macht einen stark." – „Rosa ist stark", hörte ich immer meine Großmutter sagen.
Bello Cio an der Front. Gagi und Beate in ihrem alten Zimmer in der Öreg-Straße. Kathy zog noch vor ihrer Verheiratung in das Haus der Frau Petneki, „zu den Perlhühnern", sagte Georgi. Zur Verblüffung ihres Bräutigams und ihrer künftigen Schwiegermutter verkündete Tante Kathy: „Eine Nähmaschine brrr! rühr' ich nie mehr im Leben an! Wozu soll ich dann heiraten?" – „Und das soll die Bescheidenste unter den Hartmann-Töchtern sein?" knurrte Frau Petneki immerfort vor sich hin. Doch Gideon „war von ihr wie verhext", was niemand verstehen konnte. Eva ging nach Budapest: sie hatte ein kleines Stipendium durch ihren Förderer, Vikar Szabady, für das Studium der Weltwirtschaft bekommen, auch Kathy hat sie aus ihrem „Gesparten" unterstützt. Sie wohnte bei Ila, der ältesten Tochter von Onkel „Marco Polo" und Tante Bien-Aimeè oder wie sie hieß. (Beide in Almeria begraben. Altsilber etc.)
Die Wohnung in der Neue-Welt-Straße war nun leer. Meine Oma tagsüber noch immer bei der Post, Gabili in der Kirche der Karmeliten oder im Dom, ständig auf den Knien betend – „Aus den Kirchen hat er sich das gleiche Rheuma beziehungsweise den gleichen Rheumatismus geholt wie Großvater vom Isonzo...", sagten die Tanten. Rheuma oder Rheumatismus, daran schieden sich die

Geister. Wer die Endung auf „ismus" verwendete, galt als „gebildet". Mein Großvater war immer wieder für Tage verschwunden. Leer war das Haus.

Einmal saß ich allein in der „Halle", und in meinem Tagtraum sah ich meinen Hartmann-Großvater in dieser Wohnung. Nur stand die Wohnung als Bauernhaus da, als Haus allein auf einer Wiese. Die Wände hat Großvater weiß gekalkt, und die längliche Wand, die in der Neue-Welt-Straße 19 die Feuermauer war, hatte jetzt schöne Holzfenster: die Sonne fiel hinein auf den honigfarbenen, frischgelegten Holzboden. Großvater stand, mit sechzig Jahren, jung, im schönen, weißen Hemd vor zwei Schragen, auf denen er noch Bodenbretter für die weiteren Räume zurechtschnitt. „Es ist kleiner als meines Vaters Haus in Perjámos, aber vielleicht wirst du es trotzdem mögen." Der Grundriß der Wohnung in der Neue-Welt-Straße ist geblieben. Zu Omas Küche mußte man nach wie vor über drei Treppenstufen von der „Halle" aus hinuntersteigen. Doch die in der Wirklichkeit abstoßend heruntergekommene Küche war jetzt weißgekalkt mit eingemauertem Herd. Schöngearbeitete Messingtüren, Wasserbehälter mit Wasserhahn, rundum laufende Messingstange. Alles war kompakt und reich..., wie einst das neueingerichtete Geschäft des jungen Hartmann, der um die Hand Großmutters anhielt...

Wie die früher düstere „Halle" jetzt hell war! Gleich von zwei Seiten der Sonne ausgesetzt. Nach soviel Schatten der Wirklichkeit spendete der Traum Licht-Einfall gleich aus zwei entgegengesetzten Richtungen... Die Eingangstüre war handgearbeitetes Holz: in Griechenland sah ich später solche Türen. Aus diesem großen Eingangsraum konnte man in das Schlafzimmer meiner Großeltern gehen. In diesem Zimmer standen früher die Ehebetten, unter dem Fenster zwei Kanapees. Von hier aus konnte man noch in das sogenannte „kleine Zimmer" gehen, merkwürdigerweise hier zwei Treppenstufen aufwärts. Das war früher Tante Cho-Cho-Sans kleines Zimmer. Wo schliefen die anderen? Als sie alle noch daheim... Dolores-Rosa-Cho-Cho-San-Bello Cio-Kathy-Evy-Gabili-Großmutter-Großvater ... Einige auf Strohsäcken wohl, nahm ich an, die zwischen den Betten und Kanapees auf den Boden gelegt wurden. Jetzt war das ein großes, leeres Zimmer und der anschließende kleine Raum ebenfalls leer, sauber: weiß getüncht die Wände, honigfarben die Böden. Überall frischer Holzgeruch. Hier im kleinen Raum werde ich schreiben und schlafen..., dachte ich..., im früheren großen Schlafzimmer stelle ich die Instrumente auf. In der „Halle" – ich

werde diesen Raum anders nennen – wird ein großer Tisch stehen –
so groß wie die Tafel vom „letzten Abendmahl", doch sonst wird er
mit diesen Sachen nichts zu tun haben... Fröhlich..., ich blieb etwas
hängen in meinen Gedanken..., fröhlich..., irgendjemand, Anna vielleicht? Oder? wird mir immer zu essen geben. Mir und den Gästen,
die auf den zwei Bänken sitzen, neben dem großen Tisch... Wo
werde ich zeichnen? Ein kleines Pult mach' ich mir und stelle es
dorthin, wo früher Tante Kathys Nähmaschine stand...
In meinem Traum war Großvater bei dem Hantieren mit dem Holz
sehr geschickt. Ich schaute durch das Fenster in der früheren
Brandmauer: da lag eine Wiese mit Obstbäumen und einem Teich.
Ein Teich wie im János Vitéz, dachte ich. Aus diesem Teich entstieg
János Vitéz' tote Braut, die er mit der Blume, mit der Rose, von
ihrem Grab gepflückt, zu neuem Leben erwecken konnte, indem er
die Rose in den Teich warf... Wen könnte ich – Vitéz János gleich –
zum Leben erwecken?... Ich schreckte auf: die Frage blieb ohne
Antwort. Erahnte ich bereits meine frühen Toten?
Gabili knetete Brotkrümel neben mir in der „Halle": vor uns das
Tolnay-Welt-Lexikon. Ich suchte das Wort „Metamorphose", fand es
aber nicht. Ich dachte, Monsieur Bell nicht unähnlich, daß die von
mir gewünschte und – wie ich langsam beobachten konnte – auch
von der Umwelt g e f o r d e r t e Zurückverwandlung, körperliche
Korrektur meines äußeren Wesens, langsam sich bemerkbar machen
müßte. Was Dolores mir, als ich noch im Mutterleib ihr schutzlos
ausgeliefert, vorübergehend verpfuscht hatte, mußte kraft der
Gerechtigkeit Gottes wieder eingerenkt werden. Ich war etwa neun
Jahre alt, hatte bereits zum zweiten Mal den städtischen Zeichenwettbewerb der Kinder gewonnen. Ab zwölf Jahren allerdings würde man Buben und Mädchen auseinanderdividieren. Bis dahin muß
ich unbedingt zu den Buben gehören, nachweisbar und mit Stempel
und Siegel. Denn bei den Mädchen würde ich nicht antreten wollen
und bei den Buben wollte ich den Zores der Fronleichnamsprozession nicht noch einmal erleben... Manchmal versuchte ich in dieser
Angelegenheit mit Gott zu sprechen, mit ihm zu verhandeln: Ich
sagte ihm, daß ich nun lange genug standhaft gewesen sei, eigentlich
nie richtig verzweifelt, auch recht tapfer und tüchtig..., denn ich
hätte mit seiner Korrektur gerechnet, daß er doch noch zur rechten
Zeit ohne Aufhebens... den kleinen Fehler..., er mir..., Gott also...,
mühelos hätte auswetzen können oder noch immer könnte, wenn er
nur wollte. Die Helligkeit verließ mich, wenn ich daran denken

mußte, daß Gott mich gegebenenfalls in dieser Falle allzu lange festhalten würde. Ist Gott eingeschlafen, ist er krank, beschwipst, besoffen! Oder gar tot? Im Schatten dieser Sorge sah ich mich mit meinem inneren Auge um:
Alle Türen der großelterlichen Wohnung standen offen, ich stellte mir vor, daß sie alle tot sind: es gibt sie einfach nicht mehr. Auch Großmutter kehrt abends von der Post nicht heim, Kathy und der Garten Eden sind ein Märchen, wie Vitéz János, Bello Cio und Gagi schwimmen in einem Boot dahin. Bei ihnen fährt ein kleiner, dicker Bub mit – ja, ja, die beiden haben diesen dicken Sohn! –, der meine Bausteine einzeln in das Wasser schmeißt. So ein Idiot! Und bei jedem Wurf lacht er auf, als wäre das, was er da tut, etwas Großartiges. Die Eltern lachen dumm-begeistert mit, sie winken noch und sind weg. Galajda geht zu Fuß durch die Welt und bleibt bis Lemberg nicht stehen, in seiner Tasche die „Sieben Vezire"... Er wird angeschossen, es ist ja Krieg in Polen, er fällt, und in seiner Manteltasche fallen mit ihm die sieben Vezire. Niemand merkt den Verlust...
Auch das kleine Dorf, wo meine Tante Rosa in russischer Sprache... in weißrussischer Sprache... Ich sah sie in einer orthodoxen Kirche „Ghospodi pomile" singen. Mit ihren Schulkindern sang sie im griechisch-orthodoxen Kirchenchor:
„U haju, braedunaju
Solovescse vescse",
sang sie mit ihnen in der Schul-Pause. Jetzt unpassenderweise auch in der Kirche! In der überaus pompösen Kirche schwenkte der Pope das Weihrauchgefäß, nicht wesentlich anders als in unserer Kirche, nur viel üppiger. Der ganze Raum, Tante Rosa und der Kinderchor gingen im Gesang und Weihrauchnebel unter.
Cluj/Klausenburg/Kolozsvár, Cho-Cho-San mit Baric in der fremden Stadt, die vielleicht nicht existiert. Erst sehe ich sie in einem Wald: sie pflückten Pilze..., dann stehen sie vor einer mit rotem Plüsch tapezierten Wand... In ihrer Wohnung? Sie kochen die Pilze jetzt. Derselbe Plüsch zierte die Wand eines Restaurants in Athen, wo ich viele Jahre später mit Agrafiotis das Gespräch wegen seines Amphitheaters hatte. Er wollte auf seinem Weinberg Festspiele gründen... Was wollte er von mir? Es war ein Mißverständnis – wieder ein Mißverständnis –, offenbar sah er in mir einen Manager: doch ich hatte nur Galajdas Stücke anzubieten und kein Interesse, seine Ideen in die Praxis umzusetzen und womöglich noch Geld aufzutreiben. Agrafiotis war stolz auf dieses Athener Restaurant, als wäre es sein

Lokal wie sein Weinberg und Amphitheater... Er bestellte zu viel und sagte in einem fort: „dies mußt du noch kosten, das mußt du noch kosten", wie in der eigenen Küche, und als sozusagen alles vorbei war und wir zum Kaffee kamen, winkte Agrafiotis die Kellner herbei: die nahmen die vier Ecken vom Tischtuch: alles rissen sie zu einem Beutel zusammen: dabei zerbrachen Gläser und Geschirr, vermischten sich im Beutel mit Speiseresten, und der restliche Rotwein, den wir nicht ausgetrunken, tröpfelte aus dem Beutel. Tragen die Kerle, die so klammheimlich, blitzschnell verschwinden, am Ende einen Erstochenen in ihrem Beutel?

Gabili knetete neben mir sitzend einige Brotkrümel, sonst war er in eines seiner mechanischen Gebete versunken; eigentlich war ich ganz allein. Der alte, aus dem Leim geratene Tisch hatte ja bereits vor Jahren auseinanderzudriften begonnen, die Platte oben wollte nichts mehr mit ihrer bisherigen Halterung zu tun haben, ungehindert und zugleich peinlich berührt sah man in den großen offenen Bauch des zusammengehörenden Gebildes hinein, das seine langweiligen und irgendwie unanständigen Geheimnisse schamlos preisgab: Brotkrümel, zerfledderte Hefte der Tolnay-Welt-Presse, deren Nebenwerk unser Lexikon war, ein altes Gebetbuch von meinem Großvater, das er vom Krieg heimgebracht und, wie mir schien, nachher nie mehr angerührt hatte, eine verbogene Gabel, Knöpfe, durcheinandergeratener Zwirn, Teile von Schulheften, abgebrochener Lippenstift, rosafarbene Gummilockenwickler, abgegriffene Heiligenbilder und ein „Haus aus Tirol" mit Steinen auf dem Dach: ein Reclam-Druck, der in meiner Vorstellung etwas mit dem „Frankl Kaffee-Ersatz" zu tun hatte. Warum, wußte ich nicht. Vielleicht brachte ich die Kargheit des Kaffee-Ersatzes mit der Kargheit des Bergbauernlebens irgendwie in Zusammenhang. Meine Großmutter mischte zwei „wirkliche" Kaffeebohnen zum „Frankl" und bildete sich dabei ein, daß die ganze Scheußlichkeit nach dem „Aroma" der Bohnen schmecke. Wunderbare Vermehrungen, wunderbare Ausdehnung eines Geruchs aus einer feiner gewobenen Welt: Arabia.

Am auseinandergegangenen Tisch sitzend, prägte ich mir die Gegenstände des Raumes ein: Tante Kathys verwaiste Singer-Nähmaschine stand vor dem einzigen Fenster der „Halle". Sowohl das Fenster wie die seit ihrer Verlobung nicht weiter benutzte Nähmaschine waren mit Spinnennetzen überzogen. Zwei von den ursprünglich acht Spiegeltischen aus dem großen Friseursalon meines Großvaters standen an der Wand neben dem bereits erwähnten Fenster, dieser „Frontseite" gegenüber war die Wand mit einem großen, doch dünnen Wandteppich behängt: Im Vordergrund Araber, die dabei waren, zwei Kamele zu bepacken. Ein Kamel lag im Sand, es schien nicht aufstehen zu wollen. Im Hintergrund eine arabische Stadt mit langen, kerzenartigen Türmen. Das sind die Minarette, sagte mir Gabili immer wieder: die Frage, welche Stadt der Bildteppich darstelle: ob Kairo, Damaskus, Teheran oder welche Stadt sonst des Orients, bekam immer eine andere Antwort... Teppich der Fata Morgana... Er war ein Geschenk Onkel Marco Polos. Auch stammte der marokkanische Topf mit Deckel von ihm, hoch oben auf einer Säule des Spiegeltisches plaziert, damit er nicht im familiären Tumult niedergestoßen wird. Die Majolica-Vase.

Der eine Spiegel warf unvermutet ein Bild zurück, welches ich bei einem der ersten Besuche in dieser Wohnung erblickt hatte: Großmutter, sich über ein Lavoir beugend, das auf einen der Thonet-Stühle gestellt war. Sie würgte, wie jemand, der sich übergeben muß, doch – „Gott sei Dank", sagte Georgi – kam nichts. Meine Oma hatte Magengeschwüre damals. „Nach sieben Lebendgeburten, nach einer Totgeburt, neben der Telefonzentrale und dem Haushalt... kein Wunder", sagten die Tanten. Jetzt, fast sieben Jahre später, drehte ich mich um: Großmutter war nicht da. Niemand beugte sich über ein Lavoir, dafür war ich dankbar..., ich sah also weiter hinauf zur Majolica-Vase... Onkel Marco Polo, Marokko unter Palmen... Almeria, wo er mit seiner Gattin Bien-Aimée... Im bunten Kaleidoskop meiner Erinnerung mochte sich die Reihenfolge einzelner Ereignisse je durch eine neue Kombination der wie aus einem Nebel auftauchenden Personen immer wieder verändert haben. Was war wann, wer war dabei..., das Bild schien sich ständig zu ändern, nichts war endgültig. „Wie im Kino", dachte ich.

Ich sah die Vase lange an, und allmählich beherrschte mich das Wissen darum, daß wir alle sterben müssen und wir alle ein Schauferl Sand, gelber Sand, roter Sand oder Erde oder Asche werden, und ich versuchte zu erraten, ob unser Staub und unsere Asche – jedes einzelnen von uns – so eine Vase füllen würde, Urne hieße es dann...

Ich drehte mich um, die zum Schlafzimmer führende Tür war offen: ich sah die zwei doppeltürigen Kleiderschränke, die man nie ordentlich zumachen konnte. Die Dielen des Zimmers bogen sich, wenn jemand vorbeiging, die Schränke kippten einige Millimeter nach vorn, die Türen öffneten sich und nicht selten ergossen sie ihren Inhalt auf den Boden.

Ich sehe mich, wie ich eines Weihnachtsabends vor den Schränken vorbeigehe, neben mir Bello Cio und Rosa, also recht viel Gewicht; auf einmal – dies war mein dritter Weihnachtsabend, erzählte Georgi immer wieder –: taten sich die Türen auf, „die Kleider der Damen Schwestern, Kleider wie Wäsche, Schuhe sogar, kippten heraus: unser Kind wurde total begraben." Wenn Georgi nicht aufgepaßt hätte, wäre ich an meinem dritten Weihnachtsabend unter dem Plunder der Tanten erstickt...

Ja, und der Baum wurde erst aus dem Keller geholt, und die Zuckermasse für die „Salon-Zuckerl" auf der Marmorplatte wurde wieder einmal zu spät gegossen und war also noch nicht – wie notwendig – erstarrt; übrigens war die Marmorplatte nur eine Käseplatte aus billigem Porzellan, und die Tanten riefen: „Georgi, du bist so geschickt, schneide bitte den Zucker auf", aber es war unmöglich, denn die Konsistenz der Masse war noch ungeeignet, das Ganze war ein matschiges Zeug. Georgi hat die Platte bei uns daheim immer gut zehn Tage vor Weihnachten gegossen, mit der Hilfe von Millimeterpapier und einer langen Nadel die Quadrat-Einteilung genauestens in die erstarrte kalte Zuckerplatte übertragen und die Linien dann mit einem feinen Zwirn durchgeschnitten. Das ergab erst lange Zucker-Stangen, dann legte Georgi einen frischen Zwirn an, jetzt kam der „Quer-Schnitt". Aus sportlichem Ehrgeiz entwickelte er so eine präzise Technik, daß nur ganz wenige Kubusse an der einen oder anderen Spitze einen kleinen Schaden erlitten. Die kleinen abgebrochenen Spitzen „restaurierte" Georgi aber sofort. Hundert Kubusse, achthundert Ecken, davon vielleicht fünf bis sechs Ecken fehlerhaft: bei Georgi gab es kaum „Fehlproduktion"! Die fehlerhaften Stücke kamen auf eine andere Platte, diesmal aus Metall, und auf einer dritten, ebenfalls Metall-Platte, wurden sie als Einzelstücke ausgebessert.

Bei meiner Großmutter gab es niemanden, der sich eine solche Präzisionsarbeit angetan hätte. Die „Salon-Zuckerl" als solche waren damit ohnehin noch nicht fertig; Seidenpapier mußte für hundert Zuckerl aufgeschnitten werden: es gab die richtige Papiergröße: ein längliches Viereck, dessen kürzere Seiten noch etwa acht Millimeter tief und circa zwei Millimeter breit eingeschnitten werden mußten, um die Fransen wie bei den fabrikmäßig hergestellten Salonzuckerln „mit totaler Präzision" – wie Georgi sagte – hinzukriegen. Damals fragte ich mich noch nicht, wozu das Ganze gut sei: zwanzig bis dreißig Stunden Arbeit, nur um fabrikmäßig aussehende Zuckerl zu

bekommen. Georgi verdiente doch bereits ganz gut, er hatte viele Kundschaften. Für den Lohn von zwanzig Arbeitsstunden hätte er Salonzuckerl für zehn Jahre oder mehr kaufen können...
Wie auch immer. Nach den geschilderten Arbeitsgängen kam der Zuckerkubus in die längliche Mitte, doch was die Breite des Seidenpapiers betraf, hier kam der Kubus an eine bestimmte Stelle, nicht in die Mitte, damit man von links knapp einschlagen konnte, was dann das fachmännische Einrollen begünstigte. Und noch immer war das Werk nicht fertig. Kleinere Staniolblättchen wurden noch um die nun mit Seidenpapier Eingerollten gewickelt, und wenn dieser Arbeitsgang fertig war, sortierte Georgi je fünfzig seiner Kunstwerke an den beiden Enden seines Arbeitstisches: jetzt kam die gleichmäßige Ausmessung des tragenden Zwirns: jeder Strang hatte an beiden Enden ein süßes Gewicht, und so konnte Georgi den großen Weihnachtsbaum dann phantasievoll schmücken. Denn würde jedes Zuckerl nur eine Aufhänge-Schlinge haben und wären all diese Schlingen gleich lang, würde der Baum lächerlich aussehen. Mit je einem Zuckerl an den beiden Enden eines Zwirns konnte man diesen Zwirn so am Ast des Baumes anlegen, daß das eine Zuckerl unmittelbar beim Baumstamm kurz unter dem Ast hing, während der Rest des Zwirns öfters den Ast umspannte und am Ende noch immer acht bis zwölf Zentimeter tief hängen konnte. Georgi erreichte so die maximale vertikale und horizontale Freiheit im Baumschmücken. Voraussetzung für diese Freiheit war die genaue Vorarbeit, und diese – sagte Georgi zu Dolores fast verbittert – „wollte und will unter deinen Fräulein Schwestern niemand leisten, obwohl ich ihnen bereits oft angeboten habe, meine Methode ihnen beizubringen." Fast hätte ich noch etwas sehr Wichtiges vergessen: Georgi hatte 2 x 50 Zuckerl, brachte aber nur 2 x 45 am Baum an. 10 Zuckerl waren die „Reserve", diese wurden vor dem Baum auf einen Teller gelegt. „Für den Fall, daß sich jemand absolut nicht beherrschen können sollte." Den Baum anzugreifen, nur um ein Zuckerl sich zu reißen, war ein Frevel. Das habe ich total verstanden. Bis zum 6. Jänner, Dreikönigstag, durfte der Baum von niemandem angerührt werden. Am 6. Jänner hat Georgi alles eigenhändig abmontiert: die Zuckerl wurden auf einem großen Tablett angeboten. „Jetzt darf jeder nehmen", sagte Georgi, es klang immer wie von einer höheren Warte der Könner und der Wissenden aus gesprochen, die ihre Gaben dem chaotischen, von niederen Instinkten geleiteten Volk mit ironischer Herablassung hinwerfen.

Es ist wahr: bei meiner Großmutter herrschte in der Tat am Weihnachtsabend das Chaos, nichts war vorbereitet: die Zuckermasse klebte, das Papier war nicht zu finden und wenn es zum Vorschein kam, war es bereits zerdrückt. In der keinen, überfüllten Wohnung gab es keinen abgeräumten Tisch, wo Georgi hätte arbeiten können. „So bitte nicht", wies er das Ansinnen seiner Schwägerinnen zurück und sah spöttisch zu, wie diese das Papier einander aus der Hand rissen und darauf einen abgebrochenen, noch nassen Zuckerklumpen stülpten. Ich sah, daß das dünne Papier blitzschnell durchtränkt war und sich in Fetzen auflöste. Alles das ging nicht ohne Zank und gegenseitige Beschuldigungen. „Vier Weiber wollen zusammen einen kleinen Baum schmücken", schrie Georgi entsetzt auf. Rosa brachte die Kerzen an; die Kerzenhalter waren kaputt, es bestand die Gefahr, daß einer runterfällt. „Dann aber steht das Haus in Flammen", so Georgi. „Komm, Lorilein, wir können das Kind solchen Gefahren nicht aussetzen! Wir werden zusammen in den Flammen untergehen!" Ich betrachtete aus Froschperspektive das Getümmel der Großen. War der Baum fertig, mußte man meine Oma aus der Küche lotsen, wo sie noch mit dem Essen herumtat. Neben den Töpfen stand immer ein großer Waschtopf mit Hemden meines Großvaters, Bello Cios und Gabilis. „Laugwasser fließt in das Essen!" schrie Georgi entsetzt. – Großvaters, Bello Cios und Gabilis... nur die sogenannten Herrenhemden. Die Frauen wuschen ihre Sachen nicht nur selbst, sie wuschen sie heimlich. Es war offenbar ein Gebot, das Textil, das den weiblichen Leib bedeckte, heimlich zu waschen. Ich dachte nach, welches Geheimnis sich wohl hinter diesem unheilvoll wirkenden Gebot verberge. Indessen knetete meine Großmutter neben dem Laugwassertopf noch einen Teig und schnitt ihn in kleine Stücke und formte kleine Kipferl daraus: Vanillekipferl waren meine Lieblingskeks. Sie wurde damit jedes Jahr um drei Uhr in der Nacht fertig. „Macht nichts, Oma, ich komme morgen eh, die Kipferl müssen ohnehin erst auskühlen."
Jetzt waren sie alle endlich unter dem Baum, die Kerzen leuchteten, und mein Großvater begann mit „Stille Nacht" – Weihnachten muß ein deutsches Fest sein, dachte ich, sonst spricht mein Großvater ausschließlich Ungarisch. Und „Stille Nacht" konnten auch alle anderen, auch „O du Fröhliche". Der Zorn und die Ausbrüche waren vorbei, selbst Georgi schaute gefühlvoll auf den schlechtgeschmückten Baum und sang – total falsch – mit, was die anderen an diesem Heiligen Abend nicht beanstandet haben. Dann mußte man

die Lichter ausblasen, weil die Kerzen tröpfelten, und Rosa – unglaublich! – hat ein Zuckerl vom Baum gerissen und sagte: „Pardon, ich bin so gierig auf was Süßes." – „Deine Schwester ist ein Dromedar!" sagte Georgi zu Dolores, und das nicht still genug. Dann begann das Durcheinander wieder von vorne.

Wo waren sie jetzt alle? Nur Gabili murmelte sein monotones Gebet neben mir. Doch Gabili, erst acht Jahre älter als ich, hatte – kann das wahr sein? – weiße Haare. Mit seinem vorgebeugten, schweren Körper war er bereits ein alter Mann... Er war Herrn Gusmitsch nicht unähnlich, und dessen unheimlich tickende Uhr fiel mir ein, wahrscheinlich, weil Gabili wie ein Metronom bei „Largo" rhythmisch nach links und rechts pendelte. Irgendwie wurde es mir mulmig. Ich verließ die leere Wohnung. Hoffentlich sind Georgi und Dolores noch am Leben. Ich eilte über den Neue-Welt-Platz, durch die Bäcker-Gasse und die Schweidel-Gasse, neben der Graf Teleky-Kaserne, überquerte die Czuczor-Gergely-Straße und rannte durch den Hauseingang, auf dessen Holzdielen meine Schritte widerhallten. Die Eltern standen im kleinen Zimmer, wo unlängst noch Tante Gagi gewohnt hatte. Georgi hielt ein Telegramm in der Hand.
„Du trittst auf wie eine Truppe Soldaten", empfing mich Dolores.
„Dein Großvater liegt im Sterben", sagte Georgi.
„Welcher?" entfuhr es mir.
„Apika", sagte Georgi vorwurfsvoll.
„Der Neumann-Apika", hielt ich noch fest.
Dolores fand es angebracht, mir eine Ohrfeige zu verpassen. Georgi selbst war so niedergeschlagen, daß der symmetrische Schlag von seiner Seite diesmal ausblieb. „Morgen früh fahren wir. Apika liegt bei seinem Bruder, Onkel Eugen... Weil er in Budapest operiert wurde. Magenkrebs. Hoffentlich kommen wir nicht zu spät."
Auf der Fahrt, zu dem wiederkehrenden Rhythmus des Zuges /:ta-tam, ta-tam, ta-tam, bumm:/, fügte ich ein Wort in das Loch nach der Dreiergruppe ein: Apika, Apika, Neu-mann-Apika, jetzt fuhr der Zug schon mit voller Geschwindigkeit.
Neu-mann-Apika, Bahnhof-di-rektor-Apika!
Neumann-Anyika, schlechte Anyika!
Bello Cio fiel aus der Schul'.
Minus minus minus
Onkel Lukas, Schweinekoje, tot.
Minus minus minus

Tante Anna arm, arm, arm.
Bahnhof-Apika, guter Apika.
Adoptierte alle Kinder
Alle Kinder einzeln, einzeln
Alle Kinder durften
studieren und lernen
wenn sie konnten, wenn sie wollten,
wenn sie konnten, wenn sie wollten.
Neumann-Apika alles bezahlt.
Plus plus plus
Schlechte Anyika.
Minus minus minus
Sieben Kinder Neumann-Apika
bumm bumm bumm
Auch mein Opa sieben Kinder
hm hm hm.
Hartmann-Opa war im Krieg.
Plus plus plus
oder
Minus minus minus.
Neumann-Apika, Erste Klasse Bahn
auch für Anyika
in der ganzen Monarchie.
Plus plus plus.
Es gibt keine Monarchie mehr.
Minus minus minus.
Immerhin Erste Klasse.
Plus plus plus.
Doch Neumann-Apika hatte einen Apika, er hieß Elio, dessen Apika aus Lemberg kam. Bumm. In Lemberg ist jeder zweite Apika ein jüdischer Apika. Dann ist Elio Ur-Apika vielleicht kein Goy-Apika, sondern ein jüdischer, nein, halbjüdischer Ur-Apika, dann ist Neumann-Apika ein vierteljüdischer Groß-Apika, und Georgi in sich ein sechzehntel und ich selbst ein zweiunddreißigstel… Großmutter sagte gütig: das färbt dann nicht mehr ab. Ich verstand nicht, was abfärben sollte. Jetzt fuhren wir zu Neumann-Apika.
„Er liegt beim Onkel Eugen-Elio, dem Sohn des Elio Ur-Apika…" – erklärte mir Großmutter. Boris wird uns abholen: „Dein großer Bruder dort, wie bei uns Gabili." Hoffentlich nicht ganz so, dachte ich mir, „untreu", wie ich fand.

„Es wird schön sein, wirst schon sehen. Und dann sind zwei Onkels da. Die sind schon berühmt."

XVI. Boris, mein Bruder

Zum ersten Mal im Leben wurde ich vom Bahnhof mit einem Privatauto abgeholt. (Es war ein Rolls-Royce, wie ich es später mitsamt der vollen Bedeutung der „Rollys" in der Wagenhierarchie lernte.) Merkwürdig, wenn ich so zurückblicke, sehe ich nur Boris und mich allein. Vielleicht, weil ich vorne sitzen durfte. Freilich..., die Eltern müssen doch mit dabei gewesen sein... Der Wagen war riesengroß, mit zwei Doppelsitzen. Die Eltern auf dem hinteren Sitz saßen in Fahrtrichtung. Ihnen gegenüber lag auf dem Sitz Dolores' Schminkkoffer, welchen sie für diese Reise in die Hauptstadt besorgt hatte. „Necessaire" nannte man das Ding in Györ. Sehr elegant. Es kam mir so vor, daß dieses Automobil größer war als unsere Wohnung daheim.

Boris war der Neffe Onkel Eugens, der Sohn von dessen frühverstorbenem Bruder Edmund. „Edmund sei unter misteriösen Umständen ums Leben gekommen. Ertrunken im Plattensee, weil er seine Frau Carolina hatte retten wollen." Diese Sachen waren mir durch die Flüsternachrichten aus Györ bekannt. Den Namen Carolina sprachen meine Tanten merkwürdig affektiert aus, nicht wie bei uns üblich, sondern wie wenn man von einem der Vereinigten Staaten Amerikas reden würde: North Carolina, South Carolina. Doch, wie ich später erfuhr, hat ihre Aussprache recht gehabt: Boris' Mutter stammte wirklich aus den Südstaaten Amerikas und war ursprünglich eine Eroberung Onkel Elgars des Biochemikers, der jetzt kurz in Budapest weilte: wegen Neumann-Apika, der ja im Sterben lag. Ach Boris, ich kenne mich nicht aus.

„Who is who", sagte Boris. „Nun: Neumann-Apika, dein Großvater, ist der Bruder Onkel Eugens, der ihn jetzt eingeladen hat, na ja," – Boris flüsterte jetzt – „bei ihm zu sterben. Weil die Neumann-Anyika ja keinen Haushalt führen kann oder will, was weiß ich, und als Pflegerin kommt sie ebenfalls nicht in Frage." Boris tippte sich auf die Stirn und lachte. „Dein Opa hat eine schwachsinnige Nymphomanin geheirat..." dies pustete er mir in das linke Ohr, es

kitzelte, ich mußte lachen. „Deine Eltern werden entzückt sein, daß ich so mit ihrem Ki-i-i-hi-i-i-ind" – dieses Wort sang Boris, wie ein Rezitativ, mir wieder ganz leise ins Ohr – „rede. Plumm-plumm" – womit er den Basso Continuo nachahmte. Und hier beim „Plumm-plumm" wurde er plötzlich wie durch einen Lautsprecher fast überschallartig, so daß der Innenraum des „Rollys" durch den Druck der Schallwellen zu platzen drohte. Die Eltern hielten sich entsetzt die Ohren mit beiden Händen zu. Nun fuhr er wieder leise fort: „Nein, deine Oma hat diesen Bahnwärter als offiziellen katholischen Ehemann... Jedenfalls, die schwachsinnige Nymphomanin ist die Mutter deines Vaters Georgi. Kopf hoch!" schrie er plötzlich und boxte mir zur Ermunterung in die Schulter. „Mein Vater war der zweite Bruder Eugens und damit der dritte Sohn des sagenhaften Elio Neumann, der mit Null Komma nichts startete... Er kaufte, weißt du, und vermietete Getreidesäcke an die Gentrys. Weißt du, was Gentry ist?"
„Gentry, ein Beamter mit Schrebergarten, der sich gebärdet, als wäre er ein Großgrundbesitzer", zitierte ich Georgi. Boris amüsierte sich köstlich.
„Ja genau. Genau das ist es!" Dann fügte er doch eine kleine Korrektur hinzu: „Na Schrebergarten wäre zu wenig. Sie hatten ganz schön viel Grund. Viele Gentrys, viele schöne, satte Ährenfelder, weißt du. Kartoffelacker, auch Kukuruz, was weiß ich... Großvater Elio stopfte selbst diese Getreidesäcke, wenn die Herren-Bauern sie zurückbrachten, und wusch sie, jawohl. Die Miete wirkte bescheiden, auch die Reparaturkosten. Doch, aus vielen kleinen Beträgchen, nicht wahr?... Bald konnte er auch landwirtschaftliche Maschinen kaufen: die vermietete er auch an dieselben Gentrys. Die Reparatur machte er selbst, wie das Säckestopfen, jawohl. Da er Tag und Nacht gearbeitet hat, besaß er bald Tausende von Säcken, immer mehr Geräte. Wenn die Kundschaften ihm die kleinen Beträge nicht zahlen konnten, lieh er ihnen Geld aus. Zinsen immer ein viertel Prozent unter den banküblichen. Grandma Leonie, seine erste Frau, hielt jeden Pfennig fest. Großvater Elio sprach sehr bescheiden mit seiner Kundschaft." Boris boxte mir wieder in die Schulter und brach in Lachen aus. „Weil er sie eigentlich verachtet hat, ha-ha-ha. Die Säcke hätten sie selbst kaufen können, auch selbst stopfen können, nicht? Immer, wenn er kassiert hat und die Kundschaft weg war, trat er in den hinteren Raum seines Geschäftes, wo seine Frau über die Buchhaltung gebeugt... – So wird dir Onkel Eugen erzählen. Paß auf. Die

drei Söhne von Großvater Elio wurden nicht verwöhnt, auch die Neffen nicht."
„Die Onkels?" fragte ich, an die Abschiedsworte meiner Oma vor der Abreise denkend, die Onkels, die berühmt waren, als wäre dies der normale Gang der Dinge: Ausland, und dann berühmt, als müßte man dies als anständiger Mensch, der nicht lügt und nicht stiehlt, automatisch erreichen. „Die Onkels..., wie du sagst... Alle mußten alles mitmachen: Säcke stopfen, Landmaschinen reparieren, kaufmännisch rechnen, alles. Doch auf die Schule wurden sie auch geschickt. Alle zu den Jesuiten."
„Pius-Gymnasium", warf ich ein. Boris boxte mir wieder in die Schulter. „Ich komme nächstes Jahr in das Benediktiner-Gymnasium, weil in Györ keine Jesuiten...", sagte ich Boris vertraulich. „Gut", antwortete er. Dann wurde er nachdenklich. „Jedenfalls, Onkel Eugen studierte dann Welthandel und wurde nach Manchester und Rotterdam zum Praktikum geschickt. Er war der Älteste: er mußte die Firma übernehmen. Oder durfte. ‚Firma'. Heute ein Imperium. Ernest-Wilhelm, dein Großvater, absolvierte die Technische Uni in Budapest. Die Familie verstand nicht, wieso er sich mit der Stelle als Bahnhofsdirektor in Pécs zufrieden gab. Nachher dann noch deine Oma."
„Die Neumann-Anyika", entfuhr es mir. „Ja. Damit hat er dann das Kraut endgültig ausgeschüttet. Mein Vater wollte unbedingt Medizin studieren... Tat's auch... Daß er nur ein Landarzt wurde, verstanden Elio und auch Eugen absolut nicht. Seine Cousins noch weniger. Edward und Elgar..."
„Ja, die Onkels."
„Ja. Die weltberühmten Cousins von Onkel Eugen und Neumann-Apika..."
„Wieso heißen fast alle mit E?"
„Alle! E wie Elio. Ein bißchen wie Sonne. Eugen-Elio, Ernest-Wilhelm-Elio."
„Das wußte ich nicht."
„Also jetzt weißt du es: Edmund-Elio, mein Vater, dann die Onkels, wie du sie nennst. Edward-Elio: Göttingen, Cambridge, Kopenhagen, Los Alamos."
„Los Alamos? Was ist das?"
„Weiß der Teufel, irgendein Kaff in den Vereinigten Staaten. Dann Onkel Elgar-Elio, Biochemiker. Princeton, New Jersey. Die beiden nennen sich bereits Newman. In meinem Paß steht auch etwas mit E:

Ewald-Elio Newman, weil ich also auch in Cambridge Mathes..., nach dem Zirkus mit den Jesuiten hier. Doch ich nenne mich Boris. Ob ihnen das paßt oder nicht."
„Warum Boris?"
„Ja! Boris der Mörder, der Usurpator, der Verrückte."
„Wieso verrückt, Boris?"
„Na ja. Nur ein bißchen. Zar bin ich schließlich auch nicht ganz."
„Ich kapier' nichts. Sorry."
„Später erklär' ich dir alles."
Boris war schon groß und irgendwie elegant. Gott sei Dank ganz anders als Gabili, huschte es mir duch den Kopf. Endlich hab' ich einen richtigen, gescheiten Freund! Doch prompt wurde ich mir meiner Untreue wieder tief traurig bewußt. Ein Paar alter Schuhe, das ich lange getragen, fiel mir ein. Endlich hatte ich neue Schuhe bekommen, die gaben meinen Zehen wieder ordentlich Platz, schön waren sie auch. Die alten zog ich mit einer allzu schwungvollen Bewegung aus und warf sie in die Ecke, um sie gleich – reumütig – wieder zurückzuholen, als wären sie Lebewesen: Kaninchen, Meerschweinchen, kleine Hunde.

Ich kann es jetzt genau rekonstruieren, daß Boris damals neunundzwanzig Jahre alt war, und wenn ich sein Äußeres beschreiben soll: Nun, er war etwas dicker als die smarten Mitglieder seiner Familie, jedenfalls die männliche Seite. Er hatte weiche, blonde Haare und wasserblaue Augen. Zu seiner etwas rosigen Haut paßte die Haarfarbe nicht, trotzdem war das Resultat der einzelnen Bestandteile irgendwie sehr angenehm... Heute würde ich sagen: Boris war im wesentlichen sehr nobel, dabei genial verspielt: ideale Mischung als Freund eines Kindes. Er trug einen angeblich „sündteuren Maßanzug" aus so etwas wie „Rohseide". Dies hat Dolores Georgi zugeflüstert. Ich dachte bis dahin, daß Seide nur für Frauen in Frage komme. Doch egal, Boris hatte also diesen Anzug an, der war hell und sehr fein, grau, fast silberfarben, doch etwas schlampig zerdrückt. Und Roh-Seide eben. Roh stand ja für männlich. So stimmte wieder alles.

Ich durfte, wie gesagt, neben ihm sitzen, während die Eltern im „Fond" untergebracht waren. Boris fuhr vorzüglich: mit seinem erheblichen Gewicht nahm er am Chauffieren körperlich aktiv teil, wie ein Radfahrer, der mit seinem Gewicht die Kurven nimmt. Boris berührte das Lenkrad kaum, fast nur mit den Fingerspitzen, die – wie freilich die ganze Hand – allerdings in Lederhandschuhen steck-

ten: sehr interessante Handschuhe, weil mit Löchern ausgestattet, wie Emmentaler.
„Boris hat einen Emmentaler an, Boris hat einen Emmentaler an", frotzelte ich ihn, er lachte nur gutmütig. Er erklärte die Straßen, auch die wichtigen Bauten. „Ich mache einen kleinen Umweg. O. k.? Damit du etwas siehst von Budapest." Über die Kettenbrücke fahrend, zeigte er die Steinlöwen, die keine Zunge hatten in ihrem Maul. Er erzählte, daß bei der Eröffnung der Brücke irgendjemand dies laut ausgesprochen hatte: „Ja, wie denn, die Löwen, alle vier – Was? – Sie haben keine Zungen!' Woraufhin sich der Bildhauer gleich, oder nicht gleich, was weiß ich", sagte Boris, „jedenfalls mitten von der Brücke in die Donau warf, und man konnte ihn nicht finden ..., vielleicht im Schwarzen Meer!" Hier stöhnte Georgi demonstrativ: „Diesen Blödsinn erzählen sämtliche Fremdenführer."
Doch Boris ließ sich nicht stören. Von der Buda-Seite sind wir – weiß Gott warum – über die Margarethen-Brücke wieder auf die Pest-Seite gefahren. Boris fuhr gerne über Brücken ..., dann war hier auch dieses besonders große, prunkvolle Haus ... „Schau, das ist unser Parlament. Etliche Meter länger als das in England, aber was sich drinnen abspielt, hier und dort, das ist dann umgekehrt: hier heißt es nur so. Die britische parlamentarische Demokratie ... Verstehst du mich? Das ist schon etwas. Wie alt bist du? Neun?"
„Ja."
„Ich erkläre dir diese Sachen später."
Im Rückspiegel sah ich die Eltern: Ich merkte, daß es Georgi in der Tat nicht paßte, wie Boris mit mir sprach und daß er sich an die Stirn tippte, was hieß, daß Boris narrisch sei. Boris drehte sich um: „Ich fürchte, daß Ihnen beiden zu viel Luftzug ... Ich schiebe dies hier zu, dann wird es besser, ist recht?" Er lächelte charmant, und schon war eine Glaswand zwischen uns und den Eltern. „Kennst du dieses ... Parlament in London?" wollte ich wissen und dachte dabei an Hannas Vater und an den geheimnisvollen Mister Keynes. „Nein, drinnen war ich noch nie. Ich will aber. Vielleicht krieg' ich so einen Journalisten-Ausweis, oder jemand schmuggelt mich rein. In London ..."
„Was machst du in London?"
„Ja, ich lerne dort singen ..., auch fliegen ... Beides eigentlich dasselbe ... Wenn das, was dein Großvater sagt, stimmt, bist du recht musikalisch. Oder? Ich zeig' es dir: weißt du, in der Familie findet mein Singen kein großes Gefallen: ich singe so: La La La"

Er stimmte einen Dreiklang an. „Countertenor heißt das. Oder Falsett."
Und er fing an, mit einer für einen Mann verblüffend hohen Stimme zu singen:
„It was a lover and his lass,
With a hey, with a ho, and a hey nonie no, and a hey nonie no,
That o'er the green cornfields did pass
In Springtime, the only pretty ring time,
When birds do sing,
/: hey ding a ding a ding :/ (3 x)
Sweet lovers love the Spring."
Boris' Stimme ... Sie war hoch, doch sie war wie Metall ... Es war sehr schön. Die Zeile mit ding a ding a ding habe ich mit meiner Kinderstimme, welche die gleiche Lage hatte, mitgesungen. „Prima!" schrie Boris mitten drin, und wir wurden immer lauter, bis Georgi an der gläsernen Zwischenwand erst leise, dann mit der Hilfe seines Eherings immer lauter klopfte. Boris blitzte mich kindisch an.
„Ach, wir sind schlimm, wir singen so laut." Er schob das Glasfenster zu einer kleinen Spalte auf: „Wir sind gleich dort. Onkel Eugen wohnt auf dem Rosenhügel. Dieser kleine Umweg ..., wir werden eh erst zum zwölf Uhr erwartet. Da sind dann auch die Onkels da." – er gab mir wieder einen Stoß.
„Onkel Edward-Elio, der Physiker", sagte ich „und Onkel Elgar-Elio, der Bio-... was?" Boris zerkugelte sich vor Lachen und fuhr plötzlich auf einen Wagen auf, der vor uns aus irgendeinem Grund gebremst hatte. Dies mitten auf der Kettenbrücke, über die wir jetzt bereits zum zweiten Mal fuhren. „Bumm", sagte Boris, „Onkel Eugen wird sich freuen." Er stieg gutgelaunt aus dem Wagen, redete recht lustig auf den aufgeregten Besitzer des anderen Wagens ein, der anfangs wild gestikulierte und offenbar Grobheiten in Boris' Gesicht schrie. Doch Boris mußte über die ganze Szene sehr lachen, er gab dem aufgeregten Mann irgendeine Visitenkarte, klopfte ihm auf die Schulter und bugsierte ihn in den hinten zusammengeknautschten Wagen zurück. Mit zwei ausgestreckten Armen schob er das Wrack an, das langsam röchelnd in Gang kam. „Pöff, pöff, pöff", redete Boris dem kleinen, zusammengedrückten Wagen und seinem Besitzer, die langsam verschwanden, gut zu. Dann stieg er wieder ein. Plötzlich wurde sein Gesicht etwas sorgenvoll. „Der arme Kerl mit seiner Sardinendose ..., zahlt eh die Versicherung. Aber Onkel Eugen ist in seinen Silber-Rolls-Royce verliebt. Eine kleine Beule

bringt ihn aus der Fassung. Boris, Boris", sagte er sich. Ich fand es sehr komisch: „Hay ding a ding a ding", warf ich ein. „Ja, weil man nicht so lustig zu einem Sterbenden fahren sollte ... Gottes Strafe", flüsterte Boris und schaute zu mir rüber, und wir brachen wieder in ein Lachen aus, das kein Ende nahm. „Wenn unsere Kutsche hin ist, fliegen wir halt auf den Rosenhügel!" so ich. „Ja, wir fliegen dann. Abgemacht."
An der Buda-Seite angekommen, bog Boris jetzt überraschend links ab. „Weil ich dir den Gellert zeigen will, und dann die Elisabeth-Brücke, und dann fahren wir zurück, vorbei an dem Petöfi – Denkmal: das willst du sicher sehen." – „Er fährt im Kreis mit uns!" – entrüsteten sich die Eltern, als säßen sie im Taxi eines dreisten Taxifahrers, der die Gäste aus der Provinz in Schlangenlinie über die Brücken und in der Folge einmal am linken, dann am rechten Ufer der Donau „spazierenfährt", um am Ende den Fahrgästen ihr ganzes Geld abzunehmen. Georgi klopfte wieder an der Schiebewand. „Unerhört, wozu dieses Ringelspiel hier! Und die Spottlieder dazu! Wir fahren immerhin zu meinem toten Vater!" – „Pardon, er lebt noch. Und wo ein Leben, da eine Hoffnung, nicht wahr, ich würde ihn nicht gleich begraben: es geht ihm jetzt schlechter, morgen geht es ihm besser: es ist seit Monaten schon immer so: auf und ab." Dies hat Boris etwas diabolisch gesagt: daran kann ich mich erinnern. Es war mir gefühlsmäßig klar, daß er den Spieß umdrehte, indem er Apika gegen seinen Sohn, Georgi also, quasi in Schutz nahm. Es hat mich etwas unangenehm berührt, doch tat es mir nicht weh. Boris schien so nahe zu mir zu stehen – wie in der Kleinkindzeit Eva –, daß mein Abstand zu den Eltern für alle Fälle größer war als der zu ihm.
„Aber da jetzt alle benachrichtigt worden sind, muß ich annehmen ... Wir können nicht ohne ernsthaften Grund mit der ganzen Familie nach Budapest fahren", sagte Dolores streng. Boris lachte sie an: „Mit der ganzen Familie! Ach wirklich. Aber Budapest ist doch so schön: Sie sind doch eigentlich gerne da." Da gab es wieder etwas mit dem Verkehr, kein Auffahrunfall, aber Boris mußte aufpassen oder er tat so. Als wir bei der Villa Onkel Eugens ankamen, riß er höflich die Wagentüren für meine Eltern auf: er trug Dolores' Koffer. „Wie ein richtiger Gentleman" – erzählte Dolores daheim – „Er hätte die Koffer auch einem Boy geben können. Aber nein. Er bestand darauf." – „Ich war schließlich auch noch da", so Georgi. „Auch du warst sein Gast", beschied Dolores.

Ein Bediensteter des Hauses fuhr den Wagen in eine abseits gelegene Garage. Wir wurden in einer Art Gästehaus untergebracht: Es waren zwei Zimmer wie in einem Hotel. „Dépendance", sagte Boris. Dann führte er uns in die Halle der Villa. Ich dachte, hier würde Onkel Eugen auf uns warten. Boris schaute sich um, er war etwas verloren, kam mir vor. „Noch nicht da", sagte er schließlich. „Jetzt gehen wir kurz zu dem Kranken ..., ist recht?" fragte er, und er führte uns durch eine Vorhalle der Villa, die diese Bezeichnung nun wirklich verdiente. Eine der Nischen, welche die Größe eines normalen Zimmers hatte, diente als kleiner Warteraum vor dem – Boris wurde einen Moment verlegen: „Vor dem heiligsten Raum des Hauses, dem Kasperltheater: Sämtliche Kinder und Enkel Großvater Elios haben hier ihre erste Berührung mit dem Theater ..." Dolores schnaubte wie ein verärgertes Roß: „Kasperltheater! So!" Indessen schob uns Boris durch eine schmale Tapetentür. Wir standen knapp vor der niedrigen Bühne, auf der das Bett des Froschkönigs, dies erkannte ich sofort, stand, in welchem jetzt aber Neumann-Apika lag. Ich war verwundert, daß er darin Platz hatte. Boris flüsterte uns noch einmal eindringlich zu, daß das wirklich das Kasperltheater für die Kinder der Familie sei und als solches fast der heiligste Ort des Hauses – freilich nach der Grabkammer Großvater Elios, wohin diesem dann alle anderen folgen werden, sein Vater sei bereits dort ... Jedenfalls rangiere das Theater vor dem Türkischen Bad und den verschiedenen Sportanlagen des Hauses. „Na ja, und weil Neumann-Apika lichtempfindlich ist, hat man ihn in diesem Theater-Raum untergebracht, und zwar auf der Bühne ..." – „Im Bett des Froschkönigs", flüsterte ich verblüfft vor mich hin. Boris hielt sich erschrocken den Zeigefinger vor den Mund. „Er kann den Vorhang zuziehen, wenn er will. Es geht auf Knopfdruck." Wir standen vor dem im Bett des Froschkönigs liegenden Apika, der uns, Georgi, Dolores und mich, kurz ansah, dann aber die Augen schloß – erst das rechte, nach ein paar Sekunden auch das linke Auge – und mit der schwachen Bewegung seiner linken Hand jemandem, einer für mich unsichtbaren Person, ein Zeichen gab. Diese Person reagierte auf Apikas Wink nicht. War es ein Pfleger, der sich kurz entfernt hatte, eine Krankenschwester? Apika wartete etwas, dann versuchte er mit seiner zitternden Hand den erwähnten Knopf zu finden. „Der Knopf Boris", flüsterte ich Boris zu: nun fanden wir den verdammten Knopf ebenfalls nicht. Georgi ging zu der anderen Seite des Bettes: er fand den Knopf. Jetzt sprangen wir alle wieder auf unsere ursprünglichen

Plätze zurück. Der Vorhang schob sich langsam zwischen uns und den Sterbenden: Dolores' Nase hat er sogar berührt. Betreten standen wir da. Boris war plötzlich verschwunden. Eine Krankenschwester in Weiß, wie im Spital, tauchte endlich auf und verschwand hinter dem Vorhang bei Apika. Ein Stuhl wurde auf dem Boden zurechtgerückt. Außerdem hörte man kurz die Stimme der Frau. Dann ein ungutes Geräusch: wie wenn sich jemad würgend übergeben muß. Klar: Apika wollte unseren Blicken nicht ausgesetzt sein. Eine zweite Krankenschwester und ein Arzt kamen. Auch Boris war plötzlich wieder da: „Nun geht es ihm wieder etwas schlechter. Er kriegt jetzt Morphium. Ruhen Sie sich ein bißchen aus, ich hole Sie dann zum Mittagessen ab, das wird allerdings um sechzehn Uhr herum sein."
„Lunch", sagte Dolores.
„Exakt. Aber auf dem Zimmer finden Sie Kleinigkeiten. Dir könnte ich allerdings den Park und so einiges zeigen. Hm?"
Da ich unbedingt mit Boris gehen wollte, verließen die Eltern unwillig die Halle, um in ihrer Dépendance – wie Dolores es dann daheim erzählte – einen kleinen Imbiß einzunehmen.
Da mich bereits der Vorhang des Kasperltheaters sehr beeindruckt hatte, zeigte mir Boris die Küche, die sich im Souterrain befand: von hier aus führte ein Essens-Lift, Speiseaufzug genannt, auf fünf verschiedene Ebenen des Hauses. Ganz oben war Onkel Eugen-Elios „Turm", ausgestattet mit einer kleinen Sternwarte. Da Onkel Eugen sich jetzt in seinem Büro im zweiten Stock befand, durfte ich hier auf seine Teleskope, auf sein „Inklinatorium magneticum", wie Boris es erklärte, auf seine auf kleinen Tischchen stehenden Sternfinder aus Messing und Holz einen Blick werfen. Boris drückte auf einen Knopf: „Was willst du trinken? Tee? Orangensaft?" und schon sprach er in den Lautsprecher: „Ja, hier Boris Newman, ja oben bei meinem Onkel, ja, im Turm. Ich muß ihm einige Geräte neu einstellen. Bitte ..." und er bestellte, und auf den surrenden Ton des Liftes folgte bald ein kleines Geräusch, „klapps", sagte Boris, und die Tür öffnete sich: Sandwiches und Tee waren auf dem Tablett. Dieser Lift hat mir ungemein imponiert. Ja, sagte Boris, ihm wäre es auch lästig, wenn jemand always durch die Tür treten würde: Wir können uns selber bedienen. Er justiere seinem Onkel einige der Geräte, und ich könne mich umschauen, auch Sandwiches essen. Boris machte mit den Instrumenten in der Tat etwas, er rechnete auch ab und zu dabei und ließ kleine Zettel auf den Instrumenten liegen: Offenbar techni-

sche Nachrichten an seinen Onkel. Ich schaute aus den Fenstern. Rundpanorama. Aus irgendeinem Grund ging ich auf den Rund-Erker nicht hinaus. Ich hatte das Gefühl, daß es Boris so angenehmer war.
„Ja", sagte er mir später, „Er will seine Geräte wieder neu eingestellt sehen, aber er nimmt es nicht ganz zur Kenntnis, daß er dazu mich braucht. Bei seinen Geschäftsfreunden spielt er sich dann als Hobbywissenschaftler auf ..., weißt du. Ich bin dann nicht dabei, selbstverständlich. Also die Geräte stellen sich selber ein, die Infos kommen aus dem Himmel. Dafür aber" – er zog ein kleines Mahagoni-Fach aus der Wand – „liegen einige Scheine für Boris da, ebenfalls vom Himmel. Onkel Eugen bezahlt Boris nach seiner Qualifikation: angewandter Mathematiker mit Cambridge-Diplom ... Ob Boris Chauffeur spielt oder seine verschiedenen Sachen organisiert ..., sportliche Sachen ...", er dachte nach, „und ähnliches. Onkel Eugen gibt mir auch Probleme zu lösen, die er fiktive Spiele nennt. Er redet dabei so wie in der ersten Klasse Mittelschule: Wenn der Zug x-Kubikmeter Kohle für soundsoviel und die Donauschiffahrt aber die gleiche Menge, den Zeitfaktor mit einberechnet, Transportkosten hier und dort, und vielleicht mit einem Zeppelin ..."
„Mit Zeppelin kann es doch nicht billiger ..."
„Nein, aus Neugierde nur, weißt du. Da fühlt er sich wohl. Er weiß dann, er hat alles durchdacht: instinktiv aber hat er bereits die richtige Entscheidung getroffen: Onkel Eugen ist ein kaufmännisches Genie. Oder: na ja: er hat noch die Säcke eigenhändig mit Großvater Elio gestopft."
Boris zeigte mir auch die Münzensammlung Onkel Eugens mitsamt einem Buch, in dem alle Münzen abgebildet waren. „,Münz-Schlüssel', heißt es. Ort, Zeit der Entstehung, Gewicht, Angabe über Material, alles drinnen. Aber am wichtigsten ist, weißt du, das ist der Klang." Boris warf eine Münze hin und ließ sie auf der Mahagoni-Platte zur Ruhe kommen. „Hörst du den Klang? Onkel Eugenio hört den Klang nicht. Nur ich." Er klappte das Buch zu. Alles wurde wieder sorgfältig hinter Mahagoni-Türen verstaut.
Wir verließen die Villa, und noch immer sah ich niemanden von der Familie. „Na ja, Onkel Eugen hat jetzt eine Besprechung, Denise, seine Frau, ist in irgendeinem Club, ,Soeur optimist', oder wie das heißt, hat etwas mit Wohltätigkeit und mit dem Sticken von Nationalfahnen zu tun, die Präsidentin ist die Horthy-Gattin: das ist wichtig für Onkel Eugen. Baronin Denise –"

„Ist das Onkel Eugens Frau?"
„Ja, Gattin. Sie ist mit dem Beige-Rolly unterwegs. Damenfarbe, nicht wahr?"
„Was?"
„Jawohl. Die haben drei Rollys, einen schwarzen auch. Letzteren in der Hoffnung, daß Onkel Eugen einmal bei dem Reichsverweser wird vorfahren können ..., können, dürfen."
„Bei dem Admiral Horthy?"
„Exakt."
„Und die amerikanischen Onkels?"
„Die? Na ja, vielleicht liegen sie irgendwo im Park und denken nach. Onkel Elgar am Teich kopuliert vielleicht gerade mit seiner Lieblingsschildkröte, und Onkel Edward – nein, er kopuliert nicht mehr. Mit keinem Lebewesen. Oder mit dunklen Sonnenbrillen nur ...", murmelte Boris vor sich hin.
„Was? Ich versteh' kein Wort. Sorry."
„Ach, verzeih mir, Boris redet nur Blödsinn. Da!" Boris gab mir einen Stoß. „Die Onkels kommen!"
Im Park des Eugenio-Elio sah ich ein merkwürdiges Paar aus der Ferne auf uns zukommen. Den einen Onkel ..., welcher war das? mit einer großen, schlanken, flachbrüstigen Dame in Schwarz, auch der Hut schwarz ... Ich dachte an Pater Ladurners Mutter. Sie hielt ein Buch in der Hand und schien daraus dem Onkel – „Das ist Elgar aus Princeton", flüsterte mir Boris zu – in einer fremden Sprache vorzulesen. Der Onkel wiederholte die von der Dame vorgetragene Stelle. Die Dame verbesserte ihn immer wieder mit strenger, relativ tiefer Stimme. Naja, für eine Dame etwas zu tief, für einen Herrn etwas zu hoch. Die Stimme irritierte mich: sie war unschön.
„Italienisch?" fragte ich.
„Ja. Die nehmen immer von neuem ‚Die Hölle' durch", sagte Boris leise.
„Ist das eine Dame oder ein Herr", vertraute ich Boris meine diesbezügliche Unsicherheit an. „Sie, er ... fuchtelt so mit dem Zeigefinger. Meine Lehrerin in Györ würde so etwas nicht machen. Auch Pater Heckenast nicht."
Boris krümmte sich vor Lachen. „Das ist Monsignore Domenico. Unser Hausjesuit aus Rom."
Der Onkel aus Princeton und der Jesuit witterten fremde Leute im Park. Sie blieben stehen. Der Priester holte eine schwarze Brille aus der Soutane. Ich sagte Boris, daß er weder eine Dame noch ein Jesuit,

sondern einer von der Mafia sei. Das gefiel Boris noch besser, er fiel vor Lachen zu Boden hinter einem Dornbusch. Wir sind beide fast erstickt vor Lachen. „Und do-o-o-ort –" wir verkrochen uns ganz hinter den Dornbusch, Boris hat sich anhalten wollen und sich dabei an den Dornen verletzt: „Jetzt blute ich auch noch! Verdammte Onkels! Und dort ko-o-ommt Edward mit seiner ‚Dame': das ist Monsigore Clemens, der hat die Mafia-Brille immer auf, und sie sind jetzt, wenn ich mich nicht irre, bei ‚Skylla und Charybdis'. Streng gri-i-iechisch. Wenn Edward einen winzigen Fehler macht, fällt er in Ungnade."
Der knochig-drohende Zeigefinger von Monsignore Clemens war wie von Monsignore Domenico ausgeliehen. Die Paare schwankten zwischen den Bäumen, sie blieben bald stehen, bald setzten sie sich auf eine Bank, sie debattierten, hätte man aus der Ferne gedacht. Boris aber sagte mir: „Mit einem Jesuiten, der Lehrer oder Beichtvater oder vielleicht beides ist, debattiert man nicht."
„Ich kann Pater Heckenast alles sagen, was ich denke." Boris legte seine Hand auf meinen Kopf, wie man einen Stein, ein großes Obststück, einen Fußball in die Hand nimmt. „Nnna", sagte Boris „ist es denn auch wahr? Sind denn die Benediktiner … dein Pater Heckenast …, wie? … so viel weicher, und wenn, warum?"
Irgendwie wollte ich nicht, daß die Benediktiner als weicher gelten. Weich hieß dann gleich schwach. „Es war nur ein Schmäh. Pater Heckenast ist in Győr ein gefürchteter, strenger Lehrer."
„Na, da bin ich beruhigt", so Boris. „Komm, ich bin wieder hungrig. Wir gehen bißchen rüber."
„Rüber" hieß: ans andere Ufer. Da wir in der Villa von Onkel Eugen auf der Buda-Seite waren, mußten wir über eine der Brücken zurück nach Pest. Ja, die Ringstraße …, von oben habe ich sie gesehen. „Die Ringstraße, fast wie in Wien", sagte Boris. „Gut, schauen wir ein bißchen und dann gehen wir zum Gundel."
„Was ist das?"
„Ein gutes Restaurant. Es ist noch zu früh, auf den Familienfraß zu warten. In der Wirklichkeit lunchen die vor fünf nie."
Wir fuhren jetzt mit dem Taxi und stiegen irgendwo bei dem Nationaltheater (Nemzetiszinház) aus. Die Häuser, also die Ringstraßenpalais, haben mich tief beeindruckt. Boris mußte mit mir in all die Treppenhäuser mit ihren oft marmornen Balustraden hinein, und dann waren hier die Lifte, viel interessanter noch als der Speiseaufzug in der Villa auf dem Rosenhügel. Ich rief sie mit einem

Knopfdruck – oft schwebten sie leer herunter, sie blieben mit einem kleinen, wie mir schien schmerzlichen, Aufprall stehen und warteten, und dann drückte ich wieder auf den Knopf und sie erhoben sich – scheinbar ohne Gewicht – und schwebten in die Höhe.
Diese schwebenden Schönheiten aus Mahagoniholz ..., ausgelegt mit venezianischen Spiegeln, sämtliche Fassungen und Griffe aus handgearbeitetem Messing, stiegen auf und ab, zaghaft, beunruhigt und beunruhigend zitternd, kaum hörbar vor sich hinsummend, in sich versunken. Sie wollten – so stellte ich's mir vor – ihrem entrückten Traumzustand etwa durch ein Aufblicken nicht entrissen werden. Vielleicht, um nicht merken zu müssen, daß gleichgültige Gäste ihre Türfalten aufstießen, mit ihren klobigen Daumenfingern auf ihre zarten Knöpfe drückten; was heißt hier Knöpfe – Knospen müßte man sagen, aber niemand merkte sie, wie sie waren, niemand merkte die Knospen. Sie wurden von „Gästen", ihnen vollkommen fremden, achtlos bestiegen. Sie mußten gewöhnliche Leute in sich aufnehmen, die ihre zerbrechliche, krankhaft überzüchtete Schönheit niemals merken, geschweige würdigen konnten, Gäste, die mit ihren dicken Zigarren ihren feinen Duft verdüsterten, klotzige Gestalten, die unmöglich imstande waren, irgendeine Art Ebenbürtigkeit der Form und – wie ich damals in der Folge voraussetzte – ebenso die dazugehörende Ebenbürtigkeit des Geistes und der Seele der Bestiegenen entgegenzustellen. Bloße Benützer eben.
„Einsteigen willst du nicht?"
„Nein."
„Aber nicht, weil du Angst hättest?"
„Nein ..., ich will nur schauen."
„Aha", sagte Boris und drängte mich nicht, weder mit weiteren Fragen noch mit Ungeduld. Wenn Leute kamen, wurde er nie unruhig oder verlegen, und niemandem wäre es eingefallen, ihn zu fragen, was er hier suche.
Die Lifte trugen fremde Namen: Ascensore, las ich einmal, doch Boris sagte mir, daß das einfach das italienische Wort für Lift sei. Wir wollten dann einen französischen Lift suchen, weil ihm das französische Wort für Lift nicht einfiel, fanden aber einen solchen nicht. Stattdessen schrie Boris plötzlich auf: „Meine Hemden!" und wir rannten in eine Nebenstraße, wo in einer Wäscherei Boris sechs Hemden abholte: drei weiße, ein blau-weißes, ein grau-weiß gestreiftes, ein schwarzes. „Was soll ich heute anziehen, ich weiß, dieses entsetzliche rosa Hemd ..."

„Ja", gab ich zu. „Zu dem schönen silbergrauen Anzug, zieh das schwarze Hemd an", riet ich Boris.
„Gut. Das wird Onkel Eugen auch gefallen."
„Hast du keine Mutter?" fragte ich etwas dumm. Er verstand mich nicht gleich.
„Ach, wegen der Hem...?" Er aß schon seine Vorspeise beim Gundel, und die getrüffelte Straßburger Gänseleber ist von der Silbergabel glatt auf das rosa Hemd gefallen ... (Boris trug keine Krawatte, fällt mir hier ein). Wieder mußte er unbändig lachen.
„Also, wenn ich an Carolina" – und er sagte es ebenfalls so, wie man etwas North-Carolina sagt, „wenn ich an Carolina in Zusammenhang mit Hemden ...", er konnte vor Lachen nicht weiter reden. „Mit ihren ... mit ihren ... lackierten ... Fingernäg..." – er verschluckte sich. „Einmal ist sie fast erfroren, weil Vater und ihre zwei Bediensteten zufällig alle nicht daheim waren – und ich erst sechs Monate alt –, sie konnte mit ihren lackierten Fingernägeln nicht einheizen ... Vater fand sie weinend im Bett unter drei Decken ..."
„Carolina, Karola, North Carolina, South Carolina", skandierte ich. Und mir fiel der Schneiderlehrling mit dem simplen Namen Karola ein, der ich einst frevelhafterweise nachgepfiffen hatte. Wem sonst als Boris konnte ich diese Story erzählen? Karola, alltäglich wie nur etwas, wie gesagt Schneiderlehrling der Frau Matus – und damit auch frühere Kollegin meiner Tante Kathy – Karola Taubner. Und sie war unter den Fenstern unserer Wohnung in der Czuczor-Gergely-Straße täglich öfters zum einzigen Klo des Erdgeschosses marschiert, zu dem vom Hof aus zu begehenden Klo, wobei sie mit ihren Stöckelschuhen eifrig auf den Steinen klappernd aufschlug: Tipp Topp, während sie mit den Hüften wackelte. Ihr zu eng anliegendes Kleid hatte ein für die Arbeit unpassendes Dekolleté. Sie war von ihrem Sex-Appeal offenbar unerschütterlich überzeugt und auch davon, daß sie, wenn sie nur recht auffallend auftritt, einmal wird jemanden auf sich aufmerksam machen können, der sie dann aus der Werkstatt der Frau Matus befreien würde. Wie sie so aufdringlichresch zum Klo täglich öfters hinschritt, zu oft, würde ich behaupten, wurde sie mir immer unerträglicher; ich schaute ihr nach, und plötzlich kam mir die Idee, daß ich ihr jetzt nachpfeifen will. Das tat ich dann. Sie hat sich zwar nicht umgedreht, doch über ihren Rücken ging ein nervöses Zucken wie ein elektrischer Schlag hindurch. Hindurch, auf und ab. Und auf dem Rückweg vom Klo hat sie selbstgefällig vor sich hingelächelt. Nachdem sie das Fenster nun in

der umgekehrten Richtung passiert hatte, pfiff ich ihr erneut nach. Dies ging so einige Tage. Ich war noch nicht ganz sieben ...
Georgi sah sich eines Tages schwerwiegenden Vorwürfen ausgesetzt. Frau Matus war überzeugt, daß er allein dem prallen Schneiderlehrling nachzupfeifen imstande sei.
„Der Pfiff kam ja aus Ihrer Wohnung, Herr Neumann, Ihre Gattin wird es wohl kaum gewesen sein." Georgi musterte mich von der Seite verstohlen, sagte aber nichts. Nachdem Frau Matus die Wohnung verlassen hatte, gab es eine echte Katastrophe, denn Georgi war dunkelrot geworden und lachte infantil, wie immer, wenn er gerne etwas getan hätte, sich dies aber verbot, wie in diesem Fall das Nachpfeifen. Dolores weinte, nein schluchzte, als betrogene Ehefrau in spe. Nun sah ich, was für ein Unglück ich angerichtet hatte: es war nur noch möglich, das Fenster aufzumachen und auf Karola Taubner zu warten. Daß sie bald kommen würde, war außer Frage. Aus irgendeinem Grund mußte sie ständig raus. Sie kam wie erwartet, ja, sogar in Begleitung ihrer Chefin. Da steckte ich die zwei Zeigefinger in den Mund und pfiff aus Leibeskräften: die Frauen blieben erstarrt stehen: dann wandten sie den Kopf direkt zum Fenster, wo ich nun stand: ich pfiff noch einmal. Alle Schneiderlehrlinge, zwei Kundschaften von Frau Matus, eine Kundschaft von Georgi sowie Lajko, sein armer Gehilfe – den bei dem dreisten Pfiff niemand in Betracht gezogen hätte –, standen mit offenem Mund da. Ebenso Doktor Varga, Rechtsanwalt und Hausbesitzer, oben auf dem Balkon, seine Gattin mit den ständigen Lockenwicklern weit über das Balkongeländer gebeugt. Das Dienstmädchen, das bei ihnen wohnte, hing aus dem Fenster mit Putzlappen in der Hand, Mund offen. Und ich pfiff und pfiff. Endlich waren die Eltern an der Stelle: mit den Ohrfeigen, wie intern normalerweise alles geregelt wurde, ging es hier im Menschenauflauf nicht mehr. Ich mußte also Rede und Antwort stehen: woher ich das spitzbübische Pfeifen: von Charlie Chaplin, das heißt: the kid. Nun ja: das Kino. Weil ich immer ins Kino gehen will und mein Vater dann mit mir kommt, kommen muß, „Schließlich: allein können wir das Kind nicht ins Kino gehen lassen". Und dann bei solchen Filmen. „Aber wenn der Film selber so heißt: das Kind ...", verteidigte sich Georgi. Jetzt sprachen sie also unvermittelt vom Kino und warum mein Vater mich dorthin begleiten mußte, als ob dies mit dem Pfeifen etwas Wesentliches zu tun hätte. „Du weißt, wie die Erwachsenen so durcheinander quatschen." Hier nickte Boris und amüsierte sich prächtig.

Ich wurde dann gefragt, warum ich gerade der Karola nachpfiff. Hier konnte ich ehrlich sagen, daß ich es nicht wüßte, daß ich aber nur und ausschließlich ihr nachgepfiffen habe, und dies ab Mittwoch bis Samstag, immer, wenn sie unter unserem Fenster mit ihren Stöckelschuhen ..., ich muß gar nicht erst hinschauen, ich kenne ihre Schritte: zak zak zak, tipp topp, klick klock. Georgis Ehre war gerettet, doch die Familie wurde mit dem Odium des Abnormalen beschattet: „Wenn du zumindest ein Bub wärest ...", sagte Frau Matus mit einem häßlich-bösen Lächeln und wollte in mich hineinlauern. Ich sah kalt durch sie hindurch und pfiff noch einmal. „Ich kann genausogut", sagte ich und pfiff abschließend noch einmal. Kopfschüttelnd gingen die Erwachsenen auseinander. Frau Matus hinkte schon ein bißchen und ihre Schultern waren ganz verbildet. Die rechte Schulter rutschte nach oben, die linke hing nach unten. Sie mußte die Schulden nach ihrem entflohenen Ehemann abstottern, und ihr verwöhnter Sohn hatte gerade ein Motorrad mit Sozius aus ihr herausgepreßt. Sie war über siebzig.
„Jawohl", habe ich die Eltern sich ereifern hören: „Sie soll vor der eigenen Türe kehren: Julius arbeitet rein gar nichts, hat nichts gelernt und behauptet, Journalist zu sein. Doch die ganze Stadt weiß, daß keine einzige gedruckte Lokalnachricht je von ihm zu lesen war." Zwischen den Eltern und mir entstand für einige Tage eine vorübergehende Harmonie. Diese wollte Georgi noch vertiefen, er schaute nachdenklich vor sich hin: „Julius wird mit seinem Motorrad abhauen. Mitsamt dem ganzen zusammengesparten Geld seiner alten Mutter." Wir saßen beim Abendessen, es gab russischen Tee und Armen Ritter, draußen setzte der Zapfenstreich ein, es war behaglich. Wir drei: Vater, Mutter, Kind, hielten gegen die ganze Welt zusammen ...
In der Nacht hörte ich die Eltern über mich flüstern: alles troff von süßer Anerkennung. Sie warfen einander die Beweise meiner Qualität als ihr gutgelungenes Produkt zu. Wie früh ich die Windeln lassen und auf den Topf gehen konnte, wie schnell das Gehen, das Sprechen ..., wie schön still ich spielen könne, und daß meine Lehrer, wie die ganze Schule, wie früher die Kindergartendirektion und auch Herr Doktor Lorand alle Schreib- und Rechenmaschinen automatisch zu meinem Vater brachten. Ebenso Pater Heckenast und durch ihn das Benediktiner-Kloster und -Gymnasium, die Eltern der Schulkameraden und sogar Pimpi aus der Kindertanzschule ... Ich hörte in der Tiefe der Nacht die Kunde meiner

Verwertbarkeit, und Georgi sagte noch etwas von der Musikschule, die schließlich – durch die Verwandtschaften der Direktion und meiner dortigen Lehrer – ihm, Georgi, die Totaleinrichtung der Maderspach-Maschinschreib-Privatschule, sowie den Generalservice für die Maschinen der Architekten-Vereinigung und der Handelskammer, wie auch für die der Rechtsanwaltskammer eintrug. Demnächst wird das Rathaus kommen und dann, wirklich, wirklich, nichts ist ausgeschlossen, das Unterrichtsministerium, ja, das Parlament! Ja, die Burg, wo Horthy ... „Und vielleicht das Nationaltheater", fügte Georgi geheimnisvoll hinzu. Julius hat der Werkstatt seiner Mutter bei Gott keine solchen Kundschaften zugeführt. Mein Selbstbewußtsein wuchs. Nun wartete ich darauf, daß auch jene Taten, auf die ich selbst Wert legte, erwähnt werden würden: meine Bilder ..., daß ich den Zeichenwettbewerb ..., daß ich in der Schule Hausmodelle bauen durfte, statt „handarbeiten" zu müssen. So etwas kam aber nicht. Dies hat mich sehr enttäuscht. Ende der Harmonie. Am nächsten Tag gab ich kein Zeichen, daß ich etwas von dem Gespräch gehört hätte. Allerdings verlangte ich Tee statt dem verhaßten Milchkaffee zum Frühstück und ein weißes Tischtuch auf dem kalten Linoleumbezug. Meine Wünsche wurden zwar verblüfft aufgenommen, doch wortlos erfüllt.
Die Prophezeiung Georgis traf übrigens innerhalb circa eines Monats ein: Die unmenschlich zähe, fleißige, knausrige Frau Matus entdeckte eines Samstags früh den Diebstahl. Es ist mir heute nicht klar, ob ich dies tatsächlich gesehen oder es mir so stark vorgestellt habe, daß ich es seitdem noch immer vor mir sehe: Frau Matus, Samstag früh vor ihrem Küchenschrank: da war das Geld drin. Dies wußte ich von meiner Tante Kathy. Durch das schmale, auf unseren Hof sich öffnende Fenster hatte ich sie oft zu ihrem Küchenschrank treten und im oberen Teil herumkramen sehen: denn dort war ihr Schatz in einer Teedose – unter anderen Teedosen, Info Kathy. Nun sah ich sie, wie sie eine bestimmte Teedose herausnahm, den Deckel – wie so oft – von der Dose herunterschraubte, doch diesen nicht, wie sonst, beruhigt wieder zurückdrehte, sondern stattdessen erst vom Gesicht weghielt, dabei einen leisen Schrei ausstieß – dann muß sie getaumelt sein, so daß ich sie für einen Moment nicht mehr sah. Die Fensteröffnung war ja sehr schmal. Kurz darauf war sie wieder in der Öffnung zu sehen, verdutzt in die Dose schauend, die sie sich ganz nah vor ihre schlechten Augen hielt, als wäre Geld so klein, daß der Unterschied von zehn bis zwanzig Zentimetern Abstand es zu

sehen ermöglichen oder verhindern könnte. „Der Zaster ist dahin", sagte ich mir. „Mit Julius, wie Georgi es gesagt hat." Sie muß die Dose fallengelassen haben. Es scheppterte auf dem Steinboden. Frau Matus verschwand jetzt nicht seitwärts, sondern nach unten. Offenbar war sie hingefallen.
Irgendwann schrie Boris mittendrin, die ganze Story sei wie eine Vorstellung im Kasperltheater. Nein, im Kino ..., meinte ich.
Von den Eltern hörte ich dann, daß Frau Matus keine Anzeige gegen Unbekannt erstattete ... „Na ja, wenn der Unbekannte der eigene Herr Sohn ..." Jetzt mußte sie Kredit aufnehmen, damit sie die Gehälter zahlen konnte. Auch die Ratenzahlung nach Julius' Maschin'.
Macht nichts, dachte ich, er ist ja zumindest ein Bub, wenn auch ein alter. Julius war einunddreißig Jahre alt, also älter als jetzt Boris!

Ich weiß nicht, ob ich die Geschichte so oder etwas anders Boris erzählt habe. Er hörte mir aufmerksam zu und mit seinem kindlichen Gemüt lachte er hier und dort ausgelassen. Aber er wurde immer wieder ganz schnell ernst, ja besorgt. Am Ende sagte er mir: „Deine Geschichte ist gar nicht so komisch ..., wenn ich's bedenke ... Georgi. Du wirst mit dieser verdammten Umwelt noch einen ganz schönen Haufen G'scher haben. Weißt du das? Hm?" Ich dachte nicht lange nach: ich wußte es. „Na klar."
„Jedenfalls ..., nun, mit mir kannst du rechnen ... Das ist nicht viel ..."
„O doch ...", sagte ich.
„Es ist nicht viel, doch ich kann dir hier und da ..., vielleicht ..., den Weg verkürzen. Ja. Ja. Wir sind ohnehin so gut wie Brüder ... Ja."
Es entstand eine verlegene Stille. Ich wollte Boris aufmuntern. Er schien bedrückter als ich.
„Angewandter Mathematiker. Was ist das?" wollte ich wissen.
„Na, du siehst ja: ich lasse mich anwenden: fahre die Gäste vom Bahnhof heim, stelle die Geräte meines Onkels ein, berechne die Bahn der Sterne", er lachte – „organisiere die Spiele."
„Die Olympischen Spiele?"
„Nicht schlecht." Boris lachte wieder. „Na ja, die Spiele im Park ... Eugenio-Elio ..."
„Was sind das für Spiele?"
Boris wurde plötzlich irritiert und sagte mir: „Nichts, Fußball halt. Interessant daran ist nur, daß das Match um acht Uhr abends be-

ginnt. Mit Reflektoren auf dem Rasen ..., über uns die Sterne und die englischen Bombengeschwader ... Onkel Eugen läßt bei Reflektoren die Mannschaften spielen. Die Leute zittern vor Angst. Doch Edgar-Elio sagte, in diesem Jahr geht das noch ..., hier bei uns ..., 1942/43 geht das noch. Solange die Deutschen hier nicht alles besetzen, wird das Land nicht bombardiert. Er wird es wissen. Es sei denn, ein überspannter Brite lädt etwas auf Eugens Rasen ..., wegen der Provokation und so. Die ganze Stadt stockdunkel, und Eugen provoziert die British-Air-Force. Die Leute zittern also erstens, weil man ihnen interne Infos nicht auf die Nase bindet, zweitens spüren sie vielleicht instinktiv die überreizten britischen Air-Force-Nerven, drittens zittern sie um ihre Stellung."
„Arbeitsstellung?"
„Ja. Onkel Eugen ist ..., wenn du mich fragst ..., in dieser Hinsicht ..., aber du sagst deinen Eltern nichts." Ich muß eine müde, wegwerfende Bewegung gemacht haben: Boris lachte sehr und ahmte mich gutmütig nach. Dann kam es mir so vor, daß er weinte. Er schneuzte sich aufwendig in sein Taschentuch. „Hundertjähriges Kind. Na macht nichts", er trat mir spielerisch gegen die Füße in der Art großer Hunde, die vorsichtig mit Kindern balgen. „Kopf hoch. Später wirst du immer jünger dann." Das verstand ich nicht.
„Also, die spielen Fußball und haben Angst, weil ..., ja wirklich schrecklich, die gar nicht spielen wollen... nach acht, nein neun, nein zehn, nein elf, ja elf! Stunden Arbeit!!! Herrje, sie können gar nicht ... spielen: diese Rennerei auf der Rasenfläche, angestrahlt von den Reflektoren. Der Jüngste unter ihnen ist fünfundvierzig." – „Geh." – „Jaja. Und der Älteste dreiundsechzig. Und Onkel Eugen sagt, er spiele ja als Stürmer selber mit und er sei ja auch schon fünfundfünfzig ... Doch ihn hetzt niemand, vor ihm weichen die gegnerischen ‚Manndecker' aus. Niemand unter seinen Angestellten würde ihn hindern, wenn er noch so langsam, noch so patschert, den Ball zum Tor zu bringen versucht. Und wenn er einmal einen schwachen Ball in das Tor plaziert, stellt sich der Torhüter blöd, er läßt den lahmarscherten Schuß durchsausen. Und beide Mannschaften, die ‚eigene' sowie die ‚feindliche', schreien ‚Hurra!'"
„Und wenn jemand nicht mittut?"
„Wird entlassen."
„Was? Kam so etwas einmal schon vor?" wollte ich wissen. „Ein Mechaniker wegen Fußball?"
„Konkret noch nicht. Doch, alle wissen, wie es im Falle eines Falles

... Onkel Eugen sagt dann einige Wochen später dem Werkmeister irgendetwas. Und dieser beobachtet dann den Mechaniker oder Kohlearbeiter oder Buchhalter, und der Mann hält seine Kündigung in der Hand."
„Aber wenn so etwas noch nie wirklich vorkam", grübelte ich vor mich hin.
„Aber die Leute wissen es im voraus, was passieren würde, wenn. Eugen-Elios Imperium hat viele Wohnungen sozusagen. Verstehst? Er kann überall die Leute zum Fußballspiel ‚mustern‘, die ihm dann Spaß machen: die kann er verspotten, oder vielmehr verspotten lassen, zu Tode hetzen, oder vielmehr zu Tode hetzen lassen ... Wenn jemand auf dem Rasen einen Herzanfall kriegt ..., nun, er wollte selber spielen ..., heißt es dann. Tödlicher Fußball ... Tennis und Golf wird mit den Geschäftspartnern gespielt. Da muß ich auch manchmal mit. Mein schwerster Dienst."
Beim Käse erklärte mir Boris die Sache mit seiner Mutter. Daß Carolina nie im Leben für jemanden ein Hemd gewaschen hat: für ihre eigenen Höschen hat sie eine Spezialangestellte. „Nur für die Hös..."
„Na, fast ... jedenfalls Vater als Landarzt ... in Szigliget, weißt du, Carolina war Studentin in Princeton, aber nur, um wichtige Leute kennenzulernen. Sie kam mit Elgar einmal nach Budapest, weil sie die Ungarn so exotisch fand. Elgar",
„Der Biochemiker, nicht?"
„Ja, der Biochemiker, Elgar stellte sie vor als gute Freundin und wollte abwarten, wie die heilige Familie reagiert, und er wollte dann Carolina um ihre Hand bitten. Weißt du, Elgar hat einen Lehrstuhl drüben, und er galt damals schon, als junger Mann, als künftiger Nobelpreisträger oder sowas ..., also die Familie fand alles o. k. – so mit Blicken, wie sie sich immer verständigen, wenn es um die Bonität einer Kundschaft, einer Geschäftsverbindung, oder eben Ehe ... geht –, und sie haben Carolina für weitere zwei Wochen eingeladen, und Großvater Elio hat in der Welt herumtelefoniert, ob Carolinas Familie drüben in Ordnung ist ..., zur Sicherheit. Du verstehst mich: ob sie vermögend und irgendwie honorable Leute sind, in New Albany/Mississippi: aus dem Mädchen allein wurde man ja nicht schlau. Und als die Bonität bestätigt wurde und alles war o. k. und Elgar fast allein mit Carolina, beim familiären Spaziergang ..., die anderen blieben diskret zurück ..., da ließ sie sich – darüber sind alle einig – a b s i c h t l i c h in einen Fischteich fallen. Elgar hat sie

irgendwie angeschrien, daß sie nicht wieder Szenen machen soll und wandte sich verärgert ab. Und mein armer Vater, junger Mann noch, der die ganze Szene aus der Ferne nur sah, rannte, als Arzt, zum Teich und holte sie heraus: weißt du, etwa so wie im Schneewittchen von Walt Disney der Prinz Schneewittchen wegträgt aus dem Sarg. Und sie lächelte ihn von unten so zauberisch an, während er sie trug ... und dann, weil sie sich erkältet, auch während der ganzen Zeit ihrer Lungenentzündung. Edmund, total betört ..., weißt du: Carolina wurde für ihn d i e große, romantische Liebe." – Weiß Gott warum, ich mußte an die schwebenden Ascensori (schon das Wort allein betörte mich) der Ringstraße denken.

„Elgar reiste zurück, Edmund, der Landarzt, führte seine Südstaatenschönheit in das Dreizimmer-Arzthaus heim. Kind! Du hast keine Ahnung, was das heißt."

Ich stellte fest, daß Boris die Flasche Rotwein allein ausgetrunken hatte, zählte den Aperitif dazu, und jetzt bestellte er noch Benediktiner. Er ließ aufschreiben, man kannte ihn dort. Sie sprachen ihn mit vollem Titel und englischer Aussprache an: „Doktor Newman, wieder kurz bei uns?" – „Nun ja, ich bin wirklich Doktor der Mathematik, habe in Cambridge ein Studentenloch, in London ein Zimmer bei einem Freund und am anderen Ufer, in Pest, in der Kiraly-Straße, brrrr, ein Zweizimmer-Loch, wo jetzt Klara mit einer Tomatensuppe und Kartoffelnudeln auf mich wartet, während ich hier ..."

„Kinder hast du auch?"

„Nein. Weißt du ... nein, Kinder bisher ... noch nicht." Boris sprang auf, er faltete das schwarze Hemd aus seinem Paket zu einem eleganten, schmalen Tuch zusammen und verschwand. Frischgewaschen kam er zurück: er bestellte noch schwarzen Kaffee; er sah gut aus jetzt mit dem zurechtgezupften silbernen Anzug mit dem schwarzen Hemd. „Glaubst du, es geht ohne Krawatte? Mich trifft sonst der Schlag heute, diese Hitze und dann die ganze Geschichte mit deinem Großvater, das Sterbe-Szenario ... Und dann habe ich den Silber-Rolly auch eingedepscht."

„Na dann lieber nicht, Boris. Warum müßtest du unbedingt diese verdammte Krawatte ...?"

„Die tragen sie alle. Onkel Eugenio-Elio, Onkel Elgar-Elio: er kriegt demnächst wirklich den Nobelpreis in Biochemie, wegen seiner ‚Facts and Fictions in Lake Apopka'."

„Apoka? Wie Apika?" fragte ich verwirrt.

„Nein, nein, Apopka in Florida. Und Lake ist ein See, hier mit Alligatoren drinnen. Ich erzähle es dir später. Und Onkel Edward-Elio, er hat schon seinen Nobelpreis in Physik. Sie tragen alle Krawatte. Sie alle sind smart. Nein, sie meinen, smart zu sein, doch sie sind nur dürr. Das ist was anderes. Nicht?"
„Ja, das ist was anderes."
„Ich hab' bißchen Übergewicht. Mit neunundzwanzig Jahren schon. Bin so eine Sau. Onkel Eugen schaut gut aus mit seiner gutverteilten Fülle: Er schaut sehr fest und vital aus. Dein Großvater war noch im Vorjahr wie ein Jüngling. Dein Vater, dieser Georgi, ist ein Springinkerl. Ich bin ein dickes Schwein – schau meine Kragenweite an – und singe mit hoher Stimme, das ist für sie abnormal, nicht zu sprechen von den Kosten. Und mein Gesangslehrer in London, er heißt Deller. Aber die kennen sich nicht aus: sie spotten ihn Teller. Teller wie Suppenteller."
„Aber du lernst auch fliegen!"
„Jaja. Das kostet noch mehr Geld, und alle meinen: Was ist schon ein Pilot: Taxifahrer in der Luft. Für die Onkels ist Eugenio ein Geldsack, mein Vater war nur ‚ein Praktiker' – kleiner Landarzt. Ich stand neben ihm auf dem Steg, als Ma zu weit hinausschwamm. Das machte sie, weil sie es genoß, daß wir, Edmund, ein schlechter Schwimmer, ich, erst sechs Jahre alt, Angst um sie hatten. Und ich sah ihr nach: eine rote Badekappe, sehr auffallend, unangenehm auffallend als Arztfrau in Szigliget. Szigliget. Kleines Loch: vielleicht tausend Leute ... Die Leute schauten uns alle an. Ich schrie: ‚Ma, Ma, nicht so weit schwimmen!' Ich verfolgte ihre rote Kappe im Wasser, doch die Kappe verschwand, und jetzt drängte ich Edmund, daß er sie hole, ich wußte die Geschichte mit dem Fischteich. Carolina zog ihn damit immer auf: ‚Du hast mein Leben gerettet, und dafür folgte ich dir' – Kunstpause – ‚nach Szigliget'. Vater wollte nicht nachschwimmen. Er log, daß er sie noch sehe oder daß sie womöglich ihre Badekappe – wie auch andere Dinge immer – einfach weggeworfen hätte. Carolina will das volle Leben: sie schwimmt durch den See und kommt mit Autostop heim. So etwas hat mir Edmund gesagt, doch ich zwang ihn, ihr nachzuschwimmen: ich drohte ihm, daß – wenn er dies nicht tut – ich selbst das tun werde – mit sechs Jahren. Platsch. Er sprang und schwamm mühsam in die Richtung, wo Carolina verschwunden ... Lange Zeit nichts, dann klettert Carolina aus einem Rettungsboot, das gerade irgendwie bei ihr vorbeigefahren. ‚Wo ist dein Vater?' Ich zeigte hin, doch er war nicht

mehr zu sehen. Carolina war wütend und hetzte die Rettungsleute, jetzt nun ihren Gatten zu retten. Doch ..., das, was im Vorbeifahren zufällig bei ihr selbst gelungen war ... – die Rettungsleute fanden meinen Vater erst nach Tagen ... hm. Seine Leiche. So kam Edmund unter die Erde in Szigliget, und Carolina ..." – er schluckte – "Carolina fuhr zurück nach New Albany ... zu den Eltern ..."
"Und du, hier allein ...?"
"Naja. Onkel Eugen, weißt du, nahm sich meiner an, wie man das so schön sagt."
Mir wurde schlecht. Boris merkte das sofort. "Du, wenn du jetzt speiben mußt, dort ist die Toilette."
Seinem Rat folgend, erreichte ich den Ort, wo ich alles Gute, was Gundel anbot, wieder zurückerstatten konnte. Während ich mich wusch, sah ich etwas Rosafarbenes aus dem Müllkorb ragen: das war Boris' Hemd ... Naja, wie Carolina die Badekappe ... Boris, ganz rot vom überreichen Mahl, ich, ganz weiß durch die erlittene Aufregung, trafen wir in der Villa ein. Meine Eltern saßen auf einem schwarzen Ledersofa, Onkel Eugen kam auf uns zu: "Boris, wo steckst du, wer ist dieses Kind? Ach ja", schlug sich Onkel Eugen auf die Stirn: "Da sind ja deine Eltern."
Die zwei grauen Herren, jeder in einem schwarzen "Wassily" sitzend, empfand ich ohne die Sonnenbillen-Begleitung peinlich einsam. Sie durften die Mafiosi nicht mitnehmen ..., oder wie ist es?
Hinter dem schwarzen Vorhang, wußte ich, lag mein Großvater, Neumann-Apika. Ich wartete, daß der Vorhang jetzt lautlos auseinandergehen und Apika auf dem Bett aufgepolstert, im frischen Nachthemd zu sehen sein wird: Er wird ganz zerbrechlich sein, wie in den letzten Jahren, oder noch zerbrechlicher: mit ganz schwarzen, großen Augen wird er uns anschauen und wie einer, der in der Nähe des Todes irgendwie geläutert ..., zu uns reden ..., mit Autorität über uns alle, auch über die Onkels, seine beiden Cousins, die aus Princeton oder Lake Apika und Los Alamos seinetwegen heimgefahren ..., auch über Onkel Eugen, der so wahnsinnig reich geworden war, also mit der letzten Autorität des fast schon Toten, wird er sich zu uns wenden und jeden von uns aufrufen und jedem von uns etwas Wichtiges noch sagen und manches verbieten: Boris das maßlose Trinken und Essen, und er würde ihn fragen, wo er sein rosa Hemd ... Und mir würde er auch etwas sagen. Was? Ich wußte es nicht: vielleicht, daß ich dem Schneiderlehrling nicht nachpfeifen darf. Ja. Und daß ich meine Tanten nicht auslachen soll, ja. Und

Onkel Eugen, irgendwas mit dem Fußballspiel, vielleicht, daß er alle, die spielen möchten, drankommen, doch jene, die nicht wollen, in Ruhe lassen soll. Und das alles vormittags, nicht mit Reflektoren bei Fliegeralarm.
Und die Onkels würde er auch fragen:
„Elio-Edward!
Was machst du dort
in Los Alamos.
Elio-Elgar!
Für was verwendest du die Sachen, die du in diesem Lake Apoka gefunden hast? Apoka. Willst mich zuletzt noch verspotten?"
Ich wußte durch Hartmann-Großvater vom Gaseinsatz in Ypern, und ich dachte, daß Onkel Elgar Orangensaft über die Soldaten sprühen läßt, und das sirupartige Klebzeug nimmt er aus dem Apika-Teich oder Apoka-Teich, und alle kleben irgendwo an, aneinander, so daß sie sich nicht mehr trennen können, an ihren Waffen, daß sie mit ihren Händen nichts mehr auzulösen vermögen, alles pickt zusammen, was ja auch den Frieden bringen könnte, aber nein, es ist umgekehrt: erst pickt alles, dann überflutet der Orangensaft alles. Sie alle treiben im künstlich hergestellten Orangensaft, bald so groß wie der Plattensee, doch im Nu noch viel größer als die Adria, wie das Mittelmeer, wie der atlantische Ozean. Und dann sieht man, daß die Ozeane, die sich in diese Orangenbrühe verwandelt haben, aufgedunsen, mit ihrer stets wachsenden klebrigen Masse die Britischen Inseln überkleben, Holland überkleben! Das Nil-Delta ist ein einziger Orangen-Pudding, darin eingeschlossen die ganze Population – Dorsch in Aspik – Marokko, Almeria, Onkel Marco Polo: Dorsch in Aspik: die ganze Kugel rundherum, „die ganze Schöpfung", würde Gabili sagen. Eingetunkt in Onkel Elgar-Elios Aspik.
Und Neumann-Apika würde Onkel Elgar-Elio fragen, was er dafür bekommt und ob er sich am Ende selbst nicht wird vorm eigenen Sirup retten können und mitsamt den anderen am eigenen Aspik ersticken wird. Und Onkel Edward-Elio würde er ebenfalls fragen: „Was machst du, Edward-Elio? Was machst du mit unserer Kugel, die dein Bruder in die klebrige Brühe getunkt?" Und Onkel Edward würde höhnisch lachen und sagen, daß er diese klebrige Kugel um keinen Preis mit den Fingerspitzen berühren würde, nein, er greift höher. „Bis zur Sonne, Elio, ja?" Und Onkel Edward-Elio würde sagen.
„Bumm. Aus. Ja."

Und dazu böse, kalt lachen.
Doch ich wachte auf neben den Eltern, in der Vorhalle des Todes. Der Arzt von gestern – oder vorgestern – oder war das noch der gleiche Tag? – trat vor die Bühne des Kasperltheaters, hinter dessen Vorhang Neumann-Apika bewegungslos lag. Der Arzt sagte, daß der Kranke sich im Koma befinde und bat die verehrten Anwesenden, nicht länger in der Halle zu warten. „Wir wissen nicht, wann ...", sagte er diskret. Die Onkels standen auf und entfernten sich, Onkel Eugen schaute auf seine Uhr: „Das heutige Match kann also doch stattfinden, bitte, lieber Boris, rufe die Leute an."
Die Eltern gingen in ihre Dépendance. Erst ging ich ihnen nach, dann kehrte ich zurück: Durch den Park, durch den Eingang der Villa, durch die Halle. Ich kletterte an der Seite des Kasperltheaters auf die kleine Bühne, ich erspürte Neumann-Apika bei gedämpftem Licht im Bett des Froschkönigs liegen. Auf allen Vieren krabbelte ich um sein Bett herum, wie er es früher bei mir immer getan hatte. An seinem Fußende richtete ich mich auf: da ich noch klein war, ragte nur mein Gesicht über den Bettrand. Ich zog mich wie beim Geräteturnen am Reck in die Höhe. Jetzt schien ich so groß wie ein kleinerer Erwachsener. Apika hielt die Augen geschlossen. Ich fragte mich, ob er noch atmete. Ich dachte, daß er vielleicht bereits gestorben sei. Er war allein. Wieso ist niemand bei ihm? Wo ist die Schwester, der Arzt, wo ist Georgi, sein Sohn, ja, wo sind Georgis Geschwister? Ich horchte und bald nahm ich aus der Stille dieser Kammer die über uns ziehende British-Air-Force wahr, Lancaster, viermotorig, ein Flugzeug flog besonders tief, schien mir ...
Neumann-Apika und Hartmann-Großvater ... Nach Meinung der Familie bin ich eine Mischung aus beiden: musikalisch und melancholisch, wie Hartmann-Großvater. Auch tiefsinnig wie dieser. Darauf bestanden die Tanten besonders: auf dem Tiefsinn ihres Vaters. Dann aber agil, ja fast überreizt, beweglich, wie Neumann-Apika: „Diese großen Spannungen können nur in der Kunst ausgelebt werden ...", sagte Doktor Lorand. Und ich wußte, daß Neumann-Apika „seine großen Spannungen auf eine ungute Art hat ableiten müssen, weil er kein Künstler war."
Das war die Erklärung meiner Tante Rosa, sie wollte immer alles quasi wissenschaftlich erklären ...
Ich bin also die Mixtur dieser beiden Großväter, von denen der eine soeben stirbt oder womöglich in diesen Augenblicken gestorben ist. Neumann-Apika, schmales Gesicht, nicht eigentlich schön, im

Gegensatz zu Hartmann-Großvater. Apika, auch so, im Tod oder knapp vor dem Tod, schien sein Grimassieren, unheimliches Mienenspiel in einem erstarrten Augenblick behalten zu haben. Ich holte die Augenblicke zurück: ich sah ihn, wie er bei uns um Mitternacht auftauchte, leise vor dem Fenster sprach: „Georgi, Georgi, bist du da?" und Georgi hellwach wurde.
„Ha! Apika ist gekommen!
Apika ist da!"
So wird er es bei allen seiner Kinder gemacht haben: Ernest, Aranka, Olga, Vilma, „Baba" und bei der Apothekerin, deren Name mir nicht einfiel. Wo sind sie alle? Hat Onkel Eugen nur uns eingeladen? Wie ich so auf Apika hinuntersah, merkte ich, daß er das linke Auge öffnete. Das rechte Auge blieb geschlossen. Ich erschrak.
„Georgi", hörte ich, „Georgi, bist du da?
„Ja", habe ich herausgewürgt.
„Ich will deine Mutter sehen", sagte er mühsam.
„Wen? Dolores?" fragte ich verdattert.
„Blödsinn, geh mit deinem Weib. Ich will deine Mutter sehen. Anyika." sagte er kaum hörbar.
„Anyika?" erschrak ich.
„Ja. Sage deinem Onkel Eugen ... Anyika soll kommen."

XVII. Im Reich des Eugenio-Elio

Anyika soll kommen!
Dies war ein Wunsch, ein Befehl des Sterbenden: aufgetragen dem einzig anwesenden Sohn, Georgi, der mit Weib und Kind in dieses prächtige Reich seiner Ahnen eingeladen worden war ... Warum waren die anderen Kinder Apikas nicht eingeladen? ... warum Anyika nicht? ... wieso habe selbst ich bis jetzt nicht daran gedacht: Ich erpürte die Gewalttätigkeit dieser Welt, deren Teil ich selber war, und erschrak: Wir lassen die Liebenden selbst am Totenbett nicht zusammenkommen, nur weil sie keinen Trauschein vorweisen können.
Jetzt, wo ich dies schreibe, sehe ich Michel Foucault hinter einer Glasscheibe in der Intensivstation des Hospitals Pitié-Salpêtriére – oder war das das Hôpital Claude-Bernhard? – in Paris ... Der

Geliebte ohnmächtig vor der Glaswand ... Aber warum seh' ich ihn, den noch zu Lebzeiten modisch Gewordenen, den Starphilosophen Frankreichs der 80er Jahre? Was hat es mit Apika und Anyika zu tun? Vielleicht erschreckt es mich, daß selbst durch große Leistungen erworbene Sonderstellungen, Privilegien, so viel Ruhm, uns immer noch nicht dazu verhelfen können, daß in den letzten Tagen, im letzten Augenblick der oder die Herbeigesehnte neben unserem Bett ... Ich sah Reihen von Ausgeschlossenen: heimliche Geliebte, die – eingemummt in unkenntlich machende Gewänder, hinter Schirmen und Sonnenbrillen versteckt – den Trauerzug aus der Ferne begleiten, nicht zu erwähnen, die Tage und Stunden vor dem Tod; die Ausgesperrten, ob Mann oder Frau. Was für ein Inferno der Zwänge auch noch in Ländern, die der Form nach demokratisch, ja manche unter ihnen fast schon „liberal" zu nennen wären ...
Wer wird im Spital vorgelassen ... Pitié-Salpêtriére, ein Gesicht: „Die Familie! Nur sie ist gültig. Der Arzt schwatzt von der verbindenden Kraft des Blutes, am liebsten würde ich ihm ins Gesicht schlagen!", berichtete Hervé dem rundum informierten Hochschulassistenten Jean-Marie, der in Paris alle Aids-Kranken kennt, und den ich zufällig auch kenne, obwohl nicht Aids-krank, soweit ich's wissen kann. „Und nicht der Freund, sondern die seit zwanzig Jahren nicht mehr gesehene Schwester wurde herbeigeholt, da keine Gattin vorhanden: Haha. Die angetrauten Gattinnen, sie werden benachrichtigt, informiert, sie werden gerufen, vom Spitalsarzt zugelassen, sie, die vom Staat Versorgten, für die wir anderen unsere Steuerleistung erbringen müssen", sagte Jean-Marie, Hervés Empörung wie eine Fackel weitertragend, da Hervé inzwischen ebenfalls tot war ... „Weil sie gut gekocht, gut geputzt oder auch nicht, weil sie sexuell befriedigend waren oder dies auch nicht, weil sie die Kinder gut aufgezogen, oder dies eben auch nicht, ja vielleicht ihre Kinder gar mißbraucht oder mißbrauchen lassen, eventuell vermietet oder schlicht verkauft haben –"
„Das Ausgeliefertsein der Kinder ist ja grenzenlos", warf ich zustimmend ein. Jean-Marie bezeichnete sich als Passiv-Homosexuellen. Es kam mir vor, daß er über die Gruppe der Transsexuellen keine Ahnung hatte ... Bei einem Assistenten für Philosophie und Soziologie war diese Tatsache enttäuschend. Wäre er Trans, könnte er nicht so einseitig denken ... „Ja, die sind die Kolonien, auf die Erwachsene immer zurückgreifen können", sagte Jean-Marie. „Hier in Frankreich kriegen die Frauen – die Gattinnen – nach drei Kindern ein

kleines Gehalt: müssen nicht aus dem Haus ..., wenn sie nicht wollen ...
In einem Jahr haben hunderttausend Familien ein drittes Kind gekriegt ..., welches Jahr war das bloß? Haha. Der zynische Mitterand. Aber selbst ohne Kind: Die staatlich subventionierten Gattinnen, die vielleicht gar keine Kinder auf die Welt gebracht: obwohl dies die einzige Berechtigung ihrer parasitären Existenz wäre. Die mit Trauschein versehenen Gattinnen ..., die anderen sind ja ‚nur' Geliebte ..."
„Ist es aber nicht viel schöner?" warf ich wieder ein. „Geliebte. Gattin, das klingt wie ein Brotberuf, Ja Gatt-in, Modist-in, Wirt-in, Ingenieur-in, Anwält-in. Die Geliebte, der Geliebte dagegen: unsere tägliche Passion gib uns heute." Jean-Marie sagte aber, daß es darum nicht ginge. „Die Triebrichtung der Sexualität zieht weitgehendste Folgen politischer, sozialer und wirtschaftlicher Art nach sich. Es geht um durch Ehe erschlichene Pensionen, die nicht der Leistung und Qualifikation der Ehefrau, sondern der des Gatten entsprechen. Die Beförderungen der Familienväter, die zwei bis drei Kinder aufweisen können, ihre Pragmatisierung, dann Zuschüsse noch und noch. Wohnbauförderung, weiß der Teufel, wenn man das alles zusammenrechnet, sind wir alle blöd, daß wir dieses System mitfinanzieren. Ich habe vor, meine Bedienerin zu schwängern – keine Angst, sie ist hoffnungslos vernarrt in mich, also sie hätte nichts dagegen – und ihr fünf, sieben Balgen anzuhängen. Dann verschwinde ich zum Beispiel in Afrika und zwinge damit den Staat, also die Steuerzahler, sie standesgemäß zu ernähren. Die Balgen, sieben an der Zahl, können auf Staatskosten bis zu ihrem sechsundzwanzigsten Lebensjahr studieren. Wieviel ist das? Sechsundzwanzig mal sieben und die gnädige Frau dazu." Ich warf ein, daß er seine verliebte Bedienerin allerdings heiraten müßte. Jean-Marie lachte und sagte nur, daß er seinen Plan bis zu seinem fünfundsechzigsten Lebensjahr hinausschieben wird, damit er von dem ganzen Unfug, den er verursachen wird, nur den Anfang miterleben muß. „Glaubst du vielleicht, daß diese um uns herumkullernden Kinder mit ihren Minicomputern und Pumpguns den sogenannten Generationenvertrag einhalten werden? Erst werden sie Papi und Mami von hinten mit Genickschuß ..., wenn diese friedlich vorm TV ..., weißt du ..., und nachher Opi und Omi und die Tanten und die Onkel und dann einen alten Nachbarn: das ist dann der Ausbruch aus der Familie. Haha. Im 21. Jahrhundert werden die noch-Jungen auf die Alten Jagd machen ..., Jagd machen

einfach wie auf Karnickel. Und der Staat wird blöde zuschauen. Der Staat. Das sind wir, wir wollen ewig leben, doch alt werden wollen wir nicht. Am Ende des nächsten Jahrtausends werden alle Sechzigjährigen hingerichtet. Das Limit wird dann immer wieder vorverlegt."
Ich wußte, daß Jean-Marie in vielem recht hatte, doch sein fanatischer Ton störte mich, außerdem hatte ich ohnehin nicht vor, in das nächste Jahrtausend sehr weit hineinzuwachsen: ein sogenannter Konsument, vor dem Computer-Fernsehen sitzend, vorgetäuschte Welten bereisend oder Waren bestellend ..., ich überlasse dies, dachte ich, anderen und wollte mich am Wort „Geliebte" festhalten. Beim Stichwort „Geliebte" fielen mir gleich mehrere Gesichter ein, beim Stichwort Gattin dagegen diese Frau, diese Patienten-Gattin, die ich unlängst persönlich kennengelernt habe ..., die statt einem Glas frischen Wassers ein Glas Wodka auf das Nachtkastl des schwerkranken Gatten stellt, gestellt hat, wohl wissend, daß der Mann in der Nacht regelmäßig einen Hustenanfall bekommt – jede Nacht dieser bellende Husten – und dann automatisch zum Glas greift: nun war statt Wasser Wodka drin, ein großer Schluck Wodka für einen, der mit Delirium Tremens eingeliefert worden ...

Aber im Jahre 1942 kannte ich diese Gedanken noch nicht: allerdings kündigten sie sich in vielen Formen meiner zähen Beobachtungen langsam bedrohlich an. Ich sammelte sie: meine Beobachtungen: ich war ein Beobachtungssammler, Informationssammler über diese unsere Welt. Da war zum Beispiel das Rätsel Anyika, die „unehelichbare", wie man sie in der Hartmann-Familie bezeichnete, die „schlechte" Frau, die ihren ersten Mann und die dazugehörigen drei Kleinkinder mit dem Spinat ... etc. etc., die Apika und ihren neuen Schwung Kinder mit ihm, sieben an der Zahl, nicht ordentlich verköstigte. Deswegen muß jetzt Apika sterben. Magenkrebs. Eben. Sie führte gar keinen Haushalt, verplemperte das Geld, und was hätte sie, die Narrische, mit ihren Kindern anfangen können? Ihre Kinder, meine Onkel und Tanten väterlicherseits, mir dämmerte jetzt ..., sie alle hätten, hieß es, unglückliche Ehen. „Leider ...", sagten die Tanten in Győr, „Fast alle leben sie in Scheidung, und wo keine Scheidung, dort nur Fassade, hinter der Fassade Ehebruch ... Skandal: Etwa einmal eine Wand, die der Gatte mitten in der Wohnung aufmauerte, nur damit er seiner Gattin, Tante Ari, der Apothekerin, nicht mehr ins Gesicht blicken muß." Ja, darum kannte ich sie alle nicht: die Geschwister von Georgi. Oder ich kannte sie nur durch kurze, meist erschreckende Augenblicke. So etwa Tante Vilma, die wir in Dombóvár im Wirtshaus ihres Mannes besucht hatten ... Sie hat mich damals – ich war ungefähr zwei bis drei Jahre alt – sehr erschreckt. Sie tobte und schrie: „Wenn ich so etwas hätte," – und dabei zeigte sie auf mich – „würde ich es an die Wand schmeißen, daß sein Hirn an der Tapete herunterrutscht!" ... Das haben später die Nazis mit dem Kind Zoilas dann wirklich gemacht ...

Anyika soll kommen!
Ich erfaßte endlich, daß es eine schreckliche Idee war, Apika allein hier in diese pompöse Villa – was Villa: Burg, Festung, Reich – einzuladen; wohl zu seiner Beschämung: „Siehst du, Wilhelm-Elio Neumann! Wie tief bist du mit deinem närrischen Weib gesunken: sie kann dir nicht einmal die nötige Diät bereiten, wie sie dir keinen anständigen Haushalt hat führen können und wollen, dir und deinen Kindern, die alle – infolge der Unordnung und Unbehaustheit –, alle irgendwie einen Hieb haben, weil sie die Unordnung, Gesetzlosigkeit deines Weibes, durch euch beide, denn ihr seid zusammen eine Einheit: ihr seid das Paar, das Elternpaar!, von Anfang an in sich tragen und in der Folge in ihren unglücklichen Ehen ebenfalls weitertragen. Und damit nicht genug: da durch euer beider krankhafte Triebhaftigkeit, die einzige Erbschaft, die eure Kinder von euch bekommen konnten, eure unglückselige Natur in ihnen weiterwuchert, zeugt sie, diese unglückselige Natur, in der Folge entartete Kinder. Das wird dann der Grund sein, daß ihre Nachkommen meist in ganz frühen Jahren gestorben, manche von ihnen an ominösen Krankheiten, andere durch mysteriöse Unfälle. Ihr beide habt nur ein einziges einigermaßen herzeigbares Kind: euren Sohn Georgi, der mit Weib und Nachkommen eingeladen werden konnte als halbwegs normal geltender Familienvater. Doch auch hier muß man mit einer wahnwitzigen Entdeckung rechnen. Vielleicht ist Georgi ein Kinderschänder, der Onkel im Park mit dem Zuckerl, oder er schickt seine Frau auf den Strich, oder er verkehrt mit Tieren. Oder das Kind ist irgendwie krank. Es wird sich noch herausstellen. Es wird sich noch herausstellen.
Ernest-Wilhelm-Elio Neumann! Du hast nicht geschaut, daß du den rechten Weg einschlägst wie wir alle – ausgenommen unser armer verstorbener Bruder und Cousin mit der hysterischen Carolina. Man heiratet nicht eine Frau, die absichtlich in einen Fischteich fällt ...

Edmund ertrank ja auch daran. Edmund, der Vater des narrischen Ewald, der sich Boris nennt und mit Falsettstimme englische Lieder singt: Da haben wir es! Jetzt ist es klar, warum wir seine Studienkosten in Cambridge getragen haben ... und die Flugstunden jetzt ..., er hätte bei seinem Onkel Edward in Los Alamos als hervorragend ausgebildeter Mathematiker unterkommen können. Auch bei seinem Onkel Elgar, dem Biochemiker ..., er hätte unserer Familie den dritten Nobelpreis eintragen können ... Stattdessen nimmt er im zerbombten London Gesangsstunden bei einem Herrn Suppenteller.
Und so jemand bist du auch.
Ernest-Wilhelm-Elio Neumann! Du hast die große Gabe, ja fast göttliche Gabe, die in uns allen, den Söhnen und Neffen des Großen Elio steckt, also auch in dir, du hast deine Gabe kaum genützt. Wenn du dazu noch imstande bist, denk an die Talente, die Gott uns in die Hände gelegt hat ..., uns allen. Aber du bist auch der Bibel entfremdet: Eine mediokre Laufbahn in Fünfkirchen und dann eine debile, ständig läufige Frau, die du kraft deines Amtes einem einfachen Bahnwärter entführt. Auch hast du nicht bedacht, was mit ihren hinterlassenen drei Kindern geschehen wird, von denen eines bekanntlich im Spinattopf ertrinken mußte ... als Baby."
Entsetzt über den armen Neumann-Apika, der so viele Sünden auf sich geladen, entsetzt über die ganze Situation hier in dieser Villa Onkel Eugens, der mit Georgi, meinem Vater, bisher kein Wort gesprochen hat, der mich kaum wahrnimmt ... – „Wer ist dieses Kind?" –, stellte sich mir, dem Neunjährigen, die Frage: Wie soll ich nun diesem prachtvollen Onkel Eugen mit seiner entsetzlichen Macht über sein von seinem Vater Elio ererbtes und durch eigene Tüchtigkeit noch erweitertes Reich, mit seinem grausamen Fußball-Terror und Gott weiß mit welchen anderen dunklen Geheimnissen seiner Bosheit, Apikas Wunsch mitteilen.
Während ich den tieffliegenden Lancaster zuhorchte, verließ ich das Kasperltheater. Ja! Das war auch eine Gemeinheit. Apika hier unterzubringen ... Ja, ich mochte Neumann-Apika nicht ..., das ist wahr, doch dies, das spürte ich, hätte nicht sein dürfen. Ich kletterte, durch den schwarzen Vorhang etwas versteckt, von der niedrigen Bühne herunter. Aufgrund einiger Andeutungen, die Boris – verschämt – hat fallen lassen, stellte sich in mir das frevelhafte Szenario zusammen: Ein teuflisches Mysterienspiel würde ich es heute nennen, mit sechs Protagonisten. Eine Vorwegnahme des jüngsten Gerichtes für Apika. Ein Gericht, wobei Monsignore Clemens eigentlich vorgese-

hen gewesen wäre, als falscher Neumann-Apika im Bette liegend von dem anderen Monsignore – also Domenico – ins Gebet genommen zu werden, indem Clemens die Sünden Apikas, sich auf die Brust schlagend, laut zu beichten gehabt hätte, vor allem jene, die mit der Anyika in Zusammenhang standen. Ja, verspotten wollten sie ihn, weil er die allzu spontane Liebesbereitschaft des Bahnwärter-Weibes seiner eigenen Einmaligkeit zugeschrieben hatte: Wilhelm-Elio, der Erwählte einer „Göttin der Freude" – so nannte Apika sie in den ersten Wochen und so stellte er sie, naiv, seiner Familie vor. Und er hatte in seiner Blindheit nicht gemerkt, daß das narrische Weib jedem, aber jedem, der eine Hose anhatte, ihren Rock bereitwillig lüftete. So auch bei der ersten Vorstellung Onkel Eugen und Vater Elio selbst! Beschämt weinend verließest du, Wilhelm-Elio! das Reich deiner Väter: Eine selbstverhängte Strafe, eine selbstverfügte Austreibung aus dem Paradies. Doch welche Wahl, welche Wahl hattest du noch …
Eine Schande und ein Unglück ist es für einen Mann, eine nymphomanische Schwachsinnige zu sich zu nehmen. Eine Sünde seiner rechtschaffenen Familie gegenüber und eine unverzeihliche genetische Schädigung seiner Nachkommenschaft. „Mea culpa, mea culpa, mea maxima culpa", hätte der falsche Apika, dargestellt von Monsignore Clemens, hier rufen müssen …
Da Neumann-Apika dies alles inzwischen selber erkannt hatte und sich im Konflikt zwischen dem armen, verrückten Weib und den anderen ohnehin fast zerriß, fand ich das Gericht-Spiel alles andere als christlich. Wenn Gott diese Verbindung zugelassen, ja sie Apika geradezu zugespielt hatte, hätte er ihn nicht so hart strafen dürfen … Die Menschen ohnehin nicht. Diese zwei flachbrüstigen Damen-Jesuiten mit den Mafiosi-Brillen schon gar nicht. Von dem verschämten Boris erfuhr ich auch, daß Monsignore Domenico dem falschen Apika streng die auf ihn nun wartenden Qualen im weiß Gott wievielten Kreis der Hölle dramatisch und mit singender Stimme schildern hätte müssen. Dies vor versammelter Verwandtschaft, also auch vor Georgi, Dolores und mir, die wir als Stellvertretung der weiteren Kinder und Kindeskinder der unheimlichen Zeremonie hätten beiwohnen, sowie vor Apika selbst, der durch ein Loch in der hinteren Abdeckung des Kasperltheaters von Boris zum Zuschauen gezwungen hätte werden müssen. Bei der Stelle „mea culpa" hätte Boris mit Apika oder notfalls statt Apika, mit Monsignore Clemens chorisch mitbeten müssen. Dies letztere war Onkel Eugens Idee. „Das ent-

spricht dann dem falschen Dimitri, Boris", sagte Onkel Eugenio-Elio. Zwei Strafen mit einem Schlag also.
„Boris, Boris, wie nur hast du dir so ein blödes Spiel einfallen lassen", schrie Boris auf und schlug sich mehrmals auf seinen Kopf, offenbar zur Strafe. „Aber wie genüßlich Onkel Eugenio meine Idee aufgegriffen hat", setzte er fort. „Daß diese zwei Zölibatäre den armen Familienvater … Sauerei. Und Onkel Eugen telefonierte mit den Onkels in den Staaten und sagte ihnen alles mögliche, warum sie kommen müßten: die Vorstellung war als Überraschung gedacht. Auch Carolina hat er nach zwanzig Telefonaten in einem Sanatorium schließlich erwischt … Sie sagte aber: mit Hungary hätte sie ein für alle Mal abgerechnet, um nichts in der Welt würde sie dieses schreckliche Land noch einmal betreten. Und schließlich wurde Apika immer leidender, und es war nicht mehr daran zu denken …, an diesen Blödsinn, der falsche Dimitri …, weil Eugenio das Drama und die Musik hinten und vorn nicht kapiert, nur Geld! Geld! Geld!, der falsche Apika …, ich sagte Onkel Eugen, daß man mit dem Tode doch nicht spaßen darf, er holt uns dann selbst. Ich gab mir Mühe, recht suggestiv zu sein, weißt du. Eugen ist ja sehr naiv, er biß an: ihn packte die Angst, der Unfug wurde abgeblasen."
Unter dem Eindruck dieser Geschichten, wandelte ich nun fast verwirrt durch den Vorraum mit den schwarzen Ledersesseln, die laut Boris „Wassily" hießen, und gleich mußte ich mich hinter dem einen in Hockestellung gehend verstecken: mich an dem kalten Chromgestell des „Wassily" haltend, sah ich dem Einmarsch einer Königin zu, die, offenbar von außen kommend, durch die Halle schritt. Zwei „Boys" haben ihr sekundenlang noch, vor Ehrfurcht erstarrt, das Eingangstor aufgehalten. Dadurch entstand ein Luftzug. Die hohe Dame gab ihnen gereizt ein Zeichen, daraufhin drehten sie sich wieder der Straßenseite zu: „Marionetten" – dachte ich mir. Sie standen weiterhin da, doch waren sie quasi nicht vorhanden. So etwas habe ich schon im Stadttheater Györ oft gesehen. Dort waren die Lakaien oft aus Pappkarton hergestellt, sie drehten sich um eine Metallachse, ähnlich unserer Metallhähne auf den Dächern, welche uns an die türkischen Besatzungszeiten erinnern sollen. Vorhanden war entgegen den „Marionetten" Onkel Eugen, merkwürdigerweise nur mit einem etwas zu klein gewordenen Frotteemantel bekleidet. In erschreckend gebückter Haltung kullerte er der vornehmen Dame entgegen: Diese sagte hoheitsvoll-herablassend, wie zu einem Deppen: „Aha, das Match? Heute Nacht wieder."

In Fußballschuhen mit Stutzen und in diesem etwas zu kleinen Bademantel, den er vorne nur mühsam zusammenhalten konnte, sah Onkel Eugen-Elio nicht so vornehm aus, wie ich ihn – trotz seiner Körperfülle – bisher empfunden hatte. Eine gesunde, vitale Körperfülle, immer in sündteure, sehr gepflegte Anzüge gestopft. Blendend weiße Hemden, goldene Manschettenknöpfe. Alles teuer, doch diskret. Onkel Eugen immer in Bewegung, doch ohne Hast, energisch, aber nie laut sprechend, manchmal wie herzlich auflachend. Nie schrill, eher etwas raffiniert-genüßlich, still bis flüsternd. Jetzt in gebückter Haltung und ängstlich: „Gräfin, so spät?"
„Gräfin, so spät", kam die Echowirkung der großen Halle oder hat ihn die Dame mit tiefer Stimme jetzt spöttisch imitiert?
„So spät", lispelte demütig er selbst noch einmal und schielte aus seiner gebückt-tiefen Haltung von unten zu ihr hinauf, ihrem verachtenden Blick wie nackt ausgesetzt. „Den ganzen Tag warte ich auf Ihre Ankunft, Denise." Denise? So heißt auch seine Gattin, dachte ich. Bisher hab' ich sie noch nicht gesehen.
„Sie sind, mein Freund, indessen mit Ihrer heimlichen, das heißt, gar nicht so heimlichen Leidenschaft beschäftigt gewesen ..., wie man sieht. Ich werde Ihnen kaum gefehlt haben."
„Doch", sagte Onkel Eugen rasch, und gleich danach: „Die Hohe Frau ..."
„Die Hohe Frau", echote Denise nun mit bitterem Spott. „Diese Gier! Sie können sich kaum zähmen ... Nachricht von der Hohen Frau."
„Ja Nachricht" – dies sagte Onkel Eugen wirklich dämlich. Ja alles wie in unserem Stadttheater! Gräfin und reicher Mann in der Marmorhalle! Ich stellte – inzwischen im Wassily wie in einer Loge sitzend – erfreut fest: das alles kenne ich schon.
„Ja, was sagt sie nun? Daran liegt schließlich viel. Für Sie, für mich, für ..."
„Ja, für das ganze Land", sagte Denise, wie mir schien aufgebracht. „Sie machen sich lächerlich mit Ihrer Mission, Herr Baron", fügte sie noch hinzu. Hier klang ihre Stimme ordinär. Das muß ich sagen.
„Was?" schrie Onkel Eugen auf und warf sich auf ihre Hände, um sie zu küssen.
„So weit ist unsere Sache schon!"
Sie aber gab ihm einen recht groben Stoß, wodurch er, überrumpelt, überrascht, auf seinen Hintern fiel und einige Male hilflos in der Luft mit seinen Beinen zappelte. Das Zappeln fand ich lustig. So etwas

gab es im Theater in Győr nicht. Sie spielten majestätisch, wenn es sich um Grafen und Reiche handelte – so etwas, daß eine hohe Dame einem Herrn einen Stoß gibt, daß er auf dem Hintern landet: undenkbar. Nun stand Onkel Eugen, sehr beschämt, auf.
„Was ist nun. Was soll das. Sie belieben zu spaßen, dünkt mir, Denise. Hat nun die Hohe Frau, ja oder nein, Baron, sagten Sie eben."
„Die Hohe Frau"
„Die Gattin unserer Exzellenz des Reichsverwesers", flüsterte gleich darauf zu meiner Verblüffung eine schwache Stimme aus der entgegengesetzten Richtung ..., eine Stimme, die weder von der Dame noch von Onkel Eugen kommen konnte und die das Paar offenbar nicht wahrgenommen hat. War das jetzt wieder das Echo der Marmorhalle? Doch das wäre kein Echo, da müßte die Halle selber sprechen ..., oder war es am Ende der Neumann-Apika hinter dem Vorhang ..., sein schwaches Flüstern, das ihm noch zu Gebote stand?
Doch Onkel Eugen setzte wieder an: „Hat sie bei dem Admiral ein Wort – freilich durch Sie – für mich nun eingelegt, die Zeit drängt, Baron oder nicht, ist jetzt gleichgültig! Ich übertreibe nicht ...", Onkel Eugens Stimme klang feierlich, obwohl seine Haltung immer noch wenig würdig ...
„Die Hohe Frau", ein perlendes, hohes Lachen des Hohns drang durch die Stille, es schlug an die Marmorwände der Halle und vervielfältigte sich. „Die Hohe Frau kann sich bei ihrem Gatten, unserem Reichsverweser, für lächerliche Fußballspieler nicht verwenden." In diesem Moment kam ein Niesen aus der Richtung des Theaters, wieder allein von mir wahrgenommen.
„Denise", hauchte der Onkel, wie nach einem Todesstoß. „Denise, wenn er nicht ..., wir sind vernichtet ... Sie können unsere Lage ..." – er verbesserte sich – „die Lage des Landes, kaum ermessen! Wir sind ver-nich-tet, wenn er nicht ..."
„Wir?" und die Lachperlen kullerten wieder ihren Weg, kamen wieder wie ein akustisches Kaleidoskop in veränderten Mustern zurück. Das war Echo. Vorhin also Apika. Klar.
„Ein ‚Wir' existiert nicht mehr zwischen uns. Die Hohe Frau hat mich ..., nach diskreten Warnungen, welche ich Ihnen stets gewissenhaft weitergeleitet, – aber Sie, Sie mit Ihrer fahrlässigen Überheblichkeit haben die Winke nicht ernst nehmen wollen ... Bei Ihresgleichen müßte man – das seh ich, das seh ich heut, leider zu spät – mit dem Hammer kommen. Andeutungen? ... zu fein für solche

Ohren! Die Hohe Frau, sie hat mich heute nun gerügt ... Ja, gerügt. Sie hat meinen seligen Vater – den Grafen – mir ins Gedächtnis gerufen und angedeutet, daß es besser gewesen wäre, dessen Rat zu folgen und meine Hand nicht in die derben Pratzen eines L e m - b e r g e r Säckestopfers zu legen ... mit unübersichtlichem Stammbaum."
Das war eine „Arie", wie sie Frau Kilgus, Gattin des Bibliothekars und unbezahlte Heroine unseres Theaters, stets ähnlich zum besten gab. In Györ hätte man jetzt geklatscht.
„Aber Denise", fuhr der Onkel fort.
„Für Sie bin ich Gräfin Denise, wenn überhaupt."
„Nun also, Gräfin: mein Vater Elio stammt vielleicht aus Lemberg, doch sein Vermögen hat er in Fünfkirchen und dann in Budapest gemacht. Wir sind ohne den leisesten Zweifel eine christliche Familie, wenn Sie d a s meinen."
„Ja. Ich meine a u c h d a s und vieles andere. Allein Ihre Verrücktheit mit dem albernen Fußballspiel würde genügen ... Nein. Ich pack' zusammen und ziehe in das Haus meiner Freundin, Gräfin Verböczy."
„Hier zwei Häuser weiter ...", flüsterte Apika. Gleich darauf mußte er hüsteln. Es wurde gefährlich. Doch die Streitenden waren zu sehr in Fahrt, um Apikas Hüsteln hinter dem Vorhang hören zu können.
„Gräfin Verböczy ... schuldet uns, es tut mir leid Denise ..., ihr ganzes Haus steht unter Hypothek ... Wenn unsere verachtete Firma die Garantie zurückzieht ..."
„Nur pöbelhafte Menschen ziehen aus ihrem Geld so persönliches Kapital."
„Wenn Sie es meinen, Gräfin Denise", sagte der Onkel mit seiner leisen Stimme jetzt etwas genüßlich. „Wir dürften, wenn es nach Ihnen ginge, alle Ihre Damen Freundinnen beleihen ... Fragt sich nur, wer uns dann noch etwas gäbe ..., nicht? Wie unsere Hohe Frau Ihnen hat vorgehalten, haben Sie – trotz der Mahnungen Ihres bis zum letzten Hemd verschuldeten Herrn Vaters, so einen pöbelhaften Menschen ... M i c h ! " und hier wurde Onkel Eugen für die Länge einer Silbe sehr laut ... Ein verwundetes Tier. Die Marmorhalle warf diesen Aufschrei tausendfach zurück: die einzelnen Bestandteile der venezianischen Luster bildeten einen Chor: sie schrien leise, doch schmerzlich mitsamt der Halle auf und kamen nur sehr langsam zur Ruhe. Nur mein Ledersitz blieb ganz unberührt.
„Mich gewählt", so Onkel Eugen weiter. „Obwohl so viele

Edlere ..." Er weinte fast. Doch seine gute Kondition siegte über die vorübergehende Schwäche seiner Nerven. „Oder waren diese Edleren abgeschreckt durch die verrotteten Verhältnisse Ihrer Familie? Geld heiratet Geld, Adel bleibt bei Adel! Jedenfalls wenn es geht! Sonst schließt man Kompromisse. Nicht wahr, Gräfin Denise? Ich also wurde Ihr Kompromiß. I c h ! " Wieder das wunde Tier, wieder schrie der Raum mit. Doch dann ging es mit plötzlicher Wendung ganz leise weiter. Langsam, genüßlich, wie ich meine: „Sie allerdings haben meine Vorzüge, die geistigen – mit ihren Worten – ,so frisch' und die körperlichen – mit ihren Worten – ,so herrlich animalisch'! lange Zeit ..., sagen wir nun ..., geschätzt ... Hm."
Hier warf Onkel Eugen seinen Frotteemantel weg, und nun stand er vor Gräfin Denise mit nacktem Oberkörper und knielangen Turnhosen. Er sah so viel besser aus als in dem unglücklichen Frotteemantel: alles wohlgestaltet, muskulös, Oberkörper wie Schenkel und Waden, kaum etwas Bauch: ich war verblüfft: „Toll", murmelte ich in mich hinein. Wie die griechischen Gipsstatuen unseres Museums in Györ, ein Jupiter, wähnte ich einen der Götter zu erkennen. Die Gräfin starrte eben diesen Oberkörper entgeistert an: „Sie sind wohl verrückt geworden. Ziehen Sie sich an!"
„Warum? Ich gewinne nur, wenn ich mich auszieh'."
„Sie widern mich an! Sofort anziehen, sofort. Oder Sie schalten das Licht aus!"
„Wie töricht, Denise. Wir sind Mann und Frau, in unserem eigenen Haus."
„Wir waren es!" schrie Eugens Gattin töricht, während sie den schöngemeißelten Oberkörper Onkel Eugens anstarrte.
„Ach, wie Sie meinen. Sie tun mir leid. Ohne mich sind Sie nichts." Dies war beinahe schmerzlich gehaucht.
„Genug, Plebejer!" zischte Gräfin Denise. Aus waren die Perlen. Eine Viper-Stimme sprach nun aus ihr:
„Ich kann unter einem Dach mit Ihnen unmöglich weiterleben. Ein Mann, der s o mit einer Dame spricht!"
Das muß ich für Györ aufschreiben! Viel mehr Chance als die Stücke des armen Galajda! Doch ich durfte mich nicht rühren.
„Noch dazu mit einer Gräfin", lächelte Onkel Eugen-Elio seine Gattin melancholisch an. An dieser Stelle schien die Gräfin mit Tränen zu kämpfen. So konnte Onkel Eugen fast zärtlich sagen:
„Doch Sie haben mich, sehen Sie meinen Körper nur ein letztes Mal noch an, Sie haben mich, oder zumindest diesen meinen Körper, wie

mir schien, sehr geliebt." Gräfin Denise zog ihren Mund verächtlich herunter. Doch zu ihrem Ärger, begannen ihre Tränen wie ein Wasserfall zu fließen. Sie war ein altgewordenes vierjähriges Mädchen, deren Puppe zerbrochen war.
„Jaja …, vielleicht …, was weiß ich. Brüh-hü-hü! Tragen Sie, tragen Sie diesen Ihren Körper jetzt von meinen Augen weg." Sie schluchzte im Stehen. In Győr warfen sich die Damen in einer solchen Situation auf etwas hin: auf eine Biedermeier-Chaiselongue oder so.
„Ich trag' ihn schon … und nie mehr soll er Ihnen zur Last …"
„Fallen", flüsterte Apika von links.
„Adieu", sagte Onkel Eugen und winkte mit zärtlichen Fingern der linken Hand.
„Adieu", sagte Denise. Sie winkte nicht. Sie war erstarrt.
„Aus ist das Spiel", flüsterte Apika etwas lauter. Die Klangwellen seiner schwachen, aber in diesem Moment sehr intensiven Stimme drangen bis zu Gräfin Denises Ohren. Offenbar nahm sie an, daß ihr Gatte mit plötzlich gebrochener Stimme zu ihr spräche.
„Was meinen Sie?" horchte Denise auf. Da aber Onkel Eugen in Wirklichkeit nichts gesagt hatte, lächelte er nur über Denises vermeintlichen Rückzieher. Das war nun ein doppeltes, nein ein dreifaches Mißverständnis, freute ich mich in meinem Wassily und zog die Beine geräuschlos hoch zum Türkensitz. Die Mißverständnisse erst machen das Leben tragisch – erspürte ich, und weil ich mit neun Jahren dies noch nicht richtig d e n k e n konnte, habe ich mir vorgenommen, diese Mißverständnisse nie zu vergessen, und ich ahnte, daß sie auch mit dem Theater etwas zu tun haben: ich werde es später einmal Galajda sagen, nahm ich mir vor.
„Gräfin Denise, während Sie einpacken, spiele ich mein Match zu Ende, wenn Sie die Nachsicht haben wollen."
Er verbeugte sich wie Herr Pitamic, der Bonivant unseres Stadttheaters. Mein Platz war vorzüglich, im Schnittpunkt der beiden Theaterschauplätze: dem zufälligen in der Halle, den ich aus Győr schon zu kennen wähnte, und dem einst von Onkel Eugen beabsichtigten hinter dem schwarzen Vorhang, der aber durch das Schicksal in der geplanten Form verhindert und nach einer Wendung durch Eigengewicht nun selbständig geworden war. Dieses Theater war kein Theater mehr, jedenfalls im Stil des Stadttheaters Győr, sondern Kino: schwarz-weiß, das Leiden armer Leute, so zum Beispiel meines Großvaters, Neumann-Apika.
Das Paar trennte sich. Gräfin Denise drehte den Kopf in meine Rich-

tung. Sie hielt inne. „Was macht jetzt Ihr sterbender Bru ...", doch da erblickte sie mich: „Hach, wer ist dieses Kind da? Wieso sitzt es da und belauscht uns?"
„Was? Ja! Das ist das Enkelkind ... von meinem Bruder, glaub' ich", gab Onkel Eugen zur Antwort.
„Ja", stand ich auf. Ich verbeugte mich vollendet höflich, wie die Kadettenschüler in den Hollywood-Filmen, die auch Dolores gefielen. „Ich bin Georgi Neumann: Mein Großvater wünscht seine Gattin zu sehen! Er hat mir aufgetragen, diesen Wunsch Ihnen zu vermitteln, Herr Diplom-Ingenieur Neumann."
„Was ist das für ein Kind, das mit seinem Onkel so spricht? Gespreizt wie im Theater!" Das mußt gerade du sagen, dachte ich mir, doch ich verhielt mich so wie die Kadetten im Film: ich rührte keine Miene.
„Ihre ganze Familie ist verrückt. Sie alle sind mir zu verrückt. Ich verlasse dieses Haus!"
Gräfin Denise demonstrierte einen starken Abgang, der aber doch verzweifelt war, das sah ich. Onkel Eugen stand einen Moment ratlos da, dann klaubte er seinen Frotteemantel vom Marmorboden der Eingangshalle auf. „He da!" – damit meinte er die zwei Boys in der Eingangstüre, die wagten aber nicht, sich umzudrehen. Onkel Eugen zwängte sich allein in den zu engen Bademantel, als Boris eintrat. Boris war verschwitzt und sehr nervös. „Onkel Eugen! Die Leute wollen nach Haus, wenn du nicht kommst. Ich kann sie nicht mehr halten. Die Lancaster fliegen heute besonders tief. Die Spieler haben Angst."
Boris zog Onkel Eugen mit. Er schien mich diesmal absichtlich zu übersehen. Warum? „Du Boris, dieses Kind, du kennst's doch, redet etwas von dem letzten Wunsch meines Bruders, der da hinter dem Vorhang ..." Jetzt mußte mich Boris anschauen.
„Ja Boris, Anyika muß her. Apika sagte mir," – log ich – „daß er erst sterben wird, wenn Anyika zu ihm kommt. Sonst tut er's nicht", fügte ich noch hinzu, um der Sache noch mehr Gewicht zu geben. Onkel Eugen schaute verdutzt.
„Sonst tut er's nicht!" wiederholte Onkel Eugen den Satz mechanisch, wahrscheinlich von der Szene davor noch verdattert.
„Sonst tut er's nicht!" Boris schrie auf, nur mit Mühe sein Lachen unterdrückend.
Er nahm seinen Onkel bei der Hand und riß ihn mit sich zum Ausgang, Richtung Fußballplatz, und Eugen merkte nicht, daß Boris vor

Lachen fast platzte. Und Boris wußte nicht, warum Eugen so verdattert reagierte, und Apika wußte hinter dem Vorhang nicht, was jetzt geschah, und weil er immer noch sehr neugierig war, versuchte er den Vorhang zu bewegen, und ich wußte nicht, ob es jetzt Sinn hätte oder nicht, ihm dabei zu helfen, denn ich war vor allem durch meinen Auftrag beseelt: Anyika mußte herkommen.
„Wir regeln das", schrie Onkel Eugen zurück. „Doch erst das Spiel jetzt." Sie rannten hinaus wie Halbwüchsige beim Indianerspiel.
Ich wollte den Auftrag unbedingt ausführen. Zugleich war ich im Bann des Schauspiels, das ich ungewollt miterlebt hatte. Ja, genau wie in Györ, wie im Stadttheater. Immer Graf, Gräfin oder zumindest Baron. Auch Herzöge und Könige waren nicht selten. „Wenn einmal ein normaler Mensch auftrat, das war dann der Lakai oder der Gärtner oder der Koch", sagte Georgi einmal. Dolores zwang Georgi, zum Jahresprogramm unseres Theaters ein Doppelabonnement zu kaufen. Doch Georgi wollte dann im letzten Moment nicht gehen. Vielleicht wußte er, daß seine Frau, Dolores, neben ihm sitzend, von Graf Calparadó und einem Leben unter Palmen in Marokko träumt …
So mußte Dolores mit mir vorlieb nehmen. „Als wäre ich bereits eine Witwe", sagte sie beleidigt. Und manchmal: „Ich stehe allein vor der Garderobe und kämpfe um meinen Mantel wie eine Witwe." Das war allerdings nicht korrekt. Durch die Garderobenfrau, die die Mutter eines meiner Kollegen aus der Musikschule war, organisierte ich unsere Mäntel. Das ging alles perfekt.
Wieder im Wassily sitzend, befand ich mich irgendwie an der Grenze zweier Welten: Onkel Eugen und die Gräfin, die etwas gespreizte Sprache der Akteure, das Kräftemessen zwischen hochmütig-törichter Frau, ja Dame, und starkem, überlegenem Mann. In den Stücken war es immer so. Es sei denn, die Frau war von vornherein brav. Ebenso der pompöse Raum: Im Theater waren die Stücke mit Bühnenbild ähnlich ausgestattet: Marmorboden, Säulen, erstarrte Lakaien – wenngleich nur aus Pappkarton…
Ich erinnere mich, daß ich dann durch den Park gelaufen bin, zu der Dépendance, wo die Eltern untergebracht waren. „Na, hast du einmal an deine Eltern gedacht!" empfing mich Dolores vorwurfsvoll. Sie lag in einer malerischen Pose quer über dem Doppelbett. Rundherum feinverpackte Waren. Ein hufeisenförmiger Krokodilleder-Hutkoffer lag aufgeklappt da. Drinnen mehrere Hüte: sie probierte einen nach dem anderen. Georgi stand vor dem Fenster mit dem

Rücken zu ihr. Ich sah sofort, was los war: Dolores hat die Tage – inzwischen fünf nach unserer Ankunft in Budapest – für Einkaufen genützt. Sie wird dies nicht geheim getan haben, nicht einmal allein. Georgi war wohl immer mit: da konnte ich sicher sein. Und er blechte, und er wurde immer bleicher. Sein Vater wollte ewig nicht sterben, der Aufenthalt zögerte sich immer länger hinaus, dies hieß auch Verdienstausfall. Onkel Eugen und die amerikanischen Onkels demütigten ihn, indem der erste kaum mit ihm sprach, die Onkels gleich gar nicht. In ihrer Dépendance wurden sie immer nur von einem „Boy" besucht, der „den Lunch" etc. brachte und das Geschirr dann abtrug. Die stolze Dolores war bis aufs Blut gekränkt: sie tröstete sich mit Einkäufen.

„Apika wird noch lange ...", stotterte Georgi. „Wir müssen zurück nach Györ. Meine Werkstatt ..." Ich wußte, daß seine Werkstatt in dieser schweren Zeit ihm als der Ort der Zufriedenheit, der glücklichmachenden Arbeit, des sicheren täglichen Brotes, der Rechtschaffenheit, seines familienväterlichen Stolzes, also von allem was er war, wohin er sich aus dem Fünfkirchener Chaos gerettet hatte, wie der Stern von Bethlehem leuchtete: In seine Werkstatt: nur dorthin mußte er zurück. Das ist die einzige Erlösung aus diesen unheimlichen Verhältnissen hier. Sie werden dort mit einem Schlag aufhören. Was hat er mit der Welt Onkel Eugens zu schaffen, was mit dem angeblich so wichtigen Tun der amerikanischen Onkels auf dem Gebiet der Wissenschaft. Er hat seinen Frieden als HTL-Ingenieur und wird sich vom familiären Größenwahn weiterhin nicht beeinflussen lassen. Sollen alle von ihm aus Nobelpreise heimtragen und Gräfinnen und Millionärinnen heiraten. Ihm reicht Dolores vollends, und wenn ich mit Boris rumtollte, soll ich in Gottes Namen berühmt werden, wie die Zigeunerin ihm einst, als kleinem Pfadfinder, im Sommerlager prophezeite. Allerdings konnte diese nicht sagen, ob sein einziger Nachkomme, sein einziges lebend geborenes Kind, Bub oder Mädchen sein würde. Doch sie meinte „Deine Hand, junger Mann" – das war Georgi mit fünfzehn – „zeigt das Geschlecht des Kindes nicht. Das ist merkwürdig. Nicht normal. Doch berühmt, ja, das steht hier. Und wenn berühmt, dann kann es nur ein Bub sein."

Der Zwang zum „Berühmt-Sein" lastete auf den Neumanns: Der frühverstorbene Onkel Edmund, Boris' Vater, der skandalös seine wilde Ehe lebende Neumann-Apika erlaubten sich, diesem Gesetz auszuweichen und haben dafür büßen müssen, wie es scheint. Georgi

ebenfalls? Bei Boris war ich unsicher. Bei mir selbst habe ich die Frage – als neunjähriges Kind – erst gar nicht gestellt. Ab und zu muß man sich etwas schonen.
Während dies alles in meinem Kopf herumschwirrte und die Lancaster noch immer über die Dächer flogen, sagte ich leise zu Georgi, damit Dolores es nicht versteht: „Georgi: Apika will Anyika sehen. Ein Befehl. So sagte er es mir. Er wird so lange nicht sterben, bis Anyika kommt. Außerdem, weißt du, wo der Generalschalter ist? Onkel Eugen spielt wieder Fußball bei Totalbeleuchtung."
Die zwei Mitteilungen haben Georgi sicher überfordert. Da er den Wunsch seines Vaters kaum erfüllen konnte, schaute er zuerst nach dem Generalschalter.
„Onkel Eugen ist total bescheuert. Bei seiner Totalbeleuchtung", flüsterte er. „Komm, Georgi, ich schalte jetzt alles aus. Such inzwischen irgendwelche Kerzen."
„Zu Befehl, Herr Leutnant", habe ich geantwortet. Die Kerzen hatte ich bereits in der Tasche – aus der Marmorhalle entwendet. Wir ließen Dolores mit ihren Hütchen allein und stürzten hinaus in das gefahrvolle Leben.
Georgi vermutete den Generalschalter dort, wo die Garagen mit den drei „Rollys" waren, und nahm seine Richtung dorthin. Indessen lief ich – ich weiß nicht, warum – dem beleuchteten Fußballplatz entgegen; erfüllt von Grauen schaute ich dem perversen Spiel zu. Nach kurzer Zeit sah ich einen älteren Mann auf dem Rasen liegen. Boris beugte sich über ihn. „Onkel Eugen! Einen Arzt, sofort!"
„Ruf Doktor Fallwickler, er soll kommen! ... foul!" – schrie er – „und spring gleich für ihn ein!"
„Ich?"
„Na wer denn? Ein paar Kilo runter, wird dir nicht schaden, Doktor Neumann."
„Und wenn es ein Herzschlag ist, er wollte ja spielen" – erinnerte ich mich an Boris' Worte im Gundel. Jetzt sah ich Boris aufgeregt herumrennen, telefonieren, erregt mit jemandem am anderen Ende der Leitung schreien. „Der Fallwickler ist nirgends!" schrie er seinem Onkel zu.
„Ruf die Rettung", sagte ich ihm. Doch Onkel Eugen herrschte mich an: „Zu uns kommt Professor Fallwickler, unser Firmenarzt. Misch dich hier nicht ein, unerzogener Bengel!" Und er hetzte jetzt Boris auf das mit Reflektoren beleuchtete Feld. Verwirrt schaute Boris seinen Onkel an. „Spielen" mußte er ja bisher selber nicht. Jedenfalls

nicht bei einem „Match", nicht wenn ein wahrscheinlich bereits Toter oder womöglich Sterbender auf dem Rasen lag. Nicht unter dem tieffliegenden Geschwader der Royal-Air-Force und von Reflektoren geblendet in einer sternklaren Bombennacht ...
„Dalli, dalli", schrie Onkel Eugen und ließ die letzte Hoffnung, daß es ein schlechter Scherz sei, zunichte werden. Boris rührte sich nun zerstört in Richtung des Platzes, den ihm Onkel Eugens Zeigefinger zuwies.
Doch ich wollte nicht, daß Boris sich seinem Onkel fügt. Es war eine Erniedrigung, und dann, es war auch gefährlich: Boris war doch zu wohlbeleibt und ohne Training. Ich dachte: er muß jetzt als Nächster sterben, nur weil Onkel Eugen nicht Baron wurde und daher vom Reichsverweser nicht empfangen wird. Ich schlang mich um Boris' Hals und schrie mit so tiefer Kutscherstimme, wie ich nur konnte. „Meinen Boris lass' ich nicht! Er will nicht spielen, also spielt er nicht, und der Mann hier muß durch die Rettung ... Aber sofort!"
Onkel Eugen sprang auf mich zu: Sein Gesichtsausdruck war erschreckend brutal. Er holte zu einem Schlag aus: ich duckte mich, wie ich es in den Abenteuerfilmen oft gesehen hatte. Mein Kino: Erziehung für das Leben. Onkel Eugen flog über mich und landete mit dem Gesicht auf dem Rasen. Er sprang sofort auf, mit grasgrünem Kopf und Händen, auch sein weißes Trikot war grasgrün beschmiert. An einigen Stellen, wie zum Beispiel an der Nase und an den Fingern der linken Hand, blutete er etwas. Eine Trikolore: rot-weiß-grün, er macht es so, während seine Gattin die Nationalfahne bei der Hohen Frau im Kreis anderer Hoher Frauen ... Onkel Eugen fluchte. Jetzt bringt er dich um, dachte ich mir, und ich begann auf dem Rasen zu rollen, damit ich hinter irgendeinem Ding aus Metall Deckung finde. Hinter uns schrie Boris: „Onkel Eugen, du bist verrückt geworden!", er rannte in meine Richtung, doch nicht er, sondern die plötzlich eingetretene totale Dunkelheit hat mich gerettet: Georgi hat den Schalter gefunden, huschte mir durch den Kopf: Onkel Eugen schrie auf, da er tatsächlich blindlings in einen Reflektor-Turm rannte. Er fiel hin.
„Gut so", sagte ich mir. Bevor er mich erschlägt ..., in dem Moment erreichte mich Boris' Hand; wir rannten instinktiv in Deckung.
„In den Graben, Georgi, schnell!" Wir lagen im Graben neben der Rasenfläche und rutschten dann vorwärts an eine Stelle, wo ein Zwergbäumchen nebst einem Dornbusch einige seiner Äste über uns streckte, als bescheidener Schutz. War es eine Ahnung von uns, von

Boris und mir: er legte sich über mich und hielt sein beträchtliches Gewicht mit den Händen: „Sonst erstickst du durch den blöden Boris", sagte er, und schon hörte man einen pfeifenden Ton immer näher kommen. „Kopf ganz tief!" schrie Boris, und schon war die Bombe da, welche ein nervlich überreizter Offizier der Royal-Air-Force nach wochenlangem Überfliegen des provokant beleuchteten Fußballplatzes auf uns niederließ. Die schwere Brandbombe flog über das Haus in steilem Winkel vorbei. Weil zu spät ausgelöst, nahm sie nur die äußerste Ecke der Villa mit, doch mit voller Wucht traf sie in das große Haus der Gräfin Verböczy, welches sofort lichterloh zu brennen begann ...

Das Haus der Gräfin Verböczy ist bis zu den Grundmauern abgebrannt. Doch niemand, auch nicht Gräfin Denise, die noch immer mit dem Packen beschäftigt war, hat nachgeschaut, ob die Besitzerin oder überhaupt jemand in der Verböczy-Villa noch lebte, vielleicht Hilfe brauchte oder eben den Feuertod gefunden hatte. Nur die Feuerwehr kam, und dann Polizisten ... Aber Gräfin Verböczys Haus war nicht das unmittelbar nächste Grundstück, zwei Parzellen lagen dazwischen. Eben.

Gräfin Denise allerdings nahm das Letztere, den Feuertod ihrer Freundin, als gegeben an. Sie beschuldigte ihren Mann, diesen Tod gezielt verursacht zu haben – dies habe ich von Boris erfahren – und verlangte nun von ihm – durch das Haustelefon! – einen Sanatoriumsaufenthalt in der Schweiz ..., das heißt, eigentlich nur den Platz in einem Diplomatenflugzeug nach Zürich. In den ersten Zeiten ihrer Ehe hatte ihr Onkel Eugen ein Konto dort eröffnet, in der Bahnhof-Straße ..., was er inzwischen sicher total vergessen hatte, mutmaßte Boris. Jedenfalls war Gräfin Denise weg.

Auf die gleiche Art, diskret, verließen die zwei amerikanischen Onkels und ihre Mentoren in griechischer und italienischer Dichtung das Land.

„Mitten im Krieg, Boris?"

„Naja, mit Eugens Geld geht manches. Auch mehrere Flugtickets in mehreren Botschafter-Maschinen." Sie, alle vier, waren eigentlich illegal dagewesen. „Incognito" – hätte man in der Hartmann-Familie gesagt. „Ich selbst muß hier abhauen, Giorgio. Kommst du mit?"

„Wohin, Boris?"

„Na, irgendwie werden wir irgendwo ... In Cambridge habe ich ein kleines Loch ... Herzlich eingeladen. Wir gehen auch nach London. Schuttschaufeln." Ich schaute ihn wahrscheinlich ungläubig an. In

der Tat konnte ich mir's nicht vorstellen, jetzt schon von Györ, von daheim, wegzugehen. Boris begriff meine Verfassung.
„Du kannst aber später auch ..., muß nicht gleich sein."
„Ungarn, das ist meine Heimat, Boris", sagte ich verzweifelt.
„Naja ... Heimat ist, von wo man ausgeht, von wo man eines Tages weggeht, Giorgio."

XVIII. Abschied der Liebenden

Boris brachte uns, die Eltern und mich, mit dem „beigefarbenen Rolly" – Gräfin Denise war inzwischen schon in der Schweiz – zum Ostbahnhof. „Wieso Ostbahnhof, Boris, wo wir doch nach Westen fahren werden? Györ, das ist doch Richtung Wien." – „In Ungarn ist alles so. Du fährst jetzt nach Györ, also nach Westen, Richtung Wien, und steigst beim Ostbahnhof ein ... und wirst einmal nach Budapest kommen, aus Györ, weil du denkst, Budapest sei etwas. Und das ist dann von Westen nach Osten."
„Da komme ich am Ostbahnhof dann an."
„Gut, doch dann kommst du drauf, daß Budapest zwar fast wie Wien ist, aber nur fast, und du nimmst die Richtung wieder nach Westen und bleibst erst in Amsterdam oder London stehen. In Ungarn ist alles so: Das Parlament habe ich dir eh gezeigt, träumerischer Größenwahn, 250 Meter lang, 100 Meter hoch, drinnen ist dann der Reichsverweser. – Oder die Treppenhäuser!, die du bewunderst! Man wird in einem Mahagoni-Lift in die Höhe getragen und muß dann aber auf einen ungeschützten Gang hinaustreten und von Schnee und Regen begossen zu seiner Wohnungstüre rennen. – Größenwahn, Verrücktheiten, Hoffnungslosigkeit!" – „Und das Dinner ist Lunch!" sagte ich. „Exakt", sagte Boris. „Du mußt weg von hier: je früher, desto besser. Ein Volk, dessen Sprache rundherum niemand versteht. Katastrophe." Ich hörte betreten zu ... Boris habe ich als klug erkannt und hatte keinen Grund, ihm Bosheit zu unterstellen: es wird so sein, wie er's darstellt.
Aber den Ostbahnhof selbst fand ich unwiderstehlich schön. – Diese ewige Flucht zu irgendeiner Schönheit, wenn die Realität unerträglich scheint ... „Gußeisen-Architektur. Jahrhundertwende", sagte Boris. „Ich nehme dich mit zum Eiffelturm in Paris, zum Aufzug

Santa Justa in Lissabon und zu den Balkonen und Erkern in Paris und Lissabon und Amsterdam und London ..., Giorgio in London. Wir fahren da überall zusammen hin! Auch nach Ostende! Ostende ist ein magischer Ort. Und dann in die Staaten ... South-Carolina, Charleston", Boris hielt inne. „Überall gehen wir hin, wenn dieser Krieg vorbei ..."
„Wieso nennen Sie, Doktor Neumann, unsere Tochter Giorgio?" baute sich Dolores vor Boris auf dem Bahnsteig auf, während sich Georgi wegschlich und lieber mit den Paketen beschäftigt war.
„Tochter?" fragte Boris sorglos, und er lachte sein fröhliches Lachen. „Das glauben Sie selber nicht ... Gnädige Frau ... Ihr Mann, immerhin der Vater des Kindes, nennt es Georgi. Ich finde, die italienische Version paßt ihm noch besser. Hoppla!" Er reichte dem im Fenster stehenden Georgi die inzwischen auf drei angewachsene Menge der Hutköfferchen. Er küßte Dolores die Hand, darin lag viel Spott, doch er machte das alles unverfänglich. Ich aber war über seine Stellungnahme sehr glücklich und sprang ihm auf den Rücken, und Boris begann mit mir herumzurennen. „Hühaho, Boris!" – „Hühaho, Giorgio!" Wir galoppierten zwischen den ernsthaften oder aufgeregten, auch gestreßten Reisenden, die noch im letzten Moment den Zug erreichen wollten.
Die Eltern fuchtelten erregt im Fenster, doch der Zug hat sich langsam in Bewegung gesetzt. Unsinnig winkten sie, Dolores und Georgi, vereint in ihrem Schicksal, mit dem schrecklichen Kind, mir, geschlagen worden zu sein; ihr Kampf gegen meine „Extravaganzen" war ein ewiger Bund fürs Leben, ohne mich hätten sie ihr lebenslanges Zusammenbleiben genauso wenig geschafft wie die Geschwister, sämtliche Geschwister Georgis. Die hatten harmlose Kinder ..., die ihnen zu früh wegstarben ... Die Eltern winkten aus dem Zugabteil synchron, wie Zwillingsgeschwister sahen sie jetzt aus, deuteten, daß Boris mich noch vielleicht im letzten Moment, vielleicht durch das Fenster, ihnen nachreiche ..., vielleicht ... „So einen Blödsinn mach' ich nicht. Sorry. Giorgio bleibt einen Tag länger. Au revoir!" schrie Boris. „Mesdames et Messieurs, au revoir!"
Der Zug war weg.
„Wohin gehen wir jetzt?"
„Na, erst zum Gundel, dann in den Tierpark, und schlafen kannst du bei mir und meinem Mädel in der Kiraly-Straße. Brrr."
Wir stiegen in Gräfin Denises Rolly, um zum Gundel zu fahren –
„Ein herrliches Lotterleben, Giorgio, deine Eltern weg, die Onkels

weg, die Monsignores weg, keine Hölle mehr und leider auch keine Nausikaa, oder war das eh nur Skylla und Charybdis? Eh wurscht! Eugens Villa aufgerissen, herrlich! Die Scheinwerfer wurden weggefegt und liegen zerbrochen auf dem Rasen."
„Ende des Fußballspiels!" schrie ich.
„Ende der Fußballspiele! Endgültig!" schrie Boris. „Es lebe die Royal-Air-Force! Ach, wie ich die Engländer jetzt liebe! Noch mehr, wenn überhaupt möglich, als während der Luftschlacht über London. Die Londoner! Die waren klass: ich sage dir, ich hätte mich in Cambridge zurückziehen können, doch ich ging lieber Schutt schaufeln ... Jeder, jeder in London war entschlossen! Ich wollte zu ihnen gehören und ich gehöre zu ihnen. Ich will mitfliegen ...", flüsterte er.
„‚Ach, könnt' ich dorthin kommen, und dort mein Herz erfreu'n, und aller Qual entnommen, und frei und selig sein!
Ach! jenes Land der Sonne' – oder des Nebels, des Nebels –
‚das seh' ich oft im Traum, doch kommt die Morgenwonne, zerfließt's wie eitel Schaum, zerfließt's wie eitel Schaum.'
Ich bin schon da! Ich bin Engländer!" schrie Boris, was 1942 in Budapest nicht gar zu lustig war. Ich kurbelte die Seitenfenster vorsichtig hinauf: Man sah überall Gendarmen auf der Ringstraße. Sie saßen hoch zu Roß, und im Geiste ritt vor ihnen der Reichsverweser selbst auf seinem Schimmel: das war das weiße Pferd König Stephans, der das Land dem Christentum zugeführt hatte. Die Gendarmen ..., ich dachte an die Hochzeit, an die Doppelhochzeit im Garten Eden, an Karli, den Hahn Frau Petnekis ..., der ja von den Gendarmen erschossen wurde ...Während ich meine ängstlichen Erwartungen in scharfe Beobachtung umwandelte, sang Boris jetzt unvermittelt jenes Lied, „It was a lover and his lass" wie bei unserer Ankunft vor einer Woche: „Hey ding a ding a ding ..." Ich sang mit, mit allen Strophen. „Gut, Giorgio, gut!" schrie Boris.
Bei einer Wendung des Wagens erblickte ich plötzlich durch die Widerspiegelung der Fenster Georgis Gesicht, es wirkte so real, daß ich mich umdrehte. Georgi konnte man manches zutrauen. Ein jähes, unerwartetes Auftauchen, wie bei Neumann-Apika, doch Georgi war nicht ganz so wie Neumann-Apika. Er war nicht da. – Ach Neumann-Apika! Er hat seine Anweisung an seinen Sohn Georgi, oder mich in Georgis Stellvertretung, gegeben, daß Anyika kommen soll. Den Schmäh mit dem Solange-nicht-sterben-Wollen, bis-sein-Weib-kommt, habe ich zwar nur dazugedichtet, doch jetzt spürte ich: es traf zu. Und nun fährt Georgi nach Györ, weicht aus, weil er

den Befehl des Sterbenden nicht ausführen kann. Ein armer Wicht in den Augen seiner Verwandten ..., der in der Villa Onkel Eugens von allen nur permanent gedemütigt wurde: vom verrückten Onkel Eugen, von dessen hoffärtiger Gattin, von den amerikanischen Onkels, von den Monsignores. Auch für mich hatten sie alle nur den einen Satz übrig: „Wer ist dieses Kind?" Und durch Georgi haben sie nur hindurchgeschaut ..., wie wird ihm dies die stolze Dolores vorgeworfen haben. Stolz: Auf was ist Dolores stolz? Auf ihre drei Hutköfferchen, auf ihre Kleider, die ihr Georgi mit der Folgsamkeit eines Untertanen kaufte, während er selber nur zwei Anzüge besaß ..., wofür ihn Dolores – das spürte ich – verachtete.
„Boris, bitte bei dem nächsten Postamt müssen wir halten: ich will meine Oma in Györ anrufen."
Es war schön, daß Boris mich nie fragte: warum und wieso, ist das jetzt wirklich nötig? Wir blieben irgendwo stehen, wo man Auswärtsgespräche führen konnte. Wirklich, ich kam zur Telephonzentrale in Györ durch und verlangte meine Hartmann-Oma. Sie war sehr erstaunt, doch wie freute sie sich! Wie stolz war sie auf ihr Enkelkind! Stolz, nur weil ich sie anrufen konnte. Aus der Hauptstadt. „Oma! Es ist sehr wichtig. Der Neumann-Apika kann und will solange nicht sterben, bis seine Frau, die Neumann-Anyika, zu ihm kommt. Oma, du mußt von Georgi erfahren, wo jetzt die Anyika steckt und Georgi sagen, daß er sie un-ver-züg-lich herbringen muß." Dann sprach Boris mit meiner Hartmann-Großmutter, er gab ihr seine, unsere sämtliche Telefonnummern in Budapest, auch die in der Kiraly-Straße, an. Ich wußte, daß auf meine Hartmann-Großmutter Verlaß ist. Sie ist mit siebzehn allein nach Györ gekommen, hat sich diese Stelle bei der Post allein besorgt. Auch nach ihrer „Verehelichung" schmiß sie die Arbeit nicht hin wie andere Weiber ..., und ich dachte dabei an Dolores, an Tante Cho-Cho-San, Tante Kathy, bald würde ich dabei auch an Eva denken können. Meine Oma hat meinen Hartmann-Großvater nach seiner Flucht von Przemysl vor der Hinrichtung gerettet. Sie wird Anyika schon irgendwie zu Apika lotsen. Boris meinte, daß all das Unglück, welches in der gestrigen Nacht geschehen war, für diese Angelegenheit vielleicht ganz vorteilhaft wäre. Onkel Eugen beweint seinen Fußballrasen und kann an nichts sonst denken: „Ach Boris, die Reflektoren, verbrannt der schöne Rasen ... das grüne-grüne Gras."
„Was?" frage ich. „Ja. Das grüne-grüne Gras. Er sang fast in seinem Schmerz. Tja, mit schwarzen Brandwunden liegt nun sein grüner-

grüner Rasen da: Jesus-Field! So weint er und verliert keinen Gedanken an die Nachbarin, die womöglich ... Daß seine Frau weg ist, merkt er nur wegen der Horthy-Pläne. Ach Onkel Eugen: eine staatstragende Rolle schwebte ihm ja vor: dies ist jetzt futsch: wegen dem Skandal mit dem beleuchteten Fußballwahn, denkt er ... und mit dem Bombentreffer wird er nie mehr Baron ..., wie kindisch ..., und seine Gäste, seine Family, haha: Bevor die Polizei erschien, stürmten sie alle davon. Nicht nur die Gräfin" – hier sprach Boris sehr nasal: „Grääfin", sagte er. „Auch die hochdekorierten Onkels mit ihren beiden Jesuiten. – ‚Ach Elgar, hat dein Neffe Boris einen so ... großen Sohn, wie? Ein Balg? Wie?' Er musterte uns im Park – uns, dich und mich ..., doch du warst mit der Schildkröte so beschäftigt ... Hast du wirklich nichts gehört oder tatest du nur so? – der Monsignore Domenico, während des wievielten Kreises der Hölle? Doch Elgar sagte: ‚Nein, nein, ausgeschlossen, unmöglich.' Und der Jesuit lachte hell auf, wie eine Dame: ‚Unmöglich? Was soll daran unmöglich sein, unser Boris ist ...', und ich hörte Elgars Stimme, nachdem er den Monsignore mit einer Bewegung unterbrochen hatte. ‚Bei Boris ... die Spermien ... tot. Kein Kind der Welt kann von ihm ...' – ‚Aha. Ja ist es denn wahr?', und Monsignore Domenico klatschte glücklich in die Hände. ‚Die Spermien sollen sterbien', kicherte er albern. Doch Elgar sagte: ‚Sie s o l l e n nicht, sie s i n d bereits alle tot. Beweis liegt in meinem Zimmer oben.'" Davon habe ich fast nichts verstanden. Soviel war mir aber klar, daß es etwas ist, was für Boris sehr schlecht war, auch schmerzlich. So fragte ich ihn nicht weiter, wie sonst. „In der Anwesenheit der illustren Family", setzte Boris scheinbar unberührt fort, „würde Eugen dem Erscheinen der narrischen Anyika niemals zustimmen. So vielleicht. Ja, ganz sicher."
Im Gundel konnte ich kaum etwas essen: ich wollte nur noch telefonieren. Ja, mittags um zwei Uhr stand Georgi neben meiner Hartmann-Oma in der Telefonzentrale. Gabili hatte ihn mit einem Briefchen am Bahnhof Györ bei der Ankunft abgefangen. Folgsam rief er, neben seiner wenig geliebten Schwiegermutter stehend, seine in aller Welt zerstreuten Geschwister an. Aus seinem kleinen Notizbuch holte er deren Anschriften und Telefonnummern, falls Telefon vorhanden. Anyika war von Pécs aus der nun leeren Dienstwohnung nach Csikszereda zu ihrer Tochter, der Apothekerin, gefahren, erfuhr man, vielleicht, weil ihr gerade diese eingefallen war und weil sie die Apotheke für alle Fälle zu finden hoffte. Anyika reiste Erste Klasse mit dem Gattinnen-Ausweis nach ihrem Mann: besonderes

Entgegenkommen der k. u. k.-Eisenbahngesellschaft oder die ewige Verträumtheit, der rückwärts-gewandte Blick, der Jahrzehnte nach dem Zusammenbruch der Monarchie immer noch so viel bewirkt hat, daß kein Schaffner oder sonst irgendein Bediensteter der ungarischen Eisenbahn Anyika aus dem Zug gewiesen hätte. Tja, die hörten täglich dreimal den monarchistischen Zapfenstreich, und den Reichsverweser verwechselten manche mit dem Kaiser Franz Joseph. Anyika mit ihrer Ersten Klasse fühlte sich im Zug in der Obhut von Apika: seitdem er weg war, fühlte sie sich eigentlich nur mehr im Zug wohl. Für den Speisewagen allerdings hat sie kein Geld bei sich gehabt. Anyika hatte überhaupt kein Geld bei sich, eigentlich nie, weil sie geschäftsunfähig war und sie daher das Geld täglich aus Apikas Hand bekam: immer nur wenig, weil sie mit dem Geld eh nur Unsinn trieb. Es kam vor, daß sie sich – nach Erhalt des Haushaltsgeldes für zwei bis drei Tage – in eine Droschke setzte, um sich auf den Markt fahren zu lassen. Der in Fünfkirchen berühmte Kutscher Tobias mußte sie bei ihrem Einkauf begleiten und sie samt quakenden Gänsen und gackernden Hühnern dann nach Hause fahren. Einmal kaufte Anyika noch bunte Tücher von einer Zigeunerin und rote Ohrringe, die zwischen Gemüse, Kartoffeln und Blumen auf die Kundinnen warteten. Tobias mußte die Ohrringe auswählen … Das Geld war durch das üppige Einkaufen und die stundenlange Trödelei auf dem Markt mitsamt Fahrerei schon verbraucht. Doch Anyika deutete dem Tobias an – dies erzählten die Marktfrauen –, daß sie sich zu revanchieren gedenke. Fünfkirchen weidete sich an der Story, wie an den sonstigen Skandalen meiner Großeltern. Daheim angekommen hob sie – nach Aussagen der Hausbewohnerinnen – angeblich ihren Rock; eine famliäre Geste – dies tat ja auch ihre Schwester, die in Györ männermordend tätige Mame, bei entsprechenden Situationen fast täglich, wußten wir von Tante Gagi. Der Droschkenkutscher wollte nicht recht an sein Glück glauben, zumal diese Aufforderung auf dem offenen Gang vor der Eingangstür der Dienstwohnung des Bahnhofsdirektors erfolgte. Die Augen der Nachbarinnen pickten an den Fenstern der Hausmädchenkammern, die sich auf den Gang öffneten. Eine Gnädige, ein Zimmermädchen. Dreimal vier Augen waren der unglaublichen Aufforderung Zeuge …

Ich darf vielleicht nicht vergessen, die Beschaffenheit eines großen, „besseren" Mietshauses in Erinnerung zu rufen (Boris hat mich darauf am Ostbahnhof hingewiesen): Durch das Treppenhaus trat man also auf jeder Etage auf den offenen Gang hinaus. Der Gang verlief ja in der inneren, also Hof-Seite an allen vier Wänden des Hauses, und nur von diesem offenen Gang aus gelangte man in die einzelnen Wohnungen. So gesehen waren es möglicherweise mehr als drei mal zwei Augen, vielleicht sieben mal zwei Augen oder mehr, die den Skandal beobachten konnten. Und dann noch etwas: Man ging durch das meist elegante Treppenhaus hinauf. Man fuhr vielleicht mit einem Lift ... aus Mahagoniholz usw. – Eine Dame in Pelz etwa. Mit kleinen feinen Päckchen beladen, Weihnachtseinkäufe vielleicht, was weiß ich. Angelangt auf der angepeilten Etage, mußte sie dann aus dem oft mit Marmor ausgelegten Treppenhaus treten: hinaus auf den offenen Gang. Ob Schneegestöber, rasender Regen oder Gluthitze: sie war plötzlich ungeschützt. Im Spießrutenlauf vor der Unbill der Naturereignisse, aber auch vor den Augen ihrer Nachbarinnen, mußte sie, die soeben noch fast überirdisch in die Höhe Beförderte – Mariae Himmelfahrt endet im Gatsch –, nun zu ihrer Wohnungstür stürzen und einen Kampf mit Schlüssel, Schlüsselloch, Tüten und Paketchen führen, bis sie endlich in der Geborgenheit ihrer Wohnung Aufnahme finden kann – Assumptione Mariae.

Aber zurück zum Kutscher Tobias, der ratlos an seinem Kopf kratzte, nachdem er seinen Hut – bevor er die Direktorenwohnung betreten würde – ehrfurchtsvoll abgenommen hatte. Er scheuerte ewig auf der direktionalen Fußmatte vor der Tür: vielleicht mit dem Gebet im Herzen: Vater, laß diesen Kelch ..., während er inständig „Frau Direktor, aber Frau Direktor" rief und das Federvieh lieber so in den Vorraum hineingereicht hätte, daß sein eigener Körper noch als auf dem Gang befindlich gelten konnte. Doch Anyika – einmal in Aktion – riß unter Gegacker des Federviehs den Entgeisterten eigenhändig in die Wohnung. „Nu nu! Nit so gsamig, Tobi!" Klick klack, die Tür wurde von innen zugesperrt. Die drei oder sieben kuriosen Paare, jeweils die Gnädige mit ihrer Dienstmagd, schlichen auf leisen Sohlen zum Schlüsselloch meiner Neumann-Großeltern und berichteten noch Jahre danach Fürchterliches. Dies von der Hofseite. Die Frontseite des Hauses aber, an einer der Hauptstraßen, bot nicht weniger Interessantes, indem Anyika, die Proteste des Tobias nicht beachtend, die Gänse und Enten, aber auch die weniger flugtüchtigen Hühner aus dem Fenster warf – dies war von ihr als Befreiungsaktion gedacht, denn sie rief den Tieren freundlich zu ... – während der Kutscher im Fenster noch um das Leben der Hühner kämpfte,

die sich Haxen und Hals brechen würden, was sich ja leider bewahrheitet hat – tja, das alles von der dritten Etage und unten der Verkehr: die armen Viecher sind zwischen Pferdehufe geraten oder auf Teerwalzen gelandet. Da diese Aktion sich im großen Fenster des Wohnzimmers abspielte, die besseren Zimmer der Wohnung öffneten sich auf die Hauptstraße, kamen die Hausfrauen und Dienstmädchen der gegenüberliegenden Straßenseite zum Zuschaugenuß: Pawlatschentheater hinten und vorn.
Jetzt stand Anyika also vor der Apotheke, sie fror, da sie zu früh – um vier Uhr herum – angekommen war. Und als die Tochter ordnungsgemäß um acht Uhr zur Ladenöffnung erschien, saß sie schon eingenickt auf der Treppenstufe vor dem Rollo. Gabili berichtete später händereibend: „Vier Stunden zu früh angekommen. Tja, die Schwachsinnigen sind nicht die Scharfsinnigen." Dolores gab ihm einen Dämpfer: „Gerade du mußt ...", dann schwieg sie lieber, da meine Oma sie streng anblickte. Tante Ari, die Apothekerin, dachte erst, daß sich irgendeine besoffene Alte bei ihr niedergelassen hätte. „Gute Frau", fing sie verärgert an. „Ari, kennst mi nit?" – schreckte Anyika auf. Und fügte gleich hinzu: „Apika ist weg." Wie Tante Ari ihre „narrische Mutter" vor den Kunden und vor ihrem strengen, ja inzwischen schon feindseligen Ehemann verstecken konnte, darüber rätselten Dolores und ihre Schwestern wie bei ähnlichen Anlässen immer wieder. „Vielleicht baute er aus diesem Anlaß die Wand mitten durch die Wohnung ...", murmelte Kathy. „Anyika war der letzte Tropfen im Giftbecher ihres ewigen Ehestreits." – „Der Becher lief über", sagte Gabili. „Gabili, du hältst den Mund", sagte Kathy, die inzwischen Frau Petneki hieß. – Da bis zu ihrem dreißigsten Geburtstag keine anmutigeren Freier ..., flüsterten die Stimmen, holte sie ihren Bräutigam aus der Reserve ...
Jedenfalls war Anyika bei Tante Ari gerade abgefahren, als Georgi und meine Hartmann-Großmutter die Apothekerin erreichten. Sie mußten noch bei Onkel Ernest, der in der Nähe vom Plattensee in einem Kaff eine Automechanikerwerkstatt betrieb und sich gerade in Scheidung befand, anrufen. Er war der Älteste unter den Geschwistern von Georgi. Georgi war der Jüngste. Gerade umgekehrt wie in der Hartmann-Familie, wo Dolores die Älteste war. Onkel Ernest war inmitten seiner Scheidungsmisere sehr ungehalten und in seiner ersten Panik nahm er an, daß der Anruf Anyikas Kommen ankündigen sollte. „Die kann ich jetzt hier nicht brauchen, meine Frau ist mit meinem Schwiegersohn, stellen Sie sich das vor, Frau Hartmann,

durchgebrannt: alle sind verrückt, und das kommt von unserer Mutter. Apika müßte auch nicht mit einundsechzig an Magenkrebs sterben, wenn sie ordentlich gekocht hätte!" Meine Oma wird sich die Bemerkung verbissen haben, daß die Ehepartner doch wohl nicht Anyikas Kinder und als solche „verrückt" sein können. Die dritte Telefonnummer stimmte nicht mehr. Am vierten Ort erwischte man „Baba", die mit einem älteren Arzt in Tatabánya verheiratet war. Der Arzt war zermürbt, offenbar mitten in der Ordination angeläutet, dennoch versprach er, Anyika eigenhändig in den Zug nach Györ zu setzen. Dies hat auch geklappt. In Györ übernahm sie dann Georgi. Sein letztes Geld gab Georgi für eine Erste Klasse Karte zurück nach Budapest als Anyikas Begleitung für sich aus, er, der normalerweise Dritte Klasse fuhr. Meine Hartmann-Oma steckte ihm Geld zu … Woher sie es genommen hatte, war jedem ein Rätsel – sie borgte es bei ihrer Tochter Kathy aus, wie wir später erfahren haben. „Du wirst mir das Geld zurückgeben, mein Sohn Georgi. Du bist ein sehr tüchtiger Mann", sagte sie dem sichtlich Mitgenommenen. Georgi wird gelitten haben, daß er auf meine Großmutter angewiesen war: sich bedanken konnte er bestimmt nicht.
Nun waren sie also unterwegs zu uns, nach Budapest.

Boris und ich gingen um die Villa herum und blieben an jener Ecke stehen, die in der vorigen Nacht von der Bombe abrasiert worden war. „Wie eine Schachtel, deren eine Kante mit einem groben Messer weggeschnitten …", sagte Boris und meinte dazu, daß darunter die Statik des Ganzen enorm leide, wenngleich „die ganze Hütte nicht sofort einstürzen wird. Zuerst diese Wand, denke ich, nach auswärts." Das war jene mit der „Sternwarte" Onkel Eugens. „Doch, wenn die eine Wand kippt, Boris, dann kippen die anderen ebenfalls … Wieso kommt Onkel Eugen nicht? Er könnte verordnen, daß man die Wände abstützt. Ja, ich habe in Györ die Baustellen gesehen … vom größten Haus, das jetzt Herr Architekt Urban für die Waggon-Werke baut. Da ist alles abgestützt mit so dicken Metallröhren. Durchmesser zwischen 8–10 Zentimeter. Und wie dicht nebeneinander sie stehen … In diesem Haus will Dolores, daß wir wohnen … Ja, könnte Onkel Eugen nicht …" Boris war irgendwie im Geiste woanders. „Freilich könnte er … Er könnte" – „Wenn er wollte …" sagte ich ungeduldig. „Hm. Ja. So ungefähr." – „Und warum will er nicht, der Kerl? Man läßt ein solches Haus nicht einfach zusammenklappen!" Ich war ernsthaft empört.

„Gut, Giorgio. Du wärst ein guter Sohn des großen Elio. Er hat ein Leben lang darunter gelitten, daß seine von ihm aufgezogenen Neffen lebenstüchtiger waren als seine Söhne: Eugenio, der – siehst du selber – jetzt einfach zuwartet, Apika, der mit einundsechzig stirbt, und mein Vater …, na ja, du weißt."
Der Riß ging in einem schmalen Winkel herunter, bis zum Keller. Wir sahen in das Souterrain, in die dort befindliche, fabelhafte, jetzt menschenleere Küche mit dem Speiseaufzug, dann eine Etage höher in die prachtvolle Halle hinein. „Gottlob ist das Kasperltheater an der entgegengesetzten Seite, auch das Grabmal Urvater Elios …, wo auch mein Vater, du weißt, und nun bald Neumann-Apika, hm … Wir müssen ihn schnell begraben, bevor die ganze Kiste hier uns auf den Kopf fällt. Brrr. Denn, wenn nicht bald etwas geschieht, wird bei der nächsten Erschütterung die ganze Kartenburg über das Grabmal … Hahaha … Irgendwelche Archäologen werden dann einmal über unsere Ahnen herumrätseln, Giorgio."
„Hey ding a ding a ding", sang ich, wahrscheinlich aus Verlegenheit. „Dann wird der Unterschied zwischen Elio und Apika nicht mehr so groß sein", murmelte Boris. „Hey ding a ding a ding", sangen wir nun zusammen. Man sah in das mondäne Schlafgemach der Gräfin Denise: weiß und rosa und gold. „Und wo schläft Onkel Eugen?" staunte ich. „Die sind doch verheiratet, oder?" Boris meinte, daß, wenn man so reich sei, jeder sein eigenes Schlafzimmer habe und der Mann bitten müsse, daß er abends seine Gattin besuchen dürfe. Ich staunte. Boris aber fand es nicht abwegig. Bald stellte auch ich mir vor, daß es schön sein müsse, so, wie Boris sagt, das mit dem Bitten des Ehemannes …, und phantasierte darüber, wie während des Tages das Paar, der Mann und die Frau, sich kleine Zeichen geben würden – durch Blicke, kleine Verbeugungen des Mannes, eine Bewegung der Frau, die ihm vielleicht über die Haare streicht, oder, wie bei Onkel Eugenio über die gepflegte Glatze – kleine Zeichen des Engegenkommens, des sich Nähern-Wollens, die schon alles, was dann abends kommt, kommen soll, wobei ich freilich keine Ahnung hatte, was als Schlußereignis kommen sollte, einleiten. Vielleicht fällt Gräfin Denise in den kleinen Fischteich vor dem Haus, damit der Onkel sie ritterlich retten könne, ja ritterlich retten – so wie Vitéz János seine tote Braut – er trägt sie, er trägt sie, wobei sie bereits in der liegenden Haltung: nun ja, das Ereignis kann ja auch nachmittags stattfinden. Das Ereignis: das Ereignis wird der Kuß sein. In dem englischen Film Missis Minniver fragte der junge Leutnant der

Royal-Air-Force vor dem Einsatz seine Braut: „Darf ich mich jetzt entfernen, Melanie?" Doch er starrte sie weiter an. Nun sagte sie mit holdem Lächeln: „Sie dürfen mich küssen, John." Und er drückte einen Kuß auf ihre Stirn. Die Zuschauer erschauerten durch soviel Vornehmheit. Dolores an meiner rechten Seite zerdrückte mit ihrem Taschentuch manche Träne. Georgi an meiner linken hustete verärgert. „Blödes Zeug, ein Kanapeerücken zwischen den beiden Körpern, die Braut kniet mit einem Knie auf dem Polster, der junge Leutnant hinter dem Damm des Kanapeerückens, und der Kerl wird in einer Stunde mausetot ..." So war es auch. Der wohlerzogene John stieg in das Flugzeug und wurde gleich darauf abgeschossen. Alle weinten. Georgi aber sprang von seinem Sitz und zwang die verdutzten Zuschauer zum Aufstehen, um ihn hinauszulassen. Er sagte in einem fort: „Das kann ich nicht aushalten. So ein Blödsinn. Das kann ich nicht aushalten" und war weg. Am Abend hat er nur noch geschimpft auf den blöden Film, Dolores weinte. Die Katastrophe schien so groß, als wäre bei uns jemand mit dem Flugzeug abgeschossen worden.

Bei Onkel Eugen gab es in meiner Phantasie doch keinen Fischteich, und so nehmen wir die Version ohne Fischteich. Er, der Ehemann, klopft, also er klopft abends, er klopft leise, geheimnisvoll: oder er steht nur vor der Tür: sein Herz klopft, sonst klopft nichts, so ist es am schönsten, und die Dame Denise drinnen – die bereits gespannt wartet – hört das Klopfen des Herzens von Eugenio, das Klopfen, das so stark und vernehmbar tönt, wie das Klopfen meines Herzens im Keller, während des Bombenalarms: die Tanten dachten öfters, daß das die in der Ferne einschlagenden Bomben seien: bamm, bamm, bamm, immer näher, immer näher. Herzklopfen des Ehemannes vor dem Eintreten ins Gemach der Frau ... Und so ein Ehemann, der nachmittags, mit seinem Herzen, bamm bamm bamm, Einlaß begehrt, muß nicht – wie etwa Georgi – mit Abweisung rechnen. „Die Reichen erobern ihre Frauen immer von neuem?" fragte ich Boris. „Das find' ich schön."

„Naja", dachte Boris nach, „es könnte ja auch sehr schön sein, doch, ich glaube, Gräfin Denise ist recht ... kapriziös. Na ja, unberechenbar. Sie kann durchaus mit Onkel Eugen Blicke wechseln, die Eugen sozusagen als Aufforderung, Einladung, was weiß ich, Ermunterung auffaßt. Dann aber klopft er vielleicht in freudiger Erregung wie ein Kind, wie ein kleiner Bub, und Tante Denise – pardon, Tante darf ich in diesem Fall nicht sagen –, also Gräfin Denise zieht die Augenbrauen verwundert in die Höhe, und die beiden bleiben im Zwischenzimmer, sie trinken Eierlikör oder Cointreau, und Onkel Eugen muß einen Scheck für den Damenverein ‚Soeur optimist' ausstellen, was ihn wiederum freut, denn jeder neue Scheck – denkt er jedenfalls – bringt ihn der ersehnten Audienz beim Reichsverweser näher, und dieser Begegnung fiebert er noch brünstiger entgegen als dem ehelichen Beischlaf – weißt du, was das ist? also dem Beischlaf mit seiner Frau. Und er also inzwischen schon so weit sein dürfte, daß er nur noch dem Admiral Horthy und dem Deal, welchen er durch seine Cousins herbeiführen will – du schweigst wie ein Grab, nicht?" – „Ja, ich schweige." – „entgegenfiebert ... Hm. Nun, Eugen will durch die Beziehungen der Onkels zu amerikanischen Spitzenpolitikern dem Admiral Horthy den Weg zu einer besseren Allianz eröffnen. Das mit Hitler ist eine Katastrophe. Er hat ja auch recht damit, der gute Onkel Eugen. Nur: seine Frau bringt die Sache nicht und nicht voran. Ich spüre, daß sie eine geheime Verehrerin Hitlers ist ... Aber selbst, wenn Denise es wollte ..., ich glaube, die Damen dürfen diese Nationalfahnen mit der Stephanskrone zwar sticken oder, was weiß ich, Wohltätigkeitsbazare organisieren oder so. Aber die Frau des Reichsverwesers selbst, um die die Damen wie die Motten um das Licht herumflattern, die Hohe Frau selbst ist vielleicht zu realistisch, um nicht zu wissen, wie weit ihr Wirkungskreis ... reicht. Weißt du, politischer Einfluß ist da nicht drin ... Und jetzt soll also Denise der politisch einflußlosen Hohen Frau irgendein Ding von weltpolitischen Dimensionen beim Fahnensticken ins Ohr flüstern ..." Und ich erfuhr, daß Gräfin Denise im Circle der Horthy-Damen den Platz vier, links von der Hohen Frau nur mit Mühe auf Platz drei vertauschen hatte können: ein Tausch mit Gräfin Verböczy, der weiß Gott viel gekostet hatte, und daß Onkel Eugen noch mehr blechen mußte bei dem nächsten Platztausch, doch da war schließlich ein endgültiges Hindernis, eine Unüberwindliche, da nirgends verschuldet. Ja, diese Dame hielt ihren Platz standhaft neben der Hohen Frau links, und so konnte Gräfin Denise keinen „günstigen Augenblick" erwischen, der ihr erlaubt hätte, „der Horthy-Gattin schnell mal was ins Öhrchen zu flüstern" – so stellte sich Onkel Eugen die Dinge vor ... Nun, wie sollte sie, die arme Denise, über die felsenfeste, uralte Nachbarin, die zwischen ihr und der Hohen Frau ... Und überhaupt: in diesem Circle „flüsterte man sich nicht gegenseitig ins Ohr."

Wir platzten in Lachen aus. Irgendwie war mir die Komik dieses

Szenarios ganz klar. „Und Onkel Eugen allein …?" fragte ich, als sich die Lachreflexe beruhigt hatten. „Zu Horthy führt der Weg nur über die Aristokratie … Verstehst du mich? Onkel Eugen mit seinem verdächtigen Stammbaum: vielleicht war sein Vater, der große Elio, ein Halb-Jude oder ein Viertel-Jude, was weiß ich, dürfte die Hohe Frau meinen …, infolgedessen glaubt es Gattin Denise prompt zu wissen … Jedenfalls würde ein ungarischer Aristokrat niemals Säcke stopfen. Wer so was tut, m u ß ein Jude sein. Verstehst du? Doch Onkel Eugen hat vielleicht die Idee, die uns – ich meine jetzt Ungarn – gegebenenfalls retten könnte: und die zwei Onkels in den Staaten sind wirklich Spitze …, wissenschaftlich gesehen. Und Onkel Edward mit seinem Nobelpreis ist dort drüben eine Koryphäe, eine wissenschaftliche Großmacht: er geht beim Präsidenten aus und ein. Ein Wahnsinn, wenn ich bedenke! Onkel Edward entscheidet über unser aller Schicksal!! Und Onkel Eugen könnte das Land vielleicht tatsächlich retten, weil" – hier machte Boris eine bedeutsame Pause – „hinter dem Tun Eugens und Edwards … und auch Elgars … der Geist meines Großvaters Elio wirkt. Sein Geist wirkt auf diese Weise sozusagen über das Grab hinaus weiter. Elio könnte in der Tat durch seine Söhne und Ziehsöhne in den Lauf der Geschichte eingreifen, jedenfalls was Ungarn betrifft. Und das Land aus der Hitler-Sauerei praktisch herausnehmen" – Boris machte mit beiden Armen eine unbewußte Bewegung: das Land herausnehmen. Wie Georgi eine große Schreibmaschine aus dem Benzinbad heraushob: Georgi mußte sich konzentrieren, damit das dreckige „Benzinbad" nicht auf den Boden tröpfelte. Die Maschine war meist schwer. Rechenmaschinen zu heben, war besonders anstrengend. Ich merkte, daß Boris schwieg und an etwas Düsteres dachte. Dann sagte er: „Das ist der Grund, warum man Kinder haben muß: Söhne."
„Söhne?"
„Laß dich daran nicht stören. Du bist für mich wie ein Sohn, Giorgio."
„Aber nur wie?"
„Ja. Sorry, genetische Defekte schreiben wir auf Rechnung der Erzeuger. O.k.?"
„O.k. Aber du wirst später eigene Söhne haben, Boris."
„Nein. Ich bin nicht in der Lage: Onkel Elgar hat bei mir einen Fehler festgestellt. Du weißt eh, was sie im Park gesprochen … über uns, als der Monsignore dich als meinen ‚Balg' …, das heißt uneheliches Kind …, ich hab' mir eingebildet damals, daß du verstehst, was er redet?"

„Onkel Elgar der Biochemiker und dieser Pater, den ich erst als Dame ...?"

„Ja, dann aber als Mafiaboß, ja ja. Sie sagten es zwischen den italienischen Stanzen. Und er ist nicht Pater, du mußt Monsignore sagen. Und dieser Monsignore hatte recht. Ja, ich habe tote Spermien. Klara weiß es nicht und staunt, daß sie nie schwanger wird. Sie will unbedingt ein Kind von mir. Ich wage ihr nicht ins Auge zu sehen ... Da, schau! Über Gräfin Denises Schlafgemach ist das Studierzimmer Onkel Elgars", unterbrach er sich. Ich dachte, er wird jetzt über etwas anderes reden. Doch er setzte sein Thema fort: „Da ruht, zwischen zwei kleinen Glasplatten zusammengedrückt, ein weißes Tröpfchen von mir ..., wie Yoghurt ..., Ejakulat nennt sich das. Ich sah durch das Mikroskop meine toten Spermien. Wie lauter tote Würmer. Daneben ein anderes Flöckchen eines gesunden Mannes, Onkel Eugens nämlich – er wollte schon lange wissen, wieso er ohne Nachkommenschaft ... Hm. Wie seine Spermien zwischen den Glasplatten verrückt herumtanzen. Onkel Elgar demonstrierte durch das Flöckchen Eugens, wie mein Yoghurt sein müßte, wäre es gesund ... Onkel Elgar ist diese Krankheit an Krokodilen aufgefallen. Er meint, die weiblichen Substanzen, die Östrogene, das heißt, im wesentlichen nur jene aus Kunststoff entstandenen Östrogen-Ersatzsubstanzen oder Substituten, kreisen die männlichen, androgenen Substanzen ein, sie würgen sie ab, sie verwandeln sie in ihre eigene Substanz: Onkel Elgar meint, nach diesem Krieg jetzt, der nur die Fortsetzung des Ersten Weltkrieges ist, kommt ein sogenannter kalter Atomkrieg, durchgeführt durch Rüstungswettlauf und durch Atomkraftwerke, die man jetzt schon plant: Beide sind Onkel Edwards Gebiet ..., und daß wir es nicht merken werden, aber daß bald alles mit diesen Atomkraftwerken umstellt sein wird, die, na ja wie eine Gasflasche, die schlecht schließt, ständig Atomstrahlen herauslassen, bis alles bestrahlt sein wird: und die Leute werden es zu spät merken, dann aber massiv reagieren. Onkel Elgar meint, die Leute reagieren grundsätzlich immer zu spät, und wenn du mich fragst, sage ich dir warum: Weil sie alle mit ihren eigenen Miseren beschäftigt ..., weil sie, wir, alle eigentlich arm sind und zuviel arbeiten müssen oder müßten, das kommt wiederum aus dem Rüstungswettlauf: der wird aus unserem Steuergeld finanziert ... Hm. Aus dem Steuergeld dessen, der so blöd ist und arbeitet ... Wer zu viel arbeiten muß, wird müde und blöd. Er kauft und zahlt. Das ist dann sein Leben. Anderes ist nicht drin", fügte er halblaut hinzu. „Die Denk-Unfähigen

oder Denk-Behinderten, sie reagieren also zu spät, dann aber hysterisch. Und während sie mit ihrer Spätreaktion auf das eine Übel mit theatralischen Großaktionen antworten, drücken sie die Augen vor jener Gefahr absichtlich zu, gegen die sie noch wirkliche Chancen hätten, in kleinen, unspektakulären Aktionen wirkungsvoll anzugehen, weil das Volk – so meint Onkel Elgar – den Abgrund eigentlich liebt, die Tragödie braucht und es ihm nur um eine große, spektakuläre Massenkatastrophe geht, wo jeder dann, wie in der griechischen Tragödie, hemmungslos wehklagen kann. Nüchterne Arbeit sei die Sache des Volkes nie gewesen."
„Onkel Elgar!" ärgerte ich mich über Boris.
Er aber sagte: „Elgar ist nicht nur Wissenschaftler. Er kennt seine Griechen, und er befragt seine Dichter täglich. Was er meint, hat Gewicht für mich."
„Denkst du also auch wie er?"
„Ja, in vielem. In vielem schwanke ich noch."
„Und wieso fragt Onkel Elgar die Dichter?"
„Er meint offenbar, sie wissen alles."
„Stimmt das denn? Nur Gott weiß alles, sagt meine Oma."
„Nun ja. Du hast noch Zeit ... dich zu entscheiden, wen du fragen willst ... Ich frage die Dichter selber oft ... Die antworten nämlich."
Das hat mich lange beschäftigt.
„Und nun auf unsere Sachen übertragen", drängte ich dann Boris. „Während die Bevölkerung jetzt über den Krieg, dann – der übriggebliebene Rest –"
„Ja", fuhr Boris fort, „über Onkel Edwards Nuklear-Spiele jammert, kommt Onkel Elgar zum Zug: die von ihm entdeckten, nicht verhinderten, ja sogar geförderten Substanzen verwandeln uns, ich meine, jetzt auf die Spitze getrieben, Giorgio, den männlichen Teil der Welt, in Frauen. Damit vollendet Onkel Elgar unser aller globale Verspottung: die der Männer, aber auch die der Frauen. Ich meine nicht Onkel Elgar allein, wie auch nicht Onkel Edward allein die Bombe und die Atomkraftwerke ..., du verstehst. Denk wie in der Mathes-Stunde: der eine Onkel steht für diese, der andere Onkel für jene ... Und wenn dann die östrogenen Substanzen die androgenen global umgewandelt haben, was ja wiederum niemand rechtzeitig merkt ..., und die kleinen Krokodile mit verformten Penissen auf die Welt kommen, einmal zu klein, einmal schräg, einmal drin in der Bauchhöhle, einmal gar nichts, und jeder nur an Zufälle denkt, während die Tendenz der biologischen Abnormität in einem fort steigt,

bis das bisher Normale als Ausnahme … Hay ding a ding a ding …
In circa fünfzig Jahren wirst du mit dem Durchschnitt der östrogenbesetzten männlichen Wesen gleichkommen, Giorgio. Sag mir, wenn ich dich überfordere."
„Ja", sagte ich. „In circa fünfzig Jahren dürfte die Umgestaltung für mich zu spät sein: etwa im Lebensalter, wo jetzt Apika stirbt: Kann ich deine …, also das, was unter der Glasplatte des Onkel Elgar …, sehen?"
„Ja, wenn wir da raufkommen, gerne. Wir können es probieren." So kletterten wir im Halbdunkel durch das beschädigte Haus. Über die mit Schutt und feinem Staub bedeckten Treppen. Alles war beklemmenderweise etwas verzogen. Oft werden wir diese Treppe so wie sie jetzt ist nicht benützen können. Das war uns klar.
„Das hier ist Onkel Elgars Studierstube", sagte Boris. „– jedenfalls betont es Onkel Eugen immer wieder –, die er während seiner spärlichen Urlaubstage in der Villa seines Bruders bewohnt, heißt es. Eugen mag die Onkels nicht, doch er trumpft gerne mit ihnen auf. In der Wirklichkeit sind sie bisher nur zu den Begräbnissen herzulotsen gewesen. Als ihr Ziehvater Elio starb und jetzt zu Apika …"
„Warum eigentlich wegen Apika?"
„Na, weil Eugenio geheime Pläne vortäuschte. Das Begräbnis …", hier brach Boris ab.
„War ein guter Vorwand … für alle", erriet ich. Boris nickte. Wir schoben die Platten unter das Mikroskop. Ich sah Boris' weiße Wolke mit den toten Spermien drin und nachher eine andere, wo die kleinen Würmer wie verrückt herumsprangen. Oder sprangen sie auch nicht mehr? Und dann haben wir die Glasplatten immer wieder abwechselnd unter die Linse geschoben. Wir mußten das Objektiv neu einstellen, da ich, wie viele Linkshänder, nur das rechte Auge ohne Hilfe der Hand schließen konnte und so mit dem linken Auge in das Okular schauen mußte. Bei Boris war es umgekehrt. Er mußte sich alles wieder neu richten. Einmal sah ich überall herumspringende Würmchen, in beiden Platten, beim nächsten Schauen nur tote in beiden.
„Onkel Eugens Würmchen, Boris, sind auch tot oder sind die Platten vielleicht boshafterweise vertauscht, deine Würmchen springen vielleicht herum, und der Onkel Elgar will dir nur etwas einreden? Wieso hat eigentlich Onkel Eugenio keine Kinder, wenn seine Würmchen nur so herumspringen? Kannst du mir das erklären?"
„Tja", sagte Boris. „Der Fehler ist in dem Fall nicht bei dem Gatten."

„Tante Denise hat tote Würmchen?"
„Nein, nein", Boris mußte sehr lachen. Er versprach mir aber, die Sache später anhand von Zeichnungen zu erklären. „Doch ihr fehlt etwas?" beharrte ich. Boris nickte. „Arme Tante Denise", entfuhr es mir, und Boris konnte nicht ganz erfassen, warum ich die Gräfin aus vollem Herzen bedauerte. Er war ja nicht im Theater, das heißt in der Marmorhalle, mit dabeigewesen.
Boris spähte durch die Wandspalte. Ich dachte daran, daß Boris' Vater Onkel Elgars Eroberung, die Südstaatenschönheit, wenn seinem Cousin nicht gerade ausgespannt, doch schließlich für sich gewonnen, wenngleich er an diesem Gewinn bald ertrunken war ... Ich wollte Boris trösten und sagte ihm noch einmal, daß Onkel Elgar vielleicht wegen dieser seiner Eifersucht die zwei weißen Patzen in böser Absicht miteinander vertauscht hätte, damit Boris glaube, er würde nie Kinder haben können ..., doch Boris sagte etwas erregt: „Nein, ich weiß, daß er in diesem Punkt recht hat. Reden wir nicht mehr davon. O.k.?"
„O.k."
„Schau, mir scheint, da kommt dein Vater mit dieser, mit dieser Anyika ... So heißt sie doch. Oder?"
Ich schaute durch die Spalte hinunter: doch ich war wahrscheinlich bereits damals kurzsichtig: ich sah nur zwei Gestalten: eine mittelgroße dünne: diese dürfte Georgi sein, eine kleine dicke. Anyika? Nicht unmöglich. Wir schlichen uns nach unten zur Halle. Unter unseren Füßen knirschte die Pulverschicht, die auch hier alles bedeckte. In der Kopflosigkeit nach dem Bombentreffer schien alles in Unordnung geraten zu sein. Der Vorhang vor Apika war an der einen Seite abgerissen und verdeckte nun sehr mangelhaft das Bett des Froschkönigs. Durch den Luftzug bewegte er sich wie eine Fahne. Der Stuhl der Krankenschwester lag umgefallen auf der Bühne.
„Naja", sagte Boris, „die erste Bombe, die auf das Land fiel."
Ich sann nach: Seit September 1939 jeden Tag Alarm, Rennen in den Keller, manchmal jede Nacht der Woche. Die Leute dachten, die Engländer und die Amis tratzen uns nur, doch bald würde ich noch erfahren, nach dem Einmarsch der Deutschen in Ungarn, 19. 3. 1944, zwei Tage nach meinem Geburtstag, daß auch bei uns – ganz regulär – die Bomben fallen würden, vormittags bei gutem Licht die Sprengbomben der US-Navy, in der Nacht die Brandbomben der Royal-Air-Force ... genauso wie bisher auf Deutschland.
„Später wird man sich daran gewöhnen. Nach London liegt

Deutschland bereits in Trümmern", hörte ich Boris' Stimme. Und er zählte die Städte auf, die dort in Bruch gegangen waren: „Und die erste Stadt, welche die Deutschen selbst, diese Idioten, zusammengedepscht haben, war Freiburg im Breisgau!" Er streckte seinen linken Daumen in die Luft. „Ihre eigene Heimat! 10. 5. 1940. Der blöde dicke Göring. Dann kam das Ruhrgebiet, 10., 11. 5... ., Royal-Air-Force schlägt zurück ..." Und bei jeder neuen Stadt streckte Boris einen weiteren Finger in die Luft, ja, er kam in Rage und machte die gleichen Bewegungen wie Georgi bei der „Trianon-Aufzählung" – und wie wahrscheinlich Urgroßvater Elio, wenn er seinen fahrlässigen Kunden den Schaden vorrechnete: „Hier ein Loch, da ein Riß, vom Gerät fehlt eine Lampe, die Stoßstange ist verbogen, und dann müssen die Geräte ordentlich gesäubert zurück, wie die Säcke auch ... Es macht also ..." und er setzte eine Summe ein.
„Und am 26. 8. der erste Angriff gegen Berlin. Die Deutschen zerschlagen Coventry am 14. 11. 1940. Erster Luftangriff der Briten auf Lübeck, auf Rostock März dieses Jahres, und dann der 1000-Bomber-Angriff auf Köln, 30. und 31. Mai ... Schlecht auszudenken, was noch kommt. Doch London. Das habe ich noch selbst erlebt. Unglaublich."

Wir standen vor Apika und warteten auf Anyika. Draußen vor der Spalte blieben Georgi und Anyika stehen. Sie waren es wirklich. Ich rechnete damit, daß Georgi nun einfach den Riß als Eingang benützen würde. Doch er stand mit seiner winzigklein wirkenden Mutter nur vor der durch das ganze Haus hindurchlaufenden Spalte ... Georgi und Anyika, etwas erhöht auf dem Schutthaufen vor dem Loch. Anyika fragte jetzt mit Kindersitmme: „Ist hier leicht der Plitz einslagen?" Plitz sagte sie. „Nun ja, Anyika, kommen Sie, hier ist es gefährlich: diese Wand wird bald einstürzen, wie ich denke nach innen, trotzdem, kommen Sie."
„Ich meine nach außen, aber das ist schon wurscht", murmelte Boris. Boris und ich schauten zum Eingangstor der Halle: Mutter und Sohn traten dort ein, der Sohn, Georgi, seine Mutter wie ein uraltes Töchterchen an der Hand führend.
„Nicht, daß wir erlagen werden, Georgi."
„Erlagen?" staunte Boris.
„Sie meinte wohl ‚erschlagen'. Sch kann sie nicht aussprechen", flüsterte ich Boris zu.
Sie kamen vorsichtig näher, das Knirschen unter ihren Füßen hörte man in der gespenstischen Halle akustisch vergrößert. Draußen ein

düsterer 1. September 1942. Sonst gab es im September fast immer sonnige Tage. Am siebten beginnt die Schule! Die Schule, mit ihren honigfarbenen Bänken, mit der wunderbaren Lehrerin, die mich mit der linken Hand ..., die Schule kam mir ewig sonnig vor. Vielleicht war das gar nicht das Wetter. Anfang September war einfach alles hell. Ende September begann bereits Weichnachten für mich: die Erwartung. Jetzt nieselte der Regen, und die Unheimlichkeit der Pulverschicht an allen Ecken und Enden des Hauses verbreitete November-Stimmung.

„Wo ist Apika?" hörten wir Anyikas Vogelstimme. Georgi sagte verlegen: „Da, im Bett auf der Bühne ..." – „Auf was für Pühne?" fragte Anyika. Sie erblickte den zerrissenen Vorhang. Apikas nackter, wohlgeformter Fuß ragte aus dem dunklen Hintergrund heraus. „Das ist sein ..." das Wort Fuß fiel ihr nicht ein. „Das ist sein ..." und dann schrie sie auf: „Willy!"

Apika blieb unbeweglich. Ich dachte, hoffentlich ist er noch nicht gestorben. Da ich aber bereits einmal einer solchen Täuschung erlegen war, sagte ich mir, er lebt und hält uns zum Narren. Wäre er aufgesprungen und auf allen Vieren, vielleicht wie ein Jagdhund kläffend, um sein Bett gelaufen, hätte mich das auch nicht besonders verblüfft. Doch er lag zur Zeit bewegungslos da.

Anyika rief noch zweimal „Willy!" und sprang schließlich überraschend geschickt auf das Podium, eilte hemmungslos wie ein Kind auf den liegenden Apika zu, und als dieser sich immer noch nicht rührte, ließ sie sich einfach auf den Bettrand plumpsen. Der Sterbende zuckte vor Schmerz zusammen. „Anyika, du bist es", flüsterte er kraftlos.

„Ja, Willy. Tu mich nicht tatzen." – R kann sie auch nicht aussprechen.

„Anyika, du tust mir weh. Du mußt ... ruhig ..."

„Uhig ...", sagte Anyika vorwurfsvoll. „Ich fah umeinand in die Welt, und jede sagt mi allweil: uhig Anyika! Pleib uhig!"

„Warte bißchen ...", sagte Apika mühsam. Dann machte er das eine Auge auf. Anyika rutschte geschickt vom Bett – sie hat offenbar doch gemerkt, daß ihr Mann Schmerzen hatte. Auf leisen Sohlen ging sie zu ihm, zu seinem Gesicht. Klein wie sie war, konnte sie sich gerade noch über ihn beugen. Apika machte jetzt beide Augen auf einmal auf. Anyika strahlte ihn glückselig an. „Willy, etzt, etzt alles gut. Du kommst zu Anyika zujück."

Die Glückseligkeit auf dem kranken, verwirrten Gesicht der nun

entzückten Anyika war grenzenlos, doch nicht weniger grenzenlos war das Leuchten in den bisher fast immer geschlossen gehaltenen Augen Apikas. „Ja", sagte er kaum hörbar, und mit letzter Anstrengung schlang er seine Arme um den Hals seines Weibes. Und dann sagte er noch: „Zsizsi."
„Zsizsi?" blickte mich Boris fragend an. „Wie Gigi im Französischen?"
„Vielleicht aus Erzsi. So heißt sie."
„Zsizsi", sagte Apika noch einmal. Gleich danach fielen seine Arme leblos von Anyika ab, sie lagen jetzt in einem unnatürlichen Winkel auf dem Bett und rührten sich nicht mehr. „Jetzt ist er hinüber", flüsterte mir Boris zu. Doch Anyika merkte nichts. „Zsizsi?" fragte sie. „Zsizsi?" Sie strengte ihr armes Hirn an. Sie wendete den Kopf und schaute nach links und nach rechts, durch uns Herumstehende hindurch, dann gegen die Decke. Sie versuchte sich zurückzubohren in eine Zeit, eine Vergangenheit, da sie für ihren Willy so hieß. Das hat sie nach sieben Kindern vergessen. Sie hat mehr oder minder die Namen ihrer Kinder ja auch vergessen. „Zsizsi!" Jetzt wußte sie es wieder. Ihr Gesicht erhellte sich in einem kindlich-wunderbaren Lächeln. Ganz träumerisch. Zsizsi war das junge Weib, das sich seinem Willy so schamlos hinter dem Bahnwärterhaus ihres ersten Gatten hingegeben hatte. „Willst du, Willy?" schrie sie begeistert auf, und sie warf sich auf den Körper ihres soeben gestorbenen Mannes, rittlings, voll der Rücksichtnahme auf seinen Zustand, doch auch sehr praktisch, in seinem Krankengewand nach einer Öffnung suchend. „Sie holt noch sein Glied" – flüsterte Boris erschaudernd. Georgi schrie entsetzt: „Anyika! Anyika, hören Sie auf! Er ist doch tot! Tot! Tot!" Georgi und Boris stürzten auf die Bühne und hatten Mühe, Anyika von dem toten Körper ihres Mannes zu reißen. „Wieso, wieso denn. Zsizsi, Zsizsi hat er gerufen. Willy! Willy!" dann zu ihrem Sohn, der sich mitsamt Boris im Nu in einen Fremden für sie verwandelt hatte, eine Art anonyme Ordnungsmacht, zwei Männer eben, die wie so oft sie maßregelten: Gendarmen, Soldaten, Ärzte:
„Doch wenn Willy mich will, wenn Willy mich will!"
Georgi und Boris schleppten die nun tobende Anyika ab. Zwei Irrenwärter. Ich hab' noch vom Park ihre Schreie gehört. Autotüren wurden zugeschlagen, dann startete ein Wagen quietschend, wie in den Kriminal- oder Kriegsfilmen.
Ich blieb allein in der Halle. Vor mir lag der tote Apika, dem es ge-

lungen war, etwas vom Anfang seines schnell verklungenen Lebensglückes kurz vor seinem Tod heraufzubeschwören. Das war der Abschied der Liebenden ... Und ich habe das Meine zu diesem Gelingen beigetragen. Und meine Hartmann-Großmutter: ohne sie hätte Apika ..., plötzlich mußte ich weinen, denn ich stellte mir vor, wie es denn gewesen wäre, wenn Apika hier im Bett des Froschkönigs von allen vergessen vergeblich auf das Kommen seiner Zsizsi hätte warten müssen.
Boris kehrte nach einer für mich nicht registrierbaren Zeit zurück. Er war total erledigt. „Georgi ist mit Anyika bei der Aufnahme im Narrenhaus. Du weißt: Lipot-Fields, Lipot-Mezö. Hast eh schon davon gehört. Nachher macht er die Formalitäten für das Begräbnis für Apika. Er wird hier begraben. In der Familiengruft. Im Pharaonengrab Großvater Elios."
Ich kann mich nicht genau erinnern, wie wir in diese unterirdische Grabstätte gelangt waren: Wir standen auf einmal da: ich sah die Ornamente, ausgelegt mit Mosaik: Figuren aus der Mythologie, aber auch der Baum mit Adam und Eva, und die Schlange. Der Apfel war golden wie auch viele Blumen. Der Schlange bin ich in der Gestalt von Monsieur Bells Salvatore später wieder begegnet.
„Hierhin kommen wir alle, Giorgio. Alle Neumanns oder Newmans, du auch ... einmal ..., weißt du? Wir können sein, wo wir wollen, Südafarika, auf einem Atoll vor Japan: wir werden heimgeholt. Hierher! Du liest hier alle Namen, ob bereits tot, oder noch ... Da: Georg Neumann, das bist du."
„Doch das ist Georgi, schau das Geburtsdatum: 1909 April 24", meinte ich. In diesem einen Moment war es mir nicht unangenehm, meinen erwünschten Namen so legalisiert und durch die Sterblichkeit gleich verewigt zu sehen. In Györ wäre ich womöglich ..., allerdings mit dem irrtümlichen Namen Maria ..., doch nicht einmal, ich gelte dort doch als Mädchen ... irrtümlich ..., und als solches wäre ich eines Namens nicht würdig ... erst muß man warten auf den Namen des künftigen Gatten. Des Mannes, E-HE-Mannes Namen. Nicht mit mir: Wenn ich nicht mit meinem richtigen Namen begraben werden kann, sterbe ich lieber nicht ... Plötzlich fiel mir Onkel Lukas ein. „Und wo ist er, Boris, der Onkel Lukas, der im Ersten Weltkrieg die beiden Beine ... amputiert?" Ungläubig blickte mich Boris an: „Wer soll das sein? Einen Onkel Lukas kenn' ich nicht."
„Doch! Er ist der Onkel von Georgi gewesen, ich sah ihn, bevor er ... mit Tante Anna in der Schweinekoje."

„Kind! Es wird dir hier zu viel geworden sein, du phantasierst." Doch ich wurde ganz rabiat, ich riß Boris an seinem Mantel: „Von Onkel Lukas will niemand was wissen, du darfst das nicht auch so tun, Boris!"
„Ich schwöre dir, keinen Onkel Lukas habe ich je gesehen oder von ihm ge ..." plötzlich ging eine Wolke über Boris' Gesicht. „Wird am Ende noch ..."
„Was?"
„Naja, auszuschließen ist das nicht ... Großvater Elio hatte auch eine Schwester ..., sie galt als gefallenes Mädchen ..., weißt du. Das sagt man, wenn ..."
„Jaja, ich weiß schon, wenn sie schwanger wird ohne Hochzeit, der Mann haut ab, und so."
„Ja", so Boris, „und diese Schwester von Elio, diese Frau, wie hieß sie doch? Jedenfalls sie kriegte so ein Kind ..., und der Mann war nirgends, woraufhin auch sie verschwindt, sie verschwand. Ganz zufällig hatte ich einmal die Erwachsenen darüber flüstern hören."
„So. Und dieses Kind war der Onkel Lukas, das sag' ich dir, Boris!"
„Nichts ist ausgeschlossen."
„Du gehst aber nach, Boris?"
„Ja, ich gehe nach"
„Aber ich muß unbedingt wissen ...", drängte ich. „O.k.?"
„Ja."
„Abgemacht? Sicher?"
„Abgemacht, also sicher", ergab sich Boris. „Komm, jetzt gehen wir in die Kiraly-Straße: zu Klara, ich habe auch Georgi dorthin eingeladen. Armer Kerl ... Ein Glück noch, daß Onkel Eugen beim Theater mit den beiden nicht dabeiwar ... und als wir Anyika wegfahren mußten mit seinem schwarze Rolly ..., der stand direkt vor dem Haus, knapp vor dem Riß. Komisch."
„Wo ist Onkel Eugen jetzt, Boris?"
„Was weiß ich, er wird irgendwo sein, was weiß ich? Er beweint seinen schönen Rasen ... Er kommt schon."
„Und warum mußte Anyika ins Narrenhaus? Sie war immer schon ...", wollte ich wissen.
„Nun ja. Sie war eine stille Närrin. Oder ein unbotmäßiges Weib ... Doch jetzt tobt sie. Sie vermag es nicht zu fassen, daß ihr Mann tot ist. Uns hat sie bespuckt, Georgi und mich. Dem Arzt hat sie in die Hand gebissen. Ich konnte sie so verstehen ... Als mein Vater ..., du weißt ... Wir standen in der Leichenhalle. Auch ich habe mit Carolina geschrien und auf sie eingeschlagen."

In der Wohnung von Boris fanden wir nur einen Zettel von Klara vor: „Drei Tage auf dich gewartet, Adieu." Hm. Wo ist sie jetzt? Gleich läutete auch das Telefon. Georgi teilte Boris mit, daß er seinem alten Freund Barla Benci auf der Spur sei. Er könne bei ihm sicher unterkommen. Wird anrufen, wann er zum Begräbnis ...„Alle sind bös auf uns, mein Kleiner. Dein Vater ist total überfordert."
„Ja. Er zählt die versäumten Tage in der Werkstatt. Dolores will nächstes Jahr in eine neue Wohnung. Sehr teuer ...", sagte ich.
„Na, und die Szene mit der Anyika war auch keine Kleinigkeit: Sie hat dem Toten noch die Hose aufgeknöpft: vor dem Sohn und dem Enkel. Giorgio, es war ein Wahnsinn. Ich habe deine Eltern bei deiner Taufe das erste Mal gesehen. Georgi hat deine Taufpatin dabei so beleidigt, daß diese laut weinend aus der Kirche stürzte, nur weil sie dich küssen wollte. Wie Frauen so bei Kleinkindern herumtun. Sie würde dich mit irgendeiner Krankheit anstecken, schrie er mitten in der Kirche. Er wirkte wie ein Nervenkranker. Unmöglicher Kerl, dachte ich mir: jetzt habe ich ihn fast liebgewonnen. Doch Dolores", Boris blickte mich fragend an: „Was ist das für eine Frau?" Boris fragte mich so, als wäre ich ein Erwachsener, ein Dolores fremder Erwachsener.
„Dolores ...", ich wußte nicht, was ich sagen soll: „macht uns jeden Donnerstag Tomatenkraut. Sie müht sich entsetzlich ab ... mit dem Kraut, das sie so dünn schneidet wie Zwirn. Dann zerreibt sie die heißgekochten Tomaten im Passierer. Die aufgeplatzten Tomaten spritzen wie Blut: die Küche ein Schlachthof. Dolores, ihre Arme, das Dekolleté ihres Dirndlkleides" – Dekolleté sagte ich nasal, sehr spöttisch – „ihr Hals, alles wird mit dem heißen Tomatensaft bespritzt. Brandwunden, kann man sagen. Dann mischt sie diese heiße Tomatensauce mit dem dünn geschnittenen Kraut zusammen: es wird wie Schweinefutter. Wir, Georgi und ich, mögen diese dicke, rote Sauerei nicht. Sie übrigens auch nicht. Sie läßt es stehen, weil ihr angeblich nach dem Kochen immer übel wird. Doch uns teilt sie diese Sauerei jeden Donnerstag aus: in tiefe Suppenteller. Obenauf ein Stück Fleisch. Dieses versinkt, wenn man es zu schneiden versucht. Man fischt nach den Fleisch-Stücken, die sind wie Schiffwracks auf dem Grund des Ozeans. Holt man ein Stück aus der Tiefe, graust es einen."
„Ja, das mediokre Leben ...", sinnierte Boris. „Deine Mutter wäre eigentlich eine sehr attraktive Frau: großer, sinnlicher Mund, der leider nie lacht, schöne, starke Backenknochen, das dunkle Haar. Die

grünen Augen, nachdenklich …, fast wie bei –" Ich dachte, daß Boris jetzt an seine Mutter denkt … „Carolina?" Boris zuckte zusammen: „Nein, nein, das heißt: na vielleicht ein bißchen, doch sie war viel zarter …, Carolina …, und die weiße Haut …, niedriger Blutdruck der Hysterikerinnen …"
Die Tür wurde von draußen aufgestoßen. Eine total aufgebrachte Frau stand im Zimmer und schrie: „Boris, wo warst du? Drei Tage! Und wer ist dieses Kind?" Verdammt, daß ich diese Frage auch hier noch … Doch, ich wußte, das kann nur Klara sein, und Boris hat in seiner weißen Wolke diese toten Würmchen … Boris sah Klara an und sagte, scheinbar ruhig: „Das ist mein Sohn Giorgio. Eine alte Sünde, Klara. Bevor ich dich …, mit einundzwanzig durfte ich sechs Monate in Italien verbringen. Du weißt es doch. Das war das Geschenk nach Göttingen." Klara kam uns in ungeheuerlicher Wut langsam immer näher.
„So! Das ist dein Sohn! Ich bringe dich um, Boris. Ich bringe dich um. Du sagtest mir immer, wir zusammen, wir zusammen sollen einen Sohn haben. Nur du und ich." Sie schlug auf Boris, der kaum Widerstand leistete, brutal ein. Ich versteckte mich unter einem Möbelstück, ich glaube, das war ein Tisch …, und freute mich, als Georgi dann doch auftauchte. Während Boris und Klara sich balgten, schlichen wir aus der Wohnung.
„Überall nur Verrückte …", sagte Georgi klagend. „Barla Benci nirgends. Anyika ist im Narrenhaus, Apika muß jetzt begraben werden, deine Mutter will in das sündteure Haus umziehen, der Verdienstausfall der letzten Woche, und ich weiß nicht, wann man mich zum Kriegsdienst …, bisher hat mein schlechtes rechtes Ohr mich gerettet …"
Wir trabten auf der Straße, zwei Männer in tiefer Sorge … Hinter uns kam jemand gelaufen. „Georgi, Giorgio!" rief eine Stimme. Boris lief uns nach. Er brachte uns in die Dépendance, und Georgi war erleichtert, daß er ein Bett sah, und das Familiengrab wollte er gar nicht besichtigen … „Kenne ich schon." – „Wir müssen ihn aber heute schon bestatten", sagte Boris. „Du hast ja die Papiere bei Doktor Fallwickler erledigt …" Boris duzte Georgi zum ersten Mal. „Und der Pfarrer?" fragte Georgi. „Nun …, der Pfarrer …, ich muß, weißt du, hier abhauen, die anderen sind noch rechtzeitig auf und davon. Alle …, wegen der Bombe und so. Die Nachforschungen, die jetzt darauf folgen werden, morgen, wenn nicht heute nacht schon …, ich will mich durch die Polizei nicht schnappen lassen … Onkel

Eugens Gäste hat man bisher in Ruhe gelassen ..., auch noch jetzt diese Schonfrist. Aber die läuft einmal ab. Noch in dieser Nacht vielleicht ..."
Georgi stöhnte. „Na dann ..."
„Und Onkel Eugen?" wollte ich wissen, vielleicht nur, um dem Begräbnis, das so plötzlich auf mich zukam, auszuweichen oder es zumindest etwas hinauszuschieben ...
„Sorry. Ich kann nicht warten."
Georgi und Boris trugen den Leichnam auf einer Tragbahre in die Grabstätte. Boris drückte mir eine kleine Glocke in die Hand, die – um die Lakaien rufen zu können – auf einem der Konsolentischchen der Halle stand. Ich war wieder einmal Ministrant oder vielleicht Priester. Bedächtig ging ich vor ihnen und war gar nicht erstaunt, als Boris – offenbar Georgis Wunsch nach einem Pfarrer berücksichtigend – zu singen begann:
„Requiem aeternam."
Und er sang jetzt nicht mit seinem Falsett, sondern mit seinem unbedeutenden Bariton.
„Dona eis, Domine", antwortete ich selig.
„Ex lux perpetua luceat eis!" sang Boris.
Schluß, dachte ich. Doch Boris setzte seinen Gesang fort:
„Te decet hymnus, Deus in Sion; et tibi reddetur votum in Jerusalem."
„Wieso Jerusalem?" fragte Georgi erschrocken, doch mit großer Autorität sang Boris die Strophe weiter:
„Exaudi orationem meam; ad te omnis caro veniet."
„Requiem aeternam", sangen wir jetzt zusammen, Boris und ich. Und jetzt sang er mit seiner schönen Falsettstimme, „dona eis, Domine! Et lux perpetua luceat eis!" Diese letzten Zeilen hat dann Georgi auch mitgemurmelt.
Boris und Georgi schoben Apika mitsamt Bahre in den schmalen Schacht. „Ohne Sarg!" – schluchzte Georgi auf, doch dann fragte er nach Mörtel, und Boris trug ihm Zement und eine Kelle zu, er rannte zum goldenen Wasserhahn der Grabstätte, der sich unterhalb des Baumes des Versuchung befand, mit einer kleinen Kanne darunter, falls es tröpfelte ... Mir fiel einen Moment die weiße Wolke unter der Glasplatte ein.
Doch dann schlich ich mich bei dieser Einmauerung aus der Grabstätte. Ich wollte den Fußballplatz sehen. Der gestern dort zusammengebrochene Spieler war nirgends. Die Reflektoren lagen zertrümmert auf der schwarzverbrannten Rasenfläche.

„Das grüne-grüne Gras", sang ich vor mich hin und stellte mir Onkel Eugen in seinem Schmerz vor. Ich kletterte über die Metalltürme, die quer übereinander vor den beiden Toren lagen, wobei sich das eine Tor unter dem Gewicht der umgestürzten Metallkonstruktion total verbogen nach vorne beugte. Ich wollte nicht glauben, daß das, was ich in der Dunkelheit langsam erahnte, wahr sei: Onkel Eugen lag auf dem umgefallenen Metallturm, einen der Reflektoren umklammernd.
„Onkel Eugen! Onkel Eugen!" schrie ich. Doch er bewegte sich nicht. Nun rannte ich zurück zu Boris und Georgi, die inzwischen die Marmorplatte vor Apikas Grabschacht eingesetzt hatten.
„Geburtsdatum ist eh drauf, später kann man dann das Todesdatum ... So, wir sind fer..."
„Onkel Eugen liegt draußen auf einem Mast und regt sich nicht!" teilte ich den beiden Erschöpften mit.
Fast wortlos war die Besichtigung, die Bergung und die Aufbahrung Onkel Eugens nun im Bett des Froschkönigs. Vielleicht, weil bisher Apika darin gelegen hatte und Boris Georgi nicht damit kränken wollte, daß das Totenbett Apikas für Onkel Eugen nicht gut genug sei. Näher war es auch zum Grab, und die unbeleuchteten Treppen jetzt mit dem schweren Körper Onkel Eugens hinaufzusteigen, um wahrscheinlich bald wieder mit dem gleichen Körper hinunterzusteigen ... Boris sagte: „Wenn ihr mich fragt, für mich ist er tot, doch den Fallwickler müssen wir holen."
„Müssen wir?" fragte Georgi. „Du mußt doch abhauen."
„Wir lassen ihn hier im Bett des Froschkönigs", beschied ich.
„In was für einem Bett?" fragte Georgi aufgeschreckt.
Boris sagte aber: „Märchen, Georgi, alles Märchen. Kinder haben halt eine große Phantasie." Doch ins Ohr flüsterte er mir: „So etwas können wir deinem Vater nicht sagen: er würde das beleidigend finden ... und hätte recht. Warte eine bißchen noch." Boris rannte die gefährliche Treppe hinauf, allerdings mit einer Taschenlampe in der Hand.
„Die Treppe ist nicht mehr ganz stabil", sagte er noch, als er wieder unten war. „Da! Ein bißchen Money", und er stopfte mir etwas in meine Jackentasche. „Rückfahrt und so, und was noch kommt." Und er legte seinen Zeigefinger vor den Mund, ich soll jetzt nichts sagen. Nun trennte ich mich vor dem Kasperltheater von Boris, der so kurz nur mein Bruder sein konnte.
„Aus London ruf' ich dich an, und nach dem Krieg treffen wir uns",

sagte er. Der Anruf erreichte meine Hartmann-Großmutter in der Tat binnen einer Woche. Und im Sommer 1945 kam Boris als Offizier der Royal-Air-Force nach Ungarn zurück, begleitet von einem amerikanischen und einem russischen Kollegen, in der Absicht, mich zu holen. Doch, wie meine Oma sagte: „Der Mensch denkt und Gott lenkt ..."

XIX. Heimat ist, von wo man ausgeht

Der Rückweg mit Georgi: Budapest – Györ. Dritte Klasse: Laut sprechende, schreiende Leute, Bäuerinnen mit Federvieh, ein Bauer mit Ferkel, das er „Sári" nennt und es dort, inmitten der Reisenden, zum Kauf anbietet. Sári kommt aus Sarah. „Zoti, Zoreh, Rüfke, Sarah." Wie „Framama" im Salzer-Haus die Kinder zum Essen rief. Es fröstelte mich, da wir längere Zeit nichts gegessen hatten. Georgi war ganz grau. Er zog sein Portemonnaie aus der Hosentasche: „Du bist noch nicht zehn. Verstehst du?"
„Was soll das. Ich bin wirklich erst neun."
Unser Geld ist aus – ging mir durch den Kopf. In meiner Jackentasche, über meinem Herzen, drückte das schmale Geldbündel von Boris. Ich wußte ja, wieviel die drei Tausender und drei Hunderter und die dreiunddreißig Pengö zusätzlich wert waren ..., habe all die Scheine noch in der Nische des Familiengrabmals bei dem Ewigen Licht der Toten genau angesehen und mir eingeprägt. Drei Tausender, dann noch drei Hunderter in Papiergeld. Und dann noch drei Papierzehner und drei Münzen. 3.333,–. Boris spielte immer ... „Die Engel", sagte er einmal, „Maskulinum, Femininum, Neutrum. Diese Mischung auf Kubik berechnet, dreidimensional, das bist du, Giorgio.
Weder das eine noch das andere, doch das Dritte:
Keiner singt so wild, so hell
wie der Engel Israfel,
And the giddy stars (so legends tell)"
„so legends tell" gefiel mir sehr, dagegen hielt ich giddy für ein lächerliches Wort, dem Klang nach.
„Ceasing their hymns, attend the spell
Of his voice, all mute",

flüsterte Boris, das von den wirbelnden Sternen, die verstummen und dem Zauberquell der Stimme,
seiner Stimme?
meiner Stimme?
lauschen.
Und irgendwo kam die Zeile:
„Merrily live, and long!"
„Merrily" gefiel mir genauso wenig wie „giddy". Ich wollte lieber „merry live, and long" sagen, doch Boris ersuchte mich streng, zur Kenntnis zu nehmen, daß das Adverb , – „Weißt du, was das ist?" – „Ja, ich weiß." – „Pater Heckenast?" fragte Boris fast eifersüchtig. „Der bringt dir alles bei, bevor ich drankomm'", schimpfte er. War es ernst? War es nur Spaß?
Heiter lebe und lang, war unser geheimer Gruß. Er sagte dies und steckte das Geld in meine Jackentasche. Auch eine Uhr schnallte er mir um das Handgelenk: „Meine Reverso. Ich nahm Onkel Eugens Wecker: du trägst die meine, ich die seine. Er braucht die Zeit nicht mehr. Ich mußte noch oben in der Sternwarte ein weiteres Loch in das Leder hineinmachen. Sonst sagt Georgi, daß du das Ding verlieren wirst, und er nimmt dir die Uhr weg, und du hast wieder nur so ein Glumpert ..., während er ..., naja, eine Reverso paßt zu ihm doch nicht ..." Es tat mir etwas weh: ich merkte, daß Boris dies bewußt war. Er mochte Georgi also doch nicht.
Nun hatte ich jetzt eine wertvolle Uhr. „Wie alle richtigen Neumanns", sagte Boris, und er lachte wieder, als ob es die Trübung soeben nicht gegeben hätte. Er lachte wie vorhin beim Adverb, vieldeutig. Halb Scherz, halb Schmerz.
Das Geld aber ... Als ich sah, wieviel es war, dachte ich: Viel! Das ist sehr viel. Jetzt wohnen wir in der Czuczor-Gergely-Straße samt „Werkstatt" für 50 Pengö. Die Wohnung, die Dolores von Georgi fordert, würde monatlich 250 Pengö kosten. Gleich das Fünffache. Dreitausend sind also 3 x 4 Monatsmieten. Ein Jahr. Doch, was dann? Dennoch wollte ich das „große Geld", die drei Tausender, Georgi geben, damit er etwas Reserve hat. Er kann ja Boris' Unterstützung in zwei Teilen einsetzen, dann langt sie für zwei Jahre, und Georgi muß monatlich nur 125 selber für die Miete aufbringen. Zwei Jahre sind viel Zeit. Oder auf drei, vier Jahre strecken!!
Die 333 Pengö wollte ich für mich behalten. Viel für einen Neunjährigen. Dennoch. Doch jetzt im Zug, alarmiert durch Georgis nervöse Ausdünstung, erfaßte ich, daß er bis zum Zerspringen unruhig

war. Wir haben keine Fahrkarten, erriet ich, und der Schaffner war bereits im Waggon hinter uns.

„Wieviel kostet die Karte denn?" flüsterte ich Georgi leider in das schlechte rechte Ohr, das ihn bisher allerdings vor dem Frontdienst bewahrt ... Weil ich am Fenster hatte sitzen wollen, saß ich an seiner rechten Seite. Das wirkte sich jetzt verhängnisvoll aus. Da ich verstockt auf meinem Platz sitzen blieb, mußte er sich mit dem ganzen Körper zu mir drehen, damit ich in sein linkes Ohr flüstern konnte: alle wurden auf uns aufmerksam und hörten alles mit. Inzwischen stand der Schaffner in unserem Waggon und schrie Georgi barsch an: „Die Karten, wenn ich bitten darf!"

„Das Geld ist hier", zeigte ich auf meine Jackentasche, oder – genauer – auf mein Herz: Georgi griff in die Tasche hinein und nahm unter den gierigen Blicken der Mitreisenden alles heraus, was aus Papier ... Nun habe ich nur noch die drei Münzen, ich habe also jetzt drei Pengö, dachte ich resigniert.

Der Schaffner stand vor uns: „Die Karten?" – „Nun", sagte Georgi, „wieviel kostet eine Karte für Erwachsene, für mich, bis Györ?" Der Mann nannte einen Betrag. Ich hätte Georgi nur 30 Pengö zu geben brauchen, dachte ich mir. „Und das Kind da. Bestimmt schon über zehn", so der Schaffner, eher aus routinierter Boshaftigkeit. „Aber nein, du bist erst in der dritten Klasse", wandte Georgi sich zu mir, statt dem Schaffner zu antworten. Patschert. Was bedeutet das schon. Ich könnte dreimal durchgefallen sein, dann wäre ich nicht neun, sondern bereits zwölf – denk' ich mir. Und prompt sagt der Schaffner: „Was bedeutet das schon: dreimal durchgefallen und ist schon zwölf." – „Durchgefallen! So etwas kommt ..." Georgi wurde etwas verwirrt, „bei uns nicht vor." Bei uns. Was heißt das, dachte ich.

Doch die Bäuerinnen ergriffen Partei für mich ... „So klein noch, so zart. So ein Blödsinn. Zwölf. Nein." Und der Bauer mit dem Ferkel Sári bot gleich seine Waage an, und er wettete, daß ich weniger wiegen würde als sein Tier ... Als wenn das Gewicht das Lebensalter beweisen könnte ... Total verrückt, hörte ich Boris' Stimme in mir. Dann hörte ich wieder das Schimpfen der Mitreisenden im Zug. Der Schaffner wich schließlich dem Volkszorn. „Wir lassen die Sache noch einmal durchgehen", sagte er gnädig. Georgi bezahlte von meinem Geld vielleicht zwölf Pengö für sich, den Rest verteilte er sorgfältig: die dreitausend in seinem Portemonnaie, die dreihundert in die Innentasche seines Sakkos, in die Hosentasche den Rest von den

dreißig Pengö, also achtzehn Pengö. – Zwei Tage darauf bekam Dolores „die kleine Chinesin", die eigentlich eine kniende japanische Geisha darstellte und von den Porzellanwerken von Meißen stammte, ein circa 10 cm hohes Figürchen – sie sagte „Nippes" dazu –, für dessen Erwerb sie bereits seit Monaten Druck ausgeübt hatte: Jawohl, drei Monate Totenstille, Türschlagen, trotzige Mienen einer fünfunddreißigjährigen Frau: Dolores. Drei Monate Spannung mitten im Krieg, und dann das Figürchen als Resultat.
„Die Hausfrau" Ich dachte den Zeilen nach, welche in unserem Lesebuch standen: „Die Hausfrau wirtschaftet mit dem Geld, das ihr Gatte nach Hause bringt. Mit dem guten Essen, damit ihre Familie stark und gesund werde. Mit der Pflege der Gegenstände, damit diese lange in Gebrauch bleiben können. Mit der Zeit auch: damit diese – allerhöchstes Gut – recht verwendet werde: in friedvoller Stille des Nachdenkens, im fröhlichen Tun der kleinen Gemeinschaft" …, so irgendwie …, dann aber mußte ich die Sache für mich ergänzen. Einmal wollte ich schließlich auch eine Hausfrau haben. Sein? Niemals, nein. Im fröhlichen Tun der kleinen Gemeinschaft also …, im Lachen in der Sonne, im Wasser. Ja, Wasser gehörte für mich unbedingt dazu – die Flüsse von Györ, damals. Doch sie, Dolores, sie hat schlecht mit unserer Lebenszeit gewirtschaftet. Düster war sie. Das erste Mal habe ich sie 1986 aus vollem Halse lachen gesehen – das war nach dem Tod ihres Gatten.
„Aber das Geld", sagte ich Georgi verstört, „war für die Miete gedacht." – „Vom Geld versteht ein Kind nichts. Kümmere dich nicht um die Sachen der Erwachsenen."
So eine Frechheit, jetzt das Maul groß aufreißen. Dort im Zug war er kleinlaut. Und wie kleinlaut war Georgi im Zug. Und dann nahm er mir alles weg. Ohne Dank. Ein unwürdiger Vater: er kann nicht einmal danke schön sagen, wenn ich ihn aus der Scheiße ziehe. „Leute, die nicht danke sagen können, sind mickrig", sagte mir Pater Heckenast immer wieder. Er hatte recht …
Jetzt im Zug sagte Georgi mir, auf Boris' Geldbündel bezogen: „Darüber sprechen wir später", sehr von oben herab.
Jawohl, du Wicht, dachte ich mir. Wenn du die Wohnung, die dein Weib verlangt, aus Boris' Geld bezahlen mußt, bist du ja ein Wicht. Bringe doch Dolores bei, daß die teuerste Wohnung der Stadt für uns nicht drin ist. Bring ihr das kurz und bündig bei: sei ein Mann! …
Die „Zauberflöte", eine meiner großen Erzieherinnen, flüsterte mir oft die richtige Verhaltensweise zu: „Sei standhaft" – bumm – „duld-

sam" – bumm – „und verschwiegen" – bumm. „Bedenke dies, kurz sei ein Mann, dann Georgi wirst du männlich sie-ie-gen" – ta tam ta – „dann Georgi wirst du männlich sie-ie-gen."
Als das Abteil immer leerer wurde, sagte mir Georgi so etwas wie: mit Zinseszinsen zurückgeben ... diesem verrückten Boris, er hat es von seinem toten Onkel gestohlen. „Nein!" Das war mir unerträglich. „Nein, Boris stiehlt nicht, es steht ihm zu: für seine Arbeit bei Onkel Eugen."
„Ja?" grinste Georgi. „Für seine Arbeit? Was arbeitet er denn?"
„Er ist angewandter Mathematiker."
„Jaja, in Cambridge ausgebildet." Georgi sprach Cambridge mit a aus ..., ähnlich wie er statt Pisa zum Entsetzen der Familie Pischa sagte, also phonetisch, was im Ungarischen dann so klang wie die ordinäre Version von Urin: etwa wie Gebrunze ...
„Weiß ich, weiß ich. Doch arbeiten?" hörte ich ihn höhnen. „Arbeiten! Das ist nichts für unseren Boris, er singt mit Frauenstimme ..., lächerlich ..., und Sportflieger ist er ja auch. Nichts als Luxus! Er kriegt seinen Zaster bis zum letzten Groschen zurück. Von so einem ...", sagte Georgi aufgewühlt „nehm' ich nichts. Nicht einen winzigkleinen ..."
„Ich dachte, ihr seid Freunde geworden?"
„Der Boris und ich?" Georgi brach in ein künstliches Lachen aus. „Nie! Weißt du. Nie! Mein Freund ist der Barla Benci. Der arbeitet mit seinen ehrlichen beiden Händen wie ich."
„Und wo ist er, wo war er, als Apika ...?"
„Nun, ich hab' ihn gesucht und nicht gefunden."
„Typisch", wendete ich Georgis alltägliche Strategie jetzt gegen ihn selbst. „Wenn man ihn braucht, ist er nirgends." Das war auch ein feststehender Satz in Georgis Repertoire. Er starrte mich an, seine eigenen Sätze erkennend.
„Daß man vor den eigenen Kindern Angst haben muß." Und das war ein Satz aus Anyikas Repertoire, wie ich später erfahren habe.
Zu diesem Zeitpunkt wurde mir ein starkes Ziehen im Hals bewußt: „Mein Zipfel im Hals beim Schlucken tut mir weh", hätte ich gerne jemandem gesagt. Wem? Anna, ja, auch Eva vielleicht. Doktor Lorand mit Bedenken, da er eine Mandeloperation seit Jahren schon befürwortete. Ich wollte nicht ins Spital. Tante Gagi gerne, meiner Großmutter ebenfalls, aber sie war ja ständig im Postamt. Dolores? Nicht gerne ..., meiner Lehrerin, nein sie war für die Schule, nicht

für das Häusliche. Warum habe ich eine Mutter, der ich nicht gerne sage, daß mir der Hals wehtut, verdammt weh. Und einen Vater, der mir Boris' Geldgeschenk aus der Hand reißt, einen Vater, dessentwegen ich fast auf einer Schweinewaage abgewogen worden wäre …, doch freilich, das hätte man mit mir nicht machen können …, immerhin aber in eine solche Situation zu geraten, das ist typisch Georgi …, eine Zumutung ist das.
Es war sehr kalt in dem stinkenden Abteil, ich zitterte zuerst durch diese Kälte, dann aber spürte ich, daß ich Fieber hatte: ach, Fieber, das war nicht so außergewöhnlich …, unsere dunkle, nasse Wohnung … Doktor Lorand sagte das immer wieder …, ich müßte mit meiner guten Anlage nicht immerfort krank … mit den verdammten Mandeln, wenn unsere Wohnung einigermaßen gesund …, ja, ich sah den Verputz fallen, immer ein Fleck von der Wand, da halfen Dolores' jährliche Neutünchungen auch nicht …, das heißt, Dolores tünchte persönlich nicht …, sie „bestellte" jemanden. Doch sie wählte die Muster aus …, immer irgendwelche verschnörkelte Blumen: Gold auf kaffeebraunem Grund. Ein Schlag ins Gesicht. Goldene Blumen blättern von der Wand … Ich wartete immer darauf, daß sich endlich die erste Stelle vom Putz löst: Meist in der Nähe des Eisenofens: es dampfte fast, wenn Georgi morgens einheizte. Immer heizte Georgi ein. Platsch, fiel der erste Klumpen, und auf der Wand entstand auf diese Weise eine Figur: ein buckliger Mann, ein Pferd, ein Bär, zwei Schmetterlinge …, mit einem stumpfen Bleistift konnte ich dann nachhelfen oder, wenn ich krank war und daher vormittags noch im Bett, etwas vom Polster heruntergerutscht, mit den Zehen: hier noch eine Ecke weg, da noch eine kleine Bucht: hier entstand plötzlich der Stiefel Italiens, da die Britischen Inseln, dort der Plattensee. Dolores' Sache war, den Schutt auf dem Boden zusammenzukehren. Als Tante Gagi zu uns kam, mußte sie dies tun.
Jetzt stieg mein Fieber, das war mir klar, und es schüttelte mich, und in meiner Hosentasche hielt ich die verbliebenen drei Münzen von Boris. Ob ich auch in das Familiengrab kommen würde, ja möglichst noch vor Boris stürbe, obwohl zwanzig Jahre jünger als er, damit Boris dafür sorgen kann, daß mein Name richtig … „Giorgio", würde er meißeln lassen. „Er sang und malte und war glücklich" – so etwas würde auf meiner Marmortafel stehen, wenn Boris mir das erledigt. Nicht wie die Eltern, die wären noch imstande, unter einem falschen Namen, dem Namen einer Frau, mich einzumauern.

Geh weg, Giorgio, von Győr, so schnell wie möglich, geh weg von diesem Land, Budapest ist nur ein großes Győr: hier kannst du nicht bleiben, es ist hier alles öd und krank: merkst du nicht, was aus den besten Köpfen hier wird: Széchenyi, ein klassisches Beispiel, der verrückte Graf, der vorausdenken wollte ..., unter Narren eingesperrt selber krank geworden. Und dein Dichter, Sándor Petöfi, glaubst du, daß er eine leise Ahnung haben konnte, aus was er leben soll ..., warum, glaubst du, hat er sich in das blöde Soldat-Sein hineintheatert ..., er wußte wirklich nicht, wie er das praktische Leben ... Was hätte er denn machen sollen? Diese Teilnahme an der Schlacht bei Segesvár ...: ein verkappter Selbstmord ... Und Ady! ... Onkel Edward versucht ihn zu übersetzen ... In Los Alamos übersetzt Edward Ady. Verrückt, total verrückt, hörte ich Boris' Stimme in mir. Er sagt: „Ein Lyriker vom Format von Baudelaire." Weißt du, wer Baudelaire war? Pater Heckenast wieder? Nein, das war die kleine Hanna! Was? Dieses kindliche Mädchen! Ganz schön verdorben, Giorgio, deine kleine Freundin. Verdorben? Ich wußte nicht, warum. Vielleicht, weil er diesen Absinth trank, dieser Baudelaire, dachte ich, oder verstand ich Hannas Vermittlung nicht, als sie las? Oder verstand sie, was sie las, selbst nicht?
Doch unser Ady. Wer las ihn in diesem verdammten Land: die Aristokraten? Die lesen nicht. Die Bauern, die Armen? Die lesen auch nicht. Die wenigen, allzu wenigen bürgerlichen Intellektuellen ..., die wollen gleich selber schreiben, aus Kummer, weil sie nicht zu den Aristokraten gehören, und feinden ihn nur an: aus Neid. Ein zurückgebliebenes, kleines Land, dessen Sprache rundherum niemand spricht. Zu wenig Leser für Petöfi, für Endre Ady, für József Attila ... Endre Ady, ich sehe ihn, den ich doch nie gesehen, der schon längst tot war, als ich geboren wurde, dennoch: ich sehe ihn, wie er immer wieder zu seinen alten Eltern in das eingesunkene kleine Dorf zurückkehrt: er speist an ihrem Tisch: die Eltern, altes Bauernpaar, verstehn die Welt nicht: der so außergewöhnliche, hoffnungsvolle Sohn ... kann sich nicht ernähren, er ist krank und arm. Und ich fürchtete mich vor dem gleichen Schicksal.
Oder József Attila, der eine Waschfrau zur Mutter hatte ..., sein Vater ..., er kochte Seife. Stell dir vor, Giorgio! Waschseife kochte er, Mann und Frau in der Waschseife vereint! Waschseife also, und die Seife stank, und Attilas Vater ging eines Abends weg und kam nicht, wie sonst, besoffen heim ..., er kam überhaupt nicht mehr heim. Kein Wort. Attila war vielleicht der Sohn von Frau Schramm ...,

deren Mann auf die gleiche Weise verschwand. Kam aber verdattert zurück, nachdem er gemerkt hatte, daß sein vom Schnaps durchlöchertes Hirn ihn statt nach Amerika, hej Amerika! nach Rumänien gelenkt hatte. Er zerstörte aus Wut seinen Kompaß, doch nicht der Kompaß, das Hirn ... Nach drei Jahren Seifenkochen in Rumänien war er dreimal deppert, sagte Frau Schramm, und das war ihr letztes Wort. Wieso ich allein, das heißt in Begleitung meiner Tante Gagi, an ihrem Grabe stand, wo sie doch so viele Kinder ..., und der Seifenkocher ..., faßte mein Verstand nicht ... Damals.
Du sagst mir: das hier ist deine Heimat! Giorgio! Wach auf. Heimat ist, von wo man ausgeht. Also weggeht. Sonst wird deine Heimat ... dein Kerker. Nicht du in der Heimat, deine Heimat in dir! Du kannst sie ewig in dir herumtragen. Doch nie umgekehrt. Umgekehrt nie. Tödlich sonst.

XX. Führ mich, Kind, nach Bethlehem

In Györ angekommen, hatte ich 40 Grad Fieber: Tante Gagi saß an meinem Bett neben der dampfenden Wand. Das heißt, das war Georgis Bett, wo ich lag, wenn ich krank war. Sozusagen im Ehebett mit der Mutter, doch mit dem Rücken zueinander. Georgi mußte bei diesen Anlässen mit der Chaiselongue am Fußende des Ehebettes vorlieb nehmen.
Doktor Lorand war bei mir und sagte, daß die Mandeln nun wirklich weg müssen. Operation. Spital. Georgi stand neben Doktor Lorand: „Wirst du keine Angst haben, bist ja tapfer." Ja, tapfer.
„Bist du einverstanden?" fragte mich Doktor Lorand.
Georgi rollte seine Augen. „Einverstanden! Ein Kind macht, was die Erwachsenen ..." etc. Dieses Augenrollen hat mich sehr gereizt. Weiß Gott warum, ich mußte dabei an Boris' Geld denken ... „Aber nur, wenn ich 1. Klasse ... und meine Tante Gagi bei mir bleiben kann." Gagi grinste stolz, Dolores schaute düster vor sich hin.
„Und deine große Freundin, die Evy?" fragte Dolores in ihrem verstellten, süßlichen Ton, mit dem sie mich immer schon von meinen Spielkameraden, den Ameisen, wegzulocken versucht hatte oder von meinem Baukasten. Dieser lockende Ton ..., ich hatte immer ein beklemmendes Gefühl, wenn dieses Flöten zu mir drang ... Auf ein-

mal ging mir das Rätsel meiner Furcht auf: Eugen Petneki, im Sonderseminar, den zwangsbeglückten künftigen Lehrerinnen Beethoven vorspielend. Die waren an seinem Vortrag nicht interessiert...,
sie gaben einander Stöße, sie kicherten ... Er sprang auf, entsetzlich aufgeregt, er schrie von den Perlen, die man den Säuen hinwirft. Es war ein Tumult. Als die herbeigerufene Direktorin eilend kam, schrie er gerade: „Ich bin Beethoven, ich bin Christus. Ich bin Beethoven selbst!" Und hinter der Direktorin kam der Arzt mit seinem Täschchen und eine martialische Pflegerin mit einem Päckchen. Und sie flüsterte Eugen Petneki genauso zu wie Dolores mir: „Komm, komm, mein Liebling, hilf deiner Mutter" – nein, das kann sie nicht gesagt haben, wer weiß, was sie gesagt hat, doch der Ton war der gleiche. Und im Nu zappelte Eugen Petneki in der Zwangsjacke. Zu dem Abwaschbecken wollte sie mich mit ihrer Sirenenstimme locken, wo sie selbst – im fetten, schmutzigen, kalten Wasser – gefangensaß.
„Tante Gagi soll mit mir ins Spital." Ich verschwieg, daß Evy vor geraumer Zeit unsere gemeinsamen Spaziergänge aufgekündigt hatte. Sie war von einigen ihrer früheren Kameradinnen aus der Bürgerschule angesprochen worden. Ob sie nun sich als Kinderfräulein verdingen müsse...
„Aus ist's, leider. Du verstehst mich, Mori, ich will später auf die Universität ..."
„Ach", ahmte ich ihren vornehm-hüstelnden Ton nach: „Sie kann nicht ins Spital, weil sie ständig rauchen muß."
Es war ein besonderer Zustand, dieses Fieber: keine Ahnung, was für Medikamente mir Doktor Lorand gab, ob ich etwas schlucken mußte: ich war jedenfalls halb im Traum, halb bei Bewußtsein. Doktor Lorand kam immer wieder, doch einmal saß Onkel Edward auf meinem Bettrand, ja wirklich, der Nobelpreisträger aus Los Alamos. Er sagte verärgert, daß dieses Loch, wo ich liegen muß, wie ein feuchtes Gefängnis sei: eines Newman unwürdig. „Geh, Giorgio, geh mit Boris nach England, sobald du kannst." Nanu, jetzt sagt er nicht: „Wer ist dieses Kind?" Und er erzählte vom Dichter Ady, dessen Verse er ja übersetzt hatte. Noch in Göttingen. Und er skandierte seine deutsche Übersetzung vor, die ich damals nicht verstand, und war dann so gnädig, das Gedicht über die Sonne auch in der Originalsprache vorzusagen. Ich bringe hier seine Göttinger Fassung:
„Der Herr nimmt alle, die er schlägt und liebt
Und entführt sie von der Erde ...

Es flammt ihr Herz, ihr Gehirn ist Eis,
Die Erde lacht zu ihnen herauf.
Und mitleidig streut Diamantenstaub
Die Sonne auf ihren einsamen Lauf."
Mit dem Diamantenstaub wußte ich damals nichts anzufangen. Damals nicht. Doch daß der einsame Lauf Onkel Edward persönlich betraf, erfaßte ich sofort: Der schreckliche Onkel Edward ..., seine entsetzliche Einsamkeit verstand ich, und ich mußte über sein Schicksal, das für mich noch in einer Wolke verborgen schien – ich sah die Gründe seines Kummers nicht –, über sein Schicksal der ewigen Einsamkeit mußte ich weinen. Ich nahm mir vor, sein Bild auf eines unserer Familienphotos, Blitzlichtbilder, zu kleben, zwischen die erstarrten Gesichter der Hartmanns, bei einer Taufe, einer Hochzeit, damit er nicht so einsam bleibe ... Nach Onkel Edward kamen nicht nur Pater Heckenast und seine Schwester, sondern auch Anna und Joshi standen zusammen mit Lörinz da, und sie sangen die „Internationale", und wenn sie nicht sangen, spielte Lörinz wundersam auf seiner Geige: „Eigentlich bin ich Paganini, aber das sagen wir niemandem." Zum ersten Mal s a h ich Lörinz Geige spielen! Und jetzt spielte er etwas von Kreisler, was man später dem David Oistrach krummgenommen hat: „Kleiner Rosmarin", oder „Kleine Rosmarie", oder ähnlich hieß das Stück: es war so melancholisch, daß ich – geschwächt – wieder weinen mußte: ganze Reihen von Filmbildern spulten sich ab vor mir: ein junges Mädchen, ähnlich wie Hanna, doch wieder ganz anders. Ein etwas fremdrassig anmutendes Mädchen, das mich sehr lieben würde und das mir dann doch irgendwie verlorengehen sollte: diese Vorwegnahme von Ereignissen, die ich – dies erschütterte mich damals ganz stark – als Vorboten künftigen Lebens erlitt. Dann waren Lörinz und die Freunde weg: Anna hätte bleiben sollen ... Doch statt Anna saß ein großer alter Mann an meinem Bettrand: Sofort wußte ich, daß Elio Neumann mich besuchen kam, und ich sah gleichzeitig mit seiner an meinem Bettrand sitzenden Gestalt das Grabmal Elios und seiner Gattinnen. Nach jedem Sohn eine tote Frau: Es stand nur unter seinem Namen eingraviert in der Marmortafel – „und Leonie, Mutter meines ersten Sohnes Eugenio-Elio, dann Veronika, Mutter meines Sohnes Ernest-Wilhelm-Elio, dann Ella, Mutter meines dritten Sohnes" etc. „Dabei war Elio sehr modern und großzügig", betonte Boris immer wieder. „Andere an seiner Stelle hätten nur geschrieben: ‚Elio Neuman-né I.'. Dieses ‚né' war dann die Gattin. Hatte jemand mehrere Gattinnen

nacheinander, konnte er diese ja numerieren. Oder die besitzanzeigende Silbe ‚né' ab der zweiten Gattin in Wiederholungszeichen abwandeln. Doch -né-né-né war nobler und ergab eine kleine Gruppe Schafe: né né né, né né né."
Daß mein Urgroßvater Elio mich besuchen kam, hat große Bedeutung – meinte ich betreten: Muß ich sterben? Eine Weile haben wir einander angeschaut: der uralte Mann aus dem Totenreich und das Kind. Ja, ich werde jetzt sterben müssen, dachte ich. Doch er blickte mich recht zuversichtlich mit lebhaften Augen an und er sprach unvermittelt: „Du bist also wahrscheinlich dieser kleine Giorgio – Boris nennt dich so –, weiß ich, weiß ich. Alles weiß ich." Er lächelte überlegen, aber auch gütig. Andere Leute sind nicht gütig, wenn sie überlegen lächeln. Urgroßvater Elio war es. Etwas nachdenklich, auf ein früheres Leben horchend, wie auf eine ferne Musik, kam mir jedenfalls vor. Wahrscheinlich aus der Erinnerung.
„Dein Großvater Wilhelm hat mir bestätigt, daß du ein ganzer Kerl bist und seine Zsizsi irgendwie zu seinem Bett hinorganisiert hast … Der arme Wilhelm, wenn er einmal nur diese eine narrische Frau erwischen konnte. Doch ich vergab ihm, mein Zorn ist verflogen: Gott hat ihn schließlich genug gestraft: er bekam nichts zu essen, im Milchgeschäft hat er sich täglich etwas besorgen müssen …, jahrzehntelang Milch und Semmeln, Milch und Semmeln. Und erniedrigt und verspottet wurde er wegen der Eskapaden … dieser deiner … hm, armen kranken Großmutter. Doch Wilhelm sagte mir, du bist wieder ein Neumann, wie ich die Söhne haben will."
„Die Säcke stopfen und Mathes lernen?" hörte ich meine eigene Stimme fragen. „Nachher Monsignore Clemens oder … wie? Domenico und dann Göttingen und Cambridge, und dieses Los Alamos, Lake Apopka."
„Das Kind fiebert!" schrie Georgi, „Es kann nicht mehr Apika sagen, sondern nur Apopka und etwas mit alattomos" – dies heißt im Ungarischen niederträchtig. „Boris mit seinem Gerede hat unser Kind krank gemacht!"
Ich kriegte kalte nasse Tücher auf die Stirn, und Urgroßvater Elio war weg.

Nach Budapest, nach dem Reich Eugenio Elios noch einmal in Györ. Das war das Györ des Friedens noch, die Flüsse schlängelten sich und glänzten, unzählige schlanke Boote zischten über die Wasserflächen: Skiff nannte man die Einzelboote für erwachsene und reiche

Herren. Lang und schlank aus Mahagoni-Holz. Dann Zweisitzer, Viersitzer und dann Achter, einmal links, einmal rechts die Paddel. „Wie Galeerensklaven", sagte Georgi, der, sich von der Brücke beugend, auf die eleganten Boote hinunterschaute. Dann Achter-Doppel, Paddel an beiden Seiten. Hier durfte ich der Steuermann sein. Wegen meinem guten Rhythmus. Und weil ich mit Entschiedenheit kommandieren konnte, freilich mit der Hilfe eines Klangverstärkers. Doch das war bei den Erwachsenen auch so. In diesen „Clubs" schrie man einfach nicht, auch wenn man gekonnt hätte. Durch den Vater von Thomas Halász kam ich zu dieser ehrenvollen Position. Er war Rechtsanwalt. Sein Sohn spielte ja Violine. Wir machten zusammen Kammermusik. So etwas schätzte man in den Patrizierkreisen von Györ. Über den Kopf Georgis hinweg war ich also in Györs elegantestem Sportclub. Was dies für Georgi bedeutet hat, wollte ich offenbar nicht ganz erfassen.

Im Györ des Friedens noch … Zwar störten uns die Bomben-Geschwader einmal vormittags und einmal in der Nacht, aber ich wußte ja von Boris, daß es in diesem Jahr noch, und vielleicht auch noch im nächsten, keine richtigen Bombardements geben werde …, und wenn diese schließlich anfangen würden, werden wir auf das Gut „Novakpuszta" flüchten können, wo noch Herr Doktor Gerewitz Georgi den Service für den ganzen Komplex vermittelt hatte. Georgi ging jetzt schon einmal im Monat hin: die Verwaltung hatte sechs Schreibmaschinen, und auch in der Zuckerfabrik gab es immer wieder etwas zu richten. Einmal durfte ich mitfahren: Unterwegs noch leichter Regen, dann Regenbogen, unendliche Kornfelder glänzten, vom kurzen Schauer befeuchtet: haargenau wie auf den Bildern, die Frau Ferdös verkaufte, und genauso wie im damals erfolgreichsten Film Ungarns: „Das Wunderauto". Das war der Titel. Die „Natur" war Hintergrund märchenhafter Ereignisse: Ein einfaches Mädel an der Landstraße, dessen Schuhabsatz abbricht. Ein elegantes Auto fährt an ihr vorbei („Rolly" – erkannte ich eines von Onkel Eugens Automobilen). Das Mädchen steht ratlos auf einem Bein, wie ein Storch, im aufgewirbelten Staub. Das Mädchen schaut also ratlos. Doch das Auto bleibt ein paar Meter weiter stehen, und damit nicht genug, der Herrenchauffeur fährt im behutsamen Rückwärtsgang bis zum abgebrochenen Schuhstöckel. Schwungvoll geht die Wagentüre auf, der Stöckel wird mit Anmut aufgehoben und in kniender Pose der jungen Dame überreicht. So entsteht die Liebe zwischen den Kornfeldern. Aber es geht weiter. Schließlich

kann man von der Liebe nichts abbeißen. Der Herr behauptet zwar, einfacher Chauffeur zu sein, trotzdem steigt die Dame zu ihm ins Auto ... Das ist gefährlich ... Doch es wird kein Drama zwischen Fräulein Julie und dem Diener Jean, unser Fall ist Modell Aschenputtel. Der Chauffeur ist Graf und Großgrundbesitzer, und das Mädchen ist Studentin, wie später meine Tante Eva, und dieser Stöckel ist ihr 1938 am Donauufer abgebrochen, als wir die kleinen weißen Schiffe gesehen haben. Hitlerjugend in Györ.
Mit der Bahn fuhren wir erst vier Stationen bis Horvathkimle, dort wurden wir mit einer Kutsche abgeholt. Der Kutscher saß kerzengerade auf dem Bock. Er schaute vor sich hin: offenbar war es unsere Sache, zu fragen, ob er für uns zuständig sei. Georgi hat die Erkundigung recht ungeschickt begonnen: er rief dem Mann zu: „Hallo!" Dieser reagierte nicht. Nun ging Georgi zu ihm hin und stützte seinen rechten Fuß vorn neben dem Kutscher am Wagen auf. Er sagte dem Kutscher, wer er ist – der Herr Neumann aus Györ, der die Maschinen repariert. Dem Kutscher war es nicht recht, daß Georgi sich dort, wo seine, des Kutschers, Füße ruhten, angestützt hatte. So zog er am Zügel, ganz fein. Die Stute verstand ihn: sie trat einige Schritte vorwärts. Fast nur einen einzigen Schritt. Doch es war genug, daß Georgi daraufhin zurückspringen mußte. „Setzen sich der Herr hinten", sagte der Kutscher. Wir setzten uns in die Kutsche, der Kutscher schaute uns nicht an, er fuhr los. Die ganze Zeit der Fahrt hat er sich nicht umgedreht. Vor dem Haus des Verwalters blieb er stehen, bis wir ausgestiegen waren. Aber hier ging er auch quasi nur nach seinem Gefühl: wieviel Zeit der Gast zum Aussteigen braucht, wußte er aus Erfahrung. Geschaut hat er nicht. Wir stiegen aus, er fuhr weg. Wieder kein Blick, kein Wort.
Georgi ging gleich zu der Zuckerfabrik, die nur wenig entfernt vom „Zentrum" des Gutes lag. Wir waren etwas bedrückt ob des Kutschers kargen Benehmens. Ich schaute mich hoffnungsvoll nach etwas Angenehmerem um. Die Frau des Maschinisten der Zuckerfabrik kam aus ihrem Haus. Sie zeigte mir die Tiere im winzigkleinen Vorgarten des Hauses: kleine Hasen in vergitterten Holzkubussen. Ich steckte die Finger durchs Gitter, sie knabberten neugierig daran, es tat nicht weh.
Irgendwie bildete ich mir ein, daß Hanna, Doktor Gerewitz' Tochter, Johanna-Hanna aus dem Lohengrin, hier in den Kornfeldern, oder noch besser im ferner gelegenen Schloß, dessen Turmspitze man von überall auf dem Gut sehen konnte, versteckt sei und eigentlich

auf mich warte. Ich dachte an Johannas' träumerischen Kuß mit dem schönen Fisch im Aquarium ... zwischen den beiden die Glaswand. Jetzt freilich wollte ich den Kuß Johannas ohne Glaswand. Ich wollte Johannas Augen sehen, nein, keine geschlossenen Augen: Durch ihre graublauen Augen wollte ich mich ganz tief in sie hineinbohren. Heilige Verbindung ... und Lippe auf Lippe, bewegungslos wie Hannes mit dem Fisch. Doch das Schloß schien unbewohnt. Aus einem kleineren Nebenhaus trat eine freundliche junge Frau mit Baby am Arm. Die Gattin des Verwalters. Sie führte mich zu den Ställen, wo junge Tiere zu sehen waren. Auch ein ganz kleines Kälbchen. Die Beine zitterten noch. Das Kälbchen stand im kleinen Vorhof seines Stalles. „Gehschule", dachte ich mir. Es kam zögernd auf mich zu. Die Beine stolperten, doch sie kam. Nun standen wir einander gegenüber: ich draußen, sie drinnen, ein leichtes Holzgitter zwischen uns ... Wir sahen uns in die Augen, sie und ich. Mittagssonne ohne Hitze, glänzendes, feuchtes Gras. Das Kälbchen trat noch einen Schritt vor, sein Kopf ragte über das Gitter. Hoffentlich beißt es nicht, dachte ich, Stadtkind, doch ich wollte kein Mißtrauen zeigen, ich wich nicht zurück. So sah sie mich weiter an, jetzt aus allernächster Nähe, und auch ich sah ihr in das Gesicht, in die Augen, so, wie ich Johanna hätte ansehen wollen, dann sperrte sie ihr weiches, großes Mäulchen auf und fuhr mit ihrer rauhen Zunge mir langsam übers Gesicht. Die Frau des Verwalters war verblüfft, etwas erschrocken und schimpfte ein wenig mit dem Kälbchen, das daraufhin zurücktrat. Schade. Doch ich merkte, daß die Frau die Bedeutung dieses innigen Kusses erkannte und daß sie mich infolge dieses kleinen Ereignisses mit Aufmerksamkeit betrachtete. Mit einem Schlag hat sie eine große Anziehung auf mich ausgeübt. Mit dem Kind am Arm, mit ihrem aufmerksamen Blick, mit ihrem unbewußten Lächeln. Ach, wenn sie nur meine Mutter wäre, schoß es mir durch den Kopf. Sie meine Mutter, Boris mein Vater? Doch das wäre unmöglich, das spürte ich. Ihr Mann, der Verwalter, war ihr richtiges Ergänzungsstück – nein, das darf ich nicht sagen, würden die Tanten meinen: Stück. Unmöglich. Jedenfalls war jeder des anderen Hälfte. Und er, still vergnügt an ihrer Seite, der ihrerseits still vor sich Hinlächelnden. Das war, ich spürte es, ein wirkliches Glück.

Wir dachten nicht ernsthaft daran, daß Györ je „richtig" bombardiert würde, ähnlich wie viele meiner jüdischen Freunde und ihre Eltern nicht daran dachten, daß auch bei uns die Nazis endgültig ein-

rücken und die Deportationen durchführen würden, wie überall anderswo. Ungarn schien eine Ausnahme zu sein. „Unser Reichsverweser ließe so etwas niemals zu", sagte meine Großmutter und nicht nur sie allein. Bei uns erklingt noch täglich der Zapfenstreich, und Admiral Horthy saß fünf Jahre im Vorzimmer des Kaisers. – Vielleicht war er wirklich des Kaisers Sohn? – Jedenfalls saß er in des Kaisers Vorzimmer, dies schien vielen eine ewige Garantie des Friedens zu sein, zumindest im Land selbst. Doch mein Onkel Bello Cio war an der Front, und lange Zeit keine Nachricht von ihm ... Herrn Inkeys Bruder starb an Typhus hinter der Front, hieß es. Beim Trauergottesdienst in der Karmeliten-Kirche hat Frau Foltin mit der Orgelbegleitung Eugen Petnekis, nach seiner ersten Entlassung aus der Psychiatrie, Trauergesänge vorgetragen. Ihre Stimme war irritierend hoch und schrill. Also, Krieg außerhalb des Landes ..., das war was anderes ..., nicht hier bei uns, irgendwo in der Ferne.
Doch ich wußte, daß die Leute einberufen worden waren ..., wie früher mein Großvater und Onkel Lukas ... Horthys schützende Hand über uns ... Hier stimmte etwas nicht, es war mir klar. Durch das Radio konnte man doch wissen, daß nach Stalingrads Fall die Richtung der Frontbewegungen sich gewendet hat. „Die Rote Armee marschiert gen Westen. Die Deutschen und ihre Verbündeten ...", und Pater Heckenast erzählte uns, Peppi und mir, ausnahmsweise über Napoleons Desaster in Rußland. „Tja, der russische Winter, Hitler, ein ungebildeter Malergeselle, kennt die Geschichte halt nicht." Und er schielte auf den Gugelhupf in der Mitte des Tisches, wobei seine Pupillen an der Nasenwurzel zusammenrutschten, und da jetzt seine Schwester neben ihm saß und sie weniger mit dem Gugelhupf, ihrem eigenen Werk, als vielmehr mit der Aussage beschäftigt war, daß „die Russen kommen", wie sie sich ausdrückte, merkte ich, daß ihre Pupillen ganz entgegengesetzt als bei ihrem Bruder an die Außenseite des Augapfels rutschten. Ich dachte an meine Vorstellung, wie ich Hanna hatte küssen wollen, wie das Kälbchen mich dann durchdringend angesehen hatte, wie ich auch sie, bevor sie mich küßte, und wie die Frau des Verwalters einmal längere Zeit ihren Blick in meinen Augen hatte ruhen lassen.
Diese beiden geschwisterlichen Augenpaare trafen nie aufeinander: sie sahen sich nur so im Vorbeirutschen. Und ich fand, daß diese meine Beobachtung ein Beweis sei, daß mein Mentor, Pater Heckenast, niemals der zeugende Vater Peppis sein konnte. Was war schon das kleine Gebrechen des geschwisterlichen Schielens gegenüber dem

tiefen Sündenfall: ein Priester, der die eigene Schwester schwängert. Es freute mich, daß ich über ihre Unschuld so absolut sicher sein konnte ... Die bösen Leute haben es ihm nur nachgesagt, weil sie niemanden in Ruhe lassen. Er war gütig zu seiner „gefallenen Schwester", die mit dem Buben allein dastand, der Kindesvater auf und davon, wie bei der Mutter Tante Gagis. Und weil die Benediktiner auf ein gemeinsames Mahl Wert legten, mußte Pater Heckenast an zwei Stellen essen: im Ordenshaus an der linken Seite Direktor Ladurners sitzend – an dessen rechter Seite angeblich seine Mutter saß – und daheim bei seiner kleinen Familie. Deswegen war er so unsagbar rundlich geworden. Ich sah ihn wie einen großen braunen Wollknäuel auf den Straßen zwischen seinem Haus in der Graf-Teleky-Straße und dem Ordenshaus hin und herrollen: zum Frühstück, zum Mittagessen und zum Abendmahl, und bedauerte ihn aus vollem Herzen. Und dann war seine Schwester – obwohl gute Köchin und Bäckin – doch irgendwie durchaus lästig durch Dummheit. Wie sie etwa nach ihrem stillen Aufschrei „Die Russen kommen" fragte, ob der „Gott der Ungarn" uns im letzten Moment vor einer Besetzung des Landes durch irgendein Wunder schützen würde. Wie ein Kind bestand sie auf Antwort, und diese Antwort mußte beruhigend sein. Pater Heckenast sah uns an, Peppi und mich, hilfesuchend, so kam es mir vor. Peppi schlief, wie immer. Herrgott, dumme Gretl, sagte etwas in mir, was soll jetzt dein armer Bruder sagen. Er müßte jetzt auf den Tisch hauen und dir ins Gesicht schreien, daß auch du einmal aufwachen, ja erwachsen werden mußt. Auch du kannst dir nicht alles ersparen, hier unter den großen, schattigen Bäumen in eurem schönen, altmodischen Bürgerhaus. Hat es nicht ausgereicht, als Erfahrung, daß irgendein Kerl dich mit dem Peppi schmählich sitzengelassen? Doch Pater Heckenast schrie seine Schwester nicht an, er aß unmäßig viel Kuchen, schluckte nervös und schluckte daneben, und dann hustete er, und seine Schwester schlug ihm auf den Rücken, und sie haben bald gelacht, und es war furchtbar gemütlich.

Ich weiß noch, daß mir dieses Lachen irgendwie unwirklich vorkam. Und daß mir hierbei zum ersten Mal die Idee durch den Kopf huschte, daß Pater Heckenast eigentlich die Göttin Pallas Athene sei, die Eulenäugige, die in den Werken, welche Pater Heckenast uns nachmittäglich erzählte und dann griechisch vorlas und die einzelnen zwei bis drei Zeilen dann genau übersetzte, eine große, man kann sagen wundertätige Rolle spielte. Athene selbst konnte, wenn es notwendig war, in der Gestalt einer anderen Person, oft eines Mannes, erscheinen. Sie konnte Personen, wie etwa Odysseus oder Perseus, zwei ihrer Schützlinge, plötzlich im Nebel unsichtbar machen, dann aber, wenn ihr Schützling irgendwo einen besonders guten Eindruck machen mußte, diesen durch Vergrößerung des Körpers, Vergoldung der vorhin vielleicht erst gar fehlenden Haare, schöner machen, ja ganz anmutig und königlich vornehm schön, und ich erinnerte mich plötzlich an Pater Heckenasts pädagogischen Versuch, durch Darstellung der einen oder anderen Szene das Wesen der Dichtung uns näher zu bringen. So mußten wir ihn uns erst als gebeutelten Odysseus vorstellen, der sich nackt und zerzaust der schönen Nausikaa nähert, einen laubbedeckten Ast vor seine Blöße haltend. Pater Heckenast hielt statt des Astes Peppis Kopflineal und trat vor Nausikaa, die – nolens volens – seine Schwester darstellen mußte. Diese Darbietungen waren die letzten, verzweifelten Versuche Pater Heckenasts, seinen Schüler Peppi zu irgendeiner Teilnahme hinzureißen, allerdings war die erwünschte Reaktion weniger das tiefe Erleben der Dichtung, vielmehr das seichte Erfassen einer oberflächlich gesehen komischen Szene. Peppi lief tiefrot an, dann hustete er, um endlich in ein unbändiges Lachen auszubrechen. Und in diesem Punkt war ich – muß ich eingestehen – mit ihm scheinbar einig: ich mußte lachen, ob ich wollte oder nicht. Nur scheinbar einig, denn Pater Heckenasts Szenen haben mich peinlich berührt und ich habe mich geschämt. Die Wurzeln unseres Lachens, Peppis und meines, waren verschieden, jedoch, wir lachten beide. Das war für meinen Mentor schmerzlich. Viel Zeit bedurfte es, uns zu beruhigen. Peppis Mutter war so beschämt in der Rolle der ausgelachten Nausikaa, daß sie weinen mußte. Pater Heckenast selbst blieb ruhig, er schaute vor sich hin, einfach geradeaus, durch uns hindurch wie durch die Luft, und in dieser Lage seiner Augen schielte er nicht. Da kam mir die Antwort, warum: Wohl war er niemals Odysseus, der Held, auch Alkinoos war er wohl nicht. Doch er war vielmehr Athene selbst, hier unter den Platanen seines schönen Hofes in der Graf-Teleky-Straße. Doch unsicher war ich noch: vor allem wegen unserer römisch-katholischen Religion, deren priesterlicher Vertreter Pater Heckenast ja war. Geht es zusammen? Vizedirektor des Benediktinergymnasiums, Stellvertreter des Priors Pater Ladurner und zugleich Pallas Athene? Aus einer ganz anderen, in unseren Augen heidnischen Welt? Ich habe mich wegen meiner frevelhaften Geanken zuerst einmal selbst zur Ordnung gerufen. Dann aber drängte sich mir die Frage auf: warum denn nicht?

Boris hatte mir immer wieder erzählt, wie Horthy aus dem Vorzimmer des Kaisers als hervorragender Lakai an die Spitze des Landes, Ungarns, hinkatapultiert wurde, das war nicht die volkstümliche Fassung. Der Admiral kannte persönlich alle, alle, die in der Weltgeschichte irgendeine Rolle spielten ... Ja, Boris beschrieb mir, das nahende Kriegsgeschehen ständig im Auge, wie Horthy, also unser Reichsverweser, sich so genaue Kenntnisse mit so feinem Fingerspitzengefühl beim Kaiser Franz Joseph erworben hatte, daß er bald herausfand, daß Graf nicht gleich Graf und Staatsoberhaupt nicht gleich Staatsoberhaupt war. „Mit dem Instinkt eines guten Butlers", sagte Boris, „wußte er sehr bald, wen sein Herr braucht und wen er nur aus Rücksicht oder Höflichkeit vorzulassen geneigt war. Und es gab selbstverständlich viele, mit deren Anträgen man die Majestät erst gar nicht belästigen sollte. Und in diesem Punkt erwies sich der Admiral als allererste Güte, das merkte der Kaiser sehr bald, und dann, daß Horthy ihn wie ein Sohn verehrte und liebte und bewunderte ... Besonders, weil der Kaiser bereits um vier Uhr morgens zu arbeiten begann ... Stell dir das vor, Giorgio. Er war total verdattert und diktierte irgendwelche Briefe ... Herrgott. Ein rüstiger, gescheiter Mann kann um acht oder zwölf Uhr anfangen, wenn er nur was Gescheites tut ..."

„Er konnte nimmer schlafen", dachte ich laut nach. Boris brach wie so oft in unbändiges Lachen aus.

„Total! Und der Horthy tat sich das gleiche an, obwohl er hätte schlafen können. Und der Kaiser hat das belohnt und ließ ihn hier bei uns aus Admiral zum Reichsverweser mutieren. Morgenstund hat Gold im ..., weißt du eh ..." Boris erstickte fast an seinem Lachen. „Ja! Admiral ohne Meer. Theater total. Aber der Kaiser ist 1916 gestorben."

„Mitten im Krieg ..., sagt meine Oma immer."

„Ja, total. Doch da war Horthys Sache schon geritzt, und er führt bei uns die Monarchie fort, die bereits 1918 zusammengebrochen."

„Am Ende des Ersten Weltkrieges. Als das Kommün kam, sagt meine Oma immer."

„Ja, total. Er ist unser Kaiser jetzt. Der Horthy. Der Admiral ohne Meer, Kaiser ohne Reich, und protestantisch ist er ja auch, was bei einem Kaiser der Monarchie recht unmöglich ist. Doch die Ungarn lieben ihn trotzdem, und nicht nur die Aristokraten. Nein, auch die Armen. Unbegreiflich."

„Ja, auch meine Oma, obwohl sehr arm."

„Und ihr Mann im Krieg ..., wie sagt man, ein Hieb ..., trotzdem diese Lieb'! Und vielleicht auch dein Onkel in der Schweinekoje mit dem armen Weib, auch sie beide! hatten Horthy lieb! und auch deine Tante Rosa, die sechs Jahre keine Arbeit als Lehrerin ... Alle, alle haben Horthy lieb!"
„Auch meine Tante Evy!"
„Tja, das ist was anderes. Ganz anderes. Evy hat noch eine Chance als Trittbrettfahrerin – hofft sie jedenfalls."
„Das Märchenauto", fiel mir ein.
„Ja, weil sie jetzt an der Uni. Vielleicht erwischt sie, erwischt sie so einen Chauffeur, der eigentlich Großgrundbesitzer ist. Aber nicht nur deine Tante Evy! Jeder wartet auf das Märchenauto. Während rund herum alles brennt und das Feuer, die Bomben, der Krieg von allen Seiten immer näher und näher kommen, warten wir, daß Horthy uns, auf seinem Schimmel sitzend, über die Milchstraße in ein Märchenland entführt ..."
Wenn ich mit Boris viel über Horthy gelacht, wenn meine Großmutter, eigentlich sonst viel realistischer als Heckenasts Schwester, sich wiederum auf des Reichsverwesers „Schutz" zu verlassen schien und nur wenige da waren, die wußten, was auf uns zukommt, und noch wenigere, die dies aussprachen, Direktor Ladurner etwa, der immer düsterer vor sich hinstapfte ... Allerdings hieß es, seine Mutter, seine über alles geliebte Mutter hat die Krankheit zum Tode ... Sie saß immer an seiner rechten Seite, hieß es, bei den Mahlzeiten ... Jedenfalls, ein Wittern lag in der Luft. Bedrückt und sorgenvoll sahen die Menschen vor sich hin ... Angst hatten wir alle, auch wenn wir es – aus verschiedenen Gründen – verbargen.

Es kam einige Male vor, daß der Zapfenstreich und die Sirenen zur gleichen Zeit einsetzten. Mir schien es, daß – weiß Gott warum – sehr oft zur Mittagszeit in der Kaserne geübt wurde – vielleicht mußten immer neue Bläser aufgestellt werden, da die alten möglicherweise gefallen ..., jedenfalls war das mittägliche Übungsblasen sehr ungelenk – so zehn Minuten vor zwölf, um zwölf kam dann das Glockengeläute, und zwischen beidem, oder mit einer winzigkleinen Verspätung, die Sirenen eben. Das nächste war dann das Motorengeräusch der Liberatoren. Ich stellte mir vor, daß am Ursprung des Habsburger Reiches, also bereits 950, der Zapfenstreich zu hören war, zu hören gewesen sein mußte, was heißt hier hören, nein! das ganze Reich kann eigentlich nur aus der Trompetenmelodie entstanden sein. Nun, gemessen an dieser Zeitspanne bis 1943 ... gewaltig. Und das alles mündet in das Sirenengeheul und geht im luftzitternden Lärm der US-Navy und Royal-Air-Force unter, während die Glocken –, die Kirche ist ja immer mit dabei.

An schönen, sonnigen Tagen kamen die viermotorigen Liberatoren in unermeßlichen Höhen. Eine große Armada auf dem Meer, Schiffe, die sich glitzernd am blauen Himmel widerspiegeln, in Scharen über uns, Schiffe mit tödlicher Fracht. Wenn jemand da oben auf ein Pedal tritt oder auf einen Knopf drückt ..., ich sah Onkel Eugens grünen Rasen ... und wünschte betrübte Regentage, lange Wochen in Wolken und Nebel eingehüllt – habe ich hier schon an Athene appelliert? –, damit mein Atmen, mein Herz vor der Angst nicht leide.
Was das für eine Welt ist,
muß ich auch heute fragen,
in der ein Kind
die so sehr geliebte Sonne ängstlich wegwünscht.
Denn die hellen Vormittage
hießen: Angriff mit Sprengbomben.
Was ist das für eine Welt,
die die sternklare Nacht
als Feuertod fürchtet.
Die Nerven stets gespannt, die Ohren gespitzt nach dem fernen Motorengeräusch, das immer näher kam, in Wellen flogen sie an – die großen Vögel – ihr Ziel und warfen die tödlichen Eier herunter, und Schleifen machend kamen sie immer wieder, weil es offenbar unmöglich gewesen – damals – die ganze Ladung auf einmal ... Wie oft erlebte ich den Angriff, bevor er dann wirklich kam. Wie der Mensch, der seinen Tod vielleicht öfter erlebt, aus Angst oder weil er krank ist oder weil verunglückt – doch, es war noch nicht. Der „richtige" Tod wartet noch.
Wir Sterblichen – huschte mir durch den Kopf –, die die Götter Griechenlands nicht beschützen. Oder doch? Nehmen wir doch an: Athene hat die Gestalt Pater Heckenasts angenommen, damit sie mir hilft ..., mich aus dem Paria-Dasein beim Spülstein meiner Mutter zu der Tafelrunde der Geweihten zu schmuggeln. Wie hell und ohne Fehler waren seine Augen, wenn er geradeaus vor sich hinschaute: er sah eine Zukunft: Besseres für seine Schützlinge.
Und auch Pater Ladurner ...
Schon bei meinem Aufnahmegespräch ..., und dann fast zwei Jahre

später in der Klasse des Benediktiner-Gymnasiums. Klasse IA. Nachmittagsunterricht wegen der ständigen Alarme ... Ende März 1944. Deutschstunde wohl. Pater Ladurner, die ganze Klasse, bekam hohen Besuch, irgendwann vor Ostern. Vier Offiziere, SS-Zeichen am Kragen, Ärmeln, überall. Das Klassenbuch wurde aufgeschlagen. Unser Direktor und die vier Offiziere sprachen leise miteinander: doch, wir Kinder spürten die Spannung. Der eine SS-Mann drehte sich zur Klasse und sagte: „Lazarus, Deutsch, Adler, Neumann."
„Anwesend", gaben wir die übliche Antwort.
„Aufstehen ... die vier."
Wir standen auf: Lazarus, Deutsch, Adler, Neumann. Die Schulkameraden zogen die Hälse ein und schlugen die Augen nieder. Wer in Ungarn einen deutschen Namen hatte, war Jude oder Schwabe. Vorne berieten sich die Herren. Pater Ladurner – sichtlich tief erregt, doch leise, die anderen leidlich zivilisiert: Elitetruppe, hieß es. Nach circa vier Minuten erreichte Ladurner, daß wir vier wieder sitzen durften. „Aus meiner Klasse niemand", verstand ich Ladurners beschwörend, ja fast dämonisch den Nazis zugeflüsterte Worte. „Das sind Kinder: mitunter die besten Talente unserer Stadt. Sie können mich ..., wenn Sie wollen, die Herren, ich bin über sechzig und krank schon, und ich, Prior Ladurner, handle auch nach Befehl: als Soldat Gottes."
Er wurde so übermäßig groß jetzt: richtig einen Kopf größer als die gutgewachsenen Deutschen. Soldatisch: Feldherr einer viel größeren Armee. Ich dachte, Athene auch er, und erinnerte mich an seinen Blick bei meiner Anhörung. Es war keine Überraschung mehr für mich, daß die SS-Leute das Klassenzimmer verließen, sie mußten weichen vor Athene. Ladurner tat, als ob er müde wäre und erschöpft durch die Erregung, denn für einen Sterblichen – für den wir ihn hielten – wäre der Disput mit vier SS-Offizieren äußerst gefährlich. So aber ... Athene tat jetzt so, als ob sie – noch in Gestalt Ladurners – kleine Notizen machen müßte. Sie oder er, fragte einzeln, patschert fast: „Und du, Deutsch, wo wohnt ihr, und du Lazarus ..." etc., als ob er nicht alles im Matrikelbuch hätte. Er schrieb die Adressen von Lazarus, Deutsch und Adler auf. Meine nicht. Ich galt ja als Schwabe. Dann verließ er unser Klassenzimmer. Die Schule hatte acht Klassen, jeweils mit A und B Klassenzügen. Also sechzehn Klassen. Und in jeder drei, vier, fünf Lazarusse und Adlers. In seinem klappernden alten Wagen, jeweils mit fünf bis sechs Schülern völlig überfrachtet, hetzte Ladurner nach Pannon-

halma, dem Mutterkloster mit Internatsgymnasium – von wo die Kinder weitergereicht wurden, wie ich später erfahren habe, fast alle Klöster, nicht nur die Benediktiner, haben Asyl gewährt, Ladurner kannten sie alle –, während Pater Heckenast in Györ die Eltern vorbereitete. Sechsundvierzig von vierundsechzig jüdischen Schülern brachte Ladurner so in das Mutterhaus, Pannonhalma. In drei Tagen. Er war sehr zuversichtlich, daß es ihm gelingen würde, alle zu retten. Doch am letzten Rückweg des dritten Tages haben vier junge Kerle, einfache Soldaten, ihm den Weg verstellt. Er mußte bremsen. Er stieg aus dem Wagen: sie haben ihn an Ort und Stelle hingerichtet. „Noch gut, daß seine Mutter dies nicht mehr erleben mußte …", so Pater Heckenast. Denn die Mutter war knapp nach dem Einmarsch der deutschen Truppen gestorben… Die übrigen sechzehn Kinder wurden nach Ladurners Ermordung von den Wohnungen, nein, nicht sofort, erst im Juni 1944, wegtransportiert nach Auschwitz. Niemand von ihnen kehrte jemals zurück. Sie kamen alle um. Einigen von den Eltern gelang die Rückkehr: sie sprachen nicht. Niemand sprach. Die ganze Schule schwieg über die auf diese Weise Verlorengegangen.

Das Weihnachtsfest in diesem Schuljahr 43/44 ist wie ausgelöscht in meiner Erinnerung. Wir wohnten bereits in unserer nagelneuen und sündteuren Wohnung in der Munkacsy-Straße: Zwei große Zimmer auf die Raba-Brücke, eines mit Balkon, dann die Halle, großes Bad, großer Flur, extra WC, Küche mit Balkon, „Dienstmädchenzimmer", Garderobenraum. Die beiden letzteren Räume waren gleich groß. Der Garderobenraum war schnell voll mit Dolores' Kleidern. Im Dienstmädchenzimmer ragte ein Waschbecken aus der Wand. Georgi aber behielt sein kleines Loch, seine Werkstatt, in der Czuczor-Gergely-Straße weiter.

Wo war der Weihnachtsbaum in dieser Wohnung? Ungebreiflich: ich weiß es nicht, obwohl ich den kleinen Baum, ein Bild des Wunders, den meines ersten Lebensjahres noch heute sehe: Erst neun Monate alt, übersprang ich – laut Aussage der Eltern – ihre Doppelbetten, um zum Baum zu gelangen. Auch alle anderen Christbäume in unseren armen Wohnungen und bei meinen Großeltern seh' ich.

In der großen, neuen Wohnung, unter dem Eindruck der verheerenden Nachrichten aus allen Richtungen, habe ich den Weg zu der Krippe von Bethlehem verloren? Der kollektive Kindesmord Herodes', eine Kopie des Bildes von meinem geliebten Bruegel, hing über meinem Bett – zum Verdruß der Eltern –, und hoffnungslos vertan

schien mir das Gebet an das Kind, das Lied, das Eugen Petneki mir
– vor seiner nochmaligen Erkrankung – beigebracht hatte:
„Führ mich, Kind, nach Bethlehem!
Dich, mein Gott, dich will ich sehn.
Wem gelänge es, wem,
ohne dich zu dir zu gehn!
Rüttle mich, daß ich erwache,
rufe mich, so will ich schreiten;
gib die Hand mir, mich zu leiten,
daß ich auf den Weg mich mache".
Mit schönen, schrägen Akkorden des armen Narren Hugo Wolf, der
so wie er, Eugen Petneki, den Weg nach Bethlehem nicht mehr fand,
stattdessen den Weg zum „dunklen, öden Strand", wie Eugen seine
Krankheit selber nannte. Mir selbst schien der Weg gleichfalls verloren. Doch, an Eugens öden Strand wollte ich um keinen Preis.
Athene, dachte ich, wird mir Bethlehem ersetzen: War der arme Jesus
nicht genauso ein Narr wie wir: Hugo Wolf, Eugen Petneki, auch
ich ... so viele: Wir liebten den Sohn und wurden vom alten, gräßlichen Vater ausgetrickst, wie Christus. Das Kind in der Krippe von
Bethlehem. Alle Kinder. Ohnmächtig. Und er läßt sich von seinem
Alten noch ans Kreuz nageln. Nein. Nur Mitleid mit dem armen
Narren, keine Gefolgschaft mehr. Athene dagegen, die kluge, mächtige Göttin, – wie Pater Heckenast es genau beschrieb, aus dem Kopf
ihres Vaters geboren ..., sie konnte wirklich helfen. Und ich erkannte jetzt stückweise ihr häufiges Auftreten, immer wieder in anderen
Gestalten, die mit Fürsorge und Liebe meine ersten zehn Jahre
begleitet haben, mit ihrem aufmerksamen Blick, ein Lächeln um den
Mund, der zu fragen schien:
„Erkennst du mich endlich? Ich bin doch deine Lehrerin in der
Übungsschule, die dich mit der linken Hand schreiben ließ. Die dich
von der Schande des Spülsteins, des Stickens, des Häkelns befreite
und Häusermodelle dir zur Aufgabe stellte." Pallas Athene! Ja. Sie
war es.
„Und auch die Augen Doktor Lorands: mit Aufmerksamkeit auf
dich gerichtet: nicht nur auf deinen schmalen Kinderkörper: ein
Mensch! So sah ich dich ... Und dein Großvater! Verschämt-begierig sog sein Blick deine Bilder in sich ein: dein Werk. Das war auch
ich. Auch Tante Rosas mächtig scheinender Auftritt gegen Dolores'
Frevel ... Ich, Athene, ich. Bald dann Galajda, der mit meinen, Athenes, Augen den Augenblick erfaßte, in dem Lörinz mit deiner Hilfe

in den Brunnen stieg. Ich war auch Lörinz, ja, ein Bettelmusikant! – nur für dich. Und dann der zwergwüchsige Artist Jacques Bell!" – „Wer ist das?" fragte ich. „Ach, er war noch nicht, er wird. In einen zwergwüchsigen Körper muß ich steigen, die herrliche Athene, ich, für dich! Und die Frau Inkey – inzwischen im Todeslager –, wie zärtlich, ja wie gütig lag ihr nunmehr auslöschender Blick auf dir. Und so war ich dein Mentor, der närrische Heckenast, der in seinem pädagogischen Wahn die Sache Zeus mit Hera sogar deinem Vater" – „Georgi?" – „Ja, erklären wollte. Daß Hera eben ihren kleinen Bruder heimlich weggelegt, zum späteren Gatten für sich. Du kannst dir vorstellen, wieviel Arbeit ich hatte, damit du noch einmal den Heckenastschen Garten betreten durftest. Die ganze Familie in Aufruhr. Kann ich dir sagen. Allein der heldische Ladurner lag mir ... Doch allzu schnell und sterbend, mußte die schöne Rolle abgeben ... ich. Kurz war der Spaß ..., und nur sechsundvierzig statt vierundsechzig Knaben gerettet. Das war bitter. Sogar im Pimpi noch, der dir in der Kindertanzschule zu dem richtigen Gewand verholfen, steckte Athene, ich, dann, gestaltlos zwar, doch war ich der kurze Augenblick jener Unaufmerksamkeit der Eltern, damit du deine Zahnspange loswerden konntest."
Ich war tief beschämt. Gewiß, gewiß. Ich fiel in einen tiefen Schlaf. Es sang in mir im Traum: alle sangen, die Athene erwähnt: Gewiß, gewiß, daran bin ich vielleicht im Traum hängengeblieben, und schon ging sie los, die herrliche Musik: „... denn ich bin gewiß, daß weder Tod, noch Leben, weder Engel, noch Fürstentum, noch Gewalt, weder Gegenwärtiges, noch Zukünftiges, weder Hohes, noch Tiefes, noch kein andre Kreatur mag uns scheiden von der Liebe Gottes, die in Christo Jesu ist, unserm Herren."
Als ich aufwachte, hörte ich die letzten Worte noch. Verwirrt war ich. Denn nicht so schnell wie über Tag konnte den Tausch vollziehen in der Nacht mein kindlich' Wesen.

XXI. Vater aller Dinge, Krieg

Daß wir Anfang 1944 noch immer nicht bombardiert worden waren, obwohl wir am 19. 3. 1944 aus den Fenstern unserer nagelneuen und sündteuren Wohnung die deutschen Truppen einmarschieren sehen konnten, ja, quasi wie aus einer Loge heraus, wie man eine militärische Parade eben anschaut – aus Richtung Wien kamen sie über die Raba-Brücke und sangen das stramme Lied von „Erika" –, tja, wie soll ich es erklären: dieser Einmarsch und das Nichtstattfinden der Bombenangriffe trennte bei uns die Geister. Meine Regung, gleich mit dem endgültigen Einmarsch der SS-Truppen nach Novakpuszta auf das Gut zu ziehen, wurde von Dolores schlecht ausgelegt: „Na, gerade das werden wir machen: nachdem i c h " – ich betonte sie übermäßig – „nachdem i c h endlich eine anständige Wohnung habe." Ich dachte: wir.

Und als die viermotorigen Liberatoren in den ersten Wochen nach dem deutschen Einmarsch noch keine Bomben warfen, wurde Dolores übermütig. „Nicht einmal Budapest haben sie angegriffen: die Deutschen und die Ungarn waren immer schon ..." Was waren sie schon immer? Ich glaube, sie dachte an die österreich-ungarische Monarchie, in der sie noch – 1907 – geboren, und Deutsche und Österreicher waren ihr ein und dasselbe. Ich wollte ihr klarmachen: Gerade w e i l die Deutschen einmarschieren, werden die Amis und die Briten uns bombardieren. Wie Boris mir das auseinandergesetzt hatte.

„Du weißt aber alles", so Dolores.

„Ja. Und das alles kommt von diesem Boris", so Georgi. „Auch will er, daß du mit ihm nach England gehst. Gib's zu."

„Daraus wird nichts. Boris ist ein Kosmopolit. Wir sind Ungarn." So Dolores.

„Selbst Budapest, die Hauptstadt, wurde nicht bombardiert, warum dann Györ?"

„Bisher nicht. Wart nur ab. Und nach Budapest kommen wir dran: Die Waggon-Werke, auch sonstige Fabriken: Knotenpunkte der Bahn, etliche Brücken, Direktverbindung Wien – Budapest."

Und bös schaut sie mich an am 13. April, als bereits um elf Uhr vormittags nichts mehr zu überhören ist. Hunderte viermotorige Maschinen laden in zwei Stunden in immer neuen Wellen, Schleifen ziehend, Tausende Tonnen von Sprengkraft auf die in der Ausbreitung kleine Stadt. Wie ein Idiot hockst du in einem Keller, den nur zufällig kein Volltreffer trifft. Wenn in kleineren Häusern die Bombe durchs Dach und die schwachen Böden durchsaust und vor der strickenden Großmutter zerbirst, sind halt gleich alle tot. Wenn aber etwas höher, weil das Haus größer ist und das Material Widerstand leistet, wenn also in unserem Superhaus die Bombe nicht – wie

woanders – im Keller, sondern etwa in der Höhe der zweiten, dritten Etage explodiert, kriegst du im Keller einen Berg auf den Kopf: niemand kann dich schnell genug ausgraben: dein Schutzkeller ist deine Gruft. Dolores schaut mich die ganze Zeit anklagend an: sie hat die Wette, die wir nicht abgeschlossen, verloren.
Wenn die „Entwarnung" dann endlich kommt, bist du halbtot vor Angst, vor der ausgestandenen und vor der noch bevorstehenden. Denn jetzt wartet noch Gräßliches auf dich. Du mußt rennen und schauen, welche Häuser in Schutt, welche deiner Angehörigen und Freunde vielleicht unter einem Haus begraben … Ich lief zu der Großeltern Haus, welches noch stand, die Großeltern in Ordnung, aber meine geliebte Volksschule …, die Ecke Kiss-János- und Franz-Liszt-Straße war schwer getroffen worden. Man sah in die Klassenräume hinein. In einem Querstreifen über der Stadt war offenbar einer der „Bombenteppiche" gezogen worden, nun waren die Häuser in der von oben gezeichneten Schräge niedergemacht. Einige Teile ragten gegen den Himmel. Dazwischen bröselte Schutt. Auf einem Baum erblickte ich zwei abgerissene Hände. Etwas weiter ein Bein, der Fuß mit Schuh. Das war vorhin noch unser Pedell. Auch sah ich eine weibliche Brust – ich mußte an Maya denken –, die pochte, so ohne Körper, ohne das Herz darunter.
Viele starben durch die Druckwellen: Herr Nyomarkai bahrte daheim seine zwei Zwillingstöchter auf, die im Schutzkeller der Schule – noch vor einem Jahr meine Schule – zu Tode gekommen waren. Er bahrte sie daheim im Elternbett auf, dann photographierte er sie und ging dann jahrelang in der Stadt herum und zeigte dieses Photo jedem: „Sie sehen, keine Verletzung, nichts. Sie schlafen." Georgi meinte, daß Nyomarkai, der Vertreter, immer schon einen Hieb gehabt habe, „jetzt ist er aber endgültig verrückt geworden. Er will nicht glauben, daß seine Kinder tot sind. Er beschuldigt die Polizei und den Pfarrer, seine Kinder lebendig begraben zu haben …"
Ein Jahr später geboren, wäre ich selber hier umgekommen. Auch meine Lehrerin …, ich war jetzt jenem häßlichen Rechtsanwalt, der sie nach Abgang unserer Klasse ehelichte, fast dankbar. Sie folgte ihm in eine kleinere Stadt, die vielleicht nicht bombardiert wird. Hm. Doch eine Pallas Athene kommt nicht um durch die Bomben. Sie wird, Athene, gleichsam meine Lehrerin wie einen leeren Mantel diesem Rechtsanwalt übergeben haben …, während er denkt, er hätte sie selbst gewonnen. Wie eifersüchtig war er, daß sie uns nicht bereits nach der dritten Klasse im Stich gelassen … Nein, nein, sie mußte

unseren Klassenzug, vierte Volksschule der Übungsschule der Lehrerinnenbildungsanstalt, zu Ende führen. „Die Kinder sind Ihnen wichtiger, Ilona, als ich, Ihr künftiger Gatte." Eifersuchtsszene in einem leer scheinenden Klassenzimmer. Doch ich hockte unter einer Bank, weil das Modell unseres Bahnhofs, an dem ich herumklebte, noch nicht ganz fertig war. Athene wußte es. Und als der Bräutigam seinen Mund zu einem Vorschuß-Kuß spitzte, lachte sie nur. „Doch Akos, hier, im Klassenzimmer?" Und sie verschwand. „Wie?" fragte Doktor Akos Jezernitzki: „Ilona! Wo sind Sie auf einmal." Und ich nahm mein Modellchen und steuerte auf ihn los, wie ein losrennender Widder. Den Blick versunken in mein Werk, rannte ich mit vorgebeugtem Kopf in des Bräutigams Bauch oder etwas tiefer. Er jaulte auf. „Bist du blind, kannst nicht sehen?!" Doch ich war in diesem Augenblick ein kleiner Meteorit und maß weiter meine Bahn, und Doktor Jezernitzki, künftiger Gatte meiner Lehrerin, existierte nicht für mich. Er sprang zur Seite und fluchte ... So viel war ich Pallas Athene schuldig.

Am Tag nach dem Bombenangriff fuhren wir auf das Gut. Im Haus des Mechanikers der Zuckerfabrik hat man uns „Flüchtlingen aus der Stadt" ein Zimmer irgendwie schnell eingerichtet. Das Zimmer öffnete sich einfach ins Freie, auf einen kleinen Garten, der, in zwei geteilt, an der einen Hälfte mit einer Schweinekoje verbaut war. Drinnen ein Muttertier und einige Ferkel. Sonst gab es etwas Gemüse, und weil es die Nordseite des Hauses war, schien das Gemüse bereits verwelkt, obwohl noch nicht ganz ausgewachsen. Zwischen den unordentlichen Beeten war kein begehbarer Weg, nur Gatsch. Einige Hühner hüpften im unansehnlichen kleinen Quadrat herum, suchten Würmer in den Pfützen, in der Erde. Dolores war tief beleidigt.

„Dein Vater sagte mir, daß wir sehr ordentlich untergebracht werden sollen."

„Nun ja, Georgi ist Mechaniker, so tat man uns in das Haus des Mechanikers von der Zuckerfabrik." Sie gab mir draufhin eine Ohrfeige. „Ohnmacht der Erziehung", sagte ich ihr und hielt die andere Backe hin, weniger aus christlicher Demut als aus Spott. So schlug sie nicht mehr zu. Erstaunlich fand ich ihren nächsten Satz: „Geld haben wir keines. Ich weiß nicht, wo dein Vater bleibt." Doch er war bereits da. Recht gehetzt, abgerissen.

„Alles in Ordnung, ja?" Er kam von der Flak, wo er in Györ eingeteilt war. „Die ganze Nacht: Royal-Air-Force, alles brennt. Hinter der Kaserne, Teleky-Straße, alles."

„Und wir haben den Schweinestall unter der Nase", antwortete Dolores. „Was sagst du? Teleky-Straße?"
„Und weiter noch", sagte Georgi hastig. „Doch das Haus deiner Eltern, alles in Ordnung, die Neue-Welt-Straße, wie durch ein Wunder." Doch mir kommt Pater Heckenast in den Sinn. Teleky-Straße! Nach dem ersten Angriff, dem Vormittag-Angriff der US-Navy, begegneten wir uns vor dem Gymnasium.
Mein Abschied von Pater Heckenast kommt mir bedeutungsvoll in den Sinn. Wir beruhigten uns gegenseitig, daß „unsere Familien" in Ordnung seien. Dann sagte ich ihm, daß wir am nächsten Tag „auf das Gut" ziehen werden. Und er blickte in die Ferne. Und so ohne Schielen. Athene! „Warum?" fragte er, wie um mich auf die Probe zu stellen. „Glaubst du, daß noch weitere Bombenangriffe ...?" Ich dachte schon und wollte plötzlich, daß er – samt Schwester und Peppi – mit uns komme. Mit uns? Wohin? Ja wohin? Dann eben nach Pannonhalma. „Wir sind überall in Gottes Hand", sagte er und schielte jetzt plötzlich, mit nach innen gekehrten Augen, wieder. Diese Augen kamen mir weiterhin gelb vor wie die Augen eines Uhus, Athene also. Doch es schien mir, als ob Pater Heckenast auch nicht mehr an diese schützende Hand Gottes glauben wolle, da er nicht mehr glauben könne, was er sagen müsse: „In Gottes schützender Hand – wie ja Freund Ladurner, nicht wahr?" Und es klang so, als ob der Benediktiner mit seinem göttlichen Wesen als Athene und mit seinem irdischen Wesen als Benediktiner in Konflikt geraten wäre, diesen Zustand nun nicht vertuschen könne und sogar diese Hand Gottes fast schon verspotten wolle, oder war das ein unschuldiger Reflex seiner schwachen Augenmuskel, welcher bei ihm im Zustand großer Aufregung immer wieder auftrat? Oder war mein Glaube an diese Hand, in welcher wir angeblich so gut aufgehoben ..., vollkommen abhanden gekommen? ... Nun ja. Seit September 1939, jedenfalls seit die Sirenen bei uns täglich heulten, und dies war vom Anfang des Krieges so, habe ich meine Gebete an Gott gerichtet: über das übliche Vaterunser und anschließende Ave Maria hinaus habe ich ein persönliches Zusatzgebet zum „offiziellen Teil" angehängt: ich bat Jesus um Hilfe „für mich selbst, für meine Familie und Freunde, doch auch für alle Menschen, die die Welt bevölkern." Diesen Satz vergaß ich sicher nie, und in meiner inneren Sprache artikulierte ich diesen Wunsch: „zum Schutze ALLER" mit besonderem Nachdruck. Nun waren dies ab Anfang September 1939 bis 13. April 1944 55 Monate und 13 Tage, circa 1.670 Tage insgesamt, täglich zumindest drei Gebete für

die ganze Menschheit, über 5.000 Gebete, in der Wirklichkeit sicher viel mehr, und nun mußte ich sehen, daß Gott nicht auf mich hörte. Nachdem ich vom zwölfjährigen Jesus wußte, daß er bereits die Weisen im Rat unterrichten durfte, habe ich mich ebenfalls berechtigt gefühlt, ihm alles aufzurechnen: Die Bombennächte – nicht nur bei uns –, das Krepieren an der Kälte bei Stalingrad, die Schrecklichkeiten, die deutsche Soldaten mit russischen Frauen und Kindern ..., die Grausigkeiten der Folterlager, der Konzentrationslager: ich war ein Kind, doch ich wußte alles und ich rechnete es ihm vor, ihm, dem Sohn, die unendliche Gleichgültigkeit Gottes. Und sagte mich von ihm ab. „Laßt die Kleinen zu mir kommen", hast du immer gesagt. Nun. Was war das. Märchen für die Dummen? Besonders Ladurner habe ich ihm vorgeworfen, der andere retten wollte, und meinen Mentor, Pater Heckenast. Ja, ist er vielleicht auch ..., ich konnte mir nicht vorstellen ... Die Teleky-Straße Opfer der Brandbomben. Ich sah ihn, meinen Mentor, er stand vor dem Benediktiner-Gymnasium zwischen dem ersten Mittagessen im Ordenshaus, welches im ersten Bombenangriff schadlos geblieben war – wie sein eigenes Haus, zunächst jedenfalls –, und dem zweiten Mittagessen daheim.
„Auf dem Gut also, du wirst dort ein ganz anderes Leben als dies hier kennenlernen. Der Krieg, er zeigt uns allmählich alles ... Ja."
„Vater aller Dinge", sagte ich stolz, damit er sich freut, wieviel er mir beigebracht hatte. Und er freute sich und er ging, doch nach einigen Schritten wandte er sich um: „Paß auf, Kind", sagte er: „Schicke deinen Vater in die Graf-Teleky-Straße: Eine Wohnung in unserem Haus ist frei geworden. Ihr könntet aus dem großen Block doch zu uns ziehen. Es wäre viel billiger und nicht so ein Zielpunkt, wie der Riesenblock der Waggon-Werke." Wie war das jetzt wirklich: Athene erschien Telemachos als Mentor, Telemachos, dem Sohn des Odysseus, der jetzt für seinen Vater handeln sollte. Doch Georgi als Odysseus?
„Schickst du ihn?"
„Ja." Und er ging, und ich habe ihn nie mehr gesehen. Jedenfalls nicht in der Gestalt des Pater Heckenast. Doch er war ja Pallas Athene.

„Und du hast schon alles herübergebracht?" hörte ich Dolores' Stimme.
„Alles", hauchte Georgi schuldbewußt.
„Die ganze neue Einrichtung! Das Piano!"
„Lauberger & Gloss", gab Georgi gebrochen zu.

„Und die schöne Wohnung steht jetzt leer da. Mitnichten zerbombt."
„Das kann noch kommen", tröstete sie Georgi.
„Und du schaust gleichgültig zu" – schrie sie mich an – „dir ist alles wurscht, dein Lehrer, dieser Heckenast, der dich auch nur gegen uns ..., jetzt ist dort alles, alles, was wir mit verzweifelter Arbeit ..."
Wir?
Wieso wir?
Und wenn Georgi, Georgi war nicht verzweifelt. Bei der Arbeit. Allerdings ... Es wurde ihm allzusehr eingebleut, was er Dolores b i e t e n muß. Und er war dumm genug und fügte sich und nahm die sündteure Wohnung – damit erwirkte er Pater Heckenasts Erbarmen. 80 Pengö zahlen statt 250. Es war schon ein Unterschied. Nun: alles verbrannte drin. Das rotbezogene Kanapee mit 6 Sesseln, der Tisch mit Intarsien, die Vitrine mit weiteren Porzellanfigürchen, damit die kleine Chinesin Gesellschaft bekomme, eine neue Küche: Maßarbeit, aus besonderem Kirschholz, die Schränke mit großen Spiegeln, ein kleines Zimmer voll von Garderobenschränken: die waren bei unserem Einzug im November 1943 nur mäßig gefüllt. Doch bei dem ersten Bombenangriff bereits bummvoll. Besonders erschreckt hat mich ein sogenannter „Silberfuchs", den man um einen Pelzkragen herum der Reihe nach angenäht hatte. Sieben kleine tote Fuchsköpfe bimmelten auf Dolores' Schultern, wenn sie abends mit Georgi ins Theater ging. Täglich „Land des Lächelns", wegen Sparmaßnahmen in der Kriegsnot, hieß es. Der Brillantring und die Krokotasche gehörten ebenfalls zu den Opfergaben eines Gatten, wenn er nicht als Versager gelten wollte. Da verschwand also Boris' Geld. Sie haben üppig eingekauft, zwei Minuten vor dem Ausbruch des Luftkrieges und angesichts der nahenden Okkupation. Und jetzt der Umzug in die Heckenast-Wohnung und der Volltreffer.
Georgi stand als Angeklager da, und er schüttelte nun nicht mehr nur sein rechtes Ohr, sondern auch das linke. Wir witzelten früher immer, daß sein Ohrenleiden ihn vor dem Frontdienst bewahren würde.
„Lieber ein bißchen taub, als an der Front", witzelte er selbst. Doch in der neuen Wohnung wurde das rechte Ohr nicht ein bißchen taub, sondern ganz und das linke begann in des rechten Fußstapfen zu treten. Doch er hörte keine Stille, wie er seinen Zustand zu erklären versuchte: „Es saust und klingelt drinnen im Kopf." Tinnitus heißt die Streßkrankheit, wie ich heute weiß.

Mit hilflosem Lächeln legte er einen offiziellen Zettel, seine Einberufung, auf den Tisch. „Jetzt müssen auch die Tauben ..." – sagte er. Und damit ihn nicht sofort die ganze Wucht von Dolores' Empörung treffe, stellte er die kleine Porzellanfigur: „Der traurige Hirte" neben den Einberufungsbefehl auf den Tisch. „Der traurige Hirte" stand daheim in unmittelbarer Nachbarschaft der Geisha, die Dolores unter den „wichtigsten Gegenständen" auf die Puszta mit eingepackt hatte. Über die Serie der Porzellan-Köstlichkeiten hatte ich daheim recht viel gespottet. Doch über die bisherigen Anhaltspunkte meines Spottes hinaus, nämlich, daß die Figürchen jedes für sich einem anderen proportionalen Gesetz zu unterstehen schienen, was eine groteske Reihe von willkürlichen Größen ergab, etwa – in die Wirklichkeit umgesetzt – eine circa 150 cm große Frau als Geisha, daneben die männliche Figur, eben dieser „traurige Hirte", wie aus dem Land der Liliputaner, daneben aber Ludas Matyi, ein dicker Bub auf dem Rücken einer Gans: Bub und Gans waren siebenmal so groß wie der Hirte, daneben noch der schiefe Turm von Pisa – eigentlich ein Geschenk Evas an mich: aus Knochen minutiös nachgebildet, in seiner Art sehr schön, nur eben in der Nachbarschaft der Riesengans mit ihrem Reiter ..., daneben also der Turm, hier mit seinen 7 Zentimetern Höhe lächerlich gemacht, und so weiter, wuchsen nun auf dem Gut die Anhaltspunkte meiner Kritik bezüglich des „traurigen Hirten" in die Dimension der letztmöglichen Obszönität: Ein Hirte, versehen mit einem schön verzierten Schafspelz – gedacht für die höchsten Feiertage – sich auf die Sense, das heißt, deren Metallblatt l e h n e n d . Auf der Puszta wurde mir klar, daß diese künstlerische Darstellung aus den Meißner Porzellanwerken ein Konglomerat diverser Unkenntnisse darstellte: Hirte mit Sense war in sich schon pervers. Sich mit dem warmen Schafspelz – offenbar zur Erntezeit, also in der Hitze – auf das Metallblatt der Sense zu lehnen, indem der rechte Arm am gebogenen scharfen Riesenmesser auflag, war ein Unsinn. Mein künftiger „Chef", Agronom beziehungsweise „Agrar-Offizier" „Garibaldi", erklärte mir später zusätzlich, daß ein Hirte niemals die Arbeit eines Feldarbeiters übernehmen würde. „Hier sind die Rangunterschiede unüberbrückbar. Wenn zu wenig Feldarbeiter für die Ernte da sind, holen wir welche von dem kleinen Joachim-Hof." (Solche Höfe gab es auf dem Gut mehrere.) „Ein Hirt ist ein Hirt, und wenn er ein Rinderhirt ist, wird er nie Schweinehirt werden, und es kam noch nie vor – jetzt mal umgekehrt –, daß ein Rinderhirt zum Roßknecht oder ein Roßknecht zum

Kutscher aufgestiegen wäre. Und nicht einmal zum einfachen Fuhrmann für die Güterwagen. Aber der Paradekutscher, der mit der Equipage für den Grafen, oder nun ja, für den Besitzer, wer das immer ist, geschickt wird, um ihn abzuholen, wenn er einmal hier vorbeischaut, also der Paradekutscher ist der Paradekutscher, den kannst du nicht mehr auf den Bock eines Lore-Wagens setzen. Was Lore-Wagen ist? Da auf den Schienen. Für den Zuckerrübentransport. Mit einem alten Gaul vorne. Auf dem s i t z t der Kutscher nicht. Er g e h t neben dem Gaul. Einen Paradekutscher kannst du nicht einmal auf den Bock eines normalen Zweispänners setzen, auch nicht, wenn du mit dem Stock auf ihn losgehen würdest."
„Werden die Leute hier geschlagen?"
„Ab und zu, wenn's unbedingt sein muß. Ich nur mit der Hand ... bei den Jüngeren. Schlägst du einen Vierzigjährigen, der gibt kein Zeichen von Schmerz, auch nicht von ... seelischem Schmerz, weißt du ..., er steht da und erstarrt. Aber er haßt dich. Und wenn du einen Älteren noch ..., wenn du die Hand hebst und da steht ein Sechzigjähriger, und er stellt sich vor, daß du ihm ins Gesicht schlägst ..., der weint. Der hält das mit Nerven nicht mehr durch. Ich" – sagte er – „schlage, wenn nur möglich, niemanden. Die lieben mich dafür." Ich hoffte, daß es so stimmte.
Aber wie ist es dazu gekommen, daß ich „Assistent" des Agrar-Offiziers wurde? Nun, der Ausruf Dolores', nämlich daß wir keinen Pfennig mehr hätten, erscholl noch einmal, während Georgi seine Siebensachen schnell für den Frontdienst zusammenstellte. Er sah verzweifelt vor sich hin; Georgi zitterte vor Dolores vielleicht mehr als vor der Front. Jetzt, wo er die Verkohlung unserer Schätze in der Heckenastschen Wohnung verantworten mußte.
„Den ‚traurigen Hirten' hast du neu gekauft?" erriet ich, während Dolores in der Küche des Mechanikers für uns eine Suppe kochte.
„Ja", gestand Georgi. „Ich wollte deiner Mutter noch eine letzte Freude machen."
„Eine letzte, wieso?" Aber Dolores kam schon mit der Suppe. Oder erst mit den Tellern. Als sie weg war, antwortete mir Georgi nicht auf die vorhin gestellte Frage, dagegen herrschte er mich kopflos an: „Du hast noch drei Pengö. Auf der Fahrt von Budapest habe ich dir ..."
„Du mir?"
Jetzt kam Dolores wieder: Wir aßen die Suppe. Dolores schichtete dann Topf und Teller übereinander und stöhnend, aber nicht mehr stöhnend als früher in unserem eigenem Heim, verließ sie das Zim-

mer. „Zeig mir das Geld", so Georgi. „Vielleicht sind das Metallzehner. Dann hätten wir dreißig Pengö."
„Oder Metallhunderter", spottete ich. Ich holte die drei Münzen, die ich immer bei mir trug, aus der Hosentasche und hielt sie vor Georgi hin. Doch es war klar: ich zeige es nur. Georgi riß die Augen auf: „Das ist gar kein Pengö. Das ist Falschgeld! Ja klar, das ist von Boris. Muß folglich Falschgeld sein." Dolores kam zurück. Ich ließ die Münzen in meiner Hosentasche verschwinden.
„Was gehört zu einer rechtschaffenen gut und gültigen Münze?" – hörte ich Boris' Stimme in mir. Ich sagte mein Wissen Georgi grausam ins Gesicht:
„Erstens: die Materia, oder das Metall.
Zweitens: das Gewicht, oder die Schwere.
Drittens: die Form, oder das Gepräge.
Und viertens: der Valor, oder der Wert.
Von was für Metallen werden zu Verfertigung der Münzen genommen und gebraucht? Es werden in dem Hl. Röm. Reiche die drei vornehmsten und edelsten Metalle, nämlich Gold, Silber und Kupfer zum Münzmachen genommen; zu bemerken, daß die Münzen dem Hl. Röm. Reich zu Ehren gemacht werden."
Georgi war weg, Dolores schlief, mein Bett, unter dem Fenster unseres schäbigen Zimmers, von wo ich das Grunzeln der Schweine hören konnte, lag im Mondlicht. Vollmond, Vollmond, in der Jahreszeit der Trauben ... noch nicht ... der Melonen ... Vollmond. Ich holte meine drei Münzen zur ausführlichen Betrachtung hervor: sie lagen vor mir: die erste aus Gold, die zweite aus Silber, die dritte war aus Kupfer.
Das goldene Stück war ein Ottingischer Golddukat. Ich schloß daraus, daß er in Göttingen gegossen wurde. Die eine Seite zeigte so etwas wie ein Meßgerät. In der runden Umfassung stand mit römischem Schriftzug: „DEUS VIDET ET PROVIDET". Dieser Text war auf dem Tympanon jenes Militärspitals zu lesen, wo mein Großvater nach seiner Flucht aus Przeymsl unterkam. Es war eigentlich das Städtische Museum ..., doch immer wenn Krieg ..., so auch jetzt wieder ... Aus dem Fenster des Benediktiner-Gymnasiums hätte ich – über den Széchenyi-Platz schauend – diese Inschrift ständig sehen können, wäre ich nicht bereits mit zehn Jahren kurzsichtig gewesen. Doch ich wußte, was da stand, und so sah ich es auch. Auf der anderen Seite der Goldmünze war zu lesen: „FIDELITATE ET VIGILANTIA". In der Mitte des inneren Kreisfeldes war ein Tier

zu sehen: halb Löwe, halb Hund. Eine Jahreszahl noch an der anderen Seite: 1675.
Die Silbermünze war aus Burgund und trug die Jahreszahl 1444, „CAROLUS AUDAX DUX BURGUNDIAE", ich wollte die Schrift eingehend studieren, doch Dolores sagte ganz laut, als wenn es nicht über Mitternacht gewesen wäre: „Wieso schläfst du nicht? Was machst du da beim Fenster?"
„Ich höre den Schweinen zu", sagte ich frech, „und zähle die Flugzeuge am Himmel."
„Du sollst schlafen!" befahl sie mir. Und ich drehte mich umständlich hin und her, um in diesem selbstverursachten Lärm meine Münzen still wieder verstecken zu können.

XXII. Von dem Paradekutscher, vom Schweinehirten, von der Toten im Brunnen

Die dritte Münze war unansehnlich, soviel sah ich noch im Mondlicht, fast wie der Nickelpfennig, der unter dem Tor des Hauses in der Teleky-Straße von der Hand des gepflegten Herrn mit Zylinderhut und mausgrauen Gamaschen in die Hand des Bettlers …, doch in der Luft nur, fallend, war das Stück zu sehen … Der Nickelpfennig ist jetzt womöglich bei mir gelandet: ich wollte ja immer, daß er weiterfalle und die Hand des Bettlers endlich erreiche.
Waren wir sehr arm jetzt? Noch ärmer als damals in der Teleky-Straße? … Im kleinen Zimmer des Zuckerfabrikmechanikers …, die Schweine und das Federvieh unter unserem Fenster. Georgi im Krieg. Unser Hab und Gut verbrannt …, meine Schuld …, in der Heckenastschen Wohnung …, für sein Unglück ist der Mensch selber schuld …, auch wer arm ist …, selber schuld. Georgis Lehrsätze saßen tief in mir.
Es war klar, daß ich jetzt Taten setzen mußte. Gleich in der Früh, am nächsten Tag, klopfte ich an der Tür des Verwalter-Ehepaares. Die junge Frau machte die Türe auf: es wäre allzu schön, auch hier denken zu können, daß sie die neueste Gestalt der Pallas Athene sei. Doch, sie trug das Kind am Arm. Athene als Mutter? Zu meinem Erstaunen war ihr Mann daheim … Einberufungsbefehl. Auch der Verwalter eines so großen Gutes muß an die Front. In drei Tagen.

Bis dahin hat er eine Art Urlaub. Es war schön von den guten Leuten, trotz dieses Umstandes mich anzuhören. „Das Kerlchen hat Sorgen", sagte die Frau zärtlich zu ihrem Mann. „Wenn du das anschaust ... die Münzen, wieviel sie wert, was man mit ihnen machen könnte: eintauschen, verwerten irgendwie ... Der Vater an der Front, das Geld ist aus ..." Ich legte meine Münzen auf des Verwalters Tisch. „DEUS PROVIDET" suchte ich auf dem Goldstück. Doch jetzt stand darauf: „VINCES IN HOC SIGNO". Auf der Silbermünze stand jetzt: „VITA MORTALIUM VIGILIA", GENT, ST. BAVO. Auf der dritten Münze war ein Stier abgebildet: ich drehte sie um, hier sah ich eine Laute ... und „EIRE", 1913 stand noch darauf. Boris' Geburtsjahr.
Der Verwalter blickte mich forschend an: „Interessante, wertvolle Stücke." Er warf die Münzen auf seine Tischplatte, genau wie Boris. „Sie klingen gut." Er holte ein Vergrößerungsglas. Ich war verwirrt wegen der über Nacht offenbar verwandelten Aufschriften: gestern noch, im Mondschein, so klar alles gelesen ... Daß er bloß meine Verwirrung nicht merkt und sie falsch auslegt, dachte ich mir, doch es war gar nicht möglich, sie nicht falsch auszulegen. Der Verwalter blickte mich forschend an. „Nun ..., ich weiß nicht, woher du diese besonderen Stücke ..., ist ja auch egal, geht mich nichts an. Auch deine Uhr ist mir soeben aufgefallen ... Ihr seid offenbar eine reiche Familie gewesen ..."
„Mein Großonkel nur ..."
„Nun ja, wer immer. Jetzt hast du diese Sachen da, und du denkst, ich als Verwalter müßte dir den Wert der einzelnen Stücke ..., und es ist wahrlich komisch, daß ich Interesse, das heißt, viel mehr noch eine richtige Passion für Münzen ... und – wie du siehst – auch einige Fachbücher zur Unterstützung, damit ich nicht vollkommen unwissend für etwas schwärme ... hier" – und er hob Boris' „Münz-Schlüssel", das heißt eigentlich Onkel Eugens Buch, wie aus dem Mahagoni-Regal der Sternwarte, aus seinem Fach.
„Trotzdem vermag ich den Wert nicht korrekt zu schätzen. Und könnte ich es, weißt du, nach aller Kunst des Schätzers und nach allem Wissen, denn viel gehört dazu, und ob ich wirklich letztlich kompetent hier ..., eine Frage. Doch alles das kannst du heut' vergessen. Der Gegenwert, weißt du, wenn du in Zürich, Antwerpen oder London, nach dem Krieg, nach sorgfältiger Beratung, den Kurs beachtend, die günstige Zeit abwartend ... den Zeitpunkt. Erst dann. Aber jetzt und hier? Den richtigen Preis bestimmen, wär' das eine,

und das ist schon unmöglich, diesen zu bekommen? Wir sind in Ungarn, nicht einmal in der Hauptstadt ... auf diesem Gut hier, einige Wochen vor dem Zusammenbruch ... unseres ganzen Systems ... Du erlebst hier die letzten Tage des ungarischen Feudalismus. Halt Ohr und Auge offen." Er schaute über mich, ja eigentlich auch über die Wand hinter mir hinaus – so, wie Pater Heckenast in die Weite zu schauen pflegte und dabei seine kranken Augen wieder auf die richtige Achse brachte. Mein Mentor ging mir ab: ich suchte ihn in anderen Gestalten, doch ganz verläßlich fand ich ihn im Metrum. Dolores wurde böse, wenn ich herumskandierte, griechische Laute naiv nachahmend, wohl in der Hoffnung, daß er zurückkomme, der Klang der Worte, Ursprung der Musik. So verwirrten mich die Worte des Verwalters als ich, aufgetaucht aus meinen Heckenastschen Klängen, gewahr wurde, was er da sagte: „Wenn ich zurückkomm'", ich wußte nicht – verwirrt noch –, wer nun zurückkommt, „Wenn ich zurückkomm'", jaja, der Verwalter, „wird alles anders hier. Nach meiner Einschätzung und der meiner Freunde ... wird die Rote Armee nicht weiter als bis zum Donauknie vorgelassen ... hm ... Die Russen werden bis dorthin vordringen können ... Hier aber dann – mit letzter Kraft bekämpft, bekämpft u n d aufgehalten, bis hierher und keinen Schritt weiter! Hier aufgehalten, bis der Freund, die Alliierten uns zu Hilfe kommen! In einigen Tagen startet die Invasion. Ich weiß es. Und ich warte schon jeden Tag auf die gute Nachricht, daß sie in Frankreich, Holland, was weiß ich, sicher auch an den Belgischen Ufern endlich gelandet ... Von den strategisch wichtigen Punkten aus also rennen sie dann in nur wenigen Tagen das völlig ruinierte Deutschland nieder, im Laufschritt fast, erreichen Österreich, sie, unsere Freunde: England und die Staaten. Und mit den befreiten Franzosen, Holländern, Österreichern vereint, erreichen sie unser Land, befreien Ungarn, das heißt unseren Westen. Die Donau wird ... die natürliche Grenze."
„Zerrissen ist das Land dann", warf seine Gattin ein.
„Zerrissen ja. Doch Westungarn, von Hitlers Schergen endlich befreit, darf nicht unter Stalins Stiefel enden. Das wäre ... vom Regen in die Traufe. Pannonia! Wir gehören zum Westen. Ich sah die Landwirtschaften Hollands, Dänemarks. Es wäre auch hier möglich. Es wird möglich sein hier, nach Gesetzen der modernen Ökonomie ..., und daß die Leute ... nicht mehr tumbe Knechte ... ordentlich, gutbezahlte Facharbeiter der Agrarwirtschaft. Alle des Lesens kundig! Alle haben etwas Eigenes. Versichert alle, wenn einmal krank. Nicht

nur zum kranken Pferd kommt dann der Arzt und zum Landarbeiter die zauberische Hexe und zur Frau nur noch der Pfaff, denn ohnehin nur sterben kann sie noch, wenn jemand zu ihr gerufen … Ja, ich will erleben, daß eine angemessne Arbeit den Menschen aus dem Stand eines Tieres, ja einer Sau, heraushebt. Das ist mein Ziel." Hier wurde er verlegen …, er wurde etwas rot und fügte hinzu: „Wenn das alles nicht möglich, hauen wir ab, ich werde Numismatiker in der Schweiz oder in Antwerpen oder irgendwo in der Gegend Diamantenschleifer." Eigentlich sprach er zu der Frau. Ihr noch zu sagen, wie das sein wird, wenn er morgen einrücken muß, war sein Bedürfnis: ich löste nur die Zunge des sonst heiter-schweigsamen Mannes.
„Doch es geht jetzt um deine Sachen", sagte er plötzlich zu mir gewendet.
„Verstecke alles …, auch die Uhr …, fabelhaftes Ding …, Reverso …, kenn' ich, Jaeger LeCoultre. In den Taschen eines Kindes ahnt man sowas nicht. Kein Geld für heute habt ihr, doch ein kleines Vermögen …" Hier entstand eine Pause. Daß ich vermögend sei, des Verwalters Urteil, hat mich mutig gemacht.
„Ich will was arbeiten. Geht das?"
„Kannst du nicht", fragte die Frau, „die Backöfen für uns alle …? Sechs Backöfen haben wir. Einmal hast du geholfen, da sah ich, daß du verstehst, schön einzuheizen und zu berechnen, wie lange die dickeren Scheite brennen müssen." Sie sprach scheinbar zu mir, in Wirklichkeit zu ihrem Gatten.
„Ja, mit einem einzigen Zündholz: das ist mein Ehrgeiz. Lächerlich ist das, wenn man zehnmal anzünden muß, und teuer." Georgi sprach aus mir jetzt wieder. Wie er einheizte, neben dem Bett, habe ich mir wohl gemerkt. Zuerst die dünnen Äste, dann immer etwas stärkere, zuletzt nur kommen die dicken Scheite, und lachen mußte ich, denn einmal hat Dolores einheizen wollen, weil Georgi weg war und sie immer fror. Dolores, voller Widerwillen. Einheizen! Sie! Eine Dame! Und alles umgekehrt, unten die dicken Scheite, hat sie das Zeug aufgeschichtet. Oben das Kleingehackte …, und dann hielt sie ein Zündholz nach dem anderen an die großen Scheite, bis die Schachtel leer war. Endlich fing oben Feuer ein dünnes Ästchen, doch bald erlosch es. Georgi kam heim, schaute zu. Er sagte nur verächtlich: „Weiber." Dann ließ er sie alles wieder aus dem Ofen packen, und er tat richtig hinein den ganzen Inhalt. „Die Reihenfolge! Darauf kommt es an", sagte er mir. Dolores war verschwun-

den. Ich hab' verstanden, daß nur ein richtiger Mann ein ordentliches Feuer machen kann ... In diesen Dingen war ich mit Georgi tief verbunden.
Worüber ich lache, fragte „Athene", und ich log, daß ich schon jetzt mit Freude an meine Bäcker-Tätigkeit denke, wegen der kleinen Öfchen. Doch da ich mich wirklich freute, war es so keine Lüge.
„Schön, deine Freude. Auch verstehst du, weiß ich, die schwarzen Stummel, glühend noch, herauszuholen, den Raum zu säubern und dann den Teig auf gutgemehlte Holzlöffel zu geben, daß er nicht kleben bleibt, der Brotlaib ..., an dem langen Stiel hineinzureichen: Einen guten Platz für alle finden, neun Laiber, ein Ofen ..., die schnelle Bewegung, wie man wegreißen muß den Löffel vom Laib, geschickt und entschlossen muß das gehn: das kannst du. Alles fein mehlig trocken mit kleinem Raum zwischen den einzelnen. Und dann abwarten, und wenn alles fertig, die Laiber knusprig jetzt, nicht schwarzbraun oder schwarz gar, dunkelblond ist der schöngebeugte Rücken. Du kriegst die feinste Scheibe von jedem Brot, welches du so schön gebacken. Geht das? Mein Lieber?" fragte sie den Gatten. Jawohl, sie war Athene, die so für mich sprach! Doch wer war dann der Gatte, wer das Kind, das paßte nicht zusammen. Während ich rätselte über das Verwalterpaar, sagte der Mann nun, daß ich ein kleines Geld dafür bekäme, wenn er mich ..., um seinem Weibe diesen Gefallen, er will's ja tun, doch verdammt klein sei ich.
„Doch schon zehn Jahre."
Und wie ich heiße. Ach, jetzt wird's brenzlig. Erschrocken sah ich „Athene" an.
„Nun, Neumann", sagte sie.
„Und weiter?"
Und die kluge „Athene" sagt: „Wie der Vater."
„Giorgio", gab ich nun mit ihrer Hilfe meinen tiefinneren Namen an.
„Nicht Georg also, Giorgio?"
Dank sei Athene, Dank,
daß nur dieser kleine Unterschied
noch seine Aufmerksamkeit fand.
Es hätte schlimmer kommen können:
ein weiblicher Name, weg ist der gute Job,
auf der Kartoffelwiese
auf der Kartoffelwiese etwas Robot
und dreißig Groschen.

Doch Giorgio heiß' ich,
meinen männlichen Stand genieß' ich!
Er bringt 10 Pengö mir und Zimmer und Mahlzeiten beim schöngedeckten Tisch, und Dolores kann auch ja mit, als wäre ihr Gatte ich. Sie mein Anhängsel! Steht in meinem Schutz. Aus meinem Salär kauft sie sich den Putz!
„Also gilt's", sprach „Athene" zum Gatten.
„Es gilt", nickte er. „Doch alle Öfen, muß ich dich bitten, ordentlich, regelmäßig, alle Tage. Jeder Ofen hat seinen bestimmten Tag. Die Frauen tragen dann den Teig zu. Wenn sie den Rauch steigen sehen, kommen sie schon."
„Werden sie sich nicht wundern, wenn ich da steh'?"
„Nein, nein, ich sage es unserem einzigen noch zivil gebliebenen Agrar-Offizier, der alles schupft jetzt hier allein, zivil geblieben, weil die Beine schadhaft nach Reitunfällen. Er hinkt und braucht ohnehin eine rechte Hand."
„Einen kleinen Adjutanten", warf die Frau ein.
„Na gut. Nennen wir es so. Ich sage ihm, du machst die Öfen statt dem alten Gader, der vorgestern gestorben ..., und sonst begleitest du deinen Chef, deinen Dienstherrn auf seinen Wegen mit der Kutsche, und wenn du gut, geschickt, mit feinem Gefühl das Pferd führst, kannst du vielleicht auch im Alleingang, wenn nötig, da er nicht überall zur gleichen Zeit ... Ich frag' ihn jedenfalls. Er wird schon zustimmen ... Und nun, versteck die Münzen. Niemand, auch nicht dein Chef, verstehst du ..., darf es wissen ... Niemand hat was gesehen hier, wie auch du nichts gehört ... von meiner Sterndeutung, nennen wir's so, und wenn der Krieg vorbei, weißt du, womit du anfängst ..., sollte dein Vater – was wir nicht hoffen – nicht zurückkehren ... aus dem Feld."
„Gut so", sagte „Athene" dankbar und schickte einen süßen Kuß durch den Raum auf seine gutgebaute, hohe Stirn. Und mir flüsterte sie stolz zu: „Was er verspricht, hält er hundertprozentig, und noch darüber."
Am gleichen Tag noch hat man uns, Dolores und mir, ein Dienstzimmer frisch gemacht. In der Verwaltung gab es die geräumige Küche für die normalerweise zahlreichen Angestellten. Jetzt war das Verhältnis gar zu komisch. Mein Dienstherr „Garibaldi" – so genannt wohl wegen seines großen Bartes –, der einzig noch verbliebene Agrar-Offizier, ich, als sein Adjutant, Dolores, als meine Mutter: nur zu dritt saßen wir an der großen Tafel, wo einst alle Agronomen

und auch der Verwalter noch vor einigen Tagen saßen. Vor jedem Platz bei jedem Essen stand von dem Eingerückten, vielleicht schon Toten, sein alter Becher. Aus Zinn die meisten, einige aus dickem Glas. Etwas gespenstisch war der Saal. Die vier Mägde, die um uns wie um einen Altar herumtänzelten, denn ihre Anzahl behielt man weiter bei, mußten sich allmählich vorkommen wie in der Kirche, wo man Gefäße hin und her schiebt. Garbialdis Trinkgefäß war ein Kelch; aus dem Allerheiligsten entwendet ..., war ich überzeugt.
Mein Salär: täglich drei Mahlzeiten für zwei, das Zimmer und monatlich 10 Pengö, wie der Verwalter es festgelegt hatte. 10 Pengö neben Kost und Logis, königliche Bezahlung ... Es war mir klar, daß der Verwalter seiner Gattin damit gefallen wollte. Sie waren noch ein junges Paar. Doch ich dachte gewiß nicht falsch, wenn ich meinte: Boris' drei Münzen haben Eindruck gemacht! Daß der Verwalter ohne diese Münzen mein Salär nicht so günstig bemessen hätte.
Garibaldi, riesengroß neben mir, schaute herunter auf einen Käfer, der da krabbelte und freilich winzigklein war. Mich sah er gar nicht an.
„Der Verwalter hat von einem stämmigen Burschen geredet. Das kannst du nicht sein."
„Doch, ich bin stämmig."
„Püh!" sagte er nur und zertrat den Käfer.
„Athene" stand täglich neben dem jeweiligen, als kleines, freistehendes Häuschen gebauten Backofen, während ich heizte. „Unser neuer Heizer", sagte sie. Und die Frauen sahen, daß sie mir Vertrauen entgegenbrachte: Sie war die Frau des Verwalters.
Für mich war sie Athene.
So heizte ich und pfiff dabei
und stieß die große Schaufel,
und glücklich war ich,
weil nur einen Zünder beim Einheizen ich brauchte,
trotz des plötzlichen Windes,
oder peitschenden Regens,
selbst Schneegestöber konnte mich nicht stören,
Athene stand bei mir, alles lief wie am Schnürchen.
Es begann mit den drei Münzen, es ging weiter mit Athene, und auch Garibaldi weihte mich nolens volens sehr schnell ein in die Feinheiten des Zügelziehens. Er wollte nicht, daß ich's verstehe, das spürte ich. Doch die Lektion jenes ersten Kutschers, den ich hier kennengelernt hatte, gab mir den entscheidensten Einblick in die Intimität zwischen dem Mann auf dem Bock und seinem Pferd. Un-

auslöschbar eingraviert der träge Schritt des Pferdes auf sein Geheiß, um Georgis anmaßend aufgestützten Fuß abzuschütteln.
Von Garibaldi lernte ich fast gegen seinen Willen umfassend und mit System die Gesetze des Gutes auf der Puszta. Des Großgrundbesitzes. „Die letzten Zuckungen des ungarischen Feudalismus", klang des Verwalters Stimme in meinem Kopf. Die langen, niedrigen Häuserreihen haben mich aufgeregt, weil sie mich an die Städtische Schweinezüchterei erinnerten ..., wo Onkel Lukas noch von der Mutter Gottes auf dem Stroh in ihren ewigen Schoß heimgeführt, so kam es mir vor: lang war das her ..., noch v o r dem Kindergarten, noch vor dem Krieg, jetzt wäre ich Erstklassler im Gymnasium, wenn nicht der Vater aller Ding' mir auch noch diese schnurgeraden Häuserreihen hätte zeigen wollen:
„Zwei Zimmer, dazwischen die Küche" – sagte Garibaldi mir. In den Zimmern sah ich keinen Tisch. Wieso? Garibaldi lachte. „Ein Tisch hindert den Verkehr ... Siehst du die Stockbetten in der Ecke? Das ist die Familie eines Ochsenknechts, in der entgegengesetzten Ecke, das Stockbett: die Familie des Paradekutschers. Sie gehen einander aus dem Weg. Niemand grüßt niemanden."
Der Kutscher, vor dem Zimmer, hoch auf seinem Bock, aß seine Suppe, obwohl kein Pferd jetzt eingespannt. Zwischen den Knien hielt er sein Häferl, von dort löffelte er sein Essen. Ein anderer saß auf der Türschwelle, ein dritter am Fenster. Alle drücken die Knie zusammen. Alle löffeln dicke Suppen. In der Mitte des Zimmers schlängeln sie sich mit den Rücken zueinander wie im Tanz: Nicht aufeinander treffen ihre Blicke: denn zu gefährlich ist die Spannung. Denn wenn ohnehin ein Ärger, daß der Ochsenknecht und der Kutscher und die Weiber und die Kinder teilen müssen sich ein Zimmer, aber weh und doppelt weh, wenn der Knecht mit frechem Blick den Kutscher messen würde und dabei seinen Mund gar verzöge. So der Kutscher muß jetzt rücklings beim nächsten Schritt auf ihn hintreten, mit dem Tritt seines Stiefels, Absatz metallbeschlagen, des Knechtes nackten Fuß festnageln, ja festhalten auf dem Boden, der ja aus Lehm war ... Fuß feststampfen, sich umdrehen, Aug in Aug, die Kinder flüstern: „Maria." – „O Muttergottes", schreien Weiber, und die Alten, schon so Müden, drehen sich weg, und sie weinen, und die Weiber holen Leinen, bevor das Messer durch die Rücken, durch die Kehle: jede Gruppe hat ihre Art des Tötens. Und das Volk der kleinen „Straße" hängt in den Fenstern, lugt durch Spalten: Theater, Drama, Trauerspiel, Opferung, Beschwörung alten Geistes: der

„Unbesiegbare", vielleicht Attila einst, dem alle folgten auf der Milchstraße, wird vom Paradekutscher dargestellt. Und auch der besiegte Feind braucht seinen Darsteller.
Was ich erahnt, bestätigt sich jetzt: Der Tote wird weggetragen im schönen Leinen, das die Weiber webten, das die Weiber hingetragen vor den einen, bevor dieser noch fünfmal stolpert, wo sie ihr Tuch hinlegen, dort trifft der Tod: Knecht, Kutscher oder ein drittes armes dumpfes Leben. Gerne hätte ich gefragt: Vielleicht wissen die Weiber, wer stärker ist, oder sie wollen, daß der Schwächere das Opfer ...?, doch lieber schweige ich. Und der, welcher das Tuch vor seinem Schritt erblaßt erblickt, er weiß dann schon, jetzt kommt der große Schnitt. Aus ist's. Der Sieger, düster, ungerührt, marschiert dann weg, gemessenen Schrittes. Er schaut nicht mehr zurück.
Wer warum wem was angetan,
niemand von den „Oberen" durchblickt es.
Einer mehr, einer weniger,
wen zwickt es.
Ja, so ist es, dachte ich.
Doch meist der Kutscher war's, der zugestochen! Nicht? Und der Schweinehirt, der Knecht, der fiel, kleiner als er, eher gedrungen, nicht so wie ein Baum gegen den Himmel geschossen: der Kutscher muß groß und schön sein, der Paradekutscher, der die Gäste ... Und so der Stolz des einen wie die Gedrücktheit des anderen wohl mitspielt. Das zählt auch viel ... bei der Stärke ...
„Wo das Leinen hinfällt, sind mehr Schweine als Pferde", wagte ich zu fragen.
„Ja, ja, so ist es." Doch Garibaldi mochte meine Gedanken nicht. Er mochte nicht, wenn jemand Gedanken hatte. Jemand. Ein Kind.
Die schmalen Gäßchen, wo wir zusammen ..., „Garibaldi und sein Adjutant", sangen die Leute leis. Was sangen sie? Lili Marleen meist. Auch ein Paar Stiefel hatte ich bekommen, mit Metall verziert der Absatz. Soldatischer Gleichschritt, klang bedeutsam. Die Leute grüßten mit Respekt. Oft mit Demut. „Das ist sehr wichtig. Daß man dich mit mir sieht. Mit richtigen Stiefeln. Morgen mußt du allein nach Kis-Tarjan Puszta." Es war so dort wie die einzelnen Unterabteilungen rund um Mauthausen herum, wo Doktor Lorand gerade starb. An Typhus, hieß es. Es war Genickschuß. In diesem Sommer starben so viele meiner großen Freunde ..., während ich in dem Einspänner mit meiner Lieblingsstute, der „Fanny", den ersten Probeeinsatz auf dem Kartoffelacker auf Kis-Tarjan absolvierte.

„Du steigst nicht runter. Steh auf in der Kutsche, doch halt ruhig die Fanny: gerade, daß es spürt, daß du da bist. Dann grüßt du laut und mäßig freundlich." Von oben nach unten – das klang ja mit.
„Dann sagst du den Leuten, daß dein Chef, Garibaldi, ich, dich nunmehr schicke, weil alle draußen im Krieg. Der Vorarbeiter möge dir Bericht erstatten. Du schreibst alles auf. Wie weit sie fertig, wieviel Zeit noch, und wenn's irgendwo hapert."
Und so war es: Mit Kinderstimme, doch sehr fest, so wie befohlen: freundlich, doch mit Distanz: bat ich nun um den Bericht. Ich schrieb stehend alles auf, mit linker Hand: Vielleicht deswegen blickte der Vorarbeiter – ein etwa fünfzigjähriger Mann – einen Augenblick auf. „Die falsche Hand" – mochte er denken. Dann senkte er den Blick. Jetzt kam die Meldung. So. Gegen die Erde. Ich klappte mein Dienstbuch zusammen und zog zart an Fannys Zügel. Leise, mit Gefühl. Die Stute ging langsam los, ich noch im Stehen: „Na, alles Gute dann noch für heute abend." – So habe ich es beim Garibaldi gesehen. Und daß ich stehend die Fanny an der Hand und sie durch den Zügel fein angezogen immer schneller jetzt lief: das zeigte den Meister. Ich war noch klein, doch genauso gescheit wie Garibaldi, hieß es. Daß Athene bei mir, konnten sie nicht ahnen. Nachher hieß es noch: daß er irgendwie doch mein Vater, Garibaldi, mein Dienstherr. Dolores hätte einen Fehltritt mit dem stattlichen Agronomen ... „Nunja, er ist doch fesch, viel schwarze Haare, keine Glatze, dann auch der Rundbart wie weiland Garibaldi selbst", nach welchem Golznig (so hieß er eigentlich) hundert Jahre später genannt. „Allein die krummen Beine, verdorben. Hinkt beim Gehen. Doch auf dem Pferd und auch in der Kutsche: fesch. Und gute Laune, immer gelacht, Garibaldi, rote Wangen, viel Essen, viel Wein, viel Weiber." Hier dann verstummten sie. Sie wurden düster. Über die Redereien lachte ich verdrossen, verdrossen lachte ich: Georgi und Garibaldi: vom Regen in die Traufe, doch Dolores lachte nicht. Mich schimpft sie aus, wie immer. Und zurückgezogen hat sie sich von der großen Tafel.
Wenn ich frei hatte, ging ich zu „Pallas Athene" ... Inzwischen wußte ich, daß ihr Mann, der Verwalter, László Koltai hieß. Ihr Name war also Koltai-né. Einen eigenen Namen hatte sie auch: Vera, wie ihre kleine Tochter. Ich wollte sie betreff Athene aus der Reserve locken: Doch sie tat so, als ob sie weder Odysseus noch Perseus, der mir persönlich näher stand, noch die weiteren Schützlinge der Göttin kennen würde. Ich zeigte ihr dann meine Bücher: eigentlich

waren das Pater Heckenasts Bücher. Entweder kannte sie ihre Verwandtschaft, ihre Schützlinge, nicht mehr, keinen einzigen Namen, oder sie verstellte sich vollkommen. Doch war sie nicht sehr klug, indem sie das tat? Schweigen.

Das Geld, das ich verdiente, teilte ich mit Dolores. Sie sagte niemals danke. Und immer, wenn ich – am 15. bekam ich es – genau die Hälfte meines Salärs ihr ablieferte, sagte sie mir etwas Feindseliges: Mal fand sie, daß es mir eh nur Spaß mache, mit der Kutsche hin und her zu rennen, also keine Arbeit, mal, daß ich die Öfen nicht gut bediente, jedenfalls nicht so gut, wie es sich gehörte, denn es kam einmal vor, daß zwei Brote zusammengewachsen waren, weil ich die Laibe nicht so gut plaziert hatte, und sie waren rausgekommen, die beiden, wie siamesische Zwillinge: der eine sogar angebrannt, nicht zu genießen und hart wie Stein. Dann – und immer wieder – griff sie an meine Sprache. „Das Heckenastsche Halbgriechisch." Noch heute höre ich: „Wie der Heckenast – seiner armen Seele sei Gott gnädig, da er leider gestorben, wie unsere Möbel, verbrannt – genauso sprichst du. Immer in Reimen und der Satz hin und her sich wendend, weil nicht genügt, daß du linkshändig, jetzt auch noch die Sprache: Und diese Götter deines Griechenlandes, und in der Nacht Lieder unserer Kirche, was die Petneki-Brüder dir beigebracht: diese geistlichen Gesänge, die dafür aber protestantisch. Etwas Katholisches, Normales, hört man nicht von dir. Wenn es nur gutgeht, gutgehen wird, mit deiner aufsässigen Art." Und sie machte eine ihrer dunklen Andeutungen über geistige Gesundheit, welche sie mir so sehr wünsche ... „Und wenn wir schon bei den Brüdern mit ihren Gesängen sind, der arme Eugen ist ja im Narrenkasten, wie nicht anders zu erwarten." Und sie erzählte plötzlich die Ferndiagnose ihrer Gynäkologin, zu der sie ungewöhnlich oft ging – in Györ sagte man „Frauenärztin", als ob Frau zu sein bereits eine Krankheit wäre –, diese Ferndiagnose besagte, daß ich eine schizoide Anlage haben dürfte, man solle bei mir aufpassen, daß ich nicht mit der Zeit schizophren werde. „Und das ist eine unheilbare Krankheit. Eugen kommt auch nimmer dort heraus. Denn wer aus der Reihe tanzt ... na ..." Sie hielt inne. Wer tanzt aus der Reihe? Eugen Petneki vielleicht? Nur, weil er ständig unterrichtet und in der Kirche Orgel spielt? „Zu viel Musik ist nicht normal", befand sie. „Er hat auch ohne Bezahlung unterrichten wollen. Das fand sogar seine Frau verrückt. Und auch die künftigen Lehrerinnen ... samt ihrer Direktorin. Niemand wollte ihn anhören. Sie lachten den Narren aus."

Dolores häkelte in unserem Zimmer. Zum Frühstück, zum Mittagessen und zum Abendmahl saß sie nun wieder an dem großen Tisch des Eßsaales der Verwaltung – sie kehrte doch wieder hierher zurück, da sie im Zimmer nicht beachtet wurde. „Sie läßt sich bedienen wie in einem Hotel" – erzählten die Tanten stolz, die für einen Tag zu uns auf Besuch kamen. Großmutter war die einzige, die auf etwas anderes stolz war: auf mein Salär.
Inzwischen lernte ich „draußen" – auf dem Feld – das Leben der Puszta, besser: das Leben auf dem Gut. Garibaldi beantwortete meine Fragen, wenn auch mit Widerwillen: „Wieviel verdient ein Agrar-Arbeiter?"
„Jajaja. So kannst du es nicht sagen. Der erste – nach uns Agrar-Offizieren" (in Ungarn mußte der Agrar-Ingenieur Agrar-Offizier heißen), „der erste ist der Mechaniker der Zuckerfabrik, der dort in dem kleinen Haus wohnt, du kennst es – wir Agrar-Offiziere sind übrigens im Schloß, im linken Flügel des Schlosses, einquartiert. Jeder hat dort ein Zimmer."
„Schön groß?"
„Ja. Der Mechaniker, also das Häuschen, zwei Schweine und die Ferkel dazu, sowie Hühner. Bargeld kriegt er 15 Pengö im Monat, sowie 120 Kilo Weizen, 20 Kilo Brotmehl, 3 Kilo Bohnen, 12 Kilo Kartoffeln, 1 Kilo Salz, 3 Kilo gesalzenes Schweinefleisch, 1 Liter Essig und 30 Groschen Würzgeld. Er hat eine Frau und einen kleinen Sohn. Du findest es wenig, was er bekommt. Ja?"
„Ich weiß nicht." Ich dachte an unsere Miete in Györ zwischen November des Vorjahres bis zum von Georgi Hals über Kopf abgewickelten Umzug in das Heckenast-Haus. Aus 250-Pengö-Miete in 80-Pengö-Miete.
„Nach dem Mechaniker kommen die Schmiede und die Heizer. Bargeld hier 14–13 Pengö, Naturalien so wie vorhin, doch das Wohnen nicht mehr im kleinen Häuschen."
„So wie überall in den ‚Straßen'?" frage ich. „In einem Zimmer?"
„Ja. Wenn eine Familie ein Zimmer für sich haben kann. Meist geht das nicht. Es gibt zu viele Menschen. Man müßte neue Häuserreihen bauen, doch wer bezahlt das? Wer erteilt den Auftrag? Die Herrschaft ..."
„Doktor Gerewitz?" fragte ich. Hannas Gesicht hätte mir erscheinen müssen jetzt. Hanna, wo bist du? Doch sie war nirgends. Gerewitz: hohler Klang. Veras braune Rehaugen tauchten stattdessen auf ...
Verwirrende Erkenntnis.

„Ja, seit acht Jahren, er und sein Compagnon", hörte ich Garibaldis Stimme.
„Mit einer schwarzen Augenbinde?"
„Wieso? Woher willst du das wissen?"
„Aber es stimmt doch?"
„Nun, das weiß ich nicht. Den Doktor Gerewitz hab ich nur mit seinem Rechtsanwalt gesehen, mit Compagnon nie."
„Inkey heißt der Mann mit der Augenbinde."
„Inkey? Der Name kommt mir bekannt vor."
„Sie müssen doch feststellen können, wer der Besitzer und dessen Compagnon ist."
„So, muß ich das?"
»Ich meine, aus den Papieren können Sie das tun, wenn Sie wollen."
„Wenn ich will. Ja."
„Ich versteh'. Und wer kommt nach dem Heizer?"
„Der Stellmacher, der Wagner. So mit 12 Pengö, wohnen wie der Heizer und die Naturalien. Der Wagner also ebenfalls 12 Pengö, doch seine Gehilfen viel weniger. Nach dem Wagner folgt der Paradekutscher, und jetzt mußt du aufpassen."
„Ich pass' ja eh auf."
„Du mußt aufpassen, wenn ich dir's sage."
„Ich passe ja auf, sagen Sie's endlich, das mit dem Paradekutscher."
„He, nicht so laut …, Gymnasiast! Erstklassler!"
„Sie haben geschrien und gemahnt – total überflüssig –, daß ich aufpassen soll." Garibaldi starrte mich verwundert an. Er sagte dann ganz naiv: „Weil man hier nicht gewohnt ist, daß die Leut' aufpassen …"
„Das glaub' ich. Doch ich bin nicht ‚die Leut', oder haben Sie mich schon erwischt, daß ich blöde, träg vor mich hindöse? Ich denke immer mit und manchmal sogar vor. Das haben mir Pater Heckenast und sogar Direktor Ladurner bestätigt."
„Was sind das für Gestalten? Lauter Pfaffen, was?"
„-Die sind, die waren, ganz ausgezeichnete Lehrer, Wissenschaftler und Helden", und ich erzählte Garibaldi Ladurners Rettungsaktion und Hinrichtung.
„Wegen der Judenbuben hat er sich das angetan …" Garibaldi war ganz verblüfft.
„Antisemit sind Sie auch …"
„Naja, ich kenne keine Juden, doch man sagt, alle sagen's, daß, wenn der Graf verschuldet, übernimmt ein Banker das Gut und der Banker ist ein Jud'."

„Doktor Gerewitz vielleicht?"
„Der nicht", und Garibaldi betonte sehr sein d e r .
„Wer denn, wenn er nicht ..."
Worauf Garibaldi sagte: „Vielleicht der andere, der Compagnon mit der schwarzen Augenklappe ... Wie heißt er doch?"
„Wer?" stellte ich mich dumm.
„Na, der Mann, dieser Key mit der Klappe. Dieser Jud'."
»Jude? Ich weiß nur, daß er sein Aug' an der Front im Ersten Weltkrieg ... verlorn."
„Doch weder der Christ Gerewitz, noch der Jud', noch der Graf lassen sich sehen hier, geschweige, daß sie hier leben und mitentscheiden ..."
„Mitarbeiten", sagte ich. „Mitarbeiten müßten sie. Wie ein Krieger, wie ein General in der ersten Reihe."
„Hör auf, hör auf! Träume nicht: der General? Schau, was war bei Stalingrad: General Paulus im sicheren Versteck, führertreu schaut er zu, daß sein Regiment verreckt. Nein, nein. Das war vielleicht einmal, das mit der ersten Reihe, mit dem General. Es ist besser, wenn wir jetzt nach unserer Arbeit sehen ..."
„Klar. Doch sagen Sie noch, was Sie sagen wollten, bevor das ganze Durcheinander hier ..."
»Jetzt wieder", ärgerte sich Garibaldi.
„Nun, ich bin kein Leibeigener, wie diese hier."
„Die sind es auch nicht. Ätsch. Habt ihr das nicht gelernt in eurem Gymnasium? 1848!"
„Doch, doch, trotzdem: die Leute hier leben genauso, als wären sie immer noch ... Leibeigene."
„So ist es. Und eines sag' ich dir: viele von ihnen wünschen sich zurück in die alten Zeiten. Ein Pusztawirt – so heißen die Vorarbeiter einzelner Arbeitskolonnen, du weißt eh –, als ich vor 20 Jahren hierher kam, das war mein erster solcher Fall. Er kam herein: demütig. Er sagte, daß er nun hier dient schon fünfzig Jahre!"
„Fünfzig Jahre?"
„Ja, und daß er alt und müde sei. Und er bat um seine Rente und um einen Platz im Stall."
„Im Stall?"
„Wo sonst denn. Ja, im Stall. Den hat ihm auch genehmigt, der Graf. ‚Aber eine Rente? Was ist das, Mann? Hab ich dir je gesagt, daß du nicht nehmen kannst?'"
„Nehmen, was nehmen?"
„Ja, das fragte der Alte auch. Genauso, mit diesen Worten. Und der

Graf wiederholte nur so seine Worte: immer die gleichen. Ich selbst verstand erst nicht, was er meinte: nehmen."
„Soll es heißen: stehlen?"
„Ja, das hat es heißen sollen: stiehl deine Rente zusammen, alles ist doch da."
„Aber, wenn er stiehlt, wird er bestraft, entlassen."
„Ja, wenn er sich erwischen läßt. Dumm darfst du nicht sein."
„Aber wohin?" Mir standen die Haare zu Berge. An der Kopfhaut habe ich es empfindlich gespürt: „Aber wo soll er horten, was er gestohlen. Und was ist das? Mehl, hundert Kilo, in der Ecke des Zimmers, wo eh schon zwei Familien übereinander stolpern."
„Die Männer pflegen draußen im Stall zu schlafen: hierher kommt auch die Frau zu ihnen, wenn die Kinder schon endlich ruhen."
„Heißt das, Mehl im Stockbett, Kukuruz im Stockbett, geräuchertes Schweinefleisch im Stockbett, oder?"
„Tja, erfinderisch muß sein ... der Mensch, der leben will. Stockbett ... Das ist freilich nicht das Wahre: zu seinem Bruder im Dorf soll er tragen in der Nacht ... Einige sind so geschickt, daß sie ein Schwein finden vom Grafen, das arme Vieh habe sich ein Bein gebrochen, es könne sich nimmer schleppen. Sie melden den Schaden, und einer von uns Agronomen sagt dann: ‚Stich ab das arme Vieh'. Ohne zu schauen, stimmt es, was der Kerl sagt, oder lügt er. Der alte Gader, der vor dir auch noch die Öfen heizte, fand allweil ein so verunglücktes Schwein. Und mein Kollege, Edenhofer, der, dessen Kristallglasbecher mit Goldrand neben dir auf der Tafel steht, nickte schon vorher, wie Gader den Mund aufmachen wollte. Nach dem sechsten, siebten verunglückten Schwein allerdings fragte er den Alten, ob er ihm seine Tochter schicken könnte: die Wäsche auszubessern ..., abends aufs Schloß, in sein Zimmer."
„Und?"
„Der Alte brachte seine Tochter aufs Schloß."
„Und?"
„Naja, Edenhofer mußte einrücken, das Mädel fand man dann im Brunnen."
„Tot?"
„Ja, was sonst."
„Wieso im Brunnen?"
„Der Teufel weiß es. Bei uns springen sie in den Brunnen, statt ins Wasser zu gehen, wo doch der Fluß vorbeifließt vor dem Schloß und neben den Wiesen. Vielleicht fürchten sie, daß sie wegtreibt ... der

Fluß ... ihre Leichen ..., während hier im Brunnen: hier muß man sie sehen. Nicht? Und dann die Rache ... Der Brunnen ist ungenießbar ..., sagt man. Jedenfalls woll'n die Leut' von einem solchen Brunnen kein Wasser mehr holen."
Wir schwiegen etwas. Garibaldi hat vielleicht bereut, daß er so offen gesprochen hatte.
„Elf Jahre bist du jetzt?" fragte er dann. „Nna ... du lernst das Leben."
Aus einem Fenster drang das Lied dieser Zeit: „Lili Marleen".
„Wer etwas kaufen kann, etwas ganz Großes, der kauft ein Radio. Schon viele haben eines. Du kannst's ja hören.
»Ja, Lili Marleen."
Ich habe festgestellt, daß man das kleine Trompetensolo, bevor das Lied selbst einsetzt, aus den Tönen des Zapfenstreichs zusammenbauen kann:

Wir standen auf der Straße, „Vor der Kaserne, vor dem großen Tor", zwischen zwei solchen Zeilen, wo Zimmer mit Stockbetten in den Ecken und Mehl und Bohnen in den Betten und der Mann im Stall, neben ihm sein Weib: sie legten die Eier für das nächste Jahr, damit Soldaten für den General und Landarbeiter für den Grafen oder jeden anderen Besitzer oder fürs Abstechen untereinander, der Paradekutscher den Rinderhirt, der Rinderhirt den Schafhirt, dieser den Schweinehirt ... „Bei der Laterne woll'n wir stehn, wie einst Lili Marleen."
Garibaldi mochte erahnen, was ich dachte, oder er wollte das Ende unserer heutigen Lektion nicht entfallen lassen.
„Der Paradekutscher übrigens – damit ich's nicht vergesse, der verdient genausoviel wie du: 10 Pengö."
„Arbeit' ich nicht dafür?"
„Doch. Und dein Vater ist im Krieg. Solange du – sozusagen – fast wie ein Familienoberhaupt – ist das in Ordnung."

XXIII. Vom Steinkind, vom verwundeten Knaben

15. Oktober 1944, goldener Sonntagnachmittag ...
Aus den langen Lagerbaracken strömt Lili Marleen.
Lagerbaracken sag' ich? Merkwürdig. In diesem Jahr (1995), bei den Gedenkfeierlichkeiten, merke ich, daß alles gebaut war wie Dachau: das Musterlager: entstanden in meinem Geburtsjahr 33. Die Städtischen Schweinezüchtereien in Győr hatten zwar eine Biegung: weil das Grundstück kreisförmig war, auf der Puszta aber standen die länglichen Baracken in Reih und Glied, lang, schmal, zwischen ihnen die „Straße". Wie Dachau eben.
Jetzt stehe ich hier in der Straße, mit meinem Chef, Garibaldi. „In der Straße" muß ich in diesem Fall sagen, wie im Tunnel, im Schlauch, was diese Straße ja in Wirklichkeit war. Garibaldi zeigt sich gerne in der Straße: die Leute grüßen ihn. Mich mit.
Plötzlich hört die Musik auf ... Lili Marleen. Horthys, des Admirals Stimme erklingt. ... So muß Schuschniggs Stimme geklungen haben, als er nach seiner kurzen Abdankungsrede sagte: „Gott schütze Österreich!"
Horthy, unser Reichsverweser, sagte auch etwas Ähnliches: Unser Reichsverweser wird von nun an nicht mehr unser Reichsverweser sein ... Das war der Sinn seiner Worte. Und daß nach ihm der Hakenkreuzler Szálasi das Ruder übernimmt.
„Gott schütze Ungarn!"
Nachher kam eine Rede von diesem Szálasi.
Ich spüre, daß Garibaldi mich beobachtet. Doch er sagt nichts. Ich beobachte ihn ebenfalls, und ich sage ebenfalls nichts. Die Leute in den Häusern, auf der Schwelle ihrer Zimmer, im Fenster, sagen auch nichts. Im Gegensatz zu uns beobachten sie niemanden: apathisch dösen sie vor sich hin. Allenfalls ziehen sie den Kopf etwas ein. Und als wieder die Musik kommt: der Hakenkreuzler-Marsch, sind sie etwas erleichtert. So kam es mir vor. Sie atmeten auf, vielleicht, weil sie nicht gerne eine Rede hörten, die sie nicht verstehen konnten. Bei Musik denkt man nicht ...
Horthy war also weg, Szálasi, das heißt die Hakenkreuzler, regierten: Die Veränderungen zeigten sich mir zuerst im Benehmen von Garibaldi. Viel offener als bisher schlug er einen feindseligen Ton an gegen „die Gymnasiasten". Einmal sagte er mir, plötzlich, mitten auf dem Feld: „Die Zölibatäre, die vergreifen sich an euch, Buben.

Hahaha, dein Direktor Ladurner, hat er womöglich die Judenbuben deswegen, hahaha, gerettet. Einmal in seiner Macht, die schützt dann niemand mehr. Judenbuben, Pfaffenbuben", spottete er. Ganz verstand ich nicht, was er meinte, doch instinktiv fühlte ich, daß er behaupten wollte, unsere Lehrer hätten so etwas mit den Schülern gemacht wie Georgi mit Dolores. Oder mit den Fröschen. Oder mit dem Federvieh. Entsetzt war ich, und fast schon feige teilte ich dem unwürdigen Garibaldi mit, was ich über Ladurner gehört hatte, von Georgi nämlich, daß dieser mit seiner alten Mutter lebte. Ich sagte es, nur damit Ladurner nicht als Kinderschänder dasteht ...
„Ja, die beiden sahen fast gleich aus. Einmal holte ich ihn, ich meinte, es sei mein Direktor Ladurner, ein und grüßte laut: ‚Laudetur Jesus Christus, Herr Direktor' – doch eine ältere Dame, eben seine Mutter, schaute mich daraufhin an: ‚In aeternum. Amen. Mein Kind', sagte sie mit tiefer Stimme und lachte dabei."
„Mit seiner Mutter!" Garibaldi ergötzte sich an der Vorstellung. „Die Alte schaut aus wie ihr Sohn und der Sohn wie die Mutter: Urkomisch. Ehepaare schauen mit der Zeit wie Zwillingsdackel aus ... Mit der Mutter also." Und während Garibaldi dies alles sagte, dachte ich mir: verkappter Selbstmord: wie Petöfi in der Schlacht, verkappter Selbstmord. Direktor Ladurner nach dem Tod seiner Mutter wollte eigentlich sterben ... und hat diese waghalsige Rettungsaktion gemacht. Doch Garibaldi sagte ich nichts von meiner Idee. Ladurners Tod ..., ich war fast sicher jetzt. Es war so. Bleibt meine Ahnung, mein Geheimnis. Stattdessen fing ich an mit Provokation: „Doch, wenn s i e das auch will ..., eigentlich ..., warum nicht? Wichtig ist nur, daß beide das gleiche wollen, daß niemand mit dem anderen etwas tun kann, was dieser nicht will."
„Hoho! Hoho! Was sagst du, ja ganz und gar pervers und unnatürlich. Widernatürlich gar!"
„Heckenast mit seiner Schwester, Ladurner mit seiner Mutter. Deshalb verstehen sie sich so gut. Feine Bagage", hatte auch Georgi immerfort wiederholt.
„Wo du herhast, diese schrägen Gedanken. Gymnasiast. Ist das höhere Bildung? Meint man darunter das?"
„Das lernte ich nicht, das weiß ich. Das mit der Liebe."
„Das verstehst nicht, Kind. Lassen wir das ..."
„Gut, lassen wir's. Interessiert mich eh nicht ..."
So verteidigte ich Direktor Ladurner also nur halbherzig. – Tausche Unzucht mit Schülern auf Unzucht mit der Mutter, Mutter ist

zumindest volljährig – Garibaldi merkte, daß er mich diesmal einschüchtern konnte. Er grinste häßlich. Ich gab mir einen Ruck: „Daß er nie und nimmer einen ohnehin schon Verfolgten mißbrauchen würde, das ist mir ganz klar", dies sagte ich etwas überlaut aus Ärger und Scham. „Mißbrauchen? Aha. Du weißt genau, was ich meine." Er musterte mich höhnisch, dann lachte er sein häßliches Lachen und zog sein Ding aus der Hose. Er pißte. Nur so, ohne Deckung, in der Luft einen Kreis ziehend. Es war ungeheuerlich, totale Mißachtung der Umwelt. Niemand tat das. Nicht einmal der Dorftrottel oder ein verwirrter Bettler, der nichts mehr zu verlieren hatte.
„Unter Horthy haben Sie das immer hinter einem Baum gemacht", entfuhr es mir.
„So? Möglich. Jetzt sind wir unter Szálasi." Er achtete darauf, daß ich sein großes Glied sehen konnte. Es war wie die Blutwurst, die wir nach dem Schweinestechen nebst Leberwurst und Weißwurst von den Frauen des Gutes auf einen Teller gelegt zum Geschenk bekamen. Schweinestechen, das war in jeder Familie ein Fest des Wohlstandes, des Reichtums. Jeder durfte ja unter seinem Fenster zwei bis drei Schweine halten. Wir bekamen diese Geschenkteller von jenen, deren Brot ich gebacken habe. Bei der Weißwurst dachte ich an Georgis Glied, welches ich einmal unter seinem Schlafhemd erblickt hatte: Georgi stand auf meinem Bett, er reckte sich in die Höhe, in der rechten Hand hielt er ein Spielzeugflugzeug: Modell eines deutschen Bombers. Mit der linken Hand hängte er unter die Flügel kleine Patronen, die wie Bomben aussahen. Drei an jeder Seite. Offenbar gab des einen Knopf am Flugzeug, der die Ösen, in welche die kleinen Bomben eingehängt werden mußten, öffnete. Während Dolores ob es „unsinnigen Weihnachtsgeschenkes" mit Georgi schimpfte, suchte dieser den Auslöseknopf. Er wurde hektisch, vielleicht auch, weil das Bett unter ihm etwas wackelte. Das heißt, das war meine Chaiselongue. Und irgendwie zwischen seiner labilen Erdung und dem haltlosen Himmel verlor er die Balance – dieses Bild meines Vaters gravierte sich tief in meine Erinnerung ein –, sein Schlafhemd verfing sich am Holm des einen Ehebettes und der untere Teil des Textils zog sich in die Höhe, wie der Vorhang im Kasperltheater in der Villa von Onkel Eugen beiseite gezogen wurde, um meinen sterbenden Großvater, Neumann-Apika, den fremden Blicken der Verwandten preiszugeben. Nun weiß ich, warum es mir damals so unheimlich wurde, über das Sterben hinaus unheimlich ...
Doch bei jenem weit zurückliegenden Weihnachtsfest noch in der

Czuczor-Gergely-Straße, wahrscheinlich im Jahr 1939 oder 40, sprang Dolores zu ihrem Ehemann und zog entsetzt den Vorhang herunter. Georgi fand den Auslöserknopf, und sechs kleine Eier zerplatzten auf dem Boden unseres Schlafzimmers: es hat nachher nach Phosphor gestunken, genauso wie bei unseren Luftschutzübungen in der Schule, bei denen der Pedell erst auf die Feuerglocke schlagen, nachher, als die Kinder – den ganzen Zirkus sehr lustig findend – endlich im Luftschutzkeller hockten, Knallfrösche auf den Boden werfen mußte, um die Gefährlichkeit der Situation zu veranschaulichen. Diese Knallfrösche des Pedells stanken genauso wie Georgis Geschenk-Bomben. Daß die sechs Bomben nicht alle auf einmal, sondern in kleinen Abständen aufeinander folgend fielen, hat mich sehr beeindruckt. „Das ist eben die deutsche Technik", belehrte mich Georgi, ohne das technische Geheimnis zu verraten: in diesem Bereich wollte er seine Überlegenheitsposition nicht gefährden. Das heißt: nur hier hatte er eine solche.
Schließlich kam mir Hannes-Johannes' kindliches Glied in den Sinn, welches Tante Heckenast während der Fronleichnamsprozession wie einen kleinen Schlauch mit sich zerrte, wobei der Schlauch Johannes' wichtigster Teil zu sein schien.
Das girrende, gurrende Entzücken der „horizontalen Damen", die leider Nachbarinnen von meiner Großmutter waren, ihr ungehemmtes Aufjauchzen angesichts einer so rosafarbenen Seligkeit, gehörte ein für allemal zu dieser Erinnerung, wie der von der Straße eindringende Fronleichnamshymnus, „Pange lingua", oder das Klingeln der kleinen Glöckchen, die vor dem Allerheiligsten von den Ministranten getragen wurden.
Das hilflose Ventilschläuchchen sah ich immer wieder in der Hand ungeduldiger Männer, deren Fahrradgummi, von einem Nagel oder irgendwelchen Scherben aufgerissen, schlapp wurde. Lächerlich war so ein schlappgewordener Fahrradgummi. Georgi zog das Schläuchchen mit dem kleinen metallenen Kopf am Ende heraus, mit seinen geschickten, flinken Fingern. In dieses Metallköpfchen stieß er die Pumpe. Dann pumpte er fanatisch, mit immer röter werdendem Kopf, und schielte seitwärts, ob sich der Gummi endlich mit Luft fülle. Sein Gesicht war dabei überspannt, die wenigen Haarbüschel in der Mitte des Kopfes, dann links und rechts, standen vom Schädel ab: ein Bajazzo.
Der Gummi wurde dicker und dicker.
Das alles beschäftigte mich lange:

So machen sie die Kinder, dachte ich: die Frau wird dick. Georgis roter Kopf, später der Geschenkteller und darauf seine Weißwurst, zwischen der Blutwurst des Garibaldi und zwischen der dünnen Leberwurst von Hannes, alles glänzend in Fett, friedlich nebeneinander. Dickdarm, Dünndarm, Wurmfortsatz, sah ich in Doktor Lorands medizinischen Büchern abgebildet: das war auch etwas Ähnliches. „Da geht unsere Nahrung durch", sagte mir Doktor Lorand, also zum Beispiel die drei Sorten Würste vom Schweinestechen, und Tante Kathy sagte einmal – ich weiß nicht, ob auf ihre Ehe bezogen oder auf die russischen Soldaten, die „den westlichen Frauen massenweise Gewalt antun" – sie sagte also „die Wurst gehört abgezwickt, jawohl, und dann gibt es eine Ruh'." Meine Großmutter protestierte entsetzt, aber Tante Kathy schrie diesmal sogar ihre Mutter an: „Jawohl Anya, wenn damit einmal Schluß ist, gibt es endlich, endlich kein' Krieg mehr! Es gibt endlich eine Ruh'! Sie sollen nicht so tun, als ob Ihnen die acht Geburten und all die Armut nachher recht gewesen wären. Armut und Krieg, Anya. Daß Bello Cio ... nie mehr, nie mehr zurück ..., das weiß ich auch." Ich wurde damals irgendwie aus dem Zimmer vertrieben, und meine Tanten schrien noch eine Weile einander an, meine Großmutter weinte, als sie herauskam.

Doch jetzt war ich auf dem Gut: hier debattierte man nicht: Garibaldi war offenbar sehr stolz auf seine Blutwurst. Er sah mich an, um zu prüfen, wie weit ich jetzt beeindruckt wäre: wahrscheinlich habe ich durch ihn hindurchgesehen. Durch ihn und seine Wurst. Das ärgerte ihn. Klar: verweigerte Bewunderung. Hier, auf dem „Gut", trabten wir, Garibaldi und ich, bald in eisiger Feindseligkeit nebeneinander. Früher hatte er mich bei solchen Märschen oder auf der Kutsche gerne belehrt und auch mein Sing-Sang nach griechischen Rhythmen und meine Erzählungen über die Wundertaten der Pallas Athene grad noch ertragen. Jetzt suchte er Streit.

„Daß diese Götter jene, die sie begünstigen und schützen wollen, in Nebel verpacken" – er sagte verpacken – „und unter Helmen unsichtbar machen. Pah! In der Natur gab es das schon immer, und es gibt sie wirklich, diese Tarnung: nur wißt ihr Gymnasiasten das nicht."

Er zeigte mir einen recht unappetitlichen Batzen auf einem schönen Stein am Donauufer. „Was ist das? Na?"

„Ein kleiner Fleckenteppich aus winzigkleinen Steinen, Ästen und Laub."

„So?" Er gab dem Stein einen groben Stoß. Plötzlich begann das Gebilde darauf zu rennen. Vorne und hinten ragten die flinken Greifer heraus. „Da ist ein Wurm drin. Wie die Wurst im Teig", meinte ich. „Das ist Tarnung. In der Natur gibt es das alles. Und nur in der Natur ... Das Tier hat sich den ‚Teppich', in den es sich dann hineinrollt, selber hergestellt." Ich war beeindruckt vom Können des Tieres, doch vor dem Wurm ekelte es mich. Das merkte er sofort.
„Naja. Mit der Natur haben wir nicht viel am Hut. Ein großer Zoologe wirst du wohl nicht werden."
„Ich? Nicht. Sind Sie ein großer Zoologe?" Das hätte ich mir ersparen können. Er spottete mir häßlich nach: „Sind Sie ein großer Zoologe? Hihihi. Nein, nein. Das bin ich nicht. Aber ich hätte es werden können, wenn ..."
„Wenn?" Aber er verweigerte mir die Antwort. Wenn er mir nicht Grausigkeiten der Natur zeigte, wie etwa von Käfern und Würmern befallene Kadaver, pißte er. Wie ein Hund an jedem Eck, nur daß er nicht einmal den Baum oder das Eck dazu brauchte.
„Mußt du nie?" fragte er plötzlich. Das war eine Grenzüberschreitung.
„So etwas mache ich daheim."
„Gymnasiast."
„Ja."
„Judenbub, Pfaffenbub. Ich warte schon darauf, daß du endlich mal mußt. So einen feinen Juden-Pfaffen-Pimmel. Rosafarbig. Aus Samt und Seide."
„Hm."
"Bist du leicht beschnitten?"
„Nein."
„Schade", sagte Garibaldi. „So etwas hätte ich immer schon mal sehen wollen." Dann erzählte er von den russischen Soldaten, die je nach Rasse soundso große und eben je nach Rasse rote, braune, gelbliche etc. Schwänze hätten, und daß die hier auf dem Gut alle Frauen „drannehmen werden", auch die Frau des Verwalters wird keine Ausnahme sein. „Leider", sagte er scheinheilig und grinste dabei genüßlich. „Und nach den Russen kommen unsere Leute dran."
„Und Sie? Was tun Sie dabei?"
„Ich werde zuschauen müssen. Gegen die Rote Armee werde ich wohl nicht ..., auch gegen das ganze ausgehungerte Volk hier ... Und dann ... na, wenn die Damen mich kriegen nachher, ist ein Handkuß fällig. Sind eh schon abgetretenes Gras dann." Er hat ausgesprochen,

was ich ohnehin ahnte, daß er nämlich die Sau herauslassen würde, sobald das Chaos der Okkupation es erlaubte. Inmitten meiner düsteren Gedanken hat man mich gerufen: eine der schönen Mägde, die unseren Tisch deckten, lief über die Wiese:
„Ihre Mutter, Ihre Mutter, krank, krank, blutet, blutet!"
Garibaldi wendete unvermittelt den Wagen, und wir hetzten zu dem Verwaltungsgebäude. Komisch, er hat vor Dolores immer Respekt gezeigt, dies wurde mir jetzt bewußt. Vielleicht, weil sie so abweisend war. Geradezu überheblich, dachte ich oft. Dies imponierte Garibaldi bei einer gesetzten Frau, die Dolores ja war. Garibaldi fand Dolores „unnahbar" – vielleicht gerade, weil die Leute sie mit ihm verdächtigten ... Dolores fand ihn „stattlich und ritterlich". Na ja. In der Feindseligkeit gegenüber meinem „Griechischen Sing-Sang" waren die beiden ohnehin von Anfang an einig gewesen ... Nun telefonierte Garibaldi mit dem Krankenhaus in Györ, und Dolores wurde „per Rettungswagen", wie er sich ausdrückte, in das Krankenhaus gebracht. Myom, hatte ihre „Frauen-Ärztin" immer schon attestiert. Es müßte aber erst noch wachsen: Und nun gerade jetzt, wo die Front uns immer näher rückte, schien es groß genug geworden zu sein, Mitte Dezember. Im Krankenhaus waren bei ihr Tante Rosa, die von den „Karpaten" wieder daheim war, und Evy. Sie waren von Garibaldis Fürsorglichkeit tief beeindruckt. Er hatte neben ihr im Rettungswagen gesessen ... „Ein feiner, fürsorglicher Herr", schwärmten sie.
Ich war allein in unserem Zimmer, ein Teil meiner Bezahlung auf dem Gut ..., und wie eine fremde Idee über eine fremde Person kam mir der Gedanke, daß es merkwürdig wäre, wenn Dolores mitten im Krieg an einer „Frauenkrankheit" sterben würde: Oder wäre es nur allzu natürlich: eine Frauenkrankheit, eine Männerkrankheit, Feminin und Maskulin. Bellum belli, sagte etwas in mir: (Latein hatten wir bereits in der ersten Klasse.)
Schon sah ich mich als ein Waisenkind: Mutter im Spital an Myom, Vater an der Front, gestorben beide, und rechnete nach, wie alt meine Oma war, zu der ich gegebenenfalls hätte ziehen können: lange grübelte ich herum, ob sie nun den Einundsechzigsten oder Einundsiebzigsten am 6. Oktober gefeiert hatte, hier auf dem Gut, als Gast der Frau Koltai, da es in Györ ständig Alarmbereitschaft gab. Sie kam mir sehr alt vor ..., und trotzdem arbeitet sie immer noch bei der Post als Telefonistin, und es ist ein Zufall, daß die Postdirektion noch bei keinem Bombenangriff zerstört wurde. Bisher

nicht. Mein Großvater war verschwunden, niemand wußte, wo er ist. Zu den Tanten konnte ich – im Falle eines Falles – nicht gehen. Kathy stand mit ihrem Mann, Gideon Petneki, dem Gasableser, in privatem Dauerkrieg. Tante Cho-Cho-San war mit ihrem Mann in einer kleinen Stadt neben Cluj – infolge der Revisionspolitik Horthys kurzfristig unter ungarischer Verwaltung, inzwischen von den Russen besetzt: Rumänien jetzt wieder. Evy wohnte vorübergehend wieder bei meiner Oma, nachdem sie ihr Studium in Budapest begonnen hatte. „Unsere Evy lernt jetzt Welthandel", sagte Kathy mit komischem Stolz und ließ durchblicken, daß sie dieses Unternehmen Evys finanziell unterstützte. Wie denn? fragte ich mich. Aus Gideons Geld? Sie sagte: aus ihren Ersparnissen ... Konnte man aus ihrem Salär bei Frau Matus Ersparnisse haben? Lächerlich fand ich das. Nein, bei Evy konnte ich nicht wohnen. Vielleicht bei Tante Rosa ... Na ja, sehr schlecht bezahlte Volksschullehrerin, jetzt wieder ohne Stellung, nachdem sie vor zwei Jahren kurzfristig an der Grenze Weißrußlands eine kleine Dorfschule zugeteilt bekommen hatte, aber das war jetzt wieder hin. Sie wußte, jetzt kommt nach der Revision des Versailler Vertrages die Revision der Revision, und sie kann dorthin nimmer zurück ... Tante Rosa sah ich als starke Person, doch sie war irgendwie gar nicht mütterlich. Nein: bei ihr zu sein, es kam mir allzu trostlos vor. So war ich überglücklich, als Frau Koltai in das „große Verwaltungshaus" kam, um mich in ihr kleines Häuschen einzuladen. Nie mehr mit Garibaldi an einer Tafel hinter den Bechern der Eingerückten, ja vielleicht schon Toten sitzen müssen, bedient werden von den schönsten „ausgewählten Mädels der Puszta", wie Garibaldi es immer öfter betonte, die wie Motten um uns herumflatterten: erst um uns drei, jetzt ohne Dolores also nur um Garibaldi und mich und die herrenlosen Becher. Die vom Chef persönlich ausgewählten Stewardessen mit den angeblich „knackigen Hintern" einer österreichischen Fluggesellschaft „Service is our success" – oder wie diese Dichtung geht – fallen mir dazu ein. Nein. Ich war so glücklich, in das kleine Häuschen übersiedeln zu können. Von hier aus konnte ich genauso meinen Dienst ausführen. Drei Schritte weiter, nicht der Rede wert. Doch Garibaldi nahm meine eigenmächtige Übersiedlung krumm. Er betonte immer wieder, daß ich seine Erlaubnis hätte einholen müssen. Darin gab ich ihm recht und entschuldigte mich. Doch er glaubte mir nicht, oder weiß Gott warum ihn meine Entschuldigung geradezu in Rage brachte, als hätte ich ihn damit verspotten wollen. „Wenn Sie befeh-

len, komme ich zurück", sagte ich ihm. „Ich bin schließlich Ihr Adjutant."
„Nein, nein, das mit dem Adjutanten, das war Koltais Grille ... Bitte, du gehst, wohin du willst. Selbstverständlich den Wahnsinn mit deinem Salär ..., unter der neuen Regierung kann ich solche Ungerechtigkeiten unmöglich fortsetzen."
„Was ausgemacht ist, ist ausgemacht", hörte ich meine Stimme. „Für das Geld habe ich zehn Stunden oft gearbeitet. Kinderarbeit", fügte ich noch hinzu. Das war eine versteckte Drohung und kam aus Joshis und Annas Erziehung. Hier war es unlogisch: das wußte ich. Hier wollte das Kind selber arbeiten. Doch nicht ohne Bezahlung. Entweder oder.
„Du bist Kommunist und Pfaffenzögling in einem!" brach er entsetzt in Schreien aus: „Einen Skorpion, einen schwarz-roten Skorpion habe ich an meinem Herzen gemästet."
„Macht nichts, Sie werden sich bald mit den anderen Roten, die auf uns zumarschieren, zusammentun."
„So gesehen ...", entfuhr es ihm unwillkürlich, doch er wollte seinen Gedanken ungeschehen machen. „Gut, also noch ein Mal, am 15. Dezember kriegst du dein Salär, nachher weiß ich nicht."
„Heute ist schon der 14."
„Na bitte. Vielleicht brauchst du das Geld, da deine Mutter jetzt im Spital ..."
„Ja. Und das Weihnachtsgeld?" fiel mir ein.
Garibaldi rauchte vor Wut. „So materialistisch seid ihr, Pfaffenzöglinge!"
„Ja, ich brauche jetzt das Geld."
Und er rückte wütend mit einem Doppelgehalt heraus. Also stand ich mit meinem wahrscheinlich letzten Salär da. 15. Mai, 15. Juni, 15. Juli, 15. August, 15. September, 15. Oktober, 15. November, 14. Dezember, zählte ich an den Fingern: acht Monate, wobei ich in den ersten sieben Monaten die Hälfte meiner Bezahlung Dolores stets abgegeben hatte. Jetzt hatte ich 7 x 5 + 20 Pengö. Insgesamt 55 Pengö. Von meinem „Vermögen", den drei Münzen, wußte nur Frau Koltai. Ich fragte sie am Abend, ob sie ihre Bezüge regelmäßig erhielt von Garibaldi. „Bis jetzt immer. Morgen müßte er eigentlich kommen. Morgen ist der 15." Doch er kam nicht, am 16. ebenfalls nicht, auch am 17. und 18. nicht. „Ich muß wohl selber das Geld abholen", sagte sie etwas unsicher. „Vielleicht ist er sehr beschäftigt." Das hat mich aus diffusen Gründen sehr erregt. „Nein, Sie dürfen

nicht hinüber. Das Geld steht Ihnen zu, und er müßte selber kommen. Ohne Ihren Gatten hätte er diesen Posten hier nie bekommen. Ein undankbarer, gemeiner Schuft ist er." Plötzlich ging mir die ganze Situation durch den Kopf: „Der Kerl, der wirtschaftet hier ganz ohne Kontrolle. Er will mein Salär ab nächstem Monat nicht zahlen, und jetzt frage ich mich, was macht er mit dem Geld der anderen, die einrücken mußten, deren Pokale auf dem Tisch stehen: Edenhofer und die anderen: der Schuft streicht das Salär der eingerückten Kollegen selber ein, er steckt deren Gehälter in die eigene Tasche, und das genügt ihm nicht, jetzt will er mein Geld auch noch haben und das Ihre ebenfalls!"
Frau Koltai dachte ganz ruhig nach. Dann nickte sie.
„Ausgeschlossen ist das wirklich nicht."
„Ich bitte Sie, nicht zu ihm zu gehen. Er ist gemein. Wir müssen weg hier. Ich habe 55 Pengö und mein Vermögen, die drei Münzen, die Ihr Gatte auch gesehen ... Packen Sie das Notwendigste zusammen. Geld, das Sie noch haben, Papiere, wertvolle Gegenstände, wenn sie nicht zu groß sind. Warme Kleidung, Decken."
„Und, wohin? ... Meine Mutter und Schwester sind in Budapest, und Budapest wird von den Russen von allen Seiten beschossen. Mein Mann an der Front ..."
„Er kommt zurück: er ist klug und tüchtig. Wir gehen nach Györ. Zu meiner Oma. Sie mag Sie. Wir lassen die Okkupation dort über uns hinwegfegen ..."
Sie fragte nicht weiter. Einige Tage vergingen noch. Dann eines Abends sagte sie plötzlich: „Ja, wir müssen also gehen." Die halbe Nacht packte sie ihre Sachen zusammen. Auch die Sachen für ihr Kind und einige Anzüge für ihren Mann. Es war beschlossen, daß ich Fanny, wie jeden Tag, in den frühen Morgenstunden einspannen lasse, dann zu ihr fahre, wir packen alles in den leichten Wagen mit den zwei Rädern, guter Federung, damit es nicht hart rüttelt, mit dem Verdeck oben gegen Regen, doch nicht gegen Wind: Vorne keine Abdeckung: ein Wagen für Schönwetter. Ein geschlossener Wagen wäre natürlich besser gewesen, doch, ein Tausch der Wägen wäre aufgefallen. Auch fand Garibaldi diesen leichten Sandläufer mit eleganter Federung für mich zwar zu luxuriös, doch, mit zwei Rädern nur, gerade noch tolerierbar. Die voll zugedeckten Wagen waren groß, mit vier Rädern, und mußten von zwei Pferden gezogen werden. Unmöglich. „Wir müssen uns vorne durch Decken gut schützen. Es gibt keine andere Lösung."

In der Nacht, während sie – hinter zugeschlossenen Fensterläden, diesmal nicht wegen der Flieger, sondern wegen Garibaldi – ihre Sachen zusammenpackte, konnte ich kaum schlafen. Zwar war es ein beglückendes Gefühl, bei Frau Koltai zu wohnen, von ihr Essen zu bekommen und schließlich, wie ich es mir mit meinen elf Jahren größenwahnsinnig vornahm, für sie und ihr Kind zu sorgen, mit ihr zu flüchten und sie damit zu retten, doch ich selbst war auch „nur" ein Kind, und in der Nacht grübelte ich beklommen über meine Eltern: Georgi und Dolores. Der Gedanke an Dolores hat mich besonders beunruhigt: ich habe sie im Spital nicht besucht. Ja, ich mußte arbeiten auf dem Gut, aber es war mir recht, daß ich Gründe hatte, nicht zu ihr zu gehen. Daß sie eine sogenannte „Frauenkrankheit" hatte, berührte mich peinlich. Es war mir schier undenkbar, in eine sogenannte „Frauenabteilung" hineinzugehen. Auch als Besucher. Dann fragte ich mich ständig, ob sie sterben würde, und ich versuchte krampfhaft, einige Eigenschaften an ihr zu entdecken, die mir liebenswert vorkamen. Ich fürchtete, daß sie stirbt und daß es mir gleichgültig sein wird, daß sie nicht mehr da ist, und daß diese meine Gleichgültigkeit mir unerträglich sein wird. Mit großer Mühe suchte ich nach Momenten, die für sie sprachen, damit ich gegebenenfalls um sie trauern könne: Leider kamen mir hauptsächlich negative Erinnerungen in den Sinn. Wie sie sich nicht verteidigen konnte oder wollte gegen Georgi – immer in der Nacht –, wie sie dann das Haushaltsgeld am nächsten Tag doch annahm, hier ganz und gar ohne Stolz …, wie sie bei ihrer täglichen Schande nach außen so hochmütig war, dann aber doch düster, daß sie putzsüchtig war und alberne Gegenstände kaufte. Und geradezu als Erleuchtung kam mir ihr energischer Auftritt gegenüber Tante Kathy in den Sinn, als diese – etwa Ende 1943 – vorschlug, unseren Namen NEUMANN zu ändern.
„Nur Juden heißen so", sagte Tante Kathy. „Du hättest ein Recht jetzt, dich von ihm zu scheiden."
„So? Und wie heiß' ich dann? Hartmann. Ist das vielleicht ein ungarischer Name?"
„Ein schwäbischer", meinte Tante Kathy. „Das ist immer noch besser." Und sie warf Dolores vor, daß Georgi bei drei verschiedenen Kirchengemeinden Kirchensteuer zahle. „Ein Wahnsinn! Dein Mann zahlt bei den Juden Kirchensteuer?! Und du schaust nur zu. Das ist gefährlich! Das ist le-bens-gefährlich jetzt!" – „Er meint, vierzig Prozent seiner Kundschaften waren immer schon Juden, wenn nicht

mehr. Ihm ist das egal: er unterstützt die Gemeinden, die Kundschaften schicken. Auch die Evangelischen. Und" – sagte sie mit Gewicht – „in der Not würde ich meinen Mann nie allein lassen. Das wäre ein Verrat. Außerdem ist er kein Jude, das muß ich ja wohl wissen ..., als seine Frau. Und jetzt kein Wort mehr."
Daß auch Neumann-Apika nicht beschnitten war, darüber flüsterte man beruhigt nach seinem Tode, und Dolores ärgerte sich auch später maßlos, daß Kathy sich mit so einem heiklen Thema in ihre familiären Angelegenheiten mischen wollte. Hier also hat Dolores Tapferkeit oder zumindest eine gewisse Klugheit, heute würde ich sagen pragmatische Nüchternheit, auch Anstand bewiesen. Um sie lieben zu können, war dies aber zu wenig. Auch konnte diese Anständigkeit gegenüber Georgi ihre Infamie mir gegenüber nicht ausgleichen. Sie hat mich doch mit ihrer „Geschlechtsbestimmung", mit ihren diesbezüglichen Manipulationen für das ganze Leben geschädigt: mir eine ewige Reihe von profunden Nachteilen und Mißverständnissen aufgebürdet – so dachte ich, so haben mich meine Erfahrungen auch gelehrt: – Siehe nur zum Beispiel die Sache mit Garibaldi: die Arbeit selbst hätte ich nie bekommen, wenn er etwa meinen Taufschein gefordert hätte: da stand drin: weiblich. Dieser Stempel auf der Stirn der gebärenden Hälfte der Welt, diesen Stempel wollte ich nicht tragen. Zu denen zu gehören, die nicht nur im Schweiß ihres Angesichts unterbezahlt schuften, wie meine Großmutter in der Telephonzentrale, sondern auch unter Qualen ihre Kinder gebären müssen. Während die andere Hälfte Gedichte und Romane schreibt, Häuser baut, Symphonien und das Lied „Als es Abend ward" komponiert: viel schöner, viel interessanter, ein Leben im Spiel. Nein, Dolores' Einstehen für ihren Ernährer war zu wenig gegen das alles, was sie mir wegzunehmen gedachte. Warum? Weil sie selbst das alles nicht hatte. Das blöde Märchen mit „nicht in den Krieg gehen zu müssen" kam mir angesichts der sich nähernden Front, angesichts der Bombenangriffe lächerlich vor: Krieg war immer und überall ... Und was für einen albernen Vater sie mir ausgewählt hatte ... Hier muß ich eingeschlafen sein.
Am nächsten Tag ganz früh von Frau Koltai geweckt, ging die Sache wie am Schnürchen. Ich sagte dem Stallmeister, daß ich Fanny jetzt gleich brauche, er spannte sie ein, noch früher als geplant standen wir, Fanny und ich, vor dem Haus der Frau Koltai. Nach einem vorher bereits entworfenen Plan, welcher Koffer wo Platz haben würde, verstauten wir die Sachen, uns nur mit Blicken verständigend.

Zuletzt brachte sie ihr Kind. Wir ließen eine Lampe im Haus brennen, damit es bewohnt wirkte. Fast langsam trotteten wir aus der „Puszta". Nicht schnell. Schnell ist auffällig. An der Grenze des Gutes begann der Schnee zu fallen. Ein bißchen zu früh. Er wehte uns ins Gesicht. Zugleich war aber das alles so märchenhaft: die Frau, das Kind, die mir so ergebene Stute Fanny, die jetzt ein etwas zügigeres Tempo anlegte ... Das alles erweckte in mir ein Hochgefühl: ich habe sie gerettet, sie, die, ohne es zu ahnen, schon fast in die schmutzigen Pratzen der grausigen Blutwurst Garibaldi gefallen wäre ... Und der Wagen rollte leicht, fast ohne Geräusch im Schnee, und der Schnee bedeckte uns, wie Pallas Athene ihre Schützlinge einzuhüllen pflegte in Nebel oder in starke Sonnenstrahlen, ich traute Athene alles zu und baute auf ihre Hilfe. Auch war ich überzeugt, daß Pallas Athene die märchenhafte Fahrt mit der erwachsenen, von mir verehrten schönen Dame, mit mir als ihr Ritter sozusagen, direkt für mich ausgedacht hatte. Das war viel besser als im Film „Märchenauto".

Wir sprachen nicht, wie Frau Koltai überhaupt sehr wenig sprach. Daheim nicht anders. War das die Weisheit der Pallas Athene? Sie schaute meist heiter vor sich hin, und wenn ich ihr etwas erzählte, hörte sie aufmerksam zu. Das alles war sehr fein, ich genoß es in den Tagen sehr, als ich bei ihr wohnte. Sie war wie direkt für mich erfunden. Athene wieder. Doch jetzt konzentrierte ich mich auf den Weg. Zu erzählen während eines gefahrvollen Unternehmens, nein, das wäre nichts.

Überraschend griff Frau Koltai zu meinem Arm, den ich halb abgewinkelt hielt: „Schau, dieser Mann. Ich glaube, es ist dein Vater."

Im Film meiner Erinnerung gibt es hier einen leichten Bahnschranken, dünnes Blech wird lärmend heruntergelassen, wir kennen es: nach einer halben Stunde kommt dann ein Bummelzug ... Nur war hier kein Zug, keine Schiene, kein Schranken. Erst bei Horvathkimle, noch vier Kilometer von hier, ein Bahnhof, doch dieser ebenfalls ohne Schranken. Offenbar zwei Belichtungen eines Filmes meiner Erinnerung. Jedenfalls erscheint mir Georgi sich auf diesen nicht vorhandenen Schranken stützend. Todmüde, in abenteuerlichem Gewand, seine Pelzmütze mit einem Tuch unter seinem Kinn, wie es bei Bäuerinnen der Brauch war, zusammengebunden. Zwischen Mütze und Tuch waren noch kleinere Lappen dazwischengeschoben. Er schaute von unten zu mir herauf. Dieser armselige Blick tat mir unheimlich weh ... Doch seine Stimme war dann fordernd wie

immer: „Wo ist deine Mutter? Was fährst du hier umeinander?" fragte er. Ein anderer Mann tauchte aus dem Gebüsch auf.
„Das ist Gergö, mein Kamerad. Fahren wir zu deiner Mutter: du mußt wenden."
„Wirklich? Muß ich? Sie ist im Spital in Györ. Myom."
„Myom. Dann fahren wir nach Györ", sagte Georgi, so, als ob dieser Entschluß jetzt von ihm käme. Gergö schob Georgi auf die Kutsche, in die linke Ecke, und er selbst setzte sich ohne zu fragen in die Mitte.
„Moment einmal", sagte ich. „Nach Györ fahren wir ohnehin, doch nicht ins Spital." Kamerad Gergö schaute mich aufmerksam an und unterließ es, wozu er im Begriff war, das spürte ich, mir den Zügel aus der Hand zu nehmen. Jetzt waren drei Erwachsene in der bisher bequemen Kutsche, das Kleinkind der Frau Koltai und ich.
„Ich stehe gerne, wenn Sie mich verläßlich halten", sagte ich zu diesem Gergö. Worauf er sich besann: „Wir sind so zu viele Leute, ich komme irgendwie schon nach. Georgi ist schwer krank, Ohren, Stirn, alles." Das sagte er mit einem etwas sich entschuldigenden Ton. Er stieg aus der Kutsche und verschwand im Gebüsch. Georgi fieberte in der linken Ecke des Wagens. Wir deckten ihn zu, damit er keinen Schnee in das Gesicht geweht bekommt. Gergös Wegbleiben merkte er dann erst in Györ.
Auf Nebenwegen, um nicht in den Hauptverkehr zu geraten, erreichten wir Györ-Ujváros, Öreg-Straße, wo Tante Gagi jetzt wieder mit Beate wohnte: hier haben wir Georgi ausgeladen. Gagi und Beate nahmen ihn in Pflege. Irgendwie spürte ich, daß mit ihm etwas nicht in Ordnung war. Womöglich war er ein Deserteur. So wagte ich mich mit ihm nicht in die Neue-Welt-Straße, in das „Sommer-Haus" mit seinen hundert Augen und tausend Mäulern. Nein, am Stadtrand bei Gagi. Ihre Wohnung hatte ja direkten Eingang von der Straße. Hier hat sie weiland meinem Onkel Bello Cio tugendhaften Widerstand geleistet ...
In der Stadt war der Weg dann in der Tat recht beschwerlich, und immer wieder wurden wir von Polizisten aufgehalten. Was alles hätten wir mit Georgi erleben können. Da Frau Koltai aber eben eine Frau war und sie ruhig sagen konnte, daß sie mit ihren zwei Kindern (!) Mario (das war ich) und Vera zu Verwandten reise, ließ man uns ohne weiteres durch.
„Tüchtigen Sohn haben Sie, in ein paar Jahren kann er für die Heimat mitkämpfen!" schrie ein rotbackiges Dummerl mit Hakenkreuz und Munitionsgürtel uns nach.

„So ein Idiot!" sagte selbst die zurückhaltende Frau Koltai.
„Bald wäre ich schon gut genug zum Kanonenfutter", versetzte ich.
„Nna. Das machen wir nicht mit."
„Sie müssen mich dann aber verstecken."
„Das tu ich auch", sagte sie.
Doch ihren Mann hat sie nicht versteckt, dachte ich. Aber darüber hielt ich den Mund. Wir erreichten den Neue-Welt-Platz und fuhren langsam in die Neue-Welt-Straße hinein. Die Kutsche ließ ich nicht unter dem Haus stehen, gerade nur die Koffer haben wir dort abgestellt. Meine Tanten ließen mich rein, als ich leise klopfte, und kamen und halfen der Frau Koltai mit den Koffern, während meine Großmutter das kleine Kind in Empfang nahm.
Einsam fuhr ich den Weg zurück. 30 Kilometer retour. Ich war zufrieden. Die erste, wichtigste Hälfte des Unternehmens war offenbar geglückt. Nichts war schiefgegangen. Pallas Athene, ich danke dir. Am kleinen Bahnhof Horvathkimle stieg ich aus. Da standen wir nun nebeneinander: Fanny und ich. Mich auf die Zehenspitzen streckend habe ich der lieben Stute alles Schöne ins Ohr geflüstert. Und streichelte ihren Rücken und gab ihr viele kleine Küsse.
„Geh, Fanny, geh zurück mein Schatz, geh nach Novakpuszta, geh heim, Gott oder wer immer schütze dich, und ich danke dir, feine, gute Stute, für deine Treue und Liebe."
Mein Zug kam. Ich mußte schnell zurück, es war am Nachmittag bereits dunkel. Aus dem Fenster des Bummelzuges sah ich Fanny mit der leeren Kutsche in die richtige Richtung heimwärtsziehen. Ich war beruhigt, doch etwas traurig: warum mußte nur meine große Freundschaft mit der Stute wegen der Blutwurst ein so jähes Ende nehmen.
Als ich heimkam, war es schon fast Mitternacht … Der Bummelzug blieb immer wieder stehen. Meine Oma wartete am Fenster auf mich. Sie mußte die holprige Treppe möglichst geräuschlos hinuntergehen und mir das Tor aufmachen. „Mußtest das Pferd noch zurückbringen, Kind. Wir hatten solche Angst um dich. Und das alles am Weihnachtsabend."
Ja. Darauf hatte ich völlig vergessen. Es war also die Flucht nach Ägypten, oder so, fiel mir ein, auch wenn es vielleicht nicht ganz stimmte. Aber was stimmte noch überhaupt … Dann schlief ich über die Weihnachtstage in einem durch. Keine Sirene konnte mich wecken. Schwere Bombenangriffe von der US-Navy oder British-Air-Force waren zu dieser Zeit bei uns ohnehin nicht mehr zu

erwarten: die leichten russischen Flugzeuge schienen nur Störfunktion ausüben zu wollen: wir fanden, daß sie „komisch ratterten" und nannten sie „Nähmaschinen". Später konnte man erfahren, daß sie überwiegend von weiblichen Piloten geflogen worden sind: die Deutschen nannten sie „Nachthexen": Die hatten die Aufgabe zu stören. Stören nur.

War die nervliche Erschöpfung der letzten Tage, mit der Flucht, mit der Begegnung mit meinem Vater, Georgi, im elenden Zustand, der Grund, daß mich die Sirenen nicht aufwecken konnten? Oder die beruhigende Nähe von Frau Koltai? Meine Oma brachte uns drei im „kleinen Zimmer", früher Einzelzimmer meiner Tante Cho-Cho-San, unter. Frau Koltai lag im goßen, schwarzen Bett mit ihrem winzigkleinen Kind. Ich daneben, viel tiefer, auf dem alten Feldbett meines Großvaters. Das Zimmerchen hatte zwei Fenster zur Straße, zwischen diesen die schwarze Kommode meiner Tante. Auf dem Feldbett liegend erreichte ich mit einer Hand die Kommode, mit der anderen Hand Frau Koltais Bettrand, so klein war das Zimmer. Im Halbschlaf, es war der 27. Dezember, träumte ich vom Zapfenstreich. Langsam, in Wellen trug der Wind die einzelnen Phasen der Melodie zu mir, als würden Sterbende oder zumindest Verwundete sich abmühen und kämen mit dem ganzen Stück nie zu Ende. Ich sah dazu den demütigen Blick meines Vaters und sagte mir: ja, er ist sicher gestorben. Georgi, weinte ich auf, hat man dich angeschossen? Was war das für ein schrecklicher Kopfputz: halb Soldatenmütze, halb Weibertuch. Hat man in deinen Kopf geschossen, mit all den Winkeln, Kubussen, Stangen drin: alles, was aus Metall war, hast du sofort verstanden. Meine leicht hingeworfenen Linien, die perspektivische Zeichnung aus dem linken Handgelenk, meine Baumodelle: das kam von dir ..., und ich wußte in diesem Moment blitzklar, daß ich jetzt dem Pater Ladurner mit haarscharfer Sicherheit antworten könnte. „Was für eine Aufgabe!" hatte er mich ja fast angeschrien, und ich hatte so eine nichtssagende Antwort gegeben, wie die Erwachsenen zu geben pflegen, wenn sie irgendwo unterkommen wollen. Ach bitte endlich, endlich ein kleines Ämtchen, dachte ich selbst viele Jahre später in der Kaigasse in Salzburg und blickte sehnsüchtig auf die Fenster des damals dort befindlichen Steueramtes! Nein sowas.
Jetzt wußte ich die Antwort: Baumeister werde ich, Architekt: ich sehe den Raum, Pater Ladurner, bevor er da ist, unser Zeichenlehrer

nennt meine Zeichnungen visionäre Architektur, fragen Sie ihn bitte. Fragen Sie Pater Fiala. Ich zeichne Kirchen, Kathedralen, ja, keine Horthy-Bilder mehr, keine Menschen, sondern Bauwerke, mit Grundriß, Schnitt, Außenansicht, solche, die ich kenne, von Bildern, aber auch solche, die ich mir vorstelle. Nachher ist es mir dann nicht ganz klar, ob die Frontansicht des Mailänder Domes eigentlich von mir ist oder von jemand anderem. Aber ich zeichne auch Häuser und Wohnungen. Für Frau Schramm und ihre Familie habe ich bisher zumindest vier Wohnungen entworfen. Für meine Oma ebenso, für Onkel Lukas und Tante Anna mit Hintereingang zu ihrem Tabakladen, doch sie leben leider nicht mehr ... Was kann ich tun jetzt, wenn sie bereits vor sieben Jahren gestorben sind ..., und zwar in einer Box der Städtischen Schweinezüchtereien, wie Sie wissen. Die Heimgegangenen wissen ja alles. Nicht? Doch unversehens sprach ich nicht mehr mit dem toten Priester Ladurner, sondern mit Frau Koltai. Sie hörte mir ja immer so aufmerksam zu: Ich entwerfe kleine, sonnige Häuser auch für die Leute auf dem Gut: hoffentlich gehen diese nicht ebenso wie Onkel Lukas ein, bevor meine Häuser stehen ... Ich komme immer zu spät, es ist unverständlich für mich, wieso ich immer zu spät komme und niemandem helfen kann. Und, schien sie vorsichtig fragen zu wollen: glaubst du, daß man dich wird bauen lassen, diese Kirchen, diese Häuser ...? Warum, warum nicht, wenn ich es doch kann ... Sie schien mich erschrocken anzuschauen und sie sagte etwas mit Bartwuchs, der bei mir vielleicht nicht kommen wird. Ja, der Schnurrbart und der Rundbart wie bei Garibaldi. Sie nickte. Und die Blutwurst, entfuhr es mir. Das verstand sie nicht. War mir eh lieber. Ich sage Ihnen, daß man mich wird bauen lassen, und jene, die mich nicht lassen wollen, nur weil ich keinen Schnurrbart undsoweiter – darüber werde ich Protokoll führen, und meinen Bericht übergebe ich ... Pallas Athene ... Wem? Pallas Athene: sie wird schon die Köpfe dieser Leute zurechtrücken. Pallas? Wer ist denn das? Herrschaft noch einmal. Die kennt Pallas Athene nicht oder sie tut so. Doch ich gab nicht auf. Sie mußte zur Kenntnis nehmen, mit wem sie es zu tun hat, daß ich bauen werde, weil mein toter Vater mir sein Talent weitergab, wenngleich sein Talent nur reparierenderweise ..., und gleich fügte ich hinzu, daß mein Bericht im Sinne meiner toten Mutter entstehen werde: denn sie kennt das Gesetz. Das formale Gesetz, würde ich es heute nennen: Dolores bestand aus Dogmen wie die katholische Kirche, ja sie war die katholische Kirche selbst, in der man mich nicht hat Ministrant werden lassen. Nur war es eine Ver-

rücktheit von ihr, diese Kirche zu sein, weil in dieser Kirche alles, aber auch alles nur gegen sie selbst gedacht und gehandelt wird. Frau Koltai verstand nicht, warum. Sie war ja eine verheiratete Katholikin und Mutter eines Kindes. Nun, was können Sie in Ihrer Kirche sein, Sie, Frau Koltai, als Frau? Nicht einmal Ministrant. Sie lachte herzlich und meinte, daß sie noch nie den Wunsch verspürt habe, Ministrant zu sein. Aber Pfarrer, Bischof oder Papst können Sie auch nicht sein: Sie können in der Kirche nur den Boden putzen und die Vasen mit neuen Blumen füllen. Sie behauptete, daß ihr dies genügen würde. Ich wurde wütend. Genauso scheinheilig und dumm und verlogen wie Dolores und meine Tanten, dachte ich mir. Jedenfalls, auch wenn Sie alles das nicht wollen: vielleicht will es einmal Ihre kleine Tochter. Gott behüte, erschrak sie. So. Und nun erklärte ich ihr sehr von oben, daß sie dies nicht wissen könne …, was ihre Tochter einmal werden will, – und was mich betrifft, ich mache also diesen Bericht neben meiner Arbeit als Baumeister, weil ich durch meine Mutter in den Sachen des Gesetzes heimisch bin, nur finde ich diese Gesetze ungerecht in vielem. Sie müssen korrigiert werden. Die Korrektur ist dann meine Sache, sagte ich ihr bedeutsam. Die Welt gehört aus den Angeln gehoben. Sie schaute mich jetzt so verwirrt und mit Unbehagen an, daß ich sie verloren wähnte. Verloren für mich. So wollte ich sie vielleicht verspotten in meinem Schmerz: Wegen dem Schnurrbart des Baumeisters brauchen Sie sich keine Sorgen zu machen. Schlimmstenfalls klebe ich mir einen an: der wird zu meinen buschigen Augenbrauen passen, niemand wird etwas merken, und nach dem Krieg wird mein „Bruder", Boris, mich abholen, mit seinem Flugzeug. Und während der Fahrt tauscht er meinen blöden Paß um, so daß ich in London mit dem richtigen Namen undsoweiter aussteigen kann. Sie schwieg verdrossen. Schließlich sagte sie: Was ist mit dir eigentlich. Warst immer so ein liebes, braves Kind. So? Dachte ich. Und das mit dem „Mario" und so …, und wie sie mir immer schöne Augen machte und mich nicht als Kanonenfutter hergeben wollte, ja mich verstecken wollte, während sie ihren Gatten nicht …, das alles war nur ein Schmäh. Ich bin nur ein liebes Kind. Mir fiel unser Abrichte-Lied aus dem Kindergarten ein: häßlich, wie ich's nur konnte, bellte ich ihr das alberne Lied ins Gesicht:
„Wenn das Kind brav ist,
folgsam
folgsam
stellt es sich mit seinen Kameraden

im Kreis auf,
und alle machen so."
Da war alles Vertrauen zu ihr verschwunden. Es blieb nur die Trauer.
So sagte ich ihr nur noch: „Georgi ist gestorben, Vatermutter tot."
„Dich hat unsere Flucht erschöpft. Dein Vater ist inzwischen hier, deine Mutter kommt auch bald aus dem Spital."
„Georgi hier bei uns? Nein!"
„Doch. Er liegt in diesem ersten Raum – deine Großmutter nennt das Zimmer ‚Halle'. Er liegt unter dem orientalischen Teppich. Jedenfalls mit den Kamelen darauf."
„Und ist nicht tot?"
„Nein, nein. Er hat allerdings Stirnhöhlen- und Ohrenentzündung, sagt deine Tante Rosa. Willst du jetzt wieder ...?"
Vielleicht wollte sie sagen, „normal sein". Nein, nein, wie Sie meinen, nie, dachte ich. Dumme Gans. Sie ist nicht die Athene, nicht mal ihr Geschöpf. Das war ein Mißverständnis also ...
Ich stieg aus meinem Feldbett und wollte Georgi sehen: So wie Frau Koltai sagte, lag er unter Onkel Marco Polos Wandteppich. Er lag auf seiner Strohmatratze, und vor seinem Lager war eine andere Strohmatratze aufgestellt, angelehnt an den großen Eßtisch, mit dem Tolnay-Welt-Lexikon drin, in welchem ich das mit dem Zusammenhang zwischen Bart und Genie zum ersten Mal gelesen hatte, als Blickschutz. Georgi meinte, als er ankam, berichteten die Tanten, man solle ihn gleich im ersten Raum unterbringen, wo die Leute, die ihn vielleicht suchen würden, durchrennen, weil sie denken, der Deserteur ist grundsätzlich im letzten Zimmer der Wohnung und in dessen letztem Loch versteckt. Dieses wäre unter dem Bett der Frau Koltai. Die müßten aber erst noch durch das große Schlafzimmer der Großeltern, dort in die vollgestopften Schränke und unter die Betten schauen, das heißt unter das meiner Oma jetzt, da Großvater verschwunden war, und unter die zwei Chaiselonguen, wo jetzt Tante Rosa und Evy schliefen, das leere Bett neben meiner Oma durchwühlen, nichts finden und unverrichteter Dinge wieder abziehen ...
Jetzt fieberte Georgi auf seinem Lager, mich nahm er erst gar nicht wahr. „Ludmilla", flüsterte er mit großer Sehnsucht in seinen Kopfpolster. Ja, wo war sie, Ludmilla, Dolores, Dolores, Ludmilla? „Psst psst", sagte meine Oma. „Sie kommt schon bald."
Wie sollte man jetzt in diesem Zustand Georgi beibringen, daß Dolores auch zum Neujahrstag wird aus dem Spital nicht heimkommen können, daß das Myom sich als etwas ganz anderes entpuppt

hatte ...: ein Kind, ein eindeutig männliches, wie Georgi sich das immer gewünscht, was er ja noch vor meiner Geburt im Jahre 1933 mit voller Gewißheit überall verkündet, ja, besser gesagt, verkündigt hatte, Georg der Zweite also, kein Myom, liegt im Uterus seiner Frau. Allerdings nicht lebend ... liegt es seitdem da ...
„Nicht lebend. Wie sonst liegt er da ... seitdem?" Er hörte also doch. Was ihm wichtig war, hörte er. Ja seitdem. Die arme Dolores trägt ein totes Kind ... seitdem. Das Kind sei ... „Versteinert ...", sprach Rosa das schreckliche Wort aus. Lithopädion. Steinkind. Massiv kalkinkrustierte Leibesfrucht, hätte der Arzt ihr gesagt. Ein Phänomen, über welches in der Fakultät vorgetragen wird – „in der Fakultät", sagte Tante Rosa, das klang sehr komisch für mich –, „aber selten ein Arzt, der einem wirklichen Fall begegnet", dozierte sie weiter. „Die über elf Jahre verhaltene tote Leibesfrucht, total abgekapselt von den Funktionen des mütterlichen Körpers ..."
„Schrecklich", so Kathy. „Und doch besser so", übertönte sie meine Oma. „Sonst hätte womöglich die Mutter, aber auch das ... Zwillingskind, an Blutvergiftung ..."
„Jaj Anya, bitte nicht aussprechen", schrie Tante Kathy auf.
„Kathy, sei nicht hysterisch. Das Ganze ist längst geschehen. Schluß. Basta", so Rosa streng. „Das Steinkind und das andere", setzte Rosa ihren Vortrag weiter fort, „waren durch ihre Geschlechtsorgane verbunden. Wie eine Doppelschraube sieht es aus: der einzige Teil, der unversehrt rausoperiert werden konnte. Bei der ersten, kleinen Operation. Wie zwei rücklings ineinandergeschraubte Wasserhähne. Der Arzt zeigte mir diesen ... diesen Doppelwasserhahn im Spiritus. Doch, den versteinerten Kinderkörper zu entfernen, wird sehr schwer sein, da ungefähr zu der Zeit, wo du, Georgi, einrücken mußtest, eine Irritation bei Dolores, das heißt im Unterleib ... entstand, und der Arzt meint jetzt, daß etwa ab dann irgendein Prozeß um das wie eingekapselte Steinkind herum begonnen haben mußte, eine Entzündung ..., deswegen konnte sich die Arme auf der Puszta kaum bewegen. Und nun tun sie alles, aber die Entzündung ist erst gerade abgeklungen, die Patientin total erschöpft, und du müßtest jetzt unterschreiben – als Gatte –, daß sie operiert werden darf und was dir wichtiger ist, Kind oder Gattin, das heißt, worauf der Arzt im Falle eines Falles mehr Rücksicht nehmen soll."
„Doch wenn das Kind eh schon tot ist", warf Kathy ein. Rosa kam jetzt wieder von ihrer Wolke der Wissenschaftlichkeit herunter. Zwar sagte sie ihrer Schwester noch schnell: „Kathy, sprich nicht von Sachen,

von denen du nichts verstehst!", doch dann nahm sie eine Wendung: „Dem Arzt ist freilich klar, daß in diesem speziellen Falle diese Frage, Mutter oder Kind, nicht mehr re-ll-evant ist." Sie hat hier zwei Mitlaute benützt, vielleicht, um ihrer Mitteilung mehr Gewicht zu geben. „Doch, ob operiert werden soll oder nicht, muß der Gatte entscheiden, denn es ist sehr gefährlich. Aber es ist gefährlich so oder so."
„So oder so." Georgi mochte über 40 Grad Fieber haben.
„Operieren", sagte ich.
„Jaja, operieren", echote Georgi. „Ludmilla!" flüsterte er weinerlich vor sich hin. „Deswegen wolltest du nie …"
„Was? Was? Was?" wollten die Tanten wissen.
„Du wolltest nie, doch bevor ich einrücken mußte …, warst du mir gut …"
Mein kleingebliebener versteinerter Zwillingsbruder wurde schließlich – nach einem energischen Auftritt der Tante Rosa, da der Gatte offiziell an der Front – in einer mehrere Stunden dauernden Operation aus dem Mutterleib entfernt. Da im Interesse des Lebens der Mutter auf das tote Kind keine Rücksicht genommen werden konnte, war es – total zerstückelt – für eine Verewigung im Spiritus nicht mehr geeignet. Nur die Doppelschraube blieb also von ihm, das heißt von uns, von unserer brüderlichen Umarmung, übrig.
„Ja, man weiß nicht, was für was gut ist", sagten Tante Gagi und Beate, die auf Besuch da waren. Ein Satz, der, ihrem Gefühl nach, überall paßte. „Die zwei Kinder", setzte jetzt Beate an: „Das Steinkind, das jetzt praktisch, sozusagen, zer…" Gagi gab ihr einen Stoß, damit sie das Wort „zerstückelt" nicht ausspricht … Beate schien wirklich etwas abgebaut …, sie sagte dann noch: „Das andere Kind mußte bei der Trennung ebenfalls verletzt worden sein, wenn auch nicht so weit wie …" Gagi gab Beate wieder einen Stoß.
Es entstand eine große Stille.
Dann sagte Frau Koltai ohne jede Tragik oder Geheimniskrämerei: „Das ist wie ein Märchen vom Steinkind und vom verwundeten Knaben." Das hat mich jetzt wieder tief beeindruckt. Das hatte ich jetzt nicht erwartet. Will sie mich versöhnen vielleicht, rätselte ich. Alle Anwesenden taten so, als ob sie sie nicht gehört hätten. Doch auch ich schwieg, wenngleich aus einem anderen Grund.

Dolores war lange im Spital, erst Monate später konnte sie wieder einigermaßen gehen.

Georgi blieb bei meiner Großmutter, solange er Fieber hatte, versteckt, doch er konnte Dolores unmöglich abwarten.

Am Neujahrstag war Kamerad Gergö aufgetaucht. Es gab große Aufregung, doch meine Oma hat auch ihn versteckt – was für eine tolle Oma hatte ich doch. Zuerst einmal im Bett ihres Gatten versteckte sie ihn, unter Decken und Polstern, Kamerad Gergö erstickte fast. Mein Großvater ließ noch immer auf sich warten. Großmutter sagte, daß er es verdienen würde, einen fremden Mann in seinem Ehebett vorzufinden … Doch, das war nicht so hier wie in Pécs mit Neumann-Anyika: meine Hartmann-Oma scherzte vielleicht über eheliche Untreue, „Gestattet hat sie es nur ihrem Gatten", haben ihre Töchter getuschelt. Neumann-Anyika scherzte nicht, sie tat es, doch vielleicht tat sie es wiederum immer nur mit ihrem Willy … im Geiste, vielleicht hat sie ihren Willy in den ersten Jahren ausgesogen, untauglich gemacht, als Ehemann. So mußte sie, um ihrer einzigen Leidenschaft und ihrem Lebensinhalt frönen zu können, Willy, also Neumann-Apika, mit irgendeinem blöden, aber potenten Kerl körperlich ersetzen … Während sie nur an ihn dachte …, auch noch mitten in ihrer wüstesten Ausschreitung. Hm. Über Tote entweder Gutes oder nichts.
Es gab einige merkwürdig harmonische Tage bei aller Gefahr. Wir tranken guten Tee, den Frau Koltai mitgebracht hatte, und aßen die vom Gut mitgenommenen Köstlichkeiten. Georgi und Gergö wuschen sich in der Küche meiner Großmutter, über die Georgi früher so viel gespottet hatte: – „Bei Anya … Laugwasser fließt in das Gulasch." Im Sparherd wurden jetzt ihre vom Schmutz erstarrten Klamotten verheizt. Aus Großvaters Anzügen wollte meine Oma sie neu einkleiden, doch Großvater hatte kaum noch etwas. Gabili war in Dänemark „bei der Marine", hieß es, und jeder dachte, daß dieser arme Schwachsinnige schon längst gestorben sei. Doch seine Anzüge konnte man gesunden Männern nicht anbieten. So sprang wieder Frau Koltai ein. Sie führte ja Sachen von ihrem Mann mit: drei Hosen, drei Jacken, drei Paar Schuhe und viel Wäsche und selbstgestrickte, knielange Socken: zwei von allem gab sie gerne den Deserteuren ab. „Dafür wird eine gute Frau irgendwo vielleicht meinem Mann aushelfen." Dies gefiel meiner Großmutter so gut, daß sie Frau Koltai auf beide Wangen und schließlich auf die Stirn küßte. Die entsprungenen Soldaten sahen gut aus in Herrn Koltais Sachen. Georgi war auf Gergö sehr stolz und trug ihn, geheimnisvoll flüsternd, mei-

ner Großmutter als möglichen Bräutigam für Tante Rosa an, ohne daß Gergö oder Rosa von ihrem Glück wußten. „Warum nicht, Anya", fragte er. „Gergö ist auch Volksschullehrer, wie Rosa."
Warum war Georgi so freundlich, ja kindlich vertraulich zu meiner Oma, die er doch nicht mochte. Weil Dolores nicht anwesend war? fragte ich mich. Ja: Dolores liebte ihre Mutter nicht, und deswegen durfte auch Georgi seine Schwiegermutter nicht lieben. Oder?
Eines Nachts verabschiedeten sich dann die beiden Deserteure. Ich mußte sie aus dem Haus lassen: Georgi meinte, daß die Tanten Lärm machen würden. Unter dem Tor gab ich Georgi 30 Pengö aus meinem Bargeld. Nicht mehr das ganze wie einst im Zug von Budapest. Mein „Vermögen", die Münzen, kamen hier erst gar nicht in Betracht. „Und paß auf deine Mutter auf", teilte mir Georgi den Befehl aus. „Wenn sie vom Spital heimkommt." – „Jaja. Und auf Großmutter und auf die Tanten undsoweiter", versetzte ich ihm. „Die Tanten sind mir wurscht", sagte Georgi. Gergö schüttelte den Kopf, dann waren sie weg.
Von Georgi bekam meine Großmutter bald eine Postkarte mit Weihnachtsbaum. Georgi schrieb: „WIR DANK FÜR ALESCH. GERGÖ IST NEBENBEI NOCHMAL GESAGT LEERER, NACH D. KRIG GUT FÜR ROSA VIELLEICH ALS MAN. KISTIHAND: GEORG." Georgi mußte in Hochstimmung gewesen sein, daß er überhaupt schrieb. Er gab sich normalerweise als Legastheniker niemandem preis. Die Rechnungen und Mahnungen mußte immer Dolores schreiben.
Gergö und Georgi froren und zitterten sich durch den Winter: sie schliefen Rücken an Rücken in Betonringen zum Kanalbau, in Ruinen, in Scheunen, aber sie kamen durch. Im Mai, „nach der Okkupation", waren sie wieder daheim. Georgis Ohren waren endgültig futsch, und mit Gergö zusammen litt er schwer an Rheumatismus. Zur Verblüffung aller kam Gabili, der Totgeglaubte, ebenfalls zurück.
„Gabili! Du allein? Aus Dänemark? Das gibt's nicht."
„Und mein Mann, Bello Cio!!" stampfte Gagi auf.
„Er ist in Rußland, Gagilein, ich war nur in Dänemark", sagte Gabili begütigend. Doch Gabili kam nicht allein heim: „er brachte ein Mädel mit".
„Das ist Bilbli, aus Gillelleia, Dänemark", sagte Gabili. Bilbli war zu klein, „Zwergwuchs", sagten die Tanten, sie schielte gewaltig und hatte den hatscherten Gang der Schwachsinnigen. „Doch sie ist ein

weibliches Wesen", sagte Kathy. „Gabili ist im Krieg zum Mann geworden!"
Gergö und Georgi waren längere Zeit nach dem Krieg noch dicke Freunde geblieben und gingen regelmäßig in das Moorbad. Gabili nahmen sie trotz der Bitte meiner Großmutter nicht mit.
„Gabili hat seine Krankheit nicht so wie wir – als Antifaschisten in ständiger ‚Flucht vor der Gestapo' – dafür aber im ständigen Herumrutschen in verschiedenen Kirchen wie Dom, Karmeliten und Benediktiner geholt. Daher ist er nicht kriegsgeschädigt." Das war fraglos die Diktion von Gergö, von Georgi vorgetragen.
„Doch weh tut es ihm genauso", rief Großmutter.
„Nein, er soll mit seinem Mädel zusammen zu den Patres beten gehen", so Georgi. Sie aber, Gergö und Georgi, pantschten vergnügt im dunklen Wasser, bewarfen sich mit Schlamm und spritzten frech auf die Frisuren von diversen als Begleitpersonen herumsitzenden fremden Damen. Und während sie sich gegenseitig mit Gatsch bewarfen, schrien sie überdreht:
„Es tut uns weeeh! so weeeh!"
Und hier kam dann eine kleine Aktion, indem sie sich gegenseitig unter das Schlammwasser drückten, wobei sie schreckenerregend wie Ertrinkende blubberten, spuckten und um sich schlugen. Die Besucher des Bades wurden immer wieder in Angst und Entsetzen versetzt, so lebensnah waren ihre Darbietungen.
„Noch immer besser als ein Bauchschuß, Gergö, nicht?"
„Ja. Und noch immer besser als ein Genickschuß, Georgi, nicht?"
So spielten sie sich die Schrecknisse des Krieges aus dem Leib. Als sie von ihrem Rheumatismus weniger geplagt, als sie langsam gesund wurden, sickerte auch ihre große Freundschaft fast unmerklich weg. So wie Georgi Barla Benci, den Hunger-Kameraden seiner Budapester Lehrjahre, als ewigen Freund durch ständige Erwähnung für sich am Leben erhielt, aber niemals wirklich noch einmal gesehen hat, so wurde auch aus Gergö ein Schatten seiner kurzen Kriegs-Vergangenheit: Kamerad Gergö verschwand aus unserem Blickfeld, als wäre er nur ein Spuk gewesen. Doch Georgi sprach viel von ihnen: „Meine zwei Freunde, der Barla Benci und der Gergö ..., auf die ist Verlaß."
Und was wurde aus dem liebenswürdigen Verwalter-Ehepaar? Was aus Garibaldi und den Leuten der Puszta? Nun, László Koltai fiel in russische Gefangenschaft, kam erst nach vier Jahren heim. Zu spät, um seinen Plan – wenn Pannonia nicht zum Westen ..., wollte er ja

Numismatiker oder Diamantenschleifer in der Schweiz, in Antwerpen, Amsterdam ... Die Grenze war bereits zu ... Und auf dem Gut hat man ihn der Veruntreuung bezichtigt ..., alles, was Garibaldi statt der abwesenden Kameraden einstreifte, den Gesamtdiebstahl schob man Koltai nun als Schuld zu. In Handschellen führte man ihn durch die „Straßen". „Bespuckt euren Feind", befahlen die neuroten ungarischen Soldaten, Hakenkreuzler früher vielleicht. Doch die Leute wendeten sich verschämt ab. Niemand bespuckte Koltai. Wenigstens das. Und Garibaldi, der war weg: bei dem Raufen um die Weiber von einem „Kirgisen" niedergestreckt. Schwamm drüber, er war ein Bauer, hieß es. Er war wie das Volk. Also. Doch einen Schuldigen mußte man haben. Koltai war ein Gebildeter, also ein Volksfeind: also war er der Dieb. Ohne irgendein Verfahren wurde er verurteilt, saß in einem dunklen Loch in den düsteren Rákosi-Jahren. Erst im Frühjahr 1953, nach Stalins Tod, kam er dann frei: er wurde eines Morgens aufgerüttelt, aufgeweckt, im Gefängnishof „rehabilitiert" von einem mittleren Chargen und auf die Straße gesetzt. Doch er fand in Budapest seine Frau in einer Wäscherei ... So kam er unter dort und wurde Hilfsbuchhalter erst, dann Chefbuchhalter, bis zum Herbst 1956. Das Ehepaar packt etwas zusammen: für die Flucht. Doch mit achtundvierzig, sagte er, geht man nimmer ... Und sie packten wieder aus.
Und was ist aus ihrem Kind geworden? Ich weiß nicht. Ich vergaß, danach zu fragen. Einmal vergessen, immer vergessen?

XXIV. Vom letzten Zapfenstreich, vom Roten Soldaten

Es ist mir klar, daß die Filmbilder meiner Erinnerung machmal verrückt spielen. Doch, sie liegen nicht unbedingt sinnlos aufeinander in ihrer scheinbaren Unordnung. Wann war dies und wann war das? Wo genau war jener Türrahmen, durch welchen ich Georgi eintreten sah, nach seiner Heimkehr: In Doktor Lorands leergewordener Wohnung. Behaupte ich. Doch Dolores sagt, es war ganz woanders. Georgi meint, daß er durch keinen Türrahmen getreten, wir sind auf der Straße aufeinandergetroffen. Welcher Straße? ... Jetzt seh' ich Dolores im Bett meines Großvaters, nach ihrer Operation, neben meiner Oma, ihrer Mutter. Dolores ist ungern in diesem Bett, neben

ihr, und auch Großmutter steht ganz früh schon auf und geht ganz spät erst schlafen ...
„Das viele Schrubben des Bodens hier ...", fiebert Dolores, „das ewige Zwetschkeneinkochen ..., die anderen ...? Geholfen ...? mitnichten! ... Niemand half mir! Die Geschwister, nur ein, zwei, drei Jahre jünger ..., wollten nicht folgen ... Mit vierzehn Jahren die Horde hier ... mußte ich einsam herumkommandieren ..., und weil nie Geld ..., es wollte niemand zum Greißler hinuntergeschickt werden. Weil es ja peinlich war, beschämend, immer alles nur aufschreiben zu lassen ... Drei Deka Fett mußte ich einmal ... auf Kredit kaufen bei Garai da oben ..." Und Großmutters Gesicht war jetzt ganz anders als sonst. Bitter und hart. Sie sagte nichts. Später dann nur: „Sie ist ja krank jetzt."
War Dolores nun ihre verpfuschte Tochter, hat mir meine Oma eine verpfuschte Mutter vererbt? So fragte ich mich. Eine so harte, ungerechte Mutter, eine, die stark und wieder erbärmlich schwach war: die mit sich alles geschehen ließ, mit sich in der Nacht ... Und doch war sie meine erste Liebe ..., und es war unerträglich, daß ich sie strafen mußte, ihre Hand wegschieben, mich trennen von ihrem Blick ..., in welchem ich langsam gewiegt am Anfang unserer Geschichte, geborgen erst in ihrem Leib, dann in ihrem Blick, dann rückte Georgi ins Blickfeld, zerrissen war der Faden, der ewig scheinende, selige Augenblick. Den Blick fand ich verdorben, sie wurde mir die fremde Frau. Was aber, wenn sie nichts dafür konnte? Für ihr fatales Schicksal, das sie mir übertragen wollte ...?" War ihre Mutter schuld, indem sie in fataler Geduld eins nach dem anderen empfing, ja ewig schwanger, ewig gebärend, immer ärmer, immer ausgemergelter, großes Chaos in wenig Räumen, Kindergeschrei, ewige Wolke von Sorge, von Schande unbezahlter Rechnungen. Und weil das Unglück, die zu große Kinderschar, aus ihrem Schoß herausgekrochen, fragte ich nicht, ob sie sich allein befruchtet oder doch von ihrem Gatten sie die ständige Bescherung empfangen ... Meine permanente Begeisterung für meine tolle Oma hat einen Bruch bekommen ... Doch in Zeiten wie diesen gibt es nicht mehr die Möglichkeit, über die verlorene Liebe ..., ich mußte – „hic et nunc" – Taten setzen.
Und während die Erwachsenen immer offener sprachen, daß die Rote Armee, immer näher, immer näher ..., die nicht, wie Anna es meinte und Joshi mit seinem „Roten Vogel flieg ..." und etwas mit Sieg ... und mit dem „wunderbaren Morgen", als rettende, ritterliche

Engelscharen, die wie serienweise auftretende heilige George auf uns zuritten, zukamen, unterwegs den Drachen, das Monstrum: die „Deutschen", die Nazis, die Hakenkreuzler, beseitigend, nein. Sie kamen mit der Maschinenpistole im Anschlag, „doch auch mit aufgeknöpftem Hosentürl" (also „Doppelröhre", dachte ich mir), so sagten etwa die drei „horizontalen Damen" Toth und meinten, auch die Damen Töchter von meiner Großmutter werden sich da nicht weiter zieren können, „wir sind gleich, letzten Endes, Frau Hartmann, sie und ich, meine Töchter und ihre Töchter: worauf es den Russen ankommt, bieten wir alle. Da ist kein Unterschied." Großmutter wies sie würdevoll zurück, doch dann weinte sie aus Angst und Zorn. Jedenfalls, sie schlug die Tür vor der Zudringlichen zu. Eva und Rosa erstarrten. Dolores bekam schwere Blutungen, sie mußte zurück ins Spital. Frau Koltai wurde weiß. Ich sah die Rote Armee mit „Doppelröhre" auf uns zumarschieren, und nach Garibaldis Lektionen konnte ich mir allmählich vorstellen, was zu erwarten war. Doch nicht mit uns! dachte ich: und da war meine ganze Familie mitgedacht, welche Person ich gerade mochte oder nicht. Frau Koltai rechnete ich selbstverständlich zur Familie.

Kinder können immer wieder unwahrscheinlich schnell und geschickt handeln, wenn es um ihr Leben und auch das der Ihrigen geht. Sie wissen noch nicht, wie schwer alles sein kann. Jedenfalls die, die nicht zu früh eingeschüchtert, durch grobe Erwachsene gleich am Anfang in den Boden gestampft. Ich fühlte mich als bisher siegreiches Kind. So marschierte ich zuversichtlich los. Die zwei Wachsoldaten am Tor der Kaserne waren mir bereits vor Tagen eingefallen: die werden mir helfen müssen. Den kleinen Leiterwagen der Familie Sommer habe ich schlicht „ausgeborgt", ohne jemanden zu fragen. Von wo ich die Mülltonnen nahm, sauber noch und mit Gummirand, weiß ich nicht, – doch, es fällt mir jetzt ein: von Herrn Ladich, das heißt aus dem Militärspital, wo er Verwalter war. Jetzt kommt es mir in den Sinn, daß ich nicht wußte, wie ich ihn dort an seiner Dienststelle ansprechen sollte: er war Unteroffizier, das wußte ich. Doch das wäre eine patscherte Ansprache, Onkel Ladich wäre unmöglich ... Herr Leutnant, zu hoch angesetzt, weil er nur die Volksschule, das sah ich ihm an ..., und wiederum zu alt. Die Leutnants waren alle jung. Wie heißen diese jetzt so aufgeputzten Unteroffiziere? Oberunterscharführer, Herr Band, Obersturmbandscharführerunteroben. Gott oder wem sei Dank, er sprach mich an und ließ mich fast nicht zu Wort kommen. Ich kriegte die Müll-

tonnen. Weil sein Sohn, der kleine Felix, mit mir in der Schule, in der Tanz... nein, dafür nicht. Doch, weil meine Mutter im Spital und mein Vater an der Front. Sechs nagelneue Tonnen mit Gummirand. Mit dem Leiterwagen, darauf die Mülltonnen, im leeren Zustand ging es gerade noch, und einem Viertelliter Rum – aus der Kredenz meiner Oma entwendet – ging ich zum Tor der Kaserne.
„Guten Tag, die Herren", sagte ich mit erhobener Stimme, so, wie auf dem Gut gelernt. „Heil Hitler" sagte ich nicht. „Diese sechs Tonnen sollen jetzt mit den Schreibmaschinen meines Vaters gefüllt und müssen in Révfalu im Garten meiner Tante eingegraben werden. Wenn Sie mir helfen könnten, hätte ich einen Viertelliter Rum oder eine Kupfermünze für Sie. Mein Vater ist an der Front, wenn er noch lebt" – fügte ich hinzu. Die beiden schauten sich an. Sie sprachen nicht. „Na gehn wir also", sagte ich. Wir gingen. In der Czuczor-Gergely-Straße stand noch das Haus mit unserer sonnenlosen Wohnung. Georgi hatte dort weise seine kleine Werkstatt ja behalten. Leer war das Haus. Rechtsanwalt Doktor Varga war lange schon geflüchtet: Richtung Linz, Ziel Berlin. Mit ihm auch Frau Matus, seltene Allianz. Leer war das Haus.
„Das sind meines Vaters Maschinen", sagte ich. Die Soldaten kratzten sich den Kopf, das kannte ich. Jetzt mußt du die erste Tonne in die Mitte der Werkstatt hinstellen, die folgen dann schon. Georgis circa neunzehn Schreib- und Rechenmaschinen, aber auch die winzigkleinen Bestandteile seiner Werkstatt, „das Mistzeug", legten wir zwischen altem Zeitungspapier, Vorhängen, auch Polsterbezügen, Decken, in die Mülltonnen. Dann fuhren wir mit drei vollen Kübeln über die Donau-Brücke. Es gab großes Chaos in der Stadt, niemand hat sich um uns gekümmert: die zwei Soldaten mit dem Leiterwagen, darauf drei Mülltonnen, ich hinten mit ausgebreiteten Armen darauf achtend, daß die Tonnen nicht kippen – wir mußten zweimal hin und her. Das Chaos hat auch sein Gutes. Dachte ich. Frau Petneki mußte ich schon um Erlaubnis fragen, das war aber kein Problem. Die Soldaten, aber auch sie und ihre beiden Söhne halfen, die Erde auszuheben, die schweren Tonnen hinunterzulassen. Ja, wieso sind die Petneki-Söhne nicht an der Front? Doch dann fiel mir ein, daß Eugen schwer schizophren war, arbeitsunfähig. Gideon war schon über fünfzig, zur Zeit in der Reserve, doch er mußte noch mit dem Einsatz rechnen.
Die Erde war schwarz und fett. Mittelgroße Pyramiden neben den Löchern, aus der Tiefe auch Gatsch. „Gräber", witzelten die Solda-

ten, doch ich wußte, daß Georgi – wenn er zurückkommt – diese Dinge für die Auferstehung unserer Existenz brauchen wird. Während die Kerle sich abmühten, habe ich mir den Grundriß des Gartens und die Plazierung der Verstecke genau aufgezeichnet. Die Zeichnung war nur für mich verständlich, und doch steckte ich sie in die zurückgestülpte Manschette meines schon etwas zu klein gewordenen „Boy-Mantels", so, wie ich es aus Spionage-Filmen kannte. Frau Petneki half noch, die frischaufgegrabenen und neu zugedeckten Stellen mit Laub aus dem vergangenen Herbst zu bedecken. „Tarnung", sagten die braven Soldaten, und wir marschierten gemeinsam ab. Als wir vor der Kaserne ankamen, habe ich mich bei ihnen bedankt.
„Also Rum oder Münze jetzt?" Sie sahen die Münze sorgfältig an. „Fremde Münze", sagte der eine. Der andere nicht anders: „Fremde Münze, ja." Also Rum. Damit waren sie zufrieden. „Leider nur so wenig. Sie können es vielleicht teilen." – „Ja teilen", sagten sie. „Na dann, Vergelts-Gott und einen guten Tag." Die Soldaten, Knechte wohl oder Kleinhäuslersöhne, das war mir klar, salutierten etwas verlegen. Wieder kein Hitler-Heil, beim Verabschieden. „Blasen Sie auch den Zapfenstreich?" fragte ich noch, und sie nickten. Sie nickten verschämt.
Ich kam heim, sagte nicht, wo ich gewesen, doch, daß ich heute im kleinen Zimmer bei offenem Fenster ungestört um acht Uhr den Zapfenstreich anhören wolle. Frau Koltai möge ihn mit mir anhören. „Nur sie allein, weil sie ihn noch nicht so gut kennt...". Abendessen sei erst nachher möglich. – Ich hatte mir die Familienvater-Position im Krieg total erobert.
Während des Wartens – eigentlich bereits vor acht Uhr noch – erfaßte mich eine rätselhafte Unruhe. Nach meiner vorderhand gelungenen Aktion war diese Bedrückung mir selber unbegreiflich. Ich wartete auf das Trompetensolo wie auf eine Geliebte, mit der man eine Zeit ausgemacht hat und deren Standhaftigkeit man nicht ganz sicher sein konnte (in Dolores' Romanen las ich ständig von zerplatzten Rendezvous': Wenn die Geliebte zur abgemachten Zeit nicht da war und auch mit einer halben Stunde Verspätung immer noch nicht... Warum denn nicht? War ihre Liebe sehr schwach oder nur vorgetäuscht, warum? War ihr ein anderer über den Weg gelaufen? Hatte sie 'nen strengen Vater oder gar einen – ungeliebten – Gatten? Oder war sie, die Angebetete, plötzlich tot? Im Falle der wahren Liebe mußte sie tot sein). Bereits acht Uhr und nichts...

Früher schon fragte ich mich allabendlich, ob der „Takarodó" wohl auch heute wirklich kommen würde, und ich begann erst beim ersten Ton der Trompete wieder richtig Atem zu holen. Meine damalige ängstliche Spannung kann ich mir heute damit erklären, daß die Trompete eher zögernd geblasen wurde und die kleine Melodie in allzu kurze Stücke zerfiel.

Bereits der erste Quartsprung vom ES auf das B runter war wie ein müdes Stöhnen. Nach diesen zwei Noten kamen zwei kurze ES, die den ehemals als Daktylus gedachten Rhythmus total zerstörten: also hurtig die zwei kurzen ES-Töne, dann noch in einem Atem der darauffolgende nun erkennbare Daktylus G–ES–G, dann langes ES und wieder das untere B. Man verstand, daß diese große Strecke mit einem blinden Schwung auf Teufel komm heraus genommen werden mußte. Hier folgte dann eine Ausruhpause, die – heute würde ich sagen – philosophisch anmutete. Der Eindruck entstand, daß der müde Trompeter jetzt überlegte, ob das bisher Geblasene nicht bereits ausreiche. Echte Angst plagte mich in dieser spannungsvollen Pause, daß er vielleicht meinen könnte: „Eh alles wurscht" und ließe dann die Melodie zur Hälfte liegen. Aber, der ungarische Soldat hatte Moral: er tat sich die nächste Strecke an, zwei kurze ES-Töne, ein G, wieder ein ES, und dann jetzt ein B, aber nicht Quart nach unten, sondern Quint nach oben. Dies mußte mit Kraft geblasen werden, war anstrengend, das spürte man. Dann kam ein etwas zu schnell geratener ES-Dur-Dreiklang, allerdings nicht glatt von oben bis unten, also B–G–ES, sondern geschachtelt: G–B, ES–G – wie die Musik ja heimtückisch sein kann –, schließlich wieder das untere B, wie anfangs der zweite Ton. Es war wie ein Absturz eines bremsenlosen Karrens von der Böschung. Jetzt ist er total erledigt – habe ich mir gedacht, der Schluß wird wegbleiben müssen. In der Tat war die Erholungspause so groß, daß ich die Hoffnung auf Fortsetzung fast aufgegeben habe. Dann aber kam doch, wenn auch wieder aus dem Bewegungszusammenhang gerissen, der beruhigende Schluß: auf dem unteren B blies der Soldat noch zwei Sechzehntel und zwei Achtel und dann sprang er auf den Schlußton: ES. Und war zufrieden und stolz und ließ dann das ES dementsprechend etwas auftrumpfend sehr lange ausklingen.

Vieles an Musik, was ich in Györ begeistert kennengelernt habe, war, später mit dem Notenbild verglichen, objektiv gesehen unrichtig. Würde ich allerdings den korrekt nach dem Notenbild geblasenen Zapfenstreich hören müssen, etwa im Rahmen eines Symposions über militärische Signale, wäre sicher der ganze Zauber weg.
Der Zapfenstreich hat mich auch in seiner technischen Abwicklung sehr beschäftigt. Die Bläser waren ja im Kasernenhof und damit für uns unsichtbar. Vielleicht wegen der zu großen Pausen, habe ich mir vorgestellt, daß das kleine Musikstück auf zwei Trompeter aufgeteilt wurde. Das meist ungelöste Problem organischer Abläufe, mir immer schon schmerzlich bekannt – bereits die Eltern konnten ihre Bewegungen bei meiner Fütterung nicht aufeinander abstimmen –, wiederholte sich immerfort und überall. So irgendwie wird es auch mit den zwei Trompetern sein, wie damals mit dem Füttern, dachte ich. Später – als der Krieg bereits in unserer Nähe war – variierte ich meine Vorstellungen so, daß eben die zwei als für die Front untauglichen, vielleicht gar verwundeten Soldaten jetzt nur mehr ein Instrument haben, welches sie einander aus der Hand reißen müssen, damit jeder noch halbwegs rechtzeitig das Mundstück an die Lippen setzen, die Finger auf die Knöpfe legen kann, um die folgende Passage einigermaßen hinzukriegen. Nun waren fünf Passagen – nach den langen Pausen zu urteilen –, und ich stellte mir schließlich vor, daß unter den Verwundeten die Teile des Stückes nicht gerecht verteilt werden konnten, wenn Soldat A immer 1, 3, 5 und Soldat B nur 2 und 4 zu blasen hatte. So dachte ich, daß sie sicher die Einteilung von Tag zu Tag variieren. Also: Montag, Mittwoch, Freitag, Sonntag der Soldat A die Teile 1, 3, 5 undsoweiter. Dies ergab dann, daß er in der nächsten Woche genau die anderen Tage 1, 3, 5 und die erstgenannten Tage 2 und 4 blasen mußte. Und daß schließlich alles durcheinander kommen würde, die Tage, die Strecken, und der schöne Zapfenstreich wäre aufgrund dieser Mißstände lächerlich verunstaltet: indem etwa die beiden Verwundeten nacheinander die erste Strecke spielten, also zweimal ES-B, und es würde eventuell so weitergehen, wie beim Stottern. Es könnte aber auch als Echo klingen. Das wäre eigentlich wieder ganz schön. Nun wartete ich auf das Echo – doch dieses kam leider nie.

Doch jetzt sind wir woanders in der Zeit. März 1945. Wir horchten ... Sie kam nicht, die sehnlichst erwartete Musik, nicht an diesem Tag – auch am nächsten Tag nicht. Sie kam niemals wieder. Frau

Koltai war weniger enttäuscht als ich, ja, sie schien sogar erleichtert, daß die Warterei endlich zu Ende ging. Eine zusätzliche Enttäuschung für mich.

Inzwischen entdeckten meine Tanten, daß der Rum fehlte. Mein Geheimnis konnte ich aber nicht preisgeben: Kühl sagte ich, daß ich den Rum einfach gebraucht habe. Schluß. Aus vielen Soldatenfilmen hatte ich gelernt, daß man nie vorher reden darf, auch mittendrin nicht, bei einer Aktion, die schwierig und gefährlich ist, und wenn dann die Aktion, das Unternehmen, glücklich abgewickelt sein wird, ist überflüssig das Reden. Man kriegt seine Auszeichnung, und dabei reden dann die anderen. Die Sache mit dem Rum wurde vergessen, vielleicht, weil die Kanonenschüsse immer näher kamen. Daß aber der Zapfenstreich ausblieb, fiel jedem auf. Sie rätselten ... Warum wohl, und Evy sagte: „Das ist das Ende."

Meine Großmutter aber fand die Geschichte, den wahren Grund, bald heraus. Die von mir angeheuerten zwei Soldaten haben tatsächlich abwechselnd – aber nicht aufgeteilt – den Zapfenstreich geblasen. Während sie mir halfen, hat jemand die einzige Trompete gestohlen. Daß ich aber mit meiner Aktion dem monarchistischen Zapfenstreich, wenngleich ungewollt, ein Ende bereitet hatte, dies tat meiner Oma weh. „Mußte das gerade mein Enkelkind sein."

Noch während der Arbeit im Garten hatte ich mir den Kopf zerbrochen, wo ich „meine Familie" vor der Roten Armee verstecken könnte. Und wie Eva auf den Spuren Onkel Marco Polos und Tante Bien-Aimées später zu ihrem vornehmen Gatten kam, oder Tante Gagi auf dem vorgezeichneten Weg des züchtigen Aschenputtels zu ihrem Bello Cio, so kam auch ich zu meinem Ziel – Familienoberhaupt total, Superman und Märchenprinz, Heiliger Georg und Erzengel –, also auch ich kam auf dem von meinen Vorfahren bereits ausgelatschten Weg zu meiner Lösung. Denn, wo war doch Großvater nach Przemysl von meiner Großmutter versteckt worden? Im Militärspital. Na also. Herr Obersturmbandführer Ladich war verblüfft, als ich schon wieder vor seiner Türe stand.

„Du bist ja wieder ...", blinzelte er verärgert. „Gestern die Mülltonnen ... Was ist nun jetzt? Ist leicht daheim, bei euch, was schiefgegangen ...? Dein Vater an der Front, die Mutter im Spital, ich weiß, ich weiß, meine Frau jammert mir damit den Kopf voll. Dennoch ..." Es muß endlich ein Ende ... Die sechs Mülltonnen müßten nun genügen, zumal er die ganze Geschichte nicht verstehen kann ... und verbuchen. Er sei doch für den letzten Nagel hier ver-

antwortlich: Volkseigentum. Hm. Ich dachte an die Fressalien, die sein Sohn, der kleine Felix, auf der Schulbank täglich ausgebreitet. Jawohl, Herr Oberbandsturmführer, Volkseigentum. Doch ... „Wir sind das Volk – nicht?" Die letzten Worte habe ich ausgesprochen. Herr Ladich wurde rot. Nun, nun, schnell, schnell, ich soll mich beeilen, meinen Wunsch vorzutragen.
Nun ja, ich hätte folgendes überlegt: Budapest ist gefallen – vorübergehend. Auch könnte Györ – vorübergehend – fallen. Bis das Reich mit den neuen V-Waffen gerettet würde ... Hm. Aber zwischenzeitlich die Russen ... Barbarisches Volk. Es wäre also meine Frage, ob meine Oma und drei meiner Tanten, die halt in Györ sind, bei ihm im Spital unterkommen dürfen ... „Im Militärspital? Bist narrisch! Kommt nicht in Frage ... Tut mir leid ... Weiber im Militärspital!"
„Ich meine nur den Keller. Sie selbst werden Frau Ladich und Felix ..."
„Na ja, das ist was anderes. Die eigene Familie ... Hm ja. Nein."
Selbst das sei noch nicht ganz sicher. „Meine Frau, sie ist ja ausgebildete Krankenschwester."
„Hm. Ja. Das wußte ich nicht. Der kleine Felix auch?"
„Was hast du gesagt?"
„Nichts. Das heißt, Herr Obersturmbandführer!" – ich riskierte die Ansprache – „ich will die Sache nicht umsonst. Mein Großonkel in Amerika ist Nobelpreisträger ... Er hat mir diese Münze, hier: uralt und Gold, Seltenheitswert zählt auch dazu. Es ist ... ein kleines Vermögen ..." Er griff nach meiner Goldmünze. Gierig. „Großonkel in Amerika!"
„Wissenschaftler nur, vom Krieg und so etwas keine Ahnung."
(Hörst, Onkel Edward?! Vom Krieg keine Ahnung! Haha!)
„Und der Nobelpreis? Ist er Mediziner?" fragte er.
„Ja", log ich.
„Naja, da du mit meinem Sohn in der Schule und ... auch in der Musik ... Von mir aus sollen die Hartmann-Damen kommen. Wie viele?"
„Oma und drei Tanten."
„Und deine Mutter?"
„Noch im anderen Spital. Heute abend bereits, darf ich?"
„Nein. Morgen erst. Jede kriegt eine Pritsche. Doch Decken und so müßt ihr selber ..."
Am nächsten Tag wanderte ich mit meiner Oma und dem Leiterwagen, vollbepackt mit Decken, „um die Plätze zu besetzen" ins

Spital. Meiner Oma folgte Frau Koltai mit dem Kind. Das Kind hatte ich total vergessen. Fast wurde wieder alles umgeworfen. Herr Ladich schrie mit mir, er tobte: „Was! Auch noch ein Kleinkind! Davon war gestern doch kein Wort ..." Was dann noch käme. „Erste Tant' mit Kind! Zweite Tant' mit Kindern! Dritte Tant' gar mit einer Schulklasse oder gleich mit der ganzen Schule!" (Er kannte Rosa.) Doch meine Oma redete begütigend auf ihn ein, und endlich kam seine Frau, Mutter des kleinen Felix, mit demselben. Sie schalt mit ihrem Mann. „Sei einmal nicht so unmenschlich, Erich." – „Einmal nicht so unmenschlich! Ha! Als wäre ich sonst immer unmenschlich! Das bitte ich mir aus, du mußt mich hier vor allen Leuten um Vergebung bitten." Und Frau Ladich tat das. Der Weg war frei: Großmutter und die Tanten strebten nun in den Keller.
„Und dir, und dir", sagte er mir zähneknirschend, „und auch meiner Frau, meiner Gattin, werde ich zeigen, daß ich den letzten Pfennig dem Waisen niemals abnehmen würde. Da, deine Goldmünze vom Ami-Nobelträger!" Er ließ die Münze auf das Trottoir vor dem Eingang fallen: die Münze rollte, sie rollte in gefährliche Nähe eines Gullys, doch, sie hatte noch Schwung, ihren Kreis zu Ende zu rollen und blieb vor mir am Boden liegen. Jetzt stand darauf: „IN HOC SIGNO VINCES."
„Danke, Herr Ladich." Er schlug die Tür hinter sich zu. Inzwischen haben meine Oma und die anderen unsere Pritschen eingerichtet. Frau Ladich kam dazu, verteilte Kompottkonserven, die eigentlich für die Verwundeten gedacht waren. Ich war dennoch zufrieden.
„Eingegraben die Schätze,
sicher jetzt unsere Plätze!"
Diesen kleinen Zweizeiler wiederholte ich in mir. Der Keller füllte sich bald. Also auch andere ... Waren alle Verwandte, Bekannten von Herrn Ladich oder sie haben ihm etwas gezahlt, so wie ich, nur denen vielleicht nicht zurückgeworfen, wie mir wegen dem Schimpf der Gattin, Frau Ladich? Man trug lange Bänke herunter, damit wir tagsüber nicht auf den Pritschen hocken mußten. Ich entdeckte Anna mit ihrem Vater und war verblüfft, doch sehr glücklich. Anna und Frau Koltai und vielleicht kommt bald auch Hanna-Johanna, doch sie kam freilich nicht.
Als die Schüsse der Straßenkämpfe schon ohrenbetäubend waren, ging das Licht aus, doch Frau Ladich hatte rechtzeitig für Petroleumlampen und Kerzen gesorgt. Ich saß eine Weile neben Anna: sie sagte mir, daß jetzt die Befreiung kommt und daß die Siegreiche

Rote Armee vielleicht auch ihren Joshi befreien wird, wenn er noch lebt ... jaja, „Sieg!" flüsterte sie das schöne Lied, „wunderbarer Morgen". „Und umarmen, und umarmen will ich sie, die heldenhaften Befreier, die Roten Soldaten." Ich bat sie inständig, erst einmal abzuwarten ..., umarmen könnte man später auch ..., wenn man noch wollte. Sie sah mich haßerfüllt an. Irr. „Du, du, du glaubst an nichts, weder an Gott, noch an unseren Sieg, nicht einmal an die Siegreiche Rote Armee ..., ich hasse dich, ich hasse dich!" Sie war furchtbar erregt und rannte aus dem Keller in den Hof ... Das heißt, sie wollte nur ..., bis zur letzten Treppenstufe kam sie nicht mehr ... Als Anna mit ihrem Lungenschuß auf ihrer Pritsche lag und von einem Militärarzt versorgt wurde ... „Roter Vogel flieg ..." und Großmutter in einem fort wiederholte, wie gut das jetzt sei, daß Anna in einem Militärspital sich vor den „russischen Horden" versteckt halten kann, starben mehrere im Hof, wir hörten die gellenden Schreie ... Freilich, für Anna, insofern sie überhaupt mitkam, war diese Sicherheit wie ein Hohn ... Daß man sich vor der Roten Armee verstecken mußte. Nein, so hat sie sich unsere Befreiung nicht vorgestellt.
Als dann die Nachricht kam, daß eine Granate das Haus Neue-Welt-Straße 19 in Schutt und Asche gelegt hatte, „Volltreffer, arme Frau Hartmann, Volltreffer", warf sich meine Oma auf die Knie und setzte zu einem Dankgesang an. „Ja, so haben wir auch unsere Opfer gebracht. Im Krieg muß jeder sein Opfer bringen, ich danke dir, mein lieber Gott, ich danke dir!"
Ich fand das alles übertrieben, zumal sie gellend schrie, doch dann erahnte ich, daß sie so eine Chance sah, ihre Töchter vor der Massenvergewaltigung zu schützen. Wir blieben einfach im Spital: es gab nichts, wohin wir hätten zurückkehren können ... („Gott weiß, was wozu gut ist.")

Es ist unmöglich, die ganze Serie dieser grausigen Ereignisse zu schildern, die sich in den Häusern, die ich kannte, ereigneten, zu schildern, was Personen, die ich oft bereits von der Kindergartenzeit her kannte, angetan wurde ... Und ein „Dichter", Ilja Ehrenburg, ja, so hieß er, oder ich irre mich: Doch, Ehrenburg, ein Sowjet-Dichter, war der Vater jener Idee, ja, Ilja Ehrenburg, ich weiß nicht, in welcher politischen Funktion, dieser Dichter also, der befahl, Ilja Ehrenburg im Soldatenrock, ein hoher Offizier des engen Kreises um Stalin, er befahl den russischen Soldaten der SIEGREICHEN ROTEN

ARMEE im soundsovielten Parteitag, daß die russischen Soldaten so viele Mädchen und Frauen, deutsche und verbündete, das heißt im Besitze der Deutschen und ihrer Verbündeten befindliche Mädchen und Frauen, vergewaltigen, wie sie nur können, bis ihnen der Atem und der Saft ausgeht. So viele, wie es nur geht, denn damit trifft man den Mann! Und überhaupt: Die Erniedrigung untergräbt die Moral des Feindes. Dafür sind Frauen gut, allemal. Wir dachten an Puschkin, Tschechow, Tolstoi, Dostojewski, wenn wir an russische Dichter dachten. Wenn wir an Soldaten dachten, wahrscheinlich an die Weiße Garde, töricht ..., wenn wir an russische Soldaten ..., die Weiße Garde indes war zu dieser Zeit längst ausgerottet. Tolstois Gestalten, Fürst Andrej, Nikoluschka Rostow, töricht ... „Kirgisen", sagte Herr Kugler, „Kirgisen hat man uns Ungarn auf den Hals geschickt ... keine richtige Rote Armee": er versuchte so, seine Religion zu retten. Als die Nachricht kam, daß die Mutter von Gertrude Mohavec, der großgewachsenen Mohavec Gertrude aus unserem Kindergarten, gleich von einer ganzen Horde „Kirgisen" auf grausigste Art „mißbraucht worden war", daß ihr älterer Herr Gemahl – „ein feiner, feiner Herr", der sie ritterlich verteidigen wollte, „mit einem alten Degen, ja, Degen" – „von einem dieser Tiere" mit einer Maschinengewehrsalve „niedergestreckt worden war", waren wir alle sehr betreten. Das Mädchen selbst habe sich geistesgegenwärtig in einem Schrank versteckt. Sonst hätte man sie auch, da sie so hochgewachsen ..., „frühzeitig ... befleckt ..." Durch die Türspalte aber ... Ja, sie hörte und sah alles, wenngleich sie die Augen und Ohren nach Kräften zuhielt.
Später sah ich sie einmal, in der Gartentüre ihres elterlichen Hauses ... Die Mutter im Rollstuhl, hinter ihr die Tochter: zwei schwarze, versteinerte Gestalten. Mir verschlug es die Sprache, hab' mich nur stumm verbeugen können. Und Gertrude nickte mit dem Kopf. Alles, wie bei einem Begräbnis. Wir sahen uns nicht richtig an. Weiter als bis zum Gartentor schob Gertrude die Mutter nicht. Diese konnte sich ab der Gürtellinie nicht mehr bewegen ... Jedenfalls zur Zeit nicht ...
Die Familie Skerlanitz, hier Vater und zwei Söhne zuckerkrank, rotteten sie, die siegreichen Befreier, in einer nächtlichen Aktion wegen dem Insulinvorrat der Familie aus. Dies war keine Vergewaltigung – im klassischen Sinne –, doch die Bilder liegen bei mir übereinander. Wie die Familie hin und her sprang, während eine Gruppe besoffener Soldaten der SIEGREICHEN ROTEN ARMEE mit den

Kalaschnikows fuchtelte, schoß, traf auch zu oft. Ein Leichnam zwanzigmal durchlöchert, stellte man nachher fest. Also wirklich zu oft. Größere Sparsamkeit mit Munition wurde angeordnet. Begraben wurden Vater, Mutter, zwei Brüder des Fredi Skerlanitz, der allein übrigblieb, zwölf Jahre alt, wie ich. Wir standen um die Gräber, der Priester murmelte einige lateinische Worte ... Keine Rede. Stille der Angst. „Weh dem Besiegten!" schrie plötzlich der nervenkranke Eugen Petneki. Jemand hat ihn schnell weggeführt. Aber auch wir anderen haben das Weite gesucht. Denn als nervenkrank, ja verrückt galt jeder, der den Mund aufriß ..., ja, in der Tat war das lebensgefährlich, gewiß.

In ihrem Gemüsegarten, mitten in ihrem Kartoffelbeet, wurde selbst Frau Petneki ... jawohl ... auch sie ..., flüsterten die Leute, weil sie ja eigentlich schon zu alt war für so etwas, und dann bekreuzigten sie sich, ja sie wollten es nicht aussprechen, doch sie konnten es nicht für sich behalten: Auch ihr Sohn. Was? Ihr Sohn? Der Eugen leicht? Nein, der Gasableser. Er mit seiner geifernden Frau ..., diese, diese Bestie, die ihren Mann haßte, hatte von Gideon verlangt ... Was, was, was, was hat sie, die böse Gattin, von Gideon verlangt? Ja den Kleidertausch ... Kleidertausch!! Was ist das!? Sie hatte eh die Hosen an, doch daß er gleich den Rock ..., stimmt das? Ja, es stimmt. Sie gab vor, sie wolle ihn retten, weil er ja als Reservist hätte ... Seine Mutter, die ihn versteckte, statt ihn zur Sammelstelle der Reservisten gehen zu lassen, damit er die Stadt errette oder zumindest verteidige, wie ein Mann, ein Mann! Stattdessen ward er in dem Kücheneck hinter dem Ofen von der Mutter versteckt. Doch seine Frau wußte von demselben Versteck ... und tat so, als ob sie sich um ihn sorgen würde: „Wenn sie kommen, wenn sie kommen, Gideon, die Soldaten, die holen dich: hier vor meinen Augen schießen tot sie dich, das überleb' ich nicht." Und Gideon, töricht im Glauben, daß seine Frau ihn im Grunde vielleicht doch liebte ..., ja, er ließ sich einen Rock überstülpen und eine Perücke. Woher die Perücke? wollten jetzt alle wissen. Ja von der Schwägerin: Eugens Frau war schon lange krank, ihre Haare hin. Glatzkopfert halt, daher die Perücke ..., die jetzt Kathy über Gideons Glatze stülpte.

Und als die Russen kamen und der alten Mutter die Schande antaten, rannte Gideon, der Ungeliebte, ungeliebt von Gattin und Mutter, der doppelt-ungeliebte Gideon rannte ihr, der Mutter, zu Hilfe, und er vergaß, daß die besoffenen Soldaten nur seinen Weiberrock, den Weiberrock und sein Lockenhaar nur sahen, die ihm sein böses Weib

zum Spott ... verpaßt. Den Weiberrock, die ondulierten Haar'! Ein geiles Weib will selber, meinten sie gleich, sie, die besoffenen Soldaten der SIEGREICHEN ROTEN ARMEE.
Sie ließen von der Mutter ab, gaben dem Sohn – im Weiberkleid – 'nen geilen, leichten Stubs. Gideon fiel hin, auf die Nas'. Gideon als Frau, ha, wie gefällt euch das? Seinem Weib gefiel's. Auf den Kartoffeln er lag, auf dem Bauch, so hob der erste Soldat Gideons Rock, wenn sie's so will! schrie der Soldat, von hinten kam der Stoß.
Fack-fick-fack!
Fick-fack-fick! Fack!
Die besoffenen Soldaten fanden großen Spaß.
Einmal andersrum treiben! eine Schande, eine Schmach! Doch einmal andersrum macht auch Spaß! Sie wollte es so! jaulten die Soldaten, als Gideon entsetzlich schrie. Indes Gideons böse-böse Frau sah runter aus der Dachluke ... Wirklich? Von oben? Schaute sie noch hin!?! Nein! Doch: sie sah, sie blickte in Gideons Gesicht, in seine Augen jedenfalls hätte sie schauen wollen. Doch Gideon hatte, igitt! die Augen fest zammgezwickt. Er wollte nichts mehr sehen, wollte selbst unsichtbar werden. Doch niemand wird vergessen je der Gattin schadenfrohen Blick.
Aus ihrem Versteck kicherte sie, lachte, gellte, worunter der Gatte doppelt litt. – Freilich: ein so musikalischer Mann – In der Perlhühner Chor fand sie ihr Geleite. Das Schweinejaulen – aus deren Koje hinter'm Pavillon – verdoppelte der Soldaten Gekreische.
Doch die So-ho-ho-holdaten, die SIEGREICHEN SOLDATEN DER ROTEN ARMEE, die nun von hinten jetzt – die Hosentüren offen – bereits vorhechelnd, rhythmisch, auf ihre Reihe warten, wobei der zweite der zuckenden Reihe an dem Vordermann zupfte und zerrte, er wollte schließlich auch an die Reihe, während der Vordermann immer noch in Gideons Hintern weilte in vaterländischer Treue, in Erfüllung von Ehrenburgs Befehl.
Laß mich zu Ende ..., schrie er, das geht doch nicht!
Fack-Fick-Fick-Fack-Fack-Fick!
Ich tu' das dienstlich, ich beschwere mich! Halt dich zurück, wart auf deine Reihe! Doch ach, die Textilproduktion in der siegreichen Sowjetunion, es war nicht vorgesehen, dies und das, darunter etwa, daß die Hose platzt. Der Soldat, der zweite, stutzt, zögert aber nicht, er stieß sein' Blutwurst Ruck-zuck! Fick-fack, Fack-fick
in die Hos' des ersten Soldaten sacht, der grad noch auf Gideons Hintern lag. Oweh, schrie auf der erste Soldat, doch der zweite hat

schon eingelegt ... unverzagt. Er fiel dabei hin, auf den ersten, ei was, es macht doch nichts.
Weiter, nur weiter in Pflichterfüllung, Roter Soldat!
Besoffen gesehen ist jede Kuh schwarz,
besoffen gesehen ist vorn wie hinten,
besoffen gesehen ist schitegal, ob Weib, ob Mann,
alles wurscht, wenn der Soldat, ja sogar dienstlich, ficken kann.
Der Soldat, der Soldat, der Soldat
der SIEGREICHEN ROTEN ARMEE
Was soll ich sagen? Die nächste Hose riß auch! Und der Kolben des dritten Soldaten
der SIEGREICHEN ROTEN ARMEE,
rammte den so entblößten Arsch, der rosig vor ihm in der Sonne blitzte, soldatisch, barsch. Jeder in seinen Vordermann so fiel. Die Textilindustrie allein nur kann dafür. Ritsch-ratsch die Hosen, die vierte, die fünfte, alle Hosen nun, eine nach der anderen, platzten wie Patronen in Frau Petnekis Garten, was dann ein' ansehnliche Reihe kopulierender Käfer zu einem einzigen Riesentier vereinte. Das grölte laut wie hundert Schweine, die endlich, nach entbehrungsreichen Zeiten, zum Troge trampeln und sich totfressen.
Und niemand merkte im höllischen Tumult, daß Frau Petneki, die geschändete Mutter, den doppelt-geschändeten Sohn – ja wirklich! Gideon war ein Mann!
Einen Mann schändet man normalerweise nicht! also, daß sie ihren total zerschundenen Sohn unter dem verbiesterten Haufen herauszog, erst an den Ohren ... wo soll sie greifen, dann faßt sie seinen Kopf, wie einst bei der Geburt. Mama, du köpfst mich, schrie jetzt Gideon, doch sachte, Frau Petneki riß ihn heraus, wie sie ihn herauszerrte aus ihrem Schoß. Einst. Und endlich war er wieder raus, und anstrengend war das ... für eine alte Frau – wie es vor über fünfzig Jahren für die junge Frau anstrengend war –, so daß sie nur noch flüstern konnte: die Schweine.
Ihr letztes Wort, dann war sie tot.
Mama tot. Sagt er, Gideon Petneki, der, öffentlich angebumst, im Weibergewand, auf allen Vieren zu den Schweineboxen fand. Der Mutters letztes Wort als Weisung verstand: er kriecht also zum Schweinestall, wo die Horden der Schweine vom Kriegsgetöse, Hunger und vom Perlhühner-Chor bereits verwirrt und wild – es war echt zu befürchten, daß das eine das andere noch auffressen wird – alle rauswollten..., und als Gideon nun mit Verschieben des zustän-

digen Riegels der Schweinehorde den Weg freigemacht, alle rannten heraus.
Halbtot sah er dann aus dem Schweinestall,
wo er in seiner Todesangst versteckt,
wie der vierbeinigen Viecher Schar
den Haufen der zweibeinigen Viecher entdeckt,
ein Ohr ward abgebissen hier,
die eine Nase, drei Finger dort!
dann aber ordentlich überall,
wo ein weißes Stück Fleisch zu sehen war,
ob Waden oder Wangen, ob Pimmel oder Arsch.
Und weil die Soldaten der SIEGREICHEN ROTEN ARMEE
gegen solch' Überfall nicht ausgebildet waren,
und zum Fick-Vollzug ohne Waffen angetreten,
die Armen, lagen ein Dutzend zammgebissene Kerle
ohnmächtig blutend, meist an peinlicher Stelle.
Bald rührte sich niemand mehr von den ROTEN SOLDATEN, während die Schweine an ihren Resten schmatzten, an ihren Knochen nagten. Und als die vierbeinige Armee ihr Werk getan, schrie sein' Zapfenstreich Karli der Dreizehnte, der Hahn!

Soweit der Bericht der Nachbarn aus den angrenzenden Gärten. Was von Gideon blieb („und als es Abend ward"), wurde vorm Kriegsgericht zur Verantwortung gezogen, sogleich verurteilt zum Tode durch Strang, weil er ja heimtückischen Widerstand mittels abgerichteter scharfer Hunde gegen die SIEGREICHE BEFREIUNGSARMEE, die ROTE ARMEE, leistete, was er sofort, nach etlichen Kolbenschlägen, also sofort gestand.
Der posthume Tausch der Tiere
Schwein auf Hund
erfolgte im Auftrag von Herrn Karda, der eben noch… eigentlich Hakenkreuzler war! Ja wirklich! Jedenfalls der SIEGREICHEN ROTEN ARMEE zur Ehre, zum Schutze der Soldatenehre, tauschte Karda Hund und Schwein, wie gesagt…, daraufhin er, Karda, im Amt des Stadtkommandanten sich wiederfand. Nach soviel Kummer mit Gattin und Sohn hat er's vielleicht verdient. Man weiß nie, wie Gott dem einzelnen, dem einzelnen Mann seine Schicksale plötzlich wenden kann.
Und aufgehängt ward Gideon
zum Spott im Weibergewand,
in welchem er sein' schändlich' Tat begang.

Tante Kathy wurde also Witwe, „Kriegswitwe", so nannte sie sich jetzt, Tante Kathy. Naja. „Ich kann wirklich nicht ... zu seinem Grab ..., das heißt, wo die beiden, Mutter und Sohn, verscharrt ..., eh hinter der Schweinekoje, Anya", sagte sie mit ihrer pfeifenden, schwachen Stimme, als hätte sie eine Hasenscharte ..., was sie aber, wie wir wissen, gar nicht hatte. „Meine Schwiegermutter just in ihren hochgeknöpften Schuhen ... Und wissen Sie Anya, unter uns, ich sah ihm ins Gesicht ..., während ..., Sie wissen ..., und ich fand ..., jedenfalls, ich konnte mich des Eindruckes nicht erwehren ..." – „Was, was, was", wollten alle Ohren wissen, alle Ohren der Stadt. „Daß er diesen widernatürlichen Verkehr ... genossen ..., ja, genossen hat!" – „Du versündigst dich! Er war doch dein Mann! Dein Gemahl. Und jetzt tot auch noch." Doch Kathy stampfte aufsässig auf: „Die Augen schloß er dabei. Man weiß doch, was das bedeutet. Ich weiß, ich weiß, daß manche vergewaltigt werden wollen ..., ja, echt, sie w o l l e n vergewaltigt werden ... Und er war so eine ... So eine. Ja."
Darauf folgte die Hartmannsche betretene Stille. Plötzlich lief Gabili, Bilbli, sein Mädel, an der Hand, in das trauernde Haus, direkt mitten in diese Beklommenheit.
„Der Brunnen! Der Brunnen!" schrie er.
„Der Bunnen! Der Bunnen!" echote Bilbli.
„Voll Wasser!"
„oll Wasser!"
„Weil wieder Liebe ins Haus!"
„Weil Jiebe im Aus!"
„Bisher immer trocken!"
„Tocken!"
„Jetzt voll!"
„Jetzt oll!"
Erst lachten alle etwas erleichtert. Doch dann ließ meine Oma ihr Urteil fallen: „Ein Brunnen, wenn er ausgetrocknet wegen Mangel an Liebe, füllt sich durch Frevel nicht." – „Richtig", sagten die Tanten, und Rosa fand eine rationale Erklärung: Die Nazis hatten nicht nur alle Brücken in die Luft gejagt, nein, sie haben auch den Damm an vielen Stellen böse durchgebrochen. Das Grundwasser, das heißt der Wasserstand, hat sich daraufhin verändert: „Ach Gabili, selbst nach dem Krieg, von wo du erstaunlicherweise heim ...", „Ja, wo ist Istvan, wieso kommt er nicht, wieso kommt der? Wenn ich fragen darf! Noch dazu mit dieser ‚Bilbli'!" – „Doch, ihr werdet sehen",

hob Kriegswitwe Kathy die Stimme. „Aus dieser Bilbli wird ein gutes Weib. Für Gabili, der jetzt jemanden hat, die auf ihn aufschaut. Ja." Und sie hat recht behalten, wenn die Anzahl der Kinder über die Güte der Ehe Sicheres aussagen kann. Da Bilbli zumindest immer Zwillinge gebar, hatten sie bald ... wieviel? Ich weiß nicht, jedenfalls eine unzählige Schar. Und Gabili sagte immer: „Der Admiral, der Admiral braucht ja Soldaten: die das Land befreien von Kirgisen, Dschugaschwilis! Afghanistanen! Belutschistanen! Der Admiral! Der Admiral bereitet sich in Portugal auf sein' Heimkehr. Er kommt bald, er kommt, er führt uns wieder gegen Kirgisen, Russen, ja eine Armee für Admiral Horthy brauchen wir. Damit er uns, damit er uns auf seinem weißen Schimmel wieder schützen kann, wie bisher immer."

Kathy hat noch aus Melbourne, in zweiter Ehe mit einem Textilingenieur, Masseur und Fußballschiedsrichter verbunden, die Funktion der Taufpatin x-mal heimlich übernommen. Doch die ständige Patenschaft hat ihren Gatten in Melbourne so bitter gemacht, daß er seiner Gattin Kinderwunsch nicht erfüllte. „Andere, fremde Frauen haben seine Kinder ausgetragen", weinte sie. „Tja, du hättest nicht tun sollen, was er verboten hat. Jetzt sind deine Kinder die Kinder von Bilbli und Gabili." Dann wurd' Witwe bald, wieder Witwe, meine Tante Kathy. Sie sagte anläßlich eines ihrer Besuche zu meiner Oma: „Erinnern Sie sich, Anya, wie unser Gabili, mit zwanzig Jahren noch ganz unschuldig ..., von seinem Chef ,aufgeklärt' wurde ..., vom Bäcker Piko, ja! Aufgeklärt wurde, wie man ... Kinder ..., also Nachwuchs macht ..., weinend kam er heim, Gabili, weinend in der Nacht ... Wirklich ... der Krieg, der Krieg hat aus unserem Gabili einen richtigen Mann gemacht!"

XXV. Morgen

Jetzt war Stille.
Zwar klangen Glocken aus der Ferne.
Bamm, Bamm, Bumm! Bamm, Bumm Bumm!
Oder aber waren es keine Glocken, sondern Schläge:
Bamm, Bamm, Bumm! Bamm, Bumm Bumm!

Die Soldaten, hieß es, bauen die Ponton-Brücken: Donaubrücke – Drei Wege –, zwei Rababrücken – vorbei an der Karmeliten-Kirche über die kleine Insel, hinein in die lange Kossuth-Straße. Links die Öreg-Straße, rechts die Zigeuner-Wiese – o Zoila. Ich liege auf der Pritsche unter der Wand, wo dein Kind, Doktor Lorands Sohn ..., wenn ich träume, rinnt herunter sein Hirn ... Wieso liege ich gerade hier auf dieser Pritsche ... Na ja, aus dem Keller, aus dem Keller des Militärspitals mußten wir schließlich heraus. Stadtkommandant Karda, jetzt mit etwas Rotem dekoriert, doch mit der gleichen Maschinenpistole von einst, was heißt von einst, von vor einigen Wochen ..., also er führte jetzt Oberbandscharführer Ladich ab. Beide hatten so ein feierliches, ja geradezu feierliches, Gesicht: so Herr Karda wie Herr Ladich ...
„Einmal hin, einmal her,
rundherum, es ist nicht schwer",
hörte ich mich singen ... Die Erwachsenen schauten mich böse an. „Das ist doch für Kinder", sagte ich, „aus ‚Hänsel und Gretel' ist das." Meine Tante Rosa flüsterte wieder etwas mit Nihilismus vor sich hin. Ich verstand immer noch nicht oder nicht ganz, was sie damit meinte ..., und mußte sehr lachen, als die Erwachsenen prompt darauf an mich die Frage stellten: wohin. Nachdem das Haus meiner Großmutter, das heißt Herrn Sommers, in Trümmern, das Haus Pater Heckenasts ebenso, wie inzwischen das ganze Benediktiner-Gymnasium und das halbe Kloster ... Wie das dann doch möglich war, daß die Benediktiner-Kirche, zwischen Gymnasium und Ordenshaus, unbeschädigt, auch der Turm total unbeschädigt, dastand ..., war fast ein Rätsel für mich. Vielleicht, weil hier unsere Waschfrau, Frau Schramm, vor vielen Jahren sich bekreuzigt, woraufhin ein aufgescheuchtes Pferd ihr ..., alle waren erbost über meinen Versuch einer Begründung – vielleicht hätte ich meine Theorie über die zu verschiedenen Zeiten mit verschiedenen Richtungen erfolgten Flächenbombardements ausbreiten müssen statt dem kindischen Zeug mit dem Pferdebiß ..., meine „Winkel-Theorie" hätten sie aber sicherlich noch weniger anhören wollen ..., jedenfalls inbetreff „Dach-über-dem-Kopf" folgten sie mir fast automatisch, sogar in die Ordination und Wohnung Doktor Lorands, die leer dastand, da ja sowohl er wie seine erwachsenen Kinder wie seine Geliebte und das Kleinkind auf verschiedene, doch in jedem Fall entsetzliche Art ums Leben gekommen waren. Leer war die Wohnung also. Man konnte sich – vorübergehend – einrichten.

Hab' ich vielleicht insgeheim darauf gehofft, daß er zurückkommt? Was weiß ich.
„Daß wir in einer jüdischen Ordination landen werden! Arme Anya", stöhnte Kathy. Seit dem schmachvollen Tod ihres Gatten, wohnte wieder „daheim" ..., wo das immer war ..., jedenfalls bei ihrer Mutter ..., Tante Kathy.
„Schlaf, Kindlein schlaf,
die Mutter hüt' die Schaf,
der Vater ist an der Front,
wir beten, daß er wiederkommt."
Das sang mir Frau Koltai. „Wir beten, ja wir beten", murmelte ich und war in meinen tiefen Schlaf versunken. Dieser mußte mehrere Tage gedauert haben. Tante Rosa sagte sogar, mehrere Wochen.
Als ich halbwegs wieder aus dem Schlaf tauchte, auftauchte aus dem Schlaf, beugte sich nicht Frau Koltai, es beugten sich zwei andere Gesichter über mich, das war genauso wie einst über mein Gitterbett. Von links und rechts. Die Eltern waren das. Georgi vom Krieg, Dolores aus der Gynäkologie. Jetzt waren also die Eltern wieder da. Jetzt war ich wieder das Kind.
„Frau Koltai verschwandverschwind in Budapest bei der Mutter und den Schwestern", sagte Georgi hanebüchern jetzt. Und Dolores setzte noch eins drauf: „Eine Frau, die bereits Mutter ist, liebt ihr eigenes Kind ..., nicht ein anderes." Tante Rosa posaunte – „überflüssig, total überflüssig, Tante Rosa, ich sah es bereits" –, daß das Gymnasium hin. Ende der Sonderstellung. So meinst du, dachte ich und sagte nichts. Drei gegen einen, kam mir vor. Drei Monstren gegen ein Kind. In den kommenden Jahren, bis zu meiner Flucht, traten sie – absurde Allianz – zu dritt immer auf, doch dann, ätsch, nahmen wir drei Richtungen, die Tante blieb, die Eltern wurden eingeschifft ... nach Australien ..., ich war nun frei, jedenfalls von diesen dreien.
Aus der Ferne hörte man immer noch Explosionen: einmal ging ein Blindgänger in die Luft, einmal brach ein lädiertes Haus endgültig zusammen. „Freust dich gar nicht, daß deine Eltern da sind?" Doch, ich mich freue, ich freue mich, mich ich ja, jafastneinja ..., dann sagte ich zu Georgi: „Wir müssen in den Garten Eden!"
Warum Georgi in den Garten Eden ewig nicht hinwollte, wo doch seine ganze Werkstatt versteckt und vergraben ..., was für ein Sieg wird das, dachte ich mir, noch im Frühling, bei der Aktion, und sah die Eltern wie im Film später, wie im englischen Film „Die Stunde

des Siegers", in Zeitlupentempo auf mich zurennen – wenn jemand diesen Film des englischen Gentlemen-Sport-Geistes am Beispiel der Olympischen Spiele 1924 nicht kennen sollte, kann man als Ersatz den BAWAG-Reklame-Spot nehmen: wo Vater, Mutter und zwei Kinder in eine schönere Zukunft laufen, hüpfen, fliegen ... Na ja, zwei Kinder, ich war eigentlich nur ein Kind, dazu noch klein, aber oho. – Wer sagte das bloß? „Aber oho", mein Großvater wohl, mein Urgroßvater Hartmann, der andere Urgroßvater ebenfalls: der große Elio, ja, ebenfalls ..., auch Doktor Lorand, auch Pimpi. Also es gilt. Oder? Naja. Dolores wollte auch nicht in den Garten ..., alles Mögliche und Unmögliche wurde vorgetragen, doch jeder schwieg vom Sieg der Schweine über die Soldaten. Wieder also die Blüten meiner überbordenden ... etc.
„Was!? Die ganze Werkstatt in sechs Müllkübeln? Pervers. Und du allein, was? Bist selber leichter als eine einzige Maschin'."
„Nein, nicht allein. Mit den zwei Wachtposten."
„Die werden deinetwegen von der Kaserne weichen."
„Ja. Die sind gewichen."
„So ist es leider wirklich", wehklagte meine Oma. „Und die Trompete wurde gestohlen. In deren Abwesenheit."
„Ende des Zapfenstreichs!!" haben die Erwachsenen im Chor gesagt und mit dem Finger auf mich gezeigt. Zum Schluß hab' ich die ganze Monarchie auf dem Gewissen?!

Wäre Boris nicht gekommen, als Fliegeroffizier der Royal-Air-Force ..., weiß ich nicht, wie ich mich ... entschieden hätte ... Gut, zwei Kerle irgendwie hätte ich immer schon auftreiben können, die mir geholfen ..., doch, die Eltern, die Eltern mußten mein Rettungswerk sehen! Die ganze Geschichte wäre fad ohne sie gewesen.
Doch Boris kam, und er kam nicht allein: Johnny Pat, Kriegsberichterstatter, und der hochdekorierte Sowjet-Held kamen mit ihm. Ja, der Held, jener, der in einer Luftschlacht abgeschossen, genauso wie im später gesehenen Sowjet-Film „Der wahre Mensch". Ja, das war er, Jakow, Boris' russischer Freund, ohne den er in unsere Zone gar nicht hätte vordringen können. Doch mit Jakow ..., hochdekoriert, weil abgeschossen, irgendwie runtergesaust – na, nicht ganz: runterzufallen wäre zu wenig, das taten viele ..., aber er, Jakow, robbt hundert Kilometer auf dem Schnee, da beide Beine hin – mit den starken Armen und Händen sich vorwärtsbewegt, bis er einen Stützpunkt erreicht. Hier wurden seine Beine amputiert. Doch der Sowjetische

Held – er bekam perfekte Prothesen –, er kämpfte weiter, er kämpfte und siegte, was heißt das, er t a n z t e , er liebte ...
Jakow war sehr gespannt, den Garten Eden ..., ja, den wollte er sehen!, wo ein gewisser Gideon als Wolf-Dompteur einen kleinen Teil der Roten Armee, wenn auch einige junge Kerle nur, mit scharfgemachten Wölfen, angeblich, besiegte. „Wo die Wölfe ohnehin schon scharf", sagte der kleine Chronist, Kriegsberichterstatter der US-Navy, den sie nannten Johnny Pat, obwohl er John Patrick geheißen hätt', dann sagte noch „Little Boy" Boris. Nach Hiroshima. Das war nicht recht. Und Jakow nannte ihn „The Kid" ... Es schien mir, daß dies am besten zu ihm paßte und eigentlich einem Ehrentitel gleichkam ... Die Erwachsenen ..., nach dem ganzen Krieg hier ..., hab' keine große Meinung über sie ... Und weil er neben mir stand – the Kid – und mich fragend anblickte, ob ich kapier', sagte ich ihm ganz still: „Die scharfgemachten Wölfe, die ... waren gewöhnliche Schweine." Johnnys Augen blitzten auf, doch er hielt den Zeigefinger seiner linken Hand vor den Mund. „Ob denn Sau, Hund, Wolf oder Schlange ... oder Aal ...", er machte eine wegwerfende Bewegung, „das ist schließlich egal."
Georgi zog mich beiseite. Er wollte wissen, warum Boris mit dunkler Brille jetzt? „Ach, das ist seine Ray-Ban-Brille, wie eh und je, wie sein Zippo-Feuerzeug, wie seine Uhr."
„Hm. Ja. Er bevorzugte immer ... Gergö würde Fetischist sagen. Uhren-Fetischist, Brillen-Fetischist, und so ... Doch die dunkle Brille verbirgt was. Ich hab' ihn in der Stadt herumrennen und weinen gesehn ... Allerdings dachte ich, daß so viele dicke Kerle in Uniform jetzt ..., also, daß ich mich irre."
„Weinen? Warum sollte er weinen, Boris?"
„Doch vor dem Heckenast-Haus, da dachte ich ..., jawohl, das ist er. Wir werden sehen, wir werden sehen. Jedenfalls zuckt er unter den Augen ... um den Mund ... Seine Haut ist teigig. Die Haare kleben müde, halb weiß, halb blond ... Jedenfalls ... Royal-Air-Force. Nein. Es würde mich nicht wundern, wenn er sich etwas zuschulden hätte kommen lassen ..."
„Was, Georgi, was?" so Dolores und die Tanten.
„Naja, wenn der englische Gentleman, unser Boris, uns hier unten mit seinen Bomben ..."
„Aber Georgi! Wie kannst du nur ... über deinen Cousin ... Nein ... Auf seine Heimat Bomben werfen! Ausgeschlossen! Nein! Das darf nicht sein."

Georgi grinste zynisch. „Ich hab' ihn weinen gesehn. Das hat mir viel gesagt." Hm. Allerdings hat es mir immer schon zu denken gegeben, wenn Georgi so herumorakelte ... Wie das zum Beispiel war auf dem Markt, mit den Kirschen und dem Wurm drin ... und dann Inkey ..., oder die Sachen des Doktor Gerewitz ... Was ist also mit meinem Bruder Boris?
Doch schon riefen mich Jakow und Johnny the Kid. Und Boris nahm meine kleine Zeichnung: den Lageplan, und stolz sagte Boris zu Jakow und Johnny Pat, daß er sicher sei, daß mein Plan stimmt. „Der Kreis, der Brunnen ... was? Und die Tangenten West-Ost, Süd-Nord, jeweils vier Meter aus der Brunnenmitte, ja, minus 20 cm heißt, daß die abdeckende Erde nicht tiefer ist. Und dann noch rechts und links vom Pavillon, in der imaginären Verlängerung der Eingangsöffnung." Wo einst Lörinz ..., dacht' ich mir. Diese Tangente nannte ich auch so: Lörinz. Alles wird hinhauen, sagte Boris, denn ich sei sein Sohn. Es kam mir vor, Johnny und Jakow wußten das schon. Doch die Eltern sowie die drei Tanten horchten mißtrauisch auf. „Was sagte er, was sagte er? Sein Sohn! Er hat nicht alle Tassen im ... oder eine mehr."
Wir fuhren mit Jakows Jeep – Wally, ich vergess' dich nicht. Vorn saßen Jakow und Boris – Jakow chauffierte! Ja, mit seiner Prothese! Jakow, der war ein Hit! –, hinten neben mir Johnny, der Chronist. Wir waren the kids.
„Es ist ja wahr, was dieser Georgi sagte, der ist dein leiblicher Vater, nicht?"
Nun ja. Aber was ist wirklich mit Boris? Bei dem „Sohn" vorhin weinte er in der Tat, als er mich – unpassend fand ich's – so stürmisch umarmte.
„Der arme Boris ist recht heruntergekommen mit den Nerven", so Johnny the Kid. „Als er ankam in England im letzten Moment aus Ungarn, hatte er nichts, gar nichts mehr ... Über Rumänien, weiß Gott wie, durch die Türkei, so einfach war das nicht. Er dachte nicht daran, Boris, daß die Rumänen und auch die Türken ihn ausrauben würden, daß er für den Flug aus Ankara den ‚Rolly' wird hinterlassen müssen. Während, weißt du eh, diese Gräfin Denise in der Bahnhofstraße in Zürich mit Onkel Eugens Definitiv-Unterschrift das Vermögen in Hütchen und Tütchen ... anlegte. Definitiv. Also hatte nichts mehr, unser Boris, als er in London ankam, nur seine Liebe zu der Stadt ... London ... Du weißt noch, wie er immer darüber sprach! London, das heißt England, was heißt England? Britan-

nien! Groß-bri-tan-ni-en! war für unseren Boris das allerbeste, allerbeste Land ..."
Und Johnny the Kid nun leise sang:
„,Ach, könnt' ich dorthin kommen
und dort mein Herz erfreun,
und aller Qual entnommen
und frei und selig sein!
Ach, jenes Land der Sonne!' – der Sonne, äh, der Nebel –
‚das seh' ich oft im Traum,
doch kommt die Morgenwonne,
zerfließt's wie eitel Schaum,
zerfließt's wie eitel Schaum.'
Hm ... Die Royal-Air-Force! Das war sein Geistesblitz. Nach so vielen Flugstunden ..., privaten ..., er hat einige Korrekturstunden noch bekommen. Man hat ihn mit Freude aufgenommen. Er flog die Einsätze über Deutschland, doch über seine Heimat herfallen, das wollte er nicht. Leider hat er es seinem Oberkommandanten, einem englischen Aristokraten mitgeteilt: ‚Das mach' ich nicht ... Über Ungarn flieg' ich nicht. Sie sind ein Gentleman, Sie verstehen mich.' Und er reichte diesem seine rechte Hand. Doch der englische Aristokrat streckt selber die Hand als erster. Wenn. Oder er streckt sie eben nicht. Er hat nur flüchtig genickt, so, als ob er Boris' ausgestreckte Hand nicht sehen würde. Er sah sie einfach nicht. Verstehst? Und unser Boris war so naiv: Als dieses Schwein, dieser Kommandant unseren Boris ausgefragt: Györ, Budapest ..., Györ ..., heißt es? nicht Raab? Ja, Arrabona. Raab! Ja, Gentlemen-Agreement ..., so sagte es Boris ..., doch der Kommandant war ein Sadist. Ja ... ein Agreement zwischen zwei real ..., also wirklichen Gentlemen wäre schon möglich ... Und noch immer verstand er nicht, unser daheim so verwöhnter Boris ..." Und just wo er nicht hinfliegen wollte, mußte hinfliegen mein armer Bruder Boris ... So hätte er mich, wäre ich in der nämlichen Nacht im Heckenastschen Haus ..., mit seinen Bomben umgebracht.
Inzwischen humpelte unser Jeep über die neue Ponton-Brücke, an der die Soldaten noch dies und das taten. Als sie den Jeep und darin Jakow wahrgenommen, sprangen sie auf und salutierten, ehrfürchtig, begeistert, auch ganz steif. Und Jakow sprach mit einem Höherrangigen, der dann rief, und sechs junge Soldaten – ganz genau solche, wie jene vor Wochen erst im Petneki-Garten, marschierten jetzt hinter uns den kurzen Weg, die Roten Soldaten.

Hier, im Garten, wo einst ich im Pavillon gezeugt, was ich wußte, und die Eltern wußten, daß ich es wußte, während sie so taten, als ob sie nicht wüßten, daß ich's wußte ... Großer Gott, dacht' ich mir, irgendwo muß man schließlich gezeugt worden sein. Im Garten Eden, Sommerpavillon, zwischen Tulpen, Nelken, Rosen und Margeriten sowie Reseden, was weiß ich, vielleicht waren die Hühner und Schweine noch nicht da, und wenn schon. Naja, im Garten Eden ging alles nach meinem Plan, ich war der König, Boris mein Feldmarschall: er flüsterte mit mir über mein' Lageplan. Dann sagte er die Sache Jakow weiter: die Soldaten, die vor Jakow in Ehrfurcht erstarrten, sprangen hurtig nach seinem Befehl ... Und mit der Kamera hält Johnny alles fest. „Halt nur fest, Johnny Kid, eine richtige Dokumentation! Ja. Sonst ist das wieder nur meiner Phantasie Pandaimonion ..., obwohl nur Müllkübel und paar Maschin' ... Die Sauschlacht kriegen wir – leider – heute nicht mehr hin!"
„Der Brunnen, hier, mit Kreis gezeichnet auf dem Plan. Dazu zwei Achsen: Süd-Nord, Ost-West, Abstand jeweils vier Meter. Go on! Doch vorsichtig! Minus 20 cm steht hier. Also die Schicht darauf ist dünn. Die haben nicht gerade tief gegraben." Die Burschen kratzten jetzt – fast mit Gefühl – die Erde auf, damit die Sachen nicht beschädigt, damit die Deckel nicht zerschlagen werden. „Kübel, wirklich Kübel sind das", sagte Boris englisch und Jakow russisch. Erst hoben sie „West", dann „Nord", dann „Süd" und schließlich „Ost". Sie trugen die Kübel vor Georgi. Einzeln. Und setzen vor der Eltern Nase alle die vier Tonnen hin mit kleinem Ruck. Mit einem Ruck: klein Johnny Pat erfaßte längst die Lage zwischen Eltern und mir und sagte ironisch und vier Mal: „Please Sir, please Lady, fein. Schaun wir gemeinsam rein." Sie schauten: durch den Gummirand war alles wohlbehalten, nichts verrostet, da kein Wasser durchgedrungen. Als Georgi nichts, wirklich gar nichts sagte, wurde Boris wütend, das merkte ich. „Sag jetzt, Giorgio, wo die weiteren zwei ..." und blickte zugleich in den Lageplan: „Rechts und links vom Pavillon. Lörinz-Tangente steht da. Haha." – „Der Lörinz! Der Lörinz! Ist er wieder da?" schrien entsetzt die Tanten. „Jesus Maria! Maria Jesus! Wo Lörinz ist, fällt bald ein Schuß! Und überhaupt: so eine unglückliche Gestalt!!" Doch es fiel kein Schuß, Lörinz war längst tot.
Ich zog eine Linie in der Erde mit der Kante meiner Stiefel von Garibaldi. „Hier:" Boris maß den Platz aus, die Soldaten arbeiteten behutsam, sacht, der fünfte Kübel kam heraus. Jawohl, alles richtig, alles paßt.

„Daß du deines Vaters Werkstatt in Müllkübel packst!" sagte Dolores. „Daß du keine Ehrfurcht vor seiner Arbeit hast! Vor der Arbeit dessen, der uns alles schenkt, alles gewährt ..." – „Ach Lorilein, laß das", so Georgi. „Doch hoff' ich, daß nicht allzuviel verloren ging. Sechs Kübel ..., tja ... Es ist unmöglich, daß sechs Kübel, was ist das, paar Kubikmeter, es ist unmöglich, daß das meine Werkstatt faßt. Da sind drei alte Underwoods, na gut. Doch ich hatte mehr, zumindest vier-, fünfmal soviel, Lorilein, erinnerst du dich?" – „Ja, natürlich", erinnerte sich Lorilein, „in der Werkstatt, da standen Underwoods in der Reihe, zumindest zwölf, nein, noch mehr." Boris schnaubte vor Wut, und niemand verstand, wieso ich in ein Lachen ausbrach. „Das Kind verliert den Verstand", sagte Rosa. „Underwoods, so viel, nein, nein Dolores, streng besser dein ..." – Hirn wollte sie sagen, doch Erinnerungsvermögen sagte sie ... „Ja, Vermögen. Ein Vermögen lag in der Werkstatt und jetzt alles auf dem Müll, na sehn wir, was in dem sechsten ...", doch bei dem sechsten, bei dem letzten, bei dem allerletzten ist leider was geschehn. Kein Kübel, etwas anderes kam zum Vorschein: Frau Petnekis Schnürstiefel waren zu sehn ..., weil zwischen Pavillon und Schweinebox jemand sie dort verscharrt: Mutter und Sohn. Wir sahen noch Gideons Rock, dann war der Teufel los, die Tanten schrien, die Eltern blickten mich an: Hab' ich am End' auch noch den Mord begang'n? Die ganze Gruselstory ... vielleicht ich allein ersann, vielleicht ersann ich allein den ganzen Krieg ... mit der so überbordenden Phantasie. Naja, alles ist möglich. Ich weiß am Ende selber nicht.
Alle rannten erst weg, jedenfalls die Eltern und die Tanten. Doch Boris, Jakow und Johnny the Kid gaben den Soldaten Befehl, die Kübel auszuräumen, und wir halfen selber mit. Alle Maschinen, all das kleine Zeug, die Rädchen, die Plättchen, die Schrauben, die Röhrchen, die Stäbchen, die vielen Arme, auf denen der jeweilige Buchstabe sitzt, alles landete sorgsam auf dem Tisch, wo weiland, bei der Doppelhochzeit, Karli der Sechste, der Hahn ..., durch den Schuß der Gendarmen ..., was alles passiert noch in diesem Garten ...?
Jakow schickte los einen der Soldaten, damit Mutter und Sohn in ihrem Garten endlich ordentlich bestattet werden. Der aber konnte nur einen einzigen Sarg auftreiben, was glaubhaft war im infernalischen Sterben der letzten Zeit ..., die uns dafür aber von den Nazis befreit ...: so mußten sie liegen ewig zusammen ..., Sohn in seiner Mutter Armen, selig, schade nur, daß er einen Rock anhatte ... Doch es war Kriegsnot. Sie legten den Sarg in die Erde an des Pavillons

anderer Seite. Nicht beim Saustall direkt. Feinfühlig waren die Soldaten der Siegreichen Roten Armee jetzt.
Zögernd schlichen die Eltern und Tanten nun wieder zurück. Sogar Gagi und Beate waren da. Wo waren sie bisher gewesen? Bei den Nonnen, bei den Nonnen versteckten sie sich. Ordenshaus, ja Nonnenkloster, Spital, merkte ich ..., die heiligen Orte des Asyls ... Ob sie dafür wieder Seidenraupen füttern mußten? Rätselte ich. „Und wo ist Anya", fragte Kathy fast automatisch. „Sie betet noch." – „Sie betet noch?" Naja, ihre Tochter Cho-Cho-San in Romania. Sie und der Baumeister Baric, vor einigen Jahren mit den Horthy-Soldaten fast wie Eroberer Rumänien betraten ..., in einem düsteren Wald sammeln Schwammerln sie jetzt. Schwammerl war ihr tägliches Gericht. Doch zählten die einstigen Eroberer, so auch Baric, jetzt zu den Feinden und zu den Minderheiten. So haben ihm die rumänischen Ärzte die Hilfe stillschweigend versagt, als er an Pilzvergiftung auf dem Flur ihres Spitals in Krämpfen lag und qualvoll starb. Nicht nur im Krieg, man kann auch im Frieden sterben. Oder war immer Krieg, überall, immer, ob im Wald oder im Spital? Cho-Cho-San kehrte bald zurück. Solo. Als Notenwärtin im Palestrina-Chor fand sie ihr stilles Glück. Daneben mußte sie vierzig harte Jahre hackeln, für das täglich' Brot, für ein kleines Loch.
Auch hier im Garten ging ein Krieg, diesmal ein stiller Krieg, vor sich.
Auf dem Tisch alle Geräte ... fast ... Nationalkassen, Underwoods, Adlers, Remingtons, Mercedesse, was weiß ich ..., alles, fast, bis auf vier, fünf Erikas. Und Georgi weinte auf: „Grad, grad diese wären die besten jetzt zu verkaufen, da nur noch Witwen da sind, die kaufen, und überhaupt ... Schade, ja jammerschade, daß grad die Erika, neben den anderen, nicht so wertvolleren ... die Erika so fehlt, so fehlt! Ein Zehntel meiner Werkstatt kam nur in diese Kübel, in diese Kübel hinein ..." – „Ein Zehntel nur, wirklich!" schrie Johnny the Kid. „Und gar die Erika, die Erika machte dir die Suppe fett? Furchtbarer Kerl du, armer Wicht, bedanke dich sofort, sonst schieß' ich nieder dich!" – „Du mich?" fragte Georgi total entsetzt. „Doch womit?" – „Ja, weil ich keine Waffe! Noch mit diesen beiden linken und rechten Händen und hier, damit" – er zeigte seine Kamera – „halt ich fest, halt ich für die Ewigkeit fest, ich, Alexander, Georgi, dich!" Und Johnnys Kamera lief.
„Diese, diese Erika
Rika,

Kaka,
Kaka, würde jeden ruinieren. Der Dramen schreibt ...
Nur die Underwood, die Underwood ist gut!"
Alle schauten verständnislos auf Johnny Pat. Wieso heißt er Alexander jetzt? Doch Georgi trat aus dem Schatten seiner Frau, sah in die Augen des kleinen Chronisten der US-Navy. Er war verwirrt, verwirrt war Georgi. „Den Kerl, den Kerl, den kenn' ich von wo. Der spricht doch ungarisch, sonst verstünden wir ihn nicht. Den Film will ich jetzt haben. Sofort. Jetzt!" Dolores schrie: „Laß doch den US-Soldaten! Die USA sind eine Großmacht! Hör auf jetzt, Georgi! Ist der Verlust zwar sehr groß, etwa zwanzig Underwoods, ebensoviele Adlers und Mercedesse" – „Nationalkassen!" schrie Kathy. „Auch Remingtons!" so Gagi, Beate und wieder Kathy. „Und dann die Erika, die Erika", so Dolores. „Doch jeder verliert an dem Krieg, nimm dein Schicksal hin, nimm den kläglichen Rest. Wir waren einst reich, arm sind wir halt jetzt."
„Ja, nehmen Sie es", sagte Boris. „Wie reich Sie immer waren ..., nehmen Sie Ihres Reichtums kläglichen Rest ... Bitte, Jakow, in meinem Namen: bedanke dich bei deinen Soldaten." Gegenseitig alle bedankten sich: Jakow bei den jungen Soldaten und die bei ihm, weil sie das, was sie tun mußten, dem berühmten Helden, ihm zu Gefallen, tun durften. „Komm Jakow, wir gehn jetzt. Komm, Giorgio, komm Johnny!" rief Boris müde. „Was?" trat nun Dolores hervor. „Einen Giorgio seh' ich nirgends."
„Komm, Georgi, komm", schrie Georgi, der leibliche Vater. „Komm sofort zu mir! Mein Cousin, der Boris, der ist ein Depp!" Georgi tippte sich auf die Stirn. So stand ich zwischen zwei komischen Vätern, eigentlich beide Mörder, dachte ich, und gab die Hand dann doch Boris. Woraufhin Dolores zu schreien begann: „Das ist doch unsere Tochter! Das ist doch unsere Tochter! Georg! Tu was! Der Vater bist du! Nicht ich!" Doch Boris sagte düster jetzt: „Tochter! Gemein. Das, was es damit ... auf sich ..., Gnä' Frau, das ist ... gewachsen auf Ihrem Mist!" Und Tante Rosa bekreuzigte sich. Indessen ging Boris zum Tisch. Er sagte zu Jakow: „Befehle bitte jetzt: das ganze Glumpert, das wir ausgegraben, soll in dem Brunnen landen, sei dort ewig begraben." Und die Soldaten warfen, mit Spaß, so fühlte ich, die Sachen in den Brunnen. Sie bildeten eine Kette, im Nu platschte alles ins Wasser. Johnny, der klein und eher schwach war, warf die kleinen feinen Reste.
Platsch Platsch, Blu Blu Blu. Weg war der Schatz.

Nach diesem Blu Blu Blu verließen wir den Garten, breitbeinig, ohne Hast.
Der Jeep fuhr uns nicht über die Ponton-Brücke, sondern weiter zurück durch Révfalu im Rückwärtsgang, schneidig, aus Übermut, so fuhr Jakow, und wir merkten, daß die jungen Soldaten aus Begeisterung unserem Jeep nachrannten, sich hechelnd beeilten, uns noch einmal einzuholn. So groß war ihre Vision vom „Wahren Menschen", vom Sowjet-Helden, der kämpfte mit Prothese noch, der kämpfte und siegte, der tanzte und liebte ...
Und Jakow also durch Révfalu, hinaus auf eine große Wiese, dort standen paar Wände nur, eine Ruine. Welche Ruine, warum mein Herz so schlug jetzt, so sonderbar, scheinbar aller Gründe bar, oder vielleicht, weil das Gasthaus „Zum Kleinen Hahn" einst hier stand, wo mein Großvater seine letzte Liebe fand? Weruschka hieß sie ..., glaub' ich ... Vor meinen Augen wurde es schwarz. Neben der Ruine ein Flugzeug, doppelflüglig, am Rumpf ein Stern, der war rot. Kleiner Hahn ..., ja. Mein Großvater ist tot.
Während die Soldaten am Flugzeug noch herumtaten, fragte mich plötzlich Boris, ob ich die Münzen noch besitz'. Ja, welche Münzen, hätte ich jeden gefragt, doch Boris habe ich sie gern gezeigt. „Schau, Giorgio, die Goldene." – „Was steht drauf?" fragte ich etwas blasiert, und etwas spöttisch hinskandiert: „Gottes Auge alles sieht?" Doch Boris schrie: „Moneta nova!" – „Spiel nicht verrückt. Das kann nicht sein" und schaue hin: es stand da: „Moneta ultima" – für mich. „Und was ist mit der Silbernen, zeig:" Nun war ich wirklich verblüfft: „Vor Grandson das Gut/Vor Murten den Mut/Vor Nancy das Blut". „Téméraire", flüsterte Boris, und ich stand da, mit gebrochenen Flügeln sozusagen, da ich schon lange wußte: dieser tragische letzte Burgunder hat's ihm angetan. Irgendwie wollt' ich gar nicht mehr wissen, was auf der dritten Münze ..., und Boris strich ohnehin alles ein. Total gedankenlos. Doch, dann kramte er in seiner Tasche und holte die kleinste, die Kupfermünze, wieder heraus. „Zur Erinnerung, von Boris ..." Er drückte die Münze mir in die Hand. Also heißt das ...? Es wäre noch möglich gewesen, daß er meint, jetzt, da wir zusammen nach England ... Daß es natürlicher, wenn das Geld – unser Vermögen – beim Boris ist ... Jedoch, ich spürte, daß dieses England-Spiel aus ist. Die Kupfermünze nahm ich, doch, was mich selber sehr beeindruckt hat, was ich sonst nie tu' und jetzt selbst getan: etwas aus der Hand zu geben, ich nahm auch die Uhr vom Handgelenk ab.

„Reverso", strahlte Boris. „Ja." Und ich erzählte ihm, wie auf dem Lehmboden des Kellers im Militärspital, wo die Roten Soldaten zwar niemandem Gewalt antaten, im Keller und im Krankensaal – doch die Uhren, die Uhren jedem abnahmen. Doch von mir nicht, dachte ich, und gänzlich unbemerkt kratzte ich mit der starken Kante meines Stiefels den Boden auf, wo dann in das kleine Loch die Reverso ...
„Meine Reverso in ein kleines Grab!" schrie Boris exaltiert, und wie Porco Spino im Kasperltheater der Neumann-Villa drückte er Krokodilstränen aus seinen Augen. „Ja", sagte ich und war etwas verwirrt: Wessen Reverso ist das jetzt? Und sind Boris' Tränen gespielt oder echt?
Ja und das kleine Grab also mit feinem Zuscharren zugedeckt ... Als weg waren die Roten Soldaten, die allen Erwachsenen die Uhren abnahmen, mußte ich aufpassen nun, daß niemand sah, daß ich meine Reverso immer noch hab'. Boris lachte: „Gut gemacht! Ach, daß ich wieder meine Reverso hab'."
Inzwischen hob sich Luftwaffenmajor Jakow mit seinen starken Händen, seinem starken Arm in den Doppeldecker.
„Wenn einmal Jakow die Prothese vergißt,
kann er auf Händen tanzen, wie stark er an den Armen ist!"
flüsterten ehrfurchtsvoll die kleinen Soldaten,
die, schweinchenrosig glänzend, Jakow verliebt anstarrten.
„Wir starten. Die Kinder hinten", sagte Boris und er selbst bat Jakow um den Sitz am Knüppel. Daß mir das etwas Angst machte, weiß ich noch: Boris am Knüppel. Wohin fliegen wir – nach allem, was ich nun wußte. Mit der Sowjetmaschin' nach England? Mit Boris? Schnell warf ich einen Blick auf die Kupfermünze, versteckt. „Schweigen, Exil und List" stand darauf jetzt. Johnny schaute hin: ich zeigte ihm mein' irisch' Münz': „Jimmy", sagte er. „Jimmy, wer ist das? Und wieso List?" – „Jimmys Lebenstechnik. Später ... und List, das ist Mißverständnis, welches man zuläßt. Die Leute sagen dies und das, nichts stimmt, doch du sagst nichts. Du läßt sie ... Nun. Das ist List." Hm. Ich steckte die Münze wieder ein. Schließlich startete Boris. Jakow als Copilot. Gastgeber im eigenen Boot. Und hinten saßen wir, Johnny the Kid und ich. Und wir hielten unsere Hand am Sitz, und weil Johnny an meiner Linken sich befand, fiel mir auf, daß meine linke viel größer war als seine rechte Hand ...
Das Flugzeug stieg, und was ich jetzt erlebte ... – Wir beide auf dem Hintersitz merkten, daß jetzt auch der Doppeldecker rückwärts flog,

weil Boris offenbar den Rückwärtsgang einlegte. Daß sich Jakow darüber nicht aufregte, verstand ich nicht. „Schau deine Stadt, Giorgio", schrie er, Boris. „Du durftest auf diesen Bischofsturm nicht. Jetzt sind wir höher noch, damit du alles siehst: ich zeige dir deine Stadt." Und er fuhr große Kreise, langsam über Györ, meine Stadt, alles im Rückwärtsgang, und als wir über der Graf-Teleky-Straße lagen, ja fast bewegungslos lagen wir in der Luft, sah ich Pater Heckenast mit Peppi und seiner Mutter! Die winkten uns freundlich, als wär' inzwischen nichts geschehen. Nichts Besonderes. Pater Heckenast lachte: unsterblich ist Pallas Athene, dachte ich und war glücklich erregt. Dann aber sah ich vor ihrem Bootshaus lachend, lachend froh, Anna und ihren Vater, und sie riefen, daß Joshi befreit, und er kam schon und Lörinz nach ihm, der auf seiner Geige bei der Doppelhochzeit die „Internationale", himmlisch, zart, ... doch was spielt Lörinz jetzt? Ich gebe Johnny einen Stoß: der Unglückliche spielt jetzt: „Die Fahne hoch"! „Oweh!" schrie entsetzt Johnny Pat, „man wird ihn töten jetzt!" Doch Anna und Joshi machten sich keine Sorgen wegen Lörinz' Nazi-Lied. Sie sangen: „Roter Vogel, flieg, erringen wir den Sieg". „Errungen, pah!" sagte Johnny Pat: „Jetzt dürftest die ‚Internationale' spielen, Lörinz, du, stattdessen spielt er jetzt: ‚Die Fahne hoch'. Weil nur die Melodie auf der Geige hört er, der arme Depp, die Sprache ist ihm abhanden gekommen ... In seiner Krankheit ... Mein armer Lörinz." Und wir wollten Lörinz warnen, ich und Johnny Kid, doch wir waren bereits über dem Lelotzky-Schani-Garten ... Da sah ich, das darf nicht wahr sein, die gelähmte Frau Mohavec mit Tochter: ein fescher Sowjet-Offizier schenkt ihnen Eierlikör ein. Früher hätte ich mich erbrochen, doch der Krieg hat mich erhärtet. Ich zuck' mit der Schulter nur jetzt. Schau, Giorgio! stieß mich Johnny in die Rippen. Weg war Frau Mohavec. Kennst du das Kind da? – Wo? – In dieser, dieser Czuczor-Gergely-Straße Nummer zwo-zwo. Im blauen Trainingsanzug? Ja. Irgendwie kommt's mir bekannt vor. Es steht im dunklen Torbogen und späht über die Straße. Was hält es in der Hand? Einen Pengö. Warum? Weil die Mutter sagte, es soll über die Straße gehen, in den Greißlerladen einkehren und Onkel Garai um ein Kilo Zucker bitten ... Hm. Und tut das Kind, was die Mutter sagte? – Was sie befahl. Mitnichten. – Ja schau, es geht zwar quer über die Straße und schaut auch zu den Holzläden. Es geht vielleicht rein. – Nein, denn auf den Läden sah man die Zuckerhüte. Und das Kind da unten sagt: „Doch, was ich will, den Zuckerhut, das krieg' ich nicht. Wenn ich den nicht kriegen kann, etwas anderes will ich nicht." – Ja, so wird es sein. Es wendet sich ab und trabt jetzt ganz unverzagt die Straße hinunter. Eine Ecke, zwei Ecken, es geht schnurstracks in Richtung Heilige-Stephan-Straße. Weit, zu weit für ein so kleines Kind, welches sonst immer nur mit Vater und Mutter ging oder mit dem Vater. Und hier, am Ende, Sankt Stephan, bleibt es einen Moment stehn. Aber eher nur, um sich umzuschauen, um etwas von der großen Stadt zu sehn. Dann nimmt es Kurs nach links, zielgerichtet, wie mir scheint, ja, du grinst? – Klar, weil ich weiß jetzt, wohin. – Was? Doch nicht zum Herrenmodegeschäft? – Schon, schon, doch schau, wer dort im Schaufenster steht! Eingerahmt ausgestellt! – Ich sehe nichts. – Ich würde auch nicht sehen. Kurzsichtig sind wir, du und ich. Doch ich weiß, wer da auf dem Bilde steht, ohne Horthy jetzt. – Alexander Petöfi! schreit Johnny Pat. Und lange, lange steht unten das Kind vor dem Dichter Petöfi, der ja, als Husar, ein Held: sitzt auf des früheren Admirals Schimmel fest: aha, die Schlacht von Segesvár – wo er dann fiel ..., doch sicher nicht starb, denn er hatte als Liebhaber die Rose, die er gerissen von seiner Braut Grab, und diese er nun in den Teich, in den Märchenteich warf, worauf die totgeglaubte Braut den Wellen entsteigt. Sie waren ewig glücklich und ein Königspaar, wie es heißt.

Und plötzlich merkten wir, daß in den Straßen von Györ alle Tanten und sonstigen Verwandten hin und her rannten ... Dort liefen Eva und Großvater jetzt, nach ihnen Bello Cio, Gabili: aus verschiedenen Richtungen, mit verschiedenem Ziel. Bello Cio, schaun wir, wo er dich vermutet! An der Donau! Bei den Booten ... ganz gut. Und Gabili? Bei den Karmeliten! Ja wirklich! Sogar in der Krypta, Kruzitürken!! Dorthin will ich nicht! Und jetzt, die Eltern rasen ebenso herum, doch, sie kennen dich nicht halt: Kalt, kalt, verehrte Eltern, noch kälter, noch kälter, oder gehen sie am Ende zu dem Pavillon? Wo sie dich gez... Hm. Ganz blöd ist es nicht. Und siehe, deine Großmutter, wie sie gellend schreit, gellend schrie! So aus dem Postamt stürzt und fällt auf die Knie, doch dann nimmt sie – hinkend – Kurs, wohin steuert sie trotz Hinken so sachte jetzt? Die Evangelische Kirche, das hat sie sich in den Kopf gesetzt. Ja, die Evangelische Kirche, wo Eugen Petneki „Als es Abend ward" singt und die Tasten drückt. Großmutter wird fast bang und flüchtet aus dem Evangelischen Garten, unerledigter Dinge, sie fühlt sich fast verraten. Denn auch der Admiral, der Reichsverweser ..., es wäre keine Schande, allemal fand man mich irgendwo, wo es nicht ganz

recht, die Evangelische Kirche wäre darunter nicht das Schlechteste. Echt. Nur Großvater und Eva raten sofort richtig. Die Kenntnis der Person ist bei der Suche halt wichtig ... Und als du dann zwischen Großvater und Eva den Weg nach Haus endlich bereit warst anzutreten, alle liefen zusammen vor Doktor Lorands Haus. Warum eigentlich hier? ... Das sag' ich später dir ..., so Johnny the Kid.
Doch Jakow sagte jetzt: „Boris, ich bitte dich, fahr nicht allweil die Kreise nur, denk an den Sprit. Und fahren wir endlich Vorwärtsgang, sonst wird mir schlecht."
„Hast du alles gesehen, Giorgio?" fragt mich Boris.
„Jawohl. Györ, meine geliebte Stadt, lebe wohl."
Und wir fuhren nun zügig zum Neusiedler-See. Neusiedler-See wie Plattensee! See, See, See. Und am Knüppel Boris. O weh. Ich hab' dunkle Wolken aufsteigen gesehn, da und dort einen Blitz vor tintenblauem Horizont, „Thunderstorm", flüsterte Johnny the Kid, ich sah Eisbälle hin und her flitzen, die böse Geister auf unseren Doppeldecker schickten, ich sah uns schon in den See stürzen. Doch plötzlich war ein Sonnenstrahl – lieblich – über uns aufgestiegen. Keine Eisbälle mehr zu sehen, und über uns, ja über uns spannt der Regenbogen sein' farbigen Segen, der tollkühn vor dunklem Blau entstand, alles bestrahlte – und verschwand. Erst nur ein Eckchen fiel hinunter, dann der gelbe Strahl, der den ganzen Bogen wie eine Brücke statisch hielt, verschwand, als wär' das alles gar nicht wahr. Neusiedler-See: Die Hälfte Ungarn noch, die andere Hälfte Austria, Westen ... Da sagte Jakow, daß er ungute Geräusche hört ..., vielleicht ist der Sprit aus, leer der Tank ..., und er nun Boris beschwört, den Motor kurz auszuschalten, „Husch über den See, dann wieder starten zu einem Punkt, wo wir dann landen können. So wie hinter diesem ‚Kleinen Hahn' auf dieser Wiese ... Per Funk werd' ich dann Nachschub kriegen." Ach Jakow, wie gut, daß du so ein hoch dekorierter Held der Sowjetunion. Der kämpft und siegt, der tanzt und liebt, und dafür kriegt er ja auch den Sprit, doch ein wirklich gutes Geschäft ist das nicht. Ob das jetzt der Held selbst sagte oder ich dies mir selbst dachte, kann ich mit bestem Willen nicht mehr wissen, denn ohne daß ich das richtig merkte, hat mich Johnny angeschnallt, ohne was zu sagen. Er stieß auch etwas auf, er gab mir einen Stoß, wir flogen aus der Maschine raus, ich und Johnny mit, the Kid.
Erst war das ein wilder Fall, ich muß jetzt sterben, das war mir klar, dann aber kam ein großer Riß, über meinem Kopf breitete sich was aus, etwas breitete sich über mich. Etwas Helles, Schönes, schim-

mernd, wie Engelhaar. Pallas Athene, du rettest mich. Nicht gar zu weit flog Johnny Pat, den rettest du auch? Ist mir recht. Und weil zur Zeit der Westwind wehte, der uns ungefragt nach Osten fegte, landete ich mit Johnny the Kid nicht im Westen, der Osten, meine Heimat, hielt mich zurück – Auch kein Unglück, wie Johnny mir hat erklärt ... Stück für Stück.
Was hat er noch gesagt ...? Irgendwas mit der Sprache ... und daß er nicht nur aus Angst, ja gar nicht aus Angst die Flugzeugtür aufstieß, sondern weil er fand ..., was hat er gesagt, daß man nur eine Heimat, ja, er sagte, eine Heimat nur, und das ist die Muttersprache, hätte. Und daß man diese nicht zu früh ..., mit nur zwölf Jahren, das ist zu früh. Wärst du zehn Jahre älter, wäre das etwas anderes. Dann kannst du gehn, dir, wie die Welt woanders ist, anzusehn. Ja, später dann, so mit dreiundzwanzig Jahren, geh' ich dann selbst ... Verlass' mein' Heimat ich aus eigner Kraft ..., und nicht sie, die Heimat, trägt oder schindet mich, ich trage sie in mir, so wird's besser. Gewiß. Johnny hat das richtig für mich gedacht. Nach der Landung mit den vielen Schnüren und dem ungeheuer großen Schirm wollten wir sehen, sehen wollten wir, wohin Boris und Jakow ... Wir stiegen auf einen Baum, doch der war zu klein. Johnny sah dann einen Jagdsitz, der war aus Holz. Er wird nach ein paar Jahren als Wachtturm im Eisernen Vorhang dienen, wo die Grenzschützen sich auf eigene Leute stürzten, sie zu Tode bissen und ihre scharfgemachten Hunde auf eigene Leute schissen ... oder wie. Ach, Herr Stadtkommandant Karda! Ach, Oberführer Ladich, Szálasi, ach Rákosi, ach Adolf, ach Jossif Wissarionowitsch! Ach Mao, Kingkong, Pingpeng! Und als es langsam Abend ward – der das einst sang, ruht schon in seinem Grab –, wir saßen in diesem noch harmlos-gemütlichen Jagdturm, still saßen wir, und Johnny plötzlich sagt: ich sehe was. Ich sehe nichts, doch ich höre was, sag' ich: Giorgio, Giorgio, hörte ich. Boris, Boris, wollten wir beide rufen, Johnny und ich. Das trug nicht gut: über das Wasser zu singen, braucht lange Laut'. Jakow, Jakow, riefen wir jetzt. Das trug besser. Giorgio, Giorgio, rief zurück Boris. Bald packte dann der kleine Kriegsberichterstatter Johnny the Kid seine Ausrüstung auseinand. Da war ein Feldstecher dabei: so sah ich Boris noch im letzten Sonnenstrahl neben Jakow stehen. Sie holten auch ihre Ausrüstung heraus: ein Lautsprecher über den See: „Habe keine Angst, ich hole dich später!" – „Ja ja!" schrie ich zurück. „Merrily live, and long!" Und Boris weinte und schrie: „Merrily live, and long!" Und wir hörten dann Motorengeräusch. Jakow bekam

den Sprit, offenbar fliegen sie jetzt, ja, sie flogen über uns, doch jetzt saß Jakow am Knüppel. Nach dem kurzen Ausscheren über den See nahm er, Jakow, jetzt wirklich Kurs nach Westen. Jakow, dich sehe ich im besten Fall wieder vielleicht in diesem Film oder wo, weiß ich nicht. Du warst und bist ein Hit.
Es war nun still am Neusiedler-See. Ich fragte Johnny the Kid, ob es für ihn jetzt ein Unglück … Nein, keineswegs, es gibt für ihn so etwas nicht. Was ihm zustößt, ist MATERIAL, sonst nichts. Er setzt sich dem Leben aus, um es beschreiben zu können. Er gab mir seine halbe Verpflegung. Wir aßen sparsam. Es mußte lange reichen. Wohin er immer geht. Irgendwohin. Er wisse nicht, wohin. Johnny wuzelte sich in den fabelhaften Stoff des Fallschirms hinein. „So ein himmlischer Stoff." Ja, wie goldschimmernder Sand …, merkte jetzt auch ich. „Ich bring' ihn mit … für meine Mutter …", sagte er. Aha. Zur Mutter. Ich dachte, daß ich dasselbe tun würde: Dolores, ja, immer etwas Anzuziehen, Fallschirm-Seide, goldschimmernder Sand, wie Samt. Hm. Da bewundert sie mich, und Georgi ärgert sich! Johnny kletterte noch einmal runter … Garibaldi würde von der höchsten Stelle des Holzsitzes im Kreise herumpinkeln …, dachte ich …, dann hörte ich noch, daß Johnny etwas am Holz herumkratzte … Daß unsere Namen, sagte er, hier verewigt …, bis ich hier wiederkomm', in zehn Jahren, oder ähnlich … Oder träumte ich das schon … Antwort zu geben, an diesem merkwürdigen Tag …, war ich nicht mehr fähig … Johnny sagte noch etwas wie: Evening-star … Thunderstorm, Evening-star. Dann fielen wir in einen tiefen Schlaf.
Am Morgen dann, ganz früh, weckte mich ein Vogel. Er sang. Rotkehlchen, fiel mir ein, was ich von meiner Oma gelernt … Wegen dem roten Fleck, „Blutfleck", hieß das, weil er aus Christus' Dornenkrone einen Stachel holte: der kleine Vogel hatte Mitleid mit dem …, wie sagt man: „Schmerzensmann". Er sang jetzt da ganz fröhlich, war auch laut, es wunderte mich, daß Johnny nichts hört … Da ich ihm das Rotkehlchen unbedingt zeigen wollte, stieß ich vorsichtig in seine Richtung: der Stoß ging in die Luft, der Vogel schreckte auf und stürzte weg. Ich sah ihm nach, wie er flog … Schlaftrunken dann stand ich auf und ganz weit, sehr weit, vorm dunkelblauen Horizont erblickte ich Johnnys Gestalt. Mit dem wunderbaren Seidenstoff des Fallschirms am Buckel wirkte er wie ein eher kleingewachsener Engel, der kindlich vor sich hintritt, während er doch von einer anderen Kraft als der eigenen getragen wird. Seine Gestalt schien nicht unbedingt immer Kontakt mit der Erde zu haben, und die Kraft, die

sie in die Lüfte zu erheben bemüht war, schien stärker zu sein als jene, die sie an die Erde zog. Das alles hat mich so beeindruckt, daß ich ihm nicht nachrufen konnte. Auch war es mir nicht ganz klar, was ich rufen sollte. Plötzlich mußte ich unbedingt sehen, was der Engel, der da sich fortbewegte, gestern in der Nacht in das Holz unseres Wachtturmes ... Ja eben. Da stand nun: „A.G. was here with G.M.H. or M.G.H. – not really a question." Alexander Galajda, der Dichter! Ja, hab' ich total verloren meinen Verstand?! Seine Kinderaugen, seine zu kleine rechte Hand ..., mein Gott, oder was soll ich sagen: er hat mich aufgesucht, in mein Leben eingegriffen mit dem Fallschirm und so. Mit Osten und Westen ... Ich werde über ihn – das nahm ich mir vor – später gebührlich berichten.
Blitzschnell kletterte ich auf den Turm zurück und sah ihm nach, dessen Gestalt mit den Armen balancierend immer noch in der Luft vibrierte, und obwohl er scheinbar vor sich hinschritt, war die Stelle, wo ich ihn vorhin sah, die gleiche. Und nicht wie der gewöhnliche Wanderer verschwand er schließlich: etwa hinter einem Waldstückchen oder so. In der Luft lösten sich seine Konturen auf, wie die des Regenbogens, der eben noch da war. Nun ist er nirgends. Als wär' das alles gar nicht wahr ...
Nun sah ich seine Füße nicht mehr, sodann seinen linken Arm, dann den rechten, endlich gab es den durch die Fallschirmflügel ohnehin halbverdeckten Kopf ebenfalls nicht mehr, die Ränder der Flügel bröckelten nun ab, schließlich blieben einige helle, schillernde Punkte aus dem zum Engelflügel gewordenen, köstlich schimmernden Stoff der US-Navy.

Blau war der Himmel, wolkenlos.
Grün, sommergrün noch das Laub.
Jetzt muß ich auch meinen Schirm zamzurren,
auf den Buckel hieven.
Die Eltern daheim sah ich beim Brunnen
die Sachen mühsam herausholen, hinlegen, einzeln trocknen.
Ach, wie bin ich ein schreckliches Kind!
Gut noch, daß ich jetzt wieder heimging.
Die werden sich freuen!
Mich fortan immer Giorgio rufen!
„Roter Vogel flieg", sang ich in der Vorfreude, „flieg"
nein, nicht roter, nicht.
Trotz des Helden-Freundes Jakow

mochte ich die Rote Armee nicht.
Feuervogel, ja Feuervogel flieh,
besann ich mich, ja etwas mit Phönix aus der Asche,
ja, Pater Heckenast ... oder seine Brüder erklären dann mir das.
Und ich sang Annas und Joshis Lied.
Die Zeile mit dem Sieg, die ließ ich aus.
Danach aber kam:
Wunderbarer Morgen.
Ja, das sang ich dann
und ging und merkte etwas,
was mich erst wirklich erschreckte:
Nicht nur den linkshändigen Dichter,
auch mich trug der Wind,
als wenn ich Flügel hätte,
So, mit Füßen und – wie er – mit den Armen,
mit den Flügeln und mit dem Wind,
schaff' ich den Heimweg
nach Györ, meiner Stadt,
schaff' ich den Heimweg, schaff' ich geschwind.
Sie werden schon so auf mich warten!
Ich bin doch nicht so ein schreckliches Kind!
Was sie an ihrem Giorgio haben,
werden sie mir bestätigen müssen, sagen.
Feuervogel flieg,
sang ich erregt den ganzen Weg,
sie werden verzeihen mir
das G'scher mit dem Brunnen
und den Krieg,
Ja, auch den Krieg hab' ich vielleicht doch nicht selbst erfunden!
Feuervogel flieg, es gibt keinen Krieg,
ich pfiff das mit dem Sieg, die Zeile,
aber dann sang ich:
Wunderbarer Morgen
Wunderbarer Morgen.

Inhaltsverzeichnis

I.	Ein Weihnachtsspaziergang	5
II.	Zapfenstreich und andere Signale	20
III.	Fronleichnamsprozession	54
IV.	Einen anderen Himmel	78
V.	Ciao Bella	94
VI.	Der Auftritt des linkshändigen Dichters Alexander Galajda	104
VII.	Als Bello Cio tanzte	111
VIII.	Die Doppelhochzeit	118
IX.	Das Brot der Dichter	141
X.	Nach(t)stücke	154
XI.	Kinderlieder	165
XII.	Monsieur Bell, Artist	192
XIII.	Jacques Bell erzählt	208
XIV.	Bei den Reichen oder meine Èducation Sentimentale	224
XV.	Neumann-Apika liegt im Sterben	255
XVI.	Boris, mein Bruder	266
XVII.	Im Reich des Eugenio-Elio	291
XVIII.	Abschied der Liebenden	310
XIX.	Heimat ist, von wo man ausgeht	336
XX.	Führ mich, Kind, nach Bethlehem	343
XXI.	Vater aller Dinge, Krieg	359
XXII.	Von dem Paradekutscher, vom Schweinehirten, von der Toten im Brunnen	369
XXIII.	Vom Steinkind, vom verwundeten Knaben	385
XXIV.	Vom letzten Zapfenstreich, vom Roten Soldaten	409
XXV.	Morgen	426

Die Deutsche Bibliothek – CIP-Einheitsaufnahme

Hofmann, Maria Georg:
Der Auftritt des linkshändigen Dichters Alexander Galajda: Roman /
Maria Georg Hofmann. – Salzburg; Wien: Müller, 1995
ISBN 3-7013-0912-4

ISBN 3-7013-0912-4

© OTTO MÜLLER VERLAG SALZBURG–WIEN
Umschlaggestaltung unter Verwendung des Bildes „Angelus
Novus" von Paul Klee, 1920, 32; Ölfarbezeichnung und Aquarell
auf Papier; 31,8x24,2 cm; Israel Museum, Jerusalem/© VBK, Wien,
1995: Günther Nussbaumer, Salzburg
Satz: Fotosatzstudio Rizner, Salzburg
Druck und Bindung: Print Centrum, Zlin

MARIA GEORG HOFMANN
DER AUFTRITT DES LINKSHÄNDIGEN DICHTERS
ALEXANDER GALAJDA